Les cèdres de Beau-Jardin

Belva Plain

Les cèdres
de Beau-Jardin

Roman

Traduit de l'américain par Bernard FERRY

UNE ÉDITION SPÉCIALE DE LAFFONT CANADA LTÉE,
EN ACCORD AVEC LES PRESSES DE LA RENAISSANCE

Titre original : *Crescent City* publié par Delacorte Press, New York.
© Bar Nan Creation, Inc., 1984.
© Presses de la Renaissance, 1984, pour la traduction française.
ISBN 2-85616-309-2
ISBN 2-89149-327-3

H 60-3362-5

1

Ce samedi du printemps de l'année 1835 tirait vers le soir quand une berline de voyage apparut soudain à la crête d'un épaulement surplombant le village de Gruenwald — à mi-chemin entre les Alpes bavaroises et la ville de Wurzburg dans la province de Franconie. Ses roues vernies étaient grises de poussière et les quatre chevaux massifs qui la tiraient étaient fourbus. Manifestement, elle venait de loin. Les paysans qui terminaient leur journée aux champs, redressant leurs dos arrondis, regardaient bouche bée la voiture car les visiteurs étaient rares au village et plus rares encore ceux qui n'y venaient pas à pied ou dans quelque lente charrette rurale. Un instant la berline demeura immobile, lourde silhouette contre le ciel où le vent mettait des traînées roses, suspendue au bord de la descente comme si un passager avait souhaité découvrir, avant de poursuivre, une vue à vol d'oiseau du village tapi en contrebas. Puis, dans le balancement crissant de sa suspension de cuir, elle disparut aux regards, engloutie par le feuillage profus des tilleuls. Une minute ou deux plus tard, elle réapparut au pied de la colline, parcourut la courte longueur de la rue unique et obliqua dans la ruelle de la Juiverie.

Les badauds secouèrent la tête.

— Bah, qu'est-ce que c'est encore que ça ?

A l'intérieur, l'unique occupant de la berline secouait lui aussi la tête avec effarement. C'était un homme jeune et solide qui n'avait pas dépassé la trentaine. Son opulente chevelure noire encadrait un visage enjoué aux yeux brillants et inquisiteurs, à la bouche molle et un peu détendue.

— *Judengasse*, murmura-t-il par-devers lui, presque incrédule. Elle n'a pas changé...

Pourquoi aurait-elle changé et comment aurait-elle changé dans le cours des huit années qui s'étaient écoulées depuis qu'il l'avait vue pour la dernière fois ? Il eût été bien incapable de le dire.

Les mêmes maisonnettes exiguës qui avaient été neuves trois siècles auparavant se dressaient toujours de part et d'autre de la ruelle, penchées les unes vers les autres comme des vieillards querelleurs en pleine dispute. Les dernières lueurs du jour clignotaient aux fenêtres sous les sourcils de l'encorbellement médiéval et accrochaient des reflets aux poutres entrecroisées du colombage.

Entre l'échoppe du boucher et l'auberge de l'Ours d'or, à mi-chemin de la ruelle, d'un instant à l'autre, il allait apercevoir... *la* maison ! Une nausée enfla dans la gorge du jeune homme. De nouveau ce porche sombre, ces cris terrifiants, ce rire cruel — oui, il y avait eu un rire — les bruits de pas précipités et le sang de sa jeune épouse répandu sur les marches. Au prix d'un violent effort, il se ressaisit.

— Amérique, dit-il à voix haute sans s'en rendre compte.

Le sabbat était fini et le double portail de la vieille synagogue de bois était clos, les hautes marches désertes. Quand la berline s'immobilisa en un dernier chaos dans la cour de l'Ours d'or, les derniers fidèles regagnaient leur domicile dans leur bel habit du sabbat. Il se forma donc rapidement un petit attroupement. Ce qu'aperçut le jeune homme qui s'apprêtait à descendre, penché vers l'avant, fut un ensemble brouillé de pâles visages sur lesquels il lut un intérêt collectif et l'espoir de quelque nouveauté. On aurait dit des gens venus au cirque ou au théâtre. Et il est vrai — si l'on ne tient pas compte de catastrophes intermittentes — qu'il ne se passait jamais rien en ces lieux. Conscient d'être le centre de l'attention et ne souhaitant pas pour le moment être reconnu, car il était pressé, l'homme baissa la tête.

Ce que les spectateurs virent donc, ce fut d'abord une paire de bottes de cuir sortant de la portière ouverte du véhicule, puis une canne à pommeau d'argent et, pour finir, un lourd manteau au col de velours et un haut-de-forme de la même couleur fauve. Un spectacle plus étrange détourna alors leur attention : un couple de créatures humaines noires comme le charbon qui, descendant du siège du cocher où la lourde pelisse de ce dernier les avait jusqu'alors dissimulées, se révélèrent être deux adolescents en culotte à la française bleu roi et gilet à parements d'or.

Le voyageur, tournant le dos aux badauds, donna ses instructions au cocher.

— Prends-moi une chambre pour la nuit et veille à ce que ces deux-là ne manquent de rien. Ils ne parlent pas la langue.

Il assena une tape sur les épaules des deux petits noirs.

— Maxim ! Chanute !

Suivirent quelques paroles en français auxquelles les deux garçons réagirent par des hochements de tête joyeux. Puis, sans regarder à droite ni à gauche, le voyageur traversa la cour à grandes enjambées et descendit la ruelle jusqu'à la demeure de Reuben Nathansohn. Là, il heurta à l'huis. La porte s'ouvrit et il disparut à l'intérieur.

Des yeux étonnés s'attardaient sur cette porte.

— Qui diable pourrait rendre visite au vieux Nathansohn d'après toi ?

— Un étranger, un Français. Tu l'as entendu.

— Un dignitaire, probablement.

— Un dignitaire ! Dans une voiture de louage !

— Un banquier. Un banquier étranger, ou peut-être un marchand.

— Un juif. Tu n'as donc pas vu ? C'est un juif.

— Et comment veux-tu que je le voie ? Un riche étranger a l'air d'un riche étranger, voilà tout. Il ne portait pas d'écriteau proclamant « Je suis juif » ni « Je ne suis pas juif » ! Les étrangers ne sont pas tenus d'arborer des signes de reconnaissance.

Une vieille femme se récria d'une voix aiguë vibrante de mépris, ses boucles d'oreilles d'or balançant au rythme de sa passion :

— Vous ne savez donc pas qui c'est ? Vous ne l'avez donc pas reconnu ? C'est Ferdinand Raphael !

— Ferdinand le petit Français !

Les voix s'entrecroisaient, s'interrompant mutuellement dans les airs.

— Il n'était pas Français, il était Alsacien ! Il venait d'arriver d'Alsace quand il a épousé Hannah Nathansohn

— Je me rappelle le jour...

— C'est impossible ! Il est parti pour l'Amérique après les histoires.

— Et alors, rien ne l'empêche d'en revenir. Il est revenu chercher ses enfants.

— C'est l'évidence même.

— Tu crois ? En tout cas, il est grand temps. La fillette a déjà huit ans.

— Neuf. Miriam a neuf ans.

La vieille qui avait parlé la première gagna le devant de la petite assemblée.

— Miriam a huit ans, dit-elle d'un ton sans réplique. J'ai assisté à sa naissance. J'ai vu la mère accoucher et mourir dans la minute qui suivait.

Sa voix se fit plus forte comme pour psalmodier.

— Oh, on peut parler de miracle ! C'est un miracle que cette enfant ait survécu...

Il se fit un instant de silence respectueux et chagrin. Puis une jeune femme reprit la parole.

— Elle n'a donc pas été tuée quand les étudiants...

— Tu n'étais pas encore ici, Hilda. Oh oui, quand ces jeunes messieurs ont été pris de folie et qu'ils ont envahi le village à cheval. Ils sont allés droit rue de la Juiverie...

La voix se fit monocorde et rêveuse comme si la vieille répétait à contrecœur, poussée par une force qui dépassait sa volonté, le récit de ces horreurs.

— Fenêtres brisées, portes enfoncées, et nous autres qui courions, courions... les pierres qu'ils jetaient ! Si grosses qu'ils s'y prenaient à deux mains. Oh mon Dieu ! J'étais avec Hannah, à deux pas, quand elle a été frappée...

— Elle a reçu une pierre sur la tête, Hannah Nathansohn, l'épouse du jeune Raphael, juste devant sa porte, cette porte qu'on voit là. Nous l'avons transportée à l'intérieur.

— Le bébé a poussé son premier soupir pendant que sa maman poussait le dernier.

Le silence tomba de nouveau, les affreux souvenirs

12

soudant le petit groupe en une entité unique. Puis quelqu'un dit :

— Il est parti aussitôt après. Parti pour l'Amérique.

— Qui ne voudrait s'en aller le plus loin possible après une horreur pareille ?

— Oui, et maintenant il doit avoir fait fortune en Amérique et il est revenu chercher ses enfants.

— Le garçon lui donnera sûrement du fil à retordre. C'est certain.

— Et pourquoi ça ? C'est un excellent garçon très intelligent, si vous voulez mon avis.

— Oh pour ce qui est d'être intelligent, oui, mais têtu comme un bœuf. Et puis ce n'est plus un gamin. Il doit bien avoir quinze ans.

Ainsi s'attardaient-ils dans la ruelle, répugnant à perdre une miette de cet événement extraordinaire. L'obscurité se fit complète. La petite foule commença à diminuer. Quelques-uns allèrent chercher des lanternes pour attendre. Mais il n'y avait rien à voir en dehors de la croupe d'une vache qui mangeait du foin dans l'étable attenante à la maison des Nathansohn. Au bout de quelques minutes, les derniers attardés rentrèrent chez eux.

Une rangée de cigognes peintes en vert encerclait le ventre de faïence du poêle qui se trouvait dans un coin. A mesure que la nuit se faisait plus froide, l'auditoire se rapprochait du poêle. Quand Ferdinand tendit les mains vers la chaleur, le saphir arrondi qu'il portait au doigt étincela dans l'ombre.

— J'ai perdu l'habitude de ce climat nordique, dit-il dans son doux allemand teinté d'accent français.

Il releva les yeux et sourit.

— Ainsi tu te rappelles un peu ton père, David ?

Le gamin n'avait pas quitté son père des yeux. Il y avait quelque chose comme un jugement dans son regard un peu sombre.

— Oui, dit-il.

Il parlait d'une voix brève, décidée, comme le font les gens qui ne parlent pas pour le plaisir d'entendre le son de leur propre voix.

— Et je me rappelle ma mère, aussi. Je me rappelle tout.

— Bien sûr. Tu étais un petit garçon très intelligent. Mais quoi de plus normal ? Ce ne sont pas les cerveaux qui auront manqué dans notre famille. Jamais.

Et Ferdinand sourit de nouveau, car il était dans sa nature d'entremêler ses remarques de sourires. Cette fois, pourtant, nul sourire ne répondit au sien, il n'y eut que le regard fixe de ces yeux pensifs. Il se sentit mal à l'aise. Et il passa rêveusement la main sur le doux castor du chapeau qui reposait encore sur ses genoux, lissant et relissant le rebord, l'esprit absent peut-être, ou peut-être pour se convaincre qu'il était bien qui il était.

Cette pièce mal éclairée — avait-il vraiment habité ici jadis ? — était exiguë et humide quelle que fût la saison. Le poêle et la grande armoire de chêne, qui se dressait dans le coin opposé comme quelque animal de la forêt, étaient les seules formes conséquentes dont elle fût peuplée. La table et les chaises étaient faites de baguettes à peine plus grosses que des brindilles destinées à allumer le feu. Le sol glacial était nu. Ferdinand frissonna. C'était la pauvreté perpétuelle, effroyable ! C'était un lieu où l'on risquait d'oublier que le vin est capiteux, les fruits savoureux, que le rire est musique et que la musique fait danser les pieds. Comment savoir en un tel lieu que le moyen de savourer toutes ces choses — les moyens —, l'homme peut y prétendre sans pour autant perdre le sommeil ?

On le dévisageait, dans l'attente d'une explication plus complète de sa présence, comme si celle-ci déclenchait l'hostilité. Il devait passer pour un inconnu, un étranger — il était devenu un étranger désormais. Et Dinah ajoutait son amertume personnelle à cette atmosphère : c'était déjà une vieille fille lorsqu'il avait épousé sa sœur cadette, la gentille Hannah, si brune et charmante, à côté de Dinah toute desséchée. Elle était plus sèche que jamais désormais, avait pris un teint jaunâtre, et à quarante ans, sa jupe de sabbat maculée de taches dégoûtantes, n'avait plus rien à attendre, que la mort du vieux, laquelle, à en juger par son aspect, était imminente. Sur son grabat, Opa était secoué par la toux et ramenait son châle autour de son cou décharné. Vieillir, mourir dans cette pénombre sinistre ! Ferdinand en était tout amolli de pitié.

Le visage de Miriam était le seul dans cette pièce qui répondît au sien, qui donnât ce qu'il avait envie de recevoir. Elle avait les yeux d'opale de sa mère, aux coins légèrement bridés vers le haut, et l'on y lisait une manière de gaieté, même lorsqu'elle était d'humeur sérieuse comme c'était le cas. De sa mère, elle avait aussi la courte lèvre supérieure, reliée au nez par deux sillons délicats, et qui recouvrait tout juste la lèvre inférieure. C'était une bouche tendre, trop tendre, songeait-il avec remords, pour cette maison, pour le pauvre vieillard querelleur et la vieille fille qui devait, il l'en soupçonnait, exercer elle aussi une tyrannie mesquine. Aussi était-il douloureusement ému par la découverte de cette petite fille, par l'élégance de ses pieds étroits croisés à la cheville et par la grâce de ses doigts minces qui caressaient pour l'heure le petit chien soyeux qu'elle avait sur les genoux.

— J'ai de jolies choses pour toi, Miriam, dit-il.

Les larmes s'accumulaient au fond de sa gorge et il déglutit. Il désirait tant donner, donner par amour, donner par chagrin pour les années irrémédiablement perdues.

— J'ai acheté des choses à Paris et je les y ai laissées pour qu'elles soient expédiées chez nous.

Et il songeait aux merveilles qui étaient déjà en route pour La Nouvelle-Orléans : un piano Pleyel, de pleins cartons de porcelaine de Sèvres bleu et or, des mètres et des mètres de dentelle d'Alençon, des châles brodés, des ombrelles à fanfreluches, des éventails peints à la main, et de beaux livres reliés en cuir pour le garçon. Puis l'idée lui traversa l'esprit comme un éclair qu'il serait cruel de parler de ces choses dans la Judengasse. Il aurait tout le temps de montrer ce qu'il pouvait faire pour ses enfants quand ils seraient avec lui à la maison. Il se contenta de dire :

— Je t'ai apporté une poupée aux cheveux d'or. Elle est dans ma malle à l'auberge et je te la donnerai demain matin.

Mais quelques instants plus tard, il ne put s'empêcher d'ajouter :

— Et aussi un costume pour toi, David. Et une robe de voyage pour toi, Miriam. Ils sont dans cette boîte. Vous les porterez demain pour avoir bonne allure pendant le voyage.

— Et maintenant, tu vas m'enlever mes enfants.

Le grand-père avait parlé d'un ton accusateur, plein de reproche.

— Opa, je sais ce que vous éprouvez, je le sais. Mais je suis prêt à vous emmener vous aussi, si vous voulez venir. Et vous aussi, Dinah.

Ferdinand regretta aussitôt sa proposition : et s'ils allaient l'accepter ? Ma foi tant pis, il n'aurait qu'à les emmener avec lui.

— J'ai une épouse, une excellente femme, Emma. Elle était veuve avec deux filles. L'une s'est mariée l'hiver dernier. Pélagie, une fille ravissante. Et j'ai une belle et grande maison. Elle égale tout ce que vous avez pu voir de plus beau à Wurzburg.

— Ben voyons. L'argent traîne dans les rues en Amérique, tout le monde sait cela, dit Dinah.

Sarcastique comme toujours, elle tenait à lui faire savoir qu'elle n'était pas plus impressionnée par sa magnificence que par sa munificence.

La langue acerbe de la femme que personne n'a épousée, que personne n'a choisie, songea-t-il en éprouvant pour elle une certaine pitié. Car il fallait bien reconnaître qu'elle n'était pas entièrement responsable de son triste sort. Les jeunes juifs n'avaient pas un sou et bien souvent émigraient pour l'Amérique. Et il fallait compter avec le cruel *matrikel* — le permis de mariage que l'Etat ne délivrait qu'au compte-gouttes. Non, vraiment pas entièrement responsable.

Il répondit calmement :

— Je n'ai pas trouvé mon argent dans les rues. Il m'a fallu travailler dur pour l'acquérir.

Le vieillard toussa avec violence, une toux douloureuse qui lui fit cracher le sang. David alla chercher un gobelet d'eau et avec une douce patience le plaça entre les mains de son aïeul dont il calma le tremblement.

Soudain, d'un air presque violent, comme s'il se contraignait lui-même au prix d'un rude effort à rompre son silence, l'adolescent s'adressa à Ferdinand :

— Parle-nous de l'Amérique ! Dis-nous ce qui s'est passé depuis que tu es parti d'ici.

Ce récit qu'il avait dû faire plus de cent fois, Ferdinand fut heureux de pouvoir le recommencer.

— Eh bien, après la mort de votre mère — cela faisait

16

longtemps déjà que je pensais à l'Amérique —, ma décision fut prise. Comme vous le savez, je ne possédais pas grand-chose. J'enveloppai donc le tout dans un balluchon de toile et me mis en route à pied vers l'ouest. Je n'avais pas atteint le Rhin que j'avais déjà usé mes souliers et j'échangeai donc deux jours de travail à cueillir des pommes contre une vieille paire de bottes. Fort heureusement, elles étaient à ma taille. Puis je fis une partie du voyage à bord d'un bateau qui descendait le Rhin. J'avais à Strasbourg quelques cousins éloignés chez lesquels je pus me reposer quelques jours et faire un certain nombre de bons repas.

Tous l'écoutaient avec cette attitude attentive et parfaitement immobile qui encourage le conteur. Le garçon était ravi. Il a hâte de partir lui aussi, songea Ferdinand. Et il reprit.

— Un roulier me permit de monter dans son chariot vide jusqu'à Paris...

Le Paris d'alors et le Paris d'aujourd'hui. Les ruelles infectes, puantes. Les marronniers en fleur et les longues et larges avenues. Deux villes différentes, selon l'argent que l'on possède en poche.

— J'atteignis enfin Le Havre où je m'embarquai. La traversée dura trois mois et me coûta soixante-dix dollars, toute ma fortune... la mer, on dirait des montagnes qui s'abattent soudain sur vous. On ne peut imaginer ce que c'est. J'étais à fond de cale, tout en bas du bateau avec les immigrants. Ce que j'ai pu être malade. Il y a des gens qui meurent de mal de mer.

Il leva les yeux, un sourire s'étalant de nouveau sur ses traits.

— Ne vous en faites pas. Vous n'allez pas voyager dans les mêmes conditions. Vous aurez de jolies cabines, tout en haut, avec plein de bon air salé. Ah, si vous les voyiez, ces cabines ! Bois de teck et cuivres étincelants. Draps et couvre-lits les plus fins. Bref, j'ai traversé l'océan, je suis allé à Baltimore et je me suis mis au travail. C'était très dur. Il m'arrive de me demander comment j'ai pu le faire, comment quiconque a jamais pu le faire. Mais on y arrive et j'y suis arrivé. Et puis j'ai fini à La Nouvelle-Orléans, aussi.

— Est-ce qu'il y a loin, demanda David, de La Nouvelle-Orléans à cet autre endroit, là, Baltimore ?

— Loin ? Oh là là ! Bien des kilomètres et des années

séparent les deux. Encore que, pour vous dire la vérité, les années ont été étonnamment peu nombreuses dans mon cas. J'ai commencé sur une exploitation agricole du Maryland. Jamais je n'avais pratiqué l'agriculture jusque-là, comme vous le savez, mais quand on a la santé et de la volonté, on peut tout apprendre. J'ai appris l'anglais très vite. Je suis doué pour les langues. Je n'étais pas mal là-bas. C'étaient des gens comme il faut, un gros homme et sa grosse épouse, taciturnes, durs au travail. Pendant les repas, on n'entendait que le bruit de leur mastication et le cliquetis des fourchettes. Ils me nourrissaient bien, je dois le reconnaître, mais ils étaient regardants pour la paye. Quand vint le moment de payer mes gages, il m'a donné seulement la moitié de ce qu'il m'avait promis. Prétextant que l'année avait été mauvaise, ce qui n'était pas vrai, car les récoltes étaient bonnes. Nous avions eu le temps le plus clément, suffisamment de soleil et suffisamment de pluie, et je l'avais accompagné au marché où je l'avais vu vendre son maïs. C'était seulement que son gros poing répugnait à lâcher les pièces d'argent. Ma foi, me suis-je dit alors, je lui ai promis de rester deux ans et lui m'a promis de me payer. Mais il n'a pas tenu parole, et rien ne m'empêche donc de revenir sur la mienne. Un matin, je me suis levé très tôt et je me suis glissé hors de la grange où je dormais.

L'automne. L'automne de la chute des feuilles. Et quelles feuilles ! Dorées, roses... les pommes aigres-douces pourrissaient sur l'herbe. L'aube était froide, quelques heures plus tard le soleil chaufferait l'air qui s'emplirait du bourdonnement des abeilles qui se gorgeraient des pommes tombées. Et moi, déjà loin sur la route, n'importe quelle route, pourvu qu'elle allât vers l'ouest.

— Cette fois, j'avais un plan. J'avais fait la connaissance d'un colporteur qui passait tous les deux ou trois mois avec de la camelote pour les fermières : des cotonnades, du fil, des aiguilles, des brosses à dents. J'avais constaté qu'il s'en tirait fort bien. Aussi avais-je décidé de suivre son exemple. Je fis l'acquisition d'un plein sac de marchandises avec l'argent de mes gages et suivis la route de ferme en ferme jusqu'au fleuve Ohio. Ce n'était pas une mauvaise vie, d'ailleurs, de traverser ainsi les campagnes avec le tintement joyeux des pièces qui s'alourdissaient peu à peu dans ma poche. Ou de prendre le bateau qui descendait le fleuve, virant avec les méandres, et de se demander chaque fois ce que l'on trouverait à la sortie de la courbe suivante...

Après des centaines de collines et de vallons, le souvenir du débarcadère, là ou l'Ohio se jette dans le Mississippi ; la mousse verte du tout jeune printemps, l'odeur de l'herbe et tout cet espace si vaste, ce silence si vaste. Comment j'ai projeté mon chapeau dans les airs, seul, à l'abri de tous les regards, et cette danse joyeuse dans laquelle je m'étais lancé follement, ivre de liberté, heureux de ne dépendre de personne, et d'être assez jeune pour éprouver ma propre vigueur et n'avoir peur de rien, savoir qu'on n'avait plus à rien redouter.

— Au bout de quelque temps j'ai pu acheter un cheval. C'était une bien misérable créature, usée, épuisée, et couverte d'escarres ! J'aurais pu m'en offrir un plus beau mais j'avais été frappé de pitié pour celui-là. Je le laissai donc se reposer quelque temps et reprendre des forces. Nous devînmes amis et reprîmes la route ensemble. C'étaient des allées et venues perpétuelles entre l'intérieur des terres et la berge du fleuve, une progression en zigzag. Chez les grossistes des villes, je regarnissais mes sacs. Je reprenais parfois le bateau pour une vingtaine de kilomètres jusqu'au prochain débarcadère.

A mesure qu'il en faisait le récit, Ferdinand revivait ses souvenirs et s'était mis à parler autant pour lui-même que pour les autres.

— Je voyais de grandes plantations sur les bords du fleuve, de belles maisons à colonnes, des centaines d'esclaves noirs, des kilomètres et des kilomètres de champs de coton. Je voyais de misérables établissements, trois ou quatre cabanes de rondins dans les bois. Les forêts ne sont pas comme celles d'Europe, non...

Il chercha ses mots.

— Vous ne sauriez imaginer les distances, la sauvagerie de ces forêts. On sursaute parfois à l'idée que l'homme a bien rarement mis le pied là où l'on passe. Il faut souvent des heures et des heures d'un hameau à l'autre. On tombe sur des petits groupes d'hommes vêtus de peaux de bêtes, avec des femmes et des enfants en lainage grossier. On se demande ce qui les a conduits là, ce qui les pousse à persévérer dans cette existence dure, primitive.

Forêts, marécages et pistes. L'obscurité tombe sous les pins et les broussailles épineuses qui se pressent de part et d'autre du sentier vous giflent si souvent au visage qu'il faut se protéger de la main. Le tapis végétal craque sous les pas. Alors vient la frayeur, la vieille terreur qui est au cœur de l'enfance de tout un chacun ; l'impression d'être suivi. Dans un instant, la chose va bondir et nous saisir. Mais l'on se raisonne, on se contraint à revenir au bon sens. On s'interdit de se retourner pour regarder.

— Le vide, la solitude des...

— Et les Indiens ?

David s'était tendu d'intérêt. Un doigt au front, il tortillait une ou deux boucles folles.

— Oh oui, les Indiens ! les tribus Choctaw. Et les loups. Ce fut à cause des loups, pas des Indiens, que j'achetai un fusil. Les Indiens ne m'ont jamais ennuyé.

— Un fusil, répéta le jeune homme.

Ce qu'il subsistait en lui de l'enfant était passionné, Ferdinand le vit. Homme déjà aux trois quarts et peut-être plus, il conservait quelques traces d'enfance. C'était l'enfant que le père atteignait par le récit de ses aventures. Il répondit à la question de son fils par un hochement de tête.

— Oui, mais, heureusement, je n'ai jamais eu à m'en servir, sinon contre un lapin. Au bout d'un moment, j'ai eu les moyens de m'offrir un chariot pour y atteler le cheval. Je me rappelle mon premier chargement. Dix malles, j'avais, débordantes de toutes les étoffes imaginables, du feutre au madras. J'avais des pendules de cuivre et des montres en or, des bas fins, des châles de soie, des gants de chevreau et des bijoux de pacotille. Tout pour le maître comme pour le domestique. Une fois propriétaire d'un chariot, je dus m'en tenir aux routes fréquentées.

Il rit.

— Fréquentées ! Ah là là, on pouvait voyager une journée entière, là-bas, sans voir un seul être humain ! A l'occasion, je tombais sur un autre colporteur, un autre juif d'Europe la plupart du temps. J'ai fini par éprouver la solitude de mon existence. Cependant, vous savez, quand on a une idée en tête, une pensée qui accompagne chacun de vos pas, on n'est jamais vraiment seul. Je voulais m'installer quelque part et ouvrir boutique, c'était mon idée. Après tout, je connaissais le commerce, mon père achetait du grain pour les armées de Napoléon. Bref, au bout de deux ans, mes économies me permirent d'ouvrir un petit comptoir. Ce n'était guère qu'un gros hangar carré entièrement entouré d'étagères. Mais bien situé, à l'entrée de la piste de Chihuahua. Je fournissais toutes les caravanes en route pour le Mexique. Tous ceux qui passaient par là, les planteurs comme les Indiens, se servaient chez moi. Et les choses allaient vite. Tout bouge en Amérique.

Les chandelles étaient presque entièrement consumées. Dinah se leva pour en allumer une autre. Brûler des chandelles si avant dans la nuit était encore un luxe, une extravagance. Ferdinand le savait. Il en avait toujours été ainsi. Il en serait toujours ainsi. Rien ne bougeait dans ces villages d'Europe.

— Donc... où en étais-je ? Ah oui. Je prospérais, voyez-vous, parce que tout un village surgit en moins que rien autour de mon établissement. L'année suivante, je vendis mon bout de terrain trois fois plus cher que je ne l'avais acheté et me mis en route pour le fleuve. Quel fleuve ! L'un des plus grands du monde. Si large que par endroits, on ne voit pas la rive opposée. Et des villes animées tout au long, Memphis, le grand marché de coton, Baton Rouge, plus au sud, toujours plus au sud dans la chaleur. Moi, je pensais à La Nouvelle-Orléans depuis le début. La Cité Reine, ou parfois, comme on l'appelle, la Cité du Croissant, à l'embouchure du fleuve.

Ah, La Nouvelle-Orléans ! Joyau serti dans le dernier croissant du fleuve, la lente eau verte du bayou, ses après-midi assoupis, ses nuits étincelantes...

— J'en tombai amoureux comme...

Il s'apprêtait à dire « comme on peut tomber amoureux d'une femme », mais ce ne sont pas des choses qu'un homme peut dire devant sa fille...

— ... comme il est normal de tomber amoureux d'une telle ville. Presque aussitôt, j'eus la chance de me lier d'amitié avec un homme remarquable. Il s'appelait Michael Myers. C'était un juif du nord du pays, près de New York. Son père avait servi sous les ordres de George Washington, pendant la révolution. Sais-tu quelque chose de cela, toi, David ?

21

— J'en ai entendu parler. Ce fut une lutte de libération contre l'Angleterre.

— Exactement. Je vois que tu as des lectures. Eh bien, ce Michael Myers était à La Nouvelle-Orléans depuis vingt ans et y avait fondé une florissante entreprise d'import-export. Mais il n'était pas jeune et était depuis quelque temps à la recherche d'un associé, quelqu'un de plus jeune et de plus vigoureux que lui, qui comprît les affaires ou fût capable de les comprendre et digne de confiance. Il se trouve que j'étais l'homme qu'il lui fallait. Il n'eut jamais aucune raison de regretter son choix, je puis le dire en toute confiance. Non seulement j'appris rapidement les secrets du métier, mais je fus même en mesure d'y apporter quelques petites touches personnelles. Mes amitiés par exemple — je me lie facilement d'amitié et je devins l'ami d'un certain nombre de commandants rencontrés dans les cafés. Par ces contacts avec des navigateurs, je fus en mesure de mettre la main sur toute une série de denrées fort profitables, du genre qui plaît aux dames — bijouterie, botterie, fines étoffes, objets de luxe, friandises. J'ai toujours eu l'œil pour le luxe, la finesse. Oui, mon associé n'eut jamais de raisons de regretter son choix tout le temps que dura notre brève association.

Le grand-père manifestait depuis peu une attention très soutenue.

— Brève ?

— Oui, hélas ! mon associé est mort de la fièvre jaune voilà un an. La plupart des gens quittent la ville à l'été mais, pour une fois qu'il ne l'avait pas fait, il a attrapé la fièvre. Une horreur.

— De sorte que vous êtes maintenant propriétaire de l'affaire ?

— Oui, il me l'a laissée. Sa veuve et sa fille ne manquent de rien et possèdent une belle maison à Shreveport. J'ai promis de m'occuper d'elles si jamais c'était nécessaire. La fille, Marie-Claire, est un peu plus âgée que Miriam.

— Marie-Claire, remarqua Dinah. Drôle de nom pour une petite juive.

— Bah, les coutumes sont différentes à La Nouvelle-Orléans.

Oui, différentes, songea-t-il, soudain conscient de la

distance qui le séparait de sa ville et fort désireux de s'y retrouver.

— Mon affaire sera l'une des plus grosses de la ville si ce n'est déjà le cas. L'année dernière j'ai terminé ma maison. Tout en brique, bâtie autour d'une cour...

Son bras balaya l'air dans un grand geste enthousiaste.

— Dix fois grande comme celle-ci, avec des écuries, des logements pour les domestiques, à l'arrière, tout cela construit au carré. Toutes les maisons sont bâties sur ce plan, c'est un style méditerranéen, en fait.

— Inspiré de l'atrium des Romains, dit David.

— Décidément, tu ne cesses de me surprendre, David !

La voix du vieillard s'éleva, vibrante de mépris.

— La tête de ce garçon est pleine de choses dont un juif devrait n'avoir nul souci. L'atrium des Romains !

— Opa, dit David avec patience. Opa, tu ne veux jamais comprendre. Les gens ne se satisfont plus de vivre derrière des portes closes. Nous voulons savoir ce qui se passe dans le monde. Cela ne veut pas dire que nous devions perdre notre foi.

Opa se dressa sur un coude.

— Non mais, écoutez-le. Oh, peut-être bien qu'ils ne se satisfont plus, mais figure-toi qu'ils feraient mieux de s'en satisfaire. J'en ai assez vu dans le cours de ma vie pour ne plus me laisser tromper. Napoléon est reparti, et pour nous tous, ça a été le retour dans les murs !

Les mains squelettiques se joignirent, symbolisant un mur.

— Nous, nous sommes là. Et eux là. Et je n'ai pas besoin de savoir ce qui se passe de leur côté du mur parce que je n'y vivrai jamais. Les choses ne changeront pas. Que survienne une guerre, une panique financière ou Dieu sait quoi et ce sera notre faute de nouveau. Il n'en a jamais été autrement.

Ferdinand prit la parole à voix basse.

— Avec tout le respect que je vous dois, Opa, c'est David qui a raison. Si seulement vous pouviez voir comment nous vivons en Amérique ! Dans ma ville, personne ne vous questionne au sujet de votre religion, on ne s'inquiète même pas de savoir si vous en avez une. Quiconque a les moyens de payer est libre d'évoluer parmi les cercles les plus élevés de la société.

— Il me semble, fit remarquer Dinah, que vous n'arrêtiez

pas de nous répéter la même chose à propos de votre famille, en France, quand Napoléon était empereur.

— Effectivement. Ce furent de beaux jours. Si son règne avait duré, les choses seraient différentes dans toute l'Europe.

— Mais il n'a pas duré, interrompit le vieillard. C'est bien ce que je viens de dire. Faut-il que je te le dise à toi — toi ! — que je te rappelle ce qui s'est passé quand les Hep Hep se sont répandus à travers la moitié des villes de Franconie ? Massacres à Darmstadt, massacres à Karlsruhe, à Bayreuth — Hep Hep, répéta-t-il avec amertume. J'oublie toujours les mots que cela représentait, quelque chose à voir avec Jérusalem...

— *Hierosylima perdita est.* Jérusalem a été détruite, Jérusalem est perdue. C'est du latin.

— Latin ou pas, pour nous c'était du sang. Le sang de Hannah.

Il y eut un sombre silence. Ferdinand baissa la tête. Ses yeux — ceux de son fils, de sa fille — étaient insoutenables. C'étaient les yeux de Hannah, ses doux yeux que, pendant les années qui s'étaient écoulées depuis qu'il l'avait perdue, il avait presque oubliés.

— Oui, reprit le vieillard, le terrible sujet lui ayant versé quelques minutes d'énergie dans les veines. Oui, retour à notre situation précédente ! Finis les droits égaux, les fonctions publiques nous sont interdites. Nous portons un insigne pour que l'Allemand qui nous croise dans la rue sache qui nous sommes. Si nous possédons trois *pfennigs*, le fisc nous les prend. Et le *matrikel* est de nouveau en vigueur...

Ferdinand ne savait plus que dire. Le poids de tous ces malheurs, qu'il cherchait à oublier depuis si longtemps, lui retombait brusquement dessus. Il essaya faiblement de s'en débarrasser par le sourire.

— Tu vois, David, tu devrais payer si tu voulais te marier ici. Penses-y !

— Je ne veux pas me marier.

— Tu changeras d'avis avec le temps. Un joli minois te fera changer d'avis.

— Oh, tu peux bien essayer de sourire, dit le vieillard, mais tu n'échapperas pas à la vérité. A travers toutes ces horreurs, quiconque a-t-il levé le petit doigt pour nous aider ? Le clergé, par exemple ? Non. Personne n'a rien fait et personne ne fera jamais rien.

— Vous avez raison, dit doucement Ferdinand.

— Alors de quoi discutons-nous ?

— Je ne sais plus, Opa. J'ai oublié comment tout cela avait commencé.

— Tu disais, lui rappela David, que c'est différent en Amérique.

— Oui, dit Opa, et je disais, moi, que vous verrez que ce sera pareil là-bas aussi.

— Non, s'entêta Ferdinand, jamais. Que connaissez-vous de l'Amérique ? Oh, je suis bien d'accord que l'Europe est finie. Alors quittons-là, voilà mon avis, quittons son fanatisme et ses guerres pourries ! Il n'y a pas d'avenir ici pour les jeunes ! Pas pour nos jeunes en tout cas.

La pièce se refermait sur ses occupants. A mesure que la nuit s'approfondissait, l'espace rétrécissait et cette exiguïté même agrandissait le monde à l'extérieur des murs. Ils étaient isolés sur un petit bout de terre au milieu d'un océan mena-çant. Brusquement, Ferdinand se sentit épuisé. C'était le cha-grin et la peur qui l'épuisaient, à un point qu'il n'eût pas cru possible : toutes les années de l'existence de ses enfants qui avaient été gâchées ! Ils étaient là à l'écouter patiemment, la fillette la tête lourde de sommeil, tandis que le garçon était au seuil de pensées nouvelles. Ce fut lui qui prit brusquement la parole.

— J'ai souvent souhaité...

Il hésita, jeta un coup d'œil à son grand-père, puis regarda de nouveau Ferdinand.

— J'ai souvent souhaité — j'aimerais être médecin. Ce serait impossible pour moi ici.

D'un geste simple de ses paumes ouvertes, il décrivait toute l'existence de la demeure.

— Ce serait parfaitement possible en Amérique, dit Ferdinand.

Le garçon — son fils ! — était pitoyable dans sa veste trop petite. Les gens étaient toujours pitoyables quand leurs vête-ments n'étaient pas à leur taille.

— La faculté de médecine de Louisiane a été fondée l'an dernier. Tu pourrais y aller, là ou n'importe où ailleurs. Et ne crois pas que je t'oublie, toi, Miriam. Nous avons d'excellen-tes écoles de jeunes filles.

— J'irai avec toi, dit la petite. Mais seulement si Gretel peut venir aussi.

— Gretel ? dit Ferdinand avant de comprendre qu'il s'agis-sait du chien. Mais bien sûr. Elle est belle, c'est une aristo-crate, pas vrai ? Un épagneul du roi Charles. Où as-tu donc déniché un tel chien ?

— Je l'ai trouvé sur la route. Ce n'était qu'un bébé de quel-ques semaines. D'après tante Dinah. Nous pensons qu'elle a dû tomber d'une voiture.

Les bras de l'enfant resserrèrent leur étreinte autour du chien.

— Il existe une anecdote à propos de cette race, fit remar-quer Ferdinand qui était friand d'anecdotes. On raconte que Marie-Antoinette avait un épagneul du roi Charles caché dans les plis de sa jupe quand elle est montée à la guillotine. Mais rien ne prouve que c'est vrai, bien sûr.

Le vieillard n'était pas prêt à se laisser distraire à bon compte.

— Ainsi tu vas prendre les enfants, répéta-t-il. Vous allez tous m'abandonner pour finir.

Cet épouvantable égoïsme heurta Ferdinand. Opa était prêt à garder les enfants près de lui s'il le pouvait ! Il était prêt à les priver de leur avenir. En un éclair, Ferdinand le vit cet ave-nir : David devenu docteur respecté, une autorité. Miriam bien mariée dans une splendide demeure, peut-être épouse d'un planteur propriétaire d'immenses domaines. Mais qui sait, songea-t-il, comment je serai moi-même quand je serai vieux et malade ? Aussi répondit-il avec gentillesse :

— Réfléchissez, Opa. Voici un garçon, un jeune homme qui a une longue vie devant lui, et une fillette qui dans quel-ques années sera une femme. Qu'y a-t-il pour eux ici ? Même avec la fièvre jaune, La Nouvelle-Orléans vaut beaucoup mieux.

— Quelle sorte de vie religieuse auront-ils dans cette ville où tu veux les emmener ? demanda brusquement le vieillard.

Ferdinand hésita.

— En vérité, une vie religieuse moins intense qu'ici.

— Bah, voilà dont tu ne t'es jamais soucié, si je m'en

26

souviens bien. Mais j'abhorre quant à moi l'idée que les enfants de Hannah pourraient oublier ce qu'ils sont.

— Il n'y a pas de raisons pour qu'ils l'oublient, Opa.

— Ils ont été élevés sous mon toit dans l'observance de la loi. Comme leur mère, ce sont des juifs fidèles.

Ferdinand regarda ses enfants. Pour le bien que cela avait fait à leur mère ! Il se leva et tira une montre en or de son gousset.

— Je vous ai tous fait veiller trop tard. Il est près de minuit, mais il est vrai que j'ai retardé mon arrivée pour ne pas être ici avant la fin du sabbat.

— Tu ne t'es pas gêné pour voyager le jour du sabbat, dit Dinah.

— Eh oui, c'est vrai, je vous en demande pardon ! Je ne me soucie guère de ces choses-là. Ce sont mes manières de La Nouvelle-Orléans. Il faudra que je les amende, concéda-t-il d'un ton apaisant.

Longtemps avant l'aube, les deux habitants de la maison qui devaient la quitter sautèrent à bas du lit dans leur mansarde, réveillés par l'enthousiasme, un petit peu de peur et une certaine tristesse. Chacun à sa fenêtre ils virent le ciel noir virer au gris puis à une lavande mélancolique pour soudain s'embraser d'argent au-dessus de l'arc du soleil levant.

David, accoudé au rebord de la fenêtre, ferma les yeux devant le soudain afflux de lumière. Papa se vante, songea-t-il. Il veut nous montrer combien il est devenu important. M'aura-t-il trouvé boudeur ? Je ne savais pas quoi dire au début. Je dois bien reconnaître en définitive que je lui en veux d'être parti en m'abandonnant — en nous abandonnant. Pourtant ce n'est pas juste : qu'aurait-il fait avec un petit garçon et un nourrisson ? Et il était jeune. Quand il a épousé ma mère, il n'était pas beaucoup plus âgé que moi aujourd'hui. Le bizarre de l'affaire, c'est qu'il a encore l'air très jeune, tandis que je me sens peut-être plus vieux qu'il n'est... mais enfin c'est ridicule. Je me suis toujours senti vieux. C'est à cause de cette image que j'ai dans la tête. Comme un tableau que l'on aurait peint là. Rien ne peut l'effacer malgré tous les efforts que je déploie pour le faire disparaître sous la bonne humeur.

Pas moyen de l'effacer. Un bâton de craie griffonne en travers d'une porte : *Jude verreck* — juif, crève comme un chien. Des éclats de rire, des bruits de bottes. Hep Hep. Une femme au ventre gonflé creuse les reins et se met à hurler. Oui, oui, c'est ainsi que cela s'est passé : dans une envolée froufroutante de jupes et de jupons, les longues jupes des femmes et une porte claquée ; derrière cette porte, l'horreur. Ensuite les sanglots et les jupes longues formant un cercle. Les visages de ces femmes penchés sur lui : pauvre petit orphelin, pauvre petit garçon qui n'a plus de maman.

Le sang le rendait malade. Pourtant s'il voulait être médecin, il devait être capable de supporter la vue du sang. Mais c'était autre chose. C'était le sang répandu dans la violence qui le rendait malade. Un an ou deux auparavant, il avait eu une période pendant laquelle il avait découvert qu'il ne pouvait plus avaler de viande. Elle lui restait en travers de la gorge. Un blanc de poulet sur son assiette reprenait vie : claquements, battements, froissements d'ailes étalées et de plumes, caquets désespérés, course éperdue sur les fragiles pattes décharnées. Cette période lui était passée. Par un effort de volonté. Comme un effort de volonté le faisait désirer être médecin.

A l'étage inférieur, on remuait, une chaise craqua. Pauvre Opa, grincheux mais si bon ! Il devait certainement savoir qu'il était mourant. Quelle horreur d'être vieux, sans force, de passer chaque journée dans la certitude que l'on est en train de mourir. Papa, lui, il était fort. Impossible de ne pas le voir et de ne pas l'en admirer. Avoir fait ce qu'il avait fait, avoir affronté le monde tout seul pour s'y tailler une place ! Oui, on ne pouvait qu'admirer une telle vigueur, une telle volonté. Même s'il s'en vantait un peu.

Il y avait un éclat de miroir accroché au mur : il l'avait trouvé parmi les rebuts. David y examina son reflet. Non, il n'y avait point de ressemblance entre son expression habituellement boudeuse et la mimique enjouée de son père. Seule la chevelure noire et bouclée était la même. Et la détermination de papa — je la possède. Cela, je le sais.

C'était merveilleux pour Miriam de quitter la sévère, l'amère, la triste Dinah ! Papa disait qu'il allait l'envoyer à l'école. Elle était vive. David lui avait appris à lire et parfois elle lui chipait même ses livres, empruntés au rabbin, le rabbin « moderne » qu'Opa accablait de sarcasmes. Naturellement, elle n'était pas en mesure de les comprendre. Mais elle essayait tout de même et le surprenait parfois en accrochant telle ou telle phrase. Curieuse, voilà ce qu'elle était. Et prompte à rire, comme d'ailleurs à pleurer. Parfois, il éprouvait des sentiments quasi paternels à son égard. Ma foi, son vrai père allait pouvoir prendre la relève désormais, et veiller sur elle comme il convenait.

De nouveau il ferma les yeux et vacilla un peu sur lui-même, comme l'on fait dans la prière. Puis il les rouvrit, désireux de garder dans l'œil et dans l'oreille cet endroit qu'il allait quitter, désireux de garder le souvenir de la lumière du matin, d'une voix dans le lointain, du roulement creux de la charrette d'un paysan.

Dans l'autre mansarde, la fillette caressait la jupe de sa tenue toute neuve. Elle avait coutume d'emprunter à la nature les termes dont elle se servait pour décrire les choses à elle-même ; ainsi l'étoffe était-elle douce comme l'herbe nouvelle, bleue comme un papillon, chaude et légère comme le duvet d'oie. Elle ne possédait point de miroir et c'était seulement en se dévissant le cou par-dessus l'épaule qu'elle pouvait apercevoir comme un tourbillon dans son dos, là où le lourd ourlet gonflé de la jupe se balançait par-dessus ses chevilles. Levant la main, elle laissa glisser la manchette effilée découvrant son petit poignet. Quel vêtement merveilleux ! Bien plus beau que la robe de synagogue de tante Dinah ! Bien plus beau que tout ce qu'elle avait vu. Et elle en aurait bien d'autres semblables, papa l'avait promis. Comme elle regrettait de partir si tôt le matin, car elle eût adoré parader tout au long de la ruelle pour faire admirer de tout un chacun ce costume magnifique.

Elle courut à la fenêtre. Il n'y avait encore personne dehors, nul signe de vie à l'exception de l'oiseau, dans sa cage suspendue devant la vitrine cassée de l'échoppe d'en face. La vue de cet oiseau troubla l'enfant — comme toujours. La cage était trop petite. La pauvre créature n'avait même pas la place d'étendre les ailes. Etait-elle condamnée à rester suspendue là, abattue, silencieuse, tous les jours et toutes les nuits de son existence ?

Opa avait dit un jour :

— Ta mère non plus n'avait jamais pu supporter la vision d'un oiseau en cage.

Ta mère. Miriam connaissait l'histoire de sa mère, l'avait connue longtemps avant d'être censée la connaître, ayant surpris tant de conversations. *Comme elle lui ressemble. Comme elle ressemble à Hannah. C'est horrible quand on y pense. Une vie qui s'en va, une autre qui vient. Affreux.* Et d'avoir entendu cela si souvent, elle s'était mise à éprouver peu à peu le sentiment d'une certaine distinction. Une certaine importance de son être que les autres, ceux qui étaient nés d'une manière ordinaire, ne pouvaient posséder. En revanche, cela lui avait donné des cauchemars.

Il y en avait pour dire qu'elle n'aurait jamais dû apprendre la vérité. Mais il était trop tard pour cela. Comme son frère, elle avait formé des images mentales, des gravures que rien n'effacerait. Dans ces images, sa mère portait toujours un châle de laine écossaise : pourquoi ? Personne jamais ne lui avait parlé d'un châle. Et sa chevelure était relevée en un haut chignon. Personne ne lui avait parlé de cela non plus et jamais elle n'avait posé la question.

Voilà que saisissant ses deux nattes elle les tortilla en un chignon de soie noire sur le sommet de son crâne, allongeant son visage en aspirant ses joues, ce qui lui donna une expression sérieuse, adulte — et aussitôt elle éclata de rire et dans une grande envolée de jupe alla ramasser le petit chien qui la dévisageait avec l'équivalent canin de l'ébahissement.

— Gretel, on va en Amérique et tu viens aussi. Tu ne croyais tout de même pas que je partirais sans toi.

Son expression redevint grave.

— Tante Dinah me manquera. Quand elle ne me gronde pas, elle peut être si gentille, parfois. Je crois qu'elle se sentira bien seule sans moi. Et mes amies Laure et Ruth — n'empêche, ce sera merveilleux d'être sur le bateau. Et puis il y aura David, alors on ne sera pas trop dépaysés. D'ailleurs, j'aime bien papa. Je sens déjà que je l'aime. Il a un si gentil sourire. Et il a dit que la poupée avait des cheveux dorés.

Et il semblait à la petite que jamais le soleil ne s'était levé avec autant d'éclat que ce matin-là.

Debout au rez-de-chaussée, ils se faisaient leurs adieux. Ferdinand tira une bourse de sa poche. De grosses pièces lisses, des florins d'or, s'étalèrent en un petit tas sur la table.

— Voici pour le moment, dit-il. J'ai laissé des instructions à mon banquier à Strasbourg pour qu'il vous envoie chaque mois la même somme tant que vous vivrez l'un et l'autre. Quant à cette bourse-ci, c'est un don pour la synagogue. Vous voudrez bien le faire pour moi en souvenir de Hannah.

Le vieillard et sa fille étaient pétrifiés. Il y avait quelque chose dans leur gratitude muette, dans leurs yeux humides, qui fit honte à David. Aucun être humain n'aurait jamais dû être tenu d'éprouver une telle reconnaissance à l'égard d'un autre. C'était humiliant.

— Et ne vous en faites pas pour les enfants. Ils ne manqueront de rien chez moi. Emma est la meilleure des femmes. Elle les attend avec impatience.

Tante Dinah s'essuya les yeux.

— David est trop audacieux, cela lui jouera des tours. Trop téméraire et insouciant. C'est une forte tête. Quand il s'est logé une idée en tête, rien ne peut l'en faire sortir. Il est si têtu. Mais c'est un bien brave garçon tout de même.

David la regarda avec étonnement. Jamais, pas une fois, dans son souvenir, elle ne l'avait appelé brave garçon.

— Oui, il sait comment le monde devrait être et croit pouvoir le changer. Quand tu auras appris à ne pas dire tout ce qui te passe par la tête, David, cela vaudra mieux pour toi, conclut Dinah.

Le vieillard souhaitait ajouter quelque chose.

— L'année dernière, il nous a attiré des ennuis avec les voisins. Le père était en train d'administrer une correction à son fils qui avait volé des pommes de terre et David lui a crié : « Ce n'est pas ainsi qu'on élève les enfants ! Vous devriez le savoir ! La Torah nous apprend à enseigner, pas à battre. » Vous vous rendez compte ! Un garçon qui vient tout juste de faire sa barmitzvah et qui se permet d'expliquer à un adulte comment il convient d'élever son fils ! Ah, l'homme est entré dans une violente colère, je peux vous le dire.

— Mais David avait raison, fit soudain remarquer Miriam.

— C'est son ombre, dit Dinah en étreignant la petite. Elle est l'ombre de son frère. Quoi qu'il fasse, il a raison à ses yeux. N'est-ce pas, Miriam ?

Ferdinand se mit à rire.

— En tout cas, je vois déjà que mon existence sera nettement plus intéressante, désormais.

Et voilà que le moment était venu, le plus difficile de tous, le moment final, quand il ne reste plus qu'à dire adieu, avec le plus possible de retenue et de dignité pour éviter que le dernier souvenir ne soit celui d'un chagrin total. Il faut savoir trancher sans arracher.

David prit la main de Dinah puis celle du grand-père, y déposa un baiser et se détourna sans un mot. Emu de l'intuition que manifestait le garçon, car le vieillard était manifestement sur le point de fondre en larmes, Ferdinand prit à son tour ces deux mains dans les siennes. Puis, les bras entourant l'épaule de ses enfants, sachant que ceux qui restaient en arrière suivaient passionnément tous leurs mouvements, et que la vue de ce signe d'affection leur serait une consolation, il les entraîna par la ruelle jusqu'à la cour de l'Ours d'Or où la voiture les attendait déjà pour leur faire parcourir le premier tronçon de leur long voyage jusqu'au foyer paternel.

2

Cinq semaines après avoir quitté Le Havre, le brick *Mira-belle*, transportant des cotonnades, du vin et des passagers, avait laissé derrière lui les eaux gris fer de l'Atlantique-Nord, fait des vivres et de l'eau aux Açores, et se dirigeait désormais vers le sud-ouest et l'été. Il naviguait entre le bleu et le bleu, le dôme céleste se fondant dans le renflement indigo de la mer. Turquoise, lapis-lazuli et azur, les vagues faisaient la course avec le vaisseau. Là où le sillage fendait la surface de l'eau à la poupe, le bleu se faisait si pâle qu'il virait en vibrations argentées. Gonflées par les alizés, les grandes voiles du deux-mâts claquaient au vent et le navire prenait de la vitesse ; ses étendards flottaient joyeusement comme pour quelque fête et la femme très aristocratique sculptée à la proue tendait son long cou vers l'hémisphère occidental comme si elle avait été elle-même impatiente de l'atteindre.

Pour Miriam, qui n'avait jamais parcouru plus de quelques kilomètres entre des villages identiques à bord d'une carriole attelée d'un cheval, qui n'avait jamais rien vu de plus impressionnant que la résidence d'été plutôt médiocre du comte von Weisshausen — et encore, aperçue depuis une route éloignée, tout au bout d'une allée plantée de cyprès —, qui n'avait jamais rien vu de plus exotique que la malle de voyage à bord de laquelle son père était arrivé, le voyage tenait du miracle et aurait constitué une fin en soi s'il n'avait mené nulle part.

Pour David, qui avait parcouru le monde à travers ses livres, le voyage était tout aussi miraculeux mais d'une manière bien différente. Il avait les yeux aux aguets. Rien ne lui échappait, et il formait de grandes espérances.

Ayant appris que le français était la langue que l'on parlait à La Nouvelle-Orléans, il avait immédiatement entrepris de l'apprendre et de l'enseigner à sa sœur. Parmi les passagers peu nombreux — deux banquiers parisiens et leurs épouses, dames très à la mode et d'un esprit vif, et un groupe de religieuses en route pour un couvent de La Nouvelle-Orléans — il y avait un père et son fils qui regagnaient leur foyer de Charleston après un voyage en Europe. Le père, Simon Carvalho, était médecin. Gabriel, le fils, avait l'âge de David. C'était un garçon séduisant aux traits réguliers et aux manières réservées. Contrairement à David, ses gestes étaient lents et délibérés. Et pourtant, il avait été assez amical pour proposer d'enseigner le français aux deux jeunes Raphael. David éprouvait un profond respect pour lui et pour ses connaissances.

— Il sait tant de choses. Jamais je ne rattraperai mon retard en latin et en sciences. Et il a six mois de moins que moi, ne l'oublions pas, se plaignit David à Ferdinand.

— Bah, avec les avantages qu'il a eus sur toi, ce n'est pas étonnant. Mais tu le rattraperas, j'en suis bien persuadé.

Ferdinand s'était renseigné sur cette famille le premier jour de la traversée, avant même que le bateau eût quitté le port.

— Ce sont des juifs séfarades. Ils sont venus en Caroline du Sud depuis l'Espagne en passant par le Brésil, voilà bien des générations. En 1697, je crois, m'a dit le docteur. Il a une fille mariée, à La Nouvelle-Orléans — Rosa et Henry de Rivera. Des gens installés. Habitués à la richesse. Modérés dans leurs goûts alors qu'ils possèdent le meilleur de toute chose, conclut-il avec satisfaction.

Cela faisait plaisir à son père, David le vit bien, de fréquenter des gens importants. David en fut troublé. Il y voyait un signe de faiblesse et répugnait à penser que son père était faible. En même temps, il était tout honteux de la déloyauté avec laquelle il se permettait une telle pensée.

— Je vois que vous faites des progrès avec Gabriel, ou plutôt je l'entends, dit un jour à David le Dr Carvalho. Il sera bientôt inutile que je m'adresse à vous en allemand. Vous semblez comprendre presque tout ce que je dis en français. Peut-être pourriez-vous persuader mon fils de commencer aussi à vous apprendre l'anglais.

— Oh, dit Ferdinand, ils n'auront pas besoin de parler anglais à La Nouvelle-Orléans. Nous comptons deux fois plus d'habitants parlant le français que l'anglais. L'anglais est considéré comme grossier, à la maison, même quand on le parle.

Le Dr Carvalho répliqua :

— Cela changera. C'est déjà en train de changer. Ma fille me dit que la ville se remplit rapidement d'Américains.

— Mais je croyais que tout le monde y était américain ! se récria David.

— Ce n'est qu'une manière de parler, dit Ferdinand. Ce terme désigne les gens originaires d'autres régions des Etats-Unis. Les créoles de La Nouvelle-Orléans sont d'ascendance française ou espagnole et, d'un point de vue mondain, ils représentent vraiment le sommet. Un de mes amis « américains » m'a dit ainsi que la plus grande fierté de la vie de sa mère fut la première fois où elle fut invitée dans un foyer créole.

Le Dr Carvalho réagit avec courtoisie.

— Vraiment ?

— Oui. Elle fut invitée à prendre le *café noir*, un après-midi, et elle comprit que c'était un honneur qui lui était fait. Les créoles préfèrent demeurer entre eux.

L'homme sourit.

— Ce sont là des différences artificielles.

De nouveau David sentit lui monter aux joues le pourpre de la gêne comme si la remarque du médecin, bien douce pourtant, avait été une rebuffade pour Ferdinand. Troublé, il détourna les yeux vers le large et la mer placide, qui remuait à peine à cet instant d'un lent balancement semblable à celui de quelque liquide dans une tasse. C'était une vision apaisante. Les gréements murmuraient dans le vent, vibrant comme les cordes d'un violon.

Ferdinand se frotta les mains.

— D'ici peu, vous serez chez vous à Charleston, docteur. Ensuite, nous longerons la côte, nous pénétrerons dans le golfe et nous serons arrivés à notre tour.

Il prit une profonde et sonore inspiration.

— Ah c'est magnifique ! splendide ! Le sentiment de liberté qu'on éprouve sur l'océan ! Qui croirait que nous avons quitté l'Europe voilà seulement quelques semaines ? Il est difficile de se rappeler que l'Europe existe, tout simplement !

Du pont inférieur provenait la rumeur de nombreuses voix. Tout le monde baissa les yeux vers l'humanité qui s'était massée à l'entrepont. C'était surtout des jeunes gens — des immigrants, avec çà et là une petite famille rassemblée : des enfants qui ne tenaient plus en place, des pères en costume paysan, des femmes portant des nourrissons. Tous profitaient de l'heure de promenade quotidienne pour respirer un peu d'air. Les passagers du pont supérieur les observaient avec une curiosité silencieuse. Ceux d'en bas ne levaient jamais les yeux.

— Les pauvres créatures ! J'espère bien, dit le médecin, qu'ils ne vont pas allumer d'incendie avec les feux qu'ils font là-dessous pour leur cuisine. Cette idée me tracasse sans cesse.

— C'est qu'il fait froid chez eux, dit David. Ou alors on y étouffe. La chaleur y était telle que je pouvais à peine respirer un jour quand j'y suis descendu.

— Tu y es descendu ? demanda sèchement Ferdinand. Pour quoi faire ?

— Je leur apportais à manger.

— A manger ! Ils ont ce qu'il faut.

— Oh non, papa, ce n'est pas mangeable. Même l'eau qu'ils ont sent mauvais. La semaine dernière, il y avait des asticots dans leur viande et ils ont dû la jeter par-dessus bord. Ce n'est pas juste, tu sais ! Le commandant leur avait promis une alimentation décente mais il les oblige à lui acheter des pommes de terre quand ils n'ont plus rien. Ils ont faim et soif. Tandis que nous ici, dans les cabines, on nous sert de la viande fraîche et des oranges des Açores. Ce n'est pas juste.

Le Dr Carvalho murmura doucement :

— Bien des choses ne sont pas justes en ce bas monde et ne le seront jamais.

Le front du garçon se rida en une protestation véhémente.

— Il n'y a aucune raison pour qu'il en soit ainsi ! s'écriat-il. J'ai demandé à l'un des matelots combien de gens il y avait, en bas, dans ce petit espace. Quatre cents ! Ils sont entassés. Deux doubles rangées de châlits superposés. Et un étroit couloir entre les deux. C'est tout juste si on peut s'y glisser. Et cela fait un mètre soixante de haut. Quand on est grand comme moi, il faut se courber pour avancer.

Ferdinand l'interrompit.

— Je t'interdis de redescendre là-bas, tu m'entends ? C'est plein de rats et ils ont la dysenterie. Dieu sait quelles maladies tu aurais pu attraper ou transmettre à nous tous...

— Votre père a raison, dit le Dr Carvalho. Quand l'air est fétide, les fièvres couvent. C'est bien connu.

David était au désespoir.

— Mais j'ai promis de leur apporter des oranges ! J'en ai tous les jours ; je peux bien partager de temps en temps, non ?

— Baisse la voix avant de faire du scandale, dit Ferdinand car David avait élevé la voix.

Les banquiers français et leurs épouses regardaient fixement dans leur direction.

— Mais je n'ai rien dit de scandaleux. J'exprimais seulement mes convictions.

Avec un tact un peu voyant, le Dr Carvalho s'écarta. Et Ferdinand poursuivit :

— Tes manières laissent à désirer, mon garçon. Les juifs plus encore que les autres ont besoin de bonnes manières et il serait temps que tu l'apprennes, David.

La colère montait entre le père et le fils. Le visage de Ferdinand s'était empourpré, ses lèvres tremblaient et David se dressa face à lui.

— Les juifs ? Et pourquoi devrions-nous nous faire tout petits ?

— Je ne te demande pas de te faire tout petit, comme tu dis. Je te demande seulement de ne pas te donner en spectacle et de ne pas attirer l'attention sur nous.

David s'entêta. Une part de lui-même aurait voulu éviter la colère de son père, mais une autre part le poussait au contraire à l'exciter.

— Mais pourquoi ? Pourquoi les juifs devraient-ils plus que les autres avoir de bonnes manières ? Tu ne me l'as toujours pas dit.

— Parce que.

Ferdinand parlait à voix basse, l'air anxieux.

— Parce qu'être juif c'est être jugé, c'est être une victime. Heine... tu as lu Heine ?

— Oui. J'ai lu ses poèmes.

— Très bien. Il a dit lui-même qu'être juif est une infortune. C'est Heine qui l'a dit. Tu n'as qu'à le lire.

— Et tu es d'accord avec lui, papa ?

— Certainement, je suis d'accord. Regarde autour de toi. C'est le sens commun.

L'adolescent eut l'impression d'avoir reçu des coups. Il était meurtri.

— Pourtant tu as donné de l'argent à la synagogue.

Ferdinand haussa les épaules.

— En souvenir du passé. Pour l'amour de ta mère. Moi, je ne vais jamais à la synagogue.

— Tu es chrétien, alors ?

— Certainement pas. Jamais je ne me convertirai. Pour qui me prends-tu ? C'est simplement que... tout simplement que... rien de tout cela n'a guère de sens pour moi. Rien du tout. Et moins que toute cette imbécillité des règles alimentaires : tu crois que Dieu s'intéresse à ce que tu te mets dans l'estomac ? Tu crois qu'il suffit de manger du porc pour être méchant ?

— Mais pas du tout, papa. Pour moi-même, j'obéis parce que c'est un rappel de qui je suis. C'est difficile à expliquer...

— Alors n'essaye pas, grommela Ferdinand.

David se tourna vers le soleil couchant, les sourcils froncés. Il se tint longtemps à la proue. Une bande de mouettes qui suivait le navire depuis les Antilles volait dans le vent au-dessus de la mer phosphorescente. Un poisson volant bondit en un éclair d'argent qui retomba dans l'eau après avoir décrit une courbe gracieuse.

Dieu est une grande force, songea le garçon. Nous nous mouvons avec Lui. Les mouettes sont portées par l'air et les poissons par l'eau, mais nous sommes portés par Lui. Alors nous nous sentons grands et fiers.

Mais son père l'avait fait se sentir petit et honteux. Des larmes lui montèrent aux yeux. Il vit un abîme s'ouvrir entre son père et lui.

Miriam, à sa manière enfantine, était troublée elle aussi. Elle avait tout entendu. Oh, comme Opa aurait été choqué d'apprendre ce que papa venait de dire ! Mais aussi, pourquoi David le mettait-il en colère ? Il n'avait aucune chance de gagner, alors pourquoi commencer ? Cela lui rappelait la maison, les récriminations de tante Dinah, et Opa qui lui enjoignait de se taire. On les entendait se quereller même à travers les murs. Comme elle redoutait les voix coléreuses, quand ils se disputaient, à la maison, elle prenait Gretel dans ses bras, et l'étreignait. La douce langue qui la léchait, la tiédeur de cette petite vie contre elle lui étaient un grand réconfort contre les voix coléreuses.

Accoudée au bastingage, Miriam pressait le petit chien contre sa poitrine.

— Ah Gretel, ma petite Gretel. Toi et moi, Gretel ! Gretel ! Oh, mon Dieu ! hurla-t-elle.

Son cri déchira l'air. Tous les visages se tournèrent dans sa direction. On se précipita tous ensemble, sans savoir, sans comprendre, jusqu'à ce qu'elle montre du doigt.

Loin, bien loin déjà en dessous, la tête du chien montait et descendait sur les vagues.

— David !

C'était vers lui et non vers son père qu'elle se tournait.

— Elle a gigoté un petit peu, elle m'a échappé ! Oh David !

— Au nom du ciel ! s'écria Ferdinand. Ce garçon est devenu fou !

Car David venait en un instant de se débarrasser de sa veste, de grimper par-dessus le bastingage et de plonger dans la mer, les pieds les premiers. Les matelots hurlaient dans le gréement tandis que le garçon impuissant était ballotté par l'eau. En un accès de compréhension soudaine, Ferdinand poussa un cri d'horreur.

— Il ne sait pas nager !

Deux matelots coururent le long du pont avec une échelle de corde et entreprirent de descendre le long de la coque. Mais ils n'étaient pas parvenus au quart de la distance que le jeune Gabriel plongeait à son tour, décrivant un arc parfait pour atteindre à quelques centimètres près l'endroit où la tête de David avait déjà disparu. Sous les yeux des spectateurs effrayés, fascinés mais qui criaient des encouragements, l'adolescent agrippa la chemise de David puis les matelots hissèrent David le long de l'échelle de corde tandis que Gabriel récupérait le petit chien.

L'incident n'avait guère duré plus de cinq minutes. De ces minutes dont est tissée l'éternité.

David était étendu sur le pont, secoué de hoquets et de nausées. Virevoltant dans sa chute, il était tombé à plat sur l'eau et son ventre crispé lui faisait mal. Il ne disait rien. Personne ne s'attendait à l'entendre parler. Il voyait par en dessous Miriam étreindre le chien trempé. Des jambes se profilèrent au-dessus de lui, celles de son père d'un côté et celles du Dr Carvalho de l'autre. Les religieuses dans leur épaisse robe noire glissaient alentour comme s'il n'y avait pas eu de jambes sous leurs jupons. Les deux Françaises gazouillaient leur admiration pour Gabriel, l'héroïque Gabriel.

La seule différence entre lui et moi, c'est qu'il sait nager. J'ai l'air d'un imbécile.

Au bout d'un moment, il fut capable de se dresser sur son séant, et Ferdinand l'attaqua aussitôt.

— Pauvre imbécile, David ! Que croyais-tu donc pouvoir faire ? Et cet océan qui est plein de requins ! Tu ne réfléchis donc jamais avant de parler ni d'agir ? Tu ne réfléchis donc jamais ?

— Elle aime son chien, marmonna David avec obstination.

— C'est possible, mais la vie d'un chien vaut-elle la tienne ? Je ne te comprends pas. Et ton ami, le jeune Carvalho, tu l'as contraint à risquer sa vie pour toi. C'est un héros. Mais lui au moins il sait nager. Et s'il a pris des risques, c'était pour une vie humaine, pas pour celle d'un chien.

David se taisait. Ferdinand allait et venait, arpentant le pont. Quand il vint se planter de nouveau près de David, il avait eu le temps de se calmer.

— Oui, tu as été bon de penser à ta sœur. C'est ainsi que j'essaierai de voir les choses. Tu as le cœur grand, impulsif. Ce n'est pas une mauvaise chose.

Il tenta de sourire.

— Mais mon Dieu, tu serais mort s'il n'y avait pas eu Gabriel. Les matelots n'allaient pas assez vite et Maxim et Chanute étaient dans les cales.

L'incident avait assombri l'après-midi. En silence, comme

s'ils avaient reçu une bonne leçon, les passagers regardaient vers l'ouest comme la belle dame de bois de la proue.

On apporta un tabouret pour Miriam qui s'y assit, tournée vers l'ouest comme les autres, Gretel, désormais attachée à une chaîne, à ses côtés. Encore sous le coup, elle ne parvenait pas à parler. David avait failli mourir. Et l'autre garçon aussi. Comme ils avaient été braves, tous les deux. Et Gabriel, qu'elle connaissait à peine.

Il était allé s'asseoir près de David. Croisant son regard, il lui adressa un signe. L'avait-elle suffisamment remercié ? Pouvait-on le remercier suffisamment ? Comme il avait fière allure, les mains refermées autour des genoux et les cheveux ébouriffés par le vent. Si seulement David pouvait être taciturne comme lui ; oh, il était gentil, David, et il lui arrivait de se taire, mais quand il avait une idée, il devenait tout excité, ne tenait plus en place, était prêt à discuter à perte de vue sans jamais renoncer ! C'était pareil à la maison avec Opa. Et manifestement, il s'apprêtait à en faire autant avec papa.

— Ton père ne se met pas en colère contre toi comme le mien, disait David à Gabriel.

— Tu penses à aujourd'hui ? Bah, il m'a un peu grondé dans la cabine pendant que je me changeais. Mais il était fier de moi tout de même.

Gabriel parlait presque timidement.

— Quand j'y pense, je vois bien que j'ai eu tort, mais jamais je ne le reconnaîtrais devant mon père. Jamais. Et sais-tu pourquoi ?

— Dis-le-moi.

— Parce que je n'aime pas la manière dont il parle de... de certaines choses. C'est parce qu'il ne comprend pas.

— Il ne comprend pas quoi ?

David hésita.

— C'est ce sentiment que j'éprouve qu'il est trop différent de moi, et moi de lui.

— Mais vous vous connaissez à peine. Pourquoi n'attends-tu pas d'en savoir plus long ? demanda Gabriel.

David se pencha vers lui et chuchota.

— Le matin, quand je sors les phylactères, il a l'air méprisant et s'éloigne. Tu trouves que c'est bien ?

— Ma foi, non, répondit Gabriel avec hésitation. Mais enfin, je n'y connais pas grand-chose et...

— J'oubliais. Vous ne le faites pas non plus.

— Mais nous sommes aussi juifs que toi. Nos coutumes sont seulement... bah, plus nouvelles, voilà tout.

David réfléchit. Les « coutumes », que lui appelait « la loi », ont été fixées une fois pour toutes. Il est absolument interdit d'en changer. Et son indignation monta.

— Plus nouvelles ? Alors tu trouves les anciennes ridicules ?

— Pas du tout. Si on croit à quelque chose, il faut aller jusqu'au bout, de tout son cœur.

La franche sympathie de Gabriel rendit David honteux de son indignation momentanée.

— Mon défaut, et je le sais bien, c'est de n'être pas patient, Gabriel. En tout cas, et en dehors de tout le reste, je te dois la vie, et ma sœur celle de son chien.

— C'est une jolie fille.

— Tu trouves ? Elle a le nez tros gros, dit David avec tendresse.

— Mon père dit qu'elle a l'allure d'une aristocrate.

— Oh oh ! Elle peut être bien ennuyeuse. Tous les garçons qui ont une petite sœur pourraient t'expliquer.

— Effectivement, je ne sais pas. Ma sœur à moi est tellement plus âgée. Vous ferez probablement sa connaissance à La Nouvelle-Orléans.

— A propos, La Nouvelle-Orléans est-elle aussi merveilleuse que le dit mon père ?

— Bien sûr. Pourquoi le mets-tu en doute ?

— Parce qu'il exagère.

— Oh mais tu ne peux pas continuer ainsi à douter de tout ce qu'il dit, David.

— Tu sais, je pense que tu exerces probablement une très bonne influence sur moi. Si seulement tu pouvais habiter à La Nouvelle-Orléans.

— Mais je t'y verrai. Nous resterons amis. J'irai forcément rendre visite à ma sœur. Et entre-temps nous nous écrirons. Tu écriras en français.

Gabriel se mit à rire.

— Et je t'enverrai les corrections.

— J'écrirai aussi en anglais. Quoi que dise mon père, je compte apprendre l'anglais aussi.

Ainsi devisaient-ils avec l'honnêteté toute simple des jeunes gens qui n'ont pas encore appris à choisir leurs amis par intérêt, souci de prestige ou toute autre raison que la véritable sympathie mutuelle.

De l'autre côté du pont, Ferdinand observait ses enfants. La fillette était très tranquille, câlinant son chien. Pauvre petite ! Il comprit que l'animal constituait un lien entre l'inconnu et tout ce qu'elle avait connu jusque-là. De toute manière, elle avait une personnalité enjouée. Elle ne lui donnerait guère d'ennuis mais au contraire beaucoup de joie, il en était certain. Oui, songea-t-il, Miriam serait une lumière dans la maison qui était privée d'enfants.

Ah, mais David ! C'était une autre paire de manches. Si sourcilleux et pénétré de son bon droit, avec ses yeux inquisiteurs, toujours à me faire passer un examen, à fouiller l'intérieur de ma tête ! S'il fallait en juger par ses déclarations, c'était un petit cuistre prétentieux et ennuyeux. Mais les cuistres n'agissaient pas comme lui, n'auraient jamais descendu de nourriture dans la cale. Il participe à la misère qui règne là en bas, et Dieu sait que je suis bien placé moi-même pour savoir ce qu'est cette misère ! Oh oui, il a bon cœur, et cependant sa place n'est pas d'aller se mêler des affaires de ces pauvres gens. Nous ne pouvons rien pour eux, rien. Ce ne sont pas quelques oranges qui les tireront de leur malheur, elles risquent même de le faire paraître pire encore, quelque chose qu'il ne comprendrait pas. Une telle indignation l'habite, on le croirait prêt à exploser ! Ces sourcils froncés, ces deux plis profonds qui lui barrent le front, et la pomme d'Adam qui monte et qui descend dans son cou maigre, il a du duvet sur la lèvre supérieure et se prend pour un homme, cela ne fait aucun doute. La vie avec lui ne va pas être facile. J'espère qu'il n'introduira tout de même pas un trop profond changement dans nos vies, le pauvre garçon. J'espère aussi qu'il n'adoptera pas ce ton avec mon épouse. Elle n'est pas une personne à s'en accommoder. Il n'y a pas de grâce dans son apparence. Tous ces vêtements neufs que je lui ai achetés avant le départ ! Et il est toujours mal fagoté, il s'arrange pour donner l'impression qu'il a dormi avec ! Ah, j'aurais dû l'emmener avec moi quand sa mère est morte, et l'élever à ma façon. Mais il était trop jeune. Jamais je n'aurais survécu ni fait ce que j'ai pu faire, s'il avait été avec moi. Mon devoir était d'assurer sa sécurité tant que je n'aurais rien à lui offrir, pas vrai ?

Et ma foi, maintenant j'ai quelque chose à offrir. Que deviendrait-il en Europe ? Colporteur, probablement. Jusqu'à ce qu'il devienne trop vieux pour se traîner de lieu en lieu. En Europe, les colporteurs ne deviennent pas de gros négociants. Tandis que désormais, il peut faire sa médecine ou ce que bon lui semblera. Il pourra jouir de tout ce dont jouit le jeune Carvalho.

Et un sourire de satisfaction erra sur la bouche un peu molle de Ferdinand. Voilà que David souriait, lui aussi, parlant à son ami, l'aristocratique séfarade. Mon fils a un beau sourire. Si seulement il pouvait apprendre à s'en servir plus souvent ! En tout cas — il ne ressemble à personne d'autre.

Une brise du soir commençait à agiter la mer et à rafraîchir l'air. Ferdinand s'écarta du bastingage pour aller chercher refuge à l'intérieur. Il n'oublierait pas cette journée. Quand cette traversée serait loin déjà dans le passé, cette journée continuerait d'occuper une place de premier plan dans son esprit. Il en allait toujours ainsi. Sur l'ensemble des longues années oubliées, çà et là, une journée particulière fait saillie. Une journée qui fut chargée de signes, qu'on ne sut pas forcément reconnaître sur le moment. Mais qui deviennent clairs et indéniables, rétrospectivement.

L'air tropical collait à la peau comme de la soie humide. Dans le golfe, les dauphins avaient fait leur apparition, faisant la course avec le bateau, surgissant et replongeant avec vigueur dans leurs jeux aquatiques. Le coucher de soleil méridional était abrupt ; d'un coup de brosse obscur, tout le rose, tout l'or et tout le violet étaient effacés du ciel et la nuit épaisse s'installait.

Maintenant que la traversée tirait à sa fin, les passagers,

impatients d'arriver mais regrettant déjà la fin de ces jours d'oisiveté facile, commençaient à être saisis d'une troublante agitation. Les Carvalho avaient quitté le vaisseau à Charleston, et Miriam et David, désormais entourés d'adultes, étaient gagnés de la même agitation. Les religieuses, qui pendant toute la traversée avaient rarement levé les yeux de leurs prières marmonnées et des promenades au cours desquelles elles disaient leur rosaire, scrutaient désormais l'ouest elles aussi, comme si elles avaient été inquiètes de ce qui les y attendait. Jusqu'aux banquiers et à leurs joyeuses épouses, qui commençaient à se taire.

Mais Ferdinand exultait.

— Nous voilà chez nous ! s'écriait-il chaque matin en apparaissant sur le pont. Chez nous ! Ça ne sera plus très long maintenant.

Et ainsi, par une de ces matinées, ils arrivèrent enfin à l'embouchure du grand fleuve. Tout le monde était venu tôt sur le pont pour jouir du spectacle.

— Regardez, là-bas, disait Ferdinand, l'eau change de couleur. C'est le fleuve qui se mêle aux eaux du golfe.

Un long ruban brun serpentait à travers l'eau bleue dans laquelle il finissait par se brouiller. Une centaine d'îles minuscules semaient le large estuaire du fleuve. Jouant entre elles, le *Mirabelle* entreprit de remonter le courant.

Les bayous et les petits affluents se perdaient dans les ténèbres ; des arbres déracinés pourrissaient sur place dans les marais sous les barbes déchiquetées qui pendaient des cyprès. L'eau immobile recouvrait tout. Mais par-dessus tout cela encore, régnait un silence intense et morose. David se tendait pour tout voir et tout entendre. Oui, c'était bien comme son père avait dit, primitif et sauvage. Nulle part dans les contrées les plus reculées de l'Europe, on n'aurait pu trouver rien de semblable.

— Oh regarde ! Regarde ! chuchota Miriam.

Un grand oiseau blanc au cou de cygne se tenait sur une longue patte dans une tache de soleil entre les arbres.

— C'est un héron, apprit Ferdinand à l'enfant.

— Oh que c'est beau ! s'écria-t-elle.

Ils passèrent devant des lacs et de pâles plages sablonneuses. Dans les marécages plantés de cyprès, un ibis au bec semblable à un cimeterre rouge dévorait un poisson. Puis il y eut d'autres bayous, d'autres lacs et pour finir, une immense étendue d'eau.

— Regardez là-bas, c'est un nid de pélicans. Et là, voici le mâle... nous sommes dans le détroit de Barataria, dit Ferdinand.

Il posa le bras sur l'épaule de David, parlant à toute vitesse sous l'effet de l'enthousiasme.

— Cette île, là, c'est Grande-Terre. Il ne nous reste plus que cent cinquante kilomètres à parcourir maintenant. Là, dans ce creux, on ne voit rien de là où nous sommes, se niche une ville tout entière ! J'y suis allé un jour par pure curiosité. De jolies petites maisons entourées de jardins fleuris. On n'aurait jamais pu croire que c'était une ville de pirates.

David retint son souffle.

— De pirates !

Voilà que je retrouve l'enfant en lui, songea Ferdinand, heureux de constater qu'il s'enthousiasmait encore pour ce qui intéresse normalement les garçons de son âge.

— Oui, Jean Lafitte, l'un des pirates les plus cruels des Antilles, possédait une demeure somptueuse, entièrement meublée du produit de ses rapines. Mais je vais te raconter à ce propos une anecdote surprenante. Voilà trente ans, quand l'Amérique était en guerre contre l'Angleterre, les Britanniques ont envoyé une flotte de cinquante navires de guerre pour conquérir La Nouvelle-Orléans. Ils ont offert à Lafitte 30 000 livres anglaises — une somme énorme, tu peux m'en croire — pour que celui-ci guide leurs troupes jusqu'à la ville.

Du geste, Ferdinand désigna les marais.

— On imagine sans mal que pour traverser ça, d'une manière ou d'une autre, on ait besoin de se faire guider. Toujours est-il que Lafitte, tout en faisant mine d'accepter l'offre, partit rejoindre les Américains sur l'autre rive et les conduisit jusqu'aux Anglais qu'ils purent vaincre aisément par surprise. C'est pourquoi le président des Etats-Unis pardonna tous ses crimes au pirate.

David écoutait, fasciné.

— Qu'est-il devenu, par la suite ?

— Bah, il a ouvert une jolie boutique rue Royale.

Ferdinand éclata de rire.

— Mais je ne pense pas qu'il ait jamais renoncé au métier de pirate !

Les heures passant, le navire fendait l'eau vers le nord. Les marais et la forêt inondée disparurent dans son sillage et, sur chacune des deux rives, le paysage se couvrit de fleurs blanches.

— Le coton, annonça Ferdinand.

— On dirait de la neige, s'écria Miriam.

Un peu plus tard, Ferdinand distribua des instructions.

— Allez vous changer. Nous allons bientôt arriver et je veux que vous fassiez bonne impression.

Il eut pour sa fille un regard plein de tendresse.

— Mets ta robe lavande au col de dentelle. Et prends une ombrelle, celle qui est assortie à la robe. Il fera très chaud à terre, dès que nous aurons quitté le fleuve et sa brise. Tu t'habitueras à porter une ombrelle, tu verras. Toutes les dames s'en protègent.

Parmi la foule croissante des bateaux à vapeur et des navires chargés de coton, la *Mirabelle* progressait en direction de la ville.

— La ville, commença Ferdinand, se trouve à un mètre cinquante au-dessous du niveau de la mer. Les remblais font près de neuf mètres et là, sur ce remblai, ce sont des balles de coton. Jamais vous n'auriez imaginé des quantités pareilles ? Des kilomètres et des kilomètres, de quoi approvisionner le monde entier, ce qui est presque le cas, d'ailleurs, conclut-il avec satisfaction. Et là-bas, ce sont des tonneaux de sucre, dont on approvisionne aussi la presque totalité du monde. Enfin, pas tout à fait. Mais nous le pourrions, s'il le fallait. Vous voyez tous ces quais, tous ces bateaux de marchandises ? Cette ville est le carrefour du commerce mondial. Le tabac, le whiskey, le chanvre, tous les produits imaginables. En Amérique, seule New York a une activité portuaire plus importante. Regardez cette brigantine ! C'est la *Gloucester Breeze* du capitaine Ramsay. Il a probablement une cargaison pour moi. Il vient de Liverpool deux fois par an...

David prit la main de Miriam. Le long rêve qu'avait été le voyage prenait fin. Dans quelques instants, ils mettraient pied à terre. David s'avisa soudain, et cette idée refroidit quelque peu son enthousiasme, que ce faisant, ils allaient pénétrer dans la réalité.

La voix de leur père s'efforçait de couvrir le vacarme des cris, des sifflets et des cloches.

— Regardez ! c'est une cargaison de fourrures qui arrive du nord pour l'exportation. Là, sur votre droite, c'est le village d'Algiers ; juste en face du marché français. Dieu, qu'il fait bon se retrouver chez soi ! s'écria-t-il, dressé sur la pointe des pieds, agitant les bras pour attirer l'attention de ses enfants sur telle ou telle scène.

— Là, voici le Cabildo, érigé par les Espagnols, et le presbytère, de l'autre côté de la cathédrale, où demeuraient les prêtres. La cathédrale Saint-Louis a été bâtie il y a une centaine d'années mais on a dû la reconstruire après qu'un ouragan l'eut entièrement détruite... tu la vois, Miriam ? Veux-tu que je te soulève dans mes bras ? Elle est belle, n'est-ce pas ? Elle porte le nom de son saint patron, Saint Louis, le roi Louis IX...

— Où est la synagogue ? demanda doucement David.

— Oh, dans Franklin Street. Un petit bâtiment. On ne peut pas la voir d'ici.

Ferdinand prit une profonde inspiration.

— Vous sentez comme l'air est doux ! J'ai toujours l'impression que l'air est parfumé, sucré, ce qui n'est sans doute pas le cas. Je suis un citadin, vous comprenez. J'ai survécu en pleine nature et je serais capable de survivre n'importe où mais au fond de mon cœur, je suis un citadin.

Il se redressa. Il n'était pas grand mais savait se tenir de manière à paraître plus grand que sa taille.

— Oui, un citadin, un habitant de La Nouvelle-Orléans.

Le bateau heurta le quai — un coup sourd, un frémissement, suivis de fracas métalliques et de cris, sur le quai. On mettait la passerelle en place.

Du haut de leur observatoire, à la proue, les passagers découvraient, en contrebas, un spectacle extraordinairement animé : chariots, charrettes et carrioles, caisses et malles, chiens errants, enfants, manœuvres, chevaux, voitures, cochers, ombrelles et hauts-de-forme soyeux s'agitaient au milieu d'une étonnante multitude de visages noirs.

— Là ! s'écria Ferdinand. Là-bas, sur la banquette, juste en face de nous, vous les voyez ? Entre les deux chevaux blancs ! Ils sont là !

— La banquette ? demanda David.

— Oui, le trottoir, le long de la rue. C'est Emma avec la robe jaune, et Pélagie est à côté d'elle. Son mari est venu lui aussi — c'est vraiment gentil à lui ! Un garçon sympathique, ce Sylvain. Et là... ah, ils nous ont vus.

Ferdinand agita son chapeau.

— La passerelle est en place ! Allons-y !

3

L'eût-il découverte sur une autre planète ou en rêve, tournoyant dans les airs, que la maison n'eût pas donné à David Raphael un plus fort sentiment de dépaysement. Une semaine plus tard, il n'était guère plus avancé.

La porte à doubles battants de la salle à manger était grande ouverte et, au-dessus du large linteau d'acajou, un crucifix doré attirait le regard de David, malgré les efforts qu'il déployait pour s'en détourner. On retrouvait la silhouette torturée dans chacune des pièces de la maison, le corps suspendu à la croix, la tête affaissée sur l'épaule et les pieds cloués l'un sur l'autre, aux chevilles. La chambre attribuée à David en avait elle aussi possédé un mais on avait eu la prévenance de le supprimer.

Un foyer catholique. La maison de mon père.

Ton épouse — cette famille — est catholique, papa ?

Oui, oui, parfaitement.

Mais que vont-ils penser de moi, de ma sœur et de moi ?

Je te l'ai déjà dit, cela n'a pas d'importance. Ce n'est pas comme en Europe, tu sais. On fait ce qu'on veut, ici. Personne ne s'occupe de ce que fait le voisin.

On vous jetait des pierres en Europe. En Europe, on vous donnait des coups de fouet. Mais pas ici.

Pouvait-on vraiment en être certain ? Là-bas, chez nous, on ne pouvait jamais être sûr de rien. Qu'un paysan désirât vous saluer, et il vous adressait la parole ; sinon il vous ignorait, passait à côté de vous comme si vous étiez invisible. A moins que, pris d'une rage inexplicable, il n'assassinât votre mère sur le seuil de sa porte...

Les pensées de David retournaient à la vieille demeure, à la pénombre des pièces au plafond bas, aux aigres odeurs de l'humidité et de la vieillesse, au souvenir de la mort violente, et à la peur familière, puis revenaient à la réalité présente, tandis qu'il s'efforçait d'établir entre les deux un lien plausible, raisonnable.

Du bout de sa fourchette, il remuait les aliments, les promenant tout autour de son assiette. Il n'avait jamais vu autant de mets — beaucoup trop, même, pour son jeune appétit ! Une bonne part était interdite de toute manière. On avait servi un cochon de lait, qu'il avait reconnu dès qu'on l'avait apporté à table, doré et croustillant sur un énorme plat d'argent. On avait fourré une pomme dans son groin pitoyable : pauvre petite bête répugnante, avec ses cils rares ouverts sur des yeux morts ! Après, il y avait eu quelque chose qu'on appelait vol-au-vent, une espèce de gâteau fourré d'une farce d'huîtres ; il y avait goûté sans savoir ce que c'était et l'avait trouvé fort savoureux. Mais il avait posé sa fourchette dès qu'on lui avait dit de quoi il s'agissait. Heureusement, on servait aussi beaucoup de légumes. On devait pouvoir subsister, et fort bien, rien qu'avec des légumes, et avec les délicieux petits pains chauds qui accompagnaient tous les plats, sur la table. Il y avait aussi du vin. Même au petit déjeuner, on servait du vin. Mais il fallait faire attention à ne pas en abuser, surtout par cette chaleur étouffante. Un juif ne doit jamais être ivre.

Miriam dégustait des crevettes accompagnées d'une sauce rouge épicée. David avait aussi refusé ça, mais il n'avait plus aucune autorité sur sa sœur, désormais. Il était manifeste que son père et l'épouse de ce dernier allaient prendre la relève. C'était leur fille et c'étaient eux qui décideraient des permissions à lui accorder ou non. Il la regarda ramasser au fond de son assiette les derniers restes de sauce et se lécher les doigts, croyant que personne ne la voyait, et elle le toucha au fond du cœur, toute petite sur la chaise à dossier haut, son cou gracile, enfantin, disparaissant presque sous le col de dentelle plissé.

Comme il observait chacun des convives autour de la table, sans que rien lui échappât, il constata que toutes les femmes portaient de la dentelle quelque part sur leur personne. Les joues pivoine de tante Emma — on leur avait demandé d'appeler « tante » l'épouse de leur père — s'épanouissaient au-dessus d'un bouillon de dentelle noire. Il s'émerveilla de la voir se resservir alors qu'elle n'avait pour ainsi dire pas cessé de parler depuis qu'elle était assise. La dentelle frémissait sous son menton.

— Oui, Sisyphe est un gentleman, et des plus raffinés. Il a même enseigné les bonnes manières à mes frères quand ils marchaient à peine.

Sisyphe, un noir aux cheveux gris qui lui faisaient comme une calotte de laine, se tenait à l'écart, une serviette soigneusement pliée sur le bras, donnant des instructions aux jeunes servantes.

— Oui, Sisyphe est un fidèle serviteur, poursuivait tante Emma comme si ce dernier n'avait pas été là. Bien plus qu'un simple maître d'hôtel. C'est aussi un jardinier de talent ; c'est lui qui a créé les roseraies dans le jardin de mon père. Je te l'avais déjà dit, Ferdinand ? Mon frère Joseph aimerait bien le faire venir chez lui, au Texas, mais c'est hors de question. Jamais je ne me séparerai de Sisyphe ! Je lui laisse ses vingt-cinq mille hectares de coton, mais il n'aura pas mon Sisyphe.

La voix profonde et vibrante poursuivait, infatigable. Les oreilles de David se fermèrent d'elles-mêmes sous le flot inin-terrompu de mots. De nouveau, ses regards firent le tour de la table, comme pour analyser ou graver dans sa mémoire les plats d'argent ciselé remplis de noix et de friandises, les can-délabres, les fleurs, si fraîches encore que des gouttes d'eau s'attardaient sur leurs tiges. Mais, comme toujours, c'étaient surtout les visages et les gens qui l'attiraient. Jamais il ne s'était attablé en si grande compagnie. Dans cette maison, la salle à manger s'emplissait à chaque repas. Même pour le petit déjeuner, on recevait des invités.

Accrochant le regard de David, Ferdinand lui adressa un petit signe de tête satisfait. Tu vois ? voulait-il dire. N'est-ce pas comme je te l'avais promis ? Exactement ce que je t'avais décrit ? Est-ce que ça te plaît ?

Face à David, était assise Pélagie, une femme douce, qui ne

se départait jamais d'un pâle sourire timide. Ses épais cheveux noirs étaient tirés en arrière sur son front ; elle gardait les yeux posés sur son époux, assis à ses côtés.

— N'est-ce pas, Sylvain ? demandait-elle après chaque remarque, chaque réflexion, aussi anodine fût-elle.

— N'est-ce pas, Sylvain ?

Et Sylvain, jeune homme à l'air sévère et aux traits prononcés, cravate à la mode et col empesé, acquiesçait de la tête. Mais il est vrai, songeait David, qu'elle ne dit jamais rien qui puisse susciter le moindre désaccord.

Et il se distrayait ainsi à jauger les caractères en silence, tandis que ses yeux parcouraient la rangée. Ce vieillard qui suait l'ennui, voilà quelqu'un qui semblait digne de sympathie ! Il clignait les yeux. La femme en bleu, on aurait dit qu'elle venait de pleurer, il ne faisait aucun doute que son époux était méchant, il en avait l'air. Eulalie, la fille aînée de tante Emma, alors elle — non, je me moque bien d'elle, elle m'est totalement indifférente. Elle avait des yeux violents, deux braises noires sous son front haut et arrondi comme un dôme. Sa robe était hideuse ; il n'y entendait rien aux vêtements et s'en préoccupait d'ailleurs fort peu, mais il ressentait les couleurs dans son âme et le vert agressif de la robe de cette femme était épouvantable. Un gros collier s'entrechoquait avec ses clavicules. Remarquant qu'il l'observait, elle soutint son regard d'un air furibond de sorte que David dut baisser les yeux. Il les posa sur les articulations très blanches des mains d'Eulalie. Nous ne nous aimons pas, tous les deux, songea-t-il, mais c'est elle qui a commencé. Je pourrais faire un effort pour tenter de l'aimer si elle était prête à en consentir un de son côté, mais il n'en est pas question. Il l'avait su dès le premier jour, dès la première heure qu'il avait passée dans cette maison. Il ne savait pas pourquoi, il n'avait rien fait de mal. Etait-ce parce qu'elle n'aimait pas les juifs ? Naturellement, c'était la première chose que l'expérience lui avait appris à penser.

C'était étonnant : jamais encore de sa vie il n'avait été dans la compagnie d'un si grand nombre de gens qui n'étaient pas juifs. Plus précisément, jamais encore de sa vie, pas même une fois, il ne s'était assis pour prendre un repas en compagnie d'un non-juif. Là-bas, en Europe, jamais les paysans ne vous invitaient chez eux et il ne connaissait personne d'autre. L'homme et la femme entre lesquels il était assis pour le moment étaient les seuls autres juifs de la tablée. C'étaient Henry et Rosa de Rivera. Elle était la sœur de son ami Gabriel. Papa les avait invités à dîner en ce dimanche.

Tandis qu'Emma parlait de sa voix forte, Rosa de Rivera lui murmura :

— Je trouve que vous ressemblez beaucoup à mon frère, vous êtes un jeune homme sérieux. Vous faites plus que votre âge. Mais il est vrai que je n'ai pas vu Gabriel depuis trois ans.

Elle avait une expression vive et enjouée et les yeux aux lourdes paupières qui caractérisaient son peuple. Des bijoux d'ambre luisaient à ses oreilles et à ses poignets.

— Si songeur. Puis-je vous demander à quoi vous pensez pour l'instant ?

— A quel point tout cela m'est inconnu. Je ne sais que dire à ces gens, ce qu'ils attendent de moi.

— Attendent ? Contentez-vous de sourire et de vous tenir correctement. Ils n'attendent rien de plus.

— Mais, dit-il en martelant ses paroles un peu hésitantes, j'ai vécu dans un monde différent, si petit, refermé sur lui-même...

— Alors ceci ne pourra que vous faire du bien. Contentez-vous d'être vous-même. Vous êtes très malin. Vous vous en sortirez.

— Monsieur votre époux et vous êtes les seuls juifs présents...

— Il y a Marie-Claire Myers, la petite fille qui est assise à côté de sa mère. Elles sont venues en visite de Shreveport.

— C'est sa mère ? Mais elle porte une croix.

— Sa mère est catholique.

— Mais alors elle ne peut pas être juive.

— Elle est juive.

— Cela ne se peut pas ! C'est la loi, immuable depuis Moïse, protesta-t-il.

— Je sais. Mais les choses sont différentes ici.

Combien de fois encore s'entendrait-il répéter que les choses étaient différentes en Amérique ?

— Son père, bien qu'il ait épousé sa femme à la cathédrale, a voulu que ses enfants fussent élevés comme des juifs.

David examina la jeune fille. Elle avait trois ou quatre ans de plus que Miriam, un long visage couvert de taches de rousseur et une masse de cheveux clairs bouclés. Il nageait en pleine confusion. Une juive dont la mère portait une croix !

— Nous avons dû établir nos propres règles ici, expliqua Henry de Rivera. Notre synagogue n'a que dix ans — *Shanaria Chasset*, les Portes de Miséricorde. Nous nous sommes réunis, trente-quatre hommes, pour la fonder. Manis Jacobs, qui fut le premier président, avait une épouse catholique mais il ne voulait pas que ses enfants fussent exclus, nous avons donc inscrit dans les règlements de la synagogue qu'aucun enfant israélite n'en saurait être expulsé en raison de la religion de sa mère. Cela n'a dérangé personne, puisque la plupart des hommes étaient mariés à des catholiques.

David secoua la tête.

— C'est bizarre.

— Pas aussi bizarre que cela l'eût été autrefois. Rappelez-vous que nous n'avions pas de rabbin. Nous n'en avons d'ailleurs toujours pas. Nous sommes à mille cinq cents kilomètres de tout centre d'une quelconque vie juive, comme Charleston ou Philadelphie. Nous n'avons rien de comparable. Car enfin, il ne nous fallait que cinq mille dollars pour le bâtiment. Vous n'avez pas idée des difficultés que nous avons eues à les rassembler. Nous étions si peu nombreux.

Une question monta aux lèvres de David. Il tenta d'abord de la ravaler puis finit par la poser.

— Mon père... il a donné ?

Henry de Rivera sourit.

— Il a donné. Et plutôt plus généreusement que certains. Je dois pourtant reconnaître qu'il n'a jamais mis les pieds à la synagogue quand elle fut terminée. Mais chacun se détermine comme il l'entend et il n'est pas le seul à avoir pris le même parti, dans cette ville.

Il se garde bien d'émettre une opinion, songea David. Il est avocat et mesure ses paroles, tient surtout à n'offenser personne.

Rosa parla à son tour :

— La Nouvelle-Orléans n'est pas une ville religieuse, pour les chrétiens non plus. Les femmes continuent d'assister à l'office, bien sûr, mais les hommes ne s'en soucient guère. Les gens ont la vie facile, ici, comme dit Henry. On s'enrichit vite et quand on a de l'argent, on a envie de le dépenser...

Elle haussa les épaules.

— Quoi qu'il en soit, il faut que vous veniez nous voir, à la maison. Vous pourrez nous accompagner à la synagogue si vous voulez. Miriam doit venir elle aussi. Nous avons deux bébés, deux petits garçons. Les fillettes adorent pouponner.

— Tu ne manges rien, David.

La voix d'Emma, interrompant son propre monologue, s'éleva de l'autre côté de la table.

— Mais si, je mange à ma faim, tante Emma, je vous remercie, dit David, soucieux de se montrer aimable.

— C'est cette chaleur qui te coupe l'appétit. Monroe, viens un peu par ici éventer Monsieur David.

Un jeune noir aux pieds nus s'approcha, tenant à la main une large feuille de palmier.

— Non, non, pas moi, protesta David. Ce n'est pas la peine...

Un instant, Emma parut vexée, mais ses traits se radoucirent presque aussitôt. Voilà une femme qui n'aime pas qu'on la contrarie, songea David.

Sa voix de gorge un peu éraillée, bien assortie à sa forte corpulence, s'éleva de nouveau :

— Monsieur Ferdinand est prêt pour le café, Sisyphe. Miriam, ma chérie, prends quelques-unes de ces exquises galettes que nous a confectionnées Serafine. Ce sont des *langues-de-chat*. Un nom ridicule pour quelque chose d'aussi délicieux.

La bouche d'Emma s'attarda, gourmande comme une langue de chat, sur chacune des syllabes du mot « délicieux ».

— Monroe, approche un peu ton éventail, je meurs de chaleur. (De fait, ses joues rose vif viraient au cramoisi et sa robe apparut maculée de sueur lorsqu'elle leva les bras pour lisser son col de dentelle.) Je meurs de chaleur, répéta-t-elle, à demi pâmée.

— Songez que vous serez bientôt à Pass, dit Ferdinand pour la réconforter. Puis, s'adressant à ses enfants, il expliqua :

— Pass Christian est la station balnéaire où nous possédons notre résidence d'été. Il y fait merveilleusement frais grâce aux brises du large, et puis il y a les bains de mer, le bateau...

nous avons retardé notre départ cette année à cause de mon voyage en Europe.

— C'est une station fréquentée par la meilleure société — ce sera l'occasion pour vous de faire la connaissance de jeunes gens de bonnes familles, dit Emma s'adressant aux enfants de son époux.

— Ne trouvez-vous pas, cher ami, que David devrait rencontrer des jeunes gens influents ?

Et, sans attendre la réponse de Ferdinand :

— Nous possédons une maison ravissante. Le père de mon premier époux, M. Lecler, l'avait fait construire voilà des années. Bien sûr, ce n'est rien du tout comparé à certaines demeures que vous verrez là-bas, mais elle est très jolie quand même.

Rosa chuchota à l'intention de David :

— La famille Lecler était immensément riche ! Le grand-père était arrivé ici avant l'achat de la Louisiane et avait fait fortune.

— Il allait à Paris tous les ans, intervint Emma — tous les ans, vous vous rendez compte ! Et il nous rapportait des merveilles : des tapisseries, des plats en or, et...

— On dit qu'il aurait été impliqué, çà et là, dans quelques escroqueries, interrompit Sylvain, dans un persiflage qui détonnait avec son affectation d'austérité.

Emma écarta la remarque avec légèreté :

— Pour l'amour du ciel ! on dit la même chose de la moitié de la population de la ville !

— Et c'est probablement vrai de la moitié de la population, rétorqua Sylvain.

Il doit être très riche, songea David, admirant sa propre perspicacité, sinon il n'oserait jamais parler de cette manière à la mère de son épouse.

Tout petit, David observait et jaugeait déjà le monde et les gens qui l'entouraient. L'une des premières choses qu'il avait remarquées, c'était que la richesse autorisait ceux qui la possédaient à prendre des libertés que les autres ne pouvaient pas se permettre.

Pourtant, il aimait bien Emma. Il la jugeait vaniteuse et écervelée mais elle avait bon cœur. Sylvain le mettait mal à l'aise, sans qu'il sût pourquoi.

— Ma foi, j'aurais du mal à parler de ceux des autres, mais en revanche, je puis vous dire qu'il n'y avait pas d'escrocs parmi mes ancêtres, répondit Emma. C'étaient des paysans honnêtes, venus d'Allemagne pour s'installer le long de la côte, un peu au nord d'ici. Des fermiers, vous m'entendez, et fort pauvres, qui ne possédaient pas même une vache. Ils ont dû travailler très dur, je vous assure. Puis ils se sont mariés au sein de la communauté française et s'y sont fondus. Le sang français est fort. Ils ont même changé leur nom pour lui donner une consonance française. Oui, il est bien loin, le temps des paillasses et de la ferme ancienne. Mais Sisyphe s'en souvient, n'est-ce pas Sisyphe ? Il était encore enfant lorsqu'il est venu avec ma mère et deux ou trois autres serviteurs, tout ce qu'elle avait emmené avec elle lorsqu'elle épousa mon père. Ma mère venait d'une famille plus simple, voyez-vous. Simple mais raffinée — une bonne lignée. *De la fine fleur des pois*, c'est ainsi que nous nous qualifions, nous, les vieilles familles créoles. Le meilleur sang. Je dis toujours, il suffit d'écouter parler le sang.

Le sang, songea David. Le sang et l'argent. Nous n'avons pas parlé d'autre chose depuis que nous sommes assis à table. Son regard se perdit dans le vide. Il aurait voulu se lever et s'en aller.

Miriam bâillait. Elle avait apporté la poupée aux cheveux blonds pour l'asseoir sur ses genoux. Du doigt, elle caressait l'étroit bracelet d'or qu'Emma lui avait offert en signe de bienvenue. Elle serait en sécurité ici, protégée, tendrement aimée.

Pour finir, chacun repoussa sa chaise pour quitter la table.

— Si nous écoutions de la musique ? proposa Emma d'un ton enjoué.

— Maire-Claire voudra peut-être nous chanter quelque chose ? suggéra Ferdinand.

La petite assemblée franchit les portes à doubles battants qui menaient du premier au deuxième salon. Dans le premier, les persiennes étaient baissées en permanence contre le soleil. Le soir, comme à cet instant, une lumière bleue filtrait à travers les lamelles et, touchant les dorures des fauteuils et la soie jaune, les bibelots de cristal et les miroirs, les mettait en valeur et leur conférait une dignité nouvelle. Dans le deuxième salon, le piano, la harpe et les rayonnages couverts de livres créaient une atmosphère plus vivante.

— Pélagie, voulez-vous accompagner Marie-Claire ? Marie-Claire a une voix merveilleuse, expliqua Ferdinand avec une gentillesse non dénuée de fierté. Je me suis laissé dire que son professeur fonde sur elle de grands espoirs... mais, regarde, David, est-ce que je t'ai déjà montré le portrait d'Emma ? Il est de Salazar, le grand portraitiste.

Dans un cadre ovale entre deux portes, un tableau représentait une jeune femme mince, vêtue d'un fin corsage blanc froncé sous une gorge menue. Pensive, elle contemplait une branche de lilas.

— La mode Empire était ridicule, évidemment, mais je dois reconnaître qu'on se sentait libre, à se promener ainsi presque nue ! Il est ressemblant, n'est-ce pas ? demanda Emma avec ardeur.

— Très, dit David, qui ne voyait pas la moindre ressemblance avec la dame qui se tenait à ses côtés.

— Bon, eh bien...

Ferdinand se frotta les mains.

— Si nous commencions ? Qu'avez-vous décidé, toutes les deux ?

Pélagie était assise au piano et Marie-Claire se tenait devant elle, dans la courbe formée par la queue de l'instrument.

Ce fut Pélagie qui répondit.

— Nous avons choisi pour commencer une chanson irlandaise, « Kathleen Mavourneen », très populaire depuis quelque temps.

Ses mains effleuraient le clavier avec la légèreté d'une caresse et les notes s'étiraient, plaintives comme des sanglots. Le jeu était aussi sentimental que Pélagie elle-même. Mais Marie-Claire, au contraire, chantait la mélodie sans nulle mièvrerie. L'émotion pure, dépouillée de fioritures, qui s'exprimait par sa voix, captiva David. Il ne connaissait rien à la musique ni au chant, mais il avait la conviction que c'était une voix de femme qui s'échappait de ces lèvres d'enfant. Il était totalement absorbé par la chanson et par l'éclat radieux qui animait brusquement le visage d'ordinaire ingrat de Marie-Claire, lorsqu'Emma se pencha vers lui et chuchota :

— Regarde l'ouvrage d'Eulalie. C'est du macramé. Des vrais doigts de fée. C'est elle qui a fait ces portières.

Docile, il tourna ses regards vers le fauteuil où la ténébreuse — ainsi avait-il surnommé Eulalie dans sa tête — faisait accomplir des figures compliquées à une longue cordelette.

— C'est très joli, murmura-t-il, souriant in petto de la suavité de sa réponse.

Je commence à apprendre, songea-t-il, reportant son attention vers la musique.

Au bout d'un moment, son esprit se mit à vagabonder. Ses regards se détachèrent de la jupe flottante de Pélagie pour suivre les arabesques du tapis et se poser ensuite sur les tentures de soie rouge que la lumière des bougies éclaboussait de taches claires. Dans les profondeurs de la maison, de l'autre côté de l'entrée, il apercevait la salle à manger, où les domestiques étaient encore occupés à débarrasser la longue table. Encore au-delà, il le savait, s'étendait une véranda qui donnait accès à la cour, au jardin, aux écuries et à la cuisine, où se concentrait la vie véritable de la vaste demeure. C'était là, dans les caves, la laverie et les logements des domestiques, que s'accomplissait le travail. Sa chambre donnait de ce côté et, la nuit précédente, il avait entendu des serviteurs bavarder et se quereller. La voix perçante d'une femme en colère, le roulement sourd de celle de l'homme. Il avait aussi entendu quelqu'un chanter. Un chant passionné, aux accents profonds, différent de tout ce qu'il connaissait et qui lui avait serré le cœur, l'emplissant d'une étrange nostalgie, d'un étrange désir. Mais nostalgie de quoi, désir de quoi ? Il n'avait pas le mal du pays, n'éprouvait nul désir de revoir jamais le « pays ».

Que de confusion habitait son jeune cœur ! Pourquoi le confort de cette pièce, les fauteuils profonds, son estomac plein, la lumière tamisée, les parfums entêtants, pourquoi tout cela lui semblait-il si répréhensible à cet instant ? Il y avait quelque chose d'excessif dans cette opulence, quelque chose d'écœurant. Trop de nourriture, trop de soie, trop de fleurs...

Sisyphe, qui venait d'entrer sans bruit, chuchotait quelque chose à Emma. David distingua les mots « Blaise et Fanny ». Emma se leva en même temps que résonnait la dernière note de musique — c'était la fin de la soirée.

— David et Miriam, venez avec moi. Blaise et Fanny sont

arrivés, dit-elle en les entraînant dans l'escalier. Je les ai envoyés chercher à la campagne. En vérité, je les ai achetés à une de mes chères amies qui n'en a plus besoin. Ils sont frère et sœur et on ne m'en a dit que du bien, naturellement, sans quoi je ne les aurais pas pris. Tenez, les voici.

Dans l'antichambre, au premier étage, une fillette attendait. Elle ne devait guère avoir plus de douze ou treize ans. Elle avait la peau très claire, presque blanche, et ses cheveux noirs, longs et raides comme ceux de Miriam pendaient en deux nattes dans son dos.

— Fanny, venez que je vous présente à Mademoiselle Miriam.

Fanny fit la révérence.

— Et vous, Blaise, venez que je vous présente à Monsieur David.

C'était un garçon du même âge que David. Ses yeux gris clair étaient extraordinaires dans son visage sombre — au teint beaucoup plus foncé que celui de sa sœur.

— Evidemment, poursuivit tante Emma, il aurait mieux valu que vous soyez ensemble tout petits. C'est l'usage ici, et c'est fort appréciable d'avoir un serviteur que l'on garde avec soi toute sa vie. Mais vous êtes encore très jeunes et vous aurez le temps de profiter ensemble de nombreuses années, j'en suis certaine. Fanny, tu dormiras devant la porte de Mademoiselle Miriam sur une couverture au cas où elle aurait besoin de toi pendant la nuit. Mais tu dois déjà savoir ça.

Emma sourit pour l'encourager.

— Et Blaise fera la même chose pour toi, David. Dès que tu iras à l'école, il t'accompagnera pour porter tes livres et pour faire tes courses. Mais encore une fois, inutile d'en dire beaucoup plus, Blaise sait ce qu'on attend de lui. D'autre part, si tu avais besoin d'une aide supplémentaire, David, ton père t'enverrait Maxim ou Chanute. Mais ils ont déjà beaucoup à faire dans la maison en temps ordinaire. On m'a dit que vous aviez bon caractère, Fanny et Blaise, et j'en suis ravie parce que c'est exactement ce qui nous convient.

Elle marqua un temps d'arrêt, comme si elle attendait une question, ou une remarque, puis, comme rien ne venait elle conclut :

— Bon, eh bien je ne vois rien d'autre.

Et elle s'engagea dans l'escalier. A mi-chemin, elle se détourna pour ajouter :

— Ils vous seront utiles, pour votre français, David et Miriam ! Ils ne parlent rien d'autre !

Les quatre jeunes gens se retrouvèrent face à face, trop intimidés pour prononcer un mot. Puis Fanny, plus téméraire que son frère, sourit à l'adresse de Miriam. Blaise gardait les yeux baissés et David, les joues empourprées par la gêne de se voir si empoté, et pour d'autres raisons qu'il aurait eu du mal à démêler, cherchait désespérément quelque chose à dire. Mais au même instant, Pélagie et Eulalie firent irruption parmi eux et congédièrent les domestiques.

— Nous vous rappellerons plus tard, annonça Pélagie. Quand nous nous retirerons. Les hommes n'ont pas fini leur partie de dominos, dit-elle à David, mais je suis trop fatiguée. Veux-tu que nous allions nous asseoir un petit moment sur le balcon ?

Ils traversèrent une enfilade de chambres à coucher.

— Il faut que maman te trouve un *lit de repos*, pour que tu n'abîmes pas ton dessus-de-lit, quand tu feras la sieste.

— Mais je ne dors jamais l'après-midi !

— Tu le feras ici, sois-en certain, comme tout le monde. Les après-midi sont si languides, dit Pélagie d'une voix traînante.

Elle passa machinalement la main sur sa jupe pour faire disparaître un faux-pli et Miriam, observant son geste, demanda à brûle-pourpoint :

— Quand vas-tu avoir ton bébé ?

Eulalie étouffa un petit cri :

— Qu'est-ce que raconte cette enfant ? lança-t-elle à sa sœur.

— Oh, je sais bien que Pélagie attend un bébé, dit Miriam d'un ton avisé. Je le vois bien. J'ai déjà vu ça là-bas chez nous. Dis, quand vas-tu avoir ton bébé ?

— En novembre. J'aimerais bien pouvoir en parler, dit Pélagie d'une voix très douce. Je suis si heureuse. Mais ma sœur estime choquant de ne pas faire semblant de rien. Je me demande bien pourquoi, quand on pense que maman a eu neuf autres enfants après nous, en comptant ceux qui sont morts.

Et elle poursuivit cette manière de provocation discrète à l'encontre de sa sœur, qui faisait déjà mine de quitter la pièce.

— Mon bébé naîtra ici, dans ma chambre, sur le sofa. Tu vois qu'il a plus d'un usage et ne sert pas seulement pour la sieste.

Un silence paisible s'installa entre eux jusqu'à ce que la jeune femme reprît la parole :

— J'espère que tu commences déjà à te sentir mieux ici, David.

David rougit.

— Je me sens bien, vraiment.

— Tu n'étais pas content du tout les premiers jours, insista la jeune femme.

Puis, comme David ne protestait pas, elle poursuivit :

— Tu ne savais pas que nous n'étions pas un foyer juif. Je comprends.

Par la porte ouverte, David apercevait, dans la chambre voisine, l'autel du foyer, ou du moins ce que l'on appelait l'autel dans la famille : une table recouverte d'une nappe de dentelle sur laquelle étaient disposées une fiole d'eau bénite et plusieurs statuettes de plâtre blanc. Puis son regard quitta les figurines pour se poser sur la natte de paille fraîche qui recouvrait le sol.

— Ton papa aurait dû te prévenir avant.

Il eut un petit rire.

— Mieux vaut qu'il ne l'ait pas fait. Opa se serait opposé à notre venue et qui sait, il l'aurait peut-être emporté.

— Pourtant pendant la traversée, il aurait dû vous parler... Bah, ce qui est fait est fait. Mais s'il y a des questions que tu souhaites me poser...

L'espace d'un instant, la gêne envahit de nouveau David, qui craignit de bégayer ; cependant il lui fallait poser la question — même si la réponse ne pouvait plus rien changer désormais — oui, il le fallait :

— Comment mon père a-t-il épousé ta mère ?

— Où, tu veux dire ? A la cathédrale. Le vicaire général a accordé une dispense à cause de la différence des religions. C'est le père Moni qui a célébré la cérémonie. Une cérémonie magnifique ! Mais j'aime tant la cathédrale ! Même un enterrement y devient magnifique.

Pélagie, perdue dans ses souvenirs, forma une pyramide avec ses doigts.

— Je n'étais encore qu'une petite fille quand on y célébra l'office religieux à la mémoire de l'empereur Napoléon. On l'avait entièrement tendue de noir et la musique — une chorale française — était une splendeur. L'ambiance était si solennelle qu'on aurait cru que Dieu en personne était parmi nous.

Il faisait presque nuit à présent. Et dans la pénombre qu'éclairait seulement la faible lueur d'une lampe, dans la pièce voisine, les deux enfants pouvaient seulement imaginer l'expression de Pélagie tandis qu'elle parlait ainsi à mi-voix.

— Mais Dieu est partout, n'est-ce pas ? Et j'ai toujours pensé que ce qui comptait, c'était de le vénérer dans son cœur, et que la manière n'avait pas d'importance. Je sais que certains prêtres affirment que notre pratique est la seule acceptable mais cela ne peut pas être vrai. Du moment que l'on est sincère. Et je crains bien que dans notre ville, un grand nombre de gens ne le soient pas.

— Mme de Rivera m'a dit la même chose cet après-midi, répondit David.

— Rosa ? J'ai beaucoup d'affection pour Rosa. Elle m'a dit que tu avais rencontré son frère pendant la traversée.

— C'est vrai, et nous avons sympathisé. Mais il va aller dans le Nord poursuivre ses études et nous ne nous reverrons probablement jamais plus.

— Oui, les Anglo-Saxons envoient leurs fils à William and Mary et même à Harvard. Nous, les créoles, nous les envoyons évidemment à Paris mais tu pourrais peut-être aller dans le Nord, toi aussi ?

David ne répondit rien. Les possibilités qui s'offraient à lui le déroutaient, l'inquiétaient même.

— A moins que tu ne préfères Paris ? Vous pourriez y aller tous les deux, Miriam et toi ? J'ai été à l'école en France pendant quelques années.

— Non, protesta David.

Cette éventualité l'inquiétait plus encore.

— Je ne veux pas retourner en Europe. Et je ne veux pas que Miriam y retourne non plus, ajouta-t-il fermement.

— Bah, Miriam peut aller à l'école ici. Pour une fille, ça n'est pas la même chose. Elle se mariera jeune comme font toutes les jolies filles. J'avais seize ans moi-même. J'ai rencontré Sylvain à quinze ans et il m'a épousée l'année suivante.

Oh, j'espère que tu auras autant de chance que moi, Miriam !
Mais oui, j'en suis certaine.

Et, saisissant la fillette par les épaules, elle la fit tourner
vers la lumière.

— Quels yeux magnifiques tu as ! Tu relèveras tes cheveux,
comme ceci, en laissant retomber une boucle sur tes oreilles,
de chaque côté. Et je suis convaincue que ton papa t'offrira
des diamants pour tes oreilles. Tu as de jolies petites oreilles.
Oui, tu seras très belle, ma chérie.

Elle papote comme sa mère, songea David, comme une
gamine sans cervelle. N'empêche, elle est gentille. Il aimait
bien la tendresse avec laquelle elle regardait Miriam.

— Vous viendrez nous voir à la campagne ? Nous habitons
chez le père de Sylvain mais Sylvain m'a promis d'acheter une
maison en ville pour que nous puissions y séjourner pendant
la saison mondaine et aller à l'opéra. J'aime tant l'opéra...

Le papotage ne s'interrompit qu'avec l'arrivée de Sylvain,
qui emmena son épouse avec lui dans leur chambre.

Quand David voulut entrer dans la sienne, Blaise se leva
d'un bond.

— Je suis désolé de t'avoir réveillé, Blaise.

— Non, non, je vous attendais, M'sieu David.

— Rendors-toi. Je reviens dans une minute.

— Où allez-vous, M'sieu David ?

— Appelle-moi simplement David, Blaise, tu veux bien ? Je
vais à la *Olla* chercher de l'eau, derrière la maison.

— Non, surtout pas là ! se récria Blaise, stupéfait. On ne l'a
pas encore purifiée ! Serafine a mis de l'alun dedans il y a une
heure à peine. Et c'est moi qui dois aller vous chercher de
l'eau, M'sieu David, et tout ce qu'il vous faut.

— Non, j'ai l'habitude de faire les choses moi-même, Blaise.

— Pas ici, M'sieu David. Pas ici !

Les pieds nus de Blaise claquèrent sur les marches ; l'ombre de sa frêle silhouette vacilla sur le mur.

David sortit sur la galerie qui surplombait l'arrière-cour. La
lune était levée et dans sa clarté lumineuse il voyait se découper les feuilles déchiquetées des bananiers ; un souffle de vent
les fit crépiter doucement. En entendant, non loin, le murmure
de l'eau, il se souvint qu'il y avait une fontaine, au fond du jardin. Un parfum léger, vaguement sur, flottait dans l'air ; on

lui avait dit, il s'en souvenait, qu'il venait des buissons de seringas en fleur qui s'amassaient contre le mur du fond, comme des monceaux de neige. Un oiseau, sur le qui-vive, lança une note unique, poignante. Douce nuit ! Une nuit comme jamais il n'en avait connu auparavant. Si douce, si troublante.

Peut-être suis-je arrivé trop tard, songea-t-il. Peut-être qu'à quinze ans, je suis déjà trop vieux pour pouvoir m'adapter à un tel changement. Je ne sais pas. Je veux agir comme il faut. Je le ferai. Mais j'ignore tout de cet endroit.

4

— Eh bien voilà, tu connais l'hôtel de la Monnaie, dit Ferdinand en passant devant le début d'Esplanade Avenue.

Il posa son bras sur l'épaule de David.

— Tu ne peux pas savoir ce que c'est que d'avoir mon fils avec moi ! Mon seul regret — le répéterai-je jamais assez — mon seul regret est que cela ait dû prendre si longtemps, que nous ayons perdu tant d'années. Mais cela suffit.

Son ton se fit enjoué :

— Tu es là, désormais. Alors profitons plutôt du présent. Qu'est-ce que je te disais ? Ah oui, je disais qu'à côté du commerce, je faisais une multitude d'autres choses. Ce n'est pas tout, tu sais, que de travailler pour gagner de l'argent. Une fois qu'on l'a, il faut le faire travailler pour soi ! C'est pourquoi j'ai fondé des succursales. Je signe des transactions à travers tout le pays, je détiens un bon nombre d'hypothèques et je prête de l'argent aux planteurs qui ont besoin d'avances sur leurs récoltes. Et apparemment, ils en ont toujours besoin. Il faut dire qu'ils ont un niveau de vie élevé... Veux-tu goûter un *cala*, David ? Ce sont des petites crêpes de riz, tout à fait délicieuses.

Devant la cathédrale, une femme noire au tablier blanc empesé cuisinait sur un petit réchaud. Ferdinand la salua.

— Comment vas-tu, Sally ? Je te présente mon fils. Je voulais lui acheter un *cala* mais il n'a pas faim. Ses *cala* sont les meilleurs de toute la ville, ajouta-t-il quand ils se furent éloignés. Sally appartenait à un de mes amis mais elle a acheté sa liberté. On reconnaît une femme de couleur libre à son *tignon*, le foulard qu'elle noue sur sa tête. Il y a parmi elles de merveilleuses cuisinières. Le soir, elles s'installent dans la rue pour vendre des gâteaux de patates douces. Il faudra absolument que tu y goûtes.

Puis soudain, au détour d'une rue, ils se retrouvèrent au milieu d'une extraordinaire animation. Jamais David n'avait vu autant de couleurs en mouvement ni autant de gens se rendre tous au même endroit. Il en avait tous les sens en émoi. Des voix s'interpellaient, le parfum des fleurs se mêlait aux odeurs qui montaient du fleuve et la lumière vive l'éblouissait. Il s'arrêta, stupéfait.

Ravi de l'effet que le spectacle produisait sur David, Ferdinand se mit à rire :

— Surpris ? Nous sommes dans le marché français. Un spectacle extraordinaire, pas vrai ?

Nichés au pied du remblai, les étals formaient une longue ligne, les uns à côté des autres. Des légumes fraîchement arrosés y étaient disposés en bouquets. Plus loin, sur des couches de glace, brillaient des poissons argentés, noirs et tachetés de gris. Des crabes vivants, verts comme de jeunes pousses d'herbe, se traînaient sur des homards. Une vieille Indienne était accroupie derrière une pile d'objets de cuir. Des dames de la haute société, se protégeant de leurs ombrelles et accompagnées de servantes, se promenaient d'étal en etal ou, attablées à l'ombre d'un auvent, buvaient un café en mangeant des beignets.

David allait et venait sans mot dire, ouvrant des yeux émerveillés, avançant et reculant pour mieux voir et gravant chaque détail dans sa mémoire comme un peintre esquissant dans sa tête un tableau.

— Veux-tu un *café noir* ? demanda Ferdinand. Non ? Alors je suppose que tu en as assez vu pour aujourd'hui ?

A la sortie du marché, au-delà des derniers étals, un fauteuil de dentiste trônait sur une estrade entourée d'une fanfare. Une petite foule s'était assemblée là pour regarder le pauvre bougre qui se faisait arracher une dent au son tonitruant de la musique destinée à couvrir ses cris.

— Ce dentiste a un frère à la faculté de médecine qui occupe la chaire de pharmacologie. Je le connais assez bien. Je connais aussi d'autres professeurs. Tu n'auras aucun mal à t'y faire admettre, j'en suis certain. Je t'emmènerai là-bas un jour prochain, mais cela ne presse pas vraiment. Tu as plusieurs années de travail devant toi avant d'en arriver là. Les Américains — il faut leur reconnaître cela — se sont beaucoup agités en matière d'éducation. Ils ont annoncé la venue prochaine d'un homme qui a travaillé dans le Massachusetts — au nord de New York — avec un nommé Horace Mann, à la mise en place d'écoles gratuites. On dit que dans quelques années, nous aurons un enseignement libre et gratuit ici aussi. Et ce sera une bonne chose ; Dieu sait que je n'ai guère fréquenté l'école en Europe et j'en ai toujours éprouvé la carence depuis lors. Le manque de culture rend un homme timide, parfois, même si je ne l'avoue pas volontiers. Pourtant, je me suis pas mal débrouillé sans elle, finalement, pas vrai ?

Il s'interrompit pour rire.

— Mais toi, je veux que tu profites de toutes tes possibilités, David. Et heureusement, tu n'as pas besoin d'attendre l'école publique gratuite. Dans notre milieu, les enfants ont des précepteurs ou fréquentent des cours privés.

La conversation qu'il avait eue la veille avec Pélagie revint à David.

— Et Miriam ? s'enquit-il.

— Oh, il y a beaucoup de cours privés pour jeunes filles, en ville. Ils sont généralement tenus par des femmes de la bonne société qui ont besoin à un moment de leur existence de gagner de l'argent. Je ne sais pas très bien ce qu'on leur enseigne, mais je pense que c'est suffisant. Qu'est-ce qu'une jeune fille a besoin de savoir, en fin de compte ?

Chère petite Miriam, si vive, si curieuse, si fine et imaginative ! Son esprit n'était-il pas l'égal de celui de David ? Il s'avisa alors que le luxe futile pouvait être aussi responsable d'un tel gaspillage que la misère de leur village en Europe. Il s'apprêtait à en faire la remarque à son père mais celui-ci reprit la parole tandis qu'ils marchaient côte à côte au bord du fleuve.

— Oui, ce sont ces bateaux qui me relient au monde.

Il regarda autour de lui, baissant la voix pour ne pas risquer d'être entendu.

— L'an dernier, nous avons importé pour trente mille dollars d'épices rien que du Mexique !

Sur quatre ou cinq rangs, les navires s'alignaient sur le fleuve. Et au long des rues, c'était une circulation incessante de piétons, de chevaux, d'attelages élégants et de chariots croulant sous les marchandises. La ville nageait dans l'opulence et la prospérité.

— On rencontre tous les genres d'individus imaginables, sur ces quais, dit encore Ferdinand. Hommes honnêtes ou filous. On peut voir un manœuvre jouer aux dés pour quelques sous et un riche risquer des milliers de dollars pendant les courses de bateaux. Et à bord des vapeurs, il y a bien entendu les joueurs professionnels. Il faut se méfier des tricheurs quand on voyage. Plus d'un planteur s'est fait rouler par l'un de ces passagers fort distingués. J'ai vu un homme perdre en une heure au poker tous les bénéfices de sa récolte de l'année. Des milliers et des milliers de dollars.

Ils traversèrent pour marcher à l'ombre, sous de triples rangées de balcons ouvragés. Quelqu'un, au-dessus de leur tête, arrosa un pot de fougères, dont la terre exhala un instant une senteur âcre dans l'air surchauffé.

— Voici la bourse du coton, au coin de Royal Street. Je t'y emmènerai peut-être demain pour te présenter à quelques amis. Tu es sûr de n'avoir envie de rien avant de rentrer à la maison ?

Il vint à David une idée.

— J'aimerais acheter des livres en anglais.

— Tu tiens toujours à apprendre l'anglais ? Comme tu voudras. Il y a une librairie par là-bas. Il y en a neuf ou dix, tu sais, dans cette ville.

Tout au fond d'une étroite boutique, un homme coiffé d'une calotte se leva en les voyant entrer.

— Des livres anglais ? Par ici. Poésie, roman, histoire, grammaire, tout est là.

Il se tint à leurs côtés, regardant David avec intérêt tandis qu'il examinait les rayonnages.

— Si vous désirez une grammaire, jeune homme, je vous recommande celle-ci.

— J'aimerais apprendre l'anglais par moi-même, expliqua David en français.

— Une grammaire ne sera pas suffisante, alors. Il serait bon de vous familiariser aussi avec la littérature. Pour voir vivre la langue. Aimez-vous la poésie ?

— Je n'en ai pas lu beaucoup, et en allemand. Mais oui, cela me plaît.

— Alors je vous conseille Lord Byron, un romantique.

Il répéta le mot, comme pour mieux le savourer.

— Romantique. Un poète pour un jeune homme. Plus pour moi, je suis trop vieux, mais pour vous, j'en suis certain. Et parmi les romans, Sir Walter Scott devrait vous plaire. Vous trouverez ses histoires passionnantes. Il n'y a rien d'aride, chez lui.

— Mon fils peut choisir autant de livres qu'il le souhaite, intervint Ferdinand. Pas question de lésiner sur son éducation.

Le vieillard approuva du chef.

— C'est fort sage à vous, monsieur.

Quand les livres furent empaquetés et payés, le libraire retourna vers les rayonnages et tendit à David un mince volume relié de cuir.

— Lorsque vous aurez terminé tous les autres, vous connaîtrez suffisamment la langue pour pouvoir apprécier Jonathan Swift, le meilleur d'entre eux. C'était un écrivain satirique. Vous savez ce qu'est un écrivain satirique, jeune homme ? Non ? Je vais vous le dire. C'est quelqu'un qui a l'œil perçant et la langue acérée, ou, plus précisément, la plume. Il voit les défauts et les imperfections du monde. Il ridiculise et il vitupère.

— Je crains que ce genre de choses ne passe au-dessus de la tête d'un gamin de quinze ans, objecta Ferdinand.

Le vieillard secoua la tête.

— Pas de la sienne. Je vois à ses yeux qu'il comprendra. Tenez. Prenez-le.

Une fois dans la rue, David demanda à son père pourquoi le libraire lui avait fait un cadeau.

— Cet usage a pour nom *lagniappe*, expliqua Ferdinand. Les commerçants offrent toujours quelque chose à leurs clients en proportion de ce qu'ils ont acheté. Et nous lui en avons acheté un bon paquet. Nous aurions dû envoyer Maxim ou Blaise les chercher d'ailleurs, pour les porter.

— Je t'assure que je n'ai pas besoin d'un serviteur pour porter quelques livres. J'aime beaucoup ce libraire, pas toi ? Il est juif, n'est-ce pas ?

— Je crois, oui.

— Le Peuple des Ecritures, dit délibérément David.

Il ignorait ce qui l'avait poussé à dire ça, ce qui le poussait à ramener sans cesse son père au sujet qui ne pouvait leur causer que déception et chagrin à tous deux.

Ferdinand demeura quelques instants silencieux. Puis il dit :

— Tu sais, David, je crois te comprendre, même si tu sembles en douter. Le sentiment religieux qui t'anime est on ne peut plus normal à ton âge. A quinze ans, on se veut vertueux ! Moi-même, j'ai ressenti la même chose, encore que moins longtemps que la plupart des jeunes gens.

Il avait adopté le ton de la tolérance amusée.

— Tu changeras sans doute d'idées, maintenant que tu es sorti de ton existence villageoise. Mais dans le cas contraire, ce sera ton affaire. Et, ne serait-ce qu'en mémoire de ta mère, jamais je ne m'en mêlerai.

— Je ne changerai pas d'idée.

— Ma foi, l'histoire nous le dira. Comme je crois te l'avoir déjà dit un jour, Heine lui-même dit qu'être juif est une infortune. Pourquoi crois-tu qu'au cours des dix dernières années sous le règne de Frédéric-Guillaume III, deux mille juifs se sont fait baptiser ? Parce que c'est le seul moyen de survivre sous l'oppresseur, voilà pourquoi. Fort heureusement, rien n'oblige ici à se convertir, comme tu le sais. Et je n'ai jamais souhaité le faire. Tout ce que je veux, c'est qu'on me laisse en paix.

— S'ils veulent bien, dit David.

Dans Chartres Street, Ferdinand échangea un salut avec un jeune homme solidement bâti vêtu d'un costume noir fort élégant.

— C'était Judah Benjamin, chuchota-t-il, l'un de nos jeunes avocats en pointe. Il est juif, lui aussi, mais il ne pratique pas non plus. Et voici l'hôtel Saint-Louis. La table y est de qualité ; je t'y emmènerai déjeuner, un jour. Et ils possèdent la plus grande affaire d'adjudication de la ville. On peut y acheter n'importe quoi, un bateau, une maison, des meubles français ou une centaine d'arpents de terrain, tout ce qu'on peut imaginer.

Un écriteau placardé sur un mur attira l'attention de David. Il s'arrêta et lut à voix haute, en détachant bien les syllabes.

— Jeune noir, pas tout à fait vingt ans, excellent valet, parlant anglais et français, connaissant le métier de tailleur, honnête, bonne présentation.

Quelque chose l'attirait, une compréhension naissante, très vague encore, qui en même temps le repoussait.

— J'aimerais entrer voir, dit-il.

— Maintenant ? Assister à la vente ? Si tu veux. Nous avons encore une heure devant nous.

Des chaises étaient disposées en cercles concentriques autour d'une estrade surélevée sur laquelle se tenait un homme d'allure énergique vêtu d'une chemise voyante. Ferdinand se fraya un chemin parmi des rangées de chapeaux posés sur des genoux habillés de drap fin, adressant des signes de tête sur son passage. Des petits groupes d'hommes se tenaient à l'écart, sur les côtés, et la rumeur des conversations était la même qu'au théâtre, avant le lever du rideau, ou que dans les foires villageoises, avant le début des attractions, quand les jongleurs ou le montreur d'ours vont bientôt entamer leur numéro. Ce ne fut qu'une fois assis devant l'estrade qu'il comprit vraiment ce qui se passait. Même avec ses connaissances rudimentaires de la langue, malgré la rapidité du débit du commissaire priseur qui passait sans arrêt du français à l'anglais, il comprenait.

On était en train de vendre des êtres humains ! Un petit groupe d'entre eux attendaient au pied de l'estrade, muets et résignés, comme les chevaux que l'on vendait dans les foires. David se tendit pour mieux voir : un vieillard voûté ; trois jeunes garçons ; plusieurs grosses femmes, dont l'une souriait d'un sourire bizarre et assez attachant ; une jeune femme au teint très clair — aux trois quarts blanche, estima-t-il — qui pleurait en silence. Il retourna son attention vers l'homme dont la voix tonitruante résonnait à travers la salle.

— Messieurs ! Messieurs ! Un peu de calme, je vous en prie ! On ne s'entend plus ! Combien m'offre-t-on pour Lucinda ici présente ?

Il posa la main sur l'épaule d'une belle négresse vêtue d'une pimpante robe de coton vert. Grande, silencieuse, elle semblait indifférente à la main posée sur elle comme à la voix du marchand. Les mains sur les hanches, la tête haute, elle regardait au loin, bien au-delà de la foule des spectateurs.

La question fut répétée.

— Combien pour Lucinda ici présente ? Qui lance les enchères ? Elle sait laver et blanchir, elle fait la cuisine. La seule raison de sa mise en vente est le décès de son maître. Il n'a pas d'héritiers et le notaire doit la vendre. Allez, lançons les enchères ? Qui va parler le premier ?

— Six cents ! lança quelqu'un.

— Vous voulez rire ? Pas question de la lâcher à ce prix-là !

— Elle n'est plus toute jeune, objecta l'acheteur.

— Vieille ? Cette femme-là ? Vous n'avez pas affaire à une femme de soixante ans ! Celle-ci en a tout juste quarante, oui ! Elle est solide, bien élevée et en bonne santé. Rien à voir non plus avec le cheptel indiscipliné et médiocre du Kentucky. Elle est née et elle a été élevée à trente kilomètres d'ici.

Il tourna la tête vers l'autre côté de la salle.

— Alors ? J'attends un prix !

— Sept cents.

— Huit cents.

— Huit cents. J'ai huit cents ! Qui dit mieux ?

Le long de sa nuque et sous les bras, David sentit perler la sueur. Une sueur froide malgré la chaleur qui régnait dans la salle surpeuplée. Ses mains étaient froides. Il les fourra dans ses poches.

Celle qui répondait au nom de Lucinda avait toujours les yeux fixés au loin et, au milieu de l'horreur qu'il ressentait, David avait l'impression que son corps seul était là, indifférent et résigné ; que son esprit s'était retiré d'elle.

— Mille.

— Mille cinquante.

— Onze cents.

— J'ai onze cents ! Quelqu'un pour onze cent cinquante ? Onze cents une fois. Onze cents deux fois. Onze cents trois fois. Adjugé ! Vendue. Au suivant. Allez, allez, faites-les monter. Nous avons du travail sur la planche et la journée est déjà bien avancée !

Deux gamins grimpèrent sur l'estrade. Ils n'avaient guère plus de douze ou treize ans et dardaient sur la foule des yeux affolés, où se lisait pourtant la curiosité enfantine.

Le commissaire priseur laissa libre cours à son enthousiasme.

— Et voici deux frères, pas encore tout à fait adultes il est vrai, mais déjà durs à la tâche. Leur propriétaire ne s'en sépare qu'à contrecœur mais il a trop de serviteurs. Il souhaite les vendre tous les deux ensemble si c'est possible. Ils ont été élevés ensemble...

— Chanute et Maxim ont été vendus ensemble eux aussi, chuchota Ferdinand. Pourtant, ils étaient cousins, pas frères.

— Leur propriétaire est donc prêt à baisser son prix à qui les achètera tous les deux...

Sur l'estrade, le plus jeune des deux gamins mit brusquement la main dans celle de son aîné, David ressentit un violent choc dans la poitrine, comme s'il allait être malade. Il se leva, bousculant son voisin qui le fusilla du regard.

— Sortons d'ici ! Il faut absolument que je sorte d'ici, papa !

Ferdinand lui emboîta le pas.

— Cela t'a bouleversé à ce point ? lui demanda-t-il avec curiosité quand ils furent dans la rue.

Et il ajouta :

— Oui, cela peut bouleverser, la première fois, avant que l'on comprenne l'ensemble du système. En fait, ce n'est pas aussi cruel que cela en a l'air, ni que ça a pu l'être autrefois. Quand on pense qu'à l'époque de Jean Lafitte, on mettait des fers aux nègres pour les ramener d'Afrique ! Lafitte lui-même avait une échoppe de forgeron dans St. Philip Street où il forgeait des chaînes. Mais ces temps sont révolus.

Aujourd'hui le nègre fait partie d'un système économique respectable. Nos plus grandes sociétés, le chemin de fer, les usines à gaz, emploient des nègres.

— Les possèdent, fit remarquer David.

— Oui, et leur apprennent un métier. Dans n'importe quelle branche. Menuiserie, commerce, tout. On leur apprend un métier et ils sont bien traités.

Sur le trottoir d'en face un jeune homme portant une barbe noire souleva son chapeau à l'adresse de Ferdinand.

— C'était Eugene Mendes, de Louisville. Tu dois te demander comment je peux connaître autant de gens. Je ne serais pas étonné qu'il vienne s'installer ici définitivement. Il a acheté du terrain, un joli lopin dans Canal Street, pas plus tard que le mois dernier. Il s'occupe des arrivages de marchandises en provenance du nord. Tu ne me croiras pas si je te dis qu'il n'a que vingt ans ? Vingt-deux, tout au plus. Il faut dire qu'il a eu un héritage pour l'aider à démarrer. Mais il n'est pas forcément donné de savoir tirer parti d'un héritage. Cette ville est pleine de ressources pour un jeune homme attentif à saisir les occasions. C'est un endroit extraordinaire, quand on est jeune.

Il tapota l'épaule de David.

— J'ai de grandes espérances pour toi, mon garçon.

Et, comme s'il avait voulu que son enthousiasme fût partagé, il scruta le visage de son fils à la recherche d'un signe d'encouragement. Mais ce fut en vain.

A-t-il seulement remarqué que je n'ai pour ainsi dire pas prononcé un mot tout le long du chemin ? se demanda David comme ils arrivaient devant la porte de leur domicile. Avec tristesse et irritation, il se dit : je vais décevoir mon père. Je ne suis pas celui qu'il voulait.

Ce soir-là, Sylvain Labouisse était en visite. David se rendit à la bibliothèque avec les hommes après dîner tandis que les femmes prenaient l'air sur la terrasse. Vers le milieu de la soirée, Ferdinand et Sylvain rangèrent l'échiquier et, dans la chaleur de la conversation, oublièrent de boire leur *café brûlot*. Une odeur forte et piquante d'écorce de citron et de cognac flambé montait de la tasse.

— Des fanatiques !

La colère faisait vibrer la voix de Sylvain.

— Qui viennent semer le trouble dans un pays paisible. Des abolitionnistes et des fanatiques !

Depuis un quart d'heure, David écoutait le dialogue animé. Il intervint alors pour demander qui étaient les abolitionnistes.

— Des individus qui viennent du Nord pour soulever les nègres et les affranchir, en faire des individus libres. Libres, répéta Sylvain avec mépris. Libres de quoi ? D'errer misérables et affamés comme des enfants orphelins ou abandonnés ?

— Que font les abolitionnistes quand ils viennent ici ? s'enquit David.

Sylvain décroisa les jambes. Il était tendu par l'énergie et l'indignation.

— Que font-ils ? Ils sèment la terreur. Voilà ce qu'ils font. Ils viendraient nous assassiner jusque dans nos lits. L'an dernier, il y a eu un soulèvement à quelques kilomètres de chez mon père. Une bande de nègres enragés. Heureusement que nous avons réussi à les arrêter à temps ! J'ai gardé mes chevaux tout sellés à l'écurie pendant quinze jours à la suite de ça, prêts à partir à tout moment. C'est le temps qu'il a fallu pour être certain que tout était rentré dans l'ordre.

— Sylvain ne te dit pas que le gouverneur l'a nommé colonel de la milice, l'année dernière, intervint Ferdinand. Et on ne peut qu'approuver son choix.

— Ajoutons, reprit Sylvain, que dans toute cette histoire, mes propres nègres ont gardé ma maison et ma famille avec vigilance. Je leur faisais pleine et entière confiance et m'en suis fort bien trouvé. N'en déplaise à Messieurs les abolitionnistes !

Il fit claquer ses doigts.

— Ils sont manifestement contents de leur sort, fit remarquer Ferdinand. Ils savent la chance qu'ils ont d'avoir de bons maîtres.

— Et tous les maîtres sont-ils bons ? demanda David.

— Non, dit Ferdinand, conciliant. Pas plus que tous les hommes ne sont justes. Mais la plupart le sont, n'est-ce pas votre avis, Sylvain ? Après tout, aucun d'entre nous n'a jamais fouetté un nègre. Et je peux certainement en dire autant de tous mes amis et connaissances. La plupart des gens se conduisent correctement. C'est mon expérience personnelle, du moins.

Sylvain se tourna vers David :

— Je vais t'apprendre quelque chose d'édifiant : Savais-tu que les nègres préfèrent presque toujours avoir un blanc pour maître, plutôt qu'un nègre affranchi ? Si tu veux voir des mauvais traitements, va donc faire un tour à la commission fédérale du gaz et de l'électricité. Là, oui, les nègres sont abominablement maltraités.

David se leva pour prendre le journal.

— J'ai lu quelque chose dans *The Bee* cet après-midi, dit-il en tournant les pages.

— Ah, voilà.

Et il entreprit de lire à haute voix.

— « Xavier Barthelemy offre une récompense de trente dollars à qui lui ramènera son serviteur César, seize ans, teint clair, yeux clairs, peut-être encore partiellement vêtu de son uniforme : veste et pantalon gris assortis à boutons d'argent. En fuite depuis jeudi dernier. »

Il se tut.

— Eh bien ? demanda Ferdinand.

— Un garçon de mon âge ! Un an de plus que moi, dit lentement David. Un garçon comme moi.

— Pas comme toi. Il est lui et toi, tu es toi.

Sylvain était visiblement exaspéré. Son regard, qui avait jusque-là évité David, se planta résolument dans le sien. David songea : nous sommes comme deux chiens méfiants, qui se tournent autour en demeurant sur leurs gardes, prêts à l'attaque. Sylvain détourna le premier les yeux.

— Dis-toi bien qu'ils sont rares à vouloir s'enfuir. Et que dans presque tous les cas, c'est pour échapper à un contremaître particulièrement brutal. Il n'est pas non plus inintéressant de savoir que neuf contremaîtres sur dix sont originaires du Nord. Non, ceux qui veulent s'affranchir ont des moyens nettement plus agréables de gagner leur liberté que de prendre la fuite, je te l'assure.

Au plus profond de lui-même, David se sentait entraîné, presque contre sa volonté. Il voulait en savoir plus. Il voulait savoir.

— Et comment peut-on acheter sa liberté ?

— Bah, commença Ferdinand, celui qui connaît un métier, un barbier, par exemple, ou une infirmière, peut prendre un emploi à l'extérieur du domaine — c'est une faveur qu'il achète en versant chaque mois à son maître une partie de son salaire. Il économise le reste jusqu'à ce qu'il possède une somme suffisante pour acheter sa liberté. Cela fonctionne à merveille.

— Pour le maître, laissa tomber David.

Son père sursauta.

— Que veux-tu dire ?

David parla sans détour, luttant contre son dégoût.

— Je veux dire qu'il est inconcevable et horrible de posséder un autre être humain. Ce n'est pas...

Il chercha le mot approprié.

— ... pas civilisé.

Et avec une netteté poignante, l'image de Lucinda lui revint à l'esprit : le visage impassible, la dignité, la résignation.

Sylvain eut un petit rire bref et déplaisant.

— Permets-moi de te dire que tu ne connais pas assez ce dont tu parles pour avoir une opinion, David. Il se trouve que le système est éminemment civilisé. Il libère l'homme blanc de toutes les petites préoccupations futiles de l'existence et lui permet ainsi de concentrer ses efforts sur des tâches plus nobles. Et l'on civilise par la même occasion les Africains, qui n'étaient chez eux que des cannibales. Ici, on les fait vivre, on leur apprend la religion et les bonnes manières. Ils accèdent grâce à nous à la conscience.

Sylvain marqua un temps d'arrêt.

— Et, puisque nous en sommes là, permets-moi de te dire que je me sens plus en sécurité sur la plantation au milieu de mes nègres que si j'habitais une de ces grandes villes du Nord sillonnées par des bandes d'ouvriers au chômage, même si ceux-là sont blancs.

— Mais tout à l'heure, vous disiez que vous aviez gardé vos chevaux tout sellés, la nuit, pendant deux semaines...

Mal à l'aise et embarrassé, Ferdinand regarda Sylvain, puis de nouveau son fils.

— Sylvain a raison. Tu parles de quelque chose que tu ne connais pas assez bien. Cela ne rime à rien de parler de choses qu'on ne comprend pas.

— Ce que j'ai vu aujourd'hui n'était pourtant pas difficile à comprendre, papa.

— Nous sommes allés à l'hôtel Saint-Louis, expliqua Ferdinand, et il a...

David l'interrompit.

— Je n'ai pas cessé d'y penser un seul instant depuis. Et j'ai repensé à ce que tu m'as toujours dit sur la façon dont on nous traitait en Allemagne, et aux raisons pour lesquelles tu étais parti et pour lesquelles tu voulais que nous partions nous aussi.

Et tandis qu'il parlait la vieille image se reformait dans sa tête, les hurlements de terreur, le seuil obscur, les bruits de pas affolés et la jupe ensanglantée de sa mère.

— Et j'ai le sentiment que c'est la même chose. Exactement la même chose.

Cette fois la colère de Ferdinand éclata :

— La même chose ! C'est grotesque ! Demande à Sisyphe ce qu'il en pense ! Lui qui va à l'opéra et aux concerts du Free Negro Group et qui va tous les ans au bord de la mer avec nous ! Regarde Maxim et Chanute dimanche prochain ! Ils sont mieux vêtus que toi quand tu étais chez ton grand-père, et que les gens qui voyageaient dans la cale pendant la traversée, ceux qui te faisaient tellement pitié ! Regarde ton propre Blaise...

— Ce n'est pas « mon propre Blaise ». Il ne m'appartient pas. Je ne veux pas qu'il m'appartienne !

— Tu es ridicule, David. Tu parles comme un enfant... un enfant que tu es, d'ailleurs, ne t'en déplaise.

— Je parle comme un juif. « Car nous étions esclaves sur la terre d'Egypte. » Nous devrions donc manifester plus de pitié que tous les autres, tu ne crois pas ?

— Tu mélanges tout. Ce sont deux choses qui n'ont rien à voir l'une avec l'autre.

— Ce n'est pas mon avis, rétorqua David.

Quelque chose le poussait ; une vague l'emportait, sur le point de l'engloutir.

— Et mon avis, à moi, veux-tu le connaître ? dit Ferdinand, c'est que cette conversation a assez duré. Et maintenant, David, ton père t'ordonne d'y mettre un terme.

Par discrétion, Sylvain se plongea dans la contemplation de ses ongles. L'ombre d'un sourire passa sur ses lèvres bien dessinées, insinuant quelle était son opinion personnelle : Poursuivez entre vous cette querelle si bon vous semble, ça ne me concerne plus.

Pour cette seule manifestation de suffisance, David méprisa Sylvain.

— Ce n'est pas comme ça que j'imaginais l'Amérique ! s'écria-t-il d'un ton vibrant de passion. Je croyais...

Il hésita. Même s'il avait parlé la langue couramment, il aurait hésité.

— Je croyais que tout serait propre, complètement différent...

Des images romanesques défilaient dans sa tête : des forêts vierges de sapins odorants ; de jeunes cités héroïques, vertueuses et joyeuses. Il ne savait pas très bien lui-même ce à quoi il s'attendait, mais il savait en revanche que ce n'était pas ce qu'il avait trouvé. Il aurait aimé pouvoir expliquer ce qu'il éprouvait : il se sentait à l'étroit, il ne pouvait supporter de vivre dans un monde stratifié où chaque homme avait sa « place » une fois pour toutes, sans espoir d'en changer. Mais il sentait d'instinct que ni l'un ni l'autre de ses deux interlocuteurs ne pouvaient comprendre. Pire, ils se moqueraient. Déjà, le fin sourire de Sylvain s'élargissait, franchement ironique. Les sourcils légèrement haussés dans une expression sardonique se relevaient encore, marquant le dédain.

— L'Amérique n'est pas comme tu l'imaginais ? Et que veux-tu faire ? Retourner dans ce trou perdu, en Europe ? Le diable t'emporte ! s'écria Ferdinand, lui qui ne jurait presque jamais.

— Ce n'est pas ce que je veux non plus, répliqua David d'un ton véhément.

— Alors qu'est-ce que tu veux ? Il faudrait finir par te décider. Tu as quinze ans, tu es presque un homme. Il serait grand temps, sapristi !

— Il y a deux minutes, tu disais que je n'étais qu'un enfant.

— Mais enfin, où veux-tu en venir, David ? Tu cherches à me mettre en défaut ? Si c'est ça, ne t'entête pas car je n'ai pas l'intention de le supporter. Je ne te l'avais pas encore dit mais autant que tu le saches : J'étais décidé à tenter de m'entendre avec toi, à faire preuve de tolérance pour construire quelque chose entre nous. Mais tu fais tout ce que tu peux pour me rendre la tâche impossible. Cela me peine, cela me peine énormément de voir qu'au moment où je tente de me rapprocher de toi, tu ne songes qu'à te quereller.

— Je ne cherche pas à me quereller, papa. Mais j'ai

l'impression... j'ai l'impression que jamais je ne me sentirai à mon aise, ici !

— Ne parle pas si fort, veux-tu ? Tu vas déranger les femmes. Regarde, tu as déjà fait peur à ta petite sœur avec tes hurlements !

Miriam se tenait en effet sur le seuil de la porte, son regard allant de l'un à l'autre. Soudain pétrifié, David se rappela l'horreur qu'elle avait des discussions emportées, elle qui se bouchait alors les oreilles et s'enfuyait de la maison en courant.

Pélagie l'entraîna vers l'extérieur.

— Viens donc, Miriam. Ce n'est rien. Une discussion entre hommes. Il ne faut pas y faire attention.

— Peut-être serait-ce supportable, dit David, si vous vouliez au moins prendre conscience de vos torts pour entreprendre de changer les choses. Libérer tous vos serviteurs pour rejoindre ces — comment les appeliez-vous déjà ? — abolitionnistes.

Sylvain toussa et regarda Ferdinand. Un regard qui signifiait : C'est votre fils, allez-vous tolérer une telle conduite ? Ferdinand se leva.

— Billevesées ! Tu ne sais pas ce que tu dis ! Ton discours est celui d'un ignorant et il est dangereux. Dangereux ! Continue de tenir des discours pareils et aucun d'entre nous ne sera plus reçu dans aucune maison respectable d'ici jusqu'à Richmond en Virginie. Alors, mets-toi bien ça dans la tête, David : je ne le supporterai plus. Il va falloir que tu me promettes d'y mettre un terme sinon...

Le père se mit à trembler avant de finir sa phrase.

— Sinon tu ne pourras pas rester ici.

David tremblait lui aussi. Mais la vague déferla sur lui et l'emporta.

— Alors, tu as raison, je ne peux pas rester ici, dit-il d'une voix très basse.

Ferdinand s'étais mis à faire les cent pas. Il abattit son poing dans sa paume ouverte.

— A-t-on jamais vu père plus malheureux ? demanda-t-il à Sylvain qui se garda bien de répondre.

Il se tourna alors vers David :

— Que veux-tu ? Que vas-tu devenir ?

— Je peux travailler. Je peux aller vivre dans le Nord,

où sont les abolitionnistes. Oui, je travaillerai. Je suis fort.

— Travailler ? Mais que crois-tu donc pouvoir faire ?

— Je ne sais pas. Je trouverai quelque chose. Tu l'as bien fait, toi.

— Ah oui, je l'ai bien fait, n'est-ce pas ? Tu veux faire ce que j'ai fait ? Parcourir des kilomètres et des kilomètres avec un balluchon de camelote ? Ce serait pour cela que je t'aurais fait venir d'Europe, pour prendre un nouveau départ ? Non, sapristi, je veux que tu commences là où j'en suis moi-même rendu. Tu feras des études ou tu retourneras en Europe ! Aussi vrai que je te parle tu n'as pas d'autre choix.

— Papa, je peux aller faire des études dans le Nord. Tu avais dit que c'était une possibilité.

David sentit une boule se former dans sa gorge. Une boule faite de colère et de frayeur. Au prix d'un énorme effort il parvint à la ravaler.

— Gabriel Carvalho disait qu'il allait aller étudier à Columbia, à New York. Je me plairai certainement plus à New York, j'en suis persuadé, et je ne serai plus une gêne pour toi. Ce serait mieux pour nous deux.

Ferdinand gagna l'autre extrémité de la pièce. Il tenait les poings serrés à ses côtés, la tête penchée. Parvenu devant la cheminée, il étudia la pendule de bronze qui reposait sur le manteau comme s'il espérait y lire une réponse aux questions qui le plongeaient dans la perplexité. Lorsqu'elle carillonna brusquement sa note triple pour indiquer la demie, il sursauta comme s'il avait effectivement reçu une réponse.

— Ma foi oui, mon Dieu, cela vaudrait peut-être mieux. Peut-être te mettront-ils là-bas un peu de plomb dans la cervelle, peut-être pourrai-je alors te laisser mon argent sans craindre que tu ne le dilapides pour quelque folie ou quelque trahison.

— Je ne veux pas de ton argent, quand tu seras mort. Je n'en veux même pas maintenant, dit David avec raideur. Je t'ai dit que je pouvais subvenir à mes propres besoins.

La chair de Ferdinand s'empourpra au-dessus de son col.

— Ah tu ne veux pas mon argent ? Tu vas me faire le plaisir de le prendre, que cela te plaise ou non ! Tu vas me faire le plaisir de devenir quelqu'un de bien. Quand tu seras loin d'ici, tu comprendras peut-être la chance que tu as. Tu reviendras, ayant enfin appris à te taire pour laisser agir ceux qui en savent plus long que toi ! Oui ! hurla-t-il comme un furieux tandis que David quittait précipitamment la pièce, c'est ça, va-t'en ! Tu ne veux plus m'écouter pour l'instant, mais le jour viendra peut-être où tu te rappelleras ce que je te dis aujourd'hui. Une mule ! cria-t-il à Sylvain. Une fichue tête de mule ! Et Dieu seul sait ce qu'il va bien pouvoir advenir de lui !

L'attelage qui devait emmener David à la gare attendait sous la fenêtre de Miriam. Quand l'enfant écarta les rideaux, elle vit étinceler le siège de cuir qui serait brûlant au toucher. La tête ronde et noire de Maxim était tournée vers la porte d'entrée. Une seconde ou deux encore et David allait apparaître, son pas pressé retentissait déjà au bas de l'escalier. Quel lourd chagrin oppressait la petite poitrine de l'enfant ! Tout au long de la matinée, elle avait imploré.

— Emmène-moi avec toi, David ! Je ne t'embêterai jamais. J'irai à l'école. Je me tairai pendant que tu travailleras, s'il te plaît...

Ses mains, son corps tout entier avaient supplié. Mais lui, d'une caresse, s'était contenté d'écarter la mèche qu'elle avait sur le front.

— Non, non, *Liebchen*, toi, tu restes ici. Cela vaut beaucoup mieux pour toi.

— Mais pourquoi ? s'était-elle écriée. Me diras-tu pourquoi ?

— Parce que. Ecoute-moi. Tu es une femme, une petite femme, et les femmes ont besoin que l'on prenne soin d'elles. Ici tu auras tout ce qu'il te faut. Tu seras en sûreté.

Et puis il s'était agenouillé devant elle, de telle sorte qu'elle avait pu regarder dans ses yeux, ses yeux marron où nageaient comme des paillettes d'un vert mordoré, et voir aussi le duvet noir qui commençait à s'épaissir à ses joues. Il s'était fait soudain plus vieux et plus déterminé, un peu différent du frère qu'elle avait toujours connu.

— Tu iras à l'école où tu vas apprendre toutes sortes de choses ravissantes, la musique, la poésie, et aussi tu apprendras à tenir un intérieur pour pouvoir te marier, plus tard avoir des enfants et t'en occuper comme il faut.

Il s'était relevé. Sa voix avait changé. Quelque chose s'y était mis tout à coup qui ressemblait à du rire, peut-être, un rire étrange avec un rien de colère.

— Un jour, Dieu sait quand, les femmes en sauront plus et en feront plus. Peut-être ce jour-là t'enverrai-je chercher... mais le moment n'est pas encore venu et pour l'instant, c'est mieux ainsi.

Sur ces mots, il l'avait embrassée pour la quitter.

Elle le regarda gagner l'attelage. Elle vit Maxim faire mine de prendre la malle, vit David refuser ce service, portant lui-même la lourde caisse. Alors Maxim monta sur le siège du conducteur et les chevaux s'éloignèrent. La rue était calme, le calme boudeur et moite de la fin de matinée, de sorte que le lent cliquetis de l'attelage résonnait en toute clarté. A l'autre extrémité de Conti Street un colporteur passa en criant :

— Melons ! Melons sucrés !

Puis sa voix se perdit. Deux moineaux ébouriffés se jetèrent l'un contre l'autre sur une rambarde. Lâchant les rideaux, l'enfant les laissa retomber et dans la chambre redevenue obscure, elle posa la tête sur le rebord de la fenêtre — elle ne pleurait plus, elle se sentait seulement très fatiguée et vide. Le chien tapota sa jupe d'une patte inquiète mais, sa curiosité ne recevant nulle réponse, s'endormit en boule sur le plancher.

De longues minutes, Miriam demeura agenouillée jusqu'à ce qu'un bourdonnement retentisse dans la chambre où quelque chose s'était mis à tournoyer follement. Elle sut que c'était une de ces grosses mouches vertes qui s'assemblent sur le crottin de cheval dans les rues. Frissonnant, elle leva la tête. Fanny avait écrasé la mouche avec la tapette. Un instant, les deux fillettes demeurèrent face à face. Puis Fanny ouvrit les bras et Miriam posa la tête sur une jeune épaule osseuse qui sentait bon la guipure fraîchement repassée.

— Je sais ce que c'est, Mamselle. J'étais triste moi aussi quand je suis arrivée dans cette maison que je ne connaissais pas. Mais maintenant c'est passé, et ça vous passera à vous aussi. Il y a moins d'un mois que vous êtes ici.

— Tu crois, Fanny ?

— Bien sûr que je le crois. Vous irez à l'école, vous vous

ferez plein d'amis. Vous donnerez des goûters, vous aurez des robes. Vous aurez tout ce qu'une jeune demoiselle comme il faut doit avoir. Oh, vous allez vous plaire ici ! Maxim nous disait justement à Blaise et à moi à quel point c'est une bonne maison. Et c'est charmant, vraiment...

5

Pour son onzième anniversaire, Miriam reçut un journal intime, relié de satin blanc et doré sur tranche. A chaque jour correspondait une page et au coin de chaque page figurait une fleur, fleur d'oranger, rose ou violette, accompagnée de quelques vers convenant aux demoiselles.

> *Mai ! Reine des floraisons,*
> *Et des fleurs généreuses,*
> *De quelles jolies chansons*
> *Charmerons-nous les heures ?*

Chaque jour après l'école, elle s'asseyait devant son bureau en bois de rose tandis que Fanny, glissant sur ses chaussons, rangeait des vêtements dans la garde-robe, pliait des jupons, baissait les jalousies contre l'éclat du ciel occidental et, avec des petits bruits sourds, disposait les livres d'école sur l'étagère.

La plume de Miriam courait sur le papier soyeux, suivant les rondeurs de l'écriture américaine, qui avait désormais remplacé l'écriture pointue apprise dans la vie d'autrefois. Elle traçait consciencieusement ses lignes quotidiennes.

Dans quelques années, elle se relirait en souriant, avec une pointe de mélancolie devant la simplicité des phrases, souvent triviales et quelquefois charmantes, devant ces traces laissées par une vie d'enfant devenant une vie de femme, aussi insensiblement que la matinée glisse vers midi. Et les phrases ramèneraient les événements dans sa mémoire : « Ah oui, c'est l'été où nous sommes allés chez Pélagie, c'est le jour où j'ai remporté le prix de diction. » Mais la vie réelle, la vraie vie du moment où la main tenait la plume et où l'esprit était en ébullition ne se retrouverait pas sur le papier.

« Cela fait deux ans aujourd'hui que David est parti. Il me semble que cela fait beaucoup plus longtemps et bien plus longtemps encore que nous avons traversé l'océan.

« Quand nous avons reçu la lettre qui nous apprenait la mort d'Opa, j'ai essayé de me souvenir de son visage. Sa barbe était maigre et grise, son crâne nu et le dos de ses mains étaient parcourus de veines. J'ai fermé très fort les yeux, mais c'était tout ce que je voyais ; lui-même, je ne le voyais plus du tout.

« J'ai essayé de me souvenir de l'endroit où nous habitions. Ici, dans cette ville, la lumière jaune du soleil recouvre tout comme une peinture ; là-bas le monde était gris et marron ou bien, en été, d'un vert humide et sombre. Je sais que c'était comme cela mais je n'arrive pas à le voir réellement. »

« David et papa ne s'écrivent plus, si ce n'est papa pour envoyer de l'argent, et David pour remercier.

« Au début, Papa rageait contre David mais je crois qu'il était plus triste que furieux. Je crois que c'est un homme qui n'aime pas être en colère. Il ne l'est jamais très longtemps. Tante Emma dit que c'est à cause de cela que les gens profitent de lui. Papa ne fait presque plus jamais allusion à David.

« Tante Emma dit que je me débrouille très bien à l'école. Je l'ai entendue parler en bas, pendant qu'elle prenait son café de l'après-midi.

« La voix de tante Emma vibre de satisfaction. Le français de Miriam est absolument parfait, dit-elle. Tous les enfants apprennent les langues sans aucun effort. Elle s'en tire plutôt bien au piano ou pour peindre des fleurs, dit-elle. Il n'y a que ses travaux d'aiguille.. ma foi, elle ne sera jamais comme mon Eulalie, c'est certain.

« Je déteste Eulalie. Il faut toujours qu'elle ait à la main une aiguille, d'une sorte ou d'une autre, pour faire du crochet, de la dentelle, de la broderie pour la layette des enfants de Pélagie.

« Tante Emma dit toujours : pauvre Eulalie ! Malheureuse fille ! Elle a tant de vertus. Quelle pitié que sa cadette ait tout. Il me semble que c'était hier le mariage de Pélagie et voilà que dans un mois elle aura son troisième enfant. Eh bien, comme je disais à Monsieur Raphael l'autre jour, il viendra plus tôt que nous ne croyons, le moment où il faudra trouver un époux à Miriam. Elle a presque douze ans déjà.

« Les dames racontent tant de sornettes !

« Hier j'ai reçu une lettre de David. Il a enfin reçu une longue lettre de papa qui lui a envoyé beaucoup d'argent pour acheter des livres. Comme je suis contente !

« Aujourd'hui, Papa a paru retrouver un peu d'espoir, et même un peu de fierté à propos de David. Au moins, il achète des livres, a dit papa. Ce n'est pas un bon à rien comme tant de ses congénères qui fuient l'école, qui dépensent trop et boivent trop. Tante Emma dit que Columbia est un quartier très bien. D'après ce qu'elle a vu quand elle était à New York, les meilleures familles vivent à Chambers Street et Murray Street. Elles exerceront une excellente influence sur lui. Elle dit qu'en mûrissant il renoncera à ses sottises et reviendra à la maison. Quand il aura fini ses études à la faculté de médecine, il reviendra, vous verrez, dit-elle. Et papa dit : oui, peut-être.

« Moi, je ne le crois pas.

« David écrit qu'il est heureux que j'aille chaque semaine en visite chez Rosa. C'est une maison juive.

« Pourquoi, me demande Emma, ne l'appelles-tu pas "Mme de Rivera" ou au moins "tante Rosa" ? Elle est choquée. Mais c'est Rosa qui m'a demandé de l'appeler par son prénom, bien que j'appelle effectivement son mari oncle Henry. Tante Emma ne comprend pas que Rosa est ainsi ; elle n'accorde pas beaucoup d'importance aux règles. La maison est agréable. Les enfants sont si mignons ; ils cassent tout, mais cela ne semble pas gêner Rosa. Elle aussi sème le désordre autour d'elle. Je ris beaucoup quand je suis là-bas. On rit chez eux. Les garçons ont reçu les noms de leur père et de leur oncle. Normalement, les juifs ne donnent pas les noms des vivants, mais les Rivera sont séfarades et c'est différent. La famille m'emmène à la synagogue Les Portes de la Miséricorde.

Parfois quand Marie-Claire est en visite en ville, nous l'emmenons aussi.

« J'aimerais posséder le talent de Marie-Claire. Oncle Sisyphe dit qu'elle pourrait bien chanter à l'opéra un jour. Elle n'est certainement pas jolie sauf quand elle chante. J'ai eu une idée tout à fait ridicule à son sujet, j'ai pensé que nous serons liées d'une manière ou d'une autre quand nous serons adultes. Je ne vois pas pourquoi il en serait ainsi, nous nous connaissons à peine. »

« La Torah est pleine de trous, cette synagogue ne paie pas de mine, mais c'est mieux que rien, dit oncle Henry.

« Je voudrais que papa vienne avec nous, mais il ne veut pas. Quel dommage ! Tante Emma dit qu'il est content que les Rivera m'emmènent, c'est une famille très bien. Ce qui veut dire, pour elle et pour papa, qu'ils sont riches. Je commence à comprendre des choses que l'on ne croit pas que je comprends.

« Quelquefois, la cérémonie est si ennuyeuse que je m'assoupis sur mon siège, mais cela ne me dérange pas parce je sais que ma mère est heureuse que je sois là. Je sens son haleine tiède sur mon cou. Son épaule touche la mienne. Elle porte le châle écossais qu'elle porte toujours quand je pense à elle. Je me souviens de sa mort et je sais que par amour pour elle je ne me laisserai jamais arracher à ce que je suis. Je suis ce que je suis. La Nouvelle-Orléans est une ville très mélangée. »

« Quelle chance que papa n'ait pas été avec nous la semaine dernière pour Yom Kippour. Manis Jacobs, qui de toute façon n'est pas vraiment rabbin, a déclaré en plein milieu de la cérémonie qu'il rentrait chez lui manger et que nous devrions tous rentrer chez nous pour manger parce qu'il était ridicule de jeûner. Et voilà que ce matin il est mort. J'ai dit à papa que c'était peut-être le châtiment de Dieu et papa a dit que c'était une sottise superstitieuse. Mais il l'a dit gentiment, tout de même.

« Maintenant ce sera Rowley Marx qui dirigera la congrégation, et je pense qu'il est encore plus ignorant que Manis Jacobs. Rosa dit qu'il a pris ce nom parce qu'il joue le vieux

Rowley dans l'*Ecole de la médisance*. Il est acteur pendant une partie de son temps et également capitaine des pompiers.

« Mais il ne prétend pas être un érudit religieux, dit oncle Henry, et il répète sans cesse que tout viendra en son temps, qu'il faut savoir reconnaître les mérites de chacun. Ces hommes s'efforcent de garder notre peuple uni, faute de mieux. Du moins, ne tournent-ils pas le dos à leur propre peuple. Contrairement à papa, c'est cela qu'il veut dire, et contrairement à beaucoup d'autres. »

« J'ai écrit à David pour lui demander s'il ne pourrait pas étudier la médecine ici l'année prochaine. Mais il ne veut pas. Il dit qu'il ne peut pas vivre dans une ville où des êtres humains traitent d'autres êtres humains avec tant de cruauté.

« On croirait que les gens d'ici passent leur temps à combiner de nouvelles formes de tortures pour leurs domestiques. Tante Emma et papa sont toujours si gentils. Le mois dernier, ils ont offert un beau mariage à la fille du cuisinier, avec un voile blanc et un gros gâteau. Tout le monde à la maison les aime beaucoup. On achète de beaux vêtements neufs à Maxim et à Chanute, qui n'arrêtent pas d'échanger des plaisanteries. S'ils étaient vraiment traités misérablement, plaisanteraient-ils sans arrêt ?

« J'ai demandé à Fanny si elle était heureuse et elle m'a répondu oui, évidemment. Elle aime les bals de La Nouvelle-Orléans. Elle m'a dit : vous savez, les gens de couleur adorent danser. Et elle était si contente du chapeau que tante Emma lui a donné pour Pâques. Je lui ai demandé s'il y avait un endroit où elle préférerait être et elle a eu très peur : "Vous n'allez pas m'envoyer ailleurs ?" m'a-t-elle demandé. "Bien sûr que non, ai-je dit. Je vais t'apprendre à lire." Après l'école, je révise mes leçons avec elle. Elle apprend vite, je crois qu'elle est très intelligente. »

« J'ai reçu une lettre de David dans laquelle il dit qu'il a rencontré Gabriel Carvalho.

New York, novembre 1843

Très chère sœur,
Je ne sais pas pourquoi tu as occupé mon esprit tout parti-

culièrement aujourd'hui. Devant moi, il y a ma lampe et une pile de manuels, de trois grands, gros livres, pour être exact, et je ne pourrai pas les ouvrir avant de t'avoir écrit cette lettre.

Oh, je sais bien pourquoi tu étais si présente toute la journée ! Hier soir, j'ai rencontré Gabriel Carvalho — nous ne nous voyons pas beaucoup car la faculté de droit et celle de médecine sont sur des planètes différentes — mais quand nous nous retrouvons, c'est toujours très agréable. Nous nous sommes payé du bon temps à New York, théâtre, danses, rencontres intéressantes. Hier soir nous sommes allés en visite à Washington Square. C'est là que vit le "vieux" New York, c'est très élégant, un peu comme ton Jackson Square, mais pas autant. Les maisons ont toutes un perron, une volée d'escalier qui grimpe en pente raide jusqu'à la porte d'entrée. On s'éclaire au gaz, bien entendu, et on fait du feu dans toutes les cheminées — il fait un froid terrible ici, un froid comme celui que nous avons connu en Europe. Est-ce que tu te souviens comme nous tremblions ?

En tout cas — je m'égare, il est plus de minuit et mes pensées somnolentes s'emmêlent — en tout cas, il y avait une jeune fille dans la maison qui te ressemblait beaucoup, ou qui ressemblait beaucoup à l'image que je me fais de toi maintenant que tu as treize ans et c'est parce que je l'ai vue que tu m'as manqué toute la journée. Gabriel aussi a remarqué la ressemblance. J'ai été surpris que ses souvenirs soient si clairs après tout ce temps, mais ils l'étaient, et nous avons parlé du jour où Gretel est passé par-dessus bord et nous nous sommes rappelé tes larmes et la gentillesse avec laquelle tu l'avais remercié.

Parfois il me semble que tout cela, c'était hier, alors je dois faire un effort pour me rappeler que tu n'es plus cette vive petite fille. Je suppose qu'on apprête déjà tes noces. Quel que soit ton époux, j'espère qu'il te conviendra parfaitement, que ce sera un gentil mari avec des idées justes.

Je suis sûr que tu as tout de suite compris ces derniers mots dans un sens politique, mais crois-moi, je suis assez réaliste pour savoir que ce serait trop demander, étant donné la façon dont tu vis, là où tu es. C'est pourquoi j'espère simplement que vous vous aimerez beaucoup, il faut s'en tenir là.

Quant aux questions politiques, tu serais ébahie — du moins le suis-je toujours, moi qui devrais être habitué désormais à ce qui se passe ici — du nombre de gens qui parlent comme les planteurs du Sud sans avoir jamais mis les pieds dans le Sud. On les trouve principalement parmi les habitants de Washington Square et les gens de la Bourse. A la faculté de médecine, il y a un éventail d'opinions qui vont jusqu'à l'abolitionnisme ardent de la Nouvelle-Angleterre, vers lequel je penche, comme tu dois le savoir.

C'est drôle, quand je suis avec Gabriel, j'évite d'aborder des sujets politiques et il fait de même, parce que nous ne voulons pas que des difficultés surgissent entre nous. J'espère que cela n'arrivera jamais, mais je ne sais pas. Quand je suis d'humeur sombre, il me semble que le pays glisse vers un conflit. Dieu sait que j'espère qu'il n'en sera pas ainsi.

Mais pourquoi t'ennuyer avec toutes ces choses ? C'est simplement mon humeur du milieu de la nuit, et que tu me manques.

En outre, je ferais mieux de retourner à mes livres. On dirait qu'il n'y a pas de fin à tout ce qu'il faut retenir pour devenir médecin. Mais j'aime toujours ce que je fais et je ne m'imagine pas autrement qu'en médecin.

Ecris-moi pour tout me raconter sur toi, sur l'école et sur les vacances et même sur tes nouvelles robes, sur tout.

Ton frère qui t'aime,
David.

« Et le même jour Rosa a reçu une lettre de Gabriel lui racontant sa rencontre avec David. Rosa est très fière de son frère. Elle m'a dit que c'est lui, le grand esprit de la famille, pas comme elle.

« Et puis elle a ajouté : "Sais-tu qu'il ferait un excellent mari pour toi ?" Ce qui était très embarrassant, à cause de sa façon de me regarder, comme on juge une bête de foire. Après tout, je n'ai que treize ans — enfin, presque quatorze. Je suis sûre que papa serait très content si je le lui racontais. Il a dit que les séfarades sont très cultivés. C'est eux qui donnent le ton bien qu'ils soient un peu arrogants. Mais Rosa n'est pas arrogante. Et Gabriel ne l'était pas non plus. Je l'aime bien. Mais ce n'était pas aussi amusant de parler avec lui qu'avec David.

Je me suis dit qu'il était trop taciturne. Papa a affirmé qu'il sera bel homme quand il sera adulte. De toute façon, j'ai trouvé tout à fait ridicule que Rosa parle ainsi. »

« Nous allons tous remonter le fleuve en bateau à aubes pour aller à Plaisance assister au baptême du nouveau bébé de Pélagie, son premier garçon. Quand je pense qu'elle n'avait aucun enfant lorsque je l'ai vue pour la première fois et que maintenant, elle en a quatre !

Tante Emma dit que c'est le devoir de la femme d'avoir une famille nombreuse, le plus d'enfants possible. Rosa dit que tante Emma est une créole typique. "Ne t'y trompe pas, dit Rosa, ces femmes n'en ont pas l'air, mais en réalité, ce sont elles qui commandent. Ce sont elles les chefs de famille. C'est le pouvoir secret des femmes." Rosa me raconte des choses intéressantes sur le monde mais je ne suis pas toujours d'accord avec elle. D'après ce que je vois, je pense que d'avoir tous ces enfants ne peut pas signifier qu'on commande. Qu'est-ce que c'est que ce pouvoir secret ?

« Il y a tant de bébés qui meurent ! Comment peut-on prendre du plaisir à cela ? L'un des enfants de tante Emma est mort quand il avait à peine une semaine, trois d'entre eux ont succombé à l'épidémie de fièvre, un autre a été mordu par un serpent à sonnettes. C'est vraiment horrible ! Et quelques-uns encore sont morts de la maladie du deuxième été. C'est une époque si dangereuse, le deuxième été. Oh, j'aurais une peine terrible si l'un des bébés de Pélagie mourait ! Je ne sais pas comment elle le supporterait, elle est si sensible. Elle pleure si facilement. Pour un rien, parfois.

« La maison de Plaisance ressemble à cette gravure du Parthénon qui est suspendue dans le couloir en haut de l'escalier près de la chambre de papa. Elle appartient au beau-père de Pélagie, M. Lambert Labouisse.

« Pélagie est obligée de vivre là, bien qu'elle ne le veuille pas. Le père de Sylvain me fait peur, il est tellement solennel et ses yeux sont si froids ! On a l'impression qu'il va vous arracher la tête si on rit trop fort ou si on renverse quelque chose. Il est raide comme la justice, sans une ride ; il nous baise la main et baisse la tête comme un roi avec un sourire charmant qui ne va pas du tout avec le reste de son visage. Pélagie dit qu'il peut être charmant mais que quand il est en colère, alors tout le monde, même son fils Sylvain, a peur de lui.

« David et Sylvain ne s'aiment pas. David a des opinions si tranchées sur les gens, il est tout aussi entier dans sa façon d'aimer Gabriel et dans ce qu'il écrit sur lui. Pourtant je dois dire que Sylvain est très gentil avec moi. Pour mon anniversaire, il a trouvé pour moi le plus délicat des cadeaux, un panier pour Gretel, qui prend de l'âge. Mais tout le monde est très gentil avec moi. Sauf Eulalie peut-être. Je crois qu'elle n'aime pas les juifs, mais je n'avouerais à personne cette pensée. Parfois, elle fait des remarques qui ont un sens précis, j'en suis sûre. "Ah, c'est votre jour sacré" : elle a l'habitude de dire cela avec une expression bizarre, comme si elle n'en pensait pas grand bien. Rosa dit que les gens nourrissent des haines quand ils sont malheureux, qu'ils ont besoin de quelque chose ou de quelqu'un à mépriser. Je suppose qu'il y a du vrai dans cette idée.

« Quelle demeure immense ! Notre maison y tiendrait six fois. Chaque chambre est pleine de parents et de tous leurs enfants accompagnés de leurs nounous. Les enfants sont partout, dans les escaliers et dans les couloirs, enfants blancs et enfants de domestiques, qui courent et qui jouent. Je n'ai jamais vu autant de domestiques. Le maître queux a appris son art auprès d'un des meilleurs chefs de Paris, à ce qu'on dit.

« Le domaine de Plaisance couvre quatre mille arpents. C'était un cadeau de mariage offert à la mère de Sylvain quand elle a épousé Lambert Labouisse. La plupart des serviteurs appartenaient à la demeure, ils sont nés et sont enterrés ici. C'est comme une énorme famille. Ils ont des chevaux de selle, j'apprends à monter. Il y a des équipages pour tout le monde, disponibles à tout instant, pour aller où on veut. Que de splendeurs !

« Je suppose que Pélagie n'aime pas cette maison parce qu'elle ne lui appartient pas, ou ne lui appartiendra pas jusqu'à la mort de Lambert Labouisse, qui ne devrait pas survenir avant longtemps, je crois, il semble tout à fait solide et pas très vieux. »

« Le baptême doit avoir lieu dimanche. L'une des tantes Labouisse sera marraine et papa parrain. Parrain d'un enfant catholique ! Papa a ri. "Je t'ai expliqué, dit-il, que dans cet endroit merveilleux, cela n'a pas d'importance." Il doit offrir un gobelet d'argent. C'est la coutume. Le bébé est adorable et s'appelle Alexandre.

« Ce matin Sylvain a dit à Pélagie que maintenant qu'elle lui avait donné un fils, il espérait qu'elle allait lui en donner beaucoup d'autres. Est-il possible qu'elle veuille encore des bébés ? Elle grossit trop et d'ici quelque temps elle ressemblera à tante Emma, ce qui sera bien dommage. Elle était et elle est encore bien jolie. Je ne comprends pas. Elle ne peut vraiment pas refuser ? N'y a-t-il donc aucun moyen ? Est-ce que l'homme vous force si on refuse ? Déchire-t-il votre robe ? Si jamais on refuse de faire ce qu'on fait, quoi que cela soit — et je ne suis pas tout à fait sûre, je crois savoir de quoi il s'agit, mais ce n'est pas clair et je ne peux en parler avec personne, pas même avec Rosa. Elle est prête à parler de bien des choses mais pas de celle-là. Un jour j'ai dit quelque chose à Fanny, mais elle m'a seulement répondu, l'air effrayé, que je ne devais pas poser de telles questions, que ce n'était pas convenable pour une jeune demoiselle comme moi. »

« Après le baptême, je suis sortie toute seule. Je me sentais calme, pas vraiment triste, même si parfois j'éprouve de la tristesse. Non, ce n'est pas ça exactement, c'est simplement qu'on peut se sentir si seule, particulièrement au milieu de la foule.

« Tant d'étrangers à la fois qui parlent, qui parlent mais ne se parlent pas. Comme si leurs discours étaient une manière de dire : regardez-moi, écoutez-moi, je suis là, je suis important, n'est-ce pas ? Dans ces moments-là, j'ai peur parce qu'il n'y a réellement personne qui puisse comprendre ce que j'ai ressenti ces derniers jours. Ni papa, qui me lancerait une plaisanterie et m'achèterait un cadeau le lendemain. Ni Pélagie, qui me dirait quelque chose de gentil sur la chance que j'ai, ce que je sais déjà. Ni Rosa, qui se contenterait d'insister pour que je reste pour un "bon dîner". David peut-être me comprendrait mais il n'est pas là et il ne sera probablement jamais là.

96

« Quand je me sens ainsi il faut que je sorte, que j'aille dans un endroit plein de verdure, ou même, à défaut d'un endroit plus vert, dans la cour de la maison. Donc je suis descendue jusqu'au bayou et je me suis assise sur une roche plate.

« La pente est couverte d'iris sauvages du bleu le plus pâle, aux tiges épaisses et humides. Il y a des nuages de papillons blancs, pas plus grands que des mites ; l'un d'entre eux s'est posé sur ma main, je n'ai pas bougé, ses ailes s'ouvraient et se fermaient comme si elles tournaient sur des gonds. David dit que toute la vie est une, ce qui signifie que ces ailes transparentes sont faites de la même matière que moi.

« J'ai entendu que quelqu'un arrivait derrière moi et j'ai sursauté. C'était un homme, plus vieux que David — je compare tout le monde à David — mais pas vieux. Il portait un chapeau de paille à la mode, avec des rubans dont l'extrémité lui pendait dans le cou. Il m'a dit qu'il s'appelait Eugene Mendes et il savait que j'étais la fille de Ferdinand Raphael. "Comment le savez-vous ? Vous ne me connaissez pas, ai-je dit. — Parce que je vous ai vue — je viens de quitter la réception, a-t-il dit en s'asseyant à côté de moi. J'attends mon domestique pour rentrer chez moi à la rame, c'est plus facile que par la route". Puis il a voulu savoir ce que moi-même je faisais là, toute seule. Je lui ai dit que j'aimais le silence. "On peut entendre le silence", ai-je dit. Il m'a demandé quel âge j'avais et je lui ai dit que j'aurais seize ans à mon prochain anniversaire. Je ne voulais pas lui dire que j'avais eu quinze ans la semaine dernière. Il a dit : "Alors les jeunes gens viendront à la loge d'opéra de votre famille pour se faire présenter." Il a souri. Ses dents sont régulières. Il a des yeux attentifs, il ne m'a pas quittée du regard. Je ne sais pas s'il m'admirait ou non. C'est une étrange sensation d'être si près des yeux d'un homme. Quand sa yole est arrivée et que son domestique l'a appelé, il s'est levé. Il est si grand qu'il se tient un peu voûté. Il paraît très fort. Rosa dirait qu'il est beau garçon, je connais ses goûts et je sais qu'ils ne correspondent pas à un homme mince et faible comme son mari, je le sais très bien.

« "Ne restez pas assise là trop longtemps, m'a dit M. Mendes. Les alligators sortent quand il commence à faire sombre." J'ai bondi sur mes pieds en entendant cela et tout à coup, il s'est baissé et m'a baisé la main. Ses lèvres étaient humides.

Quand il a levé la tête il avait de nouveau le même sourire. Il a des yeux étranges, couleur de thé. "Je vous verrai à l'opéra, a-t-il dit, quand vous aurez seize ans."

« Pourquoi est-ce que j'écris cela ? Je ne sais pas. Je ne sais pas ce que je veux. Quand j'aurai seize ans, je serai une femme et ma vie commencera vraiment. Je devrais être impatiente d'y être, à ce qu'on me dit, et parfois, je le suis. Mais je m'intrigue moi-même. J'intrigue ma famille aussi. Tante Emma ne comprendra jamais pourquoi je préfère lire que faire des visites avec elle. Ces interminables visites ! On y passe sa vie ! Les cartes de visite et le café et les potins et le café, l'odeur de la chicorée grillée quand on franchit le seuil. "Les romans, dit tante Emma — elle fait un petit bruit en fronçant le nez quand elle dit cela — les romans sont tout à fait indécents pour une jeune fille. Si vous m'en croyez, il vaut mieux même ne pas toucher aux journaux." »

« Que reste-t-il ? Le mariage, bien sûr. Chacun sait que c'est là la vie, pour une femme. Même les vieilles filles qui étaient maîtresses d'école le savaient. On leur demande de nous enseigner à être de bonnes mères et de bonnes épouses. Comment une vieille fille pourrait-elle en avoir la moindre idée ?

« Rosa se trompe quand elle dit que ce sont les femmes qui ont le pouvoir. Le pouvoir appartient aux hommes. On en sait si peu sur les hommes. A quoi ressemblent-ils sous leur redingote et leur chemise ? Je ne sais même pas de quoi ils ont l'air. Il me prend comme un frisson à l'intérieur, quand j'y pense. Et puis je me sens si chaude. J'ai honte de certaines des choses que j'imagine. J'imagine des choses bien folles, mais si elles étaient vraies ? Si elles sont vraies, elles doivent être bien merveilleuses. Tout de même, j'ai honte.

« Je veux aimer quelqu'un, voilà ce que je veux. Pourtant j'ai peur. Je ne veux pas être comme Pélagie, je veux être libre. Je ne sais pas ce que je veux. »

6

— Non, je n'aime pas cet éventail. Il y a trop de jaune, la robe, le bouquet et les rubans. Je pense que l'ivoire est beaucoup mieux. En outre, disait Emma, Pélagie tenait celui-ci quand elle a fait sa première apparition à l'opéra, et elle veut que tu l'aies. Elle a beaucoup d'affection pour toi, Miriam, j'espère que tu t'en rends compte.

Le trumeau reflétait quatre femmes groupées autour d'une cinquième au premier plan : Miriam, qui en ce jour devenait une femme ; Fanny, agenouillée pour redonner un bouffant du plus fier effet aux six jupons bruissants ; la coiffeuse, Emma et Eulalie. Cette dernière était venue assister aux préparatifs contre son gré et pour l'instant elle tenait à la main un bouquet de jeunes hyacinthes et d'iris dorés. Emma rayonnait. En un sens, en tant que substitut de la mère, cette soirée était la sienne et le triomphe de Miriam devait être son œuvre. C'est pourquoi, revêtue d'un royal satin bleu, un collier de perles au cou, Emma donnait ses instructions.

— Oui, c'est cela, l'éventail doit pendre au bout de sa cordelette enroulée autour du poignet. Ouvre-le de temps en temps quand tu seras assise, agite-le doucement, mais songe à ne pas t'en cacher le visage. Tiens-le de cette façon. Oh, cette robe est vraiment une splendeur, ma chérie, ton père va être fier de toi.

Les joues de Miriam brûlaient. Une dizaine de bougies éclairaient la pièce. La jeune fille dévisageait une inconnue dans le miroir, une inconnue qui portait des diamants aux oreilles et dont les épaules blanches et nues émergeaient d'une écume de dentelles pastel...

— De l'autre main tu porteras ton sac à chaussures, bien sûr. Tu pourras enfiler tes pantoufles de soie quand nous arriverons. Je dois dire que la maison Scanlan fait les robes les plus merveilleuses ! Le travail vaut bien celui des meilleurs Français. Ton père dit que lorsque le moment sera venu pour ton trousseau, nous le commanderons à Paris, bien que pour ma part j'aie toujours été plus que satisfaite par ceux de Scanlan ou de l'Olympic.

Les grosses femmes ne pouvaient porter les robes françaises. Tante Emma, qui devenait plus forte chaque année, devait se faire habiller sur mesure.

— Fanny ! Je crois bien, dit Emma avec impatience, que tu as interverti l'ordre des jupons. Le double taffetas doit être dessous pour ne pas écraser la mousseline. Soulève la jupe, c'est ça, et inverse les jupons. (Emma était quelque peu exaspérée). Oh, comme mon Monty me manque ! J'ai dû me séparer de lui peu avant ton arrivée, Miriam. C'était le plus merveilleux des valets de chambre, il ne faisait jamais une erreur, il connaissait les vêtements à la perfection. Malheureusement, je n'ai pu le garder au-delà de ses quatorze ans, il devenait trop vieux pour assister une dame. Oui, voilà, c'est cela, Fanny, c'est cela.

Le soir, songeait Miriam, les jeunes gens nous rendront visite. Ils joueront aux cartes avec papa, mais ils viendront pour moi. Le dimanche soir, il y aura des soirées en bas, nous danserons, comme des poules alignées sur leur perchoir, les vieilles dames nous surveilleront. Ce soir à l'opéra, dans la loge de la famille, les gens se pencheront pour me voir en murmurant : « Oui, c'est la fille de Raphael, cette enfant, comme elle est charmante, je me demande qui l'épousera... »

Et le monde était radieux, il tournait doucement au son d'une musique enchanteresse, emporté dans une danse très particulière dont Miriam était le centre. Tout le monde était si gentil, tout le monde l'aimait. Eulalie avait admiré ses nouvelles boucles d'oreilles. Nul ne serait plus jamais en colère contre quiconque ; les gens étaient bons ; vraiment on devrait toujours être heureux.

— Quelle chance tu as que ce soit une première ! s'exclama Emma. Et il est particulièrement approprié qu'on donne *La Juive* d'Halévy ! Mon cousin l'a vue lors de sa création à Paris. C'est terriblement dramatique, et si triste... Mais tant de thèmes juifs sont tristes.

Ce soir même, peut-être, il la verrait et viendrait la voir. Mais qui serait-ce ? Tout à coup, Miriam fut submergée par la panique. Et s'il ne venait pas ? Et s'il n'y avait absolument personne, ni ce soir, ni jamais ? Cela était déjà arrivé ! Il suffisait de regarder Eulalie pour savoir ce qui pouvait se passer. Certes, Eulalie n'était point belle ; mais il y avait les autres — et mentalement Miriam dressait la liste de celles qui ne s'étaient pas mariées, de celles dont personne n'avait voulu : la sœur de Marcelle, qui n'était pas vraiment laide, ou la cousine d'Amy qui vivait avec eux, et toutes les maîtresses d'école. Mademoiselle Georges avait dû être adorable avec sa chevelure d'un roux doré. Que lui était-il arrivé ?

Puis l'optimisme de Ferdinand, le principal héritage de son père, endigua le flot de panique. Non, non, ce n'était pas possible, cela ne pouvait pas se passer ainsi ! Et elle eut une vague vision anticipée, elle vit des yeux brillants, une tête sombre penchée sur sa main, elle entendit une voix pleine de ferveur... Mais qui était-ce ? Qui ?

— Voilà, dit Emma, c'est parfait. Maintenant, dépêche-toi, ton père est déjà en bas à t'attendre. Sisyphe viendra avec nous, il a tout lu sur l'opéra et il est très fier chaque fois qu'il y a une première américaine à La Nouvelle-Orléans. On n'imagine pas tout ce que cet homme connaît sur la musique ! Juste ciel, il commence à pleuvoir ! N'ouvre pas le parapluie dans la maison, Miriam, cela porte malheur ! Tu veux attirer le désastre sur nous ?

Ils marchaient sous une fine bruine tiède en cherchant des endroits secs où poser les pieds. Mais Miriam avançait derrière un rideau de gaze argentée, suspendu entre elle et ce qui allait advenir ; ce soir, brusquement, le rideau serait tiré et il y aurait une révélation éblouissante. Ces rues qu'elle parcourait chaque jour, et le théâtre lui-même devant lequel elle était souvent passée, vers lequel la foule à présent convergeait, à la porte duquel une vieille négresse vendait des gombos, tout cela l'attendait. Elle était la vedette de quelque magnifique pièce dont elle n'avait pas encore étudié les vers, mais dont le sens allait lui apparaître.

Elle eut conscience de saluer et d'être saluée pendant qu'elle montait l'escalier entre Ferdinand et Emma et qu'elle prenait place dans leur loge. Oui, toutes les pièces du puzzle s'ajustaient, il suffisait maintenant de tenir la tête bien droite, de sourire, d'être patiente et d'attendre le grand événement. Son cœur battait à grands coups violents dans sa poitrine.

— Regarde, chuchota Emma, voici le père de Louis Moreau Gottschalk. Une des meilleures familles de la ville. Le fils est un génie musical, tu sais. On l'a envoyé étudier à Paris. Et voilà tes amis les de Rivera. Elle réussit toujours à paraître si élégante, elle doit dépenser une fortune en toilettes.

Miriam demanda ce qu'étaient les loges fermées qui leur faisaient face, dont les occupants demeuraient invisibles du reste du public.

— Ce sont les *loges grillagées*. Les veuves et les dames qui sont... qui attendent un enfant, peuvent voir sans être vues.

De l'autre côté d'Emma, Ferdinand se pencha pour adresser un clin d'œil à Miriam. Il était fier d'elle, de sa robe et des boucles d'oreilles ornées de diamants que, l'après-midi même, il lui avait offertes dans un écrin de velours. Et elle était sûre qu'il songeait, comme elle venait tout à coup de le faire, à ce premier soir en Europe, où il avait pris place près du poêle pour lui promettre des choses prodigieuses. Et voici que ces promesses se réalisaient.

— Après le spectacle, dit-il, nous irons, comme il se doit, déguster un chocolat et quelques pâtisseries chez Vincent.

Et voici que le rideau se lève sur une place pavée qui s'étend devant une cathédrale plus haute et plus large que celle de la place d'Armes. Avec la musique monte le tremblement de voix angéliques ; celles des hommes grondent comme les plus basses notes d'un violoncelle, celles des femmes sont fermes et pures comme des chants d'oiseau. L'histoire se déroule, une vieille histoire d'amour et de haine, de pogroms et de mort. On célèbre la Pâque, on chante : *O Dieu, Dieu de nos pères.* C'est si familier et en même temps si triste et si étrange ! Comment peut-on faire un divertissement de la mort ? Et pourtant, c'est bien le cas. La musique s'élève et vibre, elle tonne et pleure.

Miriam scrute la pénombre autour d'elle et se demande si quelqu'un d'autre est comme elle ému aux larmes. Dans la loge voisine on chuchote, on n'écoute pas la musique ; ces gens ne sont pas venus pour cela, ils sont ici pour voir et être vus — et n'est-ce pas pour cela qu'elle est venue, elle aussi ? Mais pas encore, pas maintenant. Elle est transportée. Son cœur déborde devant tant d'amour, de passion et de mort.

A l'entracte, on vient se faire présenter à la loge. Elle a eu à peine le temps de s'essuyer les yeux et elle espère ne pas avoir le nez rouge. Elle s'incline poliment, mais ne se souvient pas des noms, elle a oublié pourquoi elle se trouve là.

— Rachel, dit une voix d'homme.

On dirait qu'il lui parle, mais elle ne comprend pas.

Son père la ramène à la réalité :

— M. Mendes t'a appelée Rachel. C'est un compliment. Il trouve que tu ressembles à l'héroïne d'Halévy.

Elle revient dans le moment présent et salue l'homme. Elle sait qu'elle l'a déjà vu.

— Vous ne vous souvenez pas de moi, dit-il.

Les yeux couleur de thé, au regard si ferme, ne cillent pas. On ne voit qu'eux dans le visage, c'est leur souvenir que l'on conserve.

— Je vous ai dit que je vous reverrais quand vous auriez seize ans.

Sa voix est pleine d'autorité, imposante et prenante à la fois, comme ses yeux.

Elle se souvient de cet après-midi au bord du bayou, de sa descente bondissante le long de la berge, de sa main levée esquissant un adieu tandis qu'il s'éloignait dans la yole.

— Vous êtes devenue plus belle encore que je ne m'y attendais, mademoiselle.

Certes, cela n'est pas pour lui déplaire. C'est la première fois qu'un homme lui parle ainsi. Mais elle trouve son compliment extravagant. Elle s'est étudiée avec la plus extrême attention : elle est souple et gracieuse, ses traits sont tout à fait agréables, mais elle n'est vraiment pas d'une beauté remarquable. Il suffit de jeter un coup d'œil dans la loge voisine, où trônent les sœurs Frotingham, leur lourde chevelure d'or, leur visage de Walkyrie, pour contempler la beauté.

Mais elle a un sourire de remerciement poli à l'instant où le rideau se relève. Papa n'a que le temps de laisser tomber cette remarque, dès que M. Mendes est hors de portée de voix : « Un jeune homme distingué, il ira loin. »

— Si vous comptez tous les chevaux gris que vous rencontrez, dit Fanny, au centième vous pouvez être sûre d'épouser le premier homme auquel vous serrerez la main.

Miriam éclata de rire.

— C'est ridicule, Fanny. Qui t'a raconté pareille sornette ?

— C'est Mamselle Eulalie qui me l'a dit mais tout le monde le sait, de toute manière.

Par la fenêtre, on apercevait, dans la rue noyée de pluie printanière, là où un lampadaire diffusait un halo de lumière floue, une voiture découverte menée par un cheval gris.

— A-t-on le droit de compter plusieurs fois le même cheval ou faut-il que ce soient cent chevaux différents ?

— Vous vous moquez mais c'est vrai, rétorqua Fanny, éludant la question. Et il est si grand. J'aime les hommes grands.

Eugene Mendes venait à la maison depuis deux semaines, précisément, depuis la soirée à l'opéra. Dans le premier salon, il jouait aux dominos avec papa en buvant du porto. Ou bien, quand d'autres hommes étaient là, ces messieurs jouaient aux cartes. Dans le deuxième salon, les femmes jouaient au bésigue ou faisaient du macramé. Les deux groupes se rejoignaient brièvement pour terminer la soirée autour du café.

— J'ai eu un grand garçon autrefois, dit Fanny. Je n'avais que treize ans, mais il était à moi. Et puis je l'ai perdu.

— C'était avant que tu viennes ici, alors.

— Oui, on nous a vendus, Blaise et moi. Mais j'étais heureuse de partir. Plus heureuse que triste.

Fanny, tout à coup, semblait avoir besoin de parler.

— Mon père était un blanc, célibataire, et ma mère était servante dans la maison. C'était une grande maison, aussi, toute en brique. Mais quand ma mère est morte, mon père a épousé une dame, et elle ne supportait pas de nous avoir près d'elle, Blaise et moi, et elle a poussé mon père à nous vendre. Mais cela valait mieux pour nous, parce qu'elle était méchante. Ça, c'était une méchante femme.

— Pourquoi ne m'as-tu jamais raconté cela ?

Miriam avait cru tout savoir de la vie simple de Fanny. Fanny avait toujours été là, tout simplement. C'était quelqu'un de gentil avec lequel en retour on était gentil.

— Parce que. Vous étiez trop jeune, trop innocente. Vous étiez une petite blanche naïve.

Elle éprouvait un sentiment très proche de celui qu'elle avait ressenti à la représentation de *La Juive*. Une poignante compassion pour la douleur des hommes.

— Mais comme c'est triste, Fanny, comme c'est terrible, quitter ta maison et ton père...

— Il n'a jamais été un père pour moi et cette maison n'était pas ma maison. Comment pouvait-il en être autrement ?

Fanny eut une moue désolée puis son visage s'éclaira :

— En tout cas, ils étaient tous baptistes là-bas, et les baptistes interdisent la musique, ils n'ont pas de danses. Pour les gens de couleur, c'est bien mieux d'être catholique. Blaise n'aime pas être catholique parce que les prêtres ne permettent pas qu'on crie à l'église, mais moi ça me plaît. Voilà, votre coiffure est terminée. Vous devriez descendre. C'est l'heure.

Comme toujours, Miriam devait passer la première soirée de Passover, la Pâque juive, chez les de Rivera. Ferdinand était lui aussi dûment invité chaque année et, chaque année, trouvait une excuse plausible pour décliner l'invitation. Ce soir-là il n'eut pas à mettre son imagination à contribution car c'était l'anniversaire d'Emma.

— C'est bien aimable à M. Mendes de passer te prendre, déclara-t-il en arrivant à l'étage.

Des yeux, il examina rapidement sa fille de la tête aux pieds.

— Oui, répondit-elle, bien aimable.

— C'est un homme pieux, il est le bienfaiteur de ses coreligionnaires.

Et tu lui pardonnes même cela ? songea ironiquement Miriam.

Son père lui donna un baiser.

— Tu es absolument ravissante, Miriam. Sois-en toujours assurée.

— Merci papa.

— Bonne soirée.
— J'espère.

Les convives formaient une assemblée hétéroclite. Il y avait Gershom Kursheedt, la barbe noire, le regard sévère, personnage biblique, prophète austère, ne fût-ce qu'en apparence, un riche marchand juif aux cheveux roux, venu de France en visite avec sa brillante épouse, donnait la touche mondaine. A côté de lui, le pauvre juif allemand qui gagnait sa vie en enseignant l'hébreu aux petits garçons portait une jaquette miteuse et souriait innocemment. Il y avait encore deux catholiques, voisins et amis de toujours. Il y avait là des cousins prospères et des inconnus esseulés, invités parce que la Loi veut que les possédants partagent avec ceux qui n'ont rien — « Depuis que nous avons été esclaves en terre d'Egypte ».

Et puis il y avait Eugene Mendes qui partageait avec Kursheedt le centre de l'attention générale. Miriam avait été à la fois déçue et soulagée de constater qu'on les avait placés à deux extrémités opposées de la table. Il eût été épuisant d'avoir à faire la conversation avec lui tout au long du dîner, en la maintenant au degré exactement requis d'esprit et d'enjouement sans toutefois aller trop loin. Emma multipliait les mises en garde : les hommes n'aiment pas les femmes trop bavardes. Certes, les épouses bavardaient toujours à perte de vue mais c'était que les hommes avaient eu le temps de s'y faire ou prenaient tant de plaisir à la conversation des autres hommes qu'ils avaient tout bonnement cessé de s'en apercevoir. Bref, c'était un soulagement. D'un autre côté, ne lui avait-il pas déclaré, n'était-il pas le premier et le seul homme à lui avoir déclaré : « Vous êtes devenue plus belle encore que je ne m'y attendais. »

La cérémonie du Seder se déroulait en bon ordre, car Seder signifie précisément ordre. Le visage aimable de l'hôte souriait à la compagnie tandis que la flamme des bougies mettait de petits points de lumière dansante sur ses lunettes.

— Nous te louons, O Seigneur notre Dieu, roi de l'univers, proclamait-il. Tu nous a gardés en vie, nourris et amenés sains et saufs jusqu'en cette saison, amen.

On psalmodia les bénédictions et chacun éleva le premier verre de vin. A cet instant, Miriam ressentait toujours une chaleur, une manière d'intimité paisible, au cœur de cette communauté très ancienne de ses semblables. Des pensées de sa mère se mêlaient à ses pensées d'Eugene Mendes. Un citoyen de premier plan...

Rosa lui chuchota :

— J'ai rencontré ta tante Emma dans la rue. Elle m'a dit qu'Eugene Mendes faisait sa cour.

— Il rend visite à papa.

— Mais tu lui as certainement parlé. Le trouves-tu à ton goût ?

— Je le connais à peine.

Elle aspira une gorgée de vin. Et le cérémonial se poursuivit.

— Que tous ceux qui sont dans le besoin viennent célébrer la Pâque avec nous.

Deux cierges se dressaient dans le vieux menorah espagnol d'argent. Les mets du Seder, charoseth, herbes amères, légumes et douceurs, étaient disposés sur des plats d'argent. Rosa se remit à chuchoter. Comme tante Emma, elle était incapable de tenir sa langue plus d'une minute.

— Nous avons de la chance d'avoir Gershom Kursheedt et d'être débarrassés de Roley Marx. C'était un scandale. Tu sais que Kursheedt est un grand admirateur de M. Mendes. Il le respecte beaucoup.

Si seulement Rosa pouvait cesser de chuchoter. Par-dessus le rebord de son verre de vin, son regard croisa celui d'Eugene Mendes. Il parlait avec la Française qui regardait elle aussi Miriam. Que pouvaient-ils bien dire d'elle ? Elle baissa les yeux sur sa robe, sur le col de velours rouge qui s'échancrait au-dessus de sa poitrine. Rien ne clochait. Elle porta la main au lobe de ses oreilles pour s'assurer que les petits boutons de diamant y étaient bien en place. Décidément, rien ne clochait.

Le petit Herbert, le plus jeune des fils de Rivera, venait de terminer sans accroc les Quatre Questions. L'hôte brisa un morceau de pain azyme et l'éleva pour entonner la bénédiction : « Béni sois-Tu O Seigneur notre Dieu, roi de l'univers. Tu nous as sanctifiés par ton commandement qui nous ordonnait de manger seulement du pain sans levain. »

Dans le murmure général de la prière, on distinguait nettement la voix d'Eugene Mendes. Elle n'était pas plus forte, mais vibrante et pleine, une voix qu'on ne pouvait oublier après l'avoir entendue. Et Miriam, prenant une nouvelle gorgée de vin, se sentit vaguement grise.

— *Schulshen aruch.* La table est mise, dit Henry. Le dîner est servi.

Deux domestiques apportèrent une grande soupière et entreprirent de servir des louches de potage.

Rosa s'était détournée vers ses voisins de l'autre côté.

— Oui, pour mon mariage, je suis venue de Charleston par la terre. Quatre semaines de voyage en voiture et à dos de cheval. Oh, ça a été un grand changement pour moi de venir ici. Ma famille a fondé le temple de Charleston, vous comprenez. J'y avais tant d'amis, des racines si profondes...

Elle soupira.

— Et tant d'admirateurs, dit Henry qui l'avait entendue.

— Un seul qui eut jamais de l'importance à mes yeux jusqu'à ton arrivée, Henry, mais il était chrétien, dit-elle franchement et il n'était évidemment pas question que je l'épouse. Je ressemble à Rebecca Gratz. Ses plus proches compagnons, toute sa vie, ont été des chrétiens, et jusqu'à l'homme qu'elle aimait. Mais elle disait toujours que les membres d'une même famille doivent être d'une même foi, et elle refusa toujours de l'épouser. Elle est restée vieille fille et malheureuse. Quant à moi, je suis bien contente de ne pas être restée vieille fille.

— Merci, ma chère, dit Henry. J'en suis heureux, moi aussi.

— Rebecca Gratz, dit timidement Miriam, ne dit-on pas qu'elle inspira le personnage de Rebecca dans *Ivanhoé* ?

Eugene Mendes entendit sa question :

— Oui, Miss Miriam, lança-t-il. C'est Washington Irving qui avait raconté à Sir Walter Scott la gentillesse avec laquelle Rebecca avait soigné sa fiancée, à lui, Irving, lorsqu'elle était malade.

Il adressa à Miriam un sourire appréciateur.

— Et saviez-vous aussi que cette même Rebecca Gratz mit son frère en garde lorsqu'il se rendit à La Nouvelle-Orléans ? C'était, lui dit-elle, une ville sans Dieu, car les juifs y avaient tous perdu notre foi. Mais ce n'était pas vrai, comme vous le voyez.

— Certainement pas vrai de gens comme vous, M. Mendes, renchérit Gershom Kursheedt.

— Vous me faites trop d'honneur, répliqua Eugene.

— Je songe aux vaillants efforts que vous avez déployés pour obtenir que Judah Touro fasse quelque chose pour notre peuple, M. Mendes.

— Ils n'ont guère été couronnés de succès jusqu'ici. Mais il n'est pas besoin de réussir pour persévérer. C'est un homme fort intéressant, en tout cas.

— Il serait plus intéressant encore, fit remarquer Kursheedt, s'il voulait bien se souvenir de ses origines. Vous avez tous entendu dire, j'imagine, qu'il vient d'acheter le presbytère de Christ Church, dans Canal Street ? Il en a offert vingt-cinq mille dollars. Bien plus que sa valeur réelle. Il aurait aussi bien pu faire un don sans détour, puisque c'est de cela qu'il s'agit. Et cela s'ajoute aux milliers de dollars qu'il donne aux presbytériens.

— Quand on pense, intervint Henry, que lors de la fondation de *Chanarai Chasset* il n'a pratiquement rien donné et, pire encore, qu'il n'est même pas devenu membre...

Comme papa, songea Miriam, qui en éprouva une vive honte.

— Bah, dit Eugene Mendes, personne ne nie que c'est une belle chose que la charité. Mais quand on oublie les siens au profit de tous les autres, cela peut faire grincer des dents. Vous savez que cet homme a eu une histoire assez extraordinaire. Il est arrivé ici en 1802, venant de Boston sans un sou en poche. La Nouvelle-Orléans appartenait encore aux Espagnols à l'époque. Elle était dirigée selon le Code Noir de Bienville. Le catholicisme était la seule religion tolérée en Louisiane.

Miriam écoutait avec passion. Comme la conversation était plus intéressante que les futilités de tante Emma à la table des Raphael. Toutes les têtes étaient tournées avec respect vers Eugene Mendes, qui parlait bien, en petites phrases rapides, étincelantes.

— Il servit sous les ordres d'Andrew Jackson, et fut blessé à la bataille de La Nouvelle-Orléans en 1815. Cet homme a toujours été un battant. Et aujourd'hui c'est une fortune immense, bien sûr. Armateur, rhum des Antilles, tabac, chevaux — aucun domaine ne lui est fermé.

— Vous vous décrivez vous-même, tout simplement, dit l'hôte avec beaucoup de grâce.

— Oh non non, je n'appartiens vraiment pas à la même classe. Je suis loin de Judah Touro.

— C'est une vieille histoire, fit remarquer M. Kursheedt, quand les juifs atteignent un statut éminent, la tentation surgit de suivre la plus grande pente et d'oublier le patrimoine. Touro n'est pas le seul. Prenez Judah Benjamin.

— Je le connaissais quand il est arrivé en ville, fit remarquer Henry. J'ai été invité à son mariage à la cathédrale.

— Il est en train d'acquérir une plantation à trente kilomètres au sud d'ici, Belle Chasse. Très grandiose, dit Eugene Mendes, ajoutant non sans ironie : Les boutons de porte y sont plaqués argent, à ce que je me suis laissé dire.

— Mais vous-même n'êtes pas mal logé, lui dit Rosa.

— Bah, rien qui se puisse comparer avec Belle Chasse. Une simple retraite paisible à l'abri de la chaleur et des fièvres.

— N'en crois rien, lui chuchota Rosa tandis qu'elles quittaient la salle à manger. C'est une propriété superbe. Mais il n'aime pas beaucoup parler de lui-même.

Si c'était papa, songea Miriam avec une tendresse mêlée de regret, il dirait à qui veut l'entendre le nombre de pièces et le coût de l'ensemble.

— J'imagine qu'on peut dire que M. Mendes est modeste, dit-elle, qu'il a su rester simple.

— Simple ? se récria Rosa en riant. C'est bien là le qualifificatif que je ne songerais jamais à lui appliquer.

Elle regarda Miriam, l'œil rétréci.

— Heureuse celle qui lui mettra la main dessus, je puis te le dire. Et je ne serais pas surprise le moins du monde que tu sois cette femme-là.

— Mais je ne sais vraiment..., murmura Miriam, qui s'interrompit net en constatant que Rosa prenait ce mélange d'orgueil et de frayeur pour un triomphe masqué par la pudeur.

— Oh mais j'en suis pratiquement sûre ! s'écria Rosa pressant la main de Miriam. Et cela n'aurait pas pu arriver à quelqu'un de plus délicieux, personne ne le méritait plus que toi. Un homme si séduisant !

Elles furent séparées dans un mouvement de foule qui se produisit à l'entrée du salon et Miriam demeura seule quelques instants avec, dans la tête, l'écho des derniers mots de Rosa.

Un homme si séduisant.

Puisque tout le monde le dit, songea Miriam, qui suis-je pour songer autrement ? Je dois en être persuadée moi aussi !

Le lendemain matin, un domestique portant un mot de billet qui demandait une réponse vint frapper à la porte des Raphael. Il n'était pas sitôt reparti que Fanny vint dire à Miriam que Mme Raphael la faisait appeler en bas.

— Nous avons une visite à faire cet après-midi, ma chère Miriam. M. Mendes vient de nous envoyer son boy pour nous inviter.

Le sourire d'Emma était espiègle, presque polisson.

— Figure-toi qu'il me fait le compliment d'admirer mon goût et de solliciter des conseils pour la décoration de sa nouvelle demeure. Tu mettras ta nouvelle jaquette, je ne crois pas qu'il faille demander à Odette de te coiffer, qu'en penses-tu ? Tes boucles sont encore tout à fait bien. Peut-être Fanny pourrait-elle te donner un simple coup de peigne.

Et Miriam se retrouva devant le trumeau. La semaine précédente, la couturière avait achevé une jaquette de soie vert bouteille à parement de taffetas. Elle ne l'avait pas encore portée. Ses bottines de toile grise et de cuir verni noir étaient neuves elles aussi. Des gants gris et un bonnet tout couvert de roses attendaient sur le lit tandis que Fanny lui brossait les cheveux. Un instant leurs yeux se rencontrèrent dans le miroir avant que ceux de Fanny, vivement baissés, ne se dissimulent sous leurs cils. Fanny sait, songea Miriam. Les domestiques savent les choses avant qu'elles n'arrivent. Et peut-être bien qu'elle sait mieux que moi aussi ce que j'éprouve. J'aimerais que David soit là pour me dire ce que je ressens, parce que je ne me comprends pas moi-même alors que lui me comprendrait.

Je suis entraînée comme si je courais à toute vitesse, dévalant une pente sans pouvoir m'arrêter, terrifiée à l'idée de m'écraser en bas. Et si je m'imaginais des choses qui n'existent pas du tout ?

— Vous êtes belle, dit Fanny, mettant en place la dernière épingle à cheveux. Et maintenant le bonnet. Portez-le un peu plus en arrière. Oui, comme ça.

Dans la voiture, Emma fit écho à Fanny.

— Tu es ravissante, Miriam. Mais il me faut te rappeler que tu devrais songer à porter une voilette quand nous sortons. Tu ne voudrais tout de même pas gâter ton joli teint pour que les gens aillent se mettre dans la tête que tu as une goutte de sang noir dans les veines. Il est vrai que tu ne risques rien de ce côté-là, toi qui es née en Europe.

Elle rit.

— Je suis jalouse de tes cheveux. On dirait de la soie noire. Ah, crois-moi, profites-en tant que tu n'auras pas à masquer le gris par des applications de café.

L'attelage descendit Esplanade Avenue.

— Je suis vraiment impatiente de découvrir l'intérieur de M. Mendes. La maison a été construite par Parmentier, un commissaire priseur très riche — avant qu'il ait tout perdu, s'entend. Au jeu, dit Emma avec dédain.

C'est une chose de faire de l'argent mais c'en est une autre de le garder. Il était de basse extraction, d'ailleurs ; Français, mais Chacalatas, des gens de l'arrière-pays, pas de mon milieu. C'est pour cela que je ne suis jamais entrée dans la maison. Tiens, la voici.

Des chérubins de pierre soutenaient la galerie tout le long de laquelle courait un balcon de fer forgé à motifs de glands et de feuilles de chêne entrelacées. Sur le flanc de la maison, un mur de brique encerclait une vaste parcelle qui devait sans aucun doute contenir un spacieux jardin.

Eugene Mendes les attendait en haut des marches. Il paraissait plus grand que dans le souvenir de Miriam. Comme l'avait dit Rosa, c'était un homme imposant. Il tendit les mains pour aider les dames à gravir les marches. Une pensée bizarre traversa l'esprit de Miriam : il peut se procurer tout ce qu'il désire.

S'adressant à Emma il demanda alors :

— Un thé, madame, ou préféreriez-vous visiter la maison d'abord ?

— Oh, puisque vous êtes assez bon pour solliciter mon avis, voyons d'abord la maison.

C'était un joli bâtiment en style néo-grec, mieux conçu et plus grand que la demeure des Raphael. Une brise fraîche entrait par les hautes fenêtres, faisant onduler les rideaux. De

hautes pièces ombreuses, un double salon, une salle de musique et une salle de bal, le tout séparé par des portes à deux
battants sculptés de feuilles de magnolia. Aux deux extrémités
de la longue terrasse couverte qui donnait sur l'extérieur, s'ouvraient deux petites chambres pas plus grandes que des
cabines.

— Elles étaient destinées aux garçons de la maison, expliqua M. Mendes, l'ancien propriétaire avait de nombreux fils.

— Ma foi, il n'était donc pas malchanceux en tout, fit
remarquer Emma, ajoutant avec un regard audacieux, presque coquet : Avec une pareille demeure, vous voici bien préparé à tout ce que la vie peut vous apporter.

L'hôte sourit imperceptiblement et la petite procession se
poursuivit à travers les pièces. Des miroirs s'entre-reflétaient
et Miriam suivait en silence tandis que M. Mendes inclinait
courtoisement la tête vers l'incessant babil d'Emma.

— Pensez aux centaines d'heures de travail qu'il doit y avoir
là-dedans ! s'exclama-t-elle devant un sofa Empire couvert de
fleurs brodées à l'aiguille.

Miriam se rendit compte que ce flot incessant de banalités
aimables remplissait une fonction bien précise. Il masquait
des silences qui eussent pu être redoutables.

Devant le portrait d'un noble de la Renaissance dont le béret
de velours retombait sur un visage de débauché, Emma
s'immobilisa.

— Ce portrait ne provient-il pas de la collection du duc de
Toscane ?

— J'admire votre discernement, madame. Oui, comme monsieur votre époux, je suis parmi les fondateurs de notre galerie nationale de peinture.

Pour la première fois, M. Mendes s'adressa directement à
Miriam.

— Vous aurez peut-être entendu parler de notre entreprise.
Nous sommes un petit groupe ici dans la ville à avoir racheté
la collection du duc dans l'espoir que la galerie la prendra.
Sinon, nous la garderons dans nos résidences personnelles.
Etes-vous aussi experte en peinture que vous l'êtes en
littérature ?

— Je crains bien de connaître aussi peu l'une que l'autre.

— Du moins ne pouvez-vous nier avoir lu *Ivanhoé* ?

Puis, se tournant de nouveau vers Emma :

— Voulez-vous que nous montions ? demanda-t-il. Je vous demande la plus grande indulgence pour l'état dans lequel vous allez trouver les lieux. Il n'y a ni tapis ni tentures. J'y ai fait installer quelques meubles avec l'approbation de Seignouret, j'aimerais savoir ce que vous en pensez, madame.

— Nul ne saurait être de meilleur conseil que Seignouret, Monsieur Mendes.

— J'aimerais néanmoins connaître votre opinion, madame. Et si vos idées sont différentes, je vous en prie, soyez sincère. Et vous aussi, Miss Miriam. Après tout, je n'ai ni mère ni sœur pour me conseiller.

De massives armoires de bois de rose et d'acajou se dressaient auprès de lits à baldaquins avec des ciels de satin surpiqué. Emma exprima son approbation.

— Parfaitement élégant ! Et je vois qu'il a eu la sagesse de vous conseiller des tables à dessus de marbre. Il connaît nos climats.

— Il est vrai, renchérit l'hôte. L'humidité ne vaut rien pour les vernis.

Une porte entrouverte laissa apercevoir une petite pièce à l'extrémité du grand corridor. Miriam s'immobilisa, découvrant un plancher nu et luisant, un petit lit étroit et simple et un coffre de bois de cyprès entre deux fenêtres aux rideaux blancs. M. Mendes s'excusa.

— Ce n'est qu'une chambre d'appoint, un débarras où j'ai mis certains des vieux meubles de campagne de mes grands-parents.

Quelque chose dans l'austérité de cette petite chambre avait plu à Miriam qui s'exclama :

— Oh mais, c'est ce que je préfère ! On y éprouve un sentiment de confort et de paix !

— C'est que vous admirez la simplicité, dit M. Mendes.

— Miriam ! reprit Emma d'une voix pleine de reproche.

Et Miriam, consciente de son faux pas, se corrigea aussitôt.

— Evidemment les autres pièces sont fort belles, très différentes, très grandioses...

— Oh mais, votre esprit me plaît, dit M. Mendes. Vous avez exprimé vos sentiments véritables et vous avez eu raison. Il y a une beauté très spéciale dans la simplicité. Voulez-vous que nous redescendions ? Ainsi, madame, vous approuvez mon choix ? Il ne me reste donc qu'à augmenter ma vaisselle et mon argenterie. Je compte recevoir beaucoup, maintenant que je suis installé en permanence dans la ville. J'imagine qu'il me faudra facilement deux douzaines de chacune des différentes pièces.

— A tout le moins. Et peut-être plus si vous le souhaitez. M. Raphael m'amène souvent des invités à déjeuner. Et c'est bien souvent que nous nous retrouvons vingt-quatre à la maison, dès deux heures de l'après-midi.

— Je passerai donc commande dès demain. Que diriez-vous d'un rafraîchissement servi au jardin, madame ? La fraîcheur y est agréable je crois.

Une banquette encerclait la table ronde, sous la pergola, où l'on avait disposé des gâteaux et du café. Emma fit immédiatement l'éloge de la pâtisserie. Eloge que l'hôte accepta :

— Mon cuisinier Grégoire a été formé dans le meilleur restaurant de Savannah.

Emma prit un troisième gâteau. Elle admira les camélias qui poussaient en espalier le long du mur, le jasmin et les lis, elle déclara adorer le tintement des cloches de la cathédrale.

— Nous les entendons à peine à la maison. Vous êtes parfaitement situé ici, à tous points de vue.

— Je dois le reconnaître, répondit-il.

Il n'accordait qu'une demi-attention à Emma, désormais. Ses yeux restaient fixés sur Miriam. Celle-ci en avait conscience et en éprouvait de la gêne.

A quelque distance sur le mur du jardin, une plaque indiquait l'endroit où quelqu'un avait été enterré. Elle tendit le cou dans l'effort qu'elle faisait pour la déchiffrer. « Aimée de... » Le nom était masqué par une branche d'hibiscus. « Aimée de... décédée... février, épouse de... » — une jeune épouse morte en février. De la fièvre, ou en couches ? Avait-elle parcouru cette demeure en chantant ? Trouverait-on le bonheur à être la jeune maîtresse de cette maison ?

— Vous êtes bien songeuse, Miss Miriam.

Elle se trouva contrainte de le regarder.

— C'est que j'admirais la statue.

Une petite Aphrodite de pierre se dressait au-dessus d'une

fontaine à deux vasques. L'eau s'écoulait du premier bassin dans le second en un rideau lissé comme une jupe. Comme la ville était loin derrière ce mur. On se serait cru dans une forêt, perdu au fond d'un vallon, tout vert et, en dehors du gazouillis de l'eau, parfaitement silencieux.

— Qu'en pensez-vous ?

Elle hésita.

— C'est une bonne idée et un présage de bonheur de l'avoir dans un jardin. Comme les tourterelles et les fleurs. C'était la déesse de l'amour.

— Vous connaissez donc aussi la mythologie.

— Miriam est une grande lectrice, expliqua Emma. Mais pas un rat de bibliothèque, Dieu soit loué ! S'il est une chose que vous détestez, vous les hommes, c'est bien un bas-bleu, ajouta-t-elle avec conviction.

— Et ma maison vous plaît-elle, Miss Miriam ? demanda M. Mendes sans répondre à Emma.

— Oh oui. J'espère que vous y serez très heureux, répondit-elle avec la courtoisie qui convenait à une invitée.

— Merci, je l'espère aussi.

Il se retourna vers Emma.

C'était bizarre à quel point il semblait différent de la veille, chez Rosa. Aujourd'hui, il lui paraissait, comment dire, trop déterminé. Il est si fort, songea-t-elle de nouveau. Il réussit tout ce qu'il entreprend. Sous la redingote grise, on devinait un corps musclé comme celui des dieux grecs et des guerriers romains des gravures qu'elle avait vues dans une des chambres, au premier étage. Elle avait aussi remarqué un broc et une bassine de faïence à l'endroit où il devait faire sa toilette et se raser, chaque matin. Au-dessus du lit, la moustiquaire retombait comme un voile, un voile de mariée. Dans un de ces lits de bois sculpté, probablement dans la chambre rouge — elle n'aurait su dire pourquoi mais elle avait l'impression qu'il choisirait la chambre rouge, pour la partager avec sa jeune épouse — la jeune fille qu'il conduirait dans ce lit serait... elle ne serait plus la même au matin. Que de mystères ! Si David était là, elle pourrait l'interroger, peut-être. Mais non, bien sûr que non. C'était un homme lui aussi, bien qu'il fût son frère. Et que lui demanderait-elle de toute manière ? Elle n'en était même pas sûre.

116

Elle se tenait roide et tendue sur la banquette, les mains si fermement crispées sur ses genoux que le bout de ses doigts rougissait. Les mains de M. Mendes étaient velues. Mais elles étaient soignées. Le bout des ongles était blanc. C'était bien ; elle se réjouissait qu'il fût si soigné. Mais son front était trop haut. Bombé comme un dôme. Un jour, il perdrait sans doute ses cheveux noirs et serait chauve.

— Vous frissonnez, dit M. Mendes. Vous avez froid ?

— Un peu. C'est le vent qui fraîchit.

— Vous trouvez ? Je ne le sens pas. Désirez-vous un châle ?

— Elle est à l'ombre, dit Emma. Mets-toi au soleil, Miriam.

Sa jupe touchait presque les genoux de M. Mendes désormais. Pourquoi avait-elle si peur d'être ainsi près de lui ? Elle avait éprouvé de l'admiration pour lui, la veille, pour sa distinction, et pour l'estime qu'on lui portait. Et cette splendide demeure. De quoi avait-elle peur ? Mais d'autre part, il ne l'avait pas demandée en mariage, et peut-être n'en avait-il pas l'intention, quoi qu'en pensât Rosa. Voilà que ses propres pensées la plongeaient dans l'embarras !

Mais il fera sa demande, Miriam. Et tu diras oui. C'est ce que l'on attend de toi. C'est ce que ferait n'importe quelle jeune fille à ta place, n'est-ce pas ? Mais ce sera une erreur. Pourtant il faut bien qu'une jeune fille se marie. Mais ce sera une erreur. Et elle se sentit submergée d'une crainte épouvantable.

Le sang battait à son cou. Sans s'être jamais évanouie, elle savait qu'elle était près de se trouver mal. Elle ne supporterait pas de rester assise là plus longtemps. Elle se mit à prier pour qu'Emma décidât de se lever et de s'en aller.

Et sa prière fut exaucée.

Sur le chemin du retour, dans la voiture, Emma poussa un soupir satisfait et dit :

— Je suis presque certaine qu'il va parler de toi à ton père, Miriam. Je ne serais pas étonnée s'il venait dès demain. C'est évidemment la raison pour laquelle il voulait te montrer sa maison.

— Je suis certaine qu'il voulait seulement avoir votre avis pour la décoration, ma tante.

Emma rit.

— Mais non, voyons ! Comme tu es naïve ! Ce qui ne veut

pas dire que cela ne serait pas parfaitement convenable. A vrai dire, nous avons déjà abordé le sujet, ton père et moi. Ton père est enchanté. Et on le serait à moins. Nous pensons tous les deux que tu as beaucoup de chance. Les jeunes juifs de bonne famille ne sont pas si nombreux à La Nouvelle-Orléans et bien que, comme tu as pu t'en rendre compte, les chrétiens et les juifs se marient souvent entre eux, nous comprenons que tu ne souhaites pas faire de même. C'est ton droit le plus strict de prendre pour époux un homme de ta confession.

Miriam ne répondit pas. Le sang continuait de battre à son cou.

— Et puisque cela compte tant pour toi, réfléchis un peu : Combien y en a-t-il, comme Eugene Mendes ? C'est un homme d'éducation parfaite et un homme de goût comme tu as pu t'en apercevoir.

Emma écartait, l'un après l'autre, ses doigts replets, énumérant :

— Il possède des affaires prospères et je me suis laissé dire que sa résidence à la campagne est ravissante. Beau-Jardin, c'est son nom. Oui, tu auras tout ce que tu désires, et une position dans la meilleure société de la ville. Je me suis renseignée, vois-tu ma chérie, comme j'aurais fait pour ma propre fille.

Et elle posa la main sur le bras de Miriam.

Oui, elle a toujours été bonne pour moi, songea Miriam. Nul n'aurait pu l'être davantage.

— Tu dois parfois avoir l'impression d'un conte de fées quand tu penses à tout ce qui t'est arrivé depuis que tu es parmi nous. Mais, qu'y a-t-il ? Tu pleures ?

Miriam détourna la tête.

— Je ne sais pas. Je ne sais pas très bien ce que je ressens.

— Bah, tu es si jeune. Et tout cela est si soudain. Mais tu n'es pas non plus trop jeune. Je me suis mariée à quinze ans et ma Pélagie en avait seize, comme toi. Et vois comme elle est heureuse, seule ma pauvre Eulalie...

L'heure des lamentations avait sonné, comme chaque fois qu'une jeune fille de sa connaissance se fiançait. Oui, si Eulalie n'était pas mariée à vingt-cinq ans, tout espoir serait perdu. Alors elle coifferait un béguin attaché sous le menton et ne porterait peut-être jamais plus de robe de velours, ce que Miriam jugeait d'ailleurs parfaitement inepte. En somme,

Eulalie avait intérêt à profiter le plus possible de ses robes de velours ; dans deux mois, elle aurait vingt-cinq ans.

— Personne n'a jamais fait la cour à Eulalie, s'affligeait Emma pour la millième fois. Je ne comprends pas pourquoi. C'est une excellente maîtresse de maison, elle vient d'une famille estimée et nous offrions une dot tout à fait conséquente : quarante mille dollars, Miriam ! Il y avait au moins une dizaine de jeunes gens convenables dans les plantations des environs. Des familles qui nous connaissaient depuis plusieurs générations ; nos parents et même nos grands-parents avaient joué ensemble étant petits, ils savaient qu'elle n'avait aucun risque d'avoir du sang noir dans les veines. On en voit qui ont le teint si blanc, il est vrai. A la compagnie du gaz par exemple ! Et certains sont très riches, de nos jours. Il faut se méfier. Mais pour Eulalie, on ne craignait rien. Je ne comprends vraiment pas.

La mère accablée soupira.

— Elle est donc condamnée à rester vieille fille, une *tante*, comme on dit. Elle pourra aider Pélagie à s'occuper de ses enfants, si elle en a d'autres. Et toi, à t'occuper des tiens, Miriam.

Pas des miens, songea farouchement Miriam. Pas cette chipie.

— Mais tu n'as pas de raison de t'inquiéter, Miriam. Ton avenir est tout tracé désormais. Et ton père fera preuve de générosité, je le sais.

Emma s'interrompit un instant avant de reprendre :

— Bien sûr, tu penses qu'il y a plus que cela. Les jeunes filles pensent à l'amour et c'est merveilleux s'il est là. Mais s'il n'est pas là au début, cela viendra peu à peu.

Cela viendra. Quelle vie épouvantable qu'une vie sans amour ! Ne pas être aimée, n'aimer personne en dehors des enfants d'une autre femme !

Alors un souvenir revint soudain à Miriam.

— C'était pareil en Europe, au village. Quand j'étais toute petite, Opa voulait que ma tante Dinah épouse un homme qui possédait la meilleure maison de la rue. Mais il était obèse, et ignorant, et elle n'a pas voulu. Elle n'a jamais voulu en entendre parler. Alors il a préféré faire sa demande à ma cousine Leah.

— Et ta cousine l'a épousé ? demanda Emma avec intérêt.

— Oui. Et ils ont eu quatre enfants, les quatre plus beaux bébés que j'aie jamais vus.

— Ah ! Tu vois ? Tout a très bien marché, n'est-ce pas ? Et j'imagine que ta tante le regrette bien maintenant. Les jeunes filles devraient prêter l'oreille aux conseils de leurs aînés. C'est la même chose dans le monde entier. Mais tu n'as même pas à t'en faire pour ça !

Emma rit encore.

— M. Mendes n'est pas obèse et vraiment pas ignorant. Il est très bel homme. Et il a dix ou douze ans de plus que toi, ce qui est parfait. Les hommes deviennent plus stables à mesure qu'ils vieillissent.

Tout alla très vite. Il y eut le *déjeuner de fiançailles*, au cours duquel fut offerte la bague traditionnelle, un rubis serti d'or plat. La date de la noce fut fixée à un samedi soir, en dépit des protestations d'Emma, selon laquelle le samedi était commun, les gens comme il faut choisissant toujours le lundi ou le mardi. Eugene Mendes voulait le samedi.

— Nous pouvons sans aucun mal recevoir trois cents personnes ici à la maison, dit Ferdinand. Et c'est exactement ce qu'il nous faut. Je suis membre d'un si grand nombre de conseils d'administration et tous mes collègues s'attendent à être invités. Voyons voir, la banque de la cité, la compagnie du gaz de La Nouvelle-Orléans, la compagnie d'assurances occidentale contre l'incendie et les catastrophes maritimes, et la chambre de commerce.

Il en était rose de plaisir à l'avance. Brusquement, Miriam était devenue très importante. Jusqu'alors elle n'avait été que la fille de la maison, chérie mais admonestée, et voilà qu'elle était devenue un objet de respect et d'envie. Elle était la première de ses camarades à l'école à avoir trouvé un mari et pas n'importe quel mari, Eugene Mendes en personne.

Même Fanny en était prodigieusement affectée. Elle allait bientôt aborder une nouvelle existence puisqu'elle faisait partie des cadeaux de mariage que recevrait Miriam, en même temps que sa dot, ses perles et l'argenterie. En proie à une surexcitation qui ne le cédait qu'à sa fierté, elle courait à travers toute la maison à mesure que les présents arrivaient.

Avec autant de délice que s'ils lui avaient appartenu, elle fouillait parmi les biscuits de Saxe, les broderies, les dentelles et les plateaux d'argent.

Eulalie restait seule à l'écart. Elle fronçait le nez et faisait la petite bouche.

— On pourrait mettre assez de punch pour enivrer toute une armée dans cette coupe. Et comme elle est surchargée. Décidément ces gens s'arrangent toujours pour en faire trop.

— Quels gens ? demanda Miriam qui le savait parfaitement.

— Rosa et Henry de Rivera. Est-ce que ce cadeau ne vient pas d'eux ?

— Non, répliqua Miriam avec une grande satisfaction. C'est le cadeau de M. McClintock, qui travaille à la banque de papa.

Eulalie rougit.

— Ma foi, cela me surprend de lui. Je suis sûre que lui, au moins, a meilleur goût.

Le traiteur vint disposer de petites tables rondes et des chaises dorées. Les fleuristes vinrent déposer divers devis de fleurs d'oranger. A la cuisine, les gâteaux aux fruits hauts comme des tours marinaient dans l'eau-de-vie. Des couturières apportaient à la hâte leurs échantillons, couvrant les lits et les sièges de coupons de lainage irlandais, ou suisse, de mousseline et de calicot pour le matin, de gaze pour les toilettes de bal de soie, de taffetas et de velours.

On n'avait pas eu le temps de faire venir de Paris la robe de la mariée comme l'eût souhaité Ferdinand, car le futur époux était pressé et refusait de faire repousser les noces de six mois dans le seul but de permettre l'achat d'une robe à l'étranger.

Cela parut une saine décision, Emma et Ferdinand en tombèrent d'accord, d'autant plus qu'il existait une robe pour Miriam, un héritage, qui avait été portée par Pélagie et par Emma avant elle.

Elle porterait ses boucles d'oreilles de diamant et une paire d'étroits bracelets d'or qui étaient arrivés par le courrier en même temps qu'une lettre de David.

« Ces bracelets appartenaient à notre mère, avait-il écrit. Ils représentaient tous les bijoux qu'elle possédait. Tante Dinah a dit qu'elle me les donnait. Je devais les conserver pour toi et te les remettre le jour de ton mariage. Chère Miriam, porte-les ce jour-là, ils te parviennent accompagnés de tant d'amour qu'ils devraient réchauffer ton bras. J'aimerais pouvoir être avec toi mais c'est si loin... Et pourtant, en un certain sens, j'y serai. Je suis toujours avec toi. »

Elle aurait pu répéter de mémoire chacun des mots qui composaient cette lettre. Il avait écrit aussi : « Tu ne m'as pas beaucoup parlé de l'homme qui doit t'épouser. Je comprends qu'il doit être difficile de coucher ses sentiments les plus profonds sur le papier. Mais je sais que tu dois l'aimer très fort et j'en suis très heureux pour toi... »

Tante Emma se souvenait à haute voix :

— Ah, si tu m'avais vue en jeune mariée. La cérémonie — je parle de mon premier mariage bien sûr — eut lieu sur la plantation même. Et il y avait cinq cents invités ; mon père avait loué des bateaux à vapeur sur le fleuve pour les amener. En même temps que les coiffeurs et toute la pâtisserie qui venait de la ville.

Pélagie croisait les mains du geste qui lui était familier.

— Mes noces étaient vraiment magnifiques, Miriam. Tu seras évidemment invitée un jour à un mariage à la cathédrale, et alors tu verras ce que c'est. Le suisse conduisant les invités avec son manteau écarlate à parements d'or et son chapeau à plume, et les cloches à toute volée ! Oh oui, magnifique, vraiment ! Ensuite, nous sommes revenus à la maison pour le dîner et le bal. Mais en dehors de la cathédrale, s'empressa-t-elle d'ajouter, le tien va être pareil. Chère petite Miriam ! Je me rappelle quand nous sommes descendues au bateau pour t'accueillir. Tu tenais une poupée. Et regarde-toi, s'exclama Pélagie. Regarde-toi !

Ainsi Miriam fut-elle emportée par un flux de généreux enthousiasme. Jamais elle ne s'avisa de n'avoir pas passé une minute en la seule compagnie de l'homme qui allait devenir son époux — s'en fût-elle avisée, que cela n'eût rien changé du tout, pour elle, comme pour toutes les jeunes filles de sa condition.

Une page était tournée dans cette chambre du premier étage dans un coin de laquelle se dressait le trumeau dans son cadre ovale. Quand Miriam s'éveilla, le soleil de l'après-midi avait déjà tourné le coin de la maison mais le miroir incliné luisait toujours, reflétant le sofa sur lequel elle était étendue et le chien sur le plancher son museau entre les pattes dans une attitude attentive comme s'il avait conscience lui aussi du changement que ce jour allait apporter dans leurs deux existences. Les objets inanimés disposés sur la table et les commodes semblaient prendre vie pour annoncer l'ordre du jour : le voile, les gants blancs, l'éventail, la broche de diamant, le mouchoir de dentelle attendaient dans la *corbeille de noce*, présents du marié destinés à être portés pour la première fois en ce jour. Miriam se dressa sur le lit quand Pélagie, suivie de Fanny, fit son entrée dans la chambre.

— Il est près de cinq heures. Tu as fait une bonne sieste, dit Pélagie. Je m'émerveille que tu aies été capable de dormir. Moi, je n'ai pas pu fermer l'œil le jour de mes noces.

Fanny déposa une couronne de fleurs d'oranger sur la commode.

— Maxim va apporter de l'eau chaude pour votre toilette dans une minute. Je déplace tout ça pour faire de la place sur le lit pour votre robe.

Les deux femmes s'affairaient autour de la jeune mariée. Pélagie babillait joyeusement.

— Je sors de la cuisine et tout a l'air magnifique. Ils ont apporté des montagnes de glace à rafraîchir, de la glacière de Chartres Street. Ton papa a bien commandé cent bouteilles de champagne, j'en suis sûr. Il faudra empêcher les gens de trop boire si nous ne voulons pas qu'ils restent toute la nuit — mais enfin, c'est sans importance. A minuit, maman t'emmènera de toute manière à l'étage pour t'aider à passer ton négligé. Je suis bien sûre qu'elle t'a déjà dit...

Effectivement, Emma avait « déjà dit » et plutôt deux fois qu'une. Elle avait expliqué comment elle redescendrait apprendre à Eugene que sa jeune épouse était prête et que le couple passerait alors cinq jours dans la chambre nuptiale. Miriam avait manifesté son étonnement. Et Emma en avait ri.

— Oh, ma petite, les domestiques vous apporteront à manger. Est-ce donc cela qui t'inquiète ?

— Songe un peu, disait pour l'heure Pélagie, tu auras cette même chambre dans laquelle Sylvain et moi avons commencé.

Par la porte entrouverte, Miriam apercevait le lit nuptial

traditionnel, tout tendu de soie bleu ciel et de cupidons dorés dont les mains entrelacées laissaient échapper des rubans roses. Imposant, aussi cérémonieux qu'un autel, le grand lit attendait.

Des doigts s'empressaient dans son dos, boutonnant sa robe de la nuque à la taille. Ses propres doigts ne cessaient de lisser et de relisser les deux minces bracelets d'or qu'elle portait au poignet. Peut-être les doigts de sa mère les avaient-ils lissés de la même manière autrefois.. David les avait conservés pour elle tout au long des années ! Et alors une vague de solitude glaciale et chagrine l'engloutit : si seulement il était là ! Là, en cet instant, pour dire avec cette détermination qu'elle connaissait et dont elle gardait le souvenir bien vivant : « Oui, oui, cela est bon, cela est bien ! » Et puis pour sourire, un sourire d'encouragement, ce sourire dont elle conservait aussi le souvenir si vivant.

Elle redressa les épaules. Elle ne devait chercher ni son frère ni quiconque pour s'appuyer, elle devait compter sur ses propres forces. Bien sûr que cela était bon, que cela était bien ! Et il était naturel qu'elle fût par moments envahie par le doute. Emma ne lui avait-elle pas affirmé que toutes les futures mariées éprouvaient des terreurs. Enfin quoi, David lui-même ne lui avait-il pas écrit combien il était satisfait de ce mariage avec un homme sérieux, un coreligionnaire ?

Du rez-de-chaussée, commençaient à monter les rumeurs des arrivées et des salutations.

— Ils arrivent ! s'écria Fanny. Venez voir !

— Attention, mit en garde Pélagie, elle ne doit pas se montrer avant que papa ne l'emmène au rez-de-chaussée.

— Vous pouvez jeter un petit coup d'œil, insista Fanny, personne ne vous verra, en vous tenant ici, sur la galerie.

La cour était illuminée. Sous un plafond de toile, on avait disposé un parquet. Des roses blanches ornaient ce chapiteau nuptial, opalescentes dans le crépuscule qui s'avançait.

Pélagie montrait les premiers arrivants.

— C'est Pierre Soulé. On dit qu'il sera bientôt au Sénat. Et voilà Rosa, mais non, là-bas, dans cette robe de soie rayée, qu'elle est belle ! Et Henry — ça fait drôle que les hommes gardent leur chapeau haut de forme sur la tête ! Maman a fait préparer une table distincte avec des aliments kasher pour

M. Kursheedt et les autres. Pour nous, salade de homard, huîtres frites, gibier et salade de poulet.

Elle exprimait une véritable fringale. Elle était de nouveau enceinte et mourait perpétuellement de faim. Miriam posa tendrement la main sur celle de Pélagie.

— Mon Dieu, mais ta main est glacée, Miriam ! Viens, regardons par-dessus la rampe pour voir un peu ce qui se passe. Oh, regarde ce que Maxim et Chanute apportent là !

De jeunes mariés de nougat surmontant une pièce montée de près d'un mètre de haut. Ils disposèrent le tout sur une table enguirlandée d'autres roses.

— C'est vraiment trop beau, n'est-ce pas Miriam ? Attention ! vite ! vite ! rentre, c'est Eugene qui arrive. Il ne faut pas qu'il te voie, pas même l'ourlet de ta robe. Ça porte malheur. Oh, mais comme il a l'air solennel...

— Juste ciel ! s'écria Emma en se précipitant à l'étage. Tu n'as même pas encore le voile ! Vite, c'est l'heure.

Avec révérence, comme pour couronner une reine, les femmes disposèrent le voile et les fleurs d'oranger sur la tête de la future mariée. Environnée d'un nuage blanc, celle-ci, les yeux vides, dévisageait son reflet dans le miroir.

On frappa à la porte.

— Tout de suite, tout de suite, dit Emma, ouvrant à Ferdinand.

Plus que de son costume sombre et de sa cravate de satin, Ferdinand était revêtu de son triomphe.

— Ecoutez bien ce que je vous dis, le *Picayune* de demain dira que c'est l'une des noces les plus magnifiques qui aient jamais été célébrées dans notre ville.

Miriam lui prit le bras.

— Je suis prête, papa.

Ils se dirigèrent vers l'escalier. Un flot de musique imposante les enveloppa pendant leur descente. Les pieds glissaient en rythme dans leurs mules de satin. Ce ne sont pas mes pieds, pensait-elle, ce ne sont pas les pieds de Miriam. Tout cela est en train d'arriver à quelqu'un d'autre.

Rien de ce qu'elle avait imaginé ne l'avait préparée à la réalité. Ni l'appréhension ni les fantaisies les plus secrètes et

refoulées, les plus gênantes et ravissantes, ne l'avaient préparée. Car c'était la chose la plus affreuse, la plus terrible qui
pût lui arriver. L'impressionnant gentleman en manteau gris,
capable de citer les classiques et la Bible, de faire des cadeaux
et de prononcer les compliments d'usage — ce gentleman...
c'était une bête. Et son contact était horrible.

Connaîtrait-elle désormais cette horreur chaque nuit ? La
première avait été particulièrement humiliante. Un fracas
tumultueux de cloches à vache, de tambours et de trompes
s'était poursuivi pendant des heures sous leurs fenêtres dans
la rue. Miriam en avait été effarée, mais Eugene s'en était
amusé.

— Une vieille coutume, dit-il, c'est le *charivari*.

Cela ne se prolongerait pas au-delà de la première nuit.
Pourquoi s'en laissait-elle à ce point affecter ?

Elle n'avait pas pu lui dire que c'était parce qu'il lui semblait que cette foule dans la rue savait ce qui se passait dans
leur chambre et se moquait d'elle — ce qui n'était pas vrai,
et elle le savait, mais elle n'en défaillait pas moins de honte.
Et elle avait enfoui son visage brûlant dans ses mains.

Et pourtant, tous les hommes se comportaient peut-être
ainsi ; c'était peut-être ainsi ou alors, peut-être cela changerait-
il avec le temps, peut-être changerait-il, lui, ou si c'était elle ?

Pour l'heure, au quatrième matin, elle s'éveilla pour apercevoir un lac de soleil sur le plancher — il devait donc être
près de midi. Sous le ciel de lit azuré, son époux dormait toujours, de petits souffles explosifs surgissant rythmiquement
de sa bouche ouverte.

Elle se leva sans bruit. La maison était silencieuse et elle
comprit que par considération pour le nouveau couple on
avait enjoint aux domestiques de ne pas se faire entendre. Sur
la table, le bouquet de la mariée était déposé parmi ses dentelles de papier. Emma avait offert de le faire sécher et enca-
drer. Sur la table il y avait aussi le *ketubah*, le contrat de
mariage, avec les gracieux caractères hébreux qui couraient
en travers de la page comme autant de traces d'oiseaux sur
le sable. Elle s'en saisit. Le parchemin épais, les signatures
impressionnantes, les mots qu'elle était incapable de déchiffrer, tout cela l'emplissait de respect et d'une manière de terreur sacrée, d'une certitude de permanence. C'était comme si

elle avait tenu les Tables de la Loi entre ses mains. Et ce qu'elle tenait, c'était sa vie, leurs deux vies. Et elle en éprouvait le poids terrifiant.

Mais au même moment, quelque chose d'autre disait avec désespoir : tu es jeune, tu as seize ans, que peux-tu savoir ou connaître ? Rien. Ou presque rien. Il reste forcément tant de révélations. Il n'est pas possible, pas possible, qu'il en soit toujours ainsi, qu'il n'y ait plus rien d'autre, jamais.

Dans son panier, dans un coin, la petite Gretel leva la tête. Miriam alla la prendre dans ses bras, posant sa propre tête contre le pelage tiède et les os délicats du petit crâne. Et par ce lien avec le passé, son esprit se mit à vagabonder, il retrouva la route où le petit chien avait été découvert, il retrouva le village, la maison, et sa mère inconnue. Comme c'était loin dans l'espace et dans le temps ! Une mère eût-elle été capable d'expliquer peut-être ?

— Comme vous êtes songeuse. Qu'y a-t-il ?

Eugene était assis dans le lit. Bien éveillé, curieux, peut-être l'observait-il ainsi depuis quelques minutes.

Rougissante, elle répondit :

— Rien, il n'y a rien vraiment.

— Voyons. On ne reste pas debout au milieu d'une pièce, immobile, sans penser à rien.

— Je pensais... oui, je pensais à Dieu, dit-elle brusquement.

Il leva les sourcils et son visage prit une expression amusée, ou vaguement moqueuse. Confinée dans cette pièce, elle se familiarisait déjà avec ses gestes et ses expressions. Celle-ci lui était habituelle, elle le voyait bien. Les sourcils montaient, glissant sur son front comme deux chenilles noires. Bizarre qu'elle ne les eût pas remarqués auparavant — elle eût peut-être alors trouvé le courage de lui dire non.

— J'éprouve le plus grand respect pour la religion. Mais il est un temps pour tout. Revenez vous coucher.

— Il doit être près de midi. Ne devrais-je pas sonner pour qu'on nous monte le petit déjeuner ?

— Plus tard. Revenez vous coucher. Allons revenez.

— Je vous en prie, dit-elle.

Cela résonna comme un gémissement. Elle méprisa l'impuissance qui résonnait dans cette plainte.

— Et de quoi donc me priez-vous ?

— Je veux... non...

Eugene se leva et marcha sur elle. Nu, il semblait deux fois plus grand. Il la menaçait, alors qu'il ne lui avait certainement fait aucun mal physique et qu'elle n'en redoutait aucun de sa part. Sa douleur était beaucoup plus profonde, c'était une douleur de l'esprit, une souffrance de l'âme. Elle ferma les yeux. C'était plus facile quand elle ne voyait pas sa nudité : elle pouvait faire semblant de n'être pas là du tout.

Allongée, elle demeura inerte. Oui, c'était en train d'arriver à une autre. S'il avait su qu'elle faisait semblant de n'être pas là, il ne s'en serait pas inquiété : ce qu'il faisait, il semblait ne le faire que pour lui-même. D'ailleurs, une femme n'était pas censée manifester de plaisir, n'était pas censée en éprouver, si elle était une femme comme il faut. Chacun savait cela. C'était un plaisir pour l'homme seul. Par conséquent, ce n'était pas de n'éprouver aucun plaisir qui la troublait.

Mais il semblait logique de supposer qu'elle n'était pas censée éprouver non plus de répugnance et de détestation. Il n'était pas possible qu'on fût censée détester son époux. Et pourtant, si l'on haïssait « ça », on était bien près de le haïr lui, non ?

7

Depuis la berge escarpée, au nord-ouest du lac Pontchartrain, on découvrait le grand frisson de bronze du fleuve géant coulant lentement vers le golfe.

— Descendez de la voiture. Nous allons faire le reste du chemin à pied, dit Eugene. Je veux vous montrer la vue.

La lumière était verte ; Miriam lui ouvrit les mains pour la regarder trembler au creux de ses paumes. La tendre lumière s'étirait comme un voile sur les maïs ondulants, et au-delà vers une rangée de doux gommiers, et au-delà encore vers une colline en pente douce, et au-delà... Marcher là, continuer de marcher tout droit à travers le maïs, continuer au milieu des ormes et des hickorys, gravir la colline, continuer de marcher, avancer encore...

— Vous ne regardez même pas la maison, dit Eugene.

Docile, elle tourna la tête. La demeure était là, fort semblable à ce qu'on lui avait décrit, peut-être plus imposante encore que ce qu'elle avait imaginé. Ses briques étaient roses. Vingt-deux colonnes doriques soutenaient la galerie. Sur la gauche s'étendait un grand jardin de camélias. Les haies d'oléandres offraient leurs masses roses.

— C'est magnifique, dit-elle et elle ajouta, parce qu'il convenait de prononcer plus qu'une unique parole de louange : *Beau-Jardin*, le lieu mérite bien son nom.

— Ce cèdre m'est très précieux. Il a cent cinquante ans.

Malheureusement, il cache une aile de la maison, où se trouvent les salles de jeu et de classe. Je l'ai fait construire l'année dernière.

Et comme Miriam ne faisait aucun commentaire, il poursuivit sur un ton égal :

— Là-bas, c'est le pigeonnier. Cela devrait vous plaire, vous qui aimez tant les animaux. Il y a aussi un cellier et un fumoir. Derrière l'aile de la cuisine se trouvent les écuries, les cases et la sucrerie. Mais vous pourrez visiter tout cela à loisir quand vous aurez pris du repos.

Elle demeura parfaitement immobile. Là où des guirlandes de mousse s'accrochaient aux chênes verts, là où le sol devenait sableux, devait être le bayou. Là, certain après-midi, avec un peu de chance, on devait pouvoir surprendre un héron picorant l'eau saumâtre.

— Venez donc. Pourquoi restez-vous ici ?

— J'écoutais le silence.

— Le silence ? Mais les domestiques attendent d'être présentés. Venez, voulez-vous ?

Quand elle eut franchi le seuil, elle plissa les paupières dans la pénombre. Elle vit à travers un brouillard le hall qui s'élevait sur une hauteur de deux étages, l'escalier en spirale, des dalles de marbre blanches et noires, des visages noirs, des dents blanches et un buste d'Homère sur un piédestal. Beau-Jardin.

Tout ployait sous l'écrasante chaleur. Les rideaux étaient mous et les cristaux des lustres couverts de buée.

— Ah, mais c'est charmant, tout à fait charmant, soupira Emma.

— Rien de comparable à la maison Labouisse, répondit Eugene, choisissant la modestie. J'ai seulement huit cents arpents ici, et cinquante travailleurs. Mais je n'en veux pas davantage. On rencontre tant de difficultés — les inondations, les maladies des plantes et les gelées. Racontez-leur notre visite à la plantation Valcour Aime, Mme Mendes. C'est une chose à voir si vous aimez la splendeur.

Et comme Miriam hésitait, il poursuivit avec une pointe d'agacement :

130

— L'endroit a été construit sur le modèle de Versailles, mais bien sûr, vous ne l'ignorez pas. Les parterres, les jardins, les meubles, tout est français. Mon épouse n'a pas trouvé les lieux à son goût.

— Pourquoi cela vous surprend-il ? dit doucement Miriam. Vous saviez que je n'étais pas sensible à la grandeur.

— Ma foi, dit Emma tandis que son regard incertain allait de l'un à l'autre des époux, il me semble que Beau-Jardin est un domaine assez grand pour satisfaire quiconque. Pour une jeune femme, tu as bien de la chance, ma chérie, d'être maîtresse de ces lieux à ton âge. Mais je suis sûre que tu t'en rends compte.

Miriam savait qu'elle songeait avec une pointe de tristesse à Pélagie qui ne serait maîtresse chez elle qu'à la mort de son beau-père.

— Oui, ajouta Ferdinand, c'est un don du ciel que de voir son enfant si heureuse. Le bonheur que je vois sur ton visage vaut plus que tout pour moi. C'est l'époque la plus merveilleuse dans la vie d'une femme, conclut-il en faisant une allusion pleine de tact à la grossesse de Miriam.

Le bonheur sur son visage ! Quel aveuglement ! Elle méprisait l'insensibilité de son père et en même temps il lui faisait pitié ; mais il s'était diminué à ses yeux ; elle avait été diminuée à ses propres yeux. Il se tenait là, attablé, sans rien voir, acceptant le service du plat apporté par le *siffleur*, ce jeune garçon pitoyable, qu'on obligeait à siffler pendant tout le trajet depuis les cuisines pour s'assurer qu'il ne goûtait pas aux plats. Derrière lui, un autre petit garçon agitait un chasse-mouches de plumes de paon. Dans l'agréable souffle d'air, Ferdinand souriait de satisfaction. Par avarice, il avait endormi la méfiance de sa fille, il l'avait cajolée et flattée, avec l'aide d'Emma, la serviable Emma et ses conseils maternels.

Alors Miriam se redressa sur sa chaise, le dos raide.

Je méprise l'apitoiement sur soi-même.

Et le fait de reprocher à d'autres sa propre folie.

Allons, cesse ! Tu te trahis toi-même ! Pourquoi adresserais-tu le moindre reproche à ton père, à Emma et Pélagie et même à Rosa et Fanny ? C'est vrai, elles t'ont convaincue, mais le fait est que tu as été toi-même séduite par le prestige du nom de Mendes, par la demeure et le jardin et que tu as été la première d'entre celles de ton âge à te marier.

Pourquoi t'es-tu conduite ainsi ?

Mais partout dans le monde, on considérait qu'il n'était rien de plus naturel pour une jeune femme que de désirer un nom prestigieux et une demeure magnifique, et pour la famille d'une jeune femme de rechercher tout cela pour elle. Ainsi Ferdinand, comme tant d'autres pères, n'avait fait que désirer ce qu'il y avait de mieux pour sa fille. C'était ainsi.

Eugene l'avait mise en garde contre les serpents des berges du bayou et contre les alligators qui venaient le soir ramper dans l'herbe. La première fois qu'il l'avait vue, à la réception pour le baptême de Pélagie, il l'avait prévenue.

Et voici qu'un soir Gretel ne revint pas à la maison. Fanny et Miriam parcoururent en tous sens les pelouses en appelant la chienne, elles la cherchèrent longtemps, jusqu'à ce qu'Eugene, s'impatientant, leur ordonnât de revenir.

— Je dormirai sous la véranda, murmura Fanny, comme ça je pourrai la faire rentrer. Elle reviendra, elle ne peut être allée bien loin.

Elle n'était pas allée bien loin. Elle n'était pas allée plus loin que le bosquet au sol sablonneux près du bayou, peut-être pour y poursuivre quelque écureuil ou pour toute autre course d'égale importance. Au matin, Blaise l'annonça à Fanny.

— Non, ne faites pas cela, Mam'zelle Miriam, n'y allez pas, cria Fanny.

Mais Miriam avait déjà emboîté le pas à Blaise et elle arrivait sur les lieux de la petite tragédie.

C'était une vision horrible. L'alligator, sans doute dérangé avant d'avoir achevé son forfait, avait abandonné en chemin les restes de Gretel : une partie du corps minuscule et quelques touffes éparpillées de poils d'un blond pâle. Il n'y avait plus grand-chose sur quoi l'on pouvait pleurer, mais il y en avait bien assez pour être pris de nausée. Un seul coup d'œil suffit à Miriam qui s'enfuit avec un haut-le-cœur pour aller pleurer derrière un arbre.

Frissonnant de froid malgré la chaleur, le visage dans les mains, elle revoyait défiler des images : elle était sur le bateau, on déposait dans ses mains le chiot tremblant et trempé, le jeune Gabriel avait sur le visage une expression de

132

tendresse... le souvenir s'effaça. Elle était sur la pelouse, Fanny, Blaise et Eugene la regardaient fixement.

Eugene avait suivi ces péripéties depuis la maison.

— Emporte ça, Blaise, ordonna-t-il.

— Tout de suite, tout de suite.

Blaise se tourna vers Miriam :

— Est-ce qu'il y a un endroit particulier où vous voudriez que je...

Une extraordinaire douceur se peignait sur les traits du visage au teint foncé.

— Allons, venez, dit Eugene, c'est bien triste, et je suis navré, mais ne prenons pas le deuil pour autant. Epargnez-moi cela, je vous prie. Je vous achèterai un autre chien, et tout sera dit.

Comme si un chien n'était qu'un objet !

— Ne faites donc pas cette triste figure ! l'admonesta-t-il, vous avez bien d'autres sujets de préoccupation, désormais.

Il lui posa la main sur le ventre dont la rondeur se dissimulait sous la jupe à panier.

Fanny lui avait expliqué qu'au bout d'un moment elle sentirait la nouvelle vie bouger en elle. Ses pensées à présent glissaient de la vie à la mort, à la mort violente, comme si la mort de la chienne était un mauvais présage.

Plus tard, elle songea à sa mère et à sa propre naissance, elle pouvait sentir, sentir vraiment, une pointe de douleur, quoiqu'elle sût que de telles pensées étaient morbides et déraisonnables.

Cependant, la peur ne la quittait pas. C'était un fantôme vague qui venait avec la nuit. A la tombée du jour, comme sur un signal, les crissements et chuchotis des insectes cédaient tout à coup la place à un silence inquiétant. Au bout d'un moment, le vent se levait, tourbillonnant et frémissant dans les pins d'Ecosse sur le sentier du bayou où les noirs alligators aux hideuses têtes de serpents glissaient en quête de proie à dévorer. Un hibou ulula. Le ululement du hibou est un présage mortel, disait Fanny. La demeure était perdue dans la nuit.

Qui pouvait dire ce qui était tapi derrière les portes verrouillées ? Chaque soir, lorsque tout le monde dormait, Eugene verrouillait les lourdes portes.

Miriam songeait souvent à ce qui se trouvait au-delà de ces portes. Elle avait vu beaucoup de choses dans la plantation qui l'avaient troublée. Elle avait visité les communs où, sur des planchers jonchés de paille, des enfants rampaient au milieu des poules et de leurs déjections tandis que les chiens et les porcs fouillaient le chaume. Elle avait vu les familles prendre leur repas du soir sur le seuil des cases, en se servant avec les doigts dans un pot de fer ou dans un récipient de bois. Des voix amicales la saluaient : « B'soir, Mam'zelle. » Ils étaient plus amicaux que le contremaître, un Yankee morose qui vivait avec sa famille tout au bout de la rangée de cases. C'était étonnant qu'il ne sourît jamais tandis que ceux qu'il commandait du haut de sa monture étaient capables de sourire.

— Il vole le maître, avait dit Fanny à Miriam. Tout le monde le sait.

Il avait droit à une prime pour chaque balle de coton au-dessus des normes imposées et menait donc rudement son monde. Au-dessus de l'âge de dix ans, tout le monde travaillait du lever au coucher du soleil. Tous les enfants qui n'étaient pas encore assez âgés pour couper la canne à sucre ou cueillir le coton assez vite pour fournir leurs cent cinquante ou deux cents kilos quotidiens transportaient l'eau aux champs.

Aussi Eugene gardait-il un fusil et des pistolets dans un placard près du lit. Eugene, songeait-elle quand elle ne dormait pas, écoutant chaque craquement, chaque soupir, Eugene, ni les portes ni les fusils ne vous seront d'aucun secours s'ils sont déterminés à entrer. Elle entendait presque le vrombissement des flammes qui se ruaient à l'assaut de l'escalier.

Mais il y avait quelque chose de pire que ces peurs. La masse arrondie du dos d'Eugene assombrissait encore l'espace sombre du lit. Ses yeux grands ouverts se posaient sur le dos de l'homme endormi. Toute une vie. Toute une vie, ainsi.

Il n'était pas content d'elle. Et comment aurait-il pu en aller autrement ? Elle ne pouvait pas l'aimer. Il lui demandait quelque chose qu'elle ne pouvait lui donner. Il voulait que son épouse s'attache à le satisfaire en échange de son nom et de sa subsistance ; c'était tout ce qu'un homme demandait. Une épouse était censée satisfaire son époux ; et avoir l'air satisfaite, qu'elle le fût ou non. Cela aussi faisait partie de l'accord tacite.

Mais je n'y arrive pas, songeait-elle ; quelque chose en moi n'y arrive pas. Et elle avait pitié de lui parce qu'il respectait les engagements du lien que l'on nomme mariage et qu'elle ne lui donnait rien en échange. Ils étaient étrangers l'un pour l'autre, bien qu'il ne se fût jamais abaissé à reconnaître qu'il le savait ou qu'elle le haïssait.

Il ne riait qu'en société. Tout au long de l'interminable été, les invités se succédèrent sans arrêt. Par familles entières, ils arrivaient et repartaient, en bateau ou en voiture, pour une journée, une semaine ou plus. Tôt le matin, avant d'enfourcher leurs chevaux pour partir à la chasse, les hommes prenaient leur petit déjeuner en bas. Du lit où elle s'attardait, car son état lui fournissait un prétexte pour se soustraire à tout ce qui l'ennuyait, Miriam les entendait bavarder devant leurs pâtés de viande, leur saumon et leurs crevettes, leur bordeaux et leurs liqueurs.

Le soir, après dîner, elle s'excusait de nouveau et gagnait le premier étage ; une femme dans son état était censée être fragile. Mais elle n'était pas fragile ; tout son corps débordait d'énergie. Ses pieds frémissaient au son des violons, des mazurkas et des quadrilles que l'on dansait en bas. Seul son esprit accablé languissait. Des pensées folles l'habitaient. Descendre au rez-de-chaussée, franchir la porte ! Jeter toutes ces jupes encombrantes et partir loin, vêtue comme une paysanne d'une robe de cotonnade ou de toile grossière, avec un simple trou pour passer la tête, un pauvre bout de chiffon, si léger à porter, et si plein d'élégance dans sa simplicité. Oui, ainsi vêtue, elle partirait tout droit à travers champs, dépassant la rangée de doux gommiers, elle gravirait la colline libre, libre... sa main dessina un arc de cercle dans les airs, pour retomber dans un geste de résignation.

Un rêve absurde et romanesque ! libre, libre, et sur l'autre versant de la colline, où irait-elle ?

Plus tard, quand elle était endormie, Eugene montait à son tour. Le bruissement de ses vêtements et le craquement du lit quand il y grimpait l'éveillait ; il se tournait vers elle et lui saisissait les épaules. Un jour, songeait-elle, un jour cela arrivera. Quelque chose que je refoule en moi se brisera et je criblerai son dos de coups de poing en hurlant.

Pourtant, il ne lui voulait pas de mal. Il l'avait remarquée et désirée. Elle serait la mère de son enfant. L'enfant changerait-il quelque chose ? En lui ? Ou en elle ? Elle aurait voulu demander à Pélagie, qui attendait son sixième enfant, si cela se pouvait. La prochaine fois que Pélagie viendrait les voir, elle lui poserait la question.

— Je suis très malheureuse, Pélagie, dit-elle.

Le sang afflua au cou laiteux de Pélagie, et rosit le lobe de ses oreilles.

— J'ai horreur de ça, chuchota Miriam. Une horreur épouvantable.

Et elle aurait voulu demander : Est-ce que je ne suis pas normale ? Est-ce que je peux faire quelque chose pour que ce soit mieux ? Mais la rougeur de Pélagie l'en empêcha.

— Si l'on veut des enfants, c'est le seul moyen, dit Pélagie.

Elle n'avait pas une seule fois regardé Miriam dans les yeux. Sa réponse n'en était pas une.

Les cheveux longs et fins de Pélagie n'étaient pas encore coiffés ce matin-là. Ils étaient devenus ternes. Son éclat s'était enfui, pour passer dans ses enfants. La taille épaisse, les traits empâtés, quelle différence avec la jeune fille au charmant visage rond ! Tous ces enfants ! Tous ces mois passés à vomir, car Pélagie était malade à chaque grossesse. Sentant le regard de Miriam posé sur elle, Pélagie leva les yeux. Le même sourire charmant éclaira son visage. Incompréhensif et charmant.

— C'est un époux généreux, Miriam. Il faut que tu y penses. Ta maison ravissante et celle-ci. Songe à toutes les bonnes choses. Je suis certaine que tu apprendras à être heureuse, ma chérie. Cela dépend de toi, tu sais.

Même avec Pélagie, elle ne pouvait donc épancher son cœur ni livrer ses pensées.

Par une pluvieuse matinée, quand Fanny apporta son petit déjeuner à Miriam, celle-ci vit qu'elle avait pleuré. Les sentiments qu'avait exprimés Fanny jusqu'alors reflétaient toujours les joies ou les peines de Miriam, jamais les siennes propres. Miriam s'en rendit compte brutalement à cette occasion.

— Qu'y a-t-il, Fanny ?

La jeune fille hésita d'abord à parler.

— C'est Blaise. Le maître a décidé de l'envoyer ailleurs.

— Je ne te crois pas !

— Si fait. Le maître dit qu'il n'y a pas de travail pour Blaise, pas assez ici. J'ai vu Blaise pleurer. Nous sommes ensemble depuis notre naissance, Miss Miriam.

Fanny enfouit son visage dans son tablier.

— Mais où veut-il donc l'envoyer ?

— Chez un de ses amis. J'ai oublié le nom.

La voix de Fanny était étouffée derrière le tablier.

— Quelqu'un qui part pour le Texas, qu'il a dit. Je ne sais pas où c'est, le Texas, mais on dit que c'est loin.

Miriam se leva.

— Apporte-moi une robe, Fanny. Dépêche-toi de me coiffer. Où est M. Mendes ?

— Il était dans la bibliothèque.

Miriam tremblait. Sans avoir la moindre idée de la façon dont elle allait s'y prendre, du moins était-elle persuadée d'une chose : elle ne laisserait pas cela arriver à Fanny.

Eugene lisait sa correspondance à son bureau. Il leva les yeux, agacé de cette interruption.

Miriam tremblait encore. Elle n'en demanda pas moins :

— Qu'allez-vous faire de Blaise ?

— Faire ? Oh, mon Dieu, ne me dites pas que cette Fanny est allée pleurnicher dans vos jupes ! J'ai eu moi-même droit aux larmes de Blaise toute la matinée.

— Eux aussi ont droit à leurs larmes. Savez-vous à quoi ressemblait leur existence ? Jusqu'au jour où ils sont arrivés chez mon père ? Leur père était...

— Ne vous donnez pas cette peine, je vous en prie. J'ai déjà entendu cent fois ces récits. Le malheur, la misère. Je ne suis en rien responsable de leurs malheurs passés.

— Vous pourriez toutefois les compenser, répliqua-t-elle, surprise elle-même de la dureté de son ton.

Les deux chenilles noires des sourcils glissèrent vers le haut. Elle fut encore plus surprise de constater qu'Eugene était sur la défensive.

— Que voulez-vous de moi ? Je traite bien mes gens. Vous ne m'avez jamais vu lever la main sur quiconque. Est-ce vrai, oui ou non ?

— C'est vrai, mais...

— Mais rien du tout. Je ne dirige pas une institution charitable. Si quelqu'un ne me sert à rien, il ne me sert à rien. Et je ne garderai certainement pas à ma charge, logée, nourrie et blanchie, une personne qui ne gagne pas sa propre subsistance.

— Vous pourriez bien trouver quelque chose que Blaise pourrait faire. Ce n'est sûrement pas ce qu'il mange qui nous rendra pauvres.

La douleur qu'elle avait lue dans les yeux de Fanny l'aiguillonnait, elle ressentait la cause de Fanny comme la sienne propre.

— Vous savez bien qu'ils exagèrent tous, n'est-ce pas ? Quand ils ne mentent pas, ils exagèrent. Ce sont des natures hystériques. Blaise se rend dans un excellent foyer et Fanny finira par s'en consoler. Ils ne mourront pas de cette séparation. Ils ne seront pas les premiers frère et sœur à être séparés. N'êtes-vous pas vous-même séparée de votre frère ?

— C'est différent, M. Mendes, vous le savez fort bien.

L'évocation de David l'enhardissait encore.

Elle avait presque oublié comment, voilà si longtemps, son frère s'était consumé de ce qui paraissait une colère exagérée. Elle se souvint alors du feu qui l'habitait.

— David ne leur ferait pas ça, dit-elle.

Eugene se leva.

— Ah, alors c'est votre frère; c'est ça ? Vous décidez finalement que vous allez lui ressembler ?

— Que savez-vous de mon frère ? Vous ne l'avez même pas vu une seule fois.

— Non, mais j'en ai beaucoup entendu parler, répliqua Eugene. Lui et les bavards impénitents de son espèce ne savent pas de quoi ils parlent. Voulez-vous que le sang coule ici ? Voulez-vous voir la maison incendiée et rasée ?

— Je ne vous comprends pas. Je demandais seulement que vous ne renvoyiez point Blaise. C'est tout ce que je demande. Il est donc si difficile de me faire cette simple gentillesse ?

— Une simple gentillesse après l'autre, comme vous dites, et où irais-je chercher l'argent ? Avec ce que je donne à manger à mes gens...

— Parlons-en, bouillie de maïs, petit salé et mélasse.

— Et comment faudrait-il les nourrir ? Ils mangent ce que

mangent les paysans. Allez voir ce qu'un paysan blanc met sur sa table ! Les pauvres sont pauvres partout. Pouvons-nous les inviter tous à notre propre table ?

Cela était vrai : les pauvres étaient les pauvres tels qu'elle les avait connus dans l'Europe dont elle conservait le souvenir. Ici, toutefois, les pauvres blancs venaient à la porte non pour mendier mais pour exiger. Les yeux des femmes étaient toujours pleins de mépris sous leur coiffe et Eugene donnait toujours.

— Vous savez que je fais ce que je peux.

A l'occasion, quand les petits cultivateurs risquaient de succomber devant la prolifération des mauvaises herbes qui menaçaient d'étouffer leurs plants de coton, il envoyait ses gens les aider à désherber pour sauver leurs récoltes.

— Vous savez que je fais ce que je peux, répéta-t-il.

Et elle vit qu'il était troublé, qu'elle avait réussi sans trop savoir comment à percer sa cuirasse.

— Savez-vous comment certains autres traitent leurs domestiques ? Non, j'imagine que vous l'ignorez. Eh bien, je vais vous le dire, pour que vous cessiez de me prendre pour un monstre. Avez-vous déjà entendu parler du collier de fer ? La tête enfermée entre trois pointes d'acier pour que le cou ne puisse tourner ? Savez-vous que l'on attache les fuyards nus à des arbres pour les fouetter ? Que...

— Assez ! Je vous en prie.

— Eh bien donc ! Je les traite honorablement, je commerce honorablement et je n'ai pas besoin que l'on se mêle de mes affaires.

Elle ne retint qu'un mot :

— Vous commercez ?

— Ce n'est certainement pas mon activité principale. Mais enfin à l'occasion, quand une équipe entière nous arrive de Virginie par exemple et que j'ai l'occasion de réaliser un rapide profit, je la saisis. Je n'ai jamais traité avec des contrebandiers ni rien qui soit contraire à la loi, de cela je puis faire serment ; c'est déjà plus que n'en pourraient dire certaines des familles les plus respectées, celle de votre tante Emma par exemple.

Elle tressaillit.

— Mais vous êtes juif !

— Je suis un habitant du Sud. Les miens habitent ce pays depuis deux siècles. Les vieilles familles espagnoles comme la mienne ont participé à sa construction. Visitez Charleston, visitez Savannah et vous vous en rendrez compte.

Il se redressa de toute sa hauteur et conclut :

— Je n'aurais pas dû laisser cette discussion dégénérer et je vous prie de vous tenir à votre place à l'avenir. Celle d'une femme.

— La place d'une femme !

Pendant qu'il faisait sa cour, n'avait-il pas exprimé l'admiration que lui inspirait l'esprit de Miriam — comme ce fatal après-midi où elle avait visité la maison en compagnie d'Emma ? Et désormais, tout ce qu'il attendait d'elle, c'était la soumission. La colère mêlée de honte brûlait comme un feu liquide dans sa gorge.

Alors elle songea au chagrin qu'elle avait lu dans les yeux de Fanny. Elle songea à Blaise, aux sanglots de ce jeune homme, debout devant un autre homme qui possédait sur lui tous les droits, et sanglotant. Et brusquement, elle sut ce qu'elle avait à faire.

Elle s'agenouilla. Quand elle parla sa voix était si faible qu'Eugene dut se pencher pour l'entendre.

— S'il vous plaît. Je vous en supplie. Ne renvoyez pas Blaise. Peut-être... — elle déglutit — je suis tout près de l'accouchement. Si je vous donne un fils vous pourrez lui donner Blaise. C'est un garçon parfaitement élevé. Il ferait un très bon domestique pour l'éducation d'un enfant.

— Relevez-vous, Mme Mendes, au nom du ciel. Pas de drame, je vous en prie.

Eugene tendit la main pour l'aider à se relever mais elle préféra agripper le bras du fauteuil et se redresser seule.

Il gagna son bureau, tripota deux ou trois papiers, toussota, tandis qu'elle se tenait dans l'expectative.

— Bah, à vrai dire, je n'y avais pas songé ainsi. Vous pourriez être dans le vrai. Ce serait le domestique idéal pour un garçon.

— Vous consentez donc à le garder ? Vous allez le leur faire savoir ?

— Je le garderai tant que nous ne serons pas fixés sur le sexe de l'enfant. Si c'est un garçon, alors, oui, il pourra rester.

— Merci, M. Mendes, merci.

Et si c'est une fille, songea-t-elle en remontant à l'étage, il faudra simplement que je trouve autre chose. Pour le moment, elle avait gagné.

Oh, songea-t-elle, comme j'aimerais ne pas savoir qu'il me faudra vivre mon existence entière dans ce pays où de telles choses se produisent chaque jour avec la bénédiction du gouvernement.

Elle était très, très fatiguée, d'une lassitude et d'une confusion qui atteignaient jusqu'aux profondeurs de son âme. Mieux valait ne plus songer à rien pour l'instant. Mieux valait fermer son esprit et dériver d'un bout du jour à l'autre.

L'automne, saison des feuilles rousses et de la chasse au tétras approchait. Cette année-là, il n'y eut point de rafraîchissement de l'air : la chaleur ne fit au contraire qu'augmenter et, dans la ville, le choléra fit son apparition, ajoutant à l'horreur annuelle de la fièvre jaune. Tous ceux qui le pouvaient et ne l'avaient pas encore fait fuirent la ville. Mais pour certains, c'était trop tard.

Eugene apporta une lettre.

— Cela vient de nous arriver par bateau. C'est une lettre de Rosa de Rivera — mauvaise nouvelle. Henry est mort de la fièvre. Ils auraient dû demeurer plus longtemps à Saratoga. Ce n'est vraiment pas très malin.

Un frisson glacé secoua Miriam. C'était sa première expérience de la mort. Elle n'avait encore vu disparaître, s'évanouir ainsi, nulle de ses connaissances. Qui occuperait la place de Henry à la longue table ? Ce bon Henry, discret, effacé ? Et la pauvre Rosa ? Elle pouvait bien se donner de l'importance, s'affairer, la véritable source de sa vigueur avait été Henry.

— Il va falloir que je me trouve un nouvel avocat, disait Eugene. Dommage. Il était honnête et habile. Malheureusement, ce sont des qualités qui ne vont pas toujours ensemble.

Il tapota le dessus de son bureau, signe coutumier chez lui qu'il était en train de soupeser une décision.

— Et donc, nous ne rentrerons pas comme prévu le premier du mois. Il faut que vous demeuriez confinée ici. Nous appellerons le Dr Roget. Il a acquis une plantation en amont après sa retraite. Il y fabrique du rhum mais je vous affirme qu'il n'a pas oublié les gestes de l'accouchement.

Elle était énorme, incapable de se baisser pour boutonner ses souliers.

Abby, la femme de chambre, avait remarqué d'un air sombre :

— Ça se pourrait bien que vous ayez des jumeaux, m'dame. J'me rappelle ma tata Flo qu'alle morte en accouchant des jumeaux. Alle a crié deux jours et trois nuits avant d'mourir. C'étai'affreux que j'm'en bouchais les oreilles. Ses jumeaux l'ont comme qui dirait déchirée en deux avant qu'alle meurt. Vous les voyez courir par-ci par-là, les garçons à ma tata Flo, deux grands vauriens pétant de santé.

Fanny s'était mise en colère.

— L'écoutez pas, Miss Miriam. Le papillon ne s'est-il pas posé sur votre bras hier ? C'est un bon signe, c'est toujours un bon signe.

Elle refusait d'avoir peur. Quand Pélagie vint lui rendre visite, Miriam lui parla d'un article de journal à propos de la reine Victoria, qui avait demandé du chloroforme lors de la naissance de son dernier enfant.

— On dit que c'est miraculeux. On ne ressent aucune douleur, rien du tout. Si seulement le Dr Roget pouvait être au courant. Mais personne ne l'est ici.

Pélagie n'était pas d'accord.

— Ce n'est pas moral. C'est contre nature. On est censée éprouver de la douleur. Pourquoi aurait-on mal autrement. Ça ne te semble pas logique ?

Oh que non. Il fallait être stupide pour croire que tout ce qui est doit être ! Bah, c'était Pélagie. Et d'ailleurs, en toute justice, Pélagie n'était pas vraiment stupide, simplement, elle n'avait pas accoutumé de penser par elle-même. C'était aussi simple que ça.

De toute manière, Miriam était mal placée pour juger des capacités de raisonnement de Pélagie. Elle-même n'était pas au-dessus de la crédulité la plus fumeuse, cherchant des signes, des présages naturels. Après une semaine grise au cours de laquelle une pluie mélancolique n'avait cessé de dégoutter à travers les arbres, brusquement, à midi, le soleil perça les nuages et le gris se mua en argent. Il ne s'écoula pas une heure, comme si la lumière du soleil avait été son héraut, que la lettre de David arriva.

« Je rentre par le premier bateau qui partira pour La Nouvelle-Orléans. Maintenant que j'ai terminé mes études et que je puis me targuer du titre de "docteur", j'ai pris une décision qui va te surprendre et, je l'espère, te faire plaisir. Je rentre pour de bon. »

— Je n'arrive pas à le croire, s'écria Miriam. Qu'est-ce qui a bien pu lui faire changer d'avis ! Vous vous rendez compte que cela fait huit ans que nous ne l'avons vu ? Oh, comme papa va être content ! Et il doit déjà être en route. Mais qu'est-ce qui a bien pu le faire changer d'avis ? Il était tellement opposé à tout ce qu'il voyait ici.

— Selon toute apparence, dit Eugene, il aura acquis un peu de bon sens.

Elle s'indigna aussitôt.

— Il n'a jamais manqué de bon sens. Vous ne savez de David que ce qu'on vous en a raconté.

Elle fut prise d'inquiétude.

— J'espère bien que papa et lui s'entendront enfin. Peut-être devrais-je parler à papa pour préparer le chemin, pour qu'ils prennent un bon départ ensemble.

— Vous êtes trop sensible pour votre propre bien. Vous ne pouvez prendre toutes les affaires de votre famille sur vos épaules. Ils sont assez grands pour se débrouiller tout seuls. Sans compter que, d'ici quelques semaines maintenant, vous aurez d'autres responsabilités.

A l'aube d'un matin brumeux d'automne, le travail de Miriam commença. Elle crut d'abord que c'était le rauque appel des corbeaux qui l'avait réveillée. Puis quelque chose se tordit, roula dans son ventre tendu et elle se mit à crier. Fanny vint en courant et Eugene envoya Blaise chercher le médecin. C'était commencé. A mesure que le soleil ayant crevé le brouillard escaladait le ciel, la douleur monta avec lui. Elle venait en spirales ascendantes puis se brisait. Les spirales montaient de plus en plus vite, de plus en plus serrées. A la descente, le rythme ralentissait, elle apercevait des bandes jaunes de soleil sur le plafond et son propre bras faiblement étendu sur le drap. Puis la douleur montait de nouveau et le monde entier se réduisait au creux de son ventre dans lequel la bataille se déroulait. A la retombée de la vague, elle se vit telle qu'on la voyait : une pauvre chose honteuse — non, avant tout, elle ne devait pas perdre sa dignité, ses cris ne devaient pas résonner à travers toute la maison ni franchir la fenêtre. Elle fourra son poing dans sa bouche — je ne hurlerai pas, je ne hurlerai pas, je ne hurlerai pas. Je vais tenir.

Le visage d'Eugene se pencha sur elle. Elle vit les sourcils, les chenilles noires. Elle s'époumona.

— Sortez ! Laissez-moi ! Allez-vous-en ! Sortez !

— Elle ne vous reconnaît pas, chuchota Fanny en manière d'excuse.

On attacha un drap à une colonne du lit à baldaquin pour en faire comme une corde.

— Tirez ! Tirez ! la pressa Fanny.

Le lit gémit, comme si le bois lui-même se plaignait de la force de Miriam. Fanny lui épongeait les mains et le front. Elle parlait doucement, la caressait doucement.

Fanny me dit quelque chose, mais je ne comprends pas les mots. J'aperçois des choses par éclairs. Le médecin cligne les yeux, il ne sait pas quoi faire. C'est ça qui ne va pas, il ne sait pas quoi faire. Oh mon Dieu, oh, c'est terrible.

Le soleil fait le tour de la maison. On dirait que c'est le soir. A boire, chuchote-t-elle. Ses lèvres ne remuent pas. Elles sont sèches. Elles lui semblent énormes. Elle sent le bras de Fanny autour de ses épaules, elle sent la fraîcheur dans sa bouche et avale. La douleur prend son essor et l'emporte haut, haut, très haut, toujours plus haut, avant de la reprécipiter par terre. Cela ne finira jamais.

Elle ouvre les yeux dans une lumière éclatante. « Ferme les stores, dit quelqu'un. Le soleil la gêne. » C'est donc de nouveau le matin. Cela ne finira jamais.

Elle se tourne et se retourne sur l'oreiller. A côté du lit sur la table brûle une veilleuse, la bougie clignote à l'intérieur d'une dame de porcelaine vêtue d'une robe de bal et d'une perruque poudrée. La sotte dame ! Elle ne connaît rien à rien. Mais cette bougie allumée ? Alors ce doit être la nuit de nouveau.

Une voix d'homme dit : « Deux jours maintenant. » Est-ce la voix du médecin ou celle d'Eugene ? Cela ne change rien.

Loin derrière la fenêtre, il y a comme une rumeur au rythme persistant, tambours, crépitements. La voix de l'homme — ce doit être celle d'Eugene — crie : « Dites-leur d'arrêter ce boucan. Ce n'est vraiment pas le moment de faire du bruit. »

— Côtelettes, dit-elle distinctement.

— Elle délire.

Non, non elle ne délire pas. Ce sont bien des côtelettes. Dans les communs, on fabrique des manières de castagnettes avec des côtelettes. Fichez-leur la paix. Laissez-les jouer leur musique. L'a-t-elle dit ou le pense-t-elle seulement ?

Une autre spirale s'élève et l'emporte, puis la précipite contre un mur où elle s'écrase. Et cela recommence. Encore une fois. Puis une autre. Combien de temps ?

La lampe projette une ombre au plafond. L'ombre s'écoule comme une eau. Coulant à mesure que l'on déplace la bougie pour la brandir bien haut. Elle lui reluit au visage, vacillante, clignotante, dansant en tous sens. Un visage se penche sur le sien, pénètre dans la lumière puis en ressort. Elle croit apercevoir des yeux. Elle se tend pour mieux voir. Des yeux profondément enfoncés dans leurs orbites, des yeux inquiets dans un visage blanc et allongé de lutin qui palpite dans l'alternance d'ombre et de lumière. Le visage de David. Cette fois, je délire, songe-t-elle très clairement.

Mais le visage prononce quelques mots :

— C'est moi, Miriam, c'est David. Je suis là.

Elle entend une autre voix — sa propre voix ? — brisée, chuchotant des dénégations :

— Non, non. Ce n'est pas toi. Ce n'est pas vrai.

— Mais si, ma chérie. C'est vraiment moi. Je vais t'aider.

Quelque chose passe de main en main en un bref éclat. Une chose de métal aiguë. Un couteau ? Une épée ? Que vont-ils en faire ? Elle hurle. Tout son cou se tend avec la terreur de son hurlement.

— Miriam, détends-toi. N'aie pas peur. Ferme les yeux.

Quelque chose, une main ou une étoffe, quelque chose de léger s'applique sur son nez.

— Maintenant, respire, ma chérie. Inspire profondément. N'aie pas peur.

La lumière du matin, saine et propre, baigne la chambre. Sur les oreillers blancs, soulagée, délivrée, Miriam repose. Deux nourrissons emmaillotés dorment dans des paniers jumeaux à côté de son lit.

— Ils sont beaux, n'est-ce pas, David ?

— Très. Très beaux.

— Eugene et Angelique. J'aurais tant voulu l'appeler Hannah, mais Eugene tient à Angelique, comme sa propre mère.

Pourquoi pas Hannah comme ma mère. Le garçon porte votre nom.

Hannah est un nom affreux. Pour une fille laide.

Ma mère était belle.

Tante Emma intervint : il est inutile de discuter avec ton mari, Miriam. Après tout, ce sont ses premiers-nés, il a des droits.

Ses premiers-nés ? Pas les miens ?

Fanny est plus maligne. Cédez, il vous rendra malheureuse, sinon. Ça ne vaut pas le coup pour un prénom.

Mais pour l'allaitement, elle n'avait pas cédé.

— Eugene voulait engager des nourrices, que nous ramènerions avec nous le mois prochain, expliqua-t-elle à David, mais je veux allaiter mes propres enfants. Je le lui ai dit.

— Tu as bien fait, dit David. Je suis fier de toi.

— Dis-moi, reprit-elle doucement, raconte-moi ce qui s'est passé hier. Je ne me rappelle rien, tout est brouillé. Je sais seulement que tu es arrivé à temps. Je n'aurais certainement pas tenu encore très longtemps.

Il ne le nia pas.

— Je sais. C'est le chloroforme qu'il faut remercier. C'est grâce à lui que j'ai pu utiliser des forceps. C'est un miracle, une bénédiction.

— Tu en as appris des choses ! s'émerveilla-t-elle.

Il secoua la tête.

— Oh il nous reste bien du chemin à parcourir. Ce n'est qu'un début.

Elle examina son visage. Il y avait si longtemps qu'elle ne l'avait vu ! Et si elle avait changé, beaucoup changé, il avait changé plus encore. Le feu qui l'habitait autrefois semblait éteint. Il était calme et assuré. Il portait des lunettes, et avec les profondes rides parallèles qui barraient son front, il semblait assagi. Elle en conclut que la vie à New York et le poids de sa profession devaient être responsables de ce changement.

— Tu ne peux pas savoir combien j'ai espéré ta venue ! s'écria-t-elle presque en larmes.

— Nous avons rencontré de violents orages en chemin, ils nous ont fait échouer près de Mobile. J'aurais voulu sauter à terre et pousser le bateau, tant j'étais impatient d'arriver.

David avait les yeux humides, lui aussi.

— Quoi qu'il en soit, me voici ! Et devineras-tu qui m'accompagne ? Gabriel. Il est en bas.

— Je croyais qu'il devait ouvrir un cabinet à Charleston.

— C'est bien ce qu'il comptait faire, mais quand le mari de sa sœur est mort, il a eu le sentiment qu'il devait venir l'aider à élever ses enfants. Les gens du Sud ne plaisantent pas avec le sens du devoir, dirait-on.

— Mais alors il va rester et toi aussi ! Je n'arrive pas à y croire ! Mais tu sais, tante Emma disait toujours à papa que tu reviendrais, elle en était sûre. Qu'est-ce qui t'a fait changer d'avis, David ?

Il se leva et se tint près du lit, saisissant la main de Miriam entre les siennes.

— Je suis resté loin de toi trop longtemps. Je n'ai que toi.

— Et papa, corrigea-t-elle gentiment.

Il accueillit la correction d'un sourire.

— Toi d'abord, toujours. Mais papa aussi.

La vieille inquiétude se ralluma.

— J'espère que tu lui as parlé gentiment.

— Bien sûr, voyons. Ne t'en fais pas, tout va très bien. Tu redoutes toujours autant la colère et les querelles ? Tu en étais terrifiée quand tu étais petite !

David demeura silencieux une minute puis il réfléchit à voix haute :

— Il a su être un père très généreux. Je lui dois tant — tout ce que j'ai appris, l'avenir qui s'ouvre devant moi. Et pour toi aussi, Miriam, c'est un père généreux.

— Il m'a encore donné des perles pour célébrer la naissance de ses premiers petits-enfants. Des perles grises. Elles valent une fortune, d'après Eugene. Il dit que papa dépense trop. Oh, mais je n'arrive toujours pas à croire que tu vas rester avec nous, David ! Tout te déplaisait tellement ici ! Tu disais, tu écrivais...

— Il faut que tu te rappelles que j'étais très jeune quand je me querellais avec papa. J'ai vieilli, je suis plus sage, du moins je l'espère, dit-il avec humour avant de revenir sérieux aussitôt.

J'ai appris que je ne pouvais transformer le monde — alors autant m'en accommoder.

Miriam parla lentement :

— Cela ne te ressemble pas. Et je trouve bizarre que tu aies fait la paix avec le monde dans lequel nous vivons ici à l'instant même où je me dresse contre lui.

— Tu... vraiment ?

— Oh tu sais, je ne l'approuvais pas auparavant. C'était plutôt que je pensais, quand je pensais, que l'on n'y pouvait rien faire du tout. C'était comme ça. Mais depuis peu, je me suis mise à penser qu'il y avait peut-être quelque chose à faire, bien que je ne sache pas quoi au juste.

David ôta ses lunettes et se frotta les yeux. Des yeux qui semblaient fatigués.

— Il n'y a pas grand-chose qu'on puisse faire individuellement. Les événements suivent leur cours.

— Oh, tu m'étonnes, David ! Ce que tu dis là, il me semble que c'est une excuse pour ne rien faire ! Si j'étais un homme, je suis persuadée que je trouverais quelque chose.

Elle hésita.

— Il est vrai que les gens comme papa et Emma sont très bons pour leurs esclaves, mais enfin, ce n'est pas juste, ce n'est pas bien, qu'ils disposent d'un tel pouvoir sur d'autres êtres humains, quelle que soit leur bonté.

— Tu te rends compte qu'il est dangereux de parler comme tu le fais ?

— Oh, je le sais fort bien. Et à qui parlerais-je ? Certainement pas à Eugene. Il est membre d'une milice de vigilance.

— Ah oui ?

— Oui, Sylvain et lui. Ils sont toujours à des réunions, en ville, en amont, en aval.

— Vraiment ! Bah, chacun est libre de faire ce qui lui plaît... c'est à toi, que je m'intéresse, petite sœur. Plus si petite, d'ailleurs, depuis que tu es la mère de ces deux personnages.

David contempla les nourrissons endormis puis se tourna vers Miriam.

— Quand je songe à tes débuts dans la vie et que je les regarde tous les deux, puis que je te regarde de nouveau toi — quel chemin, quel long chemin tu as parcouru ! Et de te voir si bien soignée, si heureuse ! Car tu es heureuse, n'est-ce pas, Miriam ?

Un flot de paroles se précipita dans sa gorge mais se heurta à ses lèvres closes.

Oh mon Dieu, David, j'ai été si malheureuse... en dehors de ces deux bébés, tout, tout a mal tourné... mille fois j'ai voulu te le dire, mais je ne parvenais pas à l'écrire, je ne savais par où commencer, comment t'expliquer, et maintenant même, je n'y arrive pas... je déborde d'une telle tristesse.

Alors elle dit posément :

— Oui, oui, je mène une existence agréable, comme tu vois.

— Oh, comme cela me fait plaisir pour toi, si tu savais !

Et quand bien même je te le dirais aujourd'hui, tu n'y pourrais rien, pas plus toi qu'un autre...

Elle parla d'un ton enjoué :

— Bien, maintenant parlons de toi. Tu as presque vingt-cinq ans ! Quand te maries-tu ?

Il répondit avec le même enjouement :

— Qui voudrait de moi ?

— Ne sois pas bête. Je te parle sérieusement.

— D'accord. Je vais te parler sérieusement moi aussi. Une épouse n'aurait pas sa place dans ce que je compte faire de ma vie.

— Que veux-tu dire ?

— Je ne saurais rendre une femme heureuse. Je ne tiens pas en place. J'adore travailler, je ne suis pas d'humeur domestique et jamais je n'aurais assez de temps à consacrer à une épouse, un foyer et des enfants.

Eugene se tenait depuis un certain temps debout sur le seuil.

— Vous changerez d'avis. De jolis yeux, une belle chevelure, une taille de guêpe changeront tout cela.

— Je ne pense pas, dit David.

— Eh bien soit, je ne vous le disputerai pas, dites-moi plutôt ce que vous pensez de mon fils ? demanda Eugene avec une
grande affectation de cordialité.

— Il est costaud, le gaillard. Il s'est battu pour naître.

— Eh, regardez-moi ces poings, fanfaronna Eugene.

— Vous ne regardez pas Angelique, dit Miriam.

— Mais si, bien sûr, bien sûr. J'ai examiné quelques affaires avec votre ami Carvalho, dit-il à David. J'envisage de lui
confier mes intérêts, maintenant que son beau-frère nous a
quittés.

— Je suis convaincu que vous n'auriez nulle raison de
regretter votre choix, dit solennellement David.

— Je pourrais bien sûr m'adresser au bon Dieu plutôt qu'à
ses saints, à Pierre Soulé, ou à Judah Benjamin, Carvalho est
fort jeune, mais il m'a fait forte impression, et il connaît les
deux langues mieux que quiconque, ce qui est évidemment
essentiel pour la pratique du droit à La Nouvelle-Orléans.

— Plus important encore, il est homme d'honneur.

— Certainement. C'est un gentleman du Sud. Ajoutons que
c'est un débutant et que ses honoraires ne manqueront pas...
Eugene rit.

— C'est un avantage qu'il ne faut pas négliger.
David en convint volontiers.

— Venez donc vous joindre à nous en bas. La maison se
remplit de parents, surtout de la famille d'Emma, en amont.
Et le vapeur vient de relâcher avec un chargement de madère
et de bière blonde qui arrive tout droit d'Angleterre. Venez
prendre un verre.

— David ! lança Miriam tandis que les deux hommes quittaient la pièce. Rappelle-moi au bon souvenir de Gabriel. Je
compte sur toi pour lui dire que je lui suis encore reconnais-
sante d'avoir sauvé mon frère et ma pauvre Gretel.

— Ah oui, cette chienne ! dit Eugene. Elle a eu une fin
épouvantable.

— Gretel a grandi avec Miriam, lui rappela David.

— Bah, maintenant elle a un fils. Et une fille. Allez, venez.

— Quelle chance pour vous que votre frère soit de retour !
s'exclama Fanny en entrant avec un plateau.

150

— Oh oui, je suis contente. Quand je pense que je vais pouvoir le voir chaque fois que j'en aurai envie ! Et pourtant, sans savoir pourquoi, j'ai le sentiment que quelque chose ne va pas, qu'il va arriver une catastrophe.

— Et vous ne savez pas ce que c'est ? Les femmes sont tristes après l'accouchement, c'est tout. Ça dure quelques jours et puis ça passe. Allez, mangez vot'déjeuner. Faut reprendre des forces. Vous en avez mis un sacré coup.

Il arrivait à Fanny de dire des bêtises, des histoires de sorcières volant par-dessus les arbres et autres contes de bonnes femmes. Pourtant, elle possédait aussi beaucoup de bon sens et avait les pieds bien sur terre. Mangez votre déjeuner, refaites-vous des forces. Docilement, Miriam mangea son pudding.

Les bébés remuèrent, s'éveillant mutuellement par leurs petits grognements. Ils avaient faim de nouveau. Et les seins de leur mère se tendirent sous la montée du lait. Elle les regardait agiter leurs petits poings roses. Ces deux petites personnes toutes neuves étaient à elle ! Que le monde aille son chemin, elle, avant tout, elle devait veiller sur eux ! De vagues intentions lui traversaient l'esprit : que le garçon ne soit pas dépourvu de tendresse ni de douceur avec sa force, que la fillette possède de la force, malgré sa tendresse et sa douceur — mais surtout, surtout, ... que sa vie soit différente de celle qu'aurait connue sa mère.

8

Depuis la minuscule cour de la maison de St. Peter's Street, on apercevait par les hautes portes-fenêtres le cabinet et la pièce qui s'ouvrait au-delà. Le cabinet contenait un bureau, une bibliothèque, et une armoire renfermant divers instruments médicaux : dentisterie, scies à amputer, et flacons de médicaments. La seconde pièce était presque vide de mobilier.

La main de Gabriel, refermée sur une tasse de café, s'immobilisa à mi-chemin.

— Tu ne comptes tout de même pas laisser les lieux en l'état ? Voilà des mois que tu es ici et l'on croirait que tu as emménagé ce matin ou que tu t'apprêtes à déménager demain.

— J'ai tout ce qu'il me faut. Un lit, une table, quelques chaises et des rayonnages pour mes livres. Que pourrait-on demander de plus ?

— Attends voir. On pourrait demander des tapis, des rideaux, des sofas, des tableaux, des miroirs et bien d'autres choses.

— On croirait entendre ma sœur. Miriam n'arrête pas de me tanner pour que je « m'installe ».

— Eugene me dit que ton père ne parvient pas à comprendre pourquoi tu refuses son offre de te trouver un cabinet digne de ce nom. Bref, tu l'étonnes. Tu nous étonnes tous, mon vieux.

152

— Vraiment ?

— Tu le sais bien. Quant à moi, je ne parviens toujours pas à comprendre ce qui a bien pu te faire changer si complètement d'avis. Quand nous étions à New York, à t'entendre parler, on aurait cru qu'il n'y avait que des serpents venimeux ici, dans le Sud. Jamais tu n'y retournerais, disais-tu. Tu parlais même de faire venir Miriam dans le Nord.

— J'avais seize ans quand je disais cela. Et elle tout juste neuf, répondit évasivement David.

Tout n'était pas dit, songea Gabriel. Longtemps déjà avant leur retour du Nord à tous deux, il avait perçu quelque chose de vaguement cachottier dans les manières de son ami. Inquiet et troublé, il attendit. Des grains de poussière dansaient dans une colonne de soleil avant de se déposer en une pellicule impalpable et douce sur ses souliers. Les yeux baissés, David semblait lui aussi suivre le ballet de la poussière. Brusquement, il parla :

— Je suis revenu pour que les choses changent.

— Pour que les choses changent !

— Oui. A quoi bon rester dans le Nord pour bavarder à perte de vue sur le système qui règne dans le Sud ? Ça ne coûte rien de parler. L'énergie dépensée par les bavards suffirait à faire tourner des milliers de machines. J'ai compris qu'en fait il me fallait agir.

— Et comment comptes-tu t'y prendre ?

David comprit que le calme de son ami n'était qu'apparent. Aussi se voulut-il rassurant quand il dit :

— Ne t'inquiète pas. Je n'ai l'intention d'attirer d'ennuis à personne. Tu peux compter sur moi.

— Et à toi-même ?

— Je ferai certainement de mon mieux pour les éviter. Mais il arrive que l'on doive se dresser pour défendre ce que l'on croit. Cela te paraît-il trop noble ?

Il s'interrompit.

— Je viens d'entendre le son de ma propre voix et je crains bien d'y avoir perçu quelque chose de pompeusement prétentieux. Mais je n'y puis rien, je ne dis que la vérité.

Sous l'effet de la tension et de l'agitation, de profondes rides creusaient le visage de David.

— Tu te fais des illusions, tu sais. Tu n'as pas le pouvoir

de modifier la situation, David. Tu es David. Mais ils sont Goliath.

— Je ne te le fais pas dire.

— D'accord, ma comparaison n'allait pas dans le sens de ce que je veux dire, mais écoute-moi, dit avec sérieux Gabriel. Tu te souviens quand le *Mirabelle* avait fait escale à Bordeaux ? L'alignement de belles demeures à l'abandon et d'entrepôts en ruine ? Toute la grandeur, toutes les richesses qui pourrissaient là — et pourquoi ? Parce que la traite des noirs, le commerce des esclaves, avaient été mis hors la loi. Tu verras la même chose ici, David. Tu entends ce que je te dis, note-le. Ce n'est qu'une question de temps et de patience. Mais le moment n'est pas encore venu.

— Et il faudra l'attendre un siècle encore si on laisse les choses aller à leur rythme. Le système est trop profitable. L'invention de l'égreneuse a accru de plus de cent fois la valeur du coton. La machine à vapeur et les sucreries ont doublé la valeur des plantations de Louisiane. Le nord de la région produit bien plus d'esclaves qu'il ne lui en faut pour travailler le sol tandis qu'ici, comme au Texas, où nous sommes en grande expansion, nous ne cessons d'avoir besoin d'esclaves en plus grand nombre. Enfin quoi, un négociant peut doubler son investissement en l'espace de quelques jours en achetant en Virginie pour revendre en Louisiane ! J'ai les chiffres quelque part si tu veux, je peux te les montrer.

— Et donc tu veux accélérer les choses ? Comment ? Par une guerre avec effusion de sang ? Si c'est cela, il faut que tu sois fou.

— Il y a un livre extraordinaire, dit David. Je l'ai ici, caché, bien sûr. Il s'intitule *The Partisan Leader* — certains Etats du Sud se donnent leur propre gouvernement et il en résulte une guerre. C'est un livre terrifiant et qui pourrait bien être exact, Dieu seul le sait. Je te le prêterai si tu veux.

— Non, merci. Je n'en veux pas. Et c'est ça que tu comptes devenir, un chef de partisans, c'est bien ça ?

David approuva de la tête. Il se redressa sur son siège.

— Alors tu es fou. Tu as perdu l'esprit.

— Je sais. Tu l'as déjà dit.

Le sourire de David était presque affectueux. Un jeune nègre ouvrit la porte de la cuisine pour secouer un balai puis la referma.

Quand ce fut fait, Gabriel prononça une mise en garde.

— Les domestiques sont bavards. J'espère que tu as au moins le bon sens de ne pas parler à tort et à travers.

— Je n'ai rien à craindre de Lucien. Nous sommes du même camp. Il m'aide. C'est pour cela que je l'ai engagé.

— Engagé !

— Oui, c'est un affranchi. Je lui verse un salaire. Me croyais-tu capable de posséder un esclave ?

Et de nouveau les yeux de David s'allumèrent.

Une fièvre brûle en lui, songea Gabriel. Il s'enquit prudemment :

— Quelqu'un d'autre est au courant de tout ça ?

— Si c'était le cas, crois-tu que je le trahirais ?

— Tu réponds à toutes mes questions par d'autres questions, dit Gabriel avec une certaine exaspération.

L'autre se mit à rire.

— Ne dit-on pas toujours que c'est une habitude juive ?

— David, je te parle on ne peut plus sérieusement. As-tu fait la moindre allusion à tout cela devant ta sœur ?

— Bien sûr que non. Crois-tu honnêtement que je pourrais mettre Miriam en danger ? La personne qui signifie plus pour moi que tout le reste du monde mis ensemble ?

— Encore des questions ! Tout ce que je puis te dire, c'est que j'espère vraiment que tu n'en feras rien. Il y a des gens dans cette famille qui... je ne puis même imaginer ce qu'ils seraient capables de faire !

— Crois-moi, je le sais, Gabriel.

— Ils ont convoqué un grand jury spécial pour enquêter sur le mouvement abolitionniste il y a quelques années. Sylvain Labouisse en faisait partie. Le jury a conclu à la création d'une force militaire permanente pour assurer la protection contre un soulèvement éventuel. De ce corps militaire, Sylvain fait partie aussi. Oh, tu joues terriblement avec le feu, David !

— Je comprends cela.

David avait parlé avec gravité.

— Et permets-moi de te dire encore autre chose. Ton propre beau-frère, Eugene — je ne trahis nul secret en te disant cela puisque l'affaire est publiquement connue — est le chef des groupes de vigiles qui sont bien décidés à combattre la sédition. C'est un homme qui jouit d'une grande influence, ne t'y trompe pas. Il possède déjà un certain pouvoir à l'intérieur du parti démocrate.

— Ils me rendent malade, tous tant qu'ils sont ! Tu ne peux savoir à quel point ils me rendent malade !

Et la bouche de David se crispa de dégoût. Gabriel poussa un soupir.

— Je sais. Mais nous ne sommes pas tous de méchants hommes ici, dans le Sud. Souviens-t'en, David. Quand j'étais en Angleterre, j'ai vu plus de souffrances que tu n'en verras jamais ici. La faim et les haillons dans ces taudis glacials... et dans le Massachusetts, toutes les fillettes d'un village à l'usine...

— Je ne mets pas en doute l'exactitude de ta description, mais bien sa pertinence, l'interrompit David.

— Tu ne peux nier non plus nos progrès. Prends l'école de Dyson pour les affranchis...

— Que sais-tu de Dyson ?

Il y avait dans la question quelque chose de tranchant qui surprit Gabriel. Il répondit :

— Mais, rien que tout le monde ne sache ! C'est une belle entreprise pour un blanc. Tu vois, expliqua-t-il avec sincérité, nous sommes en route, mais il faut que cela soit graduel. On ne saurait tout bouleverser d'un jour à l'autre. Prends ton propre domestique...

— Oui, prenons-le ! Il a été contraint d'acheter sa liberté ! Aujourd'hui encore il ne peut ni voter ni même s'asseoir où il veut dans un théâtre ! Lucien Bonnet ! Un garçon convenable, intelligent...

Gabriel leva la main.

— Attends ! Je n'en discute pas, je suis d'accord avec toi. Je dis seulement que tu es trop pressé, ça ne marchera pas.

Il n'y avait rien de neuf dans tout cela. Trop souvent David avait dû écouter ces bonnes excuses. Le temps, le temps seul redresserait tous ces torts. Enfin quoi, il n'y avait pas si longtemps qu'à New York même les gens avaient possédé des esclaves ! Mais enfin, en Virginie, quinze ou vingt ans encore auparavant, le *Richmond Enquirer* lui-même publiait des articles en faveur de l'émancipation ! Et que s'était-il passé ? Les abolitionnistes étaient arrivés, avaient déchaîné les passions, remué toutes sortes de fureurs, causé l'insurrection de Nat Turner, et voilà, tout avait été retardé Dieu savait combien de temps, tout simplement à cause de ces gens de l'extérieur trop impatients.

Oui, il avait déjà entendu tout cela et préféra se taire.

— Donc la méthode n'est pas la bonne, disait Gabriel. Oh c'est facile pour le Nord de condamner ! Les esclaves n'ont pas leur place dans l'économie industrielle ! Garrison et ses semblables ont beau jeu d'exiger la fin immédiate du système qui règne ici. Mais comment le faire sans ruiner notre économie et créer le chaos ? Le massacre pourrait être épouvantable si l'on déchaîne les passions des ignorants ! Toi, toi plus que quiconque, étant donné l'histoire de ta famille, tu dois comprendre ce dont est capable une populace déchaînée.

— Et je le comprends.

— Eh bien alors ! Il y a seulement quelques années, des esclaves complotaient un soulèvement à Madison et à Carrol. Heureusement qu'ils ont été démasqués à temps.

— Les soulèvements n'entrent pas dans mes intentions, Gabriel. Je pense à l'éducation. A la création d'une organisation politique, raisonnable...

— Mais tu n'en resteras pas là ! Il y aura forcément des réunions clandestines, vous serez découverts, le châtiment sera terrible, il y aura des vengeances violentes, et pour finir tout se ramènera à rien. Non, David, il n'est d'autre méthode que de travailler lentement, patiemment, dans le cadre de la loi. Le temps et la loi feront ce que tu veux faire, à la longue.

— Tu parles comme un avocat.

— C'est ce que je suis.

David changea brusquement de sujet.

— Où vas-tu, cet après-midi ?

Gabriel accepta ce changement avec le sourire.

— J'ai une réunion avec Gershom Kursheedt. Les choses ont bien avancé pour notre nouvelle congrégation, les Dispersés de Judah, comme nous allons l'appeler. Nous allons retourner au rite portugais.

— Vous êtes trop aristocrates pour vous mêler aux Allemands ? Non, pardonne-moi, je ne dis pas cela pour toi.

Et David sourit.

— Certes, ce serait idéal si nous étions tous les mêmes. Mais tel n'est pas le cas. Tout le monde aime conserver ses petites habitudes, c'est tout. Particulièrement aujourd'hui, où l'antisémitisme européen envoie tant d'Allemands parmi nous. En tout cas, je dois te dire, poursuivit Gabriel avec enthousiasme, que Kursheedt a fait des miracles avec Judah Touro. Il l'a convaincu de faire don de sommes considérables pour la synagogue et diverses institutions charitables. Personne ne sait comment il s'y est pris, à moins que ce ne soit une simple question d'opportunisme. Touro se fait vieux et il a peur de mourir.

— Tu vois bien ! le pouvoir de persuasion de la justice et du bon droit. N'est-ce pas précisément ce dont je t'ai parlé aujourd'hui ?

— Pas tout à fait, David. Pas tout à fait.

Ce fut au tour de Gabriel de changer de sujet.

— Kursheedt est une manière de disciple d'Isaac Leester. Voilà un grand homme, Leester. Un écrivain prolifique. Tu devrais lire son *Occident and American Jewish Advocate*. Il paraît tous les mois et renseigne sur la vie de la communauté juive dans tout le pays. Il perd régulièrement de l'argent mais la parution ne s'en poursuit pas moins, d'ailleurs, c'est un célibataire qui n'a guère de besoins.

— Comme moi. Un célibataire qui n'a guère de besoins.

— David, si je suis venu cet après-midi, c'était pour te demander une éventuelle collaboration à diverses institutions charitables. Il y a tant de comités qui ont besoin d'aide. Mais je ne puis te recruter si tu dois te mêler de cet autre problème. Tu comprends ?

— Parfaitement. Ce que tu me dis est on ne peut plus clair.

L'amertume du ton de David était manifeste.

— Je suis indésirable.

— Ne sois pas amer. Tu ne voudrais pas attirer des ennuis à autrui. A ta sœur par exemple.

— Je t'ai dit voilà un instant que je ne le ferai pas, oui ou non ? Et pourtant, je ne puis m'empêcher de penser : quelle chance pour les juifs du Sud que l'existence des nègres ! Ce sont eux qui souffrent des pires préjugés et les juifs sont facilement acceptés dans la meilleure société.

— Ce n'est pas juste, David.

— Mais si. Oh, je t'accorde que les gens comme toi qui sont nés ici et ont grandi dans le système ont peut-être quelques excuses. Mais pour ceux d'entre nous qui sommes venus d'Europe, pour ceux qui savent, ou qui devraient savoir, il n'existe pas d'excuse.

— Nous ne faisons que ce que fait le reste de la société. Nous sommes des gens comme les autres. Nous ne sommes pas tous aussi nobles que les prophètes.

— Nous sommes le peuple de Dieu. Il nous est demandé un sens plus profond de la justice. Considère notre histoire...

Gabriel se leva pour prendre congé.

— Je ne me suis pas livré à une analyse aussi profonde que la tienne, dit-il avec une certaine raideur.

David le raccompagna à travers la maison jusqu'à la rue.

— Ne te mets pas en colère contre moi. Devons-nous penser de la même manière sur tous les sujets pour être amis ?

— Non, pas du tout. Je ne suis pas en colère, d'ailleurs, je suis seulement malheureux. Fais bien attention, David.

Quelques minutes, David se tint sur le seuil et regarda Gabriel descendre la rue. Tu es le sel de la terre, songea-t-il. Sans surprise. On peut compter sur toi, pour tout, et de toutes ses forces. Tu es un bon esprit, un érudit, et ton austérité cache une profonde chaleur. Mais tu es lent, trop lent. Tu n'es pas un homme d'action. Ce n'en est que plus regrettable, soupira-t-il.

La conversation de l'après-midi l'avait fatigué. Fatigué, il l'était trop ces derniers temps mais ce n'était guère étonnant. On parle de brûler la chandelle par les deux bouts ! Tout ce qu'il fallait organiser, planifier, et la tension du secret absolu, tout en ménageant en permanence un « extérieur » normal, ce qui signifiait maintenir un minimum d'existence sociale et mondaine.

Il souhaitait souvent que sa vie sociale dépassât d'ailleurs ce minimum, il aurait voulu s'offrir plus d'une danse, plus d'une causerie de quelques mots, avec toutes les jeunes filles délicieuses qui ne demandaient qu'à faire bon accueil au jeune médecin, au fils de Ferdinand Raphael. Et il souriait par-devers lui, non sans mélancolie, ce « beau parti » qui n'était en réalité pas un parti du tout : le mariage avec lui aurait forcément dégénéré en catastrophe cruelle pour toute jeune femme du Sud. Et c'est pourquoi, en honnête homme qu'il était, il lui fallait garder ses distances et lorsqu'une jeune femme lui semblait particulièrement charmante, prendre un soin particulier pour l'éviter.

Les pressions qui s'exerçaient sur lui étaient multiples. Sa clientèle avait crû rapidement. Cela avait commencé une nuit au cours de laquelle une sage-femme qui avait entendu parler de lui avait fait appel à son aide pour un accouchement particulièrement difficile. Et il avait gagné le canal irlandais, trébuchant par-dessus des chèvres et des ivrognes et dans une cabane du quartier des abattoirs, avait mis au monde un petit être. Quelle puanteur, quelle misère ! Dans le Nord, il avait entendu des diatribes du *Know Nothing Party* et vu les écriteaux à la devanture des boutiques : *Accès interdit aux Irlandais.* On leur reprochait leur paresse et leur malpropreté. Quand un peuple avait été écrasé, réduit à rien, on lui faisait porter la responsabilité de tous les fléaux, comme aux juifs en Europe.

Jamais, jamais il n'était témoin d'une quelconque cruauté sans songer aussitôt à sa mère. Et David brûlait d'une furieuse conviction. Les choses ne devraient pas... le monde ne devrait pas... les gens ne devraient pas... la colère l'étouffait.

Comment était-il possible que son père ne fût pas possédé d'un tel feu ?

Je tente de comprendre. Je comprends un peu mieux que je n'aurais pu le faire quand j'avais quinze ans. Il s'est battu et il est à court d'ambitions ; désormais, il désire seulement jouir de ce qu'il possède. Comme il est heureux du retour de son fils ! Et pourtant, je ne pourrai que lui apporter de nouvelles souffrances. Je serai bien malheureux quand cela se produira.

C'est un brave homme. Personne ne pourrait se montrer plus généreux que lui, avec sa maison toujours pleine à craquer : la famille qu'Emma avait en Georgie, quand tous ses membres ont décidé de venir s'établir en Louisiane parce que les cours du coton de Sea Island s'effondraient — tous, tous sont d'abord descendus chez les Raphael. Et ses extravagants parents qui vivaient en amont, menant l'existence des plus riches sans posséder de fortune, venaient toujours passer l'hiver, la saison de l'opéra, chez les Raphael. Telle était la bonté de Ferdinand.

David rentra dans la maison. Lucien, qui préparait le modeste repas, s'était mis à chanter. Bien sûr, cette modeste demeure, cet unique domestique rendaient Ferdinand perplexe. Il voulait que son fils vécût bien. Il voulait que son fils fît un mariage splendide avec la fille de quelque puissante famille.

Du moins sa fille l'avait-elle fait. Quelques nuits auparavant, David avait rêvé de Miriam, un rêve bien étrange mêlé des bribes de souvenirs d'un daim. L'automne dernier à Beau-Jardin, Eugene en avait abattu un, une douce créature couleur de foin. Il l'avait jeté sur la pelouse où il était demeuré les yeux grands ouverts, aveugle à l'éclat du jour, aveugle aux forêts dans lesquelles il avait couru dans le vent au moment où on l'avait abattu. Miriam s'était détournée et Eugene lui en avait voulu. David avait revu tout cela dans son rêve.

Elle était si charmante, sa petite sœur ! Ses bébés savaient marcher maintenant, en s'accrochant à ses jupes pour ne pas tomber. Quel tableau ils formaient, comme taillé dans l'ivoire le plus délicat avec leur teint pâle et leur lourde chevelure de soie noire. Il se rappelait encore Miriam vêtue d'un mauvais drap de laine, frigorifiée et frissonnant dans la cuisine de pierre de la Judengasse. Il supposait qu'elle avait presque tout oublié de cela, elle était si jeune.

Il s'attristait d'être demeuré loin d'elle pendant si longtemps. Il avait le sentiment de la connaître à peine. Et il déplorait de ne pouvoir éprouver plus de sympathie pour son époux. Il aurait voulu être certain que Miriam était satisfaite avec Eugene. Il se demandait s'il était le jouet de son imagination quand il croyait lire le chagrin sur son visage ; par moments, c'était à croire qu'elle avait tiré un voile gris par-devant. Et il lui vint brusquement à l'esprit que jamais, tout au long des tranquilles soirées familiales, à la table du dîner, ou avec les enfants, au salon, il n'avait entendu une parole ou aperçu une caresse, un coup d'œil, un rire, quoi que ce fût, qui reflétât une quelconque tendresse, un quelconque lien entre l'époux et l'épouse. C'était peut-être leur façon d'être ? Et pourtant, il commençait à se poser des questions. Cet homme était si différent de Miriam. Il parlait affaires, il parlait argent. Même lorsque le mot n'était pas prononcé, l'argent formait tout le sujet de sa conversation. Lorsqu'il parlait de la guerre contre le Mexique, évoquant des principes démocratiques élevés, c'était en fait d'acquérir de nouvelles terres pour la culture du coton qu'il parlait.

David avait appris à ne plus discuter de ces choses à la table de ses hôtes. Il ne fallait surtout pas qu'il passe pour un « radical » ni même pour un original, quelqu'un de « différent ». Son mode de vie risquait déjà de trop attirer l'attention. Il ne devait pas jouer les briseurs d'idoles. Les petites excentricités étaient permises et, peut-être même, dans une certaine mesure, intéressantes mais, pour l'essentiel, il lui fallait se fondre dans la société.

— Lucien, lança-t-il, quand tu en auras terminé dans la cuisine, pourrais-tu t'assurer que mon costume est présentable ?

Il s'apprêtait à passer la soirée au théâtre Saint-Charles en compagnie de quelques collègues pour voir Edwin Booth. Il faudrait songer à prendre des places pour Joe Jefferson, qui allait passer dans une quinzaine. Tu es un jeune médecin en pleine ascension, un peu bizarre, mais très gentil et sympathique. « Il vit comme un moine », avait-il récemment entendu dire dans son dos. La phrase avait été prononcée sans malice, avec une sympathie amusée.

Brusquement, la peur perça sa poitrine. En avait-il trop dit à Gabriel ? Non, non, Gabriel était un homme d'honneur, il n'y avait rien à craindre. Il lui faudrait toutefois se montrer plus discret à l'avenir.

Gabriel Carvalho était troublé. Tout en marchant, il tentait de se remémorer les paroles exactes de la conversation qu'il avait eue avec David. Avait-il bien expliqué que la discussion la plus pacifique, la réunion la plus paisible, étaient dangereuses ? Mais enfin, David le savait certainement ! On ne pouvait demeurer dans le Sud sans comprendre plus ou moins la manière dont les choses s'y passaient. Et c'était donc en toute connaissance de cause que David était décidé à aller de l'avant. Et certes, il avait raison dans le fond, la fin n'était pas répréhensible, mais il fallait considérer les moyens, le prix à acquitter pour parvenir à cette fin. On pouvait dire qu'un homme tel que David était resté un enfant, habité de grandes idées, d'une conscience élevée, mais dépourvu d'esprit pratique, et dont les efforts ne serviraient à rien s'ils ne menaient pas au désastre. Mais on pouvait aussi voir en lui l'un de ceux qui, tout au long de l'histoire, auront été les moteurs du progrès, bien souvent au prix de leur propre sacrifice.

Et avec un vague pincement de regret, il se dit qu'il était peut-être, lui, au nombre de ces gens trop prudents, qui voient le bien mais supputent ce qu'il en coûtera d'y atteindre et jugeant le chemin trop ardu, attendent que d'autres l'empruntent. David, lui, voyait au cœur des choses. Gabriel en percevait les complications.

Il avait à demi conscience de l'opinion que ses contemporains avaient de lui. Il était prudent, avisé, et procédait par ordre, dans un esprit très « juridique », bref, il manquait d'étincelle. Aux yeux de certains, il le savait, il passait même pour froid ou snob, ce qui ne manquait pas de le blesser car il n'était ni l'un ni l'autre. Il était réservé, l'avait été depuis l'enfance, et veillait à restreindre ses épanchements, sachant qu'une fois ouvertes les vannes, il serait allé trop loin. Sa tête devait rester perpétuellement maîtresse d'un cœur trop généreux, plus farouche peut-être encore que celui de David.

Brusquement, il revint par l'esprit à la traversée du *Mirabelle*, voilà si longtemps : il était retourné en Europe à deux reprises depuis cette époque, une fois pour passer l'été en Écosse, et l'autre pour une croisière sur le Rhin, mais ce premier voyage restait plus vif dans son esprit que les autres. Car c'était alors qu'il avait fait la connaissance de son meilleur ami. Malgré toutes les différences de milieu, de caractère et souvent de convictions, l'admiration et la confiance ne se démentaient pas, de sorte que chacun d'eux se souciait vraiment de tout ce qui arrivait à l'autre. Et c'était quelque chose de rare que ce tendre souci, guère plus explicable, songeait-il, que l'amour entre un homme et une femme.

Et donc, le *Mirabelle*... David, s'agitant terrifié au creux des vagues, la pauvre petite tête pitoyable du chien, qui montait et descendait, les pleurs de l'enfant puis sa gratitude. Il avait pratiquement oublié cette enfant mais, depuis peu, dans les rares occasions où il la rencontrait, c'était cette image qu'il revoyait. Le contraste entre ce souvenir et ce qu'elle était devenue lui paraissait incroyablement étrange, ce qui était un peu sot de sa part, puisqu'il était parfaitement naturel qu'une enfant devînt une femme, et même une femme mariée avec des enfants.

Des expressions bibliques lui venaient à l'esprit : les cèdres du Liban. Elle se dressait, souple comme un jeune arbre, ses épaules crémeuses et sa taille émergeant seules de l'absurde cloche des jupes, de telle sorte qu'on ne pouvait qu'imaginer le corps masqué par le costume.

Il mit le holà à ses propres pensées. Comment osait-il ! C'était l'épouse d'un autre — l'épouse de son client.

Eugene Mendes forçait le respect. Il était intelligent et puissant. Tranquillement installé dans sa réussite. Et pourtant, quelque chose dans son regard le rendait désagréable à soutenir. Peut-être était-ce le sentiment qu'il prenait votre mesure, calculait vos déficiences et vos forces.

Il faisait un curieux choix pour Miriam Raphael ! Rien n'indiquait que ces deux-là puissent être unis. Car l'homme et la femme ne sont-ils pas censés, dans le mariage, ne faire plus qu'un seul être ? Il songea de nouveau à la tristesse mélancolique qui semblait habiter les lèvres de Miriam. Contrairement à tant d'autres femmes, toujours avides d'attentions, elle s'asseyait souvent à l'écart, retirée dans quelque rêverie douce, comme si elle avait attendu quelque chose, et parfois même, comme si elle n'avait pas été présente du tout. Et pourtant, passant un jour devant le mur du jardin des Mendes, il avait entendu un rire délicieux, gai comme un tintement de clochettes, et jetant un coup d'œil, avait été étonné de constater que ce rire était le sien. Elle jouait à la balle avec ses enfants. Sa chevelure était défaite, et son chapeau était tombé, le petit garçon l'ayant ramassé et s'en étant coiffé — un immense chapeau de paille blanche avec des rubans bleus...

Un alligator avait tué le chien, se rappela-t-il soudain. Pourquoi ne pas le remplacer ? Et il lui sembla que l'animal avait été un lien entre eux et qu'en le sauvant il avait symboliquement... rien du tout, se dit-il, irrité contre lui-même. C'est la sœur de mon ami. Un geste attentionné de ma part serait parfaitement acceptable. Ainsi, il avait acheté récemment une poupée pour la petite fille d'un ami en remplacement de celle qu'elle avait oubliée sous la pluie. Eh bien, il allait commander un chiot à New York ; un des employés du bureau dans lequel il avait travaillé élevait des épagneuls du roi Charles. Il le ferait expédier par bateau. Et déjà il imaginait son visage quand il lui mettrait le chien entre les bras. Elle rosirait de plaisir, songea-t-il, se rappelant qu'elle rougissait facilement, revoyant l'éclosion de son sourire.

C'était parfaitement convenable, un simple cadeau à une amie.

Il franchit le coin de la rue et pénétra sur la place d'armes où le son éclatant d'une fanfare le ramena brusquement à la réalité présente. Une foule s'était assemblée sur la place, où, parmi les tentes et les drapeaux, un régiment se mettait en ordre de marche. Il traversa la place après un rapide coup d'œil. La guerre contre le Mexique avait fort bonne presse, surtout dans le Sud. Quant à moi, je ne la digère pas, songea Gabriel, tandis que le son des cuivres s'estompait à ses oreilles, je ne la digère pas du tout. Une manière de pensée qui n'est probablement pas très « virile ». Pourtant la prière du sabbat dit : « *Accorde-nous la paix, O Seigneur, ton don le plus précieux.* » Rien n'est simple. Chaque chose possède toujours tant d'aspects différents. A mesure qu'on fait tourner le prisme, la lumière la plus pure se reflète d'abord ici, puis là, tandis que l'on continue de tourner, de tourner... Bah, j'ai des responsabilités et ne pourrais me porter volontaire, quand bien même j'en mourrais d'envie.

Rosa en robe et perles noires n'avait toujours pas séché ses larmes. Elle qui semblait dominer Henry — maintenant que ce dernier n'était plus, on voyait bien qu'elle s'était reposée sur lui. Il n'avait pas laissé beaucoup d'argent, et comme elle désirait, d'une manière parfaitement compréhensible, rester avec ses enfants dans leur confortable demeure, elle devait désormais mettre Gabriel à contribution. Heureusement, son avenir s'annonçait brillant. Il avait un nouveau cabinet dans Bank's Arcade, un emplacement de choix. Et il avait, dès le début, une liste de clients hérités de Henry constitués pour la plupart d'hommes prospères et en pleine ascension comme Eugene Mendes.

Je n'aimerais pas le compter parmi mes ennemis, se dit-il brusquement. Et il hâta le pas pour échapper à l'harmonie, qui commençait à le rattraper.

Miriam, qui revenait du Marché français, en compagnie de Fanny, aperçut l'arrière-garde et les derniers drapeaux qui disparaissaient à la vue en même temps que les cuivres s'estompaient à l'oreille. Le silence revint. Les petites rues étaient vides à l'exception d'une charrette de laitier dont les bidons cerclés de cuivre s'entrechoquaient et d'un vieux nègre qui, sorbetière sur la tête, lançait : « Glace à la crème, glace à la crème ! »

— Regarde, dit Miriam, ce n'est pas M. Mendes qui sort de cette maison ?

— J'pourrais pas l'dire d'ici, Miss Miriam.

— Mais si, j'en suis sûre, il a sa nouvelle redingote bordeaux.

La redingote bordeaux s'éloigna à la hâte et disparut au coin d'une rue. Un instant plus tard, une femme sortit à son tour de la maison et attendit l'attelage qui émergeait de l'écurie dans la ruelle adjacente.

Miriam et Fanny arrivèrent au niveau de l'attelage à l'instant où celui-ci se rangeait au bord du trottoir pour permettre à la jeune femme d'y monter. C'était une splendide mulâtresse. La lumière du soleil étincelait sur les chaînes d'or qui se mêlaient à sa chevelure, sur ses perles et sur ses escarpins de cuir doré. Une domestique noire comme le charbon la suivait, portant un panier semblable à celui que Fanny portait pour Miriam.

Les yeux franchement curieux de la jeune femme croisèrent ceux de Miriam. Puis elle les baissa aussitôt, monta en voiture et s'en fut.

— Qui était-ce, Fanny ?

— Ben, Miss Miriam, vous savez bien. Une de ces... je préfère ne pas le dire, dit Fanny d'un air pincé.

— Je sais ce qu'elle est bien sûr, mais qui est-elle, tu as bien vu, elle m'a reconnue.

— Comment pourrait-elle connaître une dame telle que vous, Miss Miriam ? se récria Fanny d'une voix aiguë.

— Mais c'est un fait, insista Miriam. J'ai même cru une seconde qu'elle allait me parler.

— Elle oserait jamais ! Elle oserait jamais parler à une dame blanche. Queen est bien trop maligne pour ça.

— Queen ? C'est donc son nom ? Et, Fanny, tu sais bien que c'était M. Mendes. Ils sont sortis de la maison en même temps. Tu l'as vu aussi bien que moi.

— Je sais pas ce que j'ai vu, Miss Miriam. S'il vous plaît me demandez pas ce que j'ai vu, implora Fanny.

— Mais tu trembles, pour l'amour du ciel ! Ne laisse pas tomber le panier, tu vas faire rouler les framboises sur toute la chaussée. Allez, Fanny, dis-moi ce que tu me caches.

— Rien, Miss Miriam ! Je jure que je vous cache rien !

— Je ne te crois pas. Ecoute un peu, Fanny, n'ai-je pas sauvé Blaise, pour toi ? Et nous avons grandi ensemble. Tu me dois bien quelque chose en retour.

Fanny haletait, ayant du mal à suivre Miriam qui avait pressé le pas.

— Ecoutez, Miss Miriam, dit-elle d'un air désespéré. Si je sais quelque chose, c'est pas quelque chose qui vous fera du bien, vous serez pas heureuse de le savoir.

— Qui parle de me faire du bien ? Je ne veux pas qu'on me ridiculise, voilà tout. J'ai le droit de savoir ce qui se passe.

Comme Fanny se taisait, Miriam dit gentiment :

— Je sais que tu as peur de parler. C'est donc moi qui parlerai et tu n'auras qu'à faire oui ou non de la tête selon que je dirai vrai ou faux. M. Mendes et cette... cette Queen. Il est toujours fourré là ?

Fanny fit oui de la tête. Ses yeux effrayés étaient humides.

— Et il y a longtemps qu'il y va. Elle et lui sont... ensemble depuis longtemps ?

— Je sais pas depuis combien de temps, Miss Miriam. Je vous jure que je sais pas. Je sais seulement ce que j'entends dire. Et moi je vous ai rien dit, pas vrai ? Vous allez pas dire à M. Eugene que je vous l'ai dit, hein ? Il va me battre...

— Certainement pas, Fanny. Il n'a jamais battu personne et tu le sais très bien. Et je ne le laisserais pas faire même s'il le voulait.

— Mais alors il va me renvoyer, gémit Fanny.

— Je ne le permettrai pas non plus.

— Mais vous allez rien lui dire, hein ?

— Non. Va te débarbouiller. Emporte le panier à la cuisine

167

et va te laver le visage. Moi je vais m'asseoir quelque temps au jardin.

La déesse de la fontaine, déesse de l'amour, se dressait toujours là dans son calme marmoréen au-dessus de la double cascade. Sur la plaque murale en face du banc sur lequel Miriam avait pris place, la vigne vierge masquait le nom de la jeune enterrée.

Cette Aimée a-t-elle été déchirée de doute comme je le suis ? Ou savait-elle dès le début à quoi elle se destinait ?

Miriam fronça les sourcils. Quels sentiments éprouvait-elle en réalité à cet instant ? Elle tenta de sortir d'elle-même, de se voir elle-même avec les yeux d'un observateur, et ce fut alors surtout de l'orgueil qu'elle vit. Mais pourquoi s'en souciait-elle ? Pourquoi ? En fait, c'était de la reconnaissance qu'elle eût dû éprouver à l'égard de cette jeune femme qui se chargeait de satisfaire les besoins d'Eugene. Il était rare, désormais, lorsqu'il rentrait tard pour la trouver endormie, qu'il la réveillât comme il avait fait pendant leur séjour à Beau-Jardin.

Les liaisons de ce genre étaient communes. Aussi protégée fût-elle, une jeune fille ne pouvait habiter la ville sans en entendre parler. Les bals hebdomadaires des mulâtresses au Washington Ball Room faisaient l'objet d'une publicité sans fard. Les filles y étaient si belles que souvent les bals blancs se vidaient très tôt et chacun savait que les jeunes gens se rendaient ensuite au Washington, auprès des belles mulâtresses. Tout le monde le savait, mais personne n'en parlait. A l'exception de cette bavarde impénitente de Rosa.

— Oh mais ces femmes sont très bien élevées, avait-elle appris à Miriam. Tu serais étonnée ! Jamais un homme ne les touche avant d'avoir été accepté par leur mère. Ensuite, il doit installer la mère et la fille dans une jolie petite maison et subvenir à tous leurs besoins. C'est un violon d'Ingres assez coûteux. Il s'engage aussi à entretenir les enfants, au cas où il y en aurait. Mais, avait-elle ajouté, il s'agit parfois d'amour véritable, et ces filles sont très fidèles. Des tas d'hommes continuent à voir leur maîtresse même après avoir contracté un bon mariage.

C'était donc cela. Fanny le savait et le savait depuis longtemps. Comme tous les autres domestiques sans l'ombre d'un doute. Elle se demanda si Rosa le savait. Elle ne voulait pas savoir. Elle ne voulait pas se fâcher avec Rosa.

Elle entendit le pas lourd et rapide d'Eugene résonner dans la galerie. La porte d'entrée s'ouvrit et se referma. Un instant plus tard, les voix lui parvinrent par les fenêtres ouvertes du premier étage. Il était allé dans la chambre des enfants où ces derniers s'éveillaient tout juste de leur sieste. Il y allait d'abord pour jeter le petit garçon en l'air, faire semblant de le marteler de coups de poing, le petit poussait des cris aigus, riait de surexcitation devant les manifestations de l'amour extasié que lui vouait son papa, ses bonnes joues rondes étaient rouges et chaudes et ses yeux lançaient des éclairs. Puis le père le prendrait dans les bras et lui ébourifferait les cheveux. A Angelique, Eugene apportait toujours quelque cadeau, une robe de dentelle blanche, une poupée française, une chaînette avec un petit cœur d'or, mais à son fils, il avait donné son cœur.

Eugene redescendit dans le jardin. Il considéra Miriam avec curiosité.

— Que faites-vous donc ici ?

— Je réfléchis, répondit-elle en lui lançant le mot comme si ç'avait été un caillou.

— Bah, dit-il sèchement, c'est une occupation parfaitement honorable. Et puis-je vous demander à quoi vous réfléchissiez ?

— A la raison pour laquelle vous avez fait semblant de ne pas me voir, voici quelques minutes.

— Vous voir ? Et où aurais-je dû vous voir ?

— Vous avez couru jusqu'au coin de Chartres Street. Je vous en prie, ne niez pas. Je hais les menteurs.

— Je vous demande pardon ! dit Eugene avec fureur.

Miriam se leva. Le sang lui battait aux oreilles.

— Je sais ce que vous y faisiez. Je suis au courant pour Queen.

Ses sourcils, ces sourcils qu'elle haïssait, glissèrent vers le haut. Deux chenilles noires.

— Où avez-vous entendu ce nom ?

— Cela a-t-il de l'importance ? Je l'ai entendu.

— Je n'ai pas plus de goût que vous pour le mensonge, autant vous en avertir.

— Je ne compte pas mentir. J'ai tout simplement l'intention de ne pas vous le dire.

— C'était Fanny ? Oui, c'est Fanny, n'est-ce pas ? Non ? Lucette ? Blaise ? Quelque fouineur de la maison de votre père ? Ces deux misérables de Maxim et Chanute ?

— Cela n'y change rien, je vous l'ai dit. Tous le savaient. J'étais la seule à n'être pas au courant.

Eugene avait ôté ses gants. Elle vit que ses mains tremblaient. Il regardait au-delà d'elle, la colombe assoupie aux pieds de la petite déesse.

— Ma foi, dit-il au bout d'une minute, puisque vous savez ce que vous savez, autant vous raconter le reste.

Son regard croisa celui de Miriam. Mais au lieu de sa dureté, de sa sévérité habituelle, il brillait d'une manière de tendresse.

— Il y a... j'ai un enfant. Un fils. Mon autre fils. Il a sept ans.

Il fallut à Miriam quelques instants pour comprendre le sens des mots. Sept ans. Cela durait donc depuis si longtemps. Déjà au moment de leur mariage et longtemps avant. Un autre enfant, un autre garçon, qui n'était pas le sien. Il y avait là un foisonnement effarant de possibilités contradictoires. Elle se rendit compte qu'ils se faisaient face comme deux inconnus qui viendraient de se rencontrer, ignorant tout l'un de l'autre.

— Mais alors pourquoi m'avez-vous épousée ? chuchota-t-elle. Certainement pas pour l'argent, ou le prestige social. Vous disposez de l'un et de l'autre en quantité bien plus grande que moi.

— Je voulais un fils qui pût être reconnu pour le mien. Un garçon qui porterait mon nom, qui serait élevé ici et aurait un avenir dans la ville. Voilà ce que je voulais.

Ce fut alors qu'elle éprouva de nouveau des sentiments et des émotions. Des larmes lui piquèrent les yeux. Elle fut prise de fureur contre elle-même et ces larmes stupides.

— Oh, s'écria-t-elle, je sais bien que j'étais ignorante quand vous m'avez épousée, ignorante comme aucune fille ne devrait l'être et comme nous le sommes toutes, mais maintenant, je me dis que j'étais folle de surcroît ! Me marier avec un homme qui ne voulait même pas de moi, qui avait besoin de... d'une jument !

170

— Non, vous vous trompez. Je voulais bien plus que cela. Je n'aurais pas demandé votre main si je n'avais pas eu l'intention de réussir notre union. Je voulais une belle épouse, jeune et raffinée, qui me donnerait un fils et avec laquelle je bâtirais une famille. Il n'y avait rien là que de parfaitement naturel. Et c'est vous qui ne nous avez pas donné une chance.

Elle ne put le nier.

— Au début, j'ai cru que je comprenais. C'est une jeune fille pudique, me disais-je. Cela prendra un certain temps. Mais le moment n'est jamais venu. Certes, un homme ne s'attend pas à ce que son épouse ressemble à une... bref, une épouse est une dame, après tout, et le mari ne l'ignore pas. Mais vous ! Vous êtes de glace. Plus froide que cette statue. Qu'est-ce au juste ? Suis-je crasseux, répugnant ? Je me le demande. Mais non, je sais que non. Quoi alors ? Trop laid ? Ce n'est pas l'avis général. Grossier peut-être ? Je ne crois pas l'être. Pourquoi me méprisez-vous ? Pourquoi me trouvez-vous dégoûtant ? Car vous me trouvez dégoûtant, vous ne pouvez le nier.

Il attendit sa réponse. Elle n'en trouva qu'une bien piètre et hésitante :

— Je ne sais pas.

Comment lui dire : Je ne puis supporter votre contact. Je serre les dents quand vous m'approchez.

— Si j'avais obtenu de vous la moindre réaction, si vous aviez... mais, à quoi bon ? J'aurais pu mettre fin à cette aventure. Je l'aurais probablement fait. Mais les choses étant ce qu'elles étaient...

Jamais elle n'aurait imaginé Eugene Mendes suppliant. Il ne demandait jamais mais exigeait toujours. Et voici qu'il était debout devant elle, ce citoyen de premier plan avec son gilet de velours, et ses mains tremblaient refermées autour de ses gants de daim.

— Pourquoi ? répétait-il. Dites-le-moi. Que me reprochez-vous ?

Elle baissa les yeux sur l'herbe, sur les pieds d'Eugene dans l'herbe. Ses belles chaussures de Londres étaient couvertes de poussière. Elles avaient quelque chose de terriblement pitoyable. Tout était silencieux. Une sauterelle stridula brusquement et, tout aussi brusquement, se tut. Jamais encore elle n'avait songé à Eugene Mendes comme à un être humain susceptible de blessure — c'était toujours lui qui infligeait la blessure. Mais évidemment, il avait été touché au cœur de sa virilité. Etre ainsi rejeté, même par une femme que l'on n'aime pas, doit faire douter de soi-même. Malgré l'autre femme qui attend les bras ouverts. Elle se rappela l'éclat de ces yeux noirs surpris, leur tressaillement et le miroitement de tous ces colifichets d'or.

Mais ce n'était la faute de personne. Elle le comprit soudain clairement. C'était un fait qu'il la repoussait, c'était une chose qui s'était produite comme ça, comme on peut aimer les groseilles et détester le lait.

— Pourquoi ? insista Eugene.

Elle avait la bouche sèche sous l'effet de la peur. C'était comme d'être debout au bord d'une falaise. Comme il n'était pas question d'avancer et que l'on refusait de reculer, il fallait prendre à gauche ou à droite, latéralement, sans savoir où menaient ces chemins.

Elle balbutia :

— J'imagine que c'est simplement parce qu'il y a des gens qui ne sont pas faits l'un pour l'autre. J'ai essayé. J'ai vraiment essayé.

— Peut-être, dit Eugene, quelqu'un d'autre vous conviendrait-il mieux, dans ce cas ? Gabriel Carvalho, peut-être. Il ne peut s'empêcher de vous dévorer des yeux. Vous conviendrait-il mieux ? Croyez-vous ?

Elle le gifla. Sans une pensée, sans intervention de sa volonté consciente, sa main se leva et frappa la joue. L'expression de dédain qu'il avait au visage se mua en un étonnement furibond. Terrifiée de ce qu'elle avait fait, elle recula d'un pas. Il lui saisit les poignets et ils demeurèrent là, le regard fixe, prêts à frapper.

— Parce que vous entretenez une gourgandine, vous croyez que je dois faire la même chose que vous et...

— Je le retire. Vous ne possédez pas assez de vie pour cela !

— Mon Dieu, comme je vous hais ! s'écria-t-elle.

— Baissez la voix. Conservez votre dignité si vous en êtes capable.

— Oh vous êtes bienvenu, n'est-ce pas, de parler de dignité !

— Parfaitement. Je n'ai rien fait que ne fassent les hommes de ma condition. Je vous ai dit que si vous aviez été pour moi une épouse convenable, j'en aurais agi différemment. Mais que je l'aie fait ou non, une épouse convenable aurait su ne pas se mêler des soucis de son époux.

— Alors je ne suis pas une épouse convenable !

— Vous n'êtes pas une épouse du tout.

— Tandis qu'elle... cette femme... elle en est une.

Eugene lui lâcha les mains.

— Oui, dit-il simplement, oui. Elle en est une.

De l'autre côté du mur, un colporteur passa en criant : « Elles sont belles mes fraises elles sont belles mes fraises elles sont belles ! » Son appel restera dans mes oreilles, songea Miriam. De tels moments marquent une vie. Cette voix traînante, la chaude poussière poudreuse et l'odeur de l'eau de Cologne d'Eugene — ce sont des choses qui me resteront.

Elle pensa à autre chose.

— Vous n'auriez pas dû dire cela de Gabriel Carvalho. C'était méchant et faux.

— Peut-être. Oui, vous avez raison. Je n'aurais pas dû. C'est un parfait gentleman. Et vous êtes la mère de mes enfants, la maîtresse de ma maison. Ne l'oublions pas à l'avenir. Sachons vivre ici dans la correction.

— Dans la correction, répéta-t-elle.

— Faites ce qui est attendu de vous et je ne vous toucherai plus jamais. Je vous en fais serment. Comprenez-vous ?

— Oui.

— Ne vous inquiétez pas. Je ne vous désire même plus.

Un instant, ils attendirent comme s'ils ignoraient ce qui allait venir ensuite. Puis Eugene dit :

— Je suis navré, désolé, vraiment.

— Nous sommes liés ensemble dans une telle fausseté. Ligotés.

Elle ouvrit les paumes en un geste d'impuissance et de désespoir.

— A tout jamais, vous en rendez-vous compte ?

De la tête, il fit signe que oui. Et comme il n'y avait rien à ajouter, il tourna les talons et rentra dans la maison.

Tard ce même soir, Miriam était encore sur le balcon. Une pluie lourde tombait sur les arbres et dégouttait du toit, éclaboussant sa robe et ses cheveux. Dans la lumière fumeuse du réverbère au coin de la rue, elle apercevait Blaise et le tas de boîtes en bois dont il se servait pour permettre aux gens de traverser à pied sec la chaussée inondée. Elle se demanda s'il mettait de côté ses gains pour pouvoir racheter sa liberté. Et elle se dit soudain qu'il était vraiment bizarre de songer que Blaise pouvait espérer connaître un jour la liberté, tandis que pour elle c'était désespéré.

— Miss Miriam ! lança Fanny. Je vous cherche partout. Que faites-vous dehors avec toute cette pluie ? Vous ne rentrerez donc jamais ?

La robe de Miriam avait perdu son apprêt et sa chevelure avait été décoiffée par le vent. Emma disait toujours qu'une dame ne devrait jamais se montrer qu'à son avantage. Qu'est-ce qu'Emma aurait dit de Queen ?

— Bah, les hommes sont comme ça, aurait-elle dit.

Miriam croyait entendre sa voix, vaguement gênée et vaguement supérieure.

— Les hommes sont comme ça, ma chérie. Et jamais une épouse ne devrait laisser entendre qu'elle est au courant. Cela ne servirait qu'à mettre le mari en colère. Autant regarder dans l'autre direction. Et pourvu qu'il te traite bien, qu'est-ce que cela change ?

Oui, ce serait certainement ce que dirait Emma. Et Pélagie. Et Rosa, si totalement différente de l'une et de l'autre, aurait probablement dit la même chose.

Que m'importe ? Je n'ai pas de raisons de m'en faire à propos d'Eugene. Mais la réponse lui vint : c'est parce qu'il est libre de prendre ce qu'il veut dans la vie tandis que je ne le suis pas. Voilà tout. Elle tira impatiemment sur ses boutons.

— Attention, vous déchirez votre robe ! Attendez, laissez-moi faire ! cria Fanny.

— Je m'en fiche. Elle est déjà déchirée.

Les jupons mouillés tombaient sur le sol.

— Fanny, dis-moi. Tu peux me parler franchement maintenant. M. Mendes m'a tout dit. Le petit garçon, l'enfant de Queen, tu l'as déjà vu ? Dis-moi la vérité. Je ne me mettrai pas en colère.

Fanny ramassa les jupons.

— Oui, Miss Miriam, je le connais. Il ressemble à Queen, peut-être un peu plus clair encore de teint.

Alors ce devait être un bel enfant. Et voilà que Miriam sentit monter la jalousie, pas pour elle-même, Dieu savait, mais pour son petit Eugene, dont le père devait certainement diviser son amour pour en reporter une partie sur cet autre fils. En même temps, elle savait à quel point cette pensée était déraisonnable. Elle réfléchit à voix haute et répéta :

— Alors ce doit être un bel enfant.

— Oui, et intelligent.

Soulagée de ses craintes et de la nécessité du secret, Fanny se hâtait maintenant de dire tout ce qu'elle savait.

— Queen appartenait à la famille de M. Mendes. C'est une espèce de cousine, je crois. Et puis il l'a affranchie. Mais pas le garçon. Le garçon, il en est encore propriétaire.

Etre « propriétaire » de son enfant ! Comme tout cela était bizarre et étrange ! Le silence, lorsque Fanny se tut, vibra comme un tambour dans la tête de Miriam. La flamme des bougies lançait sur le mur une procession de lutins contrefaits et de visages grimaçants et moqueurs. Les murs semblaient se resserrer, puis ils se mirent à tourner...

— Il est fou de cet enfant, reprit Fanny. Et honteux aussi, soupira-t-elle. Mais ça, ça a toujours été comme ça. Il n'y a rien de nouveau là-dedans.

Il fallait qu'elle reprenne ses esprits. Les choses ne devaient pas voler en mille morceaux ; la maison massive devait abriter ses enfants, à n'importe quel prix. Elle ne voulait pas devenir folle, elle ne le voulait pas...

— Je sais ce que vous pourriez faire, dit soudain Fanny.

— Faire ? Que veux-tu dire ?

— Je pourrais vous apporter une bougie noire. Quand on veut du mal à quelqu'un, vous savez, faire du mal à Queen, par exemple, ou encore — elle se rapprocha de Miriam et se mit à chuchoter — ou encore à M. Eugene, on écrit son nom sur un bout de papier et on l'épingle à la bougie. Quand la bougie brûle jusqu'en bas, la personne attrape une maladie épouvantable et souffre.

Cette sottise eut le pouvoir de rompre le charme et Miriam se ressaisit.

— Voyons, ne me dis pas que tu crois de telles absurdités, tu es trop intelligente.

Honteuse, Fanny se mit à rire.

— Ben, vous avez raison, je crois, et puis il y a des fois ou je ne suis pas si sûre. J'ai vu de ces choses. Vous voulez du thé ? Ou de la tisane de laurier pour l'estomac ?

— Non, non, du thé, ce n'est pas mon estomac qui me tracasse.

— C'est pas votre cœur non plus.

— Non, mais quoi donc ?

— Votre tête qui pense à ce que vous allez devoir faire toute votre vie.

— Tu as raison. C'est bien ce que pense ma tête.

Elle vacillait si fort intérieurement qu'elle éprouva le besoin de se déplacer. Elle gagna la fenêtre. Le tonnerre roulait encore, en se déplaçant vers l'ouest. A la faible lueur du réverbère, elle constata que Blaise était parti, ayant sans doute décidé qu'il n'y avait pas suffisamment de clients pour qu'il prît la peine de rester debout sous la pluie. Eugene, comme toujours, allait rentrer en voiture.

Elle alluma une bougie et gagna son bureau où un petit paquet de faire-part et d'invitations attendaient une réponse. Elle les feuilleta : société pour la visite des malades, un faire-part de mariage, le dîner d'anniversaire d'une lointaine cousine d'Emma, une réunion des Volontaires Hébreux pour l'aide aux personnes âgées, le bal annuel de cette association devait avoir lieu le mois prochain et tout ce que la communauté juive comptait de membres à la mode se devait d'y paraître. Il allait lui falloir une nouvelle robe. Le monde pouvait bien s'effondrer, on avait besoin d'une nouvelle robe.

Gabriel Carvalho comptait parmi les responsables de l'association. *Il ne peut s'empêcher de vous dévorer des yeux*, avait dit Eugene. Elle n'en croyait rien. En tout cas, elle ne l'avait jamais remarqué. D'abord, il ne lui adressait que rarement la parole. Et c'était toujours pour quelque allusion à leur traversée d'autrefois, ou au chien, ou alors, pour quelque commentaire courtois sur les enfants qui grandissaient. Il était — bah, raide. Oui, c'était le mot, raide. Les gens qui agissent ainsi passent souvent pour timides. Cependant un homme qui connaissait la réussite de Gabriel pouvait-il être timide ? A vrai dire, il ne parlait jamais beaucoup, même lorsqu'il était dans la seule compagnie des hommes, c'étaient toujours David ou Eugene qui avaient des tas de choses à dire, Eugene d'un ton protecteur, et David avec enthousiasme. Mais en définitive, ils se tournaient toujours vers lui et lui laissaient le dernier mot. Il y avait de quoi vous plonger dans la perplexité quand on y réfléchissait.

Or elle ne souhaitait pas y réfléchir. Gabriel était lointain, hautain ? Grand bien lui fasse ! Rosa le trouvait beau. Naturellement. C'était son frère. Bah, peut-être l'était-il. Il avait de beaux yeux songeurs, une expression austère. Mais ce qu'Eugene avait dit n'était pas vrai. Il avait même reconnu que ce n'était pas vrai. Sans y prendre garde, Miriam haussa coquettement les épaules en mettant de l'ordre dans ses papiers, avant de se préparer à se coucher.

Mais elle ne dormit pas. Elle se mit tout au bord du lit, heureuse qu'il fût large, car Eugene, par amour des apparences, viendrait certainement dormir près d'elle, cette nuit-là et jusqu'à la fin de ses jours.

Comme c'était cruel ! Elle serait une femme inutile, surnuméraire, jusqu'à ce jour-là. Elle avait deux enfants, il ne fallait plus en espérer d'autres. Encore deux ans et ils iraient à l'école. Et n'auraient plus besoin d'elle pour lire des histoires ou les emmener en promenade le matin. A vrai dire c'était tout juste s'ils avaient besoin d'elle pour le moment. Car leurs nounous faisaient pratiquement tout pour eux déjà. Souvent, elle se plaisait à renvoyer les nounous pour leur donner leur bain elle-même ; elle était émue de les voir devenir grands et fermes, de constater qu'Angelique, malgré son jeune âge, commençait à montrer cette minceur de la taille qui est si féminine, tandis qu'Eugene était tout compact et carré. Sa sœur était volubile, elle enchaînait les questions : *Pourquoi faut-il ? Qui était cette dame ? Où vont ces gens ?* Eugene était capable de jouer seul pendant des heures. Il avait dans sa chambre une tour de cubes de construction qui lui arrivait à la taille. *Elle atteindra la lune*, disait-il.

Et bientôt, tout cela sera fini. Ils vont grandir et s'en aller. Et que resterait-il alors pour leur mère ? Passer le reste de son existence à fabriquer des fleurs artificielles pour les placer sous des globes ou à broder des robes pour les poupons d'autres femmes ?

Et ses pensées allèrent vers Eulalie, toujours affairée à coudre des robes de baptême exquises comme des voiles de mariée, vers son corps si faible et ses yeux si pleins de malheur, même lorsqu'elle arborait le « sourire mondain » que l'on attendait d'elle. Oui, songea Miriam, il est peu de chose qu'on pourrait apprendre à Eulalie en matière de souffrance. On n'aimait pas Eulalie. Les juifs, en particulier, ne pouvaient aimer une personne qui portait le mépris des juifs dans son cœur. Pourtant, on pouvait la comprendre et la plaindre.

Qui suis-je ? Madame Eugene Mendes. Qu'est-elle ? Que fait-elle ? Si je possédais un quelconque talent, de la voix par exemple, comme cette Marie-Claire, je sais bien ce que je ferais. Elle veut aller étudier à l'étranger mais sa mère l'en empêche, d'après Rosa. Moi, je trouverais un moyen. Je m'en irais. Si je possédais un talent quelconque, mais je ne sais rien faire.

Ce n'est pas juste ! Les hommes peuvent apprendre. Ils gagnent de l'argent et le dépensent comme bon leur semble. Il faut que nous le réclamions. L'homme peut prôner la chasteté tout en entretenant une maîtresse. Il peut faire tout ce qu'il veut.

Ah, je pourrais haïr les hommes, mais je n'en ai pas envie. Je veux aimer un homme. Je veux une raison de l'aimer. C'est ce que je ne cesse de demander depuis que je suis assez grande pour connaître le sens de ce mot.

Et peut-être que je ne connais pas le sens de ce mot.

9

On était à la fin de l'automne mais il faisait encore très chaud dans la cour de la maison des Raphael où l'on était en train de mettre la dernière main aux préparatifs d'une somptueuse réception. Fidèle à sa promesse de veiller sur la fille de son défunt associé, Ferdinand donnait un bal pour célébrer les fiançailles de Marie-Claire avec André Perrin de Natchez.

— Maman trouve remarquable, fit observer Pélagie, qu'il accepte de l'épouser avec une aussi petite dot. Tu ne l'as jamais rencontré ?

Miriam répondit sans y faire trop attention :

— Non, non, mais Eugene le connaît. Ils ont eu des affaires ensemble, je crois.

— Il est très beau. Tu vas voir.

Il se fit un joyeux tumulte sous la galerie où elles se tenaient. Sisyphe était en train de mettre en place le grand percolateur d'argent pour le café. Ce qui était sa fonction réservée et faisait sa fierté, tandis que Chanute et Maxim apportaient les derniers hortensias en pots. Des lampions tremblaient dans la brise légère et l'orchestre en s'accordant produisait cette rumeur impatiente qui dit que le rideau ne va pas tarder à se lever. En dehors de l'absence d'un dais nuptial, la scène rappelait exactement le mariage de Miriam. Peu désireuse de se le rappeler, cette dernière détourna la tête pour demander à Pélagie où pouvait bien être Marie-Claire.

— Dans la chambre d'amis avec maman. Elles sont dans tous leurs états. Figure-toi qu'une partie des dentelles de sa robe s'était décousue et que sa mère ne s'en était même pas aperçue. C'est maman qui l'a vu, bien sûr. On peut lui faire confiance, ajouta Pélagie avec fierté. Pour ce qui est de veiller à la perfection du moindre détail, n'est-ce pas ? Elle n'a vraiment pas ménagé ses efforts, pour cette fête.

— Cela fait deux ans que je n'ai pas vu Marie-Claire.

— Je ne l'avais pas vue depuis un bout de temps moi non plus, depuis la semaine qu'elle était venue passer chez nous l'été dernier. Oh mais, les fiançailles ont été rapides — trois semaines en tout.

— Vraiment ? Elle est très heureuse ?

— Oh, elle ne montre jamais ses sentiments. Je me dis parfois qu'elle n'en éprouve pas. Sauf quand elle est au piano et qu'elle chante. Elle s'accompagne elle-même, tu sais.

Miriam se rappelait un long visage peu expressif. Elle l'avait vu bien rarement mais il surgissait clairement devant ses yeux. Et cette image s'accompagnait une fois de plus du pressentiment étrange que leurs deux existences se croiseraient d'une manière ou d'une autre.

— En tout cas, elle a tout pour être heureuse, reprit Pélagie. André est charmant. Il est de bonne famille. Sa mère est juive et son père est français. Et ils ont beaucoup d'argent.

Du coup, elle répéta :

— C'est effectivement remarquable qu'il l'épouse avec une si petite dot. Evidemment, ton père s'est montré aussi généreux que toujours. Il lui a acheté de l'argenterie et toutes sortes de folies ravissantes.

Miriam s'entendit citer Eugene :

— Mon père est parfois trop dépensier.

— Ecoute, je vais te dire quelque chose mais tu n'iras pas le répéter, surtout. Marie-Claire m'a dit que c'était sa seule chance d'aller en Europe étudier la voix. André va devoir y aller pour ses affaires, pendant un an au minimum. Crois-tu qu'elle serait capable de ne l'épouser que pour ça ?

— Je ne sais pas. Ce dont je suis sûre, c'est d'avoir eu le sentiment qu'elle avait quelque chose de désespéré.

— Désespéré ? Elle pense trop à faire une grande carrière, voilà tout.

180

— Elle a une voix merveilleuse, Pélagie.

— Rien n'est aussi merveilleux que d'avoir un bon mari. Elle veut travailler avec Manuel Garcia à Paris. Elle s'imagine qu'elle a la même voix que Jenny Lind.

— C'est peut-être vrai. Comment le saurait-elle si elle n'essaie pas ?

— Tout cela est bel et bon, j'en suis sûre, mais, quant à moi, je ne changerais pas mon sort pour celui de cent Jenny Lind. Chacun de mes bébés me paraît plus miraculeux que le précédent. Mon petit Louis est déjà capable de se tenir assis tout seul ! Et je voudrais que tu vois Félicité avec lui — elle est merveilleuse. Comme avec tous les petits. On ne croirait jamais qu'elle n'a que douze ans. Une enfant d'un caractère délicieux, déjà une petite maman. Encore quelques années, et elle le sera pour de bon. Oh, mais tu as amené les enfants ! Comme ils sont mignons, Miriam. Comme c'est mignon, des jumeaux !

Les jumeaux avaient fait leur apparition dans la cour et regardaient fixement les musiciens en attendant que Fanny les rappelle à l'ordre. Roses et pomponnés, avec leur chevelure parfaitement coiffée et leur chemise empesée, ils sortaient tout droit d'un livre d'images.

« Tout ce que je possède au monde », songea farouchement Miriam en les dévorant des yeux.

— Oui, papa voulait les voir, répondit-elle. Alors ils ont le droit de se coucher tard. Il adore faire montre de ses premiers petits-enfants.

— Ses premiers ? Tu es...

— Non, dit sèchement Miriam.

— Mais Miriam, les jumeaux ont déjà trois ans.

— Je suis bien placée pour le savoir, Pélagie.

Cette chère Pélagie pouvait être réellement exaspérante. Lorsque Sylvain avait acheté une maison en ville pour l'hiver, Miriam en avait été très heureuse. Mais, de temps à autre, les platitudes de Pélagie et sa perpétuelle présence amicale lui devenaient insupportables.

— J'ai la migraine, dit-elle brusquement. Je crois que je vais aller dans la chambre jaune m'étendre quelques minutes.

Au lieu de s'allonger, elle s'examina dans le miroir. Elle avait encore pleuré ce matin. Elle avait deux taches roses sur les joues et comme un voile plombé sur les paupières que même la glace apportée par Fanny n'avait pu entièrement dissiper. Un brin de sciure, souvenir d'un pain de glace, s'accrochait encore à sa manche. Elle ne parvenait pas à se rappeler pourquoi elle avait pleuré.

Lorsqu'Eugene était de mauvaise humeur, il ne faisait pas le moindre effort pour le lui cacher. Il lui parlait d'un ton méprisant.

— La soupe n'était pas mangeable hier soir au dîner. Ne pourriez-vous pas mieux surveiller vos domestiques ?

Elle était bien résolue à ne pas se laisser toucher pour conserver sa dignité.

— Eh bien, parlez ! Je ne vous entends pas quand vous marmonnez. Surtout avec cet accent allemand.

Elle tentait de rester lointaine, au-dessus de tout cela, de telle sorte que sa réponse à ces agressions était précisément de ne pas réagir. Malheureusement, elle n'était pas toujours capable de maîtriser ses yeux qui se noyaient soudain tandis que son front et ses lèvres demeuraient impassibles et immobiles.

— Oh, mon Dieu, vous pleurez de nouveau ! disait-il. Les larmes, les larmes, ce sont les armes des femmes.

Si seulement elle avait pu ne pas faire chambre commune avec lui ! Si seulement il avait existé une pièce dans cette vaste demeure, où une femme pût se réfugier dans la solitude ! Ce n'était que le matin, après le départ d'Eugene pour la journée, qu'elle pouvait compter passer un petit moment seule : elle faisait semblant de dormir afin que Fanny elle-même n'osât pas la déranger jusqu'à ce qu'elle eût sonné. Elle restait allongée à regarder progresser la lumière rose en travers du plancher, songeant à tout et à rien.

On frappa à la porte de la chambre jaune. C'était lui, de mauvaise humeur. Il la cherchait.

— Venez donc. Que fabriquez-vous, seule ici ? Votre père vous demande. Tournez-vous. Oui, la robe n'est pas mal. La couleur vous va bien pour une fois. Elle met des couleurs sur votre visage. Parviendrez-vous à sourire ? Il y a des tas de gens importants ici, la crème des hommes d'affaires de la ville.

— J'arrive, dit-elle doucement.

Sa propre voix résonna à ses oreilles comme un soupir. Mais

aussi bien, lui semblait-il que c'était souvent le cas de la voix de ces dames. Elle s'était mise à remarquer ce genre de choses. Même Pélagie, qui débordait d'amour pour Sylvain, semblait parler d'un ton soumis. Et elle suivit la longue redingote d'Eugene jusqu'au rez-de-chaussée.

Le vestibule s'emplissait comme si tout le monde arrivait à la fois. Elle eut l'impression de regarder à l'intérieur d'un kaléidoscope dans lequel des boutons, des épingles et quelques bribes d'étoffes de couleur tourbillonnent pour donner des formes fantastiques. De l'autre côté du vestibule, une dizaine de cierges, donnant une lumière rougeâtre, avaient transformé la pièce rouge en écrin à bijoux. Autour du piano, le quatuor à cordes choisi par Ferdinand s'était regroupé pour interpréter les vieilles chansons folkloriques françaises qui résonnaient si souvent dans la maison.

Ferdinand embrassa sa fille.

— Viens, tu n'as pas fait la connaissance du fiancé de Marie-Claire. Je te présente André Perrin. Ma fille, Mme Mendes. Vous avez fait la connaissance de son époux.

Perrin s'inclina.

— Certainement, oui. Un homme brillant, Mme Mendes.

Elle vit d'abord le sommet d'un crâne recouvert d'une forte chevelure blonde puis un jeune visage franc et vif avec les petites rides du rire autour des yeux.

Emma, toujours affairée, arriva de la salle à manger où elle était allée inspecter les tables.

— André ! Où est votre fiancée ? Je la cherche. Ah, la voici ! Marie-Claire, comment allez-vous ma chère ? Oh, mais vous êtes adorable...

Comme si elle n'avait pas en personne arrangé la robe de la jeune femme quelques minutes seulement auparavant, à l'étage.

Marie-Claire lui sourit de son sourire sincère. Elle n'avait pas changé. Ses boucles serrées avaient toujours la pâleur du sable et elle portait une robe peu seyante de la même teinte terne. Elle est si quelconque, songea Miriam prise d'une soudaine pitié, et lui si éclatant.

Le nouveau couple fut entraîné à l'écart et les invités commencèrent à se séparer en petits groupes. Les vieilles dames, mariées ou veuves, s'assemblèrent autour des tables du buffet.

Pourquoi les vieux sont-ils toujours si affamés ? Miriam se tenait comme à l'écart d'elle-même, en observatrice. Quand j'étais jeune, songea-t-elle, il y a quatre ans, quand j'étais jeune, j'étais à l'intérieur des choses, désormais je suis à l'extérieur et j'observe. Voilà Sylvain, qui se montre chevaleresque, avec Eulalie à son bras. Et voici Félicité dont me parlait Pélagie, avec ses petits seins qui bourgeonnent et de longues nattes encore enfantines. Eugene a disparu en quête des plus importants parmi les gens importants qui se trouvent ici ce soir.

Elle se tenait seule au milieu de l'animation, du grouillement, puis l'idée lui vint de se mettre en quête de David. Elle le voyait trop rarement. Mais l'emploi du temps d'un médecin est chargé. Elle le comprenait sans pour autant cesser de souhaiter pouvoir passer de longues heures en tête à tête avec lui sans être interrompue. Alors peut-être trouverait-elle l'occasion de lui parler d'elle-même, de lui parler comme elle n'aurait pu le faire avec nul autre. Et parfois elle rêvait éveillée ; ils s'enfuyaient tous les deux, emmenant les enfants, s'enfuyaient vers le Nord, vers l'air pur, la liberté, débarrassés de toutes les entraves, de toutes les obligations... Ah, c'étaient bien là les rêveries de son imagination !

Elle le trouva dans la petite bibliothèque, assis devant une carafe de vin en compagnie de Gabriel et de Rosa qui se sentait toujours à son aise avec les hommes et les cigares.

— Viens t'asseoir avec nous, dit David, figure-toi que nous discutons, amicalement, de l'avenir du judaïsme.

— Je disais seulement, expliqua Gabriel, qu'une très grande quantité des règles et superstitions mesquines des orthodoxes ne faisait pas à l'origine partie de notre foi. Depuis trois mille ans, nous avons plus souvent vécu à l'extérieur qu'à l'intérieur des ghettos.

David reprit la discussion.

— Oui, et les années où nous avons vécu dans les ghettos et dans le respect de ce que tu appelles des superstitions et des lois mesquines, ont précisément été celles au cours desquelles nous nous en sommes tenus à nos principes moraux les plus élevés. Le monde qui nous entourait était tout entier affligé par des guerres sanglantes tandis que, dans l'orthodoxie du ghetto, il y avait la paix.

— Tu idéalises cette vie, David. Les temps sont différents. Je préfère quant à moi le souvenir des juifs libres et érudits d'Espagne à celui des prisonniers du ghetto polonais, malgré toute leur piété, toute leur vertu.

— Peut-être, dit Rosa, que si tu avais assisté à nos services, à Charleston, David, tu te...

— Je suis au courant. Vous vous êtes tout simplement débarrassés de la structure qui, pendant des siècles, a maintenu la cohésion de la cellule familiale et de notre peuple tout entier. Voilà ce que vous avez fait.

— Pas du tout..., commença Gabriel qui fut interrompu par Ferdinand, lequel, un verre à la main, s'arrêta près de leur table.

— Quoi ? Mais qu'est-ce que c'est que cette conversation ? Vous êtes jeunes, vous devriez danser. Vous êtes beaucoup trop sérieux.

— Oh, dit David d'un ton enjoué, je suis persuadé qu'il y a des tas de conversations qui se déroulent en ce moment même à propos des cours de la Bourse, papa. Et cela me paraît sérieux aussi, n'est-il pas vrai ? Et sur les courses de chevaux à Métairie. On peut y perdre des fortunes et rien ne saurait être plus sérieux que de perdre beaucoup d'argent !

— Ou au faro, oui, oui, tu as raison, répliqua Ferdinand qui n'avait qu'à moitié entendu.

Et il gagna le groupe suivant, tout à ses devoirs d'hôte.

Un instant plus tard, Eugene pénétra à son tour dans la pièce. A la vitesse et à la détermination de sa démarche, il était manifeste qu'il cherchait quelqu'un. Il s'immobilisa en les apercevant.

— Je cherche le juge Ballantine. Je crois bien qu'il n'est pas arrivé. Vous avez l'air bien installés.

— Effectivement. Joignez-vous donc à nous, dit Gabriel.

Est-il possible qu'il aime réellement Eugene ? se demanda Miriam tandis que celui-ci prenait place. Et se rappelant soudain *il ne peut s'empêcher de vous dévorer du regard*, elle voulut se lever mais se retrouva prise au piège entre son époux et Gabriel Carvalho.

Ce dernier reprit alors la discussion interrompue.

— La résistance à la nouveauté est évidemment compréhensible. Quand Moïse Mendelsohn traduisit la Torah en

185

allemand, quelles ne furent pas les attaques des orthodoxes contre lui ! Ils oubliaient seulement que seize siècles plus tôt, les sages l'avaient déjà traduite en arabe et en grec. Non, David, j'affirme que c'est au prix de quelques réformes qu'un grand nombre de gens resteront attachés à un judaïsme qu'ils ne tarderaient pas sinon à abandonner.

— Attachés comme ils le sont ici à La Nouvelle-Orléans ? Que voyons-nous ? Des boutiques ouvertes le jour du sabbat, des synagogues aux trois quarts vides... mais nous n'avons pas encore modernisé ici. C'est tout ce que je dis ! Tout ce que nous voyons ici, c'est une poignée d'orthodoxes très vaguement inclinés au changement. Quant au reste de la communauté, l'immense majorité n'est rien du tout.

— Comme mon père, dit David.

— Ne sois pas trop dur avec ton père, dit Gabriel à voix basse. Il n'a pas le choix ici, comme je viens de te le dire. Et il refuse les vieilles coutumes. Pour les hommes comme lui les vieilles coutumes rappellent trop l'Europe. Et quels souvenirs a-t-il conservés ? Souffrance, violence, humiliations...

David l'interrompit.

— Tu es plus tolérant que moi.

Si seulement David apprenait à ne pas interrompre aussi grossièrement, songea Miriam. Oubliant sa gêne, elle aurait voulu entendre ce que Gabriel avait à dire.

— Plus tolérant à l'égard de tout ce qui t'entoure, dit David avec emphase.

Quelque chose poussa Miriam à parler. Dans un mélange d'audace et de timidité, ses paroles lui jaillirent de la bouche. Sans le regarder directement, c'est à Gabriel qu'elle s'adressait :

— Les choses ne semblent pas avoir beaucoup changé depuis Flavius Josèphe. Les problèmes étaient les mêmes voilà presque deux mille ans.

— Ma femme lit beaucoup, dit Eugene.

Il était courroucé qu'elle eût parlé. Lui-même était trop prudent pour proférer une opinion à propos d'un sujet controversé. On ne savait jamais qui l'on risquait d'offenser qui aurait pu un jour se révéler utile.

— Voici mon fils, dit-il brusquement.

Des enfants accompagnés de nounous traversaient le

vestibule. En apercevant son père, le petit Eugene vint en courant. L'homme prit l'enfant sur ses genoux.

— Qu'est-ce que c'est, qu'est-ce que tu as là sur le bras ?

— C'est une piqûre d'abeille. Blaise a mis de la boue dessus.

— Une piqûre d'abeille ? A cette époque de l'année ? Ça vient d'arriver ?

— C'est arrivé hier, dit Miriam.

— Vous ne m'avez rien dit.

— Cela ne semblait pas si grave.

— Bon, bon, puisque tout va bien — mais il faut songer à me prévenir.

Et comme s'il doutait soudain de la santé du garçon, Eugene examina soigneusement son visage, sa nuque et ses genoux potelés.

La conversation en fut interrompue quelques instants. Chacun était censé accorder toute son attention au petit Eugene. Et il est vrai que c'était un bel enfant, avec son kilt, son sporran de blaireau, son béret Glen Garry orné d'une brindille de bruyère, tout cela très à la mode. Eugene avait fait venir tout le costume d'Ecosse.

— Tu iras bientôt à l'école, dit-il en faisant sauter l'enfant sur ses genoux.

— Vous l'envoyez en France ? s'enquit Rosa.

— Oh, non, pas encore, mais quand il sera plus grand, bien sûr.

Non, songea farouchement Miriam, on ne me fera pas ça. Et bien qu'elle connût parfaitement la réponse, elle embraya :

— Et la petite Angelique, l'enverrez-vous en France, elle aussi ?

Eugene haussa les épaules.

— Si vous le désirez, mais ce n'est pas très important.

Cela faisait bien longtemps qu'elle ne lui avait pas ainsi adressé directement la parole mais c'est qu'elle était aiguillonnée par le spectacle de l'enfant sur ses genoux, comme s'il était seul responsable d'Eugene.

— Oh, je sais bien qu'on pense que les femmes n'ont pas besoin d'éducation, dit-elle d'une voix basse et rapide. L'éducation en fait des insatisfaites incapables de tenir leur maison ! Oui, c'est ce que l'on dit.

Elle s'interrompit. C'était inutile. Eugene déposa le petit garçon qui détala et se tourna vers David.

— Dites-moi, est-ce auprès de vous que ma femme puise ses goûts inhabituels ?

— Pas du tout. Les goûts de Miriam lui sont personnels.

— Ces discussions ne mènent nulle part.

Eugene se leva. Son ton frisait la moquerie, comme s'il avait dit : « Les idées n'ont pas la moindre importance, nous le savons tous. »

— Eh bien, cessons de discuter, dit David.

Le groupe se dispersa et Miriam se retrouva seule en compagnie de Gabriel, derrière un mur d'inconnus.

— Votre frère et moi avons nos divergences, comme vous le voyez. J'aime à penser qu'elles entretiennent la vie de notre amitié.

— Vos divergences sont infimes, je crois. Vous n'êtes pas en désaccord sur les principes. Et c'est tout ce qui compte vraiment, vous ne croyez pas ?

— Venez, venez, on va porter un toast ! cria une voix et Miriam fut entraînée dans le mouvement général vers la salle à manger.

— Ainsi, vous avez lu Flavius Josèphe, dit Gabriel en se hâtant pour rester près d'elle.

— Malgré les objections de mon époux.

Il n'émit aucun commentaire, se contentant de demander avec gentillesse :

— Comment se porte le chien ?

— Oh, il a eu le temps de s'habituer au plancher des vaches, maintenant. Comme c'était gentil de votre part. Je me demande si je vous ai assez remercié.

— Mais oui, dit-il.

Il avait apporté le chien, ainsi qu'un panier et une couverture, un dimanche après-midi. Rosa lui avait noué un ruban rouge sur la tête. Mais le nœud s'était défait et le ruban lui était tombé sur un œil. Miriam avait ri avec délices.

— Gretel II ! Elle est presque exactement pareille ! Comme vous êtes gentil, Gabriel, c'est une si belle surprise !

— Très attentionnée, avait ajouté Eugene. Je crois pouvoir dire qu'en lui apportant un panier de diamants, vous ne lui eussiez pas fait autant de plaisir.

Et Gabriel était resté sur la véranda sans rien dire, observant les événements comme il le faisait pour l'heure, d'un regard si intense, si sérieux, que dans sa confusion elle ne put que faire semblant de rajuster la fermeture d'un bracelet qui n'en avait nul besoin.

Avec le plus grand sérieux, comme pour détourner son attention du bracelet, il dit :

— C'est dès l'hiver dernier que j'avais projeté de remplacer votre Gretel. Mais il m'a fallu tous ces mois pour prendre les dispositions nécessaires.

Il ne peut s'empêcher de vous dévorer des yeux, avait dit Eugene.

Dans la salle à manger, un gentleman chauve, brandissant son verre, était en train de faire pleuvoir des bénédictions sur le jeune couple, sur les amis, sur la maison, sur tout.

Ferdinand parla joyeusement à l'oreille de Miriam.

— Tu te rends compte d'une belle fraternité ? Tous pour un et un pour tous.

Il n'avait pas l'habitude de boire et avait déjà avalé deux verres de champagne.

— Cette réception doit coûter une fortune, fit remarquer quelqu'un.

Elle reconnut la voix de Sylvain, dissimulé derrière un personnage aux larges épaules.

— Le bruit court que Raphael a fait de véritables folies et qu'il est peut-être même allé trop loin. Ce n'est peut-être qu'un on-dit. Je l'espère en tout cas, pour l'amour de ma belle-mère.

Le personnage aux larges épaules s'écarta et Sylvain aperçut Miriam.

— Ah, Miriam, je veux te présenter le fiancé. Il faut que tu fasses la connaissance d'André. Tout le monde l'admire.

— Nous avons déjà été présentés, objecta-t-elle, mais déjà Sylvain l'entraînait jusqu'à un groupe près d'une autre petite table sur laquelle un seul couvert avait été mis. Devant la table trônait le vieux Lambert Labouisse, assis bien droit, une expression sévèrement royale sous sa couronne de cheveux blancs immaculés. Il animait apparemment une discussion politique.

— Mon fils, Alexandre, a cinq ans, disait Sylvain qui avait

immédiatement rejoint la conversation. Et je suis persuadé qu'il participera à une guerre.

— Espérons que non, répondit simplement Gabriel.

— Au Congrès, on en entend déjà déblatérer contre « le péché de l'esclavagisme », poursuivit Sylvain. Slidell — un excellent ami à moi — arrive de Washington pour nous mettre en garde contre les sentiments. du Sénat.

— Voyez-vous une quelconque signification, demanda le vieux Labouisse, dans le fait que certains de nos plus brillants défenseurs au Sénat ne sont pas nés dans le Sud ? Slidell est originaire de New York et, comme chacun sait, Soulé est né en France. C'est remarquable, rêvassa-t-il tandis que les autres inclinaient la tête respectueusement comme si le vieillard avait lui-même dit quelque chose de remarquable. On me dit que Soulé doit venir ici ce soir. Je ne l'ai pas encore vu. A mon avis, ces rumeurs de guerre sont exagérées. Notre civilisation ne peut être sapée par une poignée de fanatiques, conclut-il avec dédain.

Miriam tressaillit en entendant chuchoter dans son dos et, pivotant sur elle-même, se retrouva nez à nez avec André Perrin.

— Excusez-moi. Serait-ce vous priver de cette discussion que de vous demander l'honneur d'une danse ?

— Je danserai avec plaisir, dit-elle en se levant.

Brusquement, la conversation était devenue trop pesante. Elle était importante, certes, mais elle en avait assez. Elle comprit avec un sentiment de culpabilité que c'était parce qu'elle était trop soucieuse d'elle-même.

— Une conversation bien pesante pour une soirée comme celle-ci, dit André Perrin comme si elle avait pensé à haute voix.

Dans la cour, où des couples dansaient en cercles concentriques, il l'entraîna à la périphérie du bal. Ils furent aussitôt en rythme.

— Je viens de rentrer de la guerre du Mexique. Ce n'est pas pour entendre parler de menaces de guerre. Les gens croient qu'il s'agit seulement de défilés et de drapeaux. Mais le défilé de la victoire vous a plu, j'espère. Le général était splendide sur son cheval blanc.

— Oh oui, magnifique.

— Votre petit garçon a été enthousiasmé en tout cas. Vous vous demandez comment je sais qu'il y était ? Je vous ai vus. Votre petite fille était là aussi. Ce sont des jumeaux, n'est-ce pas ?

— Oui, mais on dit qu'il y avait quarante mille personnes sur la place d'armes. Comment avez-vous fait pour me voir ?

Perrin jouit de sa surprise.

— Parce que quand nous nous sommes mis au garde-à-vous devant la cathédrale, j'ai reconnu Pélagie au premier rang. Vous étiez à côté d'elle. Vous portiez un bonnet de velours gris avec une plume blanche. Votre fils a voulu vous l'arracher pour courir après les soldats. Vous avez dû le retenir.

— Quelle mémoire vous avez, c'est incroyable !

— Non, ma mémoire n'a rien d'extraordinaire. Mais je me souvenais de vous.

Il n'était pas beaucoup plus grand qu'elle, de sorte qu'elle pouvait regarder presque directement son visage. Le vent et le soleil lui avaient tanné la peau. Il était si proche qu'elle apercevait la racine blonde de ses cils.

— Vous me trouvez trop audacieux, Mme Mendes ? Je ne voudrais pas vous choquer.

— Mais non, je vous en prie, murmura-t-elle.

Après un silence gêné elle ne trouva rien de mieux à dire que :

— C'était un défilé très émouvant.

— La guerre n'a pas été mal non plus. D'un bout à l'autre, de Matamoros où nous avons débarqué jusqu'à Monterrey.

— Mais quelles souffrances terribles ! La chaleur, les mouches — nous ne cessions de lire les dépêches dans le *Picayune*. Je suis sûre que vous préféreriez oublier.

— J'aimerais bien, dit-il en riant, mais ma mère ne me le permettra pas. Elle a rebaptisé notre plantation « Palo Alto » après la bataille au cours de laquelle j'ai failli être blessé. Elle veut croire que j'ai été un héros, ce qui n'est vraiment pas le cas.

Miriam aima cette manière qu'il avait de se moquer de lui-même, comme elle aimait l'aisance gracieuse de la danse et le propre sentiment qu'elle éprouvait. Tout en se balançant, ils dessinaient des arabesques à travers la cour. La lumière jouait sur son visage chaque fois que le couple passait sous un lampion. Le modelé de sa bouche était beau et, même quand il ne souriait pas, la courbe de ses lèvres donnait une impression de bonne humeur. C'est comme un soleil, songea-t-elle.

— Allez-vous demeurer à Palo Alto ? demanda-t-elle, se souvenant aussitôt de ce que Pélagie lui avait dit concernant un voyage à l'étranger.

— Non, nous allons d'abord en France un moment. Mais nous nous faisons construire une maison en ville, pour notre retour. Dans le Garden District, avec les Américains.

— Vous désertez donc le Vieux Carré !

— Bah, nous sommes tous très mélangés, depuis peu. La vieille rivalité est à l'agonie, pour ne pas dire qu'elle est morte. Tenez, ce soir, nous parlons tous les deux langues. Les créoles eux-mêmes déménagent, se répandent à travers toute la ville. C'est une ville merveilleuse. Je sens que je vais adorer travailler ici.

— Vous êtes avocat.

— Notaire. Evidemment, ici, les choses sont plus compliquées, nous nous emmêlons un peu entre le Code Napoléon et le droit anglais. Mais vous savez déjà tout cela. Ou alors c'est que cela ne vous intéresse pas et vous ne souhaitez pas le savoir, ce que je ne saurais vous reprocher.

— Mais au contraire, ça m'intéresse beaucoup, dit-elle joyeusement et en agrandissant les yeux tout en pensant : Je flirte, tout simplement.

La valse se déchaînait en un grand tourbillon. Marie-Claire passa en tournoyant au bras du consul de France.

— Comme elle doit être heureuse ! s'écria Miriam.

— Qui donc ?

— Mais — Marie-Claire, bien sûr.

— De danser avec le Français ? Oh oui, elle adore la France, tout ce qui est français.

— Et vous allez donc vivre en France ?

— Un an ou deux seulement. Mais nous passerons d'abord quelque temps ici, à l'hôtel Saint-Charles.

L'hôtel Saint-Charles. Un appartement avec un balcon. Des roses thé grosses comme des choux. Un lit. Des draps blancs et un couvre-pieds de soie bleue. Un lit. Avec cet homme.

Sa main droite reposait entre ses omoplates, sans exercer de pression, mais si fermement placée que sa chaleur irradiait tout au long de son dos. Elle n'avait pas l'habitude d'être ainsi touchée, avec une familiarité si naturelle. Elle s'avisa qu'elle n'avait jamais été touchée avec tendresse — même quand elle était petite. Il n'y avait jamais eu personne pour le faire.

Et maintenant, elle avait seulement conscience de cette main qui se déplaçait d'un centimètre ou deux d'un côté à l'autre de son dos nu. Tout le sang de son corps semblait se concentrer à l'endroit où reposait la main. Elle aurait voulu qu'il la serrât plus encore contre lui, qu'il supprimât tout ce qu'il pouvait y avoir de vide entre eux. En même temps, elle était horrifiée par son désir. Un inconnu ! C'était une folie absolue !

Comme ce serait étrange si l'on pouvait percer la chair et les os blancs du front pour savoir ce que pensent les autres ! Ce serait un peu comme ces rêves où l'on marche nu dans la rue, ces rêves agités pendant lesquels on cherche un endroit où se cacher et un quelconque morceau de tissu pour se couvrir. Et pendant tout ce temps, ses pieds continuaient de se déplacer au rythme de la musique.

Il était en train de lui dire quelque chose. Il s'était un petit peu écarté afin de la voir plus clairement. Elle pensait avoir entendu sa question mais n'en était pas sûre et la lui fit répéter :

— Pourquoi êtes-vous si malheureuse ?

Les larmes les plus brûlantes jaillirent aussitôt. Ses lèvres tremblèrent. Il voyait à travers son crâne.

— Ne me regardez pas, dit-elle. S'il vous plaît ne me regardez pas, ou je vais sangloter ici devant tout le monde. Je vous en prie.

Il sembla avoir reçu un coup.

— Pardonnez-moi. Oh mon Dieu, je ne sais pas pourquoi j'ai dit ça ! Pardonnez-moi.

Comme des roues s'arrêtent de tourner sur elles-mêmes, la musique ralentit et Perrin guida leurs pas jusque dans la maison. Dans un haut miroir, elle vit qu'il avait en fait détourné la tête. Il comprenait donc qu'en dévisageant une femme en pleurs on ne peut que la faire redoubler de larmes. Il la raccompagna jusqu'à l'endroit où se trouvait Eugene, la remercia et s'éloigna rapidement.

Je me suis ridiculisée, songea-t-elle.

— Ainsi vous dansiez avec Perrin. Parfait. Je désire que

vous les cultiviez, dit Eugene. Invitez-les souvent. Ils vont demeurer à l'hôtel pendant les quelques mois qui viennent et seront heureux de répondre à vos invitations. Marie-Claire est une amie à vous, de toute manière.

Elle dit faiblement :

— Nous n'avons jamais été très proches, je la connais à peine.

— Cela ne change rien. C'est un contact que je désire encourager. Il est introduit dans tout le pays et en Europe. Partout.

Sans savoir pourquoi, elle éprouva une peur terrible. Elle perdait la maîtrise des événements. Elle était bien décidée à ne jamais revoir André Perrin.

Quand vint minuit la réception touchait à sa fin. Cochers et valets qui avaient joué aux billes sous les réverbères regagnaient leur place sur les attelages afin de remporter leurs maîtres, abandonnant la rue silencieuse sous un ciel brouillé.

— Marchons, dit David.

Gabriel se plaça à côté de lui. Les feuilles sèches des sycomores craquaient sous leurs pieds. Un certain silence s'était installé entre eux depuis leur petit accrochage du début de la semaine. En passant devant la cathédrale qui devait bientôt être reconstruite, Gabriel rompit ce silence.

— Ces différences entre nous n'ont guère de signification en définitive, David. Ce sont les principes de la foi qui comptent.

Ce disant, Gabriel avait conscience de répéter les paroles de Miriam, quelques heures auparavant.

— Les principes ! Tu parles de changer les formes de notre religion mais tu ne changes pas la société même dans laquelle nous vivons. Toute cette piété et pourtant, les principaux dirigeants de la communauté juive, tous ceux que l'on respecte et que l'on honore, possèdent des esclaves !

— Je n'en possède pas, dit Gabriel.

— Tu vis chez ta sœur qui en possède. Et tu ne dis rien.

Gabriel répondit froidement :

— Et je te conseille vivement d'en faire autant. Pas plus tard que maintenant.

194

Comme pour souligner ce qu'il voulait dire, le cri poignant d'un matou résonna dans le silence de minuit.

— Excuse-moi, tu as raison, dit soudain David. Je ne sais pas pourquoi mais je m'arrange toujours pour amener la conversation sur le sujet qui nous sépare.

Il jeta un coup d'œil à son ami dont le profil, sous les réverbères, se détachait avec la gravité aquiline d'une antique médaille.

— Pour dire vrai, Gabriel, je suis irritable, je suis inquiet, et je n'ai aucun sujet de satisfaction. Je me fais énormément de souci pour ma sœur. Elle est malheureuse. Tu l'as vue ce soir.

— Je sais.

David soupira.

— Une enfant, qu'on a mariée avant qu'elle sache ce que c'est que la vie, si tant est qu'on le sache jamais. Ecoute, dit-il en saisissant Gabriel par le coude, il ne s'agit pas de te faire trahir le secret professionnel, mais est-il quelque chose que tu puisses me dire concernant mon beau-frère ? Quelque chose que je devrais savoir ?

Gabriel réfléchit. Tout ce qu'il aurait pu dire d'Eugene Mendes, c'est qu'il était dur à la tâche, très avisé en affaires, qu'il acquittait ses factures et respectait ses engagements. Il se contenta de dire :

— Tu ne verras jamais Mendes faire quoi que ce soit qui mette en danger sa position dans la communauté. Il agit selon les règles. Il entretient sur un grand pied sa maison et sa famille. Il saura se montrer généreux, mais jamais extravagant.

Gabriel renonça.

— La vérité c'est que je ne sais rien de plus que toi.

Et de nouveau il vit les yeux de Miriam si passionnés et si tristes, les yeux de Rebecca et de Rachel sortis tout droit de la Bible.

— T'es-tu jamais avisé, demanda brusquement David, de l'existence d'une espèce d'esclavage pour les femmes aussi ? Il me semble que ça doit être très dur d'être une femme.

— Oui, je l'ai souvent pensé, dit Gabriel.

Ils poursuivirent ensemble jusque chez David, où ils se séparèrent, et Gabriel rentra chez lui.

Le brouillard qui se levait révélait un ciel vaste et mystérieux couleur d'huître. Au-dessus de la ville plate et silencieuse se profilait le dôme sombre de Charity Hospital. Gabriel marchait lentement, peu pressé d'arriver chez lui. Quand il introduisit la clé dans la serrure, il sut que sa sœur n'était pas encore rentrée. Toujours la dernière à prendre congé, elle se serait attardée à la réception. Elle avait besoin de compagnie, un besoin qu'il n'éprouvait guère lui-même. Il se demanda si au milieu de toutes ces amitiés, elle avait appris beaucoup de choses concernant Miriam Mendes. Probablement pas. Et de nouveau il vit ces yeux passionnés, souffrants, lumineux. Assez, se dit-il fermement. Un instant, il se tint immobile dans le vestibule, les yeux dans le vague, puis il se secoua comme s'il cherchait à se débarrasser d'un fardeau et se lança dans l'escalier.

10

Elle était tendue sans trouver le sommeil dans la nuit moite. Elle était tendue comme toujours, à l'extrême rebord du lit immense. Le creux qu'elle laisse entre son mari et elle est symbolique, songe-t-elle. Ils sont désormais totalement séparés l'un de l'autre. C'est pour cette raison qu'il n'a pas remarqué ce qui lui arrive depuis quelques mois, qu'il s'est contenté de constater que son aspect et son comportement étaient « corrects », sans chercher plus loin. Elle s'avise soudain qu'elle est peut-être vraiment malade, qu'elle souffre peut-être d'un quelconque empoisonnement de l'esprit, d'une affection rampante.

André Perrin l'obsède. Il demeure dans un coin permanent de son souvenir. Sa voix, au timbre particulier et vaguement nasal, répète sans cesse à l'oreille de Miriam ses phrases les plus banales. Elle se souvient des poils blonds qu'une manchette un peu lâche laissait voir à son poignet. Elle se souvient du contact de cette main sur son dos.

Elle est en train de lire une histoire à Angelique. Deux grosses boucles se balancent de part et d'autre du visage de l'enfant. La mère joue avec ces boucles et attire la petite plus près d'elle, songeant combien elle est charmante. Au même instant, elle pense à André Perrin. Elle est au marché et choisit des melons, des melons gris veinés de vert sombre. Quand l'extrémité cède sous les doigts, elle sait que leur chair orangée sera juteuse et sucrée. Au même instant, elle pense à André Perrin.

Elle compte leurs rencontres depuis la première : cinq fois, Eugene l'a amené déjeuner à la maison ; il y a eu dix-huit réceptions, ici ou ailleurs ; huit fois elle l'a vu au théâtre. Quatre fois enfin, ils se sont croisés dans la rue, tandis qu'André se promenait avec Marie-Claire.

N'est-il pas honteux qu'il lui emplisse ainsi l'esprit ? Elle n'a nul droit sur lui ! Il a épousé Marie-Claire ! Ils se couchent ensemble, la nuit, lui avec la lointaine et morne Marie-Claire. Ils sont dans le même lit et les mains d'André parcourent à loisir le corps de Marie-Claire. Leurs bras, leurs bouches se rencontrent comme bon leur semble.

De la même manière, Eugene doit coucher avec sa mulâtresse. Pour l'heure, il est étendu près d'elle et respire profondément dans l'obscurité ; il rêve et ses lourdes épaules tressaillent.

Et si Eugene mourait ? Si Marie-Claire mourait ? Que se passerait-il alors ? Miriam rejette le drap. Elle suffoque sous l'effet de la chaleur mais aussi de la culpabilité que lui inspirent ces terribles pensées.

Pourquoi êtes-vous si malheureuse ? C'est lui qui m'a demandé cela et j'aurais pu répondre : parce que mon mari ne vous ressemble pas.

Que savez-vous de moi ? aurait-il pu me demander alors.

Et j'aurais pu répondre : comment trois notes de musique peuvent-elles nous déchirer le cœur de chagrin ? Trois gouttes de pluie grise le pénétrer tout entier de délices ? Vous voyez, il est tant de choses incompréhensibles.

Elle ne veut plus jamais se retrouver seule avec lui. Imaginons un seul instant que des pensées se forment sur ses lèvres et qu'elle les prononce contre sa volonté ! Et voici qu'une horreur la saisit. Un jour, sûrement, cela se produira. Elle tendra la main pour lui toucher le bras d'une manière qui révélera tout, ou encore, sa voix, lors d'une remarque ordinaire, la trahira irrémédiablement.

Dans sa salle à manger, elle le place aussi loin d'elle que possible à l'extrémité de la table. Et pourtant, non sans perversité, chaque fois qu'elle sait qu'ils doivent se rencontrer, elle prend un soin tout particulier de sa toilette. Depuis des années, elle a oublié la coquetterie. Ce fut probablement lors de sa première apparition à l'Opéra, lorsqu'Emma lui avait appris à manier l'éventail, qu'elle prit du plaisir à son apparence pour la dernière fois. Mais la semaine dernière, lorsqu'elle a acheté une capeline de paille blanche chargée de lilas, elle a souhaité qu'il pût la voir ainsi coiffée.

De temps à autre, leurs regards se sont croisés. Elle sait qu'il doit se rappeler ses larmes. Peut-être se demande-t-il pourquoi elle pleurait. Ou peut-être la prend-il pour une femme faible et sotte, une enfant gâtée, qui ferait mieux de se conduire autrement.

Après tout, pourrait-il dire — pourrait dire quiconque —, votre mari ne vous bat pas.

Vos enfants dorment en toute sécurité sous ce toit solide.

Combien de femmes seraient heureuses d'échanger leur place contre la vôtre ?

La première lumière traverse les persiennes et zèbre le plancher, rampant jusqu'au panier où le chien de Gabriel Carvalho est encore assoupi dans son coin. La lumière monte à l'assaut de la table à dessus de marbre sur laquelle elle a posé les perles qu'elle portait hier soir. Enfin, elle vient la frapper au visage, dans tout l'éclat d'un nouveau jour.

11

Sur le bateau à roues qui remonte le fleuve, accoudé au bastingage, David essaie de mettre de l'ordre dans ses pensées. Plus que jamais, c'est sa sœur qui les trouble.

Incroyable perversité des affaires humaines ! S'il est revenu dans le Sud après tant d'années, c'est donc pour qu'elle lui demande à son tour de partir pour le Nord !

Il y a seulement quelques mois qu'elle lui a révélé ce fantasme — car c'était un fantasme, il en est persuadé aujourd'hui. Elle lui a dit tant de choses, par cette nuit d'hiver encore chaude, qu'il n'a pas cessé de se tracasser depuis.

Il rentrait d'une visite tardive quand il était passé devant la maison obscure des Mendes et l'avait aperçue, assise sous l'unique lampe allumée, dans la bibliothèque. Il s'était immobilisé puis avait gravi les marches.

— Que fais-tu debout à cette heure si tardive ? Et toute seule ? avait-il demandé.

— Je n'arrivais pas à dormir. Alors je suis redescendue, voilà tout.

Elle gardait le visage obstinément tourné afin de le lui dérober, laissant ses cheveux retomber sur ses joues. Mais il avait vu ses mains crispées sur ses genoux.

— Qu'y a-t-il ? Quels soucis t'empêchent de trouver le sommeil ?

— Rien. Rien. Tout va bien.

— Les insomnies ont toujours une cause, tu sais.

— C'est le médecin qui parle, avait-elle murmuré, la tête toujours tournée.

— Oui, mais c'est aussi ton frère.

Ses épaules s'étaient mises à trembler : elle faisait effort pour ne pas pleurer.

Il avait hésité. C'était peut-être une simple querelle entre mari et femme, une mauvaise journée, les femmes sont si souvent hypersensibles — le drame de la nuit serait peut-être facilement oublié dans la lumière et le sourire du matin. Peut-être eût-il mieux fait de se mêler de ce qui le regardait.

Et pourtant, quelque chose l'avait poussé à insister.

— J'aimerais que tu me parles, Miriam. Comment veux-tu que je rentre dormir chez moi si l'inquiétude me tourne dans la tête à ton propos.

L'espace d'une minute, elle n'avait pas répondu. Un volet grinçait dans le vent nocturne. Gretel, assoupie sur le tapis, avait gémi dans son rêve puis s'était tue. Le silence était écrasant, et, brusquement, Miriam l'avait rompu. Elle s'était levée d'un bond, les bras tendus.

— Je voudrais..., je veux..., avait-elle haleté. Je veux m'en aller d'ici ! Je n'ai que mépris pour ce pays ! Il n'y a pas de liberté, non seulement pour les nègres mais pour quiconque ! La ligne est tracée — elle en avait tracé une du bout du pied — comme ça, tracée une fois pour toutes, et personne n'ose la franchir. On a une position sociale. On est madame Unetelle, et il y a des règles. Règle numéro un : Faire bonne figure, que personne ne sache jamais comment l'on vit vraiment...

Les lèvres de Miriam tremblaient. Elle faisait peur à David. Il s'était levé et lui avait saisi les mains.

— Qu'est-ce que tu racontes ! C'est aussi grave que ça ?

— Oui, oui, tu ne peux pas savoir comme je rêve... c'est un rêve éveillé que je fais... j'emmène les enfants et puis toi et moi... nous nous enfuyons d'ici, nous partons pour le Nord, pour un autre monde, et...

— Voyons, Miriam, le Nord n'est pas le paradis. Les nègres n'y sont pas esclaves, c'est vrai, mais il existe bien d'autres maux. Les gens y sont malheureux aussi. N'est-ce pas la simple voix du bon sens ?

Elle s'était arrachée à lui et avait enfoui son visage dans ses mains, vacillant un peu sur place. Puis, aussi brusquement qu'elle s'était levée de son siège, elle s'était précipitée contre David et avait appuyé la tête sur son épaule.

— J'ai été si malheureuse ! Tu ne peux pas savoir...

— Je ne peux pas savoir si tu ne me le dis pas, ma chérie.

— Pourquoi me suis-je mariée avec Eugene ? Pourquoi ? avait-elle chuchoté. Une erreur terrible, fatale ! Pour lui aussi ! Il n'y a rien — rien du tout entre nous, tu comprends ? Nous n'avons rien à faire ensemble. Strictement rien ! Je n'accuse personne, ça s'est trouvé comme ça.

Et elle avait répété :

— Comprends-tu ?

Peut-être, oui, il pensait comprendre, mais, par délicatesse — n'était-elle pas sa sœur ? — il n'avait pu le dire. Il n'avait pu que répéter, impuissant :

— Rien ! Tu en es sûre ? Et il n'y a rien à faire ?

Miriam avait secoué la tête.

— Peut-être que... si quelqu'un... te parlait, vous parlait à tous les deux ensemble, pour découvrir...

Découvrir quoi ? Qu'il n'y avait pas d'amour ? Ou comment en introduire là où il n'y en avait pas du tout ? Il savait qu'il n'y avait pas de réponse, et elle n'en avait fait aucune.

Alors, cherchant à dissimuler le chagrin qui lui brisait le cœur, il avait dit :

— Je ne sais ce que tu peux faire. Mais je sais qu'une chose t'est absolument interdite, Miriam. Ma chérie, il faut absolument que tu renonces à ces idées de fugue car elles ne peuvent que te rendre les choses plus difficiles encore.

— Je m'étais dit, dit-elle faiblement, que si papa me donnait un peu d'argent...

Il l'avait interrompue tout net.

— Jamais papa ne te donnerait d'argent pour quitter ton mari, tu le sais. Et comment vivrais-tu dans le Nord ? En mère célibataire, victime de l'ostracisme général, et tes enfants n'auraient pas de père ? Non, Miriam, il faut que tu te montres pratique.

Il s'était entendu débiter des platitudes, les méprisant à mesure qu'il les prononçait tout en les sachant vraies et nécessaires. Il avait saisi les mains de sa sœur et continué à lui prodiguer ses conseils sachant qu'il y avait plus de compassion réelle à l'apaiser qu'à encourager sa révolte désespérée.

— Lis, apprends, parfais ton éducation, occupe-toi de tes œuvres de charité, élève les enfants. Le tout est de s'occuper...

Pendant tout le temps qu'il avait parlé, il s'était demandé s'il n'existait pas par hasard une raison plus profonde encore à son malheur, un autre homme, peut-être ?

Pour l'heure, en se rappelant cette soirée, il soupira. Il savait que sa fatigue n'était pas physique, elle venait de ses nerfs tendus comme le fil de fer d'une clôture qui vibre dans le vent. Il était incapable d'aider Miriam. Pire encore, il menait une double vie et l'une de ses existences était clandestine. Il redoutait les risques qu'il lui fallait prendre.

Penché au-dessus du bastingage, il offrit ses joues brûlantes à la fraîcheur de la brise. L'histoire du Sud était écrite le long des rives. Ici et là, sur une petite éminence, une grande demeure se dressait avec la fierté d'un temple classique tandis que dans les champs alentour, l'équipe des esclaves misérables besognait. Entre les grandes propriétés s'étendaient les pauvres domaines des petits cultivateurs, un ou deux arpents, avec une maison de rondins pour la famille et deux ou trois cabanes pour les nègres, à côté desquelles on pouvait voir leurs occupants courbés en deux dans les champs de coton. En cette saison, les bois étaient en fleurs. Etoiles blanches des cornouillers, rose des aubépines et coulées d'or fondu des forsythias. A l'arrière-plan, la route qui longeait le fleuve. Les bleuets éclataient par bouquets et le bétail brun, allongé sous les arbres, ruminait paisiblement. Un peintre paysagiste anglais, un Constable, aurait su tirer tout le parti de cette innocente églogue et un instant David souhaita être capable de la voir à travers ce seul regard artistique.

Au lieu de quoi il voyait les rustauds en haillons courir jusqu'au débarcadère chaque fois que le bateau y relâchait pour y déposer une livraison venue de la ville. Les yeux émerveillés, ils béaient devant les riches passagers de ce palais flottant. David était le pauvre « petit blanc » assis sur le pont inférieur parmi ses pitoyables balluchons. Une jeune femme enceinte avait perdu toutes ses dents. Un enfant était couvert de boutons. Alors brusquement, il fut retransporté sur le *Mirabelle*. Cette traversée appartenait à un autre âge tant elle lui

semblait lointaine et tant il avait changé. Changé ? Non non !
Seulement en apparence. Sa main courut sur le cuir élastique
de sa mallette de médecin. Il n'avait changé qu'en apparence.

Dans la salle de bal derrière lui, quelqu'un jouait au piano
la *Valse du rayon de lune*, et la frêle mélodie cristalline tintait gentiment. Quel plaisir ces croisières sur le fleuve, ces
dîners avec des amis, sous les lustres de cristal, ces contrats
conclus autour des cigares et des alcools tandis que défilaient
sans cesse les douces berges vertes. Le vapeur était comme le
prolongement de toutes les séductions de la ville. Pour
l'homme qui savait s'y abandonner, les plaisirs de la ville
étaient élyséens. Banquets et agapes, femmes, fortune, musique. L'orchestre de l'Opéra français était l'un des meilleurs
— certains disaient le meilleur — de tout le pays. Le chef était
célèbre, les femmes resplendissantes.

Il avait des souvenirs de femmes, une demi-douzaine au
moins, et chacune était un trésor. Il les voyait rire, flirter, ou
soudain adorablement graves. Il humait la soie parfumée, il
revoyait les blanches épaules, il songeait au plaisir de rentrer
chaque soir pour rejoindre une jeune épouse... mais il avait
choisi un autre chemin. Il était lié, il avait voué son être et son
âme.

Il réfléchit encore. Intellectuellement, professionnellement,
il avait toutes les raisons d'être satisfait. Obstétricien, il s'était
bâti une importante clientèle, ayant été l'un des premiers à
recourir au chloroforme. Il collaborait régulièrement au *Medical Journal* de La Nouvelle-Orléans, ayant rédigé plusieurs
communications sur la fièvre jaune et l'hygiène. En quelques
brèves années, il s'était acquis un prestige que sa mission du
jour risquait de détruire à jamais.

— Vous allez loin ?

La voix avait retenti dans son dos. Celui qui avait parlé, un
monsieur d'un certain âge à l'expression courtoise, souleva
son chapeau.

David souleva le sien.

— Non, je descends à la prochaine escale.

L'inconnu tendit la main.

— Je m'appelle Cromwell, George Alexander Cromwell.

— Je suis heureux de faire votre connaissance, monsieur.
Je suis le Dr David Raphael.

— De La Nouvelle-Orléans ? Votre nom ne m'est pas inconnu. Je suis de Baton Rouge.

L'homme semblait vouloir demeurer accoudé au bastingage pour une conversation amicale et il fallut donc se décider à prononcer quelques remarques plaisantes.

— Agréable façon de voyager, n'est-ce pas ? Cela vaut mieux que d'affronter les brigands de grand chemin, dit David.

— Oui, les routes sont épouvantables. Mais j'ai toujours aimé le fleuve, de toute manière. J'étais à bord du *Duke of Orleans,* quand il a établi son record en 43. Six jours et onze heures entre Cincinnati et La Nouvelle-Orléans. Un bateau remarquable.

— Vous pouvez le dire.

— A condition d'échapper aux joueurs professionnels. Je me souviens que le commandant en avait obligé trois à débarquer au cours de ce voyage. C'est ce qu'on devrait faire plus souvent. Trop de planteurs se ruinent de cette façon.

David approuva de la tête. La semaine précédente, Eugene avait fait une allusion à une forte somme que Ferdinand aurait perdue aux cartes en se rendant chez les Labouisse. Il avait également laissé entendre que la maison Raphael commençait à trembler sur ses bases, ce qui paraissait difficile à croire. Un instant, David avait pensé interroger Gabriel à ce propos mais il savait qu'il n'aurait pu en tirer un mot. Pour lui, le secret professionnel était sacré.

Les réflexions soucieuses de David furent interrompues par une exclamation de l'inconnu :

— Mais bien sûr ! Je sais où j'ai entendu votre nom. Sylvain Labouisse — c'est un parent à vous ?

David sourit.

— De manière assez détournée, oui. L'épouse de mon père est sa belle-mère.

— Bah, ce n'est déjà pas mal. Une excellente famille, les Labouisse. Une des meilleures de l'Etat. Une longue histoire.

— C'est ce que je crois comprendre, dit David avec la courtoisie et l'intérêt qui convenaient.

— A vrai dire, j'arrive tout droit d'une réunion en ville où il a pris la parole. Pour attaquer ces maudits abolitionnistes. J'étais parmi les orateurs. C'est moi qui présentais Henry Hyams, le connaissez-vous ?

— Je l'ai déjà rencontré.

— Un homme qui monte. On dit qu'il sera gouverneur de l'Etat un de ces jours. Un gentleman juif. Je crois comprendre que vous l'êtes vous aussi.

— Effectivement, monsieur.

— Permettez-moi de vous dire que j'admire les hommes tels que Hyams ou Sylvain Labouisse qui n'hésitent pas à prendre la parole publiquement. Je n'ai que mépris pour les spectateurs. Ceux qui laissent à d'autres le soin de préparer la défense de leurs femmes et de leurs enfants. Il y a beaucoup trop de propagande anti-esclavage, vous savez. L'heure est à la vigilance. Comme l'a dit un autre excellent orateur, Eugene Mendes. Il est de La Nouvelle-Orléans. Vous devez le connaître.

— J'ai l'honneur d'être son beau-frère.

George Alexander Cromwell en fut dûment impressionné.

— Eh bien j'ose dire qu'il nous faudrait plus d'hommes comme lui. Les gens ne se rendent pas compte de la gravité de la situation, permettez-moi de vous le dire. Depuis que la Californie a adopté sa constitution anti-esclavagiste, les gens comme Garrison n'ont pas cessé d'être encouragés. Quand on pense que même les Eglises sont atteintes ! Je suis baptiste et nous avons dû faire sécession avec notre congrès national.

David secoua la tête d'un air navré.

— Oui, il faut ouvrir l'œil et l'oreille.

L'homme baissa la voix.

— Je ne sais pas trop la vérité qu'il y a là-dedans mais, pas plus tard qu'hier, j'ai entendu parler d'un Anglais, un nommé Dyson. Il dirige une école pour les jeunes affranchis à La Nouvelle-Orléans. On dit qu'il leur apprend des tas de choses en dehors des rudiments.

— Vous ne voulez pas dire...

— Je veux tout à fait dire. Complots et soulèvements, mon bon ami.

— Dyson ! Vraiment ! se récria David. Je ne le croirai qu'avec bien des difficultés. Certes, je ne le connais que superficiellement, il demeure non loin de chez moi, mais j'aurais juré que ce n'est qu'un pédagogue. Et assez terne. Il ne m'a pas du tout l'air du genre à organiser des activités clandestines. Ces rumeurs risquent parfois de frapper un innocent, vous savez.

— Oh je n'en doute pas. Mais enfin, mieux vaut être sur ses gardes. Vous vous souvenez en 37, quand on a déjoué l'insurrection de Rapides. Très organisés. Et de nouveau en 40 à Lafayette. Quatre abolitionnistes descendus du Nord et qui avaient déjà mis sur pied un soulèvement. Les esclaves du père de ma femme en étaient mais on les a pris à temps et on a pendu toute la bande. Oh, ça paye d'être sur ses gardes.

— Je crois pouvoir affirmer que vous avez raison. J'ai tant à faire avec mes patients, que je n'ai guère de temps pour autre chose.

— Vous venez voir des patients si loin jusqu'ici ? demanda Cromwell avec un coup de menton en direction de la mallette de cuir brun.

— Rarement. Mais il m'arrive de combiner une consultation avec une visite chez des amis. Il est bon de se reposer de la ville de temps à autre. Eh bien voilà, je vais débarquer à la sortie du méandre suivant.

M. Cromwell souleva de nouveau son chapeau.

— Heureux d'avoir fait votre connaissance.

David souleva le sien.

— Tout le plaisir était pour moi, monsieur.

Il avait des faiblesses dans les genoux quand il quitta le bateau.

Depuis le petit débarcadère, un sentier de terre conduisait à travers bois jusqu'à la grand-route. Les bois résonnaient de chants d'oiseaux. Une chèvre qui broutait le long du sentier détala dans les broussailles à l'approche de David. Trois petits garçons sortirent d'une cabane un peu en retrait et le dévisagèrent avec des yeux ronds. Mais en dehors de cela il ne vit pas âme qui vive. Il poursuivit son chemin, rassemblant son courage, s'efforçant d'arborer une expression de calme assurance.

Le rendez-vous était fixé à l'hôtel de Bartlett, à quelque huit cents mètres sur la route. C'était un établissement familial toujours bondé en fin de semaine quand les gens venaient dîner et s'amuser aux boules, assister à des feux d'artifice et à des lâchers de ballons. C'était la raison pour laquelle ils avaient choisi le milieu de semaine. D'un autre côté, il fallait souhaiter que l'établissement ne fût pas entièrement vide, auquel cas ils risqueraient de se faire remarquer et de rester dans les mémoires. Je ne suis vraiment pas né pour faire un conspirateur, songea David. Je ne suis pas de taille.

Un homme sortit des broussailles droit devant lui.

— Vous êtes en retard, dit Lucien. Je commençais à me faire du souci.

— Une escale s'est prolongée. Il fallait livrer un piano à queue. Tout le monde est là ?

— Plus ou moins. Il y a deux autres groupes, pour des anniversaires. J'ai pris une chambre et j'ai commandé un gâteau moi aussi.

Une demi-douzaine de voitures était garée devant l'hôtel. Un groupe d'hommes pénétrait dans le bar. Parfait. Il y avait de l'animation mais pas trop.

— Tu as commandé un gâteau d'anniversaire ? C'est l'anniversaire de qui ?

— Pourquoi pas le vôtre ?

Le long visage morose de Lucien se couvrit de petites rides d'amusement.

— Fort bien. Mais tu devrais brosser ta livrée. Tu n'as pas du tout l'air du domestique d'un jeune médecin en pleine ascension qui célèbre son anniversaire.

— Désolé, je vais m'en occuper. Et aussi j'ai un cheval de rechange. Vous rentrerez par la route à la nuit. Plus tard ce soir, des gens iront en ville chercher les affichettes. L'un d'entre eux viendra au cabinet et les apportera aux autres dans un lieu de rendez-vous que j'ai organisé.

David s'immobilisa.

— Qui viendra ? demanda-t-il brusquement.

— Un de mes amis. Vous ne le connaissez pas.

— Un noir ?

— Evidemment, dit Lucien en écartant les mains. Quel autre ami pourrais-je avoir ?

— Mais tu es fou ! Un noir, à mon cabinet, en pleine nuit ! On ne pourrait rêver mieux pour nous faire remarquer !

— Ce sera un patient, un affranchi. Il a bien le droit de consulter un médecin. Il aura une blessure au bras, ou peut-être à l'œil, c'est encore mieux.

— Eh bien, d'accord.

Quand ils pénétrèrent dans le hall, David éleva la voix.

— Lucien, occupe-toi de mes hôtes. Prends leurs commandes, ils doivent avoir soif. Et dépêche-toi un peu.

— Oui, m'sieu. Tout de suite, m'sieu.

Dans le cabinet particulier qui avait été retenu, un petit groupe attendait déjà. A l'exception de deux voyageurs du Massachusetts, il les connaissait tous. James MacKenzie était imprimeur ; quinze ans après son arrivée en Amérique, il avait encore un fort accent écossais. Randolph Blair, rétif et élégant, était le fils d'un planteur de Virginie. Ludwig Schiff, petit homme affairé et bavard, était d'une famille juive allemande de Memphis. Dans un coin était assis un individu anonyme aux allures humbles et dociles, le type même d'homme quelconque qui choisit de s'asseoir dans les coins.

David marcha droit vers lui, la main tendue.

— Monsieur Dyson ! dit-il. Monsieur Dyson, soyez le bienvenu.

Tard dans l'après-midi, ils étaient encore à table. Penchés par-dessus les reliefs d'un joyeux festin, ils parlaient à voix basse, à peine plus d'un chuchotement.

— Ma foi, je crois pouvoir dire que nous avons progressé aujourd'hui, conclut enfin David.

Schiff posa une bourse au milieu de la table.

— Que chacun prenne ce dont il a besoin. Il y en aura plus la prochaine fois. L'argent rentre régulièrement, sans difficulté.

— Grâce à vous, précisa David. A votre efficacité.

MacKenzie prit la parole :

— Je ne prendrais pas autant si je n'avais pas besoin de racheter du papier. J'ai aussi dû me procurer une petite presse.

— Prenez l'argent, ordonna Schiff.

Les deux nordistes revinrent à la charge :

— Nous venons de passer une heure à discuter de brochures et d'affichettes, soit. Mais les fusils ?

Le jeune Blair repoussa sa chaise en arrière pour étendre ses jambes :

— Je vous ai déjà dit : lors de votre prochain voyage, vous

m'enverrez une caisse de livres. Faites en sorte qu'il y ait effectivement des livres par-dessus. La plantation de ma sœur a pour nom Clarissa. J'y passe l'année. Vous pouvez donc les expédier là-bas à tout moment. Je l'ouvrirai en personne, naturellement.

— C'est ici que je m'arrête, intervint David. Je n'ai guère de goût pour les fusils, comme vous le savez tous.

Le Yankee répliqua sèchement :

— Aucun d'entre nous n'a de goût particulier pour les fusils. Mais nous devons être réalistes. Nous nous en servirons le moins possible, mais il nous en faut. C'est absolument indispensable.

— Alors c'est entendu. Quand les expédierez-vous ?

— Rien ne presse, dit prudemment Dyson. Nous sommes loin d'être prêts. Nous ne pouvons pas nous permettre la moindre négligence. Dix pendaisons et il faudrait tout arrêter.

Schiff manifesta son impatience :

— Combien de temps comptez-vous encore attendre ? N'avons-nous pas déjà trop attendu ?

— Le temps qu'il faudra pour que nous soyons prêts, répondit Dyson. Un an ou deux, probablement. Il nous faut un vaste soutien de la population, cela prend du temps.

— C'est là que vous intervenez avec votre presse, dit David avec un signe de tête à l'adresse de MacKenzie. Je continue d'écrire et vous continuez d'imprimer. Nous distribuerons des tracts à la porte de chaque église, dans tous les villages — les églises des blancs uniquement, bien sûr, les noirs ne savent pas lire. Nous pouvons nous faire des partisans parmi les pauvres blancs, le tout est de trouver un langage capable de les toucher.

MacKenzie acquiesça du chef.

— J'en ai préparé des piles pour ce soir. Ils sont dans votre cour.

David se leva pour aller ouvrir la porte. Le vestibule était désert à l'exception de Lucien, qui montait la garde. David lui fit signe d'entrer.

— Tu n'as pas entendu nos voix ? Tu es bien sûr ?

— Rien du tout. Seulement quand vous avez chanté.

— Parfait ! On aurait vraiment dit un banquet alors ?

— Un banquet, oui.

— Fort bien. Et maintenant écoutez-moi. Nous allons nous séparer. Je reviendrai seul à cheval. MacKenzie a du matériel entreposé à mon cabinet...

— Dans la cour, sous la citerne.

— Et quelqu'un viendra le chercher cette nuit.

— Il aura le bras gauche bandé et un foulard à pois rouges par-dessus le bandage pour ne pas le salir, débita Lucien. Il mettra les tracts dans un sac de melons dans son chariot. Si on l'arrête, il transportera simplement des melons au marché, ou de case en case comme le premier colporteur venu. Mais il n'y a aucune raison pour qu'on l'arrête.

— Mais supposons quand même, au pire, qu'il se fasse arrêter ? demanda Schiff.

— Cet homme est comme mon frère, répondit gravement Lucien. Il se tuera ou se laissera tuer plutôt que de me mettre en danger.

Un silence s'abattit dans la pièce à la suite de ces sombres paroles.

— Je me demande en fin de compte, dit David, si nous n'aurions pas mieux fait d'envoyer tous nos amis chez moi chercher des tracts plutôt que de les faire attendre dans ces cachettes qu'a trouvées MacKenzie. Je commence à penser que j'ai été trop prudent.

— Non, non, docteur, s'écria Dyson. Vous êtes trop connu. C'est assez que je prenne des risques en parlant ouvertement à mes élèves. On ne peut pas risquer de vous compromettre vous aussi !

— C'est absurde ! dit David. Si on ne peut pas leur faire confiance, on ne devrait rien faire avec eux !

— Confiance...

Le regard mélancolique de Lucien passa au-dessus de la petite assemblée et, au-delà de la fenêtre, se posa sur la pelouse que bleuissait le crépuscule.

— On ne peut pas savoir ce qu'un homme peut dire, la plante des pieds sur des charbons ardents ou enterré jusqu'au cou quand les fourmis rouges lui dévorent les yeux.

— Ça suffit, dit David, parcouru d'un frisson. Ça suffit.

12

Au milieu de l'après-midi, à l'heure plate où le vent retombe, où le jour perd sa fraîcheur et où le crépuscule s'abat sur les feuilles comme une suie, Miriam déposa *Lelia* sur le banc du jardin à côté d'elle. Tant de passion et d'emportement, tant d'engagement politique ! L'esprit s'y usait. Comment comparer une femme telle que George Sand à elle-même ? Elle demeura assise en proie à un étourdissement un peu engourdi, l'esprit vide.

Au portail de la ruelle adjacente, qu'on utilisait rarement, quelqu'un tira le loquet grinçant. Paresseusement, à demi levée, elle se tourna pour voir de qui il s'agissait.

— Je pensais vous trouver ici, dit André Perrin.

Une peur la glaça, le pressentiment qu'il allait se passer des choses graves, une manière de flottement entre le cœur et la gorge.

— J'y suis fréquemment l'après-midi, répondit-elle avec froideur.

Il s'assit sur l'autre banc. Elle eut envie de se lever pour courir se réfugier dans la maison.

— Je passais, dit-il, et comme nous allons partir la semaine prochaine, en définitive — vous savez que nous embarquons pour la France sur le *Mirabelle* ?

— C'est le bateau qui m'a amenée ici voilà des années.

— Quelle coïncidence ! Bref, je voulais... j'ai voulu vous faire mes adieux.

— J'espère que vous ferez bon voyage et que vous allez être très heureux en France.

Ces paroles infimes tombèrent à plat dans l'air oppressant.

— Merci.

Il tenait son chapeau posé sur ses genoux. Il se mit à en suivre le rebord de l'index de la main gauche. Le doigt ne cessait de tourner et de retourner tandis qu'elle l'observait, hypnotisée. A l'extrémité de ses propres doigts elle avait l'impression de ressentir le contact de la paille lisse. Quelque chose dans ce geste banal demandait du temps, un sursis, comme s'il rassemblait ses forces pour autre chose. Sa tête baissée, tandis qu'il examinait le chapeau, semblait impuissante. Elle ne comprit pas ce qui se passait.

Soudain il leva les yeux.

— Oui, je suis venu vous faire mes adieux. Mais avant de partir, je voulais, il fallait...

Il se leva. Il se tint au-dessus d'elle. L'extrémité de ses souliers frôlait l'ourlet de sa robe, qui reposait sur l'herbe.

— Des mois durant, tout au long de l'année écoulée, j'ai essayé de ne pas vous le dire. J'ai honte, Miriam. J'ai honte et j'ai peur de ce que vous allez faire. Vous ne me pardonnerez peut-être jamais et vous aurez sans doute raison.

Les mots se bousculaient dans sa bouche.

— Je ne pense qu'à vous. A rien d'autre, ni personne. Je ne sais pas ce que cela veut dire. Est-ce que je vous aime ? Je vous connais à peine. Et pourtant vous emplissez mon esprit, tout au long du jour, chaque jour. Vous emplissez ma pensée.

Elle attacha ses regards sur un oiseau-mouche qui butinait de son long bec les fleurs crémeuses d'un chèvrefeuille, sur le mur. Il n'était pas plus grand qu'une sauterelle et tout aussi vert. Il voletait de son vol si particulier. Ses ailes mordorées battaient l'air plus vite que l'œil humain ne peut voir. Elle gardait désespérément les yeux fixés sur l'oiseau.

— Vous êtes très en colère ? chuchota-t-il.

Elle ne pouvait pas parler. Elle avait peur de parler. Peut-être, comme elle l'avait redouté, peut-être était-elle enfin parvenue au moment de transition entre la réalité et l'imaginaire ; la parole allait la trahir et tout le monde le saurait. Elle avait franchi le pas. Elle était devenue folle.

Quand je me suis mise à parler, se dit-elle plus tard, j'ai

pensé à l'instant même que je devais être folle. Et j'ai voulu m'interrompre. Mais il était déjà trop tard.

Elle rassembla ses forces et se contraignit à cesser de regarder l'oiseau pour le regarder, lui, et obliger son esprit à faire face à la réalité. Son regard à lui était inquiet, interrogateur, doux. Sa main fit le geste de venir effleurer en hésitant celle de Miriam qui reposait sur ses genoux, faiblement, les doigts entrouverts.

Alors elle sentit ses lèvres s'épanouir en un sourire, elle sentit ruisseler ses larmes chaudes.

— Oh, dit-il, est-ce possible ? Vous ne m'adressiez jamais la parole. Je pensais vous avoir déplu, vous avoir terriblement fâchée. Vous ne m'adressiez jamais la parole.

— Je craignais de vous faire voir, dit-elle d'une voix très basse. Je craignais de vous faire comprendre.

La main d'André se referma sur les siennes, leurs doigts s'entrelacèrent.

— Oh mon Dieu, dit-il.

Sans pudeur, elle leva son visage, découvrant les larmes qui ruisselaient sur ses joues.

— J'ai imaginé tant de moyens de vous rencontrer seule. C'était toujours à ces épouvantables dîners. Je tentais de vous éviter. J'ai échafaudé des plans qui n'aboutissaient jamais à rien. Je réfléchissais à ce que je pourrais bien vous dire. Je comprends ce qui se passe entre Eugene et vous.

— Vous ne pouvez pas savoir, l'interrompit-elle.

— J'en sais suffisamment. Comprenez-vous que j'avais peur, que j'ai peur — d'entamer cela entre nous ? Et pourtant c'est plus fort que moi, je ne puis m'en aller sans vous avoir parlé. Et pourtant, cela n'aura servi a rien, de vous parler, n'est-ce pas ?

Et saisissant son autre main il la porta à ses lèvres pour la baiser. L'alliance de Miriam, un large anneau plat, vigoureux comme une corde, aussi résistant qu'un mur de pierre, lui effleura la lèvre. Il jeta tout autour de lui des regards désespérés.

— Nous n'avons pas le temps, nul lieu, et tant à dire.

Au sommet de la fontaine, la petite déesse de l'amour regardait du regard indifférent de ses yeux blancs le trouble de ces amoureux agités.

— Vous avez épousé Marie-Claire.

— Nous avons été invités dans la même maison pendant trois semaines. A la fin du séjour, nous nous sommes retrouvés fiancés. Je ne sais pas comment cela s'est fait. Je crois que ce sont nos mères qui l'avaient décidé. Je crois que Marie-Claire a été aussi surprise que moi.

— Mais qui donc nous fait subir cela, s'écria Miriam. Pourquoi nous laissons-nous faire ainsi ? Eugene et moi — rien ne nous destinait l'un à l'autre.

Et retirant ses mains, elle les joignit en un geste suppliant. La longue douleur, l'inepte injustice, et maintenant cette ivresse — c'était trop. La tête lui tournait.

André prit son visage entre ses mains et le tourna vers la lumière. Sans crainte, elle se laissa examiner, s'il y avait des défauts, il fallait qu'il les vît et les acceptât, les sourcils peut-être un peu trop rapprochés, une minuscule cicatrice blanche au menton, tous les défauts. Puis sa bouche descendit sur celle de Miriam et leurs lèvres se joignirent comme si elles avaient été faites pour se sceller en un baiser parfait. Elle leva les bras pour l'attirer plus près d'elle.

Une porte claqua dans la maison et ils se séparèrent d'un bond. Ils attendirent, mais nul ne vint.

— Nous n'avons nulle part où aller, répéta André.

— Cela ne servirait à rien de toute manière. Vous partez pour la France.

— Je reviendrai.

— Quand ? Dans combien de temps ?

— Je n'en suis pas sûr. Un an seulement peut-être.

— Un an seulement. Et puis après ?

— Il faut bien qu'il y ait quelque chose, un moyen. Je ne sais pas.

— Je ne sais pas non plus.

Un vol de pigeons s'abattit par-dessus le mur et s'attaqua aux miettes que les enfants devaient avoir semées sur le sentier de gravillons. Ils entourèrent le banc comme on les voit faire le dimanche après-midi dans les jardins publics autour des jeunes amoureux qui cherchent en vain des lieux un peu retirés.

Alors soudain, sans se soucier de qui pourrait les voir, sachant quelle folie représentait ce geste de défi, Miriam l'attira de nouveau contre elle, baisant son front, ses joues et sa bouche, recommençant, poussant de petits cris. Puis elle laissa aller la tête sur son épaule et il lui caressa les cheveux en murmurant. Elle ne ressentait plus que le besoin de se presser contre lui, plus près, plus près, sans jamais s'arrêter, jamais...

Elle entendit la voix de son fils.

— Maman ? Où es-tu ? Tu es là dehors ?

Elle bondit en criant :

— Oui, je suis là, mon chéri !

L'enfant arriva en contournant le bosquet. La sieste avait rosi ses joues. Sa chevelure bien coiffée bouclait encore comme celle d'un bébé autour de sa nuque. Sans défense, tendre... Qu'est-ce que je fais ? songea-t-elle, prise d'une frayeur soudaine.

Mais elle dit d'un ton enjoué, trop enjoué, la voix tremblante :

— Eugene, tu te rappelles M. Perrin. Il part pour l'Europe. Il est venu nous dire au revoir à tous.

— Moi aussi je vais aller en Europe, déclara l'enfant.

— Tu iras sûrement un jour, j'en suis convaincu, dit André.

Par-dessus la tête du petit garçon, il regarda Miriam. Ses sourcils retombèrent comme un voile puis se relevèrent sur des yeux implorants qui disaient : ce n'est pas possible, je ne peux pas vous quitter ainsi.

Elle était coupée en deux. Les deux moitiés d'elle-même s'écartaient l'une de l'autre dans une douleur atroce. Elle se vit prise entre l'homme et l'enfant, sentit que chacun des deux tirait à lui, de toutes ses forces, alors qu'ils ne la touchaient même pas.

Piteusement, elle tenta de s'en remettre à son fils :

— Veux-tu bien rentrer faire joujou, Eugene ? Quelque temps seulement, s'il te plaît, ensuite je te rejoindrai.

— Mais je suis déjà rentré ! Il est trois heures et demie et Fanny a dit que tu as promis de nous faire la lecture à Angie et à moi.

La voix aiguë s'était brisée en un vagissement final.

Puis voilà qu'Angelique sortit de la maison avec Fanny.

— C'est nous, Miss Miriam, dit Fanny. Il est trois heures et demie.

216

Plus question de les renvoyer. Miriam eut un mouvement de tête désespéré. Et André, qui n'avait pas le choix, prit son chapeau.

— Reviendrez-vous dire au revoir à Eugene ?

La voix qui prononçait ces paroles de politesse était implorante. Il secoua la tête.

— Je ne peux pas, dit-il misérablement.

Et il demeura sur place, déjà à demi parti, refusant de faire le reste du chemin.

— Je ne peux pas, répéta-t-il comme pour dire : « Une seconde fois serait intolérable. »

Elle comprit.

— Eh bien, dit-elle, j'imagine que vous nous écrirez ?

— Je ne suis pas très porté sur la correspondance, j'en ai peur.

Elle comprenait cela aussi. La seule lettre qu'il pourrait se permettre, raide et conventionnelle, serait absolument pire que pas de lettre du tout.

— Maman, lis-nous ! demanda Angelique avec une grimace.

— Je m'en vais, dit André, rappelez-moi au bon souvenir du reste de votre famille.

Son visage la brûlait, elle avait les mains glacées.

— Je n'y manquerai pas, dit-elle, et elle se détourna.

De cette manière elle ne le vit pas partir et entendit seulement décroître ses pas sur le gravier et grincer le portail.

— Maman, on va chercher des livres ?

— Oui, très bien, allez-y.

Et elle se rassit pour attendre. Deux ou trois pigeons picoraient encore les pieds d'Aphrodite. Une coccinelle dans sa livrée rouge tachetée vint se poser sur le dossier du banc. Une bergeronnette prenait un bain dans une flaque de poussière. Partout rampaient, volaient de petites créatures toutes simples, à la recherche de leur pitance d'un jour sur l'autre ; seul l'homme avait de telles aspirations, une telle confusion dans son cœur.

Avoir ainsi reçu en un instant incroyable la satisfaction de l'unique désir impossible que l'on berçait dans son cœur ! L'avoir reçue pour se la voir retirer aussitôt !

Lelia était tombé à terre. Elle ramassa le volume et remit de l'ordre dans ses pages. Une existence semblable allait bien à George Sand, cette âme sans peur, tout à fait à part. Mais Miriam Mendes n'était pas George Sand. Elle connaissait la peur et n'avait rien d'extraordinaire. Et puis on était en Amérique, pas à Paris.

Prendre les enfants et partir pour le Nord en laissant tout — et jusqu'à André, derrière soi ? Car ils n'avaient rien à espérer tous les deux. Qu'il rentre au pays pour ne plus la retrouver ! Oui, cela vaudrait mieux. Avec le temps il oublierait — ou il oublierait à moitié — et elle aussi, les hommes et les femmes étant comme ils sont. Elle avait suffisamment lu et vu de la vie pour savoir ne serait-ce que cela.

Il allait falloir qu'elle demande de l'argent à son père. Puisqu'elle ne possédait évidemment pas un sou. Sa dot était la possession de son mari. Il fallait toujours qu'une femme demande. Rien ne lui appartenait de droit. Demander à papa ? se répéta-t-elle. Il serait horrifié. Elle le voyait déjà retirer lentement le cigare de sa bouche qui formerait un cercle désemparé. Elle entendait déjà ses objurgations : Retourne à ton mari. Souviens-toi que tu es une mère. Tu as des responsabilités, une position sociale à maintenir.

— Voilà le livre, dit Angie en le posant sur les genoux de sa mère.

Les contes de fées bien-aimés avaient été lus si souvent que certaines pages commençaient à se détacher. Sans erreur, le petit doigt potelé alla droit à l'image favorite, au conte préféré.

Miriam déplaça le volume pour faire de la place à la petite fille sur ses genoux. Un instant, elle posa sa joue contre la chaude chevelure parfumée d'Angie. Elle se sentit presque étranglée par l'amour qu'elle vouait à l'enfant et par la crise qui venait d'avoir lieu.

— J'aime toujours beaucoup cette histoire parce qu'elle se termine bien, maman.

— Ah, oui, c'est une excellente raison, répondit Miriam.

D'une voix claire, maîtrisée, elle se mit à lire.

— Il était une fois...

Souvent, dans le miroir de la chambre à coucher, un visage désespéré soutenait son regard. Un visage aux traits pincés, aux lèvres sèches. Les cheveux noirs, défaits pour la nuit, lui conféraient une expression de désespoir sauvage. Sa vieille peur de la folie lui revenait. Un soir peut-être elle allait briser le miroir, le faire voler en mille éclats. Ses poumons s'enfleraient d'un cri d'horreur et de désespoir que le vent emporterait à travers les murs de la maison jusqu'à l'océan, puis dans les courants des couches supérieures de l'atmosphère jusqu'en Europe, où peut-être André l'entendrait.

13

Ferdinand Raphael s'enorgueillissait d'avoir su résister à la crise de 1837. Le marché anglais du coton s'était alors effondré, envoyant des ondes de panique qui avaient traversé l'océan pour engloutir La Nouvelle-Orléans. Les banques avaient cessé d'honorer leur papier, le crédit avait été supprimé partout et certaines des maisons les plus prestigieuses de la ville avaient sombré dans la ruine. Mais la maison Raphael comptait parmi les très rares qui avaient survécu intactes. Ferdinand s'était arrangé pour contourner tous les écueils du temps, pour éviter tous les courants dangereux, et il avait même réussi à aider certains de ses amis.

« L'expérience, aimait-il à dire en manière d'explication, la prudence, mais un rien d'audace, aussi. Oui, sans aucun doute un rien d'audace. » Et son sourire juvénile éclairait ses joues jusqu'aux tempes.

La chute de la maison Raphael fut donc accueillie comme un coup de tonnerre.

Il y avait déjà longtemps que la ville était sortie de la dépression. Les bateaux chargés de coton et de sucre encombraient de nouveau le port et les richesses des sept mers affluaient. C'était la semaine de Noël et l'on portait force toasts dans la joyeuse rumeur des cloches de la cathédrale. La maison Raphael était pleine. Les tantes et les oncles qu'Emma avait à Shreveport, ses cousins de Mobile, avec leurs nounous et leurs enfants, occupaient toutes les chambres d'amis, et le trop-plein avait été logé à l'hôtel Saint-Louis.

— Il va falloir que nous emmenions les petits en visite pour Noël, dit Miriam. Ils savent très bien que ce n'est pas une fête de la religion juive, mais papa a des cadeaux pour eux. Il serait cruel de refuser.

— Très bien, tu n'as qu'à les y emmener, dit Eugene comme elle s'y était attendue.

L'opulence de la maison Raphael cette année-là était éblouissante. Dans toutes les pièces, des roses de Noël penchaient leur lourde tête lascive. On avait échangé des cadeaux magnifiques : châles persans, chaînes d'or, dentelles de Belgique, vêtements de cachemire et porcelaine de Saxe. Un nouveau saphir étoilé étincelait au doigt d'Emma.

Par la suite, Miriam parlait du bouquet final d'un feu d'artifice, encore plus beau, encore plus fort, encore plus haut que tous les autres, mais qui n'en finit pas moins par retomber en un petit tas de cendres.

Elle était rentrée avec les enfants, à pied par les rues en fête. Ç'avait été une lente promenade. Il fallait s'arrêter devant chaque arbre illuminé, admirer chaque porte ornée de gerbes et de guirlandes. Les enfants, que la musique et les couleurs mêmes de Noël mettaient en transe, ne pouvaient qu'entraîner leur mère, l'englober dans cette humeur délicieuse. Aussi, la petite troupe nageait-elle dans l'enthousiasme quand elle atteignit son foyer.

— Regarde ! s'écria le petit Eugene, regarde ce que grand-père m'a donné.

Avec l'aide de Miriam, il transportait une lourde boîte à musique sur laquelle des chevaux de bois sculpté tournaient en manège.

— Et à maman il a donné un nouveau bracelet et à Angelique...

Eugene posa son journal.

— Vous me permettrez de dire que votre père dépense comme un prodigue sans cervelle.

Peu désireuse de révéler ses propres doutes à cet égard, Miriam choisit de le défendre.

— Il est riche et s'est toujours montré généreux. C'est son plaisir.

— Généreux il l'est, mais riche il ne l'est plus. Son château de cartes est sur le point de s'effondrer.

— Que voulez-vous dire ? s'écria-t-elle.

— Qu'il sera bientôt banqueroutier.

— Je refuse de le croire !

— Oh vous pouvez le croire. Voilà des semaines que le bruit court par la ville. Il a réorganisé ses sociétés pour reculer l'échéance, mais il est trop tard. Il n'y peut plus rien.

Horrifiée, Miriam porta la main à sa bouche.

— Non, je ne puis le croire !

Peu après midi, le deuxième jour de la nouvelle année, la banque de La Nouvelle-Orléans exigea le remboursement de tous les prêts et créances qu'elle avait consentis à la maison Raphael. D'abord chuchotée, puis s'enflant progressivement et se renforçant des tables de chez Victor jusqu'aux quais du port, la nouvelle se répandit. Le soir venu, il n'était plus une maison du Vieux Carré où l'on ignorât le désastre.

Accompagné d'invités, ce qui lui arrivait rarement, Eugene rentra à la maison pour confirmer la nouvelle.

— Bah, dit-il, voilà ce qui arrive quand un homme se croit infaillible.

Il avait adopté un ton qui se situait à mi-chemin de la commisération et de la supériorité.

Miriam était assise sur le sofa. Ils se trouvaient dans le grand salon, pièce roide et dorée. Quand elle parla, la souffrance rendait sa voix rauque.

— Que s'est-il passé ? Pourquoi cela s'est-il produit ?

— Pour commencer, il était naïf. Il a endossé bien des dettes pour ses soi-disant amis. J'imagine qu'il voulait être aimé. C'est assez banal. D'un autre côté, il dépensait trop, tout simplement. Et enfin il spéculait, il a voulu bâtir des pyramides comme les pharaons. Mais celles des pharaons étaient plus durables.

— Des pyramides ? Je ne comprends pas.

— Eh bien oui, en hypothéquant ses biens pour en acquérir d'autres. Si l'on retire la pierre angulaire, la pyramide s'effondre, comprenez-vous ?

Debout, en contre-jour, Eugene formait une présence puissante et sombre. Une main faisait tinter la monnaie dans sa poche. C'était un geste d'assurance tranquille. Le genre de chose qui ne risque pas de m'arriver, disait ce geste.

— Quant à moi, aucune de mes propriétés n'est hypothéquée et je n'ai jamais spéculé sur l'avenir du coton. Pourquoi pensez-vous que Judah Touro est sorti indemne de la crise ? Parce qu'il était prudent.

— Mais vous voulez dire que papa n'a plus rien du tout ?

— Que croyez-vous que banqueroute signifie ? Non, il ne lui reste rien. Ni à lui ni à Emma d'ailleurs.

— Ni à Emma ?

— Il a agrandi la plantation d'Emma, acheté trois mille arpents adjacents en hypothéquant la terre d'origine. Ensuite il y a la liquidation judiciaire : son bateau, les bureaux et les entrepôts, tout le coton en balles qui attend d'être expédié, les esclaves, la maison de Conti Street...

— Oh non, pas la belle maison de papa !

Il y eut de la pitié dans sa voix comme s'il s'était soudain avisé qu'elle était écrasée.

— Si, je regrette. Elle sera vendue.

Elle se leva.

— Je vais chez papa.

— Je vous accompagne, dit aussitôt Eugene.

Elle ne voulait pas de sa compagnie — si puissant, si compétent.

— Vous n'y êtes pas obligé. J'irai seule.

— C'est là que je dois être, dit-il fermement. Je suis son gendre.

Oui, songea-t-elle en lui emboîtant le pas. C'est là que vous devez être. Il y a ainsi des gens qui assistent aux enterrements parce que c'est là qu'ils doivent être, mais en réalité c'est pour se féliciter d'être encore en vie.

Ferdinand lisait le journal dans son grand salon. Au-dessus de sa tête était accroché le portrait d'Emma jeune, dans sa robe Empire, avec un bouquet et le regard affable d'une personne qui n'a jamais connu le moindre ennui. Il était en train de lire la *Deutsche Zeitung*, qu'il avait toujours lue en secret jusqu'alors tant était fort son désir d'être Américain. Mais il ne faisait plus aucun effort pour se cacher.

— Alors, papa, dit Miriam en l'embrassant.

En lui caressant le front, elle sentit battre la veine fourchue qu'il avait à la tempe.

Il murmura quelque chose et elle s'écarta, prise de pitié pour sa gêne de se montrer les larmes aux yeux. Mais il ne pleurait pas. Il arborait plutôt un air douloureusement surpris comme pour dire : Je ne comprends pas — non, je ne comprends pas comment une chose pareille a pu m'arriver, à moi !

Après cette ascension rapide et régulière, songea sa fille. Pour laquelle il avait rassemblé toute son énergie, tendu toutes ses forces, après l'habileté avec laquelle il avait jonglé et manœuvré pendant les premières années difficiles, et ensuite pendant les merveilleuses années d'abondance — tout cela pour finir ainsi ?

— Ne parlons que de faits, dit Eugene prenant les choses en main. Des plumes, du papier.

Ferdinand se hâta d'obéir et les deux hommes se penchèrent sur une pile de documents, sur le bureau. C'était un travail d'homme. C'était tout juste si Miriam comprenait des mots comme hypothèque, billet, créance, etc. Elle ne les entendait plus qu'à moitié et ne se rappelait que des détails qui n'avaient rien à voir : l'année dernière, papa avait emmené les enfants au cirque Barnum et leur avait acheté des ballons.

Ferdinand leva les yeux.

— Veux-tu bien aller voir Emma ? Pauvre Emma, elle est à l'étage dans son boudoir avec Pélagie et Eulalie.

Sur son lit de repos, accoudée à une montagne d'oreillers et de coussins chiffonnés, Emma se désolait tandis que ses suivantes lui bassinaient le front d'eau de Cologne.

— Mon domaine ! Mon beau domaine ! Comment cela est-il possible ? Hier nous l'avions encore. Une si grande quantité d'arpents, une telle surface ! Et le plus bel escalier de tout l'Etat, le saviez-vous ? Hier c'était à moi et aujourd'hui on me dit — on me dit...

Pauvre Emma. C'était un drame particulièrement affreux pour elle, aux yeux de qui la « position sociale » représentait, en dehors de sa famille, tout ce qui avait de la valeur au monde.

— Et deux cents esclaves !

Une larme tomba, laissant une tache humide sur la manche bleue d'Emma.

— Des gens qui ont servi mes parents et ma grand-mère !
Que vont-ils devenir ? Que va devenir Sisyphe ?

Mais elle n'avait pas un mot de reproche pour Ferdinand.

— Ces affreux banquiers ! s'écria-t-elle. Tous les amis qu'il
a aidés, tous ces gens qui se gobergeaient chez lui, où sont-
ils ? C'est leur faute, ils ont entraîné la ruine d'un brave
homme.

— Billevesées, maman, intervint Eulalie. Ce n'est la faute
de personne, sinon de ton mari. Ton mari cupide, joueur, prodigue ! Mais que pouvais-tu espérer d'autre ? Les juifs sont
toujours...

Pélagie se précipita sur sa sœur.

— Comment peux-tu dire une chose pareille ? Serait-il le
seul ? La moitié de la ville a été ruinée lors de la dernière
crise, voilà quelques années. La moitié de la ville dépense plus
qu'elle ne possède, joue sur les chevaux, aux cartes, à n'importe quoi. Et tu viens parler des défauts des juifs !

Un instant, Miriam avait été si scandalisée que la parole lui
avait manqué. Ensuite, l'intervention de Pélagie fit retomber
sa colère. Elle vit de nouveau Eulalie telle qu'elle était : frus-
trée, négligée et donc pleine de larmes.

Mon père était son protecteur, le seul mâle sur lequel elle
pût compter et il lui a fait faux bond. Et il m'a fait faux bond
à moi aussi. Me voici condamnée à vivre avec Eugene. Et
Miriam se tordit les mains en un geste d'impuissance machi-
nal qu'elle jugea méprisable.

Au rez-de-chaussée, sur la veranda, les roses de Noël
fanaient et leurs pétales tombaient sur le sol. Dans la cour,
sous le pâle soleil d'hiver, le calme et le silence étaient com-
plets, nulle rumeur ne provenait des communs. La nouvelle
était parvenue jusqu'à eux et les domestiques se demandaient
craintivement ce qui allait leur arriver. Un linceul s'était
abattu sur la maison.

Elle revit son père le soir de son mariage, débordant de
fierté pour sa fille et sa maison. Elle se vit assise dans le ver-
ger, apprenant de toutes ses forces à lire le français. Plus tard
encore, consignant ses pensées enfantines dans le carnet de
satin blanc. Puis vint Gretel, la première Gretel, tournoyant
sur elle-même à la recherche d'une litière bien fraîche sous
les buissons. Et puis beaucoup plus tard, un autre soir, elle

avait dansé — dansé avec l'époux de Marie-Claire. *Pourquoi êtes-vous si malheureuse ?* avait-il demandé.

Imbécile ! Imbécile ! Tu penses encore à lui quand il n'en sortira jamais rien. Rien, jamais !

Eugene descendit l'escalier derrière elle.

— Je croyais que vous étiez là-haut avec Emma.

— J'y étais. Mais je n'ai pas pu supporter Eulalie. Elle dit que tout cela, c'est parce que papa est juif.

— C'est une vieille fille stupide. Une vieille fille méchante, dit sauvagement Eugene. Le saviez-vous ?

— Qu'elle était... oh, il y a toujours eu de petites choses, ici et là, pour ce que l'on ne disait pas.

— Toutes et tous lui ont pris tant qu'il a pu donner ! Et avec quelle avidité ! Certes, il est le premier, le principal responsable de sa perte. Mais ils y ont bien contribué. J'ai toujours dit qu'il n'aurait pas dû entretenir tous les extravagants parents d'Emma. Quel retournement ! Et il est trop âgé pour repartir à zéro.

De l'intérieur de la maison, des voix leur parvinrent. D'abord celle de David puis celle de Gabriel. David demandait :

— C'est vraiment aussi grave que ça en a l'air ?

— Absolument — et peut-être même pire, répondit Gabriel d'une voix sinistre.

Les deux hommes descendirent dans la cour.

— Que fait papa ? demanda Miriam.

— Je lui ai dit de s'allonger sur le sofa et d'essayer de dormir. Il n'a pas fermé l'œil de la nuit.

Miriam rencontra les yeux tristes de David. Leurs deux regards se parlèrent. Ils se rappelaient la fierté et la splendeur passée de leur père et portaient le deuil de ce passé.

— En partant d'ici, je vais aller tout droit à mon cabinet, dit Gabriel. Après tout, je trouverai peut-être une astuce, un moyen de sauver quelques bribes.

C'était plus une question qu'une affirmation.

— Vous savez bien que vous n'y arriverez pas, dit Eugene. Aussi habile juriste que vous soyez.

— Vous avez raison, sans aucun doute, soupira Gabriel. Mais enfin, je peux toujours essayer.

Il n'y avait donc aucun espoir. Et pourtant, elle trouvait un certain réconfort dans la présence de ces deux hommes, son frère et son fidèle ami. Et leurs forces conjointes semblaient à Miriam un mur solide pour s'y abriter ou s'y adosser.

Où étaient donc, comme l'avait demandé Emma dans ses lamentations, où étaient donc tous les amis, tous les parents qui avaient empli la maison moins d'une semaine auparavant ? Mais une deuxième question plus terrible s'imposa soudain.

— Que vont-ils devenir quand ils quitteront cette maison ? Où vont-ils habiter ?

Ce fut Eugene qui répondit avec une étonnante alacrité :

— Nous les prendrons chez nous.

— Chez nous ?

— Parfaitement. La seule autre possibilité serait chez les Labouisse avec Pélagie et Sylvain. Ce n'est pas une possibilité véritable. De quoi cela aurait-il l'air, votre père chez les Labouisse, alors qu'il a un gendre et que son gendre possède un foyer ? Non, nous nous devons de les prendre chez nous. Quant à Eulalie, qu'elle aille chez les Labouisse si cela lui chante, encore, ajouta-t-il non sans grandeur, que je sois tout prêt à la recevoir chez moi malgré ses préjugés.

Un petit sourire satisfait flotta aux commissures des lèvres pleines d'Eugene. Miriam dit, non sans hésitation :

— Emma est inquiète du sort de Sisyphe.

— Oh, dites-lui que je le lui rachèterai. Et pendant que j'y suis, cette paire de vauriens, Chanute et Maxim aussi. Pourquoi pas ? Si nous faisons les choses, autant les faire bien.

Une telle générosité méritait d'être saluée. Eugene s'y attendait.

— Vous êtes très généreux, murmura-t-elle tandis que Gabriel et David souriaient en manière d'acquiescement.

— Les gens du Sud n'abandonnent pas leur parentèle. C'est une tradition parmi nous, une obligation, dit Eugene avant d'ajouter : De quoi aurais-je l'air aux yeux de la communauté si je faisais moins ?

— Il n'empêche que c'est une preuve de bonté de votre part.

Il y avait de l'humilité dans ses paroles et, de fait, elle était humiliée sous la charge de cette énorme dette. Comme il eût été facile d'accepter ce don si Eugene avait dit : Je le fais parce que je plains votre père, parce que j'ai de l'affection pour lui.

L'étroit canal de Bourbon Street débordait de la foule du Mardi gras. Des chevaliers costumés emblasonnés, emplumés, passaient dans des voitures ou sur des chevaux enrubannés, se frayant un chemin parmi des vauriens, des prostituées et des pickpockets sous des balcons surchargés de spectateurs.

— N'en avons-nous pas vu assez ? se plaignit David en reculant dans une ruelle adjacente pour éviter un trio d'ivrognes en maraude.

Il s'était toujours tenu à l'écart du Mardi gras. Malgré la compassion que lui inspirait le genre humain, il n'avait jamais aimé les foules et détestait tout particulièrement celle-là. Protégés qu'ils étaient par des masques, ces fêtards en profitaient pour porter leurs réjouissances jusqu'à l'extrême limite de l'émeute — une bousculade, un cheval effrayé qui se cabrait pouvaient suffire à tout faire basculer dans la violence.

Sans compter que le Mardi gras était une fête chrétienne. Pourquoi diable devait-elle exercer une telle fascination sur les juifs ? C'était probablement la contagion normale de la gaieté. Laquelle était l'unique raison de sa présence, cette année-là, pour tenter de remonter le moral de son père, qui en avait besoin.

— Sacrebleu ! s'exclama Eugene. Si je n'étais pas en votre compagnie, messieurs, je sais bien où je finirais la nuit !

Ils venaient d'arriver à la hauteur du Washington Ball Room. La foule se pressait sur le trottoir et débordait sur une moitié de la chaussée. Une femme dont la longue chevelure noire était mêlée de perles étincelantes sortit en courant au bras d'un masque jeune et blond.

— Les plus jolies femmes du monde ! s'écria Eugene. Sans exception possible. Je l'ai entendu dire des milliers de fois par des hommes qui ont voyagé jusque dans les pays les plus lointains...

Jaillissant de l'obscurité, des mains le saisirent aux épaules et le firent basculer.

— Maudit sois-tu, Raphael ! Tu m'as ruiné, hein, salopard ! Eh bien maintenant, c'est ton tour.

Eugene tomba lourdement sur la chaussée.

Il y eut le fracas mêlé de tintements aigus du verre, le bruit

228

d'une course précipitée qui s'éloignait, et Eugene qui hurlait, hurlait sans fin.

— Mes yeux ! Oh mon Dieu ! mes yeux !

Un silence de mort avait remplacé le joyeux tumulte de la fête. Les cris terrifiants s'élevaient seuls dans le silence.

— Quelle horreur ! dit quelqu'un.

Et une rumeur grondante monta maintenant dans la foule qui s'assemblait en cercle. Qui est-ce ? Qu'est-ce que c'est ? Que s'est-il passé ?

— Quelqu'un lui a jeté quelque chose !

— Il saigne.

— Mais non, c'est les yeux !

— C'est les yeux, nom de Dieu, tirez-le de la chaussée !

— Appelez la...

Eugene agitait les jambes, donnant des coups de pied dans les pavés.

David se courba sur lui, tirant sur ses mains crispées devant ses yeux.

— Aidez-moi ! Maintenez-le.

Un homme apporta une lanterne.

— Doucement... doucement, Eugene, murmura David en se tendant pour voir.

Quand il se redressa, sa voix était tremblante d'horreur.

— De la chaux vive, au nom du ciel, de la chaux vive !

Ferdinand tomba à genoux.

— Elle m'était destinée, sanglota-t-il. Vous l'avez entendu comme moi. Elle m'était destinée ! C'est moi qu'on visait.

— Je vais chercher une voiture, dit Gabriel. Nous allons le ramener à la maison. A moins, David, que tu n'estimes...

Une femme fendait la foule en jouant des coudes.

— Laissez-moi passer ! Je veux voir ! On dit que c'est Eugene Mendes...

Sur les pavés, dans sa jupe de satin, elle s'agenouilla au chevet du blessé puis levant son visage anxieux vers David dit :

— Je le connais. Emmenez-le chez moi. Ma maison est toute proche dans la rue.

— Cela vaudra mieux, dit David. Tant pis pour la voiture, ce serait trop long. Nous allons le porter.

Ils l'allongèrent sur le sofa et lui baignèrent les yeux.

— Encore de l'eau, disait David. Versez-la dessus, en abondance, encore.

— Laissez-moi faire, insistait la femme. Je sais comment il faut faire.

Ses mains se déplaçaient tendrement. L'eau coulait de la bassine jusqu'à sur les coussins criards de brocart rose. Elle mêlait ses sanglots aux gémissements d'Eugene dont elle essuyait les yeux sur ses manches brodées.

— Oh mon cher, mon pauvre chéri.

Au-dessus de la tête de la femme, David et Gabriel échangeaient des regards interrogateurs.

Elle s'adressa à David.

— Vous êtes médecin ? N'y a-t-il rien d'autre à faire ?

— Pour le moment, il faut continuer de lui baigner les yeux jusqu'à ce que la brûlure s'arrête. Ensuite, nous verrons. Vous êtes fatiguée, dit-il avec compassion. Laissez-moi faire.

Elle le repoussa presque farouchement.

— Non, non, laissez-moi.

La coquette petite pièce était maintenant pleine de curieux. Des dames café au lait et leurs domestiques noirs se pressaient contre les murs. Un petit garçon brun, l'air terrifié, se tenait silencieusement à la tête du lit.

— Qu'est-ce qui s'est passé, maman ? demanda-t-il.

— Il a été blessé, mon chéri. Une affreuse personne lui a jeté quelque chose.

— Voilà, songea David, voilà la raison du malheur de ma sœur. Voilà probablement toute l'histoire.

— Où étais-tu ? demanda-t-il à Ferdinand qui s'était absenté quelques instants et revenait maintenant, le souffle court.

— J'ai été donner un pourboire à un gamin pour qu'il coure chercher Miriam.

— Quoi ? Tu as envoyé chercher Miriam ?

— Mais naturellement ! Qu'est-ce qui ne va pas ?

— Tu ne comprends donc pas où nous sommes ?

— Serais-tu assez bon pour m'expliquer ce que tu racontes ?

— Regarde un peu par ici et tu comprendras.

Toujours agenouillée, la jeune femme avait saisi la main d'Eugene entre les deux siennes. Comme s'ils avaient été seuls dans la pièce, elle lui baisait la paume, la pressait contre sa joue. Ferdinand comprit enfin.

— Je vais la devancer, s'empressa-t-il de dire. Je vais l'attendre devant la porte et quand elle arrivera...

Il était trop tard. Miriam venait d'entrer.

— Il a eu un accident, dit aussitôt David. Nous l'avons transporté ici dans la maison la plus proche.

— Je sais, le gamin m'a prévenue.

Elle gagna le sofa où l'autre femme se leva pour lui faire place. Elle toucha la joue de son mari.

— Eugene, je suis là. C'est Miriam.

Il ne parla pas. Une longue minute, elle demeura à le contempler ainsi.

Ce qu'elle pouvait cacher, pendant cette minute, personne n'aurait pu le dire, son visage immobile ne laissait rien paraître. Seuls les mouvements rapides de sa respiration disaient quelque chose à son frère ; le médecin constatait qu'elle était agitée, comme l'eût été quiconque à sa place. Mais David ne pouvait que s'interroger sur les secrets compliqués du cœur humain. Et son propre cœur souffrait pour elle, debout là si jeune et seule, dans sa robe toute simple et sa dignité, refermée sur Dieu seul savait quel chagrin. Et non sans perversité, son cœur souffrait aussi pour la voluptueuse mulâtresse qui étalait sans vergogne son chagrin et sa douleur.

A cet instant, Miriam se tourna précisément vers l'autre femme.

— Je vous remercie, madame, d'avoir reçu mon mari sous votre toit, dit-elle à voix basse. Quelqu'un pourrait-il faire chercher une litière ou une voiture pour le transporter chez nous ? Ce n'est pas loin.

A la porte, elle attira David à l'écart.

— C'est grave, David ? Dis-moi la vérité.

David réfléchit un instant et sa décision fut prise. Oui, elle était à la hauteur de cette vérité féroce. Selon toute apparence, elle en avait déjà affronté quelques autres. Aussi répondit-il avec netteté :

— Il restera presque certainement aveugle.

Amis, domestiques et médecins allaient et venaient, montaient et descendaient l'escalier, portant des cadeaux, des plateaux, chuchotant leur commisération et leur curiosité. Pendant quelques jours, Eugene garda le lit, adossé à des coussins. Puis on le transporta jusqu'à un fauteuil devant la fenêtre, où il avait l'habitude de surveiller d'un œil critique les parterres et les massifs, et le travail des jardiniers.

L'un après l'autre, les membres de la maisonnée venaient glisser un regard dans la chambre, les domestiques ébahis d'horreur, Emma pour une fois silencieuse et Ferdinand lui-même que rendait malade l'idée qu'il était responsable de cette catastrophe.

Le tour des enfants arriva. On les avait maintenus à l'écart pendant les tout premiers jours. Le moment était venu de leur faire connaître la nouvelle condition de leur père.

— Un accident, avait expliqué Miriam doucement. Quelqu'un a jeté par erreur un produit dangereux.

Eugene avait beaucoup insisté pour que, à six ans, on leur épargne l'idée que le monde contenait des êtres assez méchants pour détruire volontairement la vue d'un de leurs semblables.

— Ils connaîtront bien assez tôt la vérité, avait-il dit.

Il prit chacun des petits sur un de ses genoux.

— Un accident, leur répéta-t-il.

Les enfants, qui ne comprenaient pas, étaient simplement curieux. Angelique posa un doigt sur la peau brûlée juste sous les lunettes noires d'Eugene.

— Ça fait mal ?

— Plus maintenant.

Le petit Eugene demanda s'il voyait quand il ôtait ses lunettes.

— Non, fiston, répondit le père d'une voix égale.

Quel courage ! songea Miriam. Il maîtrise jusqu'au tremblement de sa voix, pour l'amour de ses enfants.

— Ah bon, mais alors, avec tes lunettes est-ce que tu vois ?

— Non, fiston. Je ne vois pas du tout.

Angelique leva la main.

— Tu ne vois pas mes doigts ?

C'en était trop, on ne pouvait demander à l'homme le plus brave d'en supporter plus. Miriam intervint donc, en se détournant de la lumière afin que les petits ne vissent pas ses yeux humides et brillants — *oh maman pourquoi tu pleures ?*

— Votre papa descendra demain ou après-demain. C'est le médecin qui l'a dit. Et vous deux, vous lui tiendrez compagnie. Vous prendrez votre petit déjeuner avec lui, sous la véranda ou au jardin. Ça vous fait plaisir ? Vous pourriez cueillir des fleurs pour lui. N'est-ce pas que des camélias vous feraient plaisir, Eugene ?

Elle bavardait sans difficulté apparente, le flot des paroles enjouées et mensongères coulant de sa bouche avec naturel.

— Vous allez pouvoir beaucoup aider votre papa, tous les deux, jusqu'à ce qu'il guérisse.

— Ah mais alors, tu vas guérir bientôt, dit Angelique.

— Bah, je ne guérirai jamais tout à fait, lui dit Eugene.

La vérité, c'était ce que Miriam et lui avaient décidé, mais une vérité graduelle, progressive, apprivoisée, inutile de les terrifier.

— Je recommencerai bientôt à me promener, ajouta-t-il. Tout ira bien, vous verrez.

Quelques semaines plus tard, David et Miriam se rejoignaient dans le jardin silencieux.

— Et donc le professeur a prononcé le verdict final ? dit Miriam d'une voix faible.

— Aucune amélioration, comme je te l'avais dit dès le début.

La fontaine gazouillait, produisant un son trop joyeux pour une maison affectée aussi lourdement par le malheur, songea David. Il posa une main sur l'épaule de sa sœur.

— Qu'y a-t-il ? Dis-le-moi. Ce n'est pas seulement Eugene. Et pourtant, Dieu sait que c'est déjà terrible. Ce n'est pas bon de tout garder pour soi, Miriam. On a besoin de parler à quelqu'un. Désires-tu me parler... de la femme ?

— Je n'ai pas besoin d'en parler. J'étais au courant depuis longtemps, comme tu l'auras sans doute deviné.

Il tenta une dernière fois.

— Et il n'est rien d'autre dont tu désires me parler ?

— Rien d'autre.

— Fort bien, dit-il en renonçant, j'ai des visites à faire. Un cas de gangrène. Il faut que je me sauve.

Miriam le vit la première. Eugene était parti en voiture ce matin-là pour la course quotidienne avec Maxim ou Chanute dont il avait pris l'habitude après une saison ou deux. Où se rendait-il — elle n'avait pas eu besoin de le demander. Aussi fut-elle surprise de le découvrir sur un banc du square, ses yeux aveugles tournés vers la lumière, un groupe de pigeons à ses pieds. Intriguée, elle chercha des yeux la voiture ou le domestique sans voir ni l'une ni l'autre. Un pressentiment lui dit alors de passer son chemin sans parler à Eugene. Mais Angelique se mit à crier :

— Regarde ! C'est papa ! Qu'est-ce qu'il fait ici tout seul ?

— Laissez-le tranquille ! Il veut..., commença-t-elle, mais déjà les enfants couraient vers leur père.

Or, Eugene n'était pas seul. A quelques pas derrière lui, se tenait un grand jeune homme armé d'un carnet de croquis ou d'une planche à dessin. Quand, d'un geste gracieux, presque féminin, il jeta une poignée de graines aux oiseaux, Miriam sut aussitôt qui il était. Elle revit en un éclair l'ensemble de cette scène pénible. La petite pièce à la décoration criarde, Eugene qui se tordait sur un divan, les sanglots passionnés de la femme, le gamin terrifié, désemparé...

Elle n'avait plus le choix, il fallait faire face.

— Les médecins m'ont recommandé l'exercice, disait Eugene, alors Pierre m'a emmené faire une promenade.

Il s'appelait Pierre. Elle se demanda ce que pouvait bien être son nom de famille. Eugene junior déclara avec fermeté :

— Je pourrais t'emmener, papa. Pourquoi ne me l'as-tu pas demandé ?

— Tu n'es pas encore assez grand pour me guider, fiston.

— Je suis presque aussi grand que lui ! Quel âge as-tu ? demanda le jeune Eugene au garçon.

— Treize ans.

La voix n'était qu'un chuchotement, plein de déférence, comme les quelques pas qu'il avait faits en arrière pour céder la place aux exubérants jumeaux. Mais les yeux étaient bizarrement audacieux, allant des enfants à Miriam. Il sait qui nous sommes, songea-t-elle. Il se souvient de moi, évidemment, et cela fait longtemps qu'on a dû tout lui expliquer. Comme c'est étrange, se dire qu'ils savent toujours tout de nous tandis que nous ignorons jusqu'à leur existence !

Et elle se demanda ce qu'auraient dit les yeux d'Eugene s'ils avaient été capables de croiser les siens pendant cette rencontre inconfortable.

— Allez, les enfants ! lança-t-elle avec enjouement. Votre papa veut se reposer. Venez, nous rentrons à la maison.

Mais ils protestèrent. Angelique pouvait se montrer plus particulièrement obstinée.

— Pourquoi ? Papa, tu ne veux pas qu'on rentre à la maison maintenant, hein ?

— Si, je crois que vous devriez rentrer. Faites ce que votre mère vous dit.

Le petit Eugene se dressa sur la pointe des pieds pour apercevoir la planche à dessin.

— Qu'est-ce que tu dessines ? voulut-il savoir.

— Les pigeons.

Et Pierre, abaissant la planche, la tourna vers l'extérieur de manière à ce que Miriam aperçût son œuvre.

Il avait su rendre avec un simple fusain, en noir sur blanc, les milliers de nuances des plumages iridescents. Il avait su rendre le mouvement de la petite troupe, les têtes qui se baissaient et se relevaient pour picorer, les volettements et les dandinements intermittents de tel ou tel. Son dessin était d'une beauté frappante. Miriam éprouva soudain comme une tendresse en elle. Il se tenait là, si timide, si douloureusement conscient de la situation et pourtant assez fier pour vouloir leur montrer son œuvre.

— C'est ravissant, dit-elle.

Et quelque chose, un sentiment de pitié ou de justice, la poussa à faire partager cette perception par son mari.

— Pierre a du talent, Eugene. Il pourrait en faire sa profession.

Il ne répondit rien. Il avait rougi.

— Où est-ce que t'as appris à dessiner comme ça ? demanda Angelique.

— J'ai des cours de dessin.

— Tu peux pas aller à l'école ? dit la petite fille.

Miriam ne put que tressaillir devant la cruauté de cette remarque. A sept ans, la petite ne pouvait rien savoir. Tout juste assez pour comprendre que la couleur était un statut social, pour savoir, sans qu'on le lui ait dit, qui était l'un des Autres, qui était domestique, à sa place, laquelle ne comportait pas d'aller à l'école.

— Blaise aussi sait dessiner, dit le petit Eugene. Blaise est à mon papa et à ma maman. A qui es-tu, toi ?

— A M. Mendes, répondit Pierre.

C'était une déclaration objective, qui n'en disait pas plus que le simple fait. Un instant, il passa la main sur l'épaule d'Eugene, mais la retira prestement comme s'il se rappelait les convenances.

Conçu probablement par accident, songea Miriam. Et probablement non voulu — en tout cas par Eugene, qui n'avait que faire d'un fils de plus... elle se sentit oppressée, triste, irritée et perplexe.

— J'exige que vous rentriez à la maison immédiatement !

Sa voix était si coupante que les petits se tournèrent vers elle, tout surpris.

Brusquement, Eugene se leva et saisit sa canne.

— Tu trouveras Maxim à la voiture, dit-il à Pierre. Tu lui diras que je suis rentré à pied.

Miriam interrogea Eugene.

— Etes-vous sûr de pouvoir marcher si loin ?

C'était une inquiétude affectée, la question n'étant qu'une manière de remplir l'air et le temps avec des mots tandis qu'elle le guidait vers la sortie du square.

— J'ai perdu la vue, pas les jambes.

Les enfants s'étaient une fois de plus précipités en avant. L'incident du square, pour eux dépourvu de signification, appartenait déjà au passé. Ils discutaient présentement de la propriété d'un chat blanc récemment découvert dans la cour.

Au bout d'une minute ou deux, Eugene reprit la parole.

— Allez-y, dites ce que vous aviez à dire. Finissons-en.

— J'aimerais mieux pas.

Elle était encore en proie à la confusion. Elle n'était pas très sûre de ses sentiments réels ni de ceux qu'elle aurait dû éprouver.

— Bah, voici comment cela s'est passé. J'ai accepté tout à

fait à la légère une proposition du garçon qui avait envie de se promener.

Il parlait d'un ton morose, masquant la gêne que lui causait une situation dans laquelle un gentleman n'aurait jamais dû se laisser prendre.

— Tout à fait à la légère... un lieu public..., cela ne se reproduira plus.

Il était inutile de répondre. Miriam concentra donc ses pensées sur ses deux enfants, qui couraient maintenant loin devant. Elle était heureuse qu'il y eût un garçon et une fille. La rivalité était bien moindre, ainsi. On peut dire qu'ils s'entendaient très bien, compte tenu de leur jeune âge. Et elle se consola donc de ses autres ressentiments par la satisfaction que lui procuraient ses enfants.

En même temps, l'image de cet autre enfant lui flottait dans la tête et finit par s'y installer à demeure. Ses mains fines sur la planche à dessin, ses cils baissés puis, quand il les avait levés, la question sans réponse qu'elle avait lue dans ses yeux.

14

— Ma foi, la vie continue, dit gaiement Emma en ouvrant une nouvelle invitation, attablée devant son courrier à la table du petit déjeuner.

Elle avait fini par accepter son propre statut dans la maison des Mendes avec une grâce remarquable. C'est une femme vaillante, songea Miriam. Il fallait un réel courage pour apprendre l'art de recevoir après avoir été si longtemps celle qui donnait.

— Dis-moi, ma petite Miriam, demanda Emma, pourrais-tu convaincre ta cuisinière de fabriquer de la *bière douce*, un de ces jours ? Ma Serafine en faisait pour ton père. Il l'adore. Et c'est très simple, en fait. Quelques épluchures d'ananas, du sucre brun, des clous de girofle et du riz.

— Je le lui dirai, tante Emma.

— Merci, chère petite. Oh mais, écoute un peu ça ! Ma cousine Grace m'écrit à propos de cette affreuse affaire Tremont. La vieille dame était elle-même une cousine de Grace par l'autre côté, tu t'en souviens. Assassinée dans son lit ! Par une bande de sauvages qu'elle avait élevés et nourris depuis l'enfance !

— On raconte toutefois que son fils était un homme cruel. Il les séparait pour les vendre sans cœur et ils étaient mal, commença Miriam pour être interrompue par une interjection méprisante d'Eugene.

238

— Sornettes ! C'est ce qu'ils disent toujours. Sornettes abolitionnistes !

— Oh voyez, dit Emma, une lettre de Marie-Claire. Mon Dieu, mon Dieu, elle a donné un récital, des lieder. Avec succès. Son professeur lui prédit la réussite. N'est-ce pas extraordinaire ! J'ai toujours su qu'elle savait chanter, mais je n'aurais pas vraiment cru qu'elle... Oh, ils ont fait quelques belles rencontres à Paris... la baronne Pontalba..., tu savais qu'elle était de La Nouvelle-Orléans, n'est-ce pas Miriam ? Oui, c'est son père qui a bâti la cathédrale, le Cabildo et le presbytère. Ils l'ont mariée à Pontalba quand il est venu ici de France, et ça n'a jamais marché. Je dis toujours qu'on a absolument tort de forcer les mariages — par la force ou par la persuasion, d'ailleurs, cela revient au même — en définitive cela ne marche pas.

— C'est vrai, dit faiblement Miriam.

Elle avait du mal à croire ce qu'elle entendait de cette même Emma qui... bah, quelle importance désormais ?

— Le scandale que cela a fait, mes enfants. Des querelles d'argent, vous savez. Son beau-père, le vieux baron, a tenté de la tuer, puis s'est suicidé. Ma parole, Marie-Claire m'écrit que la baronne compte revenir ici pour faire construire sur le terrain qu'elle possède place d'Armes. Les Perrin pourraient y acheter un appartement, quand ils auront fini. Juste ciel ! Ils comptent vendre leur maison !

— Qui ça ? Quelle maison ? demanda Miriam toujours aussi faiblement.

— Mais leur nouvelle maison, celle qu'ils n'ont jamais habitée. C'est bizarre !

— Disent-ils quand ils comptent rentrer ?

— Voyons, voyons. Non. Ils vont rester à l'étranger encore un moment, à cause de ses progrès... oh, mais André doit être déçu... quand je pense qu'il avait lui-même dressé les plans de cette maison merveilleuse... bah, s'ils s'installent sur la place, je sais que Pélagie sera heureuse. Ils seront voisins. Pélagie s'est toujours assez bien entendue avec Marie-Claire, aussi étrange soit-elle. Et André est un garçon tellement agréable, tu ne trouves pas, Miriam ?

— Oh oui, fort agréable.

— Tout cela est un scandale, dit Eugene d'un ton méprisant.

Chanter ! je ne sais vraiment pas pourquoi il lui passe ce caprice.

Eulalie hocha la tête pour marquer son approbation puis, se souvenant qu'Eugene ne pouvait la voir, répéta à haute voix :

— Un scandale.

Eulalie qui demeurait dans la maison de sa sœur, en ville, passait le plus clair de son temps en compagnie d'Eugene, à lui faire la lecture, et à veiller sur lui, déplaçant son fauteuil de l'ombre au soleil et du soleil à l'ombre, selon ses besoins. Une curieuse relation s'était établie. Eugene est juif mais elle n'y prend pas garde, songea Miriam, parce qu'il lui permet de le servir. Il l'accepte telle qu'elle est, ce que nul autre homme n'a fait avant lui. Ils formaient tous les deux un saisissant contraste, lui avec sa grosse barbe et elle avec ses cheveux rares, si clairsemés que les peignes n'y tenaient pas.

— Où est mon fils ? demanda alors Eugene, je ne l'ai pas vu depuis ce matin.

Eulalie se leva.

— Je vais aller vous le chercher.

Les enfants, et plus particulièrement le garçon — étaient-ce les garçons, Miriam se le demandait parfois amèrement — représentaient tout ce à quoi Eugene s'intéressait encore. En dehors d'eux, il s'était retiré de tout ce qui avait autrefois rempli sa vie. Il était comme un château qui tombe peu à peu en ruine. Ses longs silences étaient presque plus troublants encore que n'avaient été ses accès d'humeur. Elle tentait de le réconforter, de l'atteindre au cœur de son désastre pour lui dire qu'il n'était pas seul.

— Je vous en prie, disait-il, vous n'êtes pas sincère. Nous ne sommes pas sincères.

Elle protestait.

— Bien sûr que si, Eugene. Quel genre de femme croyez-vous donc que je suis ?

Elle avait suggéré un club, le Pelican Club, où des médecins, des avocats, des banquiers et des boursiers se rencontraient pour jouer aux cartes et dîner des merveilles préparées par un chef français.

— La meilleure société de la ville appartient à ce club, vous savez, avait-elle dit pour éveiller son snobisme. Et il avait répondu :

— Je connais déjà la meilleure société de la ville. Les clubs sont bons pour les Anglo-Saxons. Je suis créole, nous n'avons que faire des clubs.

Tu es juif, avait-elle songé, pas créole. Mais, évidemment, un juif pouvait choisir de se ranger dans le camp qui lui plaisait. Eugene avait donc choisi d'être créole. Voilà tout.

Elle lui avait suggéré de se faire conduire au bureau, chaque matin. Quelqu'un pourrait lui lire les rapports et il prendrait ses décisions comme par le passé.

Il avait refusé cela aussi.

— Non, Scofield est parfaitement compétent. Je m'abandonne entre ses mains.

Miriam n'en était pas si sûre. Le mois dernier, Scofield avait apporté un papier à signer.

— Qu'est-ce que c'est que ça ? avait demandé Eugene après qu'on eut guidé sa main jusqu'à l'emplacement prévu pour la signature.

— Pas grand-chose, lui avait dit Scofield. J'ai dû contracter un emprunt auprès de la banque. Provisoirement, pour nous mener jusqu'à la fin du mois, jusqu'à ce qu'on nous ait payé le dernier chargement de Londres.

Comme il prenait congé, Miriam avait arrêté l'homme dans le vestibule.

— Pourquoi devons-nous emprunter, Monsieur Scofield ? Nous ne l'avions encore jamais fait.

Il l'avait considérée avec insolence, tout en lui faisant une réponse parfaitement courtoise.

— Il n'y a pas de quoi vous inquiéter du tout, madame, c'est une pratique courante dans les affaires. Une dame ne devrait pas avoir à se soucier de ces choses.

Mais elle avait brûlé de colère.

Pour le moment, elle tentait de repousser ces pensées le plus loin possible.

— Vous venez cet après-midi à la consécration du temple, Eugene ?

— Non, puisque je ne le verrai pas, je ne vois pas pourquoi j'irais.

Elle s'était attendue à ce refus. Car il craignait de montrer son infirmité dans les lieux publics. Cela, elle le comprenait.

Quand la lumière frappait ses lunettes selon un certain angle, on pouvait distinguer ses yeux morts, d'un blanc grisâtre. La chair brûlée était d'un rose hideux et brillant du front jusqu'à la joue.

Elle éprouvait un mélange de sentiments : d'abord la pitié, puis un frisson d'horreur, puis la honte, une honte d'autant plus douloureuse qu'Eugene n'avait jamais fait la moindre allusion à la part qu'avait prise son père dans cette catastrophe.

Le soleil de printemps tombait sur la foule qui s'était amassée au coin de Canal Street et de Bourbon Street. Il blanchissait six hautes colonnes ioniques sous la splendide entablature de ce qui avait été jadis Christ Church et qui était maintenant devenue grâce aux largesses de Judah Touro la synagogue Nefutzoth Yehudah. Les orgues majestueuses jouaient encore après le service tandis qu'une foule de riches et de célèbres citoyens, juifs ou non, en capeline fleurie ou haut-de-forme de soie, s'attardaient sur le trottoir pour observer la sortie des dignitaires.

— Le chœur était magnifique, dit Rosa qui regardait ses fils avec affection. Votre père aurait connu un jour de gloire aujourd'hui. Regardez, voici Isaac Leeser, qui est venu spécialement de Philadelphie.

— Il est descendu chez Kursheedt, il a bien dû recevoir une dizaine d'invitations mais il voulait un foyer kasher, dit David d'un air entendu.

— N'est-ce pas Touro ? demanda Miriam.

Entouré d'admirateurs vêtus de toutes les couleurs de l'arc-en-ciel, c'était bien Touro, dans son costume sombre. Ses yeux profondément enfoncés dans les orbites étaient noirs et les rides qui marquaient le coin de sa bouche profondes et sombres.

Il occupa une bonne part des conversations pendant le trajet de retour jusqu'à la maison, car ils passèrent devant l'immeuble Touro, et virent, dans le port, le *Judah Touro* prêt à prendre le départ.

— C'est étonnant, fit remarquer Gabriel. Il observe même

le repos du sabbat. Il a complètement bouleversé son existence. A son âge ! Après cela, rien ne semble impossible.

Et Miriam se rappela qu'il était précisément l'un de ceux qui avaient permis ce changement. Brusquement, elle voulut lui parler des craintes qui la tourmentaient depuis des semaines. N'était-il pas l'avocat de la famille ?

Aussi laissa-t-elle Rosa accompagnée de David et de ses fils prendre de l'avance sur le trottoir étroit et quand elle se retrouva seule avec lui, elle commença :

— Je suis inquiète. C'est à propos des affaires de mon mari.

Elle relata l'incident de la note et de sa rencontre avec Scofield.

— J'ai peur pour nous, pour mes enfants. Bien sûr, je ne connais rien aux affaires. J'ai essayé d'en parler à Eugene mais cela ne l'intéresse plus. Il a perdu plus que la vue. Il a perdu la volonté.

— Je sais cela, dit doucement Gabriel.

— Je sais bien que je sors de mon rôle, s'entendit-elle s'excuser, je suis persuadée que M. Scofield est un honnête homme, mais...

— Persuadée, vraiment ? On ne peut jamais être certain d'une chose pareille.

— Eh bien, justement, je ne sais pas ce qu'il faut faire.

— Je ne suis que l'avocat de votre époux. Rien ne m'autorise à examiner ses livres sans son accord à lui. J'ai essayé de lui parler moi aussi, mais, comme vous dites, cela ne l'intéresse plus. Il a des affaires à Memphis, du coton, du bois de construction dont il faudrait s'occuper.

Miriam se sentit brusquement perdue, comme si un vent glacial avait soufflé au beau milieu de ce tiède après-midi, et elle répéta :

— C'est à croire qu'il ne veut plus y penser du tout.

— Alors quelqu'un doit penser pour lui.

— Mais il n'y a personne ! Certainement pas mon père ! Et David ne connaît absolument rien aux affaires. Mes enfants n'auront personne pour les protéger.

— Et vous ?

— Moi ? Qu'y puis-je ? Je suis une femme.

Gabriel s'immobilisa et la regarda de tout son haut.

— Vous pouvez apprendre, dit-il d'un ton sévère.

— Et qui sera mon professeur ?

— Moi. Mais vous devez d'abord obtenir d'Eugene la permission d'agir en son nom.

Eugene la refusa.

— Quoi ! Vous trôneriez dans un bureau toute la journée et traiteriez avec des hommes ? Non, je ne suis tout de même pas assez bête ! Pas encore. Je vous préfère largement Scofield.

Miriam en éprouva malgré elle un soulagement. Eugene avait raison : comment aurait-elle pu passer ses journées dans un bureau à traiter avec des hommes ?

Mais elle en demeura troublée tout l'été. A l'automne, Scofield revint à la maison avec des papiers qu'Eugene devait signer. De nouveau, ayant aperçu l'en-tête d'une banque, elle fut certaine qu'il s'agissait d'emprunts. Cette fois Scofield l'évita, courant presque dans l'entrée pour s'en aller. Debout sur le seuil, à le voir se précipiter dans l'allée puis disparaître à sa vue au premier tournant, elle eut le sentiment d'assister au signe avant-coureur d'une catastrophe. Elle avait vécu assez longtemps à La Nouvelle-Orléans pour savoir que la fortune se perd beaucoup plus vite qu'elle ne s'accumule. Et elle demeura là, le regard fixé sur la rue, sans voir ni l'enfant qui roulait un cerceau ni la charrette du marchand de fruits ni les deux vieilles qui bavardaient sur le trottoir, mais seulement le spectre de la catastrophe.

Cette nuit-là, Angelique fit un cauchemar. Ses cris arrachèrent Miriam au lourd sommeil dans lequel son esprit endolori cherchait à échapper aux pressions de toute sorte qui s'exerçaient sur lui.

L'enfant était debout sur son lit, étreignant une poupée. L'éclairage de la bougie faisait de ses yeux deux lacs sombres.

— On peut aller nulle part, jeta-t-elle, nulle part.

Miriam vit qu'elle était terrifiée. S'asseyant sur le lit, elle attira sa fille sur ses genoux.

— Nulle part ? Explique-moi ça, ma chérie. Qu'est-ce qu'il y a ?

— J'étais dans la rue toute seule et je savais pas où aller.

— Non, non, regarde, tu es dans ton joli petit lit avec le couvre-lit rose que t'a offert tante Emma, et toutes tes poupées, et ton frère dort dans la chambre à côté, et papa plus loin dans le couloir et nous sommes...

— Et papa pouvait aller nulle part non plus ! On lui a pris sa table !

Un instant interloquée, Miriam se rappela la manière dont Emma avait déploré la perte de son mobilier et particulièrement celle de la grande table d'acajou autour de laquelle vingt-quatre convives pouvaient prendre place à l'aise. Malgré toutes les précautions qu'ils avaient prises pour cacher cette catastrophe aux enfants, ceux-ci en avaient perçu le choc. Les pauvres petits ! La main glacée du pressentiment effleura de nouveau sa chair et la voix de la peur lui chuchota : Il n'y aura personne pour vous recueillir tous comme vous avez recueilli ton père.

— Tu rêvais, ma chérie. C'était un cauchemar, un rêve idiot. Jamais nous ne quitterons cette maison. Elle est à nous, avec tout ce qu'elle contient.

— Mais grand-père...

— Grand-père est ici, lui aussi. Tout va bien.

Elle passa les doigts à travers les cheveux d'Angelique, arrangeant les frisettes que l'enfant avait sur le cou.

— De toute manière, tu n'as pas besoin de penser à tout ça. C'était différent, Angelique.

— Mais pourquoi ils ont fait ça ? insista l'enfant.

— Parce que. C'est trop difficile à expliquer. Il faut que tu me croies. Je ne te raconte jamais d'histoires, n'est-ce pas ?

— Non.

— Eh bien alors, rendors-toi, ma chérie. Tout va très bien.

Retrouvant son propre lit, elle s'en voulut d'avoir été contaminée par la frayeur de la petite.

C'était différent, Angelique, avait-elle dit.

Comment pouvait-elle en être si sûre ?

Oh, assez, Miriam ! Les choses paraissent toujours bien pires au milieu de la nuit, tu devrais le savoir. Tu te conduis toi-même comme une enfant. Peut-être que tout va très bien. C'est ton imagination morbide.

A moins que...

Et donc, un soir, ayant pris les clés du bureau dans un tiroir d'Eugene, elle se rendit en ville pour examiner les livres. Les colonnes et les rangées de chiffres étaient absolument dépourvues de sens à ses yeux mais une lettre adressée à Scofield était on ne peut plus claire. C'était une mise en demeure péremptoire et un avertissement de la banque de La Nouvelle-Orléans à propos d'une créance échue. Le papier lui tremblait dans la main.

Et elle rentra lentement à pied, répugnant à affronter Eugene avec des difficultés auxquelles il n'était pas prêt à faire face. Mais en même temps, qui eût été prêt à y faire face ?

Sur la place d'Armes, alors que la nuit était déjà tombée, des ouvriers s'affairaient encore dans un grand fracas sur le chantier de l'immeuble Pontalba. Les derniers rayons du crépuscule teintaient les briques de rose et rendaient brillant comme la réglisse un gros ornement de fer forgé. Cet ensemble d'immeubles destiné aux familles les plus élégantes de la ville était bâti des matériaux les plus luxueux. Emma n'avait-elle pas dit qu'André et Marie-Claire comptaient s'y installer ? Miriam se figea sur place. C'était étrange, elle avait cessé d'éprouver sa vieille douleur et pourtant elle en avait gardé un souvenir très vif. Elle se demanda si la douleur reviendrait en même temps que lui. Elle souhaita, presque, qu'il ne revînt jamais, en tout cas pour s'installer là, et, en même temps, elle scruta le bâtiment comme pour deviner laquelle de toutes ces fenêtres serait la sienne.

Sur un balcon du premier étage, une femme était agenouillée pour examiner le cadre d'une fenêtre. Ce devait être la baronne ! La ville ne parlait plus que d'elle depuis son retour d'Europe. Elle surveillait en personne les travaux, grimpant à l'échelle en pantalon. Quelle femme extraordinaire ! On ne pouvait s'empêcher d'admirer la volonté et l'audace d'une telle femme, qui se fichait manifestement du qu'en-dira-t-on. Extraordinaire !

Eugene n'était pas à la maison. Il n'avait pas laissé de mot ; il ne le faisait jamais ; on savait où il était. La lettre de la banque devrait attendre le lendemain matin. Elle passa dans sa chambre pour la lire de nouveau puis ouvrit le *Daily Delta*. Le nom de Pontalba attira aussitôt son attention, suivi de commentaires sur « une expression intelligente » et des « gestes énergiques ». Aussi Miriam lut-elle rapidement : « A en juger par son style direct et sans ostentation... une de ces femmes énergiques qui, laissées à elles-mêmes et contraintes de se débarrasser d'une bonne part de leur réserve féminine, se consacrent avec ingéniosité et énergie à assurer la subsistance de leur famille... son style de femme d'affaires... » Miriam reposa le journal.

« La subsistance de leur famille », répéta-t-elle à haute voix. « Leur réserve féminine », dit-elle en fronçant un peu les sourcils. « Un style de femme d'affaires. »

Elle se leva et commença de se déshabiller sans cesser de songer à la baronne. Dans le haut miroir, elle regarda sa robe tomber à terre, puis le jupon de mousseline blanche, le jupon de crin, puis une jupe de calicot, de crinoline et, pour finir, le jupon d'hiver en flanelle. Se rappelant le pantalon, elle s'avisa de ce que cet entassement de jupons avait d'humoristique. On n'était pas précisément équipée pour gravir des échelles dans cette tenue. Evidemment, elle n'avait nul besoin de grimper à l'échelle, mais...

Elle se saisit de nouveau du journal et se remit à lire « une de ces femmes énergiques qui laissées à elles-mêmes... » Quelque chose parcourut son épine dorsale. Un picotement fait de peur mêlée d'excitation. « *Vous pouvez apprendre* », avait dit Gabriel.

Pourquoi pas ?

Le lendemain matin, elle alla trouver Eugene. Il était assis dans son grand fauteuil et tenait entre les mains un petit objet qu'il tournait et retournait comme pour le voir avec les doigts. En l'entendant arriver, il le reposa soigneusement sur la table et elle vit ce que c'était : une petite figurine de terre cuite vernie au four, un lion étendu.

— C'est très réussi, Eugene.

Elle hésita un instant avant de l'interroger gentiment :

— C'est... le petit ?

Il fit oui de la tête.

— La couleur est parfaite, une espèce de brun doré.

Elle vit que pour une raison quelconque, il n'avait pas envie de s'étendre sur le sujet et elle crut comprendre la complication, la triste confusion de ses sentiments.

— J'ai là une lettre de la banque, dit-elle alors. Je vais vous la lire.

— Ils vous ont adressé une lettre, à vous ?

— Elle est adressée à votre gérant, M. Scofield, mais je l'ai prise sur son bureau. Non, écoutez-moi avant d'exploser, écoutez-moi.

Quand Miriam eut terminé sa lecture, Eugene garda le silence. La surprise et l'humiliation se lisaient sur ses traits fatigués mais, par-dessus tout cela, il y avait surtout une lassitude, une grise indifférence.

Elle voyait bien ce qu'il lui restait à faire.

— M'accorderez-vous maintenant la permission de travailler ? Je ne ferai rien sans prendre l'avis de Gabriel Carvalho. J'apprendrai ce qu'il me faut savoir comme j'ai appris jadis à parler vos langues. M'accordez-vous votre permission ?

Son silence fut un consentement.

Puis il se leva.

— Faites-moi préparer la voiture. Je sors.

— La voiture vous attend déjà. Vous allez chez Queen, n'est-ce pas ?

Eugene se tourna vers elle sans répondre. Elle vit un petit muscle tressauter dans sa joue.

— C'est sans importance, Eugene ! Vous vous doutez bien que je sais parfaitement que vous y allez encore.

Elle l'escorta jusqu'au palier où Sisyphe l'attendait pour l'aider à descendre l'escalier.

— Dis à Maxim, lança-t-elle à Sisyphe, de conduire M. Mendes à la maison de Chartres Street, où il va toujours. Et de l'y attendre, si c'est ce que souhaite M. Mendes.

Instructions certainement superflues puisque l'habitude était prise depuis longtemps, mais c'était un beau soulagement de dire à haute voix ce qui jusqu'alors était tenu secret. Oh ils allaient avoir de quoi cancaner dans les cuisines ! Elle éprouvait une certaine fierté d'être ainsi capable de reconnaître ouvertement ce que bien d'autres eussent considéré comme une humiliation. En la reconnaissant publiquement, elle lui ôtait précisément son caractère d'humiliation.

Et puis elle avait des préoccupations plus importantes, désormais.

15

La ville s'éveillait à peine quand David prit à cheval la direction de l'est dans la resplendissante lumière du matin. Lucien le suivait à la distance respectueuse qui convient à un serviteur et les deux montures allaient d'un trot assez vif. La trousse médicale de David était accrochée au pommeau de sa selle et ses pistolets pendaient lourdement à sa ceinture. N'ayant jamais porté d'armes de sa vie, il en avait une conscience aiguë et ne les aurait certainement pas emportées si Lucien n'avait pas refusé tout net de l'accompagner à moins qu'il fût armé.

Les armes n'attiraient d'ailleurs guère l'attention. Un gentleman du Sud était généralement armé d'un pistolet, d'un poignard, voire des deux. C'est un peuple violent sous des dehors de courtoisie, songeait David en passant près du terrain de duel, sous les chênes, derrière la cathédrale, où, la semaine dernière encore, il avait été appelé au secours de deux beaux jeunes gens qui s'étaient entre-tués pour une stupide querelle à propos d'une actrice. Ils ne devaient pas avoir plus de dix-huit ans l'un et l'autre, et la terre avait bu leur sang avidement.

Lucien était plein d'appréhension. Il sentait des choses « dans ses os » mais David quant à lui n'avait aucune raison de penser que les rencontres du jour différeraient en rien de l'habitude. Il y avait d'abord une réunion au sommet, sous le prétexte d'une quelconque célébration dans une auberge. Puis, le soir, une nouvelle réunion avec les dirigeants noirs dans une cachette du marais. En aucun de ces lieux les armes n'étaient nécessaires.

Les armes n'avaient d'ailleurs jamais été ce qu'il voulait. Les discours et les idées étaient beaucoup plus puissants car, en dernier ressort, il n'existe pas de défense contre les idées.

Dans l'arène politique, les choses avaient indiscutablement progressé. Le parti libéral des *whigs* était à l'agonie et le jeune parti républicain faisait des progrès dans tout le Nord. Les pouvoirs esclavagistes se trouvaient de plus en plus sur la défensive. La défensive ! Comment un homme tel que Judah Benjamin pouvait-il se dresser au Sénat des Etats-Unis pour parler comme il le faisait ! David ne le comprendrait jamais ! Les esclaves sont une propriété, disait-il. Et la loi protège la propriété. Bah, Charles Sumner pouvait bien dire que Benjamin était le plus brillant orateur du Sénat, l'éloquence et l'élégance des manières n'ont rien à voir avec la morale. Qu'un juif puisse s'exprimer ainsi ! Et d'ailleurs, Benjamin n'était pratiquement plus juif.

D'ailleurs, se dit David, les juifs ont le droit de se tromper comme les autres. Et les rabbins eux-mêmes, comme les membres de tous les autres clergés, ne parvenaient pas à se mettre d'accord à ce sujet.

A New York même, le rabbin Raphall, citant l'Exode, disait que rien n'interdit l'esclavage. Certes, disait le rabbin, il n'était pas lui-même propriétaire d'esclaves, mais rien n'interdisait d'en posséder à condition de les traiter avec dignité et bonté. Ce sermon était cité à travers tout le Sud.

Dans une réplique véhémente, le rabbin Einhorn, de Baltimore, répliquait : C'est l'essence même de la Bible que nous devons mettre en pratique, et non les coutumes primitives dont on peut y trouver trace. Et certes, on y parle d'esclavage, comme on y parle de polygamie et de monarchie, deux institutions qui ont été abolies aux Etats-Unis !

Ils sortirent de la ville et les sabots des chevaux commencèrent à heurter sans bruit le sol sablonneux. L'air automnal était tiède sur le dos de David mais frais à son visage. Devant lui, la route courait jusqu'à la voie de chemin de fer et la franchissait. Au croisement, il retint son cheval et observa un moment la luisante parallèle de la voie. On était raccordé directement à New York, désormais. Les rides de son front se creusèrent jusqu'à devenir de profonds sillons.

Lucien le rejoignit.

— Vous n'y arriveriez jamais, dit-il doucement. Vous vous feriez prendre à la première gare. Il n'y a que le bateau, comme je ne cesse de vous le dire.

— Je ne me ferai pas prendre.

— Espérons.

La peur courait dans ses veines. Il eut froid. Quiconque affirme qu'il peut affronter une mort douloureuse sans la moindre crainte est un menteur. J'ai terriblement peur, se dit-il.

Pourtant, il y avait en lui quelque chose de plus fort que la peur, une haine de l'ennemi — le système, pas les hommes qui le dirigeaient — une haine si puissante qu'on aurait pu croire que le système céderait devant elle, s'affaiblirait, pourrirait et disparaîtrait avant que David lui-même ne mourût.

Ses rides se creusèrent encore. Il claqua la langue pour faire repartir son cheval et lança à Lucien :

— Allez, en route. Nous avons une longue journée devant nous.

Des marécages s'élevait un brouillard si épais que, malgré la lumière de la lune, on n'apercevait que les premiers arbres depuis l'endroit où David s'était immobilisé. Au-delà, s'étendait la nuit de la jungle. L'humidité qui dégouttait sans cesse des arbres produisait un roulement continu comme des tambours ou les pieds d'une armée en marche.

— Remontez le col de votre cape autour de votre visage, conseilla Lucien.

— Vas-tu cesser de chuchoter à la fin ? On ne t'entend pas, dit David avec irritation.

Il avait les nerfs à vif. Mais Lucien était lui aussi impatient.

— J'ai dit : couvrez votre visage jusqu'aux yeux et baissez votre chapeau. Il ne faut pas qu'on vous reconnaisse. Vous n'avez pas encore compris ?

— Remercions Dieu qu'il fasse froid alors, grommela-t-il.

Il se tendit pour tenter de voir dans les ténèbres mais la brume masquait tout.

— Cet endroit me fait penser au...

Il s'interrompit car il s'apprêtait à dire quelque chose à propos des sorcières de Macbeth mais s'était rappelé à temps que cette remarque serait dépourvue de toute signification pour Lucien.

— Je n'ai pas la moindre idée de l'endroit où se trouve la route, se plaignit-il. Tu es sûr que tu sais où nous allons ?

— Ayez confiance. Encore cinq minutes de marche et nous y serons.

Leurs pieds heurtèrent bientôt une espèce de boue détrempée, de sorte que chaque pas devint un effort pour s'arracher à la succion.

— Désolé, s'excusa Lucien. Mais plus c'est humide, mieux ça vaut pour tromper les chiens. Ils sont capables de suivre une trace sur près de dix kilomètres en conservant assez de force pour mettre un homme en pièces à la fin.

— Je ne comprends toujours pas comment tu sais où tu es.

— Oh, on finit par prendre des points de repère. Mon frère a vécu dans les marais pendant trois ans après sa fuite. Avec une vingtaine de compagnons, ils faisaient des expéditions contre des plantations la nuit, pour se nourrir.

— Tu ne me l'avais jamais dit.

— J'aimais mieux ne pas en parler.

— Fait-il partie du groupe que nous allons voir ce soir ?

— Non. Il a été pendu.

Et comme David ne trouvait rien à dire, Lucien poursuivit :

— Un abolitionniste de l'Illinois les a fait joindre à un groupe plus important, deux mille nègres peut-être, qui fabriquaient des cartouches et d'autres munitions, mais les milices les ont découverts. C'est l'ennui quand le groupe est trop important. Il y a forcément quelqu'un qui parle trop à la longue. Halte ! Ecoutez !

De la gauche, leur parvenait le froissement furtif et étouffé de feuillage écarté avec mille précautions. Les deux hommes attendirent. Un instant plus tard, une tache de lumière émergea d'entre les arbres, comme la lune derrière les nuages, révélant d'abord une lanterne sourde, puis l'homme qui la brandissait, et, pour finir, un cercle de dix hommes tenant chacun une lanterne sourde et produisant ensemble une flaque de lumière dans la petite clairière.

Lucien leva le bras pour les saluer.

— Ecoutez, j'ai amené quelqu'un pour parler avec vous ce soir. Ne demandez pas qui. Vous n'avez pas besoin de le savoir. C'est un ami. Que cela vous suffise. Il ne serait pas ici autrement car c'est un risque énorme, comme vous le savez tous. J'ai essayé de le dissuader mais c'est lui qui a insisté pour venir. Approchez-vous.

Dans un silence total, les hommes obéirent. David se retrouva entouré de dents blanches fantomatiques et d'yeux qui luisaient dans l'obscurité.

— Où sont les chevaux ? demanda Lucien.

Un homme répondit :

— Deux bons chevaux, reposés et tout sellés. Ils sont juste là, derrière ces arbres.

— Des chevaux ? s'enquit David.

— Pour nous. Pour vous, si besoin était. Vous voyez la direction que j'indique ? Allez tout droit vers le Sud. A un kilomètre environ, vous rejoindrez la route. Prenez à droite et vous n'aurez plus qu'à chevaucher tout droit jusqu'à la ville.

— Mais, objecta David, et nos chevaux à l'écurie de l'hôtel ?

— Je vous en prie. S'il y a le moindre ennui, il faudra que vous partiez d'ici très vite, l'avertit Lucien. Ecoutez-moi. Vous prendrez le chemin que je viens de vous indiquer. J'emprunterai moi-même un autre itinéraire. C'est plus sûr comme ça. Vous comprenez ?

David fit oui de la tête. Il semblait, cette nuit, que le maître et l'esclave avaient changé de rôle.

— Je comprends, dit-il avec amertume.

— Très bien. Alors commencez.

David s'avança.

— Je suis venu vous trouver parce que j'appelle de mes vœux la même chose que vous, parce que je désire une vie meilleure, pour vous et pour nous tous.

Personne ne bougea. Son petit discours qu'il n'avait pas préparé, lui vint sans effort, naturel et sincère, car il sortait du cœur.

— Par moments, vous devez éprouver le sentiment que les

changements que nous appelons de nos vœux ne se produiront jamais, et en tout cas pas de votre vivant.

Quelqu'un remua sa lanterne, éclaboussant de lumière le visage tendre d'un vieillard où David crut lire une espèce d'adoration. Je rencontre enfin la réalité, songea-t-il. Une chair vaillante, sur des os fragiles. Jusqu'alors, tout n'avait été que projets et palabres, philosophie et papiers. Et pourtant, au même instant, il avait le sentiment de se tenir à l'extérieur de cette réalité, de s'observer lui-même dans cette nuit étrange, acteur d'un rêve fantasmatique.

— Si des milliers d'entre vous refusaient de travailler autrement qu'en échange d'un salaire, ce qui signifierait la liberté, nous gagnerions sans violence.

Il s'interrompit. Malgré l'obscurité, il perçut le raidissement immédiat des corps, l'inclination des têtes, les oreilles aux aguets. Les poils de ses avant-bras se hérissèrent.

Un chien aboya. Ce fut le signal qui écrasa le silence de l'attente. Presque aussitôt, le silence éclata en un violent fracas de sabots et de clameurs vociférées.

Le cercle se brisa. Pris d'une véritable frénésie, les hommes lâchèrent leurs lanternes et s'éparpillèrent à l'abri des buissons. Un instant plus tard, une demi-douzaine de cavaliers brandissant des torches et des pistolets plongèrent à travers les arbres. Des corbeaux, arrachés à leur repos, s'envolèrent en coassant, des chevaux hennirent. Ce fut comme si les bois tout entiers s'éveillaient.

Lucien et David se regardaient, les yeux agrandis, comme s'ils mettaient en question le témoignage de leurs propres sens, comme s'ils étaient éblouis. Puis Lucien cria :

— Pour l'amour du ciel, fuyez ! Vite !

Des chevaux se cabraient en hennissant. Les gros animaux, tremblant sous le fouet et la terreur, pénétraient dans le sous-bois.

— Courez ! hurla de nouveau Lucien. David ! La route !

Un cheval barra la route à David.

— David ! s'écria le cavalier. Ainsi c'est David ! Espèce d'ordure...

Le cavalier brandit un pistolet. Dans la lueur des torches, on vit étinceler les yeux furibonds de Sylvain Labouisse. *A mort !* disaient les yeux fous. David tira son propre pistolet.

Le coup de feu de Sylvain s'éparpilla dans le feuillage au-dessus de la tête de David, tandis que le tir de celui-ci jetait Sylvain à bas de la selle.

— Allez-vous-en ! cria Lucien. Il vous a reconnu...

David bondit en selle sur le cheval de Sylvain.

— Lucien, va trouver ma sœur ou Gabriel Carvalho. L'un des deux. Il va me falloir de l'argent. Je ne veux pas les mêler à cela. Seulement de l'argent ! Et il éperonna le cheval.

Dix minutes plus tard, galopant sur la route vide, l'étrange sensation lui revint, l'impression d'une voix qui lui disait : tout cela n'est qu'un rêve, tu sais. De tels événements ne se produisent jamais en quelques minutes dans la vie réelle. Réfléchis, il n'y a pas une demi-heure, tu te levais de table à l'hôtel, souhaitais une bonne nuit à tes amis et prenais des dispositions pour les revoir le mois prochain. Hier, tu examinais des patients. Et aujourd'hui tu galopes pour sauver ta vie. Non, c'est tout simplement impossible.

Une homme tel que toi ne dégaine pas son pistolet sans même y réfléchir. Enfin, toi ? C'était la première fois que tu en tenais un dans ta vie ! Et était-ce vraiment Sylvain Labouisse ? Et l'as-tu vraiment abattu ? Tué peut-être ? A Dieu ne plaise ! Et pourtant lui-même n'a-t-il pas voulu te tuer ? Tu ne lui as jamais fait de mal, tu n'as jamais fait de mal à personne ! Toi qu'anime une telle compassion pour le monde entier. Mais après tout, il y a peut-être quelque chose de fou dans cette compassion, peut-être devrais-tu ne te mêler que de tes propres affaires. Pour qui te prends-tu ? Pour le Messie ?

— Oh mon Dieu, s'écria-t-il à voix haute.

Et devant ses yeux horrifiés, suspendu dans les airs entre les oreilles couchées en arrière de sa monture qui galopait, il vit apparaître le doux visage de Pélagie plein de chagrin et d'incompréhension.

Quand la porte s'ouvrit, le courant d'air emporta les derniè-res bribes de papier enflammé et les répandit en fragments incandescents sur le plancher.

— Il est trop tard pour s'en préoccuper. Laissez cela, dit Lucien.

— Je suis prêt, dit David en saisissant son sac de voyage.

Vêtu d'une longue redingote et d'un châle de laine sombre qui lui enveloppait les épaules, il ressemblait au premier voyageur venu.

— J'ai brûlé les listes de MacKenzie, ainsi personne n'aura d'ennuis.

Il jeta un coup d'œil presque amoureux à la morne chambrette.

— Mes livres. Je ne peux me faire à l'idée de les abandonner.

— Je te les enverrai, dit Miriam, dès que je saurai où tu es.

Et elle rajusta le châle, qui n'en avait nul besoin.

— Ne perds pas de temps, David. Chaque seconde compte.

De la tête, Gabriel indiquait Miriam.

— Elle court un danger terrible ici !

Comme pris d'une inspiration soudaine, David agrippa sa sœur par les épaules.

— Ecoute... tu n'aurais pas dû venir... mais maintenant que tu es ici... tu parlais de partir, tu te souviens... tu pourrais... Lucien pourrait aller chercher Eugene et Angelique... c'est l'affaire de deux minutes... nous pourrions tous partir ensemble.

— Non ! s'écria Gabriel avec véhémence. Non. Tu n'es pas en mesure de réfléchir sainement. Sais-tu seulement si tu arriveras jusqu'au bateau ? Et si le bateau lui-même ne sera pas intercepté ? Tu ne peux certainement pas lui faire courir plus de risques que tu ne l'as déjà fait.

— Tu as raison, tu as évidemment raison. Et pourtant...

— Je ne pourrais pas, de toute manière, dit Miriam. Comment pourrais-je abandonner papa maintenant ? Et Eugene, aveugle ? Je commence tout juste à mettre un peu d'ordre dans leurs affaires.

David entoura sa sœur de ses bras.

— Alors je vais t'abandonner encore une fois. Au moment où tu as le plus besoin de moi, au moment où je devrais me tenir à ta droite, je t'abandonne.

Il se désolait. Tout était deuil en lui. Ses yeux, sa voix, et jusqu'à la main dont il effleura les cheveux de sa sœur — tout était deuil.

— Cher David, ne t'en fais pas pour moi. Tu ne devrais

penser qu'à toi-même pour le moment. Oh, prends bien soin de toi ! Plus de folies, plus d'atroces folies, je t'en supplie ! Je veux dire... oh, je ne sais même pas ce que je veux dire ! Fais bien attention à toi, mon chéri, voilà tout.

Lucien tira David par la manche.

— Ils vont venir.

— Quand tu seras arrivé, fais-le-moi savoir, dit Gabriel. Je t'enverrai tout ce dont tu pourras avoir besoin pour te réinstaller. Tu as suffisamment d'argent sur toi pour le moment. Le bateau s'appelle *Elsie Ann*. Tu es sûr que tu sauras manœuvrer la voile, Lucien ?

— Oui, oui, je sais, dit Lucien qui avait déjà franchi la porte.

— Fort bien. Une fois que vous aurez franchi la frontière du Mississippi, vous vous en tirerez.

Saisissant la main de David, Gabriel le poussa jusqu'à la porte.

— Grands dieux, quelle sale affaire ! Mais sois béni malgré tout. Allez va-t'en ! Va-t'en, veux-tu !

Quand les pas précipités s'éteignirent, Gabriel poussa un soupir.

— Quelle sale affaire, répéta-t-il. Et maintenant donnez-moi la clé. Nous allons fermer la maison et je vais vous raccompagner chez vous. Quelqu'un a-t-il vu Lucien venir chez vous ?

— Seulement Fanny, et elle ne sait pas pourquoi. D'ailleurs, j'ai toute confiance en elle.

— On ne peut faire confiance à personne. Vous n'auriez pas dû être mêlée à cela.

— Vous l'êtes bien, vous, qui n'êtes pas son frère.

— Chacun a ses raisons. Des raisons compliquées, parfois, dit doucement Gabriel.

— C'est la deuxième fois que vous lui sauvez la vie, vous vous en rendez compte ?

Gabriel sourit. Comme son sourire est rare, songea Miriam, il se répand lentement sur son visage comme s'il était étonné de la douceur de son propre sourire.

Le calme, le silence étaient absolus. Pas une feuille ne bougeait dans l'air lourd. Ils demeurèrent un moment sur place, à savourer le silence, après la terrible tension de la demi-heure qui venait de s'écouler. Brusquement, Gabriel leva le bras.

— Ecoutez ! Vous n'entendez rien ?

— Non, rien. Ah si, si fait.

— Chut. Ce sont des chevaux. Ils viennent par ici. Dans Royal Street, je crois.

La cavalcade devenait plus nette à mesure qu'elle se rapprochait.

— Rentrez dans la maison. Il n'y a plus le temps de retourner chez vous. Ils viennent le chercher ici. Cachez-vous là. Non, attendez. Attendez un instant.

Il prit une bande sur l'étagère et la lui tendit.

— Enroulez-moi ça autour de la tête, par-dessus mon oreille. C'est ça. Faites un gros pansement bien serré, comme ça, oui.

Effarée, le cœur battant à tout rompre, la peur lui desséchant la bouche, Miriam obéit.

— Et maintenant sortez, allez dans la cour.

— Où ? Où ? s'écria-t-elle, prise de panique.

Les chevaux s'étaient engagés dans la rue et on entendait des cavaliers vociférer.

— N'importe où. Ne faites pas un bruit, quoi qu'il arrive.

Miriam alla s'accroupir parmi les buissons derrière un appentis. Gabriel avait allumé une bougie. Elle le vit par la fenêtre, assis sur un fauteuil, sa tête bandée reposant contre le dossier. Elle entendit cogner violemment à la porte, le vit se lever et faire entrer trois hommes échevelés et agités.

— Où est le médecin ?

— J'aimerais bien le savoir. Je l'attends, se plaignit Gabriel. J'ai un mal de crâne épouvantable.

— Je vous connais ? Vous êtes avocat, pas vrai ?

— Oui. Carvalho, Gabriel Carvalho, et vous ?

— Lloyd Morrissey. Ça fait longtemps que vous êtes là ?

— Une heure environ. Qu'est-ce qui se passe ? Qu'est-ce qu'il y a ?

— Des tas de choses. Sylvain Labouisse a été abattu. Raphael lui a tiré dessus.

— Quoi ? Le Dr Raphael ? Mais... il n'était jamais armé. C'est un homme très doux et...

— C'était bien Raphael. Il a tiré sur Labouisse et l'a fait tomber de cheval.

— J'ai du mal à le croire. Labouisse est gravement blessé ?

— Gravement ? Il est mort.

— Mais le domestique qui m'a fait entrer, insista Gabriel, m'a dit que le docteur était parti depuis plusieurs heures. Un accouchement, un cas difficile. Je crois qu'il m'a dit qu'il était dans North Rampart Street. Mais j'avoue que je n'ai pas fait très attention, j'ai tellement mal à l'oreille.

— Le domestique vous a menti. Il n'est pas en visite, il est en fuite.

On entendit quelqu'un crier :

— Mais bon Dieu, Morrissey, ne perdons pas de temps ! Séparons-nous ! On finira bien par lui mettre la main dessus.

La porte se referma et ce fut de nouveau le silence. Miriam attendit quelques minutes puis elle entendit Gabriel qui l'appelait à voix basse.

— Venez vite. Ils vont passer la ville au peigne fin. Suivez-moi et rasons les murs.

Des filaments de nuages passaient sur la lune, assombrissant la rue puis la découvrant de nouveau et sa lumière argentée tombait alors sur les trottoirs.

— Il ne faut pas vous faire voir, chuchota Gabriel par-dessus son épaule. Marchez aussi vite, d'un air aussi dégagé que vous le pourrez. On ne sait jamais qui peut être éveillé, même à cette heure indue. Complots et meurtres, l'entendit-elle marmonner tandis que tous deux glissaient silencieusement le long des rues.

Alors même qu'il se tassait pour se faire plus petit, il projetait une grande ombre. Comme il doit détester tout cela, songeait Miriam. C'est contraire à toute sa nature. Et elle s'avisa soudain, malgré sa frayeur et son agitation, du fait que la brusque révélation des activités de David, si elle lui avait donné un coup, n'avait pas été une surprise. A la réflexion, tout cela correspondait bien à son caractère. Mais jamais on n'aurait pu imaginer Gabriel se livrant à une telle imprudence ! Et pourtant il était là, plein de vigueur et d'autorité en cet instant de crise, et elle *savait*, en suivant son pas rapide, qu'il allait la reconduire jusque chez elle en sûreté. Il réussirait pour elle aussi sûrement qu'il venait de réussir pour David. Quand ils tournèrent le dernier coin de rue, elle l'entendit chuchoter :

— David devrait être sur le fleuve, maintenant. Il avait tout juste le temps, j'en suis sûr. Et j'en remercie le ciel.

De la chambre des députés à la cathédrale, défilait la grave procession à la mémoire de Sylvain Labouisse, bienfaiteur de ses concitoyens. Tout était silencieux. Tout était noir. Six chevaux, caparaçonnés et emplumés de noir — le fourgon noir sur lequel était déposé le cercueil sous un linceul noir. Seuls les chrysanthèmes blancs amassés sur le cercueil et la colombe perchée sur le dais tranchaient sur toute cette noirceur.

— Cela me rappelle la messe à la mémoire de Lafayette, chuchota Rosa. C'était en 34 et bien sûr il y avait un buste de Lafayette à la place du cercueil. Mais c'est tout aussi solennel.

Irritée par son incessant babil, Miriam avança de quelques pas. Les femmes — puisque les femmes n'assistaient pas aux funérailles — étaient massées à l'extérieur de la cathédrale sur les marches. A vrai dire, elles n'étaient même pas censées s'approcher si près, mais Rosa était curieuse et Miriam avait accompagné son père aussi loin qu'elle avait pu de manière à être là quand il sortirait.

Le pauvre homme était presque tombé malade sous le coup. Elle s'était efforcée d'atténuer l'épreuve, d'alléger la terrible honte qu'il éprouvait et qu'elle-même n'était pas loin de partager.

— Sylvain l'aurait tué, papa. Il ne faut pas oublier ça non plus.

— Mais c'était la faute de David ! S'il n'avait pas été là, s'il ne s'était pas mêlé de ces saletés...

— Papa, essaye de réfléchir. Ce drame tout entier est né des convictions de David, de ses convictions sincères. Ce n'étaient pas des saletés. Tu dois bien reconnaître qu'il a agi honnêtement.

Il lui avait adressé un tel regard scandalisé et souffrant qu'elle avait préféré se taire.

A quel point les hommes pouvaient être déçus par leurs fils ! Pauvre papa ! Voilà qu'il était à genoux une seconde fois, comme si la déconfiture financière n'avait pas suffi.

Que les autres, et en particulier Emma, puissent ou non lui reprocher les actes de David — et, en dehors d'Eulalie, qui bouillait d'une rage farouche, Miriam était assurée qu'ils ne le faisaient pas —, Ferdinand éprouvait de toute manière le

sentiment qu'ils le faisaient, sentiment dont il ne se débarras-
serait probablement plus jamais.

Pour l'heure, juste au-delà des portes ouvertes, elle apercevait son père au dernier rang. Il était entré le dernier pour éviter d'être vu. Et elle se demanda ce qu'il dirait s'il pouvait
savoir le rôle qu'elle avait joué dans la fuite de son frère.

Du calme, du calme, se dit-elle. Pense à autre chose.

Droit devant elle, tout au fond de la nef, se dressait l'autel
étincelant de gemmes. Ses yeux se déplacèrent le long des lettres d'or qui décoraient la voûte. Là, sur une fresque, on voyait
Saint-Louis proclamant l'ouverture de la septième croisade.
Par le sang et par l'épée ! Et ils brûlaient les juifs dans leurs
quartiers réservés à mesure qu'ils traversaient l'Europe.

Assez ! assez de sang épanché dans l'oubli de tous les siècles.

Non, avait-il répondu le jour de son retour à Beau-Jardin,
non, une épouse n'aurait pas sa place dans ce que je compte
faire de ma vie. Et plus loin encore dans le passé, en Europe,
leur grand-père n'avait-il pas dit, mi-fierté mi-désarroi : « Ce
qu'il peut être têtu lorsqu'il pense avoir raison. »

Qui pouvait prétendre avoir toujours raison ? Les flammes
tremblent au sommet des cierges. Le monde entier tremble de
la même manière.

— Tu prends cela trop à cœur, dit gentiment Rosa. Personne ne te reproche rien.

— Ce n'est pas ça. Je pensais à Pélagie.

Cela aussi était vrai. L'orgue déversait du chagrin en cascades. Le cercueil sortit le premier devant les hommes en
redingote noire et haut-de-forme. Au bord du trottoir, tandis
qu'Eugene et Ferdinand remontaient en voiture, Gabriel rejoignit Miriam. Son regard disait : Cela, nous le savons tous les
deux. Il parla à voix basse.

— Comment allez-vous ?

Je dois avoir l'air morte, songea-t-elle avant de répondre :

— Je vais aller voir Pélagie.

— Les catholiques d'ici attendent neuf jours avant d'entreprendre les visites de condoléance, lui rappela Rosa.

— Je ne suis pas catholique et j'ai besoin de la voir.

Rosa lui posa une main sur le bras.

— Elle refusera peut-être de te recevoir, lui dit-elle
gentiment.

— C'est ce qu'il me faut savoir.

Elle avait de nouveau huit ans, dans la chambre à coucher à l'étage, et Pélagie lui disait : Oh, tu seras très jolie, ma chérie, et ton papa t'offrira des diamants pour tes oreilles.

La porte était drapée de crêpe gris et Miriam, tout en actionnant le marteau, se rappela que pour les gens mariés, à moins qu'ils ne fussent âgés, les couleurs du deuil étaient le gris et la lavande. Au centre était accroché un scapulaire de perles noires contenant des mèches de cheveux de Sylvain sous un ruban de velours. Tant de coutumes bizarres, songea-t-elle. Nous en avons tous que nous respectons pour alléger notre chagrin. Et l'allègent-elles ? Comment le saurais-je ? Jamais je n'ai éprouvé un chagrin semblable au sien.

Quelqu'un ouvrit la porte et disparut. Ne sachant trop quel parti prendre, elle demeura dans le vestibule. Il était plongé dans l'obscurité. Tous les volets étaient fermés et l'énorme miroir était recouvert d'une étoffe. La pendule sous l'escalier était arrêtée à neuf heures quinze, l'heure de la mort de Sylvain. Neuf heures quinze. La nuit dans un arrêt désert, mon frère... la tête haute, elle gagna le salon.

Pélagie était assise sur le sofa entre Emma et Eulalie. Sous sa robe noire, un autre bébé attendait de naître et celui-là serait certainement le dernier — qui voudrait épouser une veuve avec huit enfants ?

Au bruit que fit Miriam en entrant, les trois femmes levèrent les yeux. La mère et la sœur parlèrent sans prononcer une parole : Pourquoi est-elle venue ici ?

Toute une longue minute, Miriam et Pélagie attendirent. Puis, en vacillant un peu, Pélagie se leva et Miriam se précipita vers elle, les bras ouverts. Emues par la chaleur de la chair vivante, étroitement enlacées, ensemble, elles pleurèrent le mort et pardonnèrent les vivants.

Avant même d'ouvrir l'enveloppe portant l'écriture de David et postée à New York, Miriam sentit s'évanouir la peur qui, depuis un mois, n'avait cessé de l'habiter de sa froideur de pierre. Il n'y avait personne à la maison quand la lettre était arrivée, cela lui avait donc épargné les silences courroucés et les paroles de colère qui suivaient toute allusion à David.

Elle ne parvenait pas à tourner les pages assez vite à son gré

et lisait entre les lignes, en lettres de feu, ce seul mot : sauvé !
sauvé !

« Dans le port, nous avons trouvé un voilier, écrivait-il avec discrétion. Pour la première fois de ma vie j'ai dû prendre quelque chose qui ne m'appartenait pas. Nous avons tranché les amarres du bateau et suivi le courant du fleuve. Lucien est un excellent marin et le vent était avec nous — sinon, on m'aurait certainement capturé. A cinq minutes près, c'était trop tard, et je ne serais pas en train de t'écrire ces lignes. Nous n'étions encore qu'à quelques mètres quand nous avons entendu des cris sur la jetée. Des torches flambaient. Il y a quelque chose de terrifiant dans le spectacle de tant de torches, dans la nuit noire. Ils devaient être une dizaine, à en juger par la lumière et les voix. Ils ne nous ont pas vus. Il faisait très noir sur l'eau et le port était encombré de navires à l'ancre. Pourtant, je m'étonne encore qu'ils n'aient pas entendu les battements de mon cœur (...).

« (...) et n'ayant ni vivres ni eau, nous commencions à nous inquiéter. Vers le milieu de la matinée, à l'approche du vieux repaire de pirates de Barataria Bay, je décidai de prendre un petit risque en envoyant Lucien à terre pour acheter suffisamment de vivres pour nous permettre de survivre à la longue navigation jusqu'au Mississippi... nous nous sommes donc faufilés entre Cat Island et Pass Christian, et je me suis rappelé des lettres que tu nous écrivais quand tu allais passer l'été à Pass Christian. J'avais peur de relâcher à cet endroit, craignant d'y rencontrer quelqu'un que je connaîtrais de La Nouvelle-Orléans.

« (...) pour finir, nous avons abordé à Pascagula, où Lucien se procura quelques exemplaires des journaux de La Nouvelle-Orléans, qui nous apprirent que Sylvain était mort, ce dont je m'étais douté dès le début, tout en souhaitant ardemment qu'il ne fût que blessé. J'ai donc emporté avec moi ma terrible tristesse et ma culpabilité dans le train pour Mobile, où nous avons changé de wagon pour le Nord... Lucien ne cesse de me répéter qu'un homme qui tue en état de légitime défense n'a pas à se sentir coupable, ce qui paraît raisonnable, et pourtant (...).

« (...) et je suis donc déjà au travail, ayant ouvert un petit cabinet hier. J'espère ne pas avoir attiré trop d'ennuis à la famille. Notre pauvre père ! On me dirait condamné à le blesser sans cesse. Et toi. Je t'aime tant et me fais tant de souci pour toi qui as bien assez d'ennuis sans que j'en rajoute encore à ton lot. Pardonne-moi. Mais je suis comme je suis (...). »

— J'ai une lettre de David, dit-elle à Emma plus tard dans la journée. Peut-être serez-vous assez bonne pour dire à mon père qu'il est en sûreté à New York. Je ne puis en dire plus long.

Plus tard encore Emma revint la trouver :

— Il n'a pas prononcé une parole mais il a eu l'air bien soulagé. Un père est un père, après tout.

C'était vrai. Et la colère finirait par se dissiper. La douleur durerait beaucoup plus longtemps. Mais la colère s'atténuerait. Ferdinand n'était pas homme à s'y raccrocher très longtemps.

16

Gabriel Carvalho referma le dossier avec un bruit sourd et se rencogna sur le sofa. Ils parcouraient fréquemment les comptes trimestriels de Mendes and Co dans le confort du salon de Rosa, combinant les affaires avec la visite de courtoisie que Miriam rendait à Rosa.

— Eh bien, dit-il. Joli travail. Mendes est solvable. Et même très solvable, devrais-je dire.

— Uniquement grâce à vous.

— Que non pas. Vous avez remarquablement appris.

C'était vrai. Miriam s'était étonnée elle-même. Après avoir remplacé Scofield par un jeune et brillant directeur d'une parfaite honnêteté et qui ne voyait pas d'inconvénient à travailler avec une patronne plutôt qu'un patron, elle était pour ainsi dire « retournée à l'école » et avait trouvé cela passionnant. Instruite par l'échec de Ferdinand et par l'exemple que lui avait précédemment donné Eugene, elle s'était empressée d'acquitter dès que possible les dettes accumulées par Scofield. Depuis peu, elle avait même entrepris d'investir dans l'immobilier, acquérant d'excellents terrains le long des voies du chemin de fer. La croissance de la ville et du chemin de fer sera simultanée, avait-elle pensé. Et Sanderson, le directeur, en était tombé d'accord.

— J'ai eu une idée, commença-t-elle pour l'heure, avant de s'interrompre.

Elle parlait beaucoup plus facilement avec Sanderson qu'avec Gabriel. Il y avait trop de non-dit entre eux : David, et les paroles qu'Eugene avait rétractées, il est vrai, mais qu'elle n'avait pas oubliées : *il ne peut s'empêcher de vous dévorer des yeux*. Quelle absurdité ! Car en vérité il la regardait à peine ; quand il n'était pas penché sur des documents, ses yeux semblaient toujours fixer un point idéal, sur le mur, un peu au-dessus de la tête de Miriam. Elle était tout à fait convaincue que ce comportement n'était pas dû à la timidité : il était bien trop positif pour être timide, non, il était austère, bon mais austère. On se demandait s'il avait jamais... ses pensées trébuchèrent, honteuses... lui et une femme... mais avec André, tout était clair, vivant, facile à imaginer.

— Vous disiez avoir une idée.

— Oui, je songeais, ne pensez-vous pas que nous pourrions offrir à Sanderson de l'intéresser aux affaires ? Cela lui ferait un stimulant bien supérieur à un simple salaire.

— Je pensais vous le suggérer moi-même. Vous êtes déjà en avance sur moi. Il me faudra bientôt courir, si je ne veux pas me laisser dépasser.

— Oh non, il y a tant de choses que je ne comprends pas. Toute cette histoire d'actions des banques, que Sanderson tentait de m'expliquer.

— Pourquoi elles constituent un bon investissement ? Parce que les banques, dans notre système économique, ont besoin d'être exceptionnellement vigoureuses. Les planteurs ont besoin de gros prêts pour se maintenir à flot entre deux récoltes.

— Mais pourquoi leur est-il si difficile de se maintenir à flot ?

— Il leur faut moderniser. Cela coûte cher de diriger une plantation. Une broyeuse de canne à sucre, par exemple, coûte à elle seule cinq mille dollars. Et puis il y a tous les esclaves qu'il faut nourrir. Et ne pas oublier que les propriétaires vivent sur un très grand pied, bref, ils dépensent tout d'une récolte à l'autre.

— Les créoles sont tellement prodigues !

— Moins qu'avant. Ce ne sont pas les créoles, mais les Américains, qui sont les véritables capitalistes désormais. Aujourd'hui, bien des créoles se serrent la ceinture. Bien rares

266

ceux qui se rappellent encore les jours où l'on bâtissait des Versailles comme Valcour Aimé.

— Et c'est tant mieux. J'y suis allée une fois et ça m'a dégoûtée. Je me rappelle le courroux d'Eugene parce que je n'étais pas impressionnée.

Miriam s'interrompit comme si elle hésitait à poursuivre.

— J'aimerais vendre Beau-Jardin. Je ne m'y suis jamais plu.

— Oh non ! s'écria Rosa qui jusque-là travaillait en silence à sa broderie. Pas cet endroit merveilleux !

— Si. J'aimerais affranchir tous les esclaves et en être débarrassée. Chaque fois que j'y vais, je suis prise du même mépris. On passe devant des champs où des gens travaillent et je me dis, cette femme là-bas avec son nourrisson sur le dos, elle a été achetée mille dollars, et l'homme qui conduit la charrette attelée de mules a coûté quinze cents dollars. Et cela m'est insupportable.

Il y eut un silence dans la pièce. Celui de Rosa, Miriam le savait, était réprobateur. Celui de Gabriel l'était peut-être aussi mais il y avait quelque chose dans sa personne qui lui donnait une latitude plus entière de s'exprimer, de dire ce qui lui passait par l'esprit. Et elle poursuivit :

— C'est un sentiment qui cohabite difficilement avec mon amitié pour tous les gens que je connais si bien. Eugene lui-même, après tout, n'est pas un méchant homme.

— Non, dit Gabriel, pas du tout.

— Il est simplement comme tout le monde. Puisqu'il habite ici, il fait ce que font tous les autres. C'est une démarche que je puis comprendre.

Dans la rue, une voix retentit qu'on entendit par les hautes fenêtres ouvertes : « Artichauts, figues, melons ! »

— C'est le marchand de légumes, dit Rosa. Est-ce que tu lui as acheté des figues récemment, Miriam ? Elles sont particulièrement bonnes, cette saison.

— Ce pauvre vieux, dit Miriam, négligeant la question, achète sa liberté depuis aussi longtemps que je le connais. Son maître doit gagner deux ou trois mille dollars par an sur ses ventes. Plus j'y pense, plus cela me dégoûte !

Gabriel intervint :

— Que dit Eugene de la vente de Beau-Jardin ?

— Bien sûr, il ne voit pas du tout les choses comme moi.

Il ne veut pas en entendre parler. Personne ne voit les choses comme moi, à l'exception de David. Et lui-même maintenant se met à m'écrire que nous pourrions avoir besoin de cette maison comme refuge, si la guerre éclate. Il est devenu de plus en plus pessimiste depuis les deux ans qu'il est parti.

— La guerre ! s'écria Rosa.

Pleine de pitié, Miriam songea : Ses fils devront la faire.

— Oui, dit-elle. David croit que rien ne l'arrêtera plus. Il dit que cela n'est plus qu'une question de temps.

— A cause de gens comme lui ! s'écria vivement Rosa. Comme il s'est montré adroit et sournois tout le temps qu'il a passé ici ! Qui aurait pu avoir la moindre idée de ce qu'il manigançait ?

Ses paroles cinglaient l'air comme autant de coups de fouet.

— C'est merveille qu'il ait réussi à s'enfuir indemne.

— Les sentiments et les passions sont très exaltés. Il est bon de se montrer prudent, avisa Gabriel.

Et Miriam comprit que la mise en garde lui était adressée.

— L'autre soir, à la réunion de notre fonds de soutien aux veuves et aux orphelins juifs, on a bien failli en venir aux mains.

— Nous autres juifs ne devrions pas nous mêler de politique, déclara Rosa. Nous avons bien assez de nos propres affaires. Regardez ce qui s'est passé au temple d'Albany, dans l'Etat de New York, où les orthodoxes ont attaqué le rabbin Wise à propos des droits des femmes !

L'indignation la mettait hors d'haleine. Miriam déclara :

— Non, je suis désolée, mais je ne suis pas d'accord.

— Il y a des deux côtés des agitateurs qui font monter les enchères, dit calmement Gabriel. Je suis quant à moi de l'avis d'Isaac Leeser. Il estime que les juifs devraient jouer le rôle de médiateurs entre les deux partis.

— Il est parfois bien difficile de rester au milieu quand on a des convictions, répondit Miriam. Vous avez lu *La case de l'Oncle Tom* ? David me l'a envoyé de New York. Il s'en est vendu plus d'un million d'exemplaires dans le Nord.

— J'y ai jeté un coup d'œil, dit Rosa. C'est du pur sensationnalisme. Scandaleusement exagéré, et tu dois bien le savoir, Miriam.

— Peut-être bien. Il n'empêche qu'on est souvent contraint d'exagérer pour se faire comprendre.

La voix de Rosa se fit très aiguë.

— Je crois que mieux vaudrait éviter ce lamentable sujet, Miriam. Je comprends que tu aies des convictions, mais il me semble que tu as eu suffisamment d'ennuis et que tu devrais plutôt les éviter à l'avenir. Si tu me permets de te donner un conseil, j'espère que tu ne parles pas de cette façon devant la famille de ta belle-mère. Franchement, je trouve merveilleux de leur part qu'ils n'aient jamais cherché à t'humilier — je sais bien que ce n'est pas ta faute — mais enfin c'est ton frère, et ta seule présence doit sans cesse leur rappeler d'affreux souvenirs.

— Tu sais très bien que je ne parle jamais de ces choses en dehors d'ici, répondit Miriam avec une certaine chaleur.

— Eh bien tant mieux, grommela Rosa. On nous reproche l'esclavage et pendant ce temps le Nord augmente les barrières douanières et empoche tous les bénéfices.

— Les bénéfices ? répéta Miriam.

— Les bénéfices. L'argent.

Gabriel intervint :

— Tous les discours du monde ne changeront rien au fait que le système est condamné à changer, quel que soit le vainqueur. C'est ce que je n'ai jamais cessé de répéter.

— Mais alors, toi aussi, tu penses que la guerre est sûre ? s'écria sa sœur.

— Il faut savoir regarder les choses en face. Le parti républicain est en train de s'organiser pour s'opposer à toute extension de l'esclavage aux nouveaux territoires de l'Union. L'étape suivante sera bien évidemment son élimination dans les Etats du Sud.

Rosa était effarée.

— Et tu penses qu'ils ont le droit de faire une chose pareille ?

— Non. Je pense que le gouvernement fédéral n'a pas légalement le droit de le faire. Ce serait se mêler d'affaires qui sont du ressort des Etats.

— Mais dans ce cas-là, demanda Miriam, comment vous y prendriez-vous pour éliminer l'esclavage ?

— Les Etats doivent le faire eux-mêmes. Et, avec le temps,

c'est précisément ce qu'ils feront si on les laisse faire tranquillement.

— Avec le temps, répéta Miriam.

— Eh oui, et entre-temps, dit Gabriel, la loi est la loi.

— Comme disait toujours David, voilà qui est parler en avocat, dit-elle avec un sourire, cherchant à calmer l'atmosphère tendue.

Gabriel ne lui rendit pas son sourire. Il se leva et posa la main sur le dossier d'une chaise. Il parla doucement, d'un air songeur, comme pour lui-même.

— Il m'arrive de souhaiter ne pas l'être. Si seulement j'étais musicien, ou mathématicien, travaillant sur des abstractions. Tout serait bien clair, bien net. J'effacerais — il fit un geste dur et large — j'effacerais tout ce qui est affectif, émotionnel. Des faits, rien que des faits.

Il regarda par la fenêtre une abeille qui bourdonnait dans les grappes pendantes de glycine.

— Et parfois je me dis que j'aimerais partir pour la Californie, oh pas pour l'or, ça ne m'intéresse pas. Non, simplement pour trouver du nouveau. Ou alors je contournerais le cap Horn avec le *Sea Witch*.

Un sourire lointain flotta sur ses traits. Il se croyait peut-être à la barre du *Sea Witch*, par mer forte et grand vent.

— Elle a établi un record, vous savez : quatre-vingt-dix-sept jours de New York à San Francisco.

Mais il s'interrompit pour aller poser la main sur l'épaule de Rosa qui le dévisageait avec inquiétude.

— Ne t'en fais pas. Je ne compte pas t'abandonner pour l'instant, pas tant que tes garçons ne seront pas capables de voler de leurs propres ailes.

— Alors parlons de choses plus gaies, répondit Rosa.

— A la bonne heure, ma chère, c'est toi qui commences, dit Gabriel.

— Très bien, dit-elle avec enjouement. L'un de vous deux compte-t-il aller entendre *Le Roi David* ? Je l'ai entendu une fois. Quelle délicieuse musique ! Vous vous rendez compte ce garçon, quinze ans seulement ! Louis Moreau Gottschalk. Son grand-père était une espèce de cousin de la mère de Henry, je crois.

Tous les juifs éminents ou riches, d'où qu'ils soient, finissent toujours par se révéler « des espèces de cousins », songea Miriam en souriant intérieurement.

— C'est effectivement un sujet agréable et j'ai bien l'intention d'aller l'entendre. Et maintenant si vous voulez bien me pardonner, mesdames, je vous laisse parler de choses agréables, conclut Gabriel en prenant congé.

— J'aime beaucoup ton chapeau, dit Rosa en signe de réconciliation. J'ai donné toutes mes capelines. Seules les vieilles dames en portent encore. Oui, le chapeau te va bien. Mais tu as l'air fatiguée. Pas mal, remarque, mais je t'ai déjà vue bien mieux. Si tu me le demandes, je te dirai que tu travailles trop.

C'est le travail qui me sauve, songea Miriam sans répondre. Sans le travail, je ne servirais plus à rien, je n'aurais plus de but, plus rien.

Rosa remplit les tasses de thé.

— Que penses-tu de ma nouvelle décoration ? Tu ne m'en as rien dit.

Lors d'une excursion pour visiter l'exposition de Crystal Palace, de New York, elle était tombée amoureuse du style Belter. Elle avait donc redécoré le vieux salon avec des guirlandes de stuc au plafond et des tapis à fleurs. Des sofas et des fauteuils tapissés d'un satin bleu à motifs d'abeilles dorées entouraient une vaste table à dessus de marbre blanc. Partout des fleurs, des grappes et des licornes sculptées et, aux quatre coins de la pièce, quatre hauts miroirs pour refléter toute cette gloire.

— Tu n'aimes pas ? s'enquit Rosa sans avoir laissé à Miriam le temps de répondre. Ne te gêne pas avec moi. Non, je vois que cela ne te plaît pas beaucoup. Ce n'est pas ton goût. C'est vrai que c'est peut-être un peu ostentatoire mais, franchement, c'est exactement ce que je voulais. Je me sens bien dans cette pièce.

— C'est tout ce qui compte, dit gentiment Miriam.

— Tout de même, chacun a besoin d'avoir quelque chose. Je vis seule, n'est-ce pas ? Mon frère et mes fils sont merveilleux avec moi, Dieu sait, mais enfin, je suis seule.

— Pardonne-moi si je te pose cette question, mais je crois que nous nous connaissons depuis assez longtemps et assez bien pour que je puisse te la poser. Comment se fait-il qu'une femme aussi pleine de vie que toi ne songe pas à se remarier ?

Rosa posa sa tasse de thé avec un petit cliquetis de porcelaine et jeta à Miriam un regard lourd de signification.

— Pour la même raison qui a empêché mon frère de se marier.

— Et qu'est-ce qui l'en a empêché ?

— Nous sommes tous les mêmes dans la famille. Quand nous ne pouvons pas avoir ce que nous désirons, nous ne nous satisfaisons jamais de « ce qui se fait de mieux juste après ». Tu te rappelles, je t'en avais parlé, jadis.

— Ah, oui. Il n'était pas juif.

— Il ne l'était pas. Il ne l'est pas.

— Il vit toujours donc.

— Mais oui. Il est toujours prêt à m'épouser. Il est merveilleux. Mais je ne peux pas m'y résoudre. Bien sûr si je trouvais un autre homme de ma confession, un homme qui vaille Henry — mais ça n'a pas été le cas et comme je te l'ai dit nous ne nous satisfaisons jamais de moins.

— Et tu me dis que la même chose est vraie de Gabriel ?

— Pas exactement la même. Enfin, quoi, tu ne le sais pas ? Tu es donc aveugle ?

— Que veux-tu dire ?

— Mais il n'a jamais aimé personne d'autre que toi.

Rosa la dévisageait avec une curiosité qui était presque blessante.

— Il n'a jamais pu se lier à l'égard d'une autre femme en raison de ce sentiment que tu lui inspirais.

Contrairement à la vieille provocation d'Eugene qu'elle n'avait toujours pas oubliée, c'était apparemment une vérité, et qui la laissait pantoise.

— C'est Gabriel qui te l'a dit ? chuchota-t-elle.

— Disons que je lui ai tiré les vers du nez.

Alors, aussitôt, Miriam songea à André. L'idée qu'un homme pouvait entrer pour elle dans les transes qu'elle connaissait — qu'elle avait connues — pour André !

Brusquement, Rosa s'inquiéta. Elle s'appliqua une main en travers de la bouche.

— Ne t'en va surtout pas lui répéter que je te l'ai dit ! Ah, je ne sais pas pourquoi je fais ces choses, c'est plus fort que moi. Je ne sais pas tenir ma langue. Je lui avais juré de ne jamais dire un mot. Il regrettait de m'en avoir parlé et m'a fait promettre de garder le secret.

— Tu peux me faire confiance, Rosa. Je te donne ma parole. D'ailleurs, crois-tu vraiment que j'irais évoquer un tel sujet avec Gabriel ?

— Oh juste ciel, quelle épouvantable conversation nous avons eue aujourd'hui ! Décidément, dépêchons-nous de parler d'autre chose pour pouvoir oublier tout ça. Tu as bien quelques potins ?

— Non, justement, plus aucun. Je n'en entends plus guère depuis que je passe mes après-midi au bureau.

— Eh bien moi, j'en ai quand même quelques-uns. André Perrin se décide finalement à rentrer. Qu'en dis-tu ? Je commençais à penser qu'ils s'étaient installés définitivement à Paris. Mais je me suis laissé dire qu'il n'a pas récupéré tout l'argent qu'il avait mis dans cette belle maison du quartier des jardins. Tu imagines cette folie : faire bâtir une maison qu'on n'habitera jamais !

Et ainsi de suite. Rosa parla de sa nouvelle voisine, de l'épouse du rabbin et des prix de sa couturière. Mais Miriam, se contentant de faire oui ou non de la tête aux bons endroits, n'était plus qu'à moitié avec son amie, le reste d'elle-même étant divisé, déchiré entre des tiraillements contradictoires, son foyer et ses enfants, Gabriel, qu'elle redouterait désormais d'affronter, et André, qui rentrait, l'ayant peut-être totalement oubliée. Et s'il ne l'avait pas oubliée — qu'allait-il se passer ?

Pour l'heure, elle se leva et prit congé. Sa voiture l'attendait devant la porte.

— Maxim, dit-elle, je voudrais visiter une propriété avant de rentrer à la maison.

Et elle lui fit prendre la direction du quartier des jardins.

La voiture dépassa Urania Street, Thalia Street et Euterpe Street, laissant derrière elle des tours, des vitraux et des pelouses. C'était un monde bien différent du Vieux Carré, un monde américain.

— Voilà, Maxim. Arrête-toi ici une minute.

Cela faisait bien longtemps qu'elle n'avait pas vu la maison. Avec un étrange sentiment de satisfaction, elle nota à quel point elle différait des autres maisons de la rue.

Blanche et classique, elle se dressait au milieu d'un joli bosquet de hauts mimosas. Pendant quelques minutes, elle la contempla assise dans la voiture. Puis elle vit un enfant qui en faisait le tour en courant et, au premier étage, des fenêtres ornées de rideaux de dentelle, derrière lesquelles devait s'ouvrir une pièce charmante dans laquelle un homme et une femme partageaient leurs nuits.

Le cheval remua la queue et piétina sur place, la rappelant à elle-même.

— A la maison, Maxim, dit-elle.

— C'est très joli, ici, Miss Miriam, fit remarquer Maxim qui se sentait en veine de bavardage. Miss Emma m'a envoyé faire une course ce matin de l'autre côté d'Adele Street. On ne croirait jamais que c'est la même ville que celle-ci, avec les abattoirs et toutes ces odeurs. Ah, ces Irlandais tout de même, c'est des gens bien sales.

Décidément, chacun voulait avoir un inférieur. Maxim avec sa belle livrée, menant l'élégant attelage de son maître, se sentait supérieur à tous les misérables Irlandais qui n'avaient ni livrée, ni attelage, ni maître pour leur fournir l'une et l'autre. C'était curieux, vraiment.

Ferdinand et Emma prenaient le café sous la véranda.

— Tu es restée longtemps, dit Ferdinand.

— Oui. Rosa et moi nous avons bavardé après les affaires.

— Et de quoi donc ?

Il avait perdu depuis si longtemps le contact avec les choses qu'il était avide de toute miette d'information, aussi infime fût-elle.

— Oh, de religion, de mobilier, de la guerre...

— De la guerre ! s'indigna Ferdinand. Il n'y aura pas de guerre. Nous avons laissé tout cela derrière nous en Europe.

— Gabriel pense que si. Et David aussi. Mais, risqua-t-elle non sans audace, je pense moi que si les femmes dirigeaient le monde, il n'y en aurait pas. Nous trouverions d'autres moyens de résoudre les problèmes.

— Les femmes, ma petite chérie ? dit Ferdinand en décochant à sa fille le sourire qu'il réservait d'ordinaire au petit Eugene et à Angelique. Les femmes ? Si l'homme avec sa force et son intelligence ne parvient pas à mieux gérer ses affaires, qu'est-ce qui te permet de penser que les femmes s'en tireraient mieux que lui ? Pourquoi ne pas confier nos affaires aux enfants, pendant que tu y es ?

Et qui a su faire marcher cette maison depuis qu'Eugene a perdu la vue et que toi tu as perdu ton argent, pensa-t-elle avec colère. Pauvre homme, vaniteux et ignorant !

Mais il avait l'air si vieux, rejetant les épaules en arrière avec une rondeur et un panache si pitoyables, qu'elle songea : Bah, qu'il parle ! et ne répondit rien.

17

C'était de nouveau l'automne. Une brise plus fraîche venait du golfe et le soleil, cessant de brûler, déversait une tiédeur bienveillante. Dans le petit jardin où Miriam s'était assise avec un livre qu'elle ne lisait pas, les premières feuilles jaunissantes effleuraient l'épaule d'Aphrodite. Sur l'herbe sèche, un kaki trop mûr était tombé, son jus épais et sucré jaillissant de sa peau éclatée, attirant des abeilles bourdonnantes prises de frénésie.

Le portail grinça. Vaguement ennuyée par cette intrusion, elle tourna la tête pour voir de qui il pouvait bien s'agir.

— Miriam. Je viens d'arriver. Je suis venu dès que j'ai pu, disait André.

Si souvent, en imagination, elle avait manigancé cette rencontre, la voyant survenir par hasard dans la rue, ou lors de quelque réception guindée ou encore, bêtement, lors d'une promenade en forêt, comme dans un opéra allemand — jouant toujours avec ces rencontres imaginaires avant de les écarter, vaguement gênée de leur inutilité et de leur bêtise. Mais maintenant qu'il se tenait là, devant elle, elle ne savait même plus ce qu'elle éprouvait, en dehors d'un sourd étonnement à l'idée qu'il pût être là.

— Il vous est arrivé tant de choses depuis que je suis parti... votre frère. Oh, Miriam, dans le secret de mon cœur, j'ai pleuré pour vous.

— Et vous avez su, pour Eugene ?

— Oui, depuis longtemps. Emma avait écrit à Marie-Claire.

« Marie-Claire » resta comme suspendu dans l'air entre eux deux.

— Et comment va-t-elle..., votre femme ?

Dans le fait de prononcer ce nom, y avait-il une véritable intention de blesser — lui ou elle —, elle n'aurait pu le dire.

— Elle n'est pas revenue avec moi. Elle a eu quelques récitals, son professeur est enthousiaste. Bref, elle veut demeurer encore quelque temps là-bas.

Ainsi sont-ils en train de s'écarter l'un de l'autre, songea-t-elle non sans malice et honteuse de cette pensée.

— Mais il fallait que je rentre. Cela avait assez duré. Et nous avons acheté une maison dans l'ensemble Pontalba.

— Ce sont de fort belles demeures, dit Miriam.

Cet échange de banalités courtoises — quelle signification tout cela ? Il n'avait pas changé, dégageait encore la même impression brillante. Se rappelait-il leur séparation au même endroit, comment ils s'étaient accrochés l'un à l'autre ? Peut-être pas. Le temps s'écoule et tout change, tout change avec chaque instant.

— Voudriez-vous voir la maison ? demanda alors André.

Elle avait besoin de marcher, de bouger, de faire quelque chose du grondement qui se faisait en elle. Mais elle adopta un ton pincé.

— Ce serait charmant.

La messe était dite et les rues étaient animées d'une foule en route pour ses plaisirs du dimanche, combats de coqs, courses de chevaux, music-hall, cabarets et tavernes.

— Voilà en tout cas qui n'a pas changé, remarqua André et j'imagine que les protestants fulminent toujours contre cette conception joyeusement catholique du dimanche.

— J'imagine, oui.

— Bah, il n'y a pas de mal à s'amuser un peu, quel que soit le jour de la semaine. L'ennui maussade n'a jamais contribué à améliorer le monde.

Dans le petit square adjacent à la cathédrale, des enfants étaient assemblés autour du stand d'un marchand de glaces.

— Cela non plus n'a pas changé.

— Non, dit Miriam.

Ils étaient en train de faire la conversation, tous les deux. Elle éprouvait la difficulté qu'il y avait à contourner délicatement l'unique question d'importance : sommes-nous restés les mêmes ou le temps et la séparation ont-ils laissé leur marque ?

André débita quelques remarques sur la nouvelle cathédrale.

— Un bâtiment somptueux.

— Oui, grâce à la générosité de Judah Touro.

— Oui, nous avons entendu parler de son testament en Europe. Tout à fait extraordinaire ! Le nombre de dons, ici l'hôpital juif et à Jérusalem des orphelinats, des foyers. Remarquable.

— Gabriel dit que si Touro était mort dix ans plus tôt, il n'aurait rien laissé du tout à des institutions juives. Gabriel exerçait une profonde influence sur lui, vous savez. Il a été au nombre de ceux qui l'ont ramené à sa foi d'origine.

— Et Gabriel ? Comment va-t-il ? Toujours pas marié ?

— Toujours pas marié.

D'une manière assez étrange, elle eut l'impression qu'elle était en train de défendre Gabriel, ou plutôt, encore plus illogiquement, que sa seule existence à elle, en tant qu'objet de son amour à lui, était une faute grave.

Et elle poursuivit, réfléchissant à haute et intelligible voix :

— Il m'a beaucoup aidée, il a été ma main droite depuis l'accident d'Eugene.

— Ah, vous avez vraiment trop de fardeaux ! s'exclama André. Beaucoup trop.

S'immobilisant quelques instants avant d'ouvrir la serrure, il parcourut des yeux la place avec une admiration manifeste.

— S'il n'y avait pas Andrew Jackson caracolant sur son cheval, on pourrait d'ailleurs se croire place des Vosges à Paris.

Il la mena à l'étage et l'introduisit dans un grand salon Louis XV haut de plafond, orné d'une cheminée de marbre noir. Machinalement, ils gagnèrent les fenêtres ; dans ces pièces ce serait certainement toujours un mouvement inévitable. Dehors, dans le square, les myrthiers d'Inde étalaient leurs fleurs roses et blanches d'automne. Sur la droite, on apercevait la digue, et le fleuve étincelant. Ils se tenaient parfaitement immobiles et silencieux ; le silence grésillait.

Qu'est-ce que je fabrique ici ? songea Miriam.

Elle se remit à parler d'une voix haut perchée, peu naturelle.

— C'est ici que Jenny Lind a débarqué. Barnum l'avait fait venir de Cuba. Dix mille personnes étaient venues l'attendre. Une foule ! Elle est descendue chez la baronne Pontalba.

— Vraiment ?

André était derrière elle, sans la toucher, pourtant, dans l'air tout autour de lui il y avait comme une auréole de chaleur qui couvrait le dos et les épaules de Miriam.

— Oui, dit-elle. Oui, elle est restée ici un mois. On vendait des billets aux enchères, jusqu'à deux cents dollars et plus.

Les paroles se précipitaient dans sa bouche.

— Marie-Claire sera peut-être comme elle un jour.

Pourquoi parler de Marie-Claire ?

André répondit :

— Marie-Claire possède une voix très pure, mais c'est une petite voix. Jamais elle ne sera une Jenny Lind ou une Adelina Patti, bien qu'elle ne s'en rende pas encore compte.

— Je suis navrée, dit Miriam.

Elle se rappelait l'enfant sérieuse et ingrate qui chantait de tout son cœur dans le salon de papa. Puis la triste jeune mariée debout près d'André et tante Emma qui avait faussement gazouillé : ne font-ils pas un joli couple ?

— Navrée ?

— Oui. Qu'elle n'ait pas ce qu'elle désire si profondément. C'est une chose terrible de désirer quelque chose que l'on sait que l'on n'aura jamais.

— Nous ne sommes pas venus ici pour parler de ces choses, dit-il.

Elle couvrit son visage de ses mains.

— Je nage en pleine confusion, je ne sais pas, je ne sais plus.

Il lui prit la tête et l'inclina sur son épaule. Ses doigts se déplaçaient dans sa chevelure, défaisant les grosses épingles qui maintenaient son chignon sur sa nuque, de telle sorte que sa chevelure lui retomba bientôt jusqu'aux épaules.

Elle sentit son cœur ralentir, il battait régulièrement, fortement. Quelque chose monta en elle qu'elle n'avait jamais éprouvé auparavant, une fleur s'ouvrit et s'épanouit, un fleuve coula, une vague s'enfla. Les mains d'André défirent les fermetures de sa robe et elle se tint parfaitement immobile, les yeux clos, le laissant faire ce qu'il souhaitait. Les anneaux de fer de sa crinoline et vingt mètres d'étoffe jaune tombèrent sur le plancher. Quand elle ouvrit les yeux elle aperçut dans le miroir le renflement mauve pâle de ses seins. Son visage était opalescent, il nageait dans le miroir. Les cernes qu'elle avait sous les yeux faisaient comme la trace laissée par des larmes tandis que ses lèvres se redressaient lentement, lentement, en un doux sourire.

Il la souleva légèrement, la transporta sans peine et dans une délicieuse chambre blanche, haute de plafond, la déposa sur le lit.

Et maintenant, c'était sa tête à lui qui reposait sur son épaule à elle. De sa main libre elle lui caressait la joue sur laquelle un infime rayon de lumière, qui avait réussi à filtrer à travers les persiennes closes, couronnait d'or son fin duvet. Que sa main était belle, les doigts entrouverts et détendus dans le sommeil ; chaque ongle, lisse comme du verre, portait un croissant pâle. Et quelle tendresse, quelle habileté dans cette main vigoureuse !

En proie à une merveilleuse langueur, elle étira son bras, humant une senteur de citron sur sa peau tiède, ressentant l'épanouissement de sa propre santé. Un coup de vent réveilla André.

— Tu n'as pas dormi ? murmura-t-il.

— Non, j'étais tout engourdie, mais je n'ai pas dormi.

— Tu réfléchissais, lui reprocha-t-il gentiment. Tu penses trop.

A cet instant, à ce rappel, l'inquiétude fit voler sa paix en mille morceaux.

— Je me rappelais le nombre de fois où je me suis demandé comment ce serait quand tu serais rentré.

— Eh bien maintenant tu le sais, tu n'as plus à te le demander.

— J'ai l'impression que ces années ne se sont pas passées, que tu n'es parti qu'hier.

Il lui baisa les paupières.

— Je veux que tu sois heureuse... heureuse.

— Si seulement nous n'avions jamais à nous lever, si nous pouvions demeurer ici, dans cette chambre, à jamais.

— Chère Miriam, nous y sommes pour le moment, ne le gâche pas.

— Je voudrais bien, mais...

— Mais quoi ?

— Si seulement il n'y avait ni Eugene ni Marie-Claire !

Deux paires de ses bas, la résille noire que l'on portait au-dessus de la soie couleur chair, étaient posées sur le dossier d'un fauteuil. Ils lui rappelèrent... la mulâtresse d'Eugene. Je ne vaux donc pas mieux qu'elle ?

— Tu te fais du souci pour eux ? Nous ne leur prenons rien dont ils aient l'un ou l'autre envie. Certainement pas Eugene, après tout ce que tu m'as raconté.

— Mais Marie-Claire ?

— Cela ne compte pas, je te l'ai dit. Elle ne pense qu'à sa voix, et à rien d'autre, et certainement pas à moi ! Et si elle s'en moque, pourquoi devrais-je m'en faire ?

— Tu sais, tu ne me croiras probablement pas, mais c'est vrai, j'ai toujours vu que ma vie rencontrerait un jour la sienne.

— Tu « vois » souvent des choses de cette façon ? railla André.

— Pas souvent, dit-elle simplement. Mais cela arrive. Pour nous, je ne vois rien, un grand vide sombre.

— Tu as trop longtemps écouté les domestiques. Ce sont des superstitions. Ecoute-moi.

Il l'étreignit étroitement.

— Il faudra toujours m'écouter. Imagine-toi que tu t'embarques pour un long, un merveilleux, un périlleux voyage. Je suis le guide, j'assurerai ta sécurité, j'écarterai le péril.

Elle poussa un soupir.

— Il est vrai que tu me réconfortes. Que tu me fais du bien. Le son de ta voix suffit à me réconforter.

— C'est ce que je veux faire.

Il l'embrassa.

— Tu reviendras ? Je vais devoir m'absenter souvent — ma famille, mes affaires dans le Nord — mais jamais très longtemps. Tu reviendras ?

— Oh oui, oh oui, dit-elle. Je reviendrai.

Et ce fut ainsi que cela commença.

18

Pendant cette dernière année de paix, il y en eut pour voir ce qui se préparait et d'autres pour le nier, alors même que c'était pratiquement écrit en travers du ciel en lettres de feu.

John Brown avait pris d'assaut l'arsenal fédéral de Harper's Ferry. Acclamé dans le Nord comme un défenseur des libertés humaines, il était quotidiennement condamné et traité d'abject agitateur quand négociants et planteurs se retrouvaient pour déjeuner au Maspero's Exchange. Là, ils évoquaient aussi le cas d'hommes comme David Raphael, s'étonnant que ce dernier, par exemple, pût être d'une famille aussi respectable. Et l'on plaignait ses parents. On citait les hommes politiques qui avaient déclaré la sécession inévitable à moins qu'un « compromis raisonnable » ne fût rapidement mis en pratique. Baissant la voix et affectant un ton sinistre, ils parlaient des Anglais massacrés lors de la mutinerie indienne de Lucknow quelques années seulement auparavant.

Le défilé du Mardi gras de cette année-là fut aussi splendide que tous les autres ; l'Opéra français débuta une saison spectaculaire avec Donizetti, Massenet et Bellini ; Adelina Patti chanta ; on installa le nouvel éclairage au gaz dans les meilleures maisons et les dames, portant désormais la raie au milieu dans un style de madone, commencèrent à se faire photographier.

Pourtant ce ne fut peut-être pas l'ignorance, mais bien la

crainte de la guerre, qui engendra cette gaieté et tira jusqu'à Eugene lui-même de son apathie.

— Cela fait trop longtemps que nous n'avons plus eu d'invités à Beau-Jardin, dit-il un beau jour les sourcils froncés. Pourquoi ne l'avons-nous pas fait avant ?

— Parce que nous en étions à sauver les meubles, lui rappela Miriam avec un certain ressentiment.

Pas une fois, il ne lui avait manifesté sa reconnaissance pour ce qu'elle avait fait.

— Nous allons inviter des gens à temps pour la saison du broyage de la canne.

Cela signifiait une semaine de réjouissances ininterrompues, à escorter les visiteurs dans leur visite de la sucrerie, où l'on boirait du jus de canne frais et du rhum, tandis que les esclaves travailleraient vingt-quatre heures par jour tant que toute la récolte de canne n'aurait pas été broyée.

— Nous les ferons tous venir à bord du *Edward J. Gay*, si nous faisons les choses, autant les faire avec style, dit Eugene saisi d'un enthousiasme soudain. Il va nous falloir des menus raffinés : bisque, soupe de tortue, pigeon, tout ce dont vous vous aviserez. Et j'imagine que nos provisions de madère ont beaucoup baissé. Il y a si longtemps que je n'ai pas vérifié. Voulez-vous vous en charger ? Et de la liste des invitations aussi, puisque... puisque je ne peux plus écrire moi-même ?

Elle alla chercher une plume et du papier.

— Commençons par Gabriel et sa sœur.

— Rosa sera à Saratoga, lui rappela-t-elle.

— Bah, Gabriel alors. C'est un type froid mais on apprend à l'aimer. Je le trouve attachant finalement. Emma et sa multitude, bien sûr, Eulalie, Pélagie et ceux de ses enfants qui voudront bien venir. Oh oui, note aussi ce Perrin. André Perrin. Je ne l'ai pas vu depuis qu'il est de retour en ville. Il ne m'a jamais rendu visite. Je l'aurais cru plus amical.

La plume de Miriam s'immobilisa, elle maîtrisa le tremblement de sa main.

— S'il n'est pas très amical, pourquoi l'inviter ?

— Ah, bah, je ne lui en veux pas. Je sais qu'il voyage beaucoup. C'est peut-être la raison pour laquelle il n'a pas trouvé le temps de venir. Il m'a toujours plu, ce garçon. Il est malin, voyage dans le monde entier, ce que je regrette maintenant de n'avoir pas fait lorsque j'en étais encore capable.

— Il est donc fort probable qu'il soit en voyage quelque part. Je vais m'en occuper pour vous.

— Ne vous donnez pas cette peine. Je dispose des moyens de m'en informer moi-même. Notez son nom.

André Perrin. Les lettres se détachaient sur le papier. Elles dévisageaient d'un air moqueur et inquiet à la fois Miriam qu'effrayaient les battements de son propre cœur.

Après le dîner, les hommes fumaient et bavardaient sur la terrasse. La rumeur de leurs voix entrant par les hautes fenêtres ouvertes se heurtait à la harpe dont Félicité, la fille de Pélagie, jouait au salon.

Les pensées de Miriam allaient et venaient comme des vagabonds fatigués à la recherche d'un lieu où se reposer. Elles allaient d'Angelique qui, faisant semblant d'écouter la musique, devait probablement être en train d'envier l'âge de Félicité qui lui permettait de porter une coiffure relevée en chignon, à André, quelque part sur la terrasse. Elle se tendait pour tenter de percevoir sa voix, parmi les autres, mais n'y parvenait pas.

Trois jours déjà et ils n'avaient pas encore trouvé une minute de solitude ensemble. Les hommes et les femmes allaient se baigner séparément dans le bayou. On se promenait en groupe par la campagne, on dînait en groupe puis l'on jouait aux cartes. De temps à autre, ses yeux avaient rencontré les siens mais, se souvenant de l'adoration qu'on lisait pour Sylvain sur le visage de Pélagie, Miriam s'était à chaque fois détournée.

Elle pensait non sans curiosité : le visage de Gabriel est masqué, rien ne s'y révèle. Se pouvait-il que Rosa se fût trompée ? Non, bien sûr que non. Alors, cette soirée devait être pénible pour Gabriel... comme c'était étrange, l'idée que les deux hommes qui l'aimaient étaient présents ensemble ce soir-là !

Comme était étrange le simple fait d'avoir de telles pensées ! Elle, Miriam, l'épouse si convenable d'un gentleman respecté, la maîtresse de cette demeure familiale, impeccable et tenue selon les traditions, la mère de ce garçon viril, déjà assez grand pour prendre sa place avec les hommes après le dîner, la mère qui devait être un exemple pour sa fille...

Que dirait le monde — le monde dans lequel elle devait vivre — que dirait-il d'elle, s'il savait ? Ses enfants... elle perdrait toute dignité à leurs yeux. Quelle souffrance elle leur causerait ! Et elle passa une main sur son front, qu'elle trouva trempé de sueur.

— Je songeais, dit Pélagie, à Marie-Claire qui jouait pour nous autrefois. C'est tout de même bizarre qu'elle reste à l'étranger. Cela doit être très dur pour un jeune mari.

— J'imagine, oui, acquiesça Miriam.

— Pourtant il a l'air heureux ! Il a vraiment l'air d'aller très bien, tu ne trouves pas ?

— Très bien, oui.

— Toi aussi, d'ailleurs, Miriam. Ça fait bien longtemps que je ne t'avais pas vue aussi épanouie, aussi rose. Tu as l'air en pleine santé.

Miriam se rapprocha de la fenêtre, prétextant la chaleur mais éprouvant en fait le besoin de se mettre à l'abri des remarques de Pélagie.

— J'ai un immense respect pour le rabbin Wise, était en train de dire Gabriel. Il estime qu'on devrait séparer religion et politique et je suis en plein accord avec lui.

— Bah, Wise, répliqua Eugene, est un adversaire de l'esclavage, et bien sûr, je suis en désaccord avec lui là-dessus. Mais quand il dit qu'il préférerait quitter l'Union plutôt que de faire une guerre civile, là je suis entièrement d'accord.

— Nul ne devrait mettre en doute le fait patent que, si la guerre éclate, elle aura été amenée par les prosélytes protestants de l'abolitionnisme.

Miriam se rappela un temps où elle n'avait cessé de réfléchir à toutes ces questions. Mais pour l'instant, elles ne signifiaient plus rien pour elle. Elle pensait à André. Elle était devenue une femme habitée d'une idée fixe.

— Je me suis laissé dire que les députés de l'Etat prévoient une crise, dit Eugene. Selon eux, en cas d'élection d'un républicain à la présidence, nous ferons sécession.

Une autre voix résonna.

— Alors ce sera la guerre.

D'autres voix s'élevèrent.

— Nous manquons de tout : fabriques de véhicules, munitions, tentes — de tout, absolument.

— Vous imaginez l'abolition ici ? A vous donner la chair de
poule ! Les hordes qu'on trouverait sur les routes, sans foyer,
sans rien à manger, en dehors de ce qu'ils pilleraient.

Elle sentit qu'on lui touchait l'épaule.

— La nuit est splendide, dit André. Trop belle pour ces
conversations déprimantes. Que diriez-vous d'une promenade,
à pied ou en barque ?

Elle le regarda en levant les sourcils comme pour dire : Cela
nous est impossible.

Mais André la devança avec légèreté et enjouement :

— Toutes les dames sont les bienvenues ! Pour la barque,
il n'y a que deux places. Prenez votre tour ! Vous la première,
Pélagie ?

Pélagie déclina l'invitation. Le siège de Miriam grinça brusquement quand elle se leva, se rappelant la manière dont il
l'avait entraînée à l'écart de la conversation, le premier soir.

— Nous avons commencé si joyeusement, disait André,
mais il faut toujours qu'ils en viennent à la politique. Allons
plutôt regarder les étoiles. Elles étaient là longtemps avant
qu'il y ait un Nord ou un Sud. Et elles y resteront longtemps
encore après qu'il n'y en aura plus.

La lune, vaguement rouge, avait saigné rose dans le ciel laiteux. Au milieu de la pelouse, où les sons un peu guindés de
la harpe commençaient à s'estomper aux oreilles, ils étaient
remplacés par le rythme plus grêle et poignant d'une guitare.
Là-bas dans les cabanes des communs, un homme chantait
d'antiques désirs et de passagères délices. Point n'était besoin
de comprendre les paroles pour reconnaître ces désirs et ces
délices.

André et Miriam marchèrent longtemps d'un pas identique.
Elle sentait le mouvement des jambes d'André à l'unisson avec
les siennes. Le sentier qui menait au bayou était couvert de
cent ans d'aiguilles de pin tombées sur lesquelles les pas produisaient moins de bruit qu'une légère brise à la cime des
arbres. Des chênes pendaient de longues guirlandes de mousse
grise comme des chevelures de vieilles femmes.

— Elle est triste, cette mousse, dit Miriam.

André n'était pas d'humeur mélancolique.

— D'abord, ce n'est pas de la mousse. C'est un végétal apparenté à l'ananas et c'est un symbole de bienvenue.

Il l'aida à monter en barque. La surface était si calme que les arbres de la berge s'y reflétaient dans une parfaite immobilité, découpant des silhouettes d'un noir plus profond sur l'eau opaque du bayou. André lâcha les avirons pour laisser la barque dériver et lui saisit la main. Un long moment, ils demeurèrent assis sans un mot, joints par ce seul contact de leurs mains.

— Comme j'aimerais que nous ayons un endroit où aller ce soir, dit André.

Elle osa alors seulement dire ce qu'elle avait jusqu'à présent retenu parce qu'une femme ne devait jamais prendre l'initiative, se contentant toujours de ce qu'elle recevait :

— Quant à moi, je voudrais plus que cette seule nuit. Envisageons l'avenir.

Et comme il ne répondait pas, elle s'écria :

— Que va-t-il se passer ? Où allons-nous ?

— Oh non, je t'en prie ! Je ne supporte pas que tu sois malheureuse ! Ecoute-moi. N'oublie pas que chaque jour apporte quelque chose de nouveau. La première fois que nous nous sommes vus tu étais étranglée par les larmes. Tu n'aurais pu prévoir, ce soir-là, ce qui s'est passé entre nous depuis, n'est-ce pas ?

— C'est vrai, reconnut-elle.

— Je ne suis pas superstitieux, mais j'ai assisté à tant de merveilleux tours et détours du destin que je ne suis pas près de renoncer à espérer.

Il lui caressa les cheveux. Plus que ses paroles, ce furent ses doigts qui la calmèrent. La compassion qu'il lui manifestait lui donna envie de croire que, par quelque miraculeux tour du destin, tous les obstacles qui se dressaient entre eux seraient anéantis.

Il reprit les avirons et nagea de nouveau vers la terre, sans cesser de parler d'une voix enjouée et forte de New York et de Washington, du théâtre et de diverses personnalités amusantes.

Ils reprirent le sentier en direction de la maison. Au plus profond de l'obscurité, juste avant le débouché du sentier sur la pelouse, ils s'immobilisèrent et André attira Miriam contre

lui. Elle tremblait et se laissa aller de tout son poids de telle
sorte qu'à demi soulevée, les pieds effleurant à peine le sol,
elle se retrouva soudée à lui par les bras et par les lèvres.
Enfin, il lui dit :

— Je ne te l'ai pas encore dit, il faut que je retourne dans
le Nord la semaine prochaine.

— Encore ? Le faut-il absolument ? s'écria-t-elle tout en songeant : je parle comme une épouse, je m'accroche comme une
épouse.

— Oui, il le faut. Des affaires urgentes. La guerre n'est
pas loin, tu sais. Je n'aurais pas pu supporter une seconde de
plus ces conversations, mais ils ont raison, la guerre n'est pas
loin.

— Et qui va gagner ?

— Qui pourrait le dire ? Le Nord dispose de plus d'hommes
et de plus d'argent. Le Sud aura l'aide de l'Europe à cause du
coton, mais qui pourrait le dire ?

Les grandes questions, les grands principes, les sympathies
personnelles et secrètes — tout s'effaça : que ferait la guerre
à André et Miriam ? Elle maîtrisa sa voix :

— Combien de temps resteras-tu parti, cette fois ?

— Cela dépendra de la tournure que prendront les choses.
Un ou deux mois probablement, mais je reviendrai, tu peux
en être sûre. Entre-temps, quand tu passeras devant les constructions Pontalba, pense à moi, souviens-toi de l'appartement
qui nous attend. Tu me le promets ?

Elle comprenait qu'il avait perçu sa peur et qu'il l'admire-
rait si elle parvenait à la cacher avec panache.

— Je te le promets, dit-elle.

— A la bonne heure ! Viens, rentrons.

La brosse lui tirait les cheveux, produisant de petites étincelles. Dans le miroir elle voyait le lit qui attendait et songea
avec soulagement qu'elle serait endormie lorsqu'Eugene ren-
trerait d'une soirée prolongée fort avant dans la nuit si bien
qu'elle ne prendrait même pas conscience de son retour. Combien de milliers d'heures avaient-ils passées ainsi allongés l'un
près de l'autre dans l'intimité obscure de ce lit, sans jamais
se toucher ! Et elle songea qu'en dehors des contraintes de la

loi et de la coutume, il eût été — il aurait dû être — bien plus simple et naturel que ce fût André et non Eugene qui franchît cette porte pour s'allonger sur ce lit.

On frappa.

— Entrez ! dit-elle, attendant Fanny.

C'était Eulalie. Ses jupons franchirent le seuil à une telle vitesse que le taffetas crissait. Elle prit la parole aussitôt comme un enfant venu en courant faire une commission et qui craint de l'oublier.

— Il faut que vous sachiez que je vous ai vus ! Je vous ai vue avec lui tout à l'heure. J'ai entendu chacun des mots que vous avez prononcés.

Le cœur de Miriam ralentit. Les battements du cœur étaient censés s'accélérer sous le coup de la surprise ou de l'émotion — elle n'en sentit pas moins le sien ralentir. Elle posa la brosse et attendit.

— J'étais assise sur la pelouse quand j'ai entendu distinctement vos voix dans le sentier. Je ne me suis pas abaissée à épier si c'est ce que vous pensez.

— Je ne pense rien.

Froide. Glaciale. En dire aussi peu que possible. Par-dessus tout, ne pas lui montrer qu'on est terrifiée.

— Et moi, dit Eulalie en détachant les mots, je pense que vous êtes un objet de scandale. Une honte.

Des postillons frappèrent les joues de Miriam.

— Peut-être ne possédez-vous même pas assez de pudeur pour vous en rendre compte.

Miriam rassembla ses pensées.

— Si vous choisissez d'interpréter — d'une manière totalement fausse — ce que vous dites avoir entendu, je n'y puis absolument rien, n'est-ce pas ?

Le rire d'Eulalie était un rire de vainqueur, plein de mépris et d'assurance.

— Il n'y a rien à interpréter. Les constructions Pontalba ! C'est donc là que vous vous rendez lors de vos prétendues promenades de l'après-midi. Une dame bien comme il faut, avec... avec vos bracelets d'or !

Elle va crier tout cela à travers la maison et dans toute la ville. Les enfants l'entendront et me haïront.

— Pas étonnant que l'on ait déplacé la capitale de l'Etat

pour qu'elle ne soit plus à La Nouvelle-Orléans ! C'est une moderne Sodome, disent-ils. Pas faite pour recevoir des législateurs, disent-ils, et il est vrai que lorsque des femmes comme vous, dans des maisons respectables...

Un instant, Eulalie ne trouva plus ses mots.

Il y a en elle une tendance à la folie, songea Miriam en voyant s'empourprer le cou de la vieille fille comme sous l'effet d'une brûlure ou d'une maladie. C'était peut-être même cela, avant tout le reste, qui avait maintenu les jeunes gens à l'écart : une tendance à la folie.

— Que croyez-vous que va dire votre père, votre père qui ne jure que par vous ! Et ma mère qui vous a traitée comme l'une de ses propres filles ! C'est ainsi que vous les récompensez !

Voilà que je suis allée aussi loin qu'on pouvait aller au sein de l'existence qui est la mienne. Ils feront ce qu'ils voudront de moi.

Mais elle tint bon.

— C'est tout, Eulalie ? Franchement je ne vois pas l'intérêt de poursuivre cette conversation puisque votre siège est.fait.

— Savez-vous ce que les gens vont penser de vous ? Que vous êtes une... une putain ! Oui, une putain !

C'est certainement la première fois qu'un tel mot a franchi ses lèvres pincées, songea Miriam. Elle se leva et gifla Eulalie avec une légèreté d'autant plus humiliante.

— Je vous interdis de prononcer ce mot devant moi. Que savez-vous des putains ? Ou de l'amour ? Ou de quoi que ce soit d'autre ? Vous haïssez le monde ! Vous êtes venimeuse. Vous vous haïssez vous-même. Vous avez été mon ennemie du jour où j'ai mis le pied dans votre maison. Je n'étais qu'une enfant mais je le comprenais déjà. Et maintenant vous avez une arme ! Eh bien, faites-en ce que vous voudrez, je ne puis vous arrêter.

— On vous entend à l'autre bout du hall, dit Eugene d'un ton furieux. Que diable se passe-t-il ici, à la fin ?

Alors les murs se mirent à tourner et le plancher monta à la rencontre du plafond.

— J'ai... j'ai besoin d'air, dit Miriam.

Elle se dirigea en titubant vers le balcon, elle pouvait à peine parler.

— Eulalie se fera un plaisir de vous expliquer ce qui se passe.

D'en bas parvenaient les échos d'une musique et les voix des hommes qui jouaient aux cartes. Parmi eux André, insouciant, ne se doutait pas de ce que les dernières minutes venaient de produire. Elle pensa de nouveau à ses enfants. C'étaient les enfants d'Eugene, il pouvait chasser leur mère de leur vie, il avait le droit pour lui.

La vie a des surprises pour nous tous, lui avait dit André ce soir-là. Laisse-toi porter par le courant, c'est facile. Mais ce courant particulier menaçait de la fracasser contre les rochers.

Et le lourd mais lent battement de son cœur reprit de plus belle. Combien de temps un cœur pouvait-il battre ainsi sans lâcher ?

Plus tard — mais combien de temps, dix minutes, une demi-heure ? elle se rendit compte qu'Eugene était seul dans la chambre.

— Vous pouvez rentrer maintenant, lança-t-il. Asseyez-vous.

Elle était contente qu'il ne pût la voir car elle savait que la terreur se lisait sur son visage.

— Eh bien, dites-moi, commença-t-il, en voilà une histoire ! Oui alors ! Cette misérable est un serpent, pauvre femme. Mais enfin, j'imagine qu'elle n'aurait pas pu inventer tout cela. Et donc c'est la vérité.

Elle n'aurait pu supporter de le regarder, elle fixa donc ses ongles, le petit coquillage rose de ses ongles innocents. Elle poussa un soupir.

— C'est vrai, dit-elle, et elle attendit le déchaînement de sa fureur.

Au lieu de quoi, la porte du couloir qui était restée entrouverte, s'ouvrit à la volée, livrant passage aux enfants.

Mon Dieu, songea-t-elle. Il le leur a déjà dit ! Ou il s'apprête à le leur dire. Il va me condamner devant eux et ils me mépriseront. Ils seront éclaboussés par le scandale. Aucun garçon de bonne famille ne voudra épouser Angelique. Au temple, le jour du Sabbat, les gens se tourneront pour les dévisager... Son esprit continuait de courir, douloureux comme un athlète à bout de souffle.

— Maman ! s'écria Angelique, pourquoi n'étais-tu pas en bas ? Ils ont joué du piano et on a dansé !

La vigueur de l'enfant illuminait sa peau, qui en paraissait luisante comme de l'ivoire.

— M. Perrin m'a appris à valser, il dit que j'ai le pied aussi léger que les dames de Paris !

— Voyez-vous ça, dit Eugene.

Tendue, Miriam pensait que ses prochaines paroles allaient déclencher la tempête, mais non, il fit simplement signe à l'enfant d'approcher.

— Viens ici, Angelique.

Il lui passa la main sur les épaules.

— De la dentelle. De quelle couleur est-elle ?

— La dentelle, elle est blanche, bien sûr. Ma robe est bleue.

— Elle est fort jolie, j'en suis sûr. Il va falloir que nous t'achetions une robe de velours pour les fêtes. Et toi, Eugene, tu as dansé aussi ?

Le garçon prit un air viril.

— Non, c'est pour les filles. Je ne danse pas.

Son père se mit à rire.

— C'est juste. Apprends d'abord à monter et à tirer. Il faut que je songe à me procurer une bonne jument un peu douce pour toi. Blaise me dit que tu es devenu trop grand pour le poney. Oui, tu auras bien le temps de danser. Et maintenant, vous deux, filez au lit, il est temps. Et refermez la porte derrière vous en partant. J'imagine, dit-il quand la porte fut refermée, j'imagine que vos enfants viennent de vous causer une terrible frayeur, n'est-ce pas ?

Miriam s'était laissée tomber sur un fauteuil, le visage entre les mains.

— Vous vous attendiez à me voir rager !

La voix d'Eugene était légère, presque amusée.

— Tout à fait remarquable ! Vous me surprenez ! J'aurais juré que vous n'aviez pas assez de vitalité ! André Perrin. Il est joli garçon, du moins l'était-il quand j'avais encore la vue. Mais j'aurais cru que Carvalho était plus à votre goût. Je crois bien vous l'avoir dit jadis, d'ailleurs, non ?

Ce ton moqueur était pire que toutes les agressions d'une colère vengeresse. C'est ainsi, avec cette légèreté, qu'un chat joue avec l'oiseau palpitant qu'il s'apprête à tuer.

— D'un autre côté, poursuivit Eugene, le code moral de Carvalho ne lui permettrait jamais de fricoter avec la femme d'autrui, aussi tenté fût-il. Dommage ! ce serait beaucoup moins compliqué. C'est un citoyen d'envergure, casanier, tandis que l'autre va de-çi de-là, un peu partout, pour ne rien dire du fait qu'il a une épouse, même si l'on considère qu'elle est à six mille kilomètres.

— Oh, pour l'amour du ciel, dites-moi ce que vous allez faire et finissons-en !

— Mais qu'avez-vous donc cru que j'allais faire ? Jouer les maris outragés ? Faire une scène spectaculaire devant les enfants ? Vous chasser ?

Elle ne put répondre.

— Alors ? Eh bien, je vais vous dire ce que je vais faire. Je ne vais rien faire du tout.

Miriam leva sur lui des yeux incrédules.

— Oh, certes, je pourrais sans mal faire une quelconque de ces choses. Après tout, j'ai la loi de mon côté, j'ai la société tout entière de mon côté. Mais ce n'est pas ce que je choisis. Je ne suis pas assez malheureux, pas assez touché. Voyez-vous, je suis probablement plus compréhensif que bien des hommes...

Oui, c'est la moindre des choses, vous qui avec cette femme...

— Mon unique souci est donc que cette affaire ne s'ébruite pas. Nous avons un nom. Votre fils et votre fille possèdent un nom distingué, vieux de deux siècles, et que rien ne doit ternir ou entacher.

— Alors, ils ne sauront jamais ? Jamais ?

— Certainement pas. Ils grandiront dans la dignité. Ils sont tout ce que je possède en ce monde. Tout ce que je posséderai jamais, ajouta-t-il amèrement.

Le martèlement essoufflé du cœur de Miriam commença à s'apaiser. *Dieu merci, oh merci mon Dieu.*

Puis elle éprouva un instant étrange de compassion totalement inattendue : cet homme avait parlé gentiment de robes de velours et de jument douce...

Mais — Eulalie, songea-t-elle aussitôt après. Et la peur la poignarda de nouveau.

— Eulalie ?

Ce nom lui avait jailli des lèvres dans un tremblement.

— Eulalie se taira. Une fois pour toutes. A vrai dire, je ne dispose contre elle d'aucune menace réelle, mais je l'ai menacée tout de même. Elle me respecte, peut-être même me craint-elle vaguement. Elle ne dira rien, vous pouvez en être assurée.

Eugene se leva. Brusquement, sa puissance emplit la pièce comme elle faisait habituellement autrefois.

— Il est évident que Perrin déguerpira d'ici demain matin.

— Demain matin ?

— Et qu'espériez-vous ? Je ne veux plus que cet homme remette jamais les pieds chez moi. C'est cela, la fierté d'un mari, même chez des gens qui vivent comme nous le faisons, vous et moi. D'ailleurs, le monde ignore la façon dont nous vivons et je ne laisserai personne me ridiculiser aux yeux du monde.

— Allez-vous... est-ce qu'il va y avoir, enfin, de la violence entre vous ?

— Je suis aveugle, vous l'avez oublié ? Si je ne l'étais pas, il y en aurait, et beaucoup.

Eugene poussa un petit sifflement méprisant.

— Et d'ailleurs, s'il ne faisait pas nuit noire, et si je n'étais pas un gentleman, je le flanquerais à la porte sur-le-champ. Mais de toute manière, il sera parti avant que vous ne descendiez demain matin. Vous comprenez cela ?

— Je comprends.

— Et que son nom ne sera plus jamais prononcé sous mon toit ?

— Oui.

— Maintenant, allez vous coucher. Et ne pleurnichez pas en vous agitant toute la nuit. Je veux dormir.

Elle ne pleurnicha pas. Elle ne s'agita pas. Elle demeura au contraire immobile, les mains repliées entre les seins, jusqu'à ce que, se rappelant brusquement que c'était là une attitude de cadavre, elle remît ses deux mains de part et d'autre de son corps. L'air du mois d'août était épais et bleu, difficile à respirer, mais elle en aspirait pourtant des goulées profondes, forçant ses poumons, serrant les poings, forgeant son courage.

Il lui fallait tenter de séparer ses sentiments, de mettre un peu d'ordre dans cet enchevêtrement boueux de désespoir. Il y avait les séquelles de la peur. Il y avait la rage impuissante d'être à la merci de la pitoyable Eulalie qu'elle méprisait. Oui, et la solitude qui se profilait, écrasante, à l'horizon : ne jamais revoir André ? Jamais ? Et la honte : voudrais-je que ma fille se conduise comme je me suis conduite ? Non. Je veux qu'elle n'en ait pas besoin, que certains comportements lui soient inutiles.

Ces pensées au sujet d'Angelique ramenèrent son esprit sur les dernières lettres de son frère, contenant chacune un message qu'il jugeait sans doute inspirant mais qui ne parvenait à créer chez elle qu'une agitation futile.

Il avait épousé une nouvelle cause : les droits des femmes. Il avait joint toute une série de coupures de presse concernant Ernestine Rose, fille de rabbin, abolitionniste et vigoureuse championne des droits des femmes. Et certes il y avait une belle fureur dans les discours de cette femme, des phrases brûlantes, inoubliables : « esclave du berceau jusqu'à la tombe... père ou mari, changer de maître... le droit de la femme sur sa propre personne, sur ses biens et sur ses enfants. »

Elles se rapportaient parfaitement à Miriam, ces phrases brûlantes. Et en même temps, alors qu'elle était allongée dans l'obscurité, elles ne se rapportaient pas à elle du tout. Il vaudrait mieux, se dit-elle amèrement, que David mette un terme à ce bombardement d'idées. Qu'attendait-il de sa sœur, qu'elle quittât son foyer pour se mettre à prêcher par les rues ?

Eugene remua et marmonna dans son sommeil. Et à l'autre bout du couloir, ignorant du jour à venir, André dormait lui aussi.

Longtemps avant la première lumière, Miriam se leva et d'un pas silencieux sortit sur le balcon. Le froid qui précède l'aube lui donna la chair de poule. Un oiseau solitaire gazouilla puis se tut. Bois et champs silencieux, mystérieux, moroses, dans l'obscurité étouffante. Mais pour une fois, la peur ne les imprégnait pas : rien de ce qui courait, rampait ou volait en ces lieux ne la menaçait : la peur et la menace étaient à l'intérieur de la maison. Et son vieux désir, celui qu'elle avait éprouvé la première fois qu'elle avait vu cet endroit, lui revint soudain en force : partir à toute vitesse à travers ces champs, à travers ces bois, escalader ces collines, et disparaître.

Brusquement l'aube fit éclater la nuit. Le ciel s'emplit de lumière. Des cascades d'améthyste et d'écarlate semblaient monter de l'horizon à l'assaut du ciel, s'éparpillant en lambeaux lavande et rose tendre. Et alors un chœur d'oiseaux salua comme il convenait cette magnificence.

Une unique petite créature blessée ne vit rien en face de toute cette grandeur, n'entendit rien que la brisure de son propre petit cœur.

Miriam était encore là debout quand le portail s'ouvrit au rez-de-chaussée et qu'André sortit. Sans un regard en arrière, il monta dans la voiture qui l'attendait et l'emporta.

19

Gabriel balaya du geste une petite pile de documents qu'il fit tomber dans son chapeau haut de forme. Il y avait longtemps déjà que la soie chinoise avait remplacé la peau de castor pour les chapeaux d'hommes, mais Gabriel portait toujours son vieux castor.

— Nous sommes à jour pour la saison. La récolte de sucre est payée et les comptes se portent bien, aussi bien qu'il est possible dans les temps que nous vivons.

Il était d'une gravité qui pouvait paraître inutile dans les circonstances de cette réunion ordinaire. Mais il est vrai qu'il devait se sentir très mal en présence de Miriam si ce que Rosa avait dit était vrai. Miriam elle-même se sentait mal, comme si c'était sa faute si elle ne partageait pas les sentiments de cet homme. Nul ne l'eût soupçonné, froid et cérébral comme il l'était, d'abriter une telle passion intérieure ! Comme il était différent d'André, de son brio, de son exubérance !

Elle n'avait plus de larmes. Il ne restait plus désormais qu'une lourdeur, un engourdissement dans la poitrine, comme si ses larmes desséchées s'y étaient accumulées en une masse figée. On n'avait plus jamais reparlé de l'épisode. Eugene avait banni ce sujet. C'était comme si cela n'avait jamais eu lieu, comme si André n'avait jamais existé.

Ses mains lissèrent sa jupe. C'était une habitude nerveuse qu'elle avait acquise depuis peu et elle se demanda si elle n'en avait pas acquis d'autres sans s'en rendre compte. Quelque tic affreux, de l'œil ou des lèvres, peut-être. Emma avait une amie qui ne cessait de s'humecter les lèvres avec la langue, c'était parfaitement dégoûtant. Elle posa les mains dans son giron et se contraignit à les y laisser, les yeux baissés dessus. Elles avaient l'air abandonnées, au milieu de la pelouse de sa robe — une robe neuve comme ses escarpins verts. Le monde voyait en elle une femme à la mode.

— Vous voulez un autre verre ? demanda Gabriel.

La cuisinière de Rosa lui avait préparé de l'eau de fleur d'oranger glacée. Miriam avait à peine touché à son verre. Il le voyait bien.

— Merci, j'ai encore tout ça. D'ailleurs, il est presque quatre heures, il faut que je me sauve.

— Oh, prenez le temps de finir votre verre, dit-il.

Elle comprit qu'il désirait la voir s'attarder et pourtant, il semblait n'avoir rien à dire. Le silence devint vite insoutenable et elle se sentit contrainte de le briser.

— Eugene a affranchi son fils. Vous avez vu l'annonce publique, hier, à propos du garçon qu'Eugene a affranchi ?

— Je l'ai vue.

Il y avait quelque chose de définitif dans les trois syllabes de cette réponse, comme s'il avait voulu clore le sujet. Sans savoir d'ailleurs pourquoi il lui était venu à l'esprit, elle se sentit désormais contrainte de l'approfondir. Peut-être était-ce seulement l'image à jamais gravée dans sa mémoire du garçon entouré de pigeons, de la pâle main brune posée sur l'épaule de la redingote d'Eugene, des longs cils refermés sur des yeux pleins de questions... Perdu, nié, déplacé, songea-t-elle de nouveau avec un peu de rancœur toutefois, mêlée à sa pitié. Bref, ayant commencé, elle continua.

— Vous avez peut-être entendu dire que c'est le fils de mon mari.

Gabriel inclina la tête. Un geste qui signifiait clairement : On est au courant, certes, mais on n'émet pas de commentaires sur ce genre de situation.

— Il va l'envoyer à Paris étudier la sculpture. Il a du talent. C'était bien le moins qu'Eugene pouvait faire.

Alors Gabriel répondit :

— Sans aucun doute. Et je ne retire rien au geste d'Eugene

en disant que ce garçon aurait été libre d'ici quelques années en tout cas. Du train où vont les choses.

La guerre encore. Toujours la guerre. Mais mon fils n'a que douze ans, songea Miriam. Le rappel de cette seule idée l'apaisait comme du lait tiède.

— Quand la guerre va-t-elle éclater ? demanda-t-elle.

Il y avait un an et plus que les gens posaient cette question — jamais s'il y aurait la guerre, mais toujours quand elle éclaterait.

— Cela dépend de l'élection. Si Lincoln l'emporte, ce sera rapide.

— David écrit que New York est tout gagné à la cause des sudistes. A cause du commerce. Les planteurs du Sud doivent deux cent millions de dollars aux banques et aux négociants.

Gabriel l'interrompit.

— Vous recevez souvent des nouvelles de David ?

— Moi, oui. Mais papa ne lui a pas pardonné et j'imagine qu'il ne lui pardonnera plus jamais.

En un geste qui lui ressemblait bien peu, Gabriel abattit son poing sur la paume de son autre main ouverte.

— Des fanatiques ! Des journaux — au Nord comme au Sud — encouragent tout cela ! Des fauteurs de guerre, tous ! Ah comme j'aimerais qu'ils s'affrontent à coups de revolver au lieu d'échanger des mots, cela ferait une différence.

Miriam s'entendit adopter le ton pincé de la réprobation.

— Si je comprends bien, vous êtes d'accord avec le rabbin Gutheim.

— Je suis d'accord sur le principe. Mais les meilleures tentatives de ce genre n'ont aucune chance d'aboutir. Le Sud n'acceptera pas de vivre sous un président républicain. Les sécessionnistes l'emporteront, le Nord ne permettra pas la sécession, et voilà où nous en sommes.

De nouveau son poing s'abattit contre sa paume. Elle le dévisageait intensément.

— Que ferez-vous ? demanda-t-elle alors.

— J'irai à la guerre.

Ces paroles si chargées de sens avaient été prononcées en toute simplicité, sans crainte ni enthousiasme. J'irai à la guerre. On aurait pu croire qu'il venait de dire : J'irai à la ville en bateau. Miriam en éprouva de la curiosité.

— Vous qui étiez tellement opposé à la guerre contre le Mexique.

— Ce n'était pas pareil. Ce n'est pas pareil aujourd'hui. Ma patrie est menacée. Si la Caroline du Sud en particulier devait quitter l'Union, quel choix me resterait-il ? Les miens ont participé à la construction de cet Etat. Six générations de mes parents y sont enterrées.

Ces mots, qui auraient pu passer pour des rodomontades dans la bouche d'un autre, étaient si parfaitement naturels dans celle de Gabriel qu'elle comprit aussitôt qu'ils étaient à la fois vrais et fondamentaux pour lui.

— Et quant à la Louisiane, voudriez-vous que je lui tourne le dos, que je tourne le dos à mes amis et à la vie que j'ai ici ?

— Et donc, comme Lincoln lui-même, vous vous en tiendrez aux principes.

Elle jeta un coup d'œil en direction de la fenêtre de l'autre côté de laquelle, à moins de trois mètres, des gens passaient dans la rue, projetant des ombres sur les rideaux translucides et, baissant la voix, elle dit :

— Vous savez, bien sûr, que j'agirais quant à moi autrement. Si j'étais un homme, je combattrais de l'autre côté.

Il s'inclina légèrement. Puis tournant le dos, alla se placer devant la cheminée dont il contempla le foyer vide. Miriam se leva, rassemblant son réticule et son châle. En l'entendant bouger il pivota sur lui-même pour la retenir encore un peu.

— J'ai quelque chose à vous dire. C'est très pénible pour moi. Votre mari m'a chargé de vous l'apprendre et voilà déjà trop longtemps que j'attends.

Prise d'une soudaine faiblesse elle se rassit. Cela se rapportait certainement à André. Il était reparti pour l'Europe. Il était mort. Oui, songea-t-elle, j'ai tout perdu. David. André. Tout.

— Il a des doutes à propos des affaires qu'il vous a confiées.

— Des doutes ? s'écria-t-elle. Pourquoi ? N'avons-nous pas au contraire prospéré, rafistolé ce qui n'allait pas ? Vous disiez vous-même à qui voulait l'entendre que...

Elle s'interrompit.

C'était sûrement à cause d'André. C'était la seule raison.

— Pourquoi ? répéta Gabriel.

Il s'exprimait d'une manière qui frisait la nonchalance. Comme si le sujet ne le concernait pas le moins du monde.

— Vous devez bien en avoir une idée, j'imagine.

Et il regarda fixement un point, sur le mur, derrière la tête de Miriam.

L'imperceptible murmure du silence résonna à ses oreilles. Il n'avait pas l'intention de lui faciliter les choses. Il avait toujours eu cette habitude de contraindre les gens à lui arracher ses mots ou à se résigner à attendre dans ce silence exaspérant qu'il fût prêt à parler.

— Oh, dit-elle, je crois sincèrement que, puisque vous avez été chargé de cette commission, vous êtes obligé de tout me dire.

Alors il reporta directement son regard étrange, sévère et triste, sur Miriam et c'est les yeux dans les yeux qu'il lui dit :

— Fort bien. C'est parce que, dit-il, il n'est plus assuré de pouvoir faire confiance à votre jugement. Il redoute que, sans aucune intention de nuire, vous ne signiez des papiers ou vous rendiez coupable de quelque autre folie qui risquerait d'affecter sa famille...

Gabriel hésita.

— En raison de diverses influences...

C'était comme d'être prise la main dans le sac. Elle tremblait.

— Est-ce bien là tout ce qu'il vous a dit ? Rien de plus ?

Et elle se contraignit à poser la question :

— A-t-il nommé ce... cette influence ?

— Oui. Il l'a nommée.

Comment Eugene avait-il pu faire une chose aussi ignoble ? Encore que c'était son droit de protéger ses propriétés, le patrimoine de leurs enfants. Quoi qu'il lui en coûtât, elle ne devait pas flancher sous le regard de cet homme.

— Et vous l'avez cru ?

— Cru que vous risqueriez de porter tort à votre famille ? Non. Je l'ai assuré que vous étiez une femme très capable. Que vous méritiez pleine et entière confiance.

— Merci, dit-elle.

— Vous n'avez nul besoin de me remercier. Ce n'est que la vérité.

Elle ne put plus longtemps supporter la honte, l'humiliation, dans cette pièce. Toutes les statuettes de marbre de Rosa menaçaient de bondir de leur piédestal en ouvrant les ailes et les bras. Le mobilier pesant menaçait de s'aligner en ordre de bataille pour lui barrer la porte. Il fallait absolument qu'elle sorte.

— Je suis navré, dit Gabriel. Il n'existait en fait aucun besoin de vous dire tout cela, mais c'était sa volonté. Je suis son avocat. Je dois faire ce qu'il veut.

— C'est bien naturel. N'y pensez plus. Je comprends.

Elle voulut passer devant lui mais il l'en empêcha.

— Attendez ! Attendez, Miriam. Ne partez pas sans m'avoir entendu.

— Je ne me sens pas bien. Je vous en prie. Il faut que je m'en aille.

— Rien qu'un instant. Je ne devrais pas dire ce que je m'apprête à vous dire, mais je l'ai gardé pour moi si longtemps, et maintenant ce... toute cette affaire... c'est trop, je ne puis plus. Ecoutez-moi, dit-il en lui posant la main sur le bras.

Jamais encore il ne m'a touchée, songea-t-elle. Et elle eut peur, mais elle n'aurait pu donner la raison de cette frayeur.

— Vous devez savoir que je vous aime. Vous devez le savoir. Une femme aussi sensible que vous. Comment auriez-vous pu passer dans cette pièce avec moi tant et tant d'heures, sans savoir ce qui était dans la pièce avec nous ?

— Je ne... vous n'avez jamais dit... chuchota-t-elle gauchement.

— Non, jamais. Et pourquoi ? Parce que l'on est civilisé. Et que je n'avais aucun droit. Aujourd'hui encore jamais je n'aurais parlé, dit... ce que j'éprouve pour vous... ne puis m'empêcher d'éprouver... l'honnêteté, la décence me faisaient un devoir de me taire. Tandis que lui, cet homme, cet homme qui a déjà une épouse, il ose, il ose vous exposer, une femme telle que vous, au mépris de la ville. Il risque votre ruine et la ruine de vos enfants ! Oh, jamais je n'aurais...

Miriam était entièrement nue. C'était comme si quelqu'un avait fait irruption dans cette chambre fraîche et silencieuse au-dessus du fleuve et du square où elle avait passé avec André de longs après-midi, avait ouvert la porte à la volée pour découvrir le lit où ils étaient couchés.

— Intelligente comme vous êtes... mais ne sachant rien du monde...

Gabriel s'exprimait en phrases heurtées, brisées, avec fureur, avec passion, une passion comme elle n'eût jamais rêvé qu'il en possédât.

— Rien du monde... c'est comme un vol, un cambriolage, une profanation... si j'avais dix-huit ans, l'enthousiasme de mes dix-huit ans... et qu'il devait entrer dans cette pièce, je crois que je le tuerais. Oui, maintenant encore... peut-être ne serais-je pas capable de me retenir de le tuer. Mon Dieu, comment a-t-il pu vous faire une chose pareille ?

Et soudain, la pureté de cette émotion oblitéra la honte de Miriam. Elle rendit sa honte même dégradante en elle-même. Il ne pensait pas à lui-même mais seulement à elle ! Et sans un seul mot de reproche pour elle, avec seulement une rage protectrice à son égard, comme si c'était André seul qui avait fait ce que Gabriel appelait « une chose pareille », André seul, et pas Miriam ! Elle fut intensément émue.

— Est-ce seulement sa faute ? demanda-t-elle doucement. C'est autant la mienne, si l'on peut vraiment parler de faute. Car est-ce une faute d'aimer ? Peut-on s'en empêcher ? N'avez-vous pas dit vous-même que vous...

— J'ai dit que je vous aimais, mais j'ai parlé aussi de risque et d'humiliation.

— Quand on aime, tient-on compte du risque et de l'humiliation ? contra-t-elle.

— Si c'est réellement d'amour qu'il s'agit, alors oui, je crois qu'il le faut.

— Peut-être le devrait-on, mais l'on ne fait pas toujours ce que l'on doit.

Elle pencha la tête, qu'elle sentait chaude et étourdie. Il y aurait des taches rouges sur son front et ses joues, elles apparaissaient toujours quand elle était inquiète, la rendant laide. Elle ne savait pas pourquoi à cet instant, elle se souciait soudain d'être laide devant Gabriel. Puis elle songea à autre chose.

— Vous parlez de risque. Auriez-vous oublié le risque que vous avez pris pour mon frère ?

Il s'inclina.

— Vous avez raison. Et j'accepte la leçon. J'ai risqué ma sœur et sa famille. Je l'avais oublié.

La courte révérence, le ton cérémonieux mirent un mur entre eux. Elle ne voulut pas l'y laisser.

— Ce n'est pas ce que je voulais dire. Vous avez fait ce que vous avez fait pour David parce que vous l'aimiez, vous n'avez pas pensé à vous-même.

Et elle ajouta :

— Je suis votre débitrice à jamais, Gabriel.

— Je ne veux pas de cela. Je ne veux pas de remerciements. Je n'en ai pas voulu alors, et je n'en veux pas maintenant.

Elle fut désemparée de l'avoir blessé par le choix des mots, ayant parlé de dette, quand ce qu'elle avait voulu dire était si différent.

— Gabriel, reprit-elle, nous nous connaissons depuis si longtemps... j'étais une enfant, David et vous n'étiez pas sortis de l'enfance depuis très longtemps non plus, et l'amour nous est venu à tous trois dès ce moment. David et moi... nous ferions n'importe quoi pour vous, vous devez le savoir. Nous parlions de risque. L'amour n'en connaît aucun ; c'est tout ce que j'ai voulu dire. C'est tout ce que j'espérais vous faire comprendre.

— Fort bien. Je comprends.

Elle vit qu'il était très fatigué et qu'il avait déjà commencé à regretter ce qu'il avait dit parce qu'il n'en sortirait rien. Il allait demeurer éveillé cette nuit, comme on fait quand on a le sentiment d'avoir livré son cœur pour rien. Elle voulait dire que tout était inepte et cruel : la manière dont on les avait réunis Eugene et elle, la manière dont on avait réuni André et Marie-Claire, et jusqu'à la manière dont cette belle femme à la peau sombre aimait Eugene — aimer Eugene, quelle bizarrerie !

Mais elle dit seulement :

— Je suis navrée, Gabriel. Vraiment.

Et si cela avait été possible, admis, elle aurait ajouté : « Mon très cher. »

A l'exception de cette main, qui tremblait sur son bras, il ne l'avait pas touchée. Or voilà que levant la main, comme pour lui caresser la joue, ou les cheveux, peut-être pour prendre son visage entre deux mains et baiser ses lèvres, il la laissa retomber, transformant ce mouvement en un geste de désespoir. Puis, s'écartant d'un pas, il la laissa franchir la porte.

Une brise s'était levée sur le fleuve qui fit voler sa légère robe d'été autour de ses chevilles. Sous la mince étoffe de coton, tout son corps la brûlait.

20

— Attendons au moins son entrée officielle en fonction pour voir ce que Lincoln va faire, avança timidement Ferdinand en réponse à l'indignation que venait d'exprimer Eugene. Laissons-lui une chance. Jefferson Davis est de cet avis. Sam Houston aussi.

— Sornettes ! dit Eugene. L'Union résulte d'un accord entre Etats souverains et peut être défaite aussi facilement qu'elle fut faite. Le gouverneur Moore l'a dit mot pour mot la semaine dernière encore. Croyez-vous vraiment que la Louisiane acceptera de vivre sous un gouvernement noir et républicain ? Hein ?

Ferdinand le croyait-il, Miriam ne le sut jamais. Elle soupçonnait Ferdinand de redouter par-dessus tout la guerre. Ses souvenirs de violence étaient trop aigus pour être jamais oubliés. De toute manière, il n'y avait pas moyen de discuter avec Eugene. Il arborait une cocarde bleue au revers et aimait dire — leur avait déjà dit une bonne dizaine de fois — que les paroles et la musique de *Cocardes bleues* avaient été écrites par nulle autre que Penina Moïse, de Charleston, la même Penina Moïse qui écrivait des hymnes pour le temple de Beth Elohim, de cette même ville. Après le dîner, Eugene aimait commander un punch au whiskey pour porter un toast :

— Avec Davy Crockett, nous répétons : « Ma patrie, Dieu fasse qu'elle ait raison, mais ma patrie, qu'elle ait tort ou raison ! » Ce combat, proclamait-il, est le même que la lutte contre l'Angleterre en 76. C'est un combat pour la liberté.

Devant l'expression de si hauts sentiments, Miriam, elle aussi, gardait le silence. Elle n'était plus que tolérée, et en avait parfaitement conscience. Eugene savait bien évidemment où allaient en secret ses sympathies et s'était contenté de décider que c'était là un sujet de plus qui ne devait pas être abordé entre eux. C'était aussi bien. Elle n'eût pas supporté qu'il remuât le fer dans ses plaies.

De temps à autre, la souffrance sourde de l'absence d'André était soudain transpercée par une douleur si vive, si frappante, qu'elle la courbait en deux comme un coup de poignard. Il avait disparu. La terre, l'océan peut-être l'avaient englouti. Et pourtant il était impensable qu'il ne revînt pas.

En ce moment terrible, elle n'avait personne à qui parler, pas même de la guerre. Ses enfants étaient encore trop jeunes, et d'ailleurs c'étaient des sudistes. Comme tous ceux qu'ils connaissaient. Il eût été mal — cruel et dangereux — de les plonger dans la confusion et la perplexité en leur faisant connaître les doutes de leur mère.

Le jeune Eugene rentra de l'école dans une humeur qui était à mi-chemin entre la colère et les larmes. Il jeta ses livres sur le plancher du salon au pied de ses parents.

— Les autres ont parlé d'oncle David à l'école ! lança-t-il dans une explosion. Moi j'ai eu honte. Je le déteste pour ce qu'il nous a fait !

Miriam sentit le cœur lui manquer. Elle demanda calmement :

— Que nous a-t-il fait ?

— Tu sais bien ! Il a tué oncle Sylvain...

— Un instant, mon chéri. Ce n'est pas un assassin, Eugene. C'était un différend politique, une chose affreuse, terrible, mais une querelle, tout de même, pas un meurtre !

— Un différend politique ! Seulement il était du mauvais côté ! Un sale abolitionniste. Ça ne me plaît pas qu'on me reproche de l'avoir dans ma famille !

Et le garçon regarda son père comme s'il cherchait son soutien. Le père dit seulement :

— Aucun d'entre nous n'est responsable de ses parents. C'est ce que tu n'as qu'à leur dire et leur répéter.

— Ils disent que quelqu'un de la famille doit l'avoir aidé à s'enfuir. Ils disent que c'était à une ou deux minutes près...

— Ce sont des sottises ! s'écria Miriam d'un ton tranchant après avoir senti le cœur lui manquer une deuxième fois. Aucun membre de la famille n'a rien à voir avec les activités de David. Il a toujours été son propre maître et il savait s'occuper de ses affaires...

— Assurément, dit Eugene père d'un ton morose. Assurément. Espérons qu'il saura aussi bien se tirer d'affaire dans la guerre que lui et ses semblables arriveront bien à déchaîner.

— Je me battrai s'il y a la guerre !

Le garçon serra les poings et dans son ignorance, son innocence, ajouta :

— Maxim et Chanute se battront aussi ! Vous allez voir, on se battra tous !

Pauvre enfant, songea Miriam. Pauvre pays. Trente millions de gens qui courent tête baissée vers la guerre.

C'est ce qu'elle avait dit un soir à Fanny qui était arrivée en courant, hors d'haleine à cause du couvre-feu de neuf heures qu'on venait d'imposer à tous les noirs de la ville — une indignité qui, le soir de son entrée en vigueur, avait contraint Miriam à baisser les yeux tant était grande sa gêne devant la jeune fille.

« Il y a un épais voile de sang sur la lune », avait dit Fanny. Ce qui était une manière comme une autre d'exprimer un bien mauvais pressentiment.

Un voile de sang sur la lune.

Depuis les galeries du Sénat, les applaudissements se déversaient comme une pluie d'or sur Judah Benjamin.

— Le sort de la guerre, disait-il, sera peut-être défavorable à nos armes, vous pouvez semer la désolation dans nos campagnes paisibles, vous pouvez avec des torches et des brandons incendier nos cités... mais jamais vous ne pourrez nous subjuguer.

La Caroline du Sud fut la première à faire sécession. Quand vint le tour de la Louisiane, le *Picayune* et le *Crescent* publièrent des articles pleins de phrases élégiaques sur l'honneur et la mort de l'Union.

Fort Sumter tomba et Lincoln appela des volontaires.

Robert E. Lee, qui avait émancipé les esclaves qu'il avait hérités de sa famille, refusa le commandement des armées de l'Union et, en proie à la plus grande détresse, rentra chez lui en Virginie pour se battre aux côtés des siens.

C'était la guerre.

Les vents du sud apportèrent la fine pluie d'avril et l'air humide du golfe pour faire boucler les cheveux noirs d'Angelique et se dérouler les jeunes feuilles du jasmin. L'air embaumait sur la terrasse. Des oiseaux rouges gazouillaient en se poursuivant parmi les gommiers quand Miriam, toujours la première debout, venait se mettre à la fenêtre pour attendre que la ville se réveille.

Le réveil fut brutal, des soldats arrivaient à flots des campagnes et sortaient des maisons, emplissant les rues étroites de la vigueur du tambour. Tout brillait, les sabres, les parements, les galons, et jusqu'à la croupe des chevaux. Sur l'épaule de toutes les femmes flottait un petit drapeau confédéré.

Eulalie fut la première à remarquer que Miriam n'en portait pas. Elle avait pris de l'assurance, comme si un marché tacite avait été conclu : son silence à propos d'André en échange de l'accord de Miriam pour tout le reste. Dès le lendemain après-midi, en visite avec Pélagie, Eulalie apporta un drapeau qu'elle épingla sur l'épaule de Miriam. Quelques minutes plus tard Rosa arriva, et elle en portait un aussi. Miriam regarda le bout d'étoffe qui pendait contre son gré à sa propre épaule. C'était donc ainsi qu'on était entraîné dans le conflit. Il eût été impossible de ne pas porter cet emblème dans cette assemblée.

— Mes fils ont reçu leur feuille de route, annonça Rosa. Henry part pour Fort St. Phillip et Herbert dans la Marine. Ils sont officiers, ajouta-t-elle en affectant un ton détaché.

Pélagie expliqua :

— Alexandre et Lambert sont trop jeunes pour être officiers, mais ils se sont engagés, naturellement. Alexandre est dans la cavalerie et Lambert dans les fusiliers de De Soto.

— J'aurais honte de mes neveux s'ils ne s'étaient pas engagés, dit Eulalie. Une femme qui vit près de chez nous — je ne citerai pas de nom — son fils a reçu un colis par la poste, et dedans, il y avait un jupon.

— J'ai entendu dire que dans certaines villes, relata Pélagie avec un frisson, on a enduit de goudron et roulé dans les plumes les jeunes gens qui refusaient de se porter volontaires.

— Ah ça, c'est bien le moins ! s'écria Eulalie.

— J'ai entendu dire, dit doucement Rosa, que l'on parle de mettre en prison les gens qui prendront la parole en faveur du Nord.

Sous la nacre de ses paupières fardées, elle jeta un rapide coup d'œil à Miriam, une anxieuse mise en garde.

— Oh, je suis fière de mes fils, disait Pélagie, ses joues rondes roses de plaisir. Lambert m'a dit : « C'est pour défendre la femme du Sud, maman. » Mais tous les cousins Labouisse vont se distinguer. Ils mettent sur pied leur propre compagnie. Les cousins que maman a plus haut sur le fleuve ont organisé une compagnie, eux aussi. Les fils des meilleures familles. Oui, nous pouvons tous être fiers. Même ma cuisinière, Belinda, qui s'est mise à confectionner des boîtes et des boîtes de biscuits pour Lambert et Alexandre. Ils sont comme ses propres enfants.

Des biscuits et des fusils. Des fusils et des biscuits, songea Miriam. Et brusquement l'image d'un des enfants de Pélagie lui vint à l'esprit en un éclair — elle n'aurait pu dire exactement lequel — il y en avait eu tant — mais c'était un garçon blond qu'elle avait poussé sur la balançoire longtemps avant d'avoir elle-même des enfants. Il avait laissé tomber son biscuit dans l'herbe et s'était mis à pleurer. Et c'était lui maintenant qui allait porter un fusil. Sans intention particulière, son regard alla se poser sur sa petite Angelique, qui était assise dans un coin et fabriquait des pansements. Même les écolières qui hier encore apprenaient à broder des trousseaux, travaillaient maintenant pour la guerre.

Puis, par la fenêtre ouverte, leur parvint la voix du petit Eugene qui récitait ses déclinaisons latines à son père. La voix s'était approfondie, enrouée et voilée, et parfois se brisait pour devenir suraiguë. Combien de temps encore s'écoulerait avant que lui aussi ne soit contraint de prendre un fusil ?

Toujours prête pour ce genre de compétition, Rosa était en train de dire :

— Savez-vous que David de Léon vient d'être nommé chirurgien général de l'armée confédérée ? C'est un cousin de Henry. Il a une telle quantité de cousins !

— Mon petit Louis, rapporta Pélagie avec satisfaction, est dans tous ses états parce qu'il n'est pas assez vieux pour partir.

— Peut-être, lui dit Miriam, la guerre durera-t-elle assez longtemps pour lui permettre de réaliser son vœu.

L'ironie passa inaperçue.

— Bah, ils disent que ce sera fini dans trente jours. Le Vendredi saint, je suis allée dans neuf églises différentes prier pour la victoire. En rentrant à la maison, j'étais persuadée qu'elle était à nous.

Une lettre de David crissait dans la poche de Miriam.

« Je me suis engagé dans une unité médicale... l'Angleterre va reconnaître la Confédération comme puissance belligérante... les capitalistes anglais ont besoin du coton pour les filatures du Lancashire... et les aristocrates ont pris de toute manière parti pour le Sud... ce sera une guerre dure, acharnée... des années peut-être... »

Comme toujours, elle avait accueilli cette lettre comme un trésor précieux, la lisant et la relisant jusqu'à ce que chaque mot s'imprime dans sa mémoire.

« Pour la première fois, je suis heureux que tu sois si loin. Dieu sait que je ne suis pas très militaire mais je crois franchement que la guerre n'ira pas te chercher là où tu es. Ainsi cela au moins te sera-t-il épargné. Comme j'aimerais que te soit épargnée toute souffrance ! Tu portes de tels fardeaux... les choses dont nous avons parlé, j'imagine, encore augmentées par la pitié que tu éprouves pour lui depuis qu'il a perdu la vue... mais tu es très forte. Je crois même que tu ne te rends pas compte de ta force. Gabriel et moi l'avons toujours su... tu sauras faire marcher les choses pour tes beaux enfants. Je pense toujours à eux... un jour, dans des temps meilleurs, je leur rappellerai que c'est moi qui les ai tenus entre mes mains pour leurs premières minutes ici-bas... »

La voix de Pélagie interrompit sa rêverie :

— Eulalie a cousu une merveilleuse bannière de soie pour le défilé de la semaine prochaine.

Jamais Pélagie n'avait paru si jeune ni si enthousiaste depuis la mort de Sylvain.

— C'est que ça va être quelque chose ! J'ai dû me faire faire une robe neuve. Vous avez vu comme les jupes sont plus larges cette saison ? On a vraiment l'air trop dépassées dans les robes qui ont plus d'un an.

En fait, je ne comprends rien à rien, songea Miriam en écoutant babiller les femmes.

Le chœur se leva et chanta : « Sois miséricordieux pour moi, O mon Dieu. »

Psaume cinquante-sept, disait le programme. Par cet après-midi de juin 1861, le président Jefferson Davis ayant décrété un jour de prière nationale pour le gouvernement, Miriam était allée prendre place dans la synagogue bondée.

« Je me réfugierai à l'ombre de tes ailes jusqu'à ce que ces calamités soient passées. »

Derrière elle, une femme agitait l'air avec un éventail de feuilles de palmes. La chaleur était écrasante mais ce n'était pas seulement la température qui pesait sur Miriam. C'était son propre trouble.

Angelique bâillait. Croisant le regard de reproche de sa mère, elle appliqua sa main gantée de blanc en travers de sa bouche. Une roseur teinta les hautes pommettes de la jeune fille, une mèche de cheveux humides lui collait au front. Elle se mit à jouer avec ses bracelets qui tintinnabulèrent dans le silence. Le froncement de sourcils de Miriam disparut presque aussitôt : comment cette enfant eût-elle envisagé les événements à venir ? Ah, qu'elle fasse sonner ses bracelets ! Elle découvrirait bien assez tôt, bien assez tôt...

Ce fut le vingt-neuvième psaume. L'assemblée se leva.

« Le Seigneur accordera la force à son peuple, le Seigneur bénira son peuple dans la paix. » La musique majestueuse s'interrompit et les rouleaux de la Loi furent renfermés dans l'Arche.

Prières et actions de grâces.

312

— Vous savez que Gabriel part avec le dixième Louisiane ? demanda Eugene.

Elle l'ignorait. Elle ne l'avait plus vu depuis ce jour qu'elle préférait, pour Gabriel et pour elle-même, ne pas se rappeler.

— Mais Rosa disait qu'il allait se voir attribuer un quelconque poste administratif, répondit-elle.

— Il l'a refusé. Il ne voulait pas de sinécure. Je ne l'en admire que plus.

Emma se demandait si Gabriel serait sous les ordres du général Beauregard.

— De la meilleure source française, les Beauregard. Mme Beauregard dit que le général parle rarement l'anglais. Seulement lorsqu'il y est contraint.

— Il faut que nous donnions un dîner le jour de son départ, un dîner de gala, dit Eugene. Vous devriez faire porter les invitations par Maxim dès maintenant.

La guerre lui redonnait vie. Il ajouta avec une animation croissante :

— Qu'aime-t-il manger ? Il faut qu'il y ait tous ses plats favoris.

— Je crois me souvenir, dit Emma, qu'il avait une prédilection pour le gumbo.

Et Ferdinand y alla de sa contribution. Il avait toujours été doué pour l'hospitalité.

— Oui, et la laitue en sauce brune, comme la prépare Serafine. Un rôti sauce champagne et du plum-pudding. Ce n'est pas la saison, mais ça ne fait rien. Et une meringue à la vanille. Il aime ça aussi.

Une double rangée de boutons dorés défilaient sur le plastron de la redingote d'uniforme du major Carvalho. Avec son sabre et ses bottes, Gabriel était un autre homme, un inconnu.

Miriam n'aurait pas voulu le faire asseoir à sa droite, mais Sisyphe, en maître du protocole qu'il était, avait évidemment placé là l'hôte d'honneur. Soulagée qu'après les salutations d'usage il n'ajoute rien, Miriam tourna sa conversation vers l'homme qu'on avait placé à sa gauche, encore un des cousins d'Emma, vieux bavard qui demandait seulement qu'on l'écoute tandis qu'il parlait de tout et de rien à perte de vue.

Pendant ce temps, la conversation générale autour de la table était surtout une récapitulation des soucis qui avaient travaillé tous les esprits depuis le début de la guerre.

— Si nous cessons d'expédier notre coton, les puissances européennes connaîtront vite la pénurie et il faudra qu'elles viennent nous porter secours.

— Non, non. Il faut au contraire produire le plus de coton possible, l'expédier en Angleterre et augmenter ainsi notre crédit.

— Brûlez le coton, voilà ce que je dis, moi ! C'est ce que font en ce moment même des tas de planteurs en Georgie et en Caroline du Sud. Qu'ont fait les Russes quand Napoléon occupait Moscou ? Ils ont incendié la ville.

— Sornettes ! Les armées de l'Union n'atteindront jamais la ceinture cotonnière...

Gabriel s'était tu jusque-là.

— Ne les sous-estimez pas. Il se pourrait même qu'ils menacent La Nouvelle-Orléans.

Ces paroles déclenchèrent une vague de dénégations indignées.

— Ils ne passeront jamais les forts, objecta Eugene. Nous avons une ligne de redoutes armées de canons sur cent kilomètres. Depuis les forts jusqu'à la ville. La Nouvelle-Orléans ! Je dis au contraire que nous serons bientôt à Washington !

Et Ferdinand ajouta :

— Ils seront bien trop occupés à l'est pour venir nous ennuyer.

Lui qui n'avait même pas voulu admettre la possibilité d'une guerre s'était transformé, dès que la guerre avait éclaté, en stratège de café du commerce.

— D'ailleurs, s'ils devaient s'y frotter — je dis bien *si* — leur tentative se ferait par le fleuve en amont.

— Les forts sont imprenables, répéta Eugene. Les Anglais se sont cassé les dents sur l'un en 1815, et maintenant nous en avons deux. Et vous croyez qu'ils essaieront même de nous attaquer, Gabriel ?

— Je pense qu'ils essaieront, dit fermement Gabriel, et je pense qu'ils pourraient réussir.

314

— Le général Lovell a les choses bien en main, dit Emma. Je connais sa famille — c'est un homme délicieux, un gentleman d'une grande bravoure.

Ferdinand fit une nouvelle tentative :

— Nous avons quinze vaisseaux, en dehors des forts...

Rosa l'interrompit.

— Mon fils Herbert me dit que rien ne surpassera les cuirassés *Louisiane* et *Mississippi*, quand ils seront terminés. Je ne sais pas comment tu peux parler comme tu le fais, Gabriel. Cette morosité ne te ressemble pas.

— Je ne suis pas morose, je suis réaliste, répliqua Gabriel.

Il remuait sans cesse sur son siège et sa jambe effleura le bas de la robe de Miriam ; apparemment trop conscient de ce contact, il s'empressa de l'écarter.

Elle ressentait le désarroi de Gabriel aussi clairement que le sien. De toute manière, ce dîner était interminable. Raté et prolongé. Qu'ils mangent, qu'on en finisse et qu'on quitte la table, songeait-elle avec impatience.

— Avez-vous entendu dire, demanda Rosa à la cantonade, qu'André Perrin a été chargé de mission pour aller chercher des alliances à l'étranger ? En France, en particulier, je crois. C'est une tâche qui lui convient parfaitement, il connaît si bien le pays. Il possède un tel vernis... j'ai toujours trouvé cela particulièrement persuasif chez les diplomates, ajouta-t-elle avec innocence.

— Oh, c'est un choix excellent ! lança une voix d'homme, certainement pas celle d'Eugene ni de Gabriel, mais que Miriam ne reconnut pas, s'étant brusquement plongée dans la contemplation passionnée du motif décoratif bleu et or de son assiette de porcelaine chinoise.

Si c'était vrai, il allait donc retrouver la France. Retrouver Marie-Claire pour se faner avec elle comme elle faisait avec Eugene ? Alors la tension qui habitait Miriam, la tension des deux années sinistres qui s'étaient écoulées depuis le départ d'André, devint tout à fait insupportable. Elle ne pouvait demeurer assise un instant de plus, il fallait qu'elle bouge, qu'elle se lève au mépris des apparences. A l'extrême bord de son champ de vision, elle se rendit compte que Gabriel la regardait. Craignant de lui rendre ce regard, elle ne put que deviner qu'il se châtiait lui-même par un élan de curiosité morbide qui l'avait poussé à voir comment elle avait réagi à la mention du nom d'André. Et elle se demanda si les taches rouges étaient déjà visibles sur son visage.

Eugene s'était levé et Sisyphe le conduisait vers la porte. Le dîner était fini.

— Le train part à huit heures. Nous aurons tout le temps si nous partons maintenant, dit-il.

Gabriel protesta :

— C'est un très long trajet et il fait une chaleur épouvantable. Franchement, je ne m'attendais pas...

— Nous vous accompagnons, dit fermement Eugene.

Chevaux, attelages, militaires et familles se pressaient le long du train qui devait emporter les hommes à Camp Louisiane, dans le nord de la Virginie. Certains soldats avaient déjà pris place dans les wagons et entamé des parties de poker tandis que des amis leur passaient des beignets de poulet et des boissons fraîches par les fenêtres. Quelques-uns étaient déjà ivres. Il y avait beaucoup de rires, de rodomontades, de conseils solennels et d'adieux larmoyants. On juchait des bébés sur des épaulettes d'uniforme, des mères inquiètes s'attachaient au pas de leurs enfants surexcités et des amants s'embrassaient dans le déchirement du départ. Sur le tout, résonnaient les cuivres triomphants d'une fanfare.

— J'ai emballé de la glace dans un seau, disait Rosa. N'oublie pas de rappeler à Lorenzo qu'elle est dans tes affaires.

— Franchement, je n'ai pas besoin d'emmener Lorenzo, objecta Gabriel. Il aura beaucoup à faire pour toi à la maison.

— Ta-ta-ta ! Qu'est-ce que tu racontes ? Tous les officiers ont un valet. Qui s'occupera de tes chevaux ? Qui fera la cuisine pour toi, et ta lessive ? Alors, souviens-toi que c'est lui qui a ta montre et que je lui ai donné trois cents dollars en or au cas où tu aurais besoin d'acheter quoi que ce soit — mais je crois bien que j'ai pensé à tout.

Eugene renifla.

— Trois cents dollars ! Vous feriez bien de l'avoir à l'œil, votre Lorenzo ! Qu'il ne s'enfuie pas chez les Yankees avec tout cet or !

— Ta-ta-ta, répéta Rosa. Il adore Gabriel. Il ne ferait jamais

316

ça. D'ailleurs, pourquoi s'enfuirait-il ? Il vit aussi bien que Gabriel, aussi bien que n'importe lequel d'entre nous. Où pourrait-il espérer vivre mieux ?

La locomotive poussa son cri strident à trois reprises. Les hommes montaient à bord du train. Brusquement, la légèreté, la gaieté et le courage de Rosa lui manquèrent en même temps que son orgueil.

— Oh, mes fils, mon frère, tout s'écroule en même temps, quand vivrons-nous de nouveau une vie normale ?

Elle avait la goutte au nez. Elle farfouilla nerveusement dans son sac à la recherche d'un mouchoir.

— Oh pardon, je suis honteuse. C'est plus fort que moi...

— Voyons, dit doucement Gabriel. Voyons, Rosa. Tout ira bien, tu verras. Nous avons besoin de votre courage, nous aussi. Allons, ma chérie.

Par-dessus les épaules secouées de sanglots de sa sœur, ses yeux adressaient des signaux à Miriam : Il avait quelque chose à lui dire. Il l'entraîna à l'écart.

— Non, non, ne vous inquiétez pas ! Je désire seulement vous parler de Rosa. Prendrez-vous soin d'elle ? Elle peut bien faire la brave et la mondaine, elle n'est ni aussi forte ni aussi intelligente que vous.

Miriam ne put s'empêcher de lui demander :

— Vous continuez de penser que je suis intelligente ?

— Je pense que vous n'avez même pas encore appris à quel point vous l'êtes.

Cela lui ressemblait bien de s'exprimer par énigmes !

— Je vous promets de faire de mon mieux.

— Elle aura besoin d'une amie.

— Ne vous en faites pas. Je suis son amie.

— Merci.

Il n'y avait apparemment plus rien à dire mais il ne partait pas. Les pierres et les scories du ballast leur brûlaient les pieds à travers les souliers. Et pourtant, il restait là, debout, la dévisageant sans détour, et toujours sans rien révéler de lui-même, comme il faisait si souvent. Dieu seul savait ce qu'il pensait, jusqu'où ses pensées l'avaient emporté ! Et certes, étant humain, il devait avoir imaginé Miriam avec l'autre, cou-chée dans un lit de soie, il devait s'être questionné sur les après-midi ensommeillés et les nuits bleu marine. S'il en était bien ainsi, il devait souffrir encore.

— Je suis aussi votre amie, Gabriel, dit-elle doucement. Je l'ai toujours été. Je serai toujours votre chère amie.

Ce n'était pas la chose à dire. Il se raidit.

— Je vous demande seulement d'être celle de Rosa. Je crains que les choses ne soient très dures pour elle.

Le dernier coup de sifflet causa une ruée générale vers le train et Gabriel fut entraîné dans la bousculade. Le petit groupe qui l'avait accompagné demeura parmi la foule jusqu'à ce que le train eût disparu puis, dans le crépuscule commençant, chacun rentra chez soi.

Eugene dit simplement :

— J'aurais voulu partir avec lui.

Puis il demeura silencieux pendant le reste du trajet.

Et Miriam comprit que l'homme qui était assis à côté d'elle éprouvait une douloureuse frustration d'avoir été privé de son droit de prouver sa virilité dans la grande aventure de la guerre. Elle réfléchit à l'étrangeté de cette tragédie qui pouvait être en même temps source de jubilation pour un grand nombre de ses acteurs. Jusqu'à Gabriel lui-même qui arborait son sabre avec un certain plaisir crâne !

Tout au long des rues de la ville, le nouveau drapeau de l'Etat fleurissait à toutes les portes et fenêtres. Les bougies et les lampes à gaz brûlaient derrière les fenêtres, dorant la nuit. Depuis le lointain camp militaire, un canon, tonnant pour quelque salut solennel, éparpilla une volée de pigeons dans le square.

Devant la maison, sur les marches, Eugene et Angelique attendaient, brandissant encore leur petit drapeau. Dès qu'il aperçut ses parents, le petit garçon se précipita à leur rencontre. Il avait les yeux brillants, la voix rauque, ayant vociféré par les rues tout l'après-midi.

— Pourquoi vous ne nous avez pas emmenés ? demanda-t-il.

Comme son père, il était déchiré de ne pouvoir partir à la guerre.

— Il n'y avait pas assez de place dans le phaéton, s'excusa Miriam. Mais je te promets que nous vous emmènerons la prochaine fois qu'il y aura un départ.

L'enfant ne tenait pas en place.

— Est-ce que c'était vraiment très enthousiasmant ?

Elle sourit à son fils, son tendre, son adorable petit garçon et se consola de nouveau : il n'a que douze ans, Dieu merci.

— Oui, oui, dit-elle. C'était très enthousiasmant. Très.

21

Une année de guerre avait tout changé. Miriam rentrait du marché à pied avec Fanny. Elle venait de payer un prix scandaleux pour un de ces mulets fumés durs et gras que l'humour populaire avait surnommés « lard de Biloxi ». A quai, un trois-mâts attendait son chargement de balles de coton. Tous feux éteints, il tenterait de franchir le blocus pour gagner La Havane et, de là, Londres ou Paris.

Paris. Des places semblables à Jackson Square. N'avait-il pas dit que Jackson Square ressemblait à la place des Vosges ? André y marchait — sa démarche était rapide, presque une course —, elle croyait entendre le bruit de ses pas sur les pavés. Les grands immeubles de pierre de taille, les jardins, les cafés, les jeunes élégantes à la bouche suave, perles et parfums... un frisson glacé la parcourut et elle s'immobilisa, fermant les yeux.

— Vous vous sentez pas bien ? demanda Fanny.

Elle était à Paris, elle avait oublié Fanny, sur le visage attentif de laquelle passait maintenant une expression faite d'un mélange de souci et de curiosité. Que savait au juste Fanny, qu'avait-elle deviné ? On ne savait jamais avec les domestiques, si craintifs, si sournois, formés qu'ils étaient à ne jamais rien révéler, à calculer toujours pour éviter d'offenser.

Clignant les yeux, Miriam se contraignit à revenir à la réalité de l'instant, à la rue, au matin.

— Oui, oui, je vais bien. Un peu fatiguée.

Il n'avait pas écrit ; évidemment, il craignait de lui faire encourir le courroux d'Eugene. Ou peut-être avait-il écrit, mais le courrier ne passait pas.

Les bateaux ne passaient plus. Le blocus étranglait la ville ; c'était une corde passée au cou de la ville.

Un peu plus loin, dans la rue, on était en train de descendre du clocher d'une église la cloche de bronze qu'on fondrait pour en faire des canons. Oui, vraiment, la guerre avait tout changé ! C'était un sentiment curieux de constater qu'on avait été emporté à la crête de la vague que l'on avait espéré laisser passer.

A la synagogue, les femmes organisaient un bal pour réunir des fonds pour les familles nécessiteuses dont le chef était au combat. Les femmes tricotaient des chaussettes et des gants pour les soldats ; il y avait des sacs de laine grise dans tous les salons. On envoyait des couvertures à l'armée. On renonçait à boire du café et à manger de la viande pour que l'armée pût en boire et en manger. Curieux, oui, pénible et curieux, de faire toutes ces choses, de les faire de tout son cœur, tout en souhaitant que l'autre camp, celui où David évoluait parmi les uniformes bleus, fût le vainqueur.

Rosa de Rivera traversait Jackson Square.

— Je viens de recevoir une lettre de Gabriel. Veux-tu que je te la lise ? Ou peut-être que tu n'aimes mieux pas ? ajouta-t-elle, conférant à l'existence parfaitement normale de cette lettre la signification particulière qu'elle devait à ses yeux revêtir pour Miriam.

Mais c'est qu'elle prend plaisir à cette « situation » ! songea soudain Miriam. Un amour sans espoir et sans retour pour une femme mariée. Délicieusement triste, et vaguement pimenté de scandale.

— Je veux bien sûr que tu me la lises, dit-elle calmement. Asseyons-nous et tu me feras la lecture. Rentre à la maison sans moi, Fanny.

« J'ai participé à des victoires et à des défaites, lut Rosa. A Manassas Junction, où nous avons gagné et à Fort Donaldson où nous avons perdu. L'horreur était la même. Pour ma première bataille, j'étais enthousiaste. Il me semblait que ce serait rapide, et aussi, en dépit du caractère affreux de toute guerre,

321

une occasion de montrer ce que le courage individuel, multiplié par des milliers, peut accomplir. Et peut-être aussi, par un coup décisif, de mettre fin à la guerre. En tout cas, j'y suis entré sans peur, à mon grand étonnement, et avec un sentiment de puissance. Rien de tout cela n'a duré longtemps.

« Au matin, j'ai reçu la vérité comme un coup entre les deux yeux. C'était un matin d'été — ces deux mots ne suffisent-ils pas à évoquer une multitude de choses ? Un matin d'été et, découpées en rouge sur la verdure, les excavations des travaux de fortification comme une énorme plaie ajoutée aux blessures des hommes, qui étaient innombrables. Cette jeune terre en fleurs et ce que nous lui avons fait ! Tous ces jeunes hommes et ce que nous nous sommes fait les uns aux autres ! Nous avions réussi à prendre le dépôt fédéral mais comme nous n'avions pas assez de chariots et que nous ne pouvions pas en emporter beaucoup à dos d'homme, nous avions dû l'incendier. Il avait brûlé toute la nuit. De cet extraordinaire feu de joie il ne restait plus qu'un tas, une petite colline de ruines fumantes, semée d'étincelles semblables aux petits yeux rouges et mauvais des diables de l'enfer.

« Le général Lee a permis aux fédéraux de ramasser leurs blessés. Les leurs et les nôtres étaient allongés sous les arbres, aussi séparément que possible, à l'abri de l'éclat du soleil. Les blessures sont épouvantables, bien pires, me dit-on, que lors de la guerre du Mexique. C'est à cause de la balle *minié* : elle est de forme conique, une invention démoniaque, qui permet de réduire les chairs en lambeaux. Déjà des mouches et des asticots s'installaient dans ces plaies effrayantes. Les hommes, gisant par longues rangées, ne cessaient de remuer dans leur douleur, de sorte que les rangées se tordaient comme un serpent gigantesque qui aurait traversé le champ de bataille.

« Peut-être ne devrais-je pas t'écrire ces choses. Pourtant il me semble que les gens à l'arrière devraient connaître ces horreurs, encore que je ne voie plus maintenant de moyens de les empêcher. Maintenant que nous sommes entrés dans cette guerre, nous n'avons plus qu'à continuer. En tout cas, parce que je sais que je regretterai d'avoir écrit tout cela, je me répète que je n'écrirai pas de nouveau avant longtemps, parce que nous n'avons ni le temps ni la place pour le faire.

« Mais que je finisse. Comment décrirais-je une bataille ? Et faut-il même que je le tente ? Encore une fois, il me semble qu'il faut que les gens sachent. C'est un vacarme épouvantable, un pandémonium. Les arbres eux-mêmes sont blessés car les balles des mitrailleuses les taillent en pièces. On est pris dans une averse de feuilles et de brindilles. C'était le canon à répétition Williams dont nous nous servions ou le Napoléon de douze livres. Le visage des hommes est noir de poudre. Le bruit de toutes ces choses est indescriptible. Et en dessous, on perçoit le fracas d'ailes de milliers d'oiseaux qui s'enfuient et les hennissements terribles des chevaux blessés. Pauvres créatures innocentes que leurs maîtres jusqu'alors si bons ont soudain menées au milieu de tout cela !

« Bien souvent c'est l'attente de la bataille qui est le plus difficile. L'expectative est parfois plus éprouvante que la chose réelle. Sachant ce qui s'annonce et le redoutant, on voudrait en avoir fini. Nous marchons sous une pluie battante, trempés jusqu'aux os. La plupart des hommes n'ont pas de manteaux de pluie et souvent pas assez de tentes. Beaucoup doivent dormir sans abri à l'humidité. Nous sommes couverts de poux ; il arrive qu'on ne puisse se changer pendant des semaines, et comme les poux se logent dans les coutures et les ourlets, la lessive ne suffit même pas à s'en débarrasser. Les hommes ont honte de leur crasse. La maladie fait plus de ravages encore que la guerre. La plupart des gens ne savent pas que nous avons plus de malades que de blessés. L'été dernier, c'était la typhoïde qui tuait. Maintenant, dans le froid, c'est la pneumonie. La neige et les frimas sont particulièrement durs pour nos gens du Sud. Et par tous les temps, froids ou chauds, il faut craindre le scorbut. Notre régime est fait de biscuits, de petit salé, de café et de haricots.

« J'ai vu un hôpital de campagne abandonné à l'ennemi parce que nous avions dû battre en retraite pour sauver notre peau. Nous avons laissé nos blessés mourir prisonniers ou peut-être pire, souffrir sans soins.

« Dieu sait pourquoi j'écris tout cela. Peut-être que demain matin je déciderai en définitive de ne pas te l'envoyer. Mais pour l'heure, j'écris à la lueur d'une chandelle, et j'ai le sentiment que le fantôme de tout ce que j'ai vu regarde par-dessus mon épaule et me dit d'écrire tout cela.

« Je me rappelle l'allure de ces morts. Si différente de la

mort blanche et tranquille de nos grands-parents. Ces morts-ci sont crues, bruyantes et rouges. Mais voici ce que je crains : de m'y habituer. J'aperçois le cadavre d'un garçon qui gît tordu parmi ses pauvres biens, son quart de fer-blanc, son pistolet ou sa poêle à frire, son havresac plein de lettres et de portraits de sa famille. Je l'aperçois et je passe mon chemin.

« Que vais-je devenir ? Quel genre d'homme serai-je quand tout cela sera fini ? »

Rosa rangea la lettre dans son sac. Il y eut un silence, les deux femmes se taisant jusqu'à ce que Rosa sorte de nouveau la lettre de son sac.

— J'ai failli oublier. Il y a un post-scriptum. Il dit : « Rappelle-moi au bon souvenir de Miriam. J'espère qu'elle va bien. »

Droit comme un général, Ferdinand se tenait devant la carte que l'on avait épinglée au mur du petit salon et lisait des dépêches à Eugene. Les deux hommes, ainsi qu'Emma, ses deux filles et le jeune Eugene, suivaient tous la guerre. Tous s'étaient réjouis de Manassas et on avait discuté, critiquant Jeff Davis.

— Nous aurions dû et pu marcher sur Washington, déclara Ferdinand. Ils ne pouvaient pas nous arrêter.

L'espèce de jubilation qui avait ranimé l'enthousiasme d'Eugene au début de la guerre se dissipait peu à peu.

— Non, non, répondait-il. Cette victoire est venue trop tôt pour être vraiment bénéfique. Elle nous a convaincus que nous étions imbattables.

Ferdinand au contraire s'accrochait à l'optimisme joyeux et Miriam songeait à cette contradiction : papa avait nié jusqu'à la possibilité de la guerre mais, l'ayant acceptée, il y jouait comme à une espèce de grand jeu passionnant, un exercice complexe.

— Je n'aurais jamais cru, fit observer Eugene d'un ton sombre, que Grant écraserait Johnston et Beauregard à Shiloh. Le Mississippi est maintenant ouvert jusqu'à Vicksburg.

La veille, le cortège funèbre du général Johnston avait remonté St. Charles Street, preuve visible de la terrible défaite. A l'embouchure du fleuve, à deux cent cinquante kilomètres au sud de la ville, la flotte de l'Union s'apprêtait à entreprendre sa lente remontée vers les forts. Elle était placée sous le commandement de l'amiral Farragut, dont on rappelait avec amertume que c'était un fils de La Nouvelle-Orléans. Comme ce mélange de contradictions entre la fidélité et la trahison était étrange, songea Miriam.

Alexandre, le fils de Pélagie, estafette à l'état-major de Lovell, apportait chaque jour des nouvelles au stratège de salon. Ses joues roses étaient humides de transpiration devant l'importance de ce qu'il transmettait.

— Les forts et la ville sont indiscutablement en sécurité ! Vous ne croiriez jamais l'effort qui est entrepris ! Huit schooners démâtés, chargés de bûches, ont été liés ensemble avec des câbles et placés en travers du fleuve. Totalement infranchissable ! Et dans les bayous, nous avons coulé des pylônes et un enchevêtrement de chênes vivants, encore verts, il y en a des tas, sur quinze mètres de large. Là non plus, il n'est pas possible de passer ! Et encore, sur le fleuve, nous avons cinquante radeaux à feu, des brûlots sur lesquels s'entassent le bois, le pétrole et le coton. J'aime mieux vous dire qu'une fois allumés, personne ne voudrait s'y frotter, ni même s'en approcher. Enfin sur les rives, sous les forts, le général Lovell fait mettre en place des compagnies de tireurs d'élite.

Quelques jours plus tard, il arriva en trombe pour raconter que le bombardement des forts avait commencé. Cette fois, à travers sa description, on commençait à pressentir une certaine incrédulité, comme si ce dont il avait été témoin n'était prévisible ni par lui ni par quiconque, totalement inconcevable.

— L'air est tellement échauffé par les salves que les abeilles essaiment pour tenter de s'échapper. Et le fleuve est plein de poissons morts. On dit que ce sont les détonations du canon qui les tuent, je ne sais pas. C'est inimaginable...

Ses bras étaient étendus sur la table où il s'appuyait pour se reposer et sur son jeune visage irréfléchi passa un instant comme l'ombre d'une pensée.

— Il aurait fallu que vous voyiez la fumée quand les brûlots ont été lancés sur le fleuve ! C'étaient la térébenthine et le goudron qui flambaient, vous comprenez. Je devais observer de près pour faire mon rapport. Oh, on aurait dit, c'était comme... l'idée qu'on se fait de l'enfer, la fumée si épaisse qu'on voyait à peine, et puis les flammes jaunes quand les bateaux explosaient. On dit que des dizaines d'hommes ont été noyés, d'abord brûlés, ensuite ébouillantés par les chaudières, et enfin noyés... des soldats de l'Union, surtout...

Et il s'interrompit, les yeux dans le lointain, comme si à cet instant même il avait compris que c'étaient des hommes tout de même, des hommes de chair comme lui, brûlés, ébouillantés et noyés.

— Herbert, le fils de Rosa, est posté là-bas sur le fleuve, dit Miriam pour tout commentaire.

Le tocsin sonna juste après qu'ils eurent quitté la table du petit déjeuner, le matin du 24. Les notes de bronze produisaient une vibration qui perçait les chairs jusqu'aux os et immobilisa chacun sur place, Sisyphe avec un plateau chargé d'assiettes, Angelique à la moitié de l'escalier, penchant la tête pour une question inexprimée, et le chien qui courut se réfugier sous une chaise.

Emma tremblait.

— Le tocsin ?

Ses yeux imploraient qu'on lui réponde qu'elle se trompait.

— C'est le tocsin. Envoyez donc Maxim au bureau du journal, ordonna Eugene retrouvant une parcelle de son ancienne autorité. Il pourra lire le bulletin.

Une demi-heure plus tard Maxim était de retour, tout gonflé de l'importance du rapport dont il était porteur.

— Ils ont passé les forts. Les forts ont tenu mais les canonnières remontent le fleuve en direction de la ville.

— Alors ils seront ici demain, dit Eugene.

Emma porta rapidement la main à la bouche pour étouffer ce qui aurait indubitablement été un gémissement. Eugene junior était tout joyeux. Il allait se passer quelque chose d'extraordinaire.

Et moi, songea Miriam, qu'est-ce que j'éprouve ? De la peur ? Oui, bien sûr. De l'espoir ? Peut-être que maintenant la guerre va s'arrêter ? Mais non, les guerres ne finissent pas si vite. Puis songeant à l'immédiat : est-ce que nous allons être occupés ou est-ce qu'ils vont détruire d'abord la ville ?

Tard dans l'après-midi, Alexandre fit son apparition. Il était allé faire ses adieux à sa mère qui lui avait demandé d'apporter les dernières nouvelles chez les Mendes.

— Je pars avec le général Lovell pour Camp Moore. Le général a décidé de laisser la ville sans défense pour que l'ennemi n'ait aucune raison de la bombarder.

L'entrain et la vigueur du jeune homme firent des merveilles pour le moral d'Emma.

— Il nous fait honneur, s'écria-t-elle comme son petit-fils descendait l'escalier. Il nous fait honneur à tous. Avec des hommes comme lui, nous ne pouvons pas être battus.

Pourtant, en dépit des sentiments de ce genre, la panique et l'hystérie commençaient à se déchaîner dans les rues. Les gens allaient et venaient entre la berge du fleuve et les trains d'évacuation, un peu partout, au hasard, sans but. Serafine laissa le rôti brûler dans la cuisine. Jusqu'à Sisyphe, le plus digne de confiance de tous, qui oublia de fermer la porte d'entrée quand il partit. Emma alla chez Pélagie car, de sa maison, on découvrait le fleuve. Rosa vint se faire rassurer — et le fut effectivement : l'absence de nouvelles de ses fils ne prouvait rien : pas de nouvelles bonnes nouvelles.

Ferdinand, incapable de tenir en place, proposa d'emmener Eugene et Angelique dans le centre avec Blaise pour voir ce qui se passait.

— Comment sont-ils vêtus ? demanda Eugene.

La question intrigua Miriam.

— Vêtus ? répéta-t-elle.

— Oui. Je veux qu'ils s'habillent. Un peu de fierté. Même si nous perdons la ville, ce n'est pas la fin pour nous. Nous ne devons pas avoir l'air vaincus. Mettez vos plus beaux vêtements. Et Blaise aussi, s'il y va. Tu as une livrée neuve, Blaise ?

— Oui, monsieur.

Une ombre légère passa brièvement sur le visage de Blaise.

— Tu l'as sur toi ?

— Non, monsieur.

— Alors va la mettre. Dépêche-toi.

— Il déteste sa nouvelle livrée, dit Angelique quand Blaise fut parti. Fanny m'a dit qu'il pensait qu'elle le fait ressembler au singe du joueur d'orgue de Barbarie.

— En voilà des bêtises ! protesta Ferdinand indigné. Je m'en suis occupé moi-même, une étoffe de la meilleure qualité.

— C'est la couleur qu'il déteste. Violet. Et les boutons de cuivre. Je ne lui en veux pas. Moi non plus, je n'aimerais pas qu'on m'oblige à porter quelque chose qui ne me plaît pas, protesta Angelique.

L'enfant perçoit, ne serait-ce que vaguement, ce que le grand-père rejette totalement, songea Miriam en regardant le petit groupe s'éloigner dans la rue. Tout changeait, tout se dirigeait vers le moment où Blaise pourrait jeter sa livrée servile aux orties. Eugene ne l'a pas vu venir. Et elle se rappela le matin où elle l'avait imploré de ne pas vendre Blaise.

Quand Ferdinand revint, l'anxiété que lui causait le sort de la ville occultait en partie son enthousiasme devant tant d'événements spectaculaires.

— Quinze mille balles de coton sont en feu ! s'écria-t-il. Et des navires cotonniers aussi. Et des vapeurs, des débarcadères, tout ! On a déversé le sucre et la mélasse par les rues, les gens essayent d'en ramasser autant qu'ils peuvent...

— Ils brûlent le coton ? se récria Eugene horrifié. Les imbéciles ! Nous en aurons besoin ! Ils ne le savent donc pas ?

— Ce sont les ordres. Détruire les machines et tout ce que l'ennemi pourrait utiliser. Il y a des milliers de gens sur le port...

Debout au balcon, Miriam observait la fumée noire qui montait en tourbillonnant au-dessus de la jetée. Une foule de femmes passa au bout de la rue, des pauvresses mal vêtues et d'autres en robe de soie, suivies par une bande de négrillons qui pensaient probablement qu'il s'agissait d'un carnaval d'un genre nouveau.

— Brûlez la ville ! hurlaient les femmes. Ne les laissez pas la prendre ! Incendiez tout !

Certaines d'entre elles brandissaient des pistolets. Miriam fut presque sûre d'avoir reconnu Eulalie. Le monde était devenu fou. C'est suffisant pour rendre fou quiconque, se dit-elle.

La nuit vint. A mesure que l'obscurité s'accentuait, le silence se fit comme si la ville s'était épuisée et disparaissait avec le jour. Tout le monde se coucha tôt. Miriam seule était encore au rez-de-chaussée quand Fanny apparut à la porte du salon.

— Aurez-vous besoin de quoi que ce soit, Miss Miriam ? demanda-t-elle après les traditionnels souhaits de bonne nuit.

— Non merci, Fanny, tu peux aller te coucher.

— Et vous n'y allez pas ?

Le petit visage aigu exprimait l'inquiétude.

— Non, pas tout de suite, Fanny.

La porte se referma doucement et Miriam eut, l'espace d'un instant, la pensée horrible que l'inquiétude ainsi exprimée aurait pu n'être après tout qu'un masque habile. On aurait voulu pouvoir demander : Que penses-tu de tout cela, toi, Fanny ? Dans la mesure où c'est une guerre — du moins en partie — qui se livre pour ta libération, est-ce que tu te réjouis ce soir de la chute de la ville ? Ou t'attristes-tu un peu, au contraire, à l'idée de sa destruction ? C'était la première fois qu'il y avait ainsi une barrière entre elles, quelque chose que la simple discussion honnête ne leur aurait pas permis de franchir. Mais non, ce n'était pas vrai. La question centrale de leur relation, celle de la propriété, n'avait jamais été abordée non plus. Elles se l'étaient tacitement interdit l'une et l'autre, et donc ce n'était pas la première fois.

Fanny peut-elle soupçonner le moins du monde la réalité de mes sentiments à propos de ce qui se passe actuellement dans le Sud ? Probablement pas, puisque j'ai dû les garder secrets. Pourtant, il existe des signes subtils dans le comportement et les manières, autant de choses que l'on ne dit pas que de choses réellement dites. Comme cet air enjoué de Fanny, sur lequel Miriam en était venu à compter inévitablement, alors qu'au repos, quand elle ne se pensait pas observée, une expression songeuse, presque mélancolique, envahissait le visage de Fanny ; dès qu'elle s'entendait appeler, elle s'empressait de la faire disparaître. Ainsi allaient les pensées de Miriam, en cette nuit de terreur et de bouleversement.

La haute pendule de l'entrée toussa comme la vieillarde qu'elle était et résonna une fois : gong ! La demie de minuit. Elle prit un volume dans la bibliothèque et, découvrant que les mots n'avaient aucun sens, le remit en place et demeura à contempler le bel alignement de reliures de cuir, George Eliot, Dickens, Cooper, les *Contes et nouvelles* de Musset, le souvenir des belles pages lisses, des phrases faciles, des riches images qui laissaient un goût délicieux sur la langue et un cha-toiement devant les yeux. La civilisation.

Elle fit le tour de la pièce. Trouvant quelques bonbons lais-sés sur un plat d'argent sur la table, elle les mangea. Puis dans la salle à manger elle alla prendre une pêche dans la corbeille de fruits de la desserte. Elle mangeait trop et avait encore faim. De retour au salon, elle s'immobilisa devant le piano. Il était carré et fait de bois de rose. Il avait été fabriqué à Bos-ton. L'un de ses pieds était ébréché, là où Eugene Junior lui avait assené un grand coup de baguette de tambour. Elle fit courir sans bruit ses doigts sur le clavier.

Le chien gémissait pour sortir. Elle le prit dans ses bras, tiède petite créature, qui ne comprenait pas un mot et réagis-sait pourtant avec beaucoup de sûreté aux besoins humains. Ecoute-moi, Gretel, je suis toute seule. Il n'y a personne à qui je puisse confier mes sentiments et, tu vas rire, je ne suis même pas sûre moi-même des sentiments que j'éprouve en réalité.

La terre engourdie attendait. Contre le ciel laiteux, les pal-miers découpaient leur silhouette de plumet funéraire. Sou-dain, les pas précipités de quelqu'un qui passait sans être vu renvoyèrent Miriam dans la maison à toute vitesse et lui firent refermer la porte si fort derrière elle que les boules de cris-tal du lustre s'entrechoquèrent en tintant de détresse. Elle s'adossa contre la porte, la main sur son cœur qui battait la chamade. Puis, honteuse de cette soudaine terreur, elle pensa au verrou de nuit et le fit glisser dans son logement, une lourde barre de fer d'un mètre cinquante de long qui s'encas-trait dans le mur. Mais s'ils voulaient vraiment entrer, ils pou-vaient encore le faire, n'est-ce pas ? Ils pouvaient fracasser la porte ou briser les fenêtres...

A l'étage, un rayon de lumière tombait en travers du lit où dormait Angelique. Elle avait l'air d'une femme, avec ses lon-gues jambes qui atteignaient presque le pied du lit, et sa che-velure répandue sur l'oreiller. La fillette qui naguère encore dormait les deux bras enroulés autour de ses poupées était désormais en équilibre à l'extrême rebord de l'enfance. De l'autre côté du couloir, une chandelle fut mouchée à la hâte quand Miriam passa devant la porte. Le garçon pouvait tou-jours croire qu'elle ignorait qu'il lisait la moitié de la nuit contre les ordres de son père ! Un instant, elle songea à David dans ce village obscur, voilà tant et tant d'années, qui empruntait tous les livres sur lesquels il pouvait mettre la main.

Oh, qu'est-ce que la guerre — la victoire ou la défaite, selon le camp dans lequel on se trouvait — allait faire à ces jeunes vies ? Et à nous tous dans cette maison, dans cette ville ? A André ?

Il n'était pas un seul rayon de lumière qui pût commencer à pénétrer l'avenir.

— Je veux aller sur la levée, dit Eugene le matin, voulant dire, Miriam le savait, mais ne trouvant pas la force de le faire : Je veux assister à l'arrivée des vaisseaux fédérés.

Et Miriam, en proie à son propre tourment, redoutant et désirant à la fois les voir, leva les yeux vers le ciel où tournoyaient de sombres nuages et, devant les premières gouttes de pluie, chercha une excuse.

— Il va y avoir un orage.

— Je suis parfaitement capable d'y aller sans vous, répliqua-t-il, de telle manière qu'elle se sentit bien sotte car il s'était toujours rendu partout sans elle.

— Je serai prête dans une minute, dit-elle.

Les rues, trop encombrées pour laisser passer une voiture, s'emplissaient d'une populace exaltée qui gagnait le bord de l'eau à pied, sans prendre garde à l'averse. Sur la levée, par-dessus les têtes de la foule, les canonnières étaient parfaitement visibles car les eaux du fleuve avaient monté. Comme toujours, leurs canons firent songer Miriam aux gueules menaçantes de bêtes féroces tournées contre la ville.

Impatient, Eugene demanda une description de la situation.

— Les bateaux continuent d'arriver au détour du fleuve, dit Miriam en humectant ses lèvres sèches. Six en tout. Non, sept, huit. Ils sont pleins de soldats. Tous armés.

Sa voix se mit à trembler. Elle ne dit pas que le drapeau étoilé flottait sur les bateaux tandis que tout autour d'eux sur la levée, on brandissait des emblèmes de la Confédération.

— A bas la bannière étoilée ! cria une voix d'homme.

Le cri fut repris par des centaines de voix, parmi lesquelles celles du fils et de la fille de Miriam. Des femmes sanglotaient. Un joueur de fifre se mit de la partie et attaque *Dixie* que la foule se mit à chanter en chœur, Emma avec une conviction si profonde qu'on aurait cru la voir chanter un cantique à l'église. Au mépris de toute raison, cet épanchement d'émotion communautaire émut Miriam jusqu'au cœur.

Un petit bateau se détacha du *Hartford* et trois officiers gagnèrent la terre.

Eugene bouillonnait.

— Que font-ils maintenant ? Ça ne vous dérangerait pas de me dire un peu ce qui se passe ?

— Des officiers s'apprêtent à débarquer. Il y a des matelots. Ils ont des fusils et des baïonnettes aussi.

Ils passèrent, les inconnus — Miriam fut choquée d'avoir pensé involontairement le mot « envahisseur » — dans leur uniforme bleu marine, avec leurs aigles dorées, leur visage sévère, ignorant la foule. Mais ils avaient peur ; évidemment, ils devaient être terrifiés par cette populace menaçante, ils semblaient si jeunes, comme David qui portait leur uniforme. Miriam regarda les inconnus s'éloigner au pas le long de la rue.

— Ils vont à l'hôtel de ville, cria quelqu'un.

La foule leur emboîta le pas, les enveloppa, retenue seulement par la vue des fusils et des baïonnettes, mais vociférant tout le long du chemin :

— Yankees go home ! Rentrez chez vous, sales Yankees !

Puis les cieux s'ouvrirent. La petite pluie régulière se transforma en cataracte. Des nuages jaunes, fuligineux, se tordaient et se déformaient parmi le noir du ciel. La pluie criblait le fleuve, retombait en mille éclaboussures sur les trottoirs, cinglait les arbres et détrempa le petit groupe qui était resté debout sur la levée. La pluie attaquait avec férocité, comme si la chute de la ville n'avait pas suffi au chagrin d'une journée.

— Tout est fini, dit Eugene.

Il y avait des larmes dans ses yeux aveugles.

Ferdinand voulut le reprendre.

— Ne dites pas ça. Les forts ne sont pas tombés.

— Qu'est-ce que cela change ? Ils sont passés. Et les forts finiront par se rendre. Il y a beaucoup d'hommes du Nord dans les garnisons. Venez, rentrons.

Et pendant tout le trajet du retour, il ne cessa de marmonner :

— Le câble n'avait pas été mis en place au bon endroit, c'était une bonne idée, mais il fallait le mettre au-dessus de Fort St. Phillip, là où le courant est violent, au lieu de le placer en dessous de Jackson, où rien ne les a empêchés de se glisser sans être vus pour le détruire. Les imbéciles, les imbéciles, ne cessait-il de répéter.

Et ce n'est qu'un début. Dans quelques jours, Butler va débarquer avec ses troupes, et alors on va voir ce qu'on va voir.

En arrivant devant la porte, ils aperçurent Sisyphe qui guettait dans la rue. En les voyant, il descendit les marches à la hâte. Les traits de son vieux visage étaient solennels.

— Un gamin est venu de chez Mme de Rivera. Des nouvelles de son fils. Il a été tué pendant la bataille sur le fleuve.

— Mon Dieu ! s'écria Miriam. Ils n'ont pas dit quel fils ?

— M. Herbert. Elle vous prie d'y aller, s'il vous plaît.

Emma se signa.

— C'est la volonté de Dieu. Nous l'avons négligé, et maintenant, il châtie notre cause qui est pourtant juste. Il faut redoubler de prières.

Ebouillanté. Noyé. C'était un bébé, il ne marchait pas encore, la première fois que je suis allée chez Rosa. Et maintenant c'est — c'était — un jeune homme avec une jeune femme et un bébé qui était le sien. Ebouillanté. Noyé.

Elle reprit ses esprits.

— Tout de suite. J'y vais tout de suite.

Mais quel réconfort allait-elle apporter, quelles paroles ?

— J'y vais, répéta-t-elle tandis que les autres la regardaient.

Ferdinand était comme paralysé. Elle pouvait lire dans l'esprit de son père : je croyais avoir laissé tout cela derrière moi en Europe, pensait-il en regardant en arrière en direction du fleuve et des canons.

Jadis, quand elle était petite, elle avait un jour observé quelques paysans étendre un immense filet au bord d'un lac pour prendre des oiseaux migrateurs. Et jamais elle n'avait oublié les cris, la lutte, les battements d'ailes, les cous brisés. Maintenant il lui semblait que la ville, le pays tout entier, étaient prisonniers d'un semblable filet.

22

Des éclats de voix parvenaient de l'entrée, en bas, et Miriam se hâta dans l'escalier, arrivant à temps pour voir la porte se refermer sur un militaire en bleu et Eugene disparaître dans le salon. Maxim tenait une lettre à la main.

— Un officier de l'Union, Miss Miriam. Il a porté ça de la part de votre frère. Il dit que c'est un ami à lui, qu'il lui a demandé personnellement d'apporter ça. Monsieur Eugene, il a dit comme ça que personne de l'Union mettrait les pieds dans cette maison.

— Merci, Maxim.

Et, prenant la lettre, elle remonta pour la lire dans la solitude.

Il y avait si longtemps qu'elle n'avait pas eu de nouvelles de David ! Dépliant les feuillets sur ses genoux, elle pensait : Les mains de mon frère ont touché ce papier. Ses yeux parcouraient rapidement les lignes.

« Chère sœur, je t'écris cela en août. Ma lettre prendra peut-être des semaines à te parvenir. J'étais à la bataille d'Antietam Creek. Plus de vingt mille hommes, en comptant les deux côtés, y ont été tués ou blessés. J'espère ne jamais revoir rien de semblable. Et pourtant, je sais bien que cela recommencera avant que toute cette horreur ne soit terminée. Là où vont les armées, l'horreur n'est pas confinée au champ de bataille. J'espère qu'à La Nouvelle-Orléans vous sera épargné ce qui est arrivé ici... familles expulsées de leurs foyers, jeunes filles violentées, les rebelles se livrant partout au pillage. Que je puisse me trouver au milieu de tout cela, moi qui ai toujours détesté la violence, j'ai du mal à le croire, autant que j'ai du mal à croire que je puisse être à jamais tourmenté par le souvenir de la vie que j'ai ôtée. Je vois encore Sylvain, un homme que je n'ai jamais aimé, mais il n'empêche, je vois son visage vivant et qui m'accuse. Je me rappelle son épouse délicate et si confiante.

« Mais assez là-dessus. Une bonne chose est du moins sortie de notre victoire d'Antietam, c'est que ni la France ni l'Angleterre ne reconnaîtront maintenant la Confédération. Tout le monde prévoit désormais le dénouement. »

Mais André, songea Miriam, André est là-bas et sa mission va échouer. Il y a comme une douleur creuse dans ma tête quand je pense à tout ça.

« Une fois encore les fêtes sont passées. C'est toujours une période au cours de laquelle notre séparation m'attriste particulièrement. J'ai passé le Nouvel An en compagnie d'une famille juive — et, cela va te surprendre, des sympathisants de la cause sudiste, dans le Maryland, tout près de Washington. Ils étaient bons et hospitaliers, m'offrant de véritables festins chaque soir, alors même qu'ils ne sont vraiment pas riches. Nous avons eu quelques discussions amicales mais je n'ai pas réussi à les convaincre de passer dans mon camp !

« Tu seras peut-être intéressée d'apprendre ce que je faisais à Washington. J'ignore si vos journaux ont publié quoi que ce soit concernant le scandale de l'aumônerie militaire, un décret selon lequel les différentes confessions chrétiennes étaient seules autorisées à avoir des aumôniers militaires. (Il est assez intéressant de préciser que ce règlement n'existe pas dans la Confédération !) Cela a déclenché une belle tempête, comme tu l'imagines, et j'étais au premier rang des combattants. »

Toujours le même, toujours le porte-étendard, songea Miriam en souriant. Il est têtu, avait dit Opa. Quand il pense avoir raison, il n'abandonne jamais...

« Bref, quand nous nous sommes adressés au président, qui avait tout ignoré de cette affaire, il a immédiatement corrigé cette injustice. Le combat a donc eu une fin heureuse mais permets-moi de te dire que cela a été une rude bataille contre le sectarisme.

« Parfois, quand je n'arrive pas à dormir et que je me sens l'âme philosophe au beau milieu de la nuit, je me dis que l'existence n'est rien d'autre que le passage d'une lutte à la suivante. Peut-être que cela nous est bon, en un sens, je ne sais pas. Mais j'aimerais en tout cas pouvoir me reposer un peu plus longtemps entre deux batailles ! J'aimerais pouvoir passer une longue soirée d'été en compagnie d'une jolie fille sans aucun souci en tête. J'aimerais me retrouver avec toi et les enfants, sur la plage ou en bateau, ou devant un bon feu par une soirée d'hiver. J'aimerais pouvoir me promener longuement en causant avec Gabriel, comme nous avions accoutumé de le faire. Mais je suis en bleu, tandis qu'il est en gris...

« Chère Miriam, je comprends enfin pourquoi il ne t'était pas possible de quitter les tiens et ton foyer quand j'ai voulu t'emmener avec moi, le soir de ma fuite. Mais j'ose espérer du moins, maintenant que votre ville est tombée aux mains de l'Union, que vous accepterez de prêter le serment de fidélité. J'espère qu'Eugene verra les choses de cette façon, pauvre homme sans défense qu'il est devenu. Vous devez tous avoir compris désormais, en dehors de toute conviction, sans chercher à savoir qui a tort ou raison, que votre cause est perdue et le Sud condamné. Sauvez-vous, ne pensez qu'à vous-mêmes... »

— Tu as reçu une lettre de ton frère ! lança Ferdinand debout sur le seuil. C'est Eugene qui me l'a dit.

— Oui.

— Tu ne comptais pas me le dire. Tu t'es cachée ici toute seule pour la lire ?

— Je ne croyais pas que tu voudrais la voir, papa.

Il y eut un silence. Un pied dans la pièce et l'autre dans le couloir, Ferdinand ne parvenait pas à se décider.

— Veux-tu que je te la lise, papa ?

— Bah, oui. Vas-y.

« Chère sœur », commença-t-elle et, levant les yeux, elle vit un petit muscle qui sautait dans la joue de son père.

Elle lisait rapidement.

« J'espère qu'à La Nouvelle-Orléans vous sera épargné ce qui est arrivé ici... familles expulsées de leurs foyers, jeunes filles violentées, les rebelles se livrant partout au pillage... »

— Assez ! s'écria Ferdinand. Assez ! Je ne veux plus rien entendre de ce fils ! Il écrit — il dit des choses... alors que nous sommes envahis, que nos maisons...

La voix du vieil homme s'étrangla et il se tut.

La ville se tordait dans la défaite comme un malade sur son lit de douleur. Et comme les bulletins de santé sortent de la chambre d'un malade, des rumeurs naissaient et circulaient à voix basse. On disait que le général Butler avait déclaré que d'un seul geste de la main, là où il se tenait sur le balcon du St. Charles Hotel, il aurait pu faire — il pouvait encore faire — couler le sang dans les rues de La Nouvelle-Orléans.

— Quelle ironie ! s'exclama Eugene. Penser que le père de Butler a servi avec Andrew Jackson pour sauver notre ville !

Le populaire Pierre Soulé fut envoyé en prison au fort Warren, à Boston ; il avait été le symbole même de la sécession. Deux des prêtres les plus influents de la ville furent emprisonnés à New York, l'un pour avoir prononcé un sermon sécessionniste, et l'autre pour avoir omis une prière pour le président des Etats-Unis.

Emma se tordait les mains.

— Au nom du ciel, qui sera le suivant sur la liste ?

— C'est pour cette... cette ineptie, que j'ai perdu mon fils ! hurlait Rosa d'une voix qui se brisait comme celle d'une vieille femme.

Et, de fait, elle avait vieilli ; le lendemain matin du jour où elle avait appris la terrible mort de Herbert, elle s'était réveillée vieillarde. C'était étrange, songeait Miriam, étrange et pitoyable de la voir ainsi, sans son esprit de repartie, sans ses bracelets. Sans ses bons mots et ses bavardages perpétuels. Etrange, aussi, de la trouver désormais d'accord avec Eulalie !

— Oh je les hais ! répétait Rosa. Je les hais ! Je pourrais tuer ce Butler et tous les hommes vêtus de cet affreux uniforme bleu qui passent dans les rues !

— Il y en a d'encore plus méprisables de notre propre côté, disait Eulalie d'un ton sombre. Des gens comme Judah Benjamin et ses... et ses semblables. N'est-il pas responsable du désastre de Roanoke Island ? Et maintenant, ils l'ont nommé secrétaire d'Etat ! Les gens comme lui et ses semblables !

Ses « semblables », songeait Miriam. C'est un juif, encore que pas très glorieux, il est vrai. Mais un juif tout de même, et donc ses semblables, ce sont les juifs. C'est ce que tu voudrais dire mais tu n'oses pas devant Eugene. Et moi non plus je n'ose pas te dire ce que je voudrais, ce qu'autrefois je t'aurais dit.

Emma changea de sujet.

— J'ai vu une bien vilaine chose hier, dans Royal Street. Deux dames portant notre drapeau se sont pincé le nez au passage d'un officier de l'Union. Ma fois, cela arrive tout le temps, nous le faisons toutes. Mais cet officier-là a choisi de s'en offenser et il a traversé la rue pour les suivre. Alors, figurez-vous — elle gloussa — qu'elles ont fait semblant de vomir ! J'étais sur l'autre trottoir et je me suis arrêtée pour regarder. L'homme était réellement furieux et il a menacé : « Nous en avons assez de tout ça ! Que cela ne se reproduise plus, je vous avertis ! » Les deux dames ont eu bien peur et se sont empressées de partir.

— Il faut avertir Angelique, dit Eugene, le sourcil froncé. Qu'elle ne fasse rien pour attirer l'attention. Ce n'est plus une enfant.

— Si Angelique ressemble à sa mère, fit remarquer Eulalie avec une certaine audace, ce n'est pas un officier de l'Union qu'elle insultera.

— Que voulez-vous dire ? s'écria Miriam bouillant de colère. Que pouvez-vous bien vouloir dire ?

— Bah, vous avez retiré votre drapeau de votre robe.

— Bien sûr ! Je n'ai nulle intention de finir comme Mme Phillips.

— Quelle affaire terrible ! dit Emma. Je la connaissais un peu. Elle était d'une des meilleures familles d'Alabama. On prétend qu'elle a ri au moment où le cortège funèbre d'un officier de l'armée fédérale passait devant chez elle ! A-t-on jamais entendu rien de plus scandaleux ? C'est cela, la liberté que nous offre l'Union ? Une femme ne pourrait même plus rire chez elle ? Et ils l'ont mise en prison à Ship Island ! On dit qu'elle a fait une dépression nerveuse. Ce n'est vraiment pas étonnant.

— Butler est connu pour son antisémitisme, dit Eugene. C'est pour cela qu'il lui a imposé une peine aussi dure.

— Oh oui, dit Miriam dont la remarque, sans lui être adressée, était destinée à Eulalie. Le Nord reproche aux juifs de forcer le blocus et d'être fidèles au Sud tandis qu'un certain nombre de sudistes mettent notre fidélité en doute. C'est bizarre, vous ne trouvez pas ?

Eugene reprit la parole, plein de mépris.

— Ce Butler ! Oh, il peut bien tenir des discours moralement élevés. Pendant ce temps-là il laisse son frère rançonner la ville et empocher une fortune que les deux compères se partageront ensuite !

Ferdinand paraissait humilié dans sa personne.

— C'est difficile à croire. C'est difficile à croire, marmonnait-il.

La morosité régnait sur la maison. Les stores et les volets à demi fermés, il y régnait en permanence une pénombre qui allongeait les heures. Personne ne sortait plus dans le jardin qui était trop exposé. On se sentait moins en sécurité en plein air, sans raison objective, on préférait se sentir entre quatre murs.

Un beau jour, Miriam se rendit compte brusquement qu'Eugene lui-même n'était pas sorti de la maison depuis des semaines. C'en était donc terminé de ses « visites » ? Alors, sans vergogne, elle demanda à Fanny ce qu'elle en savait. Et, sans vergogne, Fanny lui répondit : Queen est logée chez ce major de l'Union qui a réquisitionné la maison, vous savez bien, celle qui est juste après la maison du général Twigg que Butler a réquisitionnée pour lui-même. On raconte que Queen a donné un dîner pour une dizaine d'officiers et que la vaisselle était en argent massif.

Ainsi Queen était passée au vainqueur ? Pauvre Eugene ! Les domestiques eux-mêmes s'étaient montrés plus fidèles, mais Miriam se demandait bien pourquoi.

Elle était en train de réfléchir à ces choses tandis que ses aiguilles à tricoter tissaient la laine grise quand Eugene junior demanda :

— Tu vas prêter le serment, papa ? Le père de mon ami Bartlett annonce qu'il va le faire. Il dit que ce ne sont que des mots et qu'il le prononcera en sachant qu'il n'est pas sincère.

— Ah vraiment ? Eh bien le père de ton ami Bartlett est une canaille de bas étage et tu peux le lui dire de ma part si cela te chante.

— On dit, risqua Miriam, que onze mille personnes ont déjà prêté serment.

— Grand bien leur fasse ! Aucun citoyen respectable n'aura plus jamais rien à faire avec ceux qui auront prêté serment, notez bien ce que je vous dis là.

— *J'ose espérer*, avait écrit David, *que vous accepterez de prêter le serment de fidélité. Le Sud est condamné.*

— Les biens de ceux qui refusent sont confisqués, dit Miriam d'une voix neutre.

— Confisqués ! répéta faiblement Ferdinand en écho. Autrement dit la maison.

Autrement dit, songea Miriam, la deuxième fois que tu seras mis à la porte.

— Lisez-moi le serment, ordonna Eugene.

Elle prit la feuille de papier.

« Je jure solennellement que je vouerai fidélité et allégeance véritable au gouvernement des Etats-Unis, que je ne prendrai pas les armes... ni n'encouragerai d'autres à le faire... que j'userai de toute mon influence... pour mettre un terme à la rébellion... Je m'y engage devant Dieu qui sera mon juge. Serment prêté et... »

— Apportez-moi mon carnet ! s'écria Eugene. J'y veux dresser une liste. Vous y copierez les noms de tous ceux dont vous entendrez dire qu'ils ont accepté de prêter ce serment scandaleux et dégradant !

Ferdinand semblait moins sûr. Il l'aurait prêté, lui, ce serment, s'il avait osé, s'il n'y avait pas eu Eugene. Il était parvenu à un moment de sa vie où il ne désirait plus que la paix et le confort. La flamme de la jeunesse l'avait déserté. Et il était là, défait, désemparé, tenant entre les mains la tête d'une poupée de porcelaine qu'il essayait de réparer pour Angelique.

— Une chose est certaine, personne, dans ma famille, ne prêtera jamais ce serment, déclara Emma. Il n'est pas un seul représentant de la vieille souche française qui pourrait supporter de s'avilir ainsi.

Miriam dit à voix basse :

— Ce n'est pas seulement la vieille souche française. Le

rabbin Gutheim ne le fera pas non plus et il peut difficilement passer pour français. C'est le cas d'une moitié ou même plus de notre congrégation, conclut-elle fermement.

Mais pourquoi ce défi, pourquoi ce besoin de défendre le mauvais côté une fois encore ? Et elle s'émerveillait du cas de ce Gutheim, un immigrant allemand, installé depuis onze ans seulement dans la ville, et qui optait pour une fidélité si farouche à la cause sudiste. C'était probablement l'influence de sa femme, fille d'une vieille famille d'Alabama, qui le poussait à agir ainsi. Il s'était laissé persuader par amour. Et si j'avais été mariée à André...

— Quoi qu'il en soit, nous avons jusqu'au premier octobre, disait Ferdinand avant d'ajouter, plein d'espoir : Il pourrait bien y avoir du changement d'ici là.

— Nous sommes le 30 septembre, dit Miriam. Il va falloir que vous vous décidiez aujourd'hui, Eugene.

— Je me suis déjà décidé.

— Vous en êtes bien sûr ?

— Relisez-moi cette maudite proclamation !

« ... toutes les personnes qui n'auront pas encore renouvelé leur allégeance... doivent se présenter... au poste de police militaire le plus proche, avec une liste descriptive de tous leurs biens et propriétés pour recevoir chacune un certificat du prévôt les proclamant ennemies des Etats-Unis. »

Elle reposa le papier en pensant : c'est plus que je n'en puis supporter.

— Poursuivez, dit Eugene avec impatience.

« ... toute personne négligeant de se faire ainsi enregistrer sera passible d'une amende et d'une peine de travaux forcés... »

Elle jeta la feuille de papier.

Un aveugle obstiné, inébranlable ; Emma et Ferdinand aussi impuissants l'un que l'autre. Et deux enfants. Il va falloir que je m'occupe d'eux tous. Oui, et de Rosa aussi. Qui a refusé de prêter serment et va être chassée de chez elle. J'ai donné ma parole à Gabriel, que je m'occuperai d'elle.

Dans le grand vestibule, Ferdinand jetait des regards sur la maison qu'il en était venu à considérer comme son foyer. Plus que le chagrin ou l'appréhension, c'était l'étonnement qui se peignait sur ses traits. C'était l'expression qu'il avait déjà arborée le jour de sa banqueroute, une incrédulité devant l'effondrement des choses et sa propre déconfiture.

— Dépêche-toi, papa, dit doucement Miriam. Ils nous ont donné jusqu'à midi seulement pour déguerpir.

— J'aimerais bien emporter ce tableau, dit-il comme s'il ne l'avait pas entendue.

Elle suivit son regard vers le grand salon, où les tapis avaient déjà été roulés pour l'été et saupoudrés de feuilles de tabac pour écarter les insectes. Au-dessus de la cheminée, était accroché un portrait d'Eugene et d'Angelique dans la prime enfance. Le garçon, vêtu d'un costume marin et d'un chapeau noir à large bord, se tenait debout près de sa sœur assise qui croisait cérémonieusement ses petites mains comme on le lui avait appris, sur son tablier de soie verte.

— Nous ne sommes pas autorisés à emporter un quelconque objet de valeur, dit Miriam, incertaine, sentant elle-même le poids des pièces d'or cousues dans sa robe sous la crinoline. Mais j'imagine que ce portrait n'a de valeur que pour nous. Oui, dis à Sisyphe de l'emballer et de le mettre avec les affaires des domestiques. C'est probablement ce qu'ils fouilleront le moins soigneusement. Quant à moi, je vais m'arranger pour emporter quelques livres. Nous resterons certainement absents pendant longtemps.

— Ah, tu crois vraiment ? répondit Ferdinand.

Le petit cortège d'attelages se forma dans la rue devant la maison. Le portail du jardin était entrouvert, de sorte qu'Aphrodite s'offrait à tous les regards, le sien étant calmement fixé sur les poires mûres qui poussaient en espalier, en face d'elle. La double fontaine cascadait, les colombes de pierre picoraient, rien dans ce petit cercle de paix éclairé par le soleil n'avait changé. Miriam éprouva une tristesse profonde et inattendue, qui devait n'être rien comparée à celle d'Eugene, dont c'était le foyer et la fierté. Puis Maxim, perché sur le siège du cocher, reçut l'ordre d'Eugene, fit claquer son fouet, et les voitures s'ébranlèrent. Celle de Rosa fermait la petite caravane.

Chez Pélagie, au coin, les fenêtres et les volets étaient

fermés. Emmenant Eulalie et les enfants, elle était partie quelques semaines plus tôt pour la maison de campagne des Labouisse.

Ferdinand était en train de murmurer quelque chose à Emma, à propos de la première fois où il avait vu la ville, et puis encore à propos de la première fois où il l'avait vue, elle, Emma. Ne voulant pas être indiscrète, Miriam se détourna et passa le bras autour de l'épaule d'Angelique. La fillette leva les yeux et offrit à sa mère un sourire si plein de douceur et d'encouragement que Miriam éprouva un bref pincement de fierté devant la bravoure de cette enfant.

Ils passèrent devant le coin de rue où Eugene avait vécu sa tragédie, la rue que Queen habitait. Capable de juger des distances, il devait avoir senti l'endroit où ils se trouvaient, car il tambourina des doigts sur le flanc de la voiture et baissa la tête. Quels souvenirs — tristes ou joyeux — y avait-il dans cette tête à cet instant, il était le seul à le savoir.

L'une après l'autre, ils passèrent devant les demeures de gens qui avaient fait partie de leur vie. Ils traversèrent Canal Street où, par-dessus le faîte des jeunes arbres plantés au milieu de la rue, Miriam aperçut les fenêtres de la maison de l'octroi où Butler « la Bête » régnait sur la ville. Ils traversèrent le quartier des jardins, passant devant la rue où André avait bâti sa belle maison. Elle ferma les yeux pour chasser le souvenir mais il refusait de s'en aller.

A la sortie de la ville, ils montrèrent leur laissez-passer et émergèrent bientôt dans une campagne où les soldats qu'ils rencontreraient seraient de nouveau vêtus de gris. A la queue leu leu, les voitures cahotaient le long de la route creusée d'ornières sous le doux ciel automnal. On ne parlait guère, mais Eugene dit tout à coup :

— Et vous qui vouliez vendre la maison. Qu'aurions-nous fait aujourd'hui si je vous avais écoutée ?

Elle aurait pu répondre : « Nous aurions prêté le serment », mais n'en fit évidemment rien. Et tout le monde se tut.

Même les enfants se taisaient. Angelique dormait, la tête appuyée sur le giron de sa mère, qu'elle partageait avec le petit chien. Le jeune Eugene plissait le front d'un air songeur et c'était peut-être le caractère définitif de ce départ qui le faisait soudain paraître beaucoup plus âgé que le petit garçon qui avait parcouru la ville en poussant des cris et en agitant un drapeau, il n'y avait pas si longtemps. Pour le moment, il n'avait plus rien à dire et se contentait de fixer la route d'un regard vide, droit devant.

Il n'y avait nul autre bruit que le murmure du vent dans les vieux chênes, le grincement des roues et le claquement des sabots fatigués.

Tard le lendemain soir, ils arrivèrent enfin à Beau-Jardin.

Alors que leur arrivée n'était pas attendue, il leur fut d'autant plus agréable de voir que tout était en ordre. De jolies rangées de petits pois, d'asperges et de fraises striaient le potager. Par-delà une barrière peu éloignée, une dizaine d'agneaux paissaient parmi les vaches. Des poules caquetaient paisiblement. Il y aurait donc du lait, des œufs, des légumes frais, toutes les bonnes choses, malgré les spoliations effectuées par Butler. La guerre semblait bien loin.

Dans la douceur du soir, Miriam se tint parfaitement immobile pour se laisser pénétrer du sentiment du temps et du lieu. Je n'ai jamais aimé cette maison, songea-t-elle, je n'en ai jamais aimé l'oisiveté, la solitude, ni la grandeur inutile. Beau-Jardin ! Quel nom ironique ! On est censé se sentir bien dans un beau jardin. Dieu sait que je m'y suis sentie mal. Oui, dans la douceur du soir, la guerre peut sembler bien lointaine, mais je sais bien sûr qu'il n'en est rien. Nous verrons encore bien des choses dures et terribles, avant d'en avoir terminé.

23

Eugene et Ferdinand avaient retrouvé leurs cartes, leurs disputes et leurs supputations, Ferdinand guidant les doigts d'Eugene de New York jusqu'au Texas.

— C'est le moment d'envahir le Nord, c'est moi qui vous le dis. La majorité de Lincoln a encore décru. Il y a eu des émeutes contre la conscription à New York.

— L'ambassadeur britannique à Washington a fait savoir à Londres que bien des gens dans le Nord sont d'avis de laisser le Sud agir à sa guise et d'abandonner le combat.

— Nous avons pris Galveston. Nous avons tout le Texas entre les mains.

— Vicksburg tient toujours et tant que Vicksburg tiendra...

C'était ce qu'André avait dit, tant que Vicksburg tiendra. Mais il est à Paris, j'imagine.

A l'autre extrémité de la bibliothèque, par les hautes fenêtres, on découvrait la route sur laquelle des hordes de bétail venues du Texas soulevaient des nuages de poussière dorée. Semaine après semaine, le lent piétinement se poursuivait, en route pour les enclos de l'armée confédérée. Toute vie, animale et humaine, était mise au service des armées. Ils avaient réquisitionné les derniers chevaux, à l'exception des trois que l'on avait cachés dans le marais. Angelique avait pleuré quand on lui avait pris Angel, le poney aux délicates oreilles blanches. Elle venait de l'étriller dans l'écurie quand ils étaient arrivés.

— Désolé, ma petite demoiselle, avait dit le sous-off. Je sais bien c'que vous ressentez, mais l'armée a besoin de chevaux.

Et maintenant on avait de nouvelles causes de souci.

— Blaise vient de rentrer de La Nouvelle-Orléans, dit Miriam attirant l'attention des deux hommes qui renoncèrent un instant à leur stratégie. On dit que les fédéraux ne vont pas tarder à venir par ici.

— Ils ne passeront jamais, commença Ferdinand. Nos troupes...

Eugene balaya son argumentation d'un geste de la main.

— Blaise ! Je n'ai pas confiance en lui. Il dit cela pour nous faire peur, pour se moquer de nous. Je n'ai pas confiance en lui. Je n'ai plus confiance dans aucun des domestiques.

C'était vrai, il y en avait beaucoup en qui on ne pouvait plus avoir confiance. Certains volaient. On le savait mais on avait peur de porter des accusations. D'autres négligeaient les animaux et les clôtures. Et cependant ils auraient pu s'enfuir. Blaise aurait pu rester à La Nouvelle-Orléans au lieu de revenir. Peut-être se rappelle-t-il, songea Miriam, que je l'ai sauvé quand Eugene menaçait de le vendre au loin.

— Si jamais c'était vrai, je dis bien si jamais, reprit Eugene, il faudrait commencer à dissimuler les objets de valeur. Faites-le la nuit, quand ils dormiront tous.

— Mon argenterie de famille, murmura Emma.

C'était tout ce qu'elle avait sauvé de la débâcle de Ferdinand.

— La carrière ferait une bonne cachette, suggéra Ferdinand.

Et Rosa intervint :

— Dissimulons l'argenterie sous nos crinolines : on ne sait jamais qui pourrait être éveillé et nous observer.

Aux yeux de Miriam, tout cela était mélodramatique et vaguement ridicule. Avec un rien de perversité qu'elle n'aurait pu expliquer, elle désobéit à Eugene sur un point bien précis : les diamants qui avaient appartenu à la mère de son époux, elle les confia à Fanny. Que mettait-elle ainsi à l'épreuve ? L'honnêteté de Fanny ou sa propre capacité à juger de l'humaine nature ? Tant pis ! Si les diamants étaient perdus, ce ne serait qu'une perte parmi bien d'autres.

La semaine fut tranquille. Seul le bétail texan continuait de défiler sur la route. Brusquement, un matin, des nuages de poussière s'élevèrent dans la direction opposée. Tout le monde se précipita jusqu'à la grille.

Une file de cavaliers, de voitures et de chariots s'étiraient à perte de vue. Tout ce monde se déplaçait le plus vite possible. Un gentleman vociféra du haut de son cheval en nage sans prendre la peine de s'arrêter.

— Il y a eu une escarmouche à une quinzaine de kilomètres là-bas ! Nous étions un contre cent ! Les fédéraux grouillent comme la vermine. C'est l'enfer !

Et il éperonna son cheval.

— Ils brûlent tout ! lança une femme entourée de petits enfants penchée à l'arrière d'une voiture qui ne s'arrêta pas elle non plus. Cachez vos vêtements ! Ils prennent les vêtements ! Ils prennent tout, absolument tout !

— Arrêtez ! s'écria Eugene. Demeurez ! Venez manger, vous reposer. Où allez-vous ?

Mais la femme était déjà loin et ne l'entendait plus.

Et toute la matinée durant, le flot continua de s'écouler, nerveux et rapide. Au galop, au trot, pantelants, écumants, terrifiés, les yeux hors de la tête, avec des sanglots, des cris, des bourrades, des querelles, effarés, hystériques et mornes, ils défilaient.

Puis vers midi, vinrent les piétons, les pauvres avec leurs balluchons, leurs charrettes à bras chargées de pauvres meubles et de couvertures. Avec leurs vieillards et leurs femmes enceintes qui boitillaient et trébuchaient, avec leurs chiens, dont la langue pendait jusqu'au sol sous le double effet de la chaleur et de la soif. Une vache dont le gros ventre se balançait sur les jambes fragiles, traînait des mamelles énormes sur lesquelles, l'heure de la traite étant depuis longtemps passée, les veines saillantes semblaient sur le point d'éclater. L'animal tomba, fut remis sur pattes à coups d'aiguillon et beugla sa misère avec l'éclat d'un clairon fêlé.

— Ils ont incendié la maison Haviland ! cria une femme depuis la route.

— Oh ! s'écria Emma, j'espère qu'ils ont pu sauver ce merveilleux portrait de sa mère !

— Ils n'ont rien sauvé du tout.

Prise de nausées, se sentant incapable de venir en aide à quiconque, Miriam rentra dans la maison.

Quand les derniers contingents dépenaillés de l'exode eurent disparu, un silence, plus menaçant encore à sa façon, tomba sur tout. La moindre bouffée d'air semblait tonitruante dans ce silence suspendu.

— Pourquoi restons-nous ici ? gémit Emma. Tout le monde est parti.

— Parti pour où ? Nous avons certainement plus de chances ici, quel que soit le sort qui nous attend, que sur des routes qui ne mènent nulle part.

Eugene prit à tâtons une paire de pistolets dans le placard.

— Huilez les armes, enjoignit-il à Ferdinand. Prenez-en un et donnez-moi l'autre.

Que pensait-il pouvoir faire avec un pistolet et pas d'yeux ? Mais Miriam ne dit rien. Elle préféra se tourner vers Angelique.

— Tu vas monter dans une des chambres du grenier. Ferme la porte et couche-toi. Tu es malade, tu souffres d'une fièvre très contagieuse. Et comme sa fille la regardait sans comprendre elle ajouta :

— Fais ce que je te dis, vite !

Souple et fraîche. Ses jolies lèvres humides et ourlées, ses longs cils. Le nuage de sa chevelure vaporeuse qu'elle venait de laver. Ses petits seins naissants se soulevaient à chaque inspiration, tendant l'étoffe de son chemisier...

Il y eut d'abord un profond murmure, semblable au bruit des vagues, la nuit au bord de la mer. Rosa se pencha par la fenêtre près de laquelle elle était assise, recroquevillée sur elle-même.

— Est-ce que j'entends quelque chose ?

— Chut ! Ecoutez !

Le murmure s'amplifia pour devenir un grondement.

— Oui, sans aucun doute, ils arrivent.

— Papa, montez avec les pistolets, dit Miriam. S'il te plaît, Eugene et toi, gardez l'escalier qui mène au grenier.

Le ciel veuille qu'ils ne brandissent ni l'un ni l'autre l'un de ces pistolets, pour ne rien dire de tirer un coup de feu ! C'était ce que lui dictait le simple bon sens. Mais les deux hommes de la maison n'en manifestaient guère pour le moment.

— Je ne vais certainement pas laisser les femmes seules en bas, cria Ferdinand.

— Veux-tu bien m'écouter ? Il est plus important de protéger Angelique ! Et toi, mon fils, monte aussi. Moi, je vais attendre ici, devant la maison.

Elle était sortie sur la véranda quand les premiers sabots crépitèrent sur le gravier de l'allée et que les premières vociférations retentirent.

— Halte !

Une troupe de cavaliers, mêlés dans un grand désordre loqueteux à un certain nombre de fantassins, arrivaient devant la maison. Des brutes, elle le vit aussitôt, accoutumée qu'elle était désormais aux diverses manières de faire des militaires. Ceux-là étaient surexcités, en transe, et pas un officier en vue pour les maîtriser le cas échéant.

Sisyphe sortit de la maison pour se placer à côté de Miriam. Ses dents claquaient mais la posture qu'il adopta était crâne.

Le chef de la bande, un sous-officier, descendit de cheval et vint se planter une marche en dessous de Miriam, qu'il dévisagea de ses petits yeux durs, les mains sur ses hanches épaisses.

Il affectait le mépris et la décontraction.

— Voyons voir, qui c'est donc qu'habite ici ?

— La famille Mendes.

Miriam fut satisfaite de constater que sa voix ne tremblait pas.

— Mendes. Vous vivez seule ? Vous et le nègre que voilà ?

— Je demeure ici avec mon mari.

— Et où qu'il est votre mari ? Avec le général Lee à se faire couper en morceaux ?

Mais la voix de Miriam resta ferme :

— Mon mari est dans la maison. Il est aveugle.

— Ah ben ça, c'est moche. C'est vous qui allez nous faire faire le tour du propriétaire alors. Il nous faut à boire et à manger. En quantité.

— Vous pouvez avoir tout ce qu'il y a, ce qui ne fait pas beaucoup car vous êtes plus d'une centaine.

— Vous pouvez dire carrément deux cents, ma p'tite dame.

Et effectivement, il continuait d'en arriver dans l'allée, un flot de tuniques bleues, bottés de cuir, coiffés de casquettes à longue visière. Leurs sabres lançaient des éclairs qui faisaient mal aux yeux.

Le sous-officier dégaina le sien et s'en servit pour pousser Miriam et Sisyphe à coups de plat.

— Ecartez-vous. Laissez entrer les gars. On se servira. Allez-y, les gars, beugla-t-il.

En un instant, les cavaliers eurent mis pied à terre, gravi les marches et pénétré dans la maison. L'instant suivant, un bruit de verre brisé apprit à Miriam qu'ils avaient trouvé l'armoire aux alcools.

— Vous installerez le bivouac ici ! s'écria le sous-off.

— Oh non, pas là ! C'est le champ de maïs, protesta Miriam. Vous allez tout piétiner.

— Pas possible ? Ecoutez, ma p'tite dame. Vous en faites pas pour le maïs. Dites-nous plutôt où qu'est cachée l'argenterie. Et c'est pas la peine de mentir.

— L'argenterie a été expédiée voilà bien longtemps chez des parents que nous avons au Texas.

— Et vous croyez qu'vous allez m'faire avaler ça ?

— Croyez-le ou ne le croyez pas, je n'y peux rien.

— Ecoutez, ma p'tite dame. J'ai pas envie de supporter vos caprices. Alors vous feriez mieux...

Il posa la main sur l'épaule de Miriam.

— Laissez cette dame tranquille ! s'écria Sisyphe. Ne portez pas la main sur elle !

Et il repoussa la grosse main rougeaude de l'épaule de sa maîtresse.

Au milieu de la large face camuse et rubiconde, la bouche s'arrondit en un étonnement amusé.

— Elle est bonne, celle-là. Regardez-moi ce vieil imbécile qui défend les gens qui lui ont sucé le sang toute sa vie ! Mais dites donc, poursuivit-il en se tournant vers Miriam, y tient même pas d'bout, ce vieux sac d'os, et y veut vous protéger. Et ça vous fait plaisir, hein, d'être protégée par un nègre ! Pouah !

Il cracha son mépris, un gros crachat qui vint souiller la marche et Miriam écarta son pied.

— Allez, cherchez-moi l'argenterie, les gars. Retournez les matelas, creusez dans la cour. Vous savez où la trouver, c'est pas la première fois.

Deux hommes amenèrent Ferdinand. Ils l'avaient saisi au collet et le poussaient devant eux sans ménagement.

— C'est votre mari, celui-là ?

— Non, mon père. Je vous ai dit que mon mari est aveugle.

Dieu merci, ni l'un ni l'autre n'avaient tenté de se servir des pistolets.

— Oh, le vieux, où qu'est l'argenterie ?

Ferdinand hésita.

— Il ne le sait pas, dit Miriam. Il n'était pas là quand nous l'avons envoyée au Texas.

Vers la gauche, au pied de la pente, une fumée âcre commençait à s'élever par-dessus le rideau de jeunes bouleaux. Une flamme unique s'éleva, vacilla, retomba puis réapparut dans un vigoureux embrasement d'orange et d'or.

— L'égreneuse, dit Ferdinand effondré. C'est le coton qui brûle.

La spirale enflammée était presque hypnotique. Eblouis, impuissants, Sisyphe, Miriam et Ferdinand demeurèrent immobiles sur la veranda au milieu d'un tourbillon : flammes dansantes, hommes courant en tous sens, chevaux effrayés qui piaffaient. Le tumulte de cette dévastation était affolant. Avec des pelles et leurs sabres, les hommes creusaient le jardin. Ils attaquèrent à la scie les chênes centenaires. Miriam tressaillit comme si l'on avait entaillé sa propre chair quand la première grosse branche du célèbre cèdre dont Eugene était si fier s'abattit à grand fracas, encore couverte d'un feuillage cuivré qui reluisait dans le soleil.

Mais quand ils attaquèrent les clôtures à la hache, incapable de se retenir plus longtemps, elle tenta de vociférer pardessus le tumulte, malgré Ferdinand qui la tirait en arrière.

— Non, non ! Arrêtez ! Le bétail va tout piétiner, arrêtez !

— Rassurez-vous, du bétail y en aura plus quand on aura fini, dit le sous-off.

Il était demeuré sur les marches d'où il dirigeait l'ensemble des opérations.

On entendit retentir des coups de feu du côté de la grange. Des hommes traînèrent une gigantesque truie morte et tous ses petits en travers de la pelouse jusqu'au feu le plus proche allumé avec les planches et les pieux arrachés à la clôture. A l'autre extrémité de la pelouse, quelques soldats avaient pris en chasse le petit troupeau de moutons qui bêlaient terrifiés.

— Vous tuez toutes les bêtes, dit Sisyphe au sous-off, et nous autres les gens de couleur on va mourir de faim. Et vous dites que vous êtes ici pour faire la guerre pour nous...

— Ferme ton clapet, vieux machin. Rentre dans la maison. C'est sûrement pas pour toi qu'on est v'nus s'battre. Pasque les nègres, nous autres, on peut pas les sentir.

Puis se rappelant soudain sa première question, le sous-officier beugla une nouvelle fois :

— Où qu'est l'argenterie, nom de Dieu ?

— Ma fille vous l'a dit, dit Ferdinand.

— Et si on pendait un p'tit peu votre papa, ça vous délierait-y la langue, hein ?

Il est ivre, songea Miriam. Mais peut-être parle-t-il sérieusement. Alors, si l'on en vient là, il suffira de leur montrer la carrière et tout sera dit.

Leur attention à tous fut alors détournée par un nouveau fracas gigantesque qui se faisait dans leur dos. Deux hommes avaient entrepris de sortir le mobilier de la maison, de le traîner jusqu'à la porte, puis de le précipiter du haut de la veranda. Le secrétaire Hepplewhite qu'Eugene chérissait tout particulièrement était déjà fendu en deux sur le gazon. L'instant suivant, un homme qui portait un chapeau de soie rouge, le plus beau chapeau d'hiver de Rosa, attaqua les restes du secrétaire à la hache. Il était plié en deux de rire.

C'était comme un ouragan dans sa violence inepte. Mais bien plus terrible car l'ouragan, lui, ne sait pas ce qu'il fait.

Miriam se rendit compte à sa grande surprise qu'elle avait dû réfléchir à voix haute car Ferdinand lui répondit :

— C'est comme les pillages des Hep-hep, les causes sont différentes, mais la sauvagerie est la même.

Il ferma les poings.

— Et je suis là, vieux, faible et inutile, incapable de faire quoi que ce soit pour te venir en aide.

Sa voix se brisa.

De nouveaux bruits parvenaient maintenant de l'intérieur de la maison. Un lourd piétinement. Puis il y eut des cris stridents, des hurlements abandonnés de femmes. Emma et Rosa : qu'est-ce que ces brutes avinées allaient leur faire ? Que vont-ils me faire à moi ? Oui, je vais mourir, je vais mourir comme ma mère, violemment...

Mais ma fille, ma petite fille. S'ils la trouvent... si Eugene tire sur la détente et qu'un de ces hommes meurt, alors... alors c'en sera fini d'elle, de nous tous, de tout. Mais il le sait. Eugene doit le savoir !

De nouveaux bruits couvrirent le cri des femmes Des voix d'hommes furibondes, juste au-dessus de la tête de Miriam. Et là-haut, sur la terrasse, Eugene avait une violente altercation avec trois soldats. Il brandissait le revolver que les autres tentaient de lui arracher. Un instant, le sort du combat demeura suspendu. Eugene était redevenu l'homme puissant qu'il avait été jadis, un homme habitué à obtenir ce qu'il voulait.

— On va la brûler, ta foutue baraque, on n'a pas encore fini !

— Vous allez voir que vous ne brûlerez rien du tout ! s'écria Eugene.

Et reculant encore pour pointer le pistolet, il heurta du dos la balustrade.

— Eugene ! s'entendit hurler Miriam. Attention ! Attention, Eugene !

Elle l'avertit, l'implora, mais trop tard, trop tard...

Il tomba. Basculant à la renverse par-dessus la balustrade, les paroles de défi qui lui montaient aux lèvres se muèrent en hurlement d'horreur. Son corps tournoya, ses mains agrippèrent le vide...

Il était couché, tordu sur le gravier, au bas des marches de la véranda, au pied de Miriam.

— Seigneur, dit doucement Sisyphe.

Il y eut un bref silence incrédule. Puis il fut rompu. Rosa et Emma sortirent de la maison en criant. Eugene junior se précipita pour se pencher vers son père. Angelique vint s'agenouiller de l'autre côté. Ses cheveux défaits pendant sa course folle dans l'escalier lui retombaient en cascades sur le visage. Des domestiques qui, partagés entre la curiosité et la frayeur, avaient risqué un coup d'œil depuis leurs cachettes dans les communs, accouraient pour contempler le désastre. Et les soudards loqueteux se rassemblèrent eux aussi. Là, formant un cercle de dix ou douze rangs, ils se tinrent tous mêlés, famille, domestiques et ennemis, les yeux baissés sur la terrible souffrance d'Eugene qui était demeuré conscient.

Chacun y allait de son commentaire ou de son conseil.

— Soulevez-le ! Emportez-le à l'intérieur...

— De l'eau !

— De l'eau-de-vie !

Sisyphe saisit les pieds d'Eugene tandis que Maxim et Chanute, le prenant aux épaules, tentaient de le soulever, mais ce premier mouvement lui arracha un cri si effrayant que les trois noirs le lâchèrent aussitôt.

— Ne le touchez pas !

— Une couverture !

Et dans ce tumulte de conseils et de questions, avec les cris haletants d'Emma et de Rosa et les sanglots de ses enfants, Miriam se sentit comme paralysée : réfléchis, réfléchis. Que faut-il faire ?

Un cavalier isolé, un lieutenant de l'Union, arriva au trot dans l'allée. Quelqu'un devait l'avoir prévenu de ce qui se passait, car il bondit de son cheval, alla droit à Miriam et ôta sa casquette.

— Oh madame, je suis navré, acceptez toutes mes excuses.

D'un coup d'œil circulaire, il découvrit la pelouse jonchée de tout un bric-à-brac de meubles brisés, de bouteilles, de vêtements et de livres. Puis il regarda Eugene et secoua la tête.

— C'est épouvantable... je ne sais pas... je ne... comprends pas ce genre de chose.

Sa voix s'éteignit. Cette manifestation de sympathie inattendue était aussi pénible à sa manière que la brutale férocité des autres. Et les lèvres de Miriam tremblèrent.

— Nous avons tenté de le transporter. Peut-être, si vous avez un médecin...

— Il n'y en a pas avec nous. On manque de médecins. Les armées manquent toujours de médecin, s'excusa le jeune homme. Mais j'ai une certaine expérience, j'ai tant vu. Peut-être que...

Et il alla se pencher sur Eugene, l'examinant des yeux seulement. Il leva son regard sur le balcon depuis lequel Eugene était tombé et secoua la tête avec incertitude.

— Je ne sais pas, dit-il à Miriam. Je ne puis me prononcer avec certitude, je ne suis pas qualifié, mais...

Sa voix changea, il ne regardait pas Miriam, mais le garçon et la fille qui avaient saisi chacun la main de leur père et restaient agenouillés sur le gravier de l'allée. Puis il se tourna vers Miriam comme s'il avait pris une résolution soudaine :

— Je crois qu'il a le dos brisé, murmura-t-il comme pour lui-même. Et aveugle avec ça. La vérité est que je ne sais trop quoi vous dire, madame.

Elle songea : j'imagine que c'est sans importance. Il va mourir. Vite, j'espère.

— Cela signifie-t-il qu'il va souffrir très longtemps ? demanda-t-elle. Etes-vous en mesure de me le dire ?

— Franchement, je ne le crois pas. Et vous vous retrouvez avec tout ça, dit le lieutenant avec un geste vers les dégâts.

— Ils s'apprêtaient à incendier la maison.

Le lieutenant s'empressa de répondre :

— Je ne le tolérerai pas. Ils vont tous déguerpir d'ici en moins d'une demi-heure. Sergent ! lança-t-il.

Le visage rougeaud apparut une fois de plus. La main rougeaude salua.

— Faites éteindre ces feux et préparez-vous à lever le camp. Ces gens ont assez souffert.

— A vos ordres, mon lieutenant, dit le sergent.

Deux heures s'étaient écoulées depuis le départ du dernier des maraudeurs et la dernière poussière qu'avait soulevée leur cavalcade était retombée. Eugene était toujours allongé là où il était tombé. Fanny avait réussi à trouver un oreiller qui n'avait pas été crevé et on le lui avait placé sous la tête. Sa souffrance s'était peu à peu muée en paralysie. Rigide, immobile comme s'il faisait la planche, il s'éloignait peu à peu à la dérive.

— Je vais mourir.

Le chuchotement était à peine audible, même dans le lourd silence qui s'était abattu avec la fin du jour.

— Vous savez que je vais mourir, n'est-ce pas ?

Angelique sanglotait.

— Non, tu ne peux pas nous laisser ! Que deviendrons-nous sans toi ? Tu ne peux pas nous laisser !

— Ma chérie, votre mère prendra soin de toi.

— Ce n'est pas ça ! Je t'aime, tu ne peux pas mourir.

— Mon Angelique, il faut apprendre à grandir et à voir les choses en face. J'ai les reins brisés.

La tête d'Eugene junior pendait sur sa poitrine. Après toutes ces heures, il était à bout de forces, mais s'accrochait encore à la main de son père. Ce dernier fit un infime mouvement pour lâcher la main de son fils.

— Je veux...

Ses lèvres remuèrent puis s'interrompirent et Miriam se pencha en avant.

— Je veux parler à votre mère.

— Je suis ici, Eugene. Vous voulez que les enfants s'écartent, c'est bien cela ? Vous avez quelque chose à me dire ?

De la tête, Miriam indiqua la veranda sur laquelle, dans la première obscurité de la nuit, une rangée de domestiques se tenaient toujours, regroupés autour d'Emma, Ferdinand et Rosa.

— Vous avez quelque chose à me dire, Eugene ?

— Le garçon, murmura-t-il. Prenez-en soin.

Par l'esprit, elle revit le salon où après l'école, le garçon avait l'habitude de venir rendre compte à son père. Elle le voyait, si plein de grâce, d'intelligence et de charme, debout sous les yeux pleins de fierté de son père avant que ce dernier n'eût perdu la vue.

— Qu'avez-vous fait, aujourd'hui ?

Les réponses lui venaient avec une fierté égale :

— Oh, nous avons fait du latin, de la géométrie, de l'écriture et de la grammaire.

— Tu as eu une bonne note pour la carte que tu as dessinée la semaine dernière ?

— Oui, papa, une bonne note. Je vais te montrer.

Prenez soin de mon fils, voilà ce qu'il veut dire. Veillez à son éducation comme j'y aurais veillé moi-même.

Elle ravala ses larmes.

— Eugene, je vous le promets, je ferai tout comme vous l'auriez fait vous-même.

Plus de comédie, plus de faux-semblants, inutile de faire comme s'il n'était pas sur le point de mourir. Cela au moins, ils l'avaient toujours eu en commun : un mépris des faux-semblants entre eux. Pourvu, songea-t-elle avec remords, pourvu que l'image publique ne risque pas d'être ternie.

— Oui, je veillerai sur eux et les mènerai sains et saufs à la fin de cette guerre. Vous pouvez en être assuré.

Soudain, Eugene éleva la voix.

— Et Angelique... on me dit qu'elle est ravissante. Ma foi, c'est grave d'abandonner derrière soi une jolie fille, n'est-ce pas ?

— Je prendrai soin d'elle aussi, Eugene. Là encore, vous pouvez compter sur moi.

Un bref sourire un peu tremblant passa sur le visage d'Eugene. Elle se mit à pleurer doucement.

— Je suis désolée, désolée pour tout ! Que nous n'ayons pas pu être heureux ensemble... si je vous ai blessé, ce ne fut jamais intentionnellement. Ce ne fut jamais ce que je voulais, comme je suis persuadée que vous n'avez jamais voulu me blesser.

— Pas de larmes, dit-il.

Mais c'était tout autre chose que ce « Quoi, encore des larmes, cette arme de femme ! » qu'il avait prononcé jadis.

— Pas de larmes, répéta-t-il, et de nouveau le tremblant sourire passa sur ses traits.

Et dans cet étrange petit mouvement, ce tressaillement peut-être devant le souvenir de quelque plaisir, Miriam lut l'histoire des années qu'il avait passées avec cette femme éclatante dont la sombre passion l'avait autrefois rendu heureux. Peut-être qu'oubliant qu'elle l'avait abandonné, il était en train de souhaiter sa présence. Et elle aurait dû être là ! Elle avait pris tout ce qu'il avait eu de bon à lui donner et sa place aurait été à son chevet en cet instant !

Vers minuit, Eugene mourut. Dans un silence profond, sous les étoiles, le vieux Sisyphe, Chanute et Maxim le transportèrent dans la maison et l'installèrent sur le sofa brisé du salon.

Bien longtemps auparavant, les anciens propriétaires de Beau-Jardin avaient fait d'un vieux tumulus indien, sépulture séculaire, leur propre cimetière familial. Là, au matin, tandis que les oiseaux s'animaient à l'abri des chênes verts, ils enterrèrent Eugene dans un cercueil qui avait été fabriqué pendant la nuit.

Une bien pauvre cérémonie, songea Miriam. C'était du

moins ce qu'Eugene eût pensé ! Il aurait voulu que tout soit fait selon les règles : l'enterrement dans le cimetière de la synagogue, les hommes en habit et haut-de-forme, le rabbin prononçant le Kaddish. Mais il était évidemment hors de question de retourner en ville et ce fut Eugene junior qui récita le Kaddish. Il le récita fort bien, de cette voix si touchante des adolescents, voilée, brisée, et qui revient parfois aux notes du soprano. Ferdinand, qui avait oublié à peu près toute la prière, se joignit à lui de son mieux. Ensuite, Maxim et Chanute jetèrent la terre sur le cercueil.

Je suis heureuse qu'Eugene et moi ayons pu échanger ces quelques derniers mots, songeait-elle les bras passés autour de ses enfants. Du moins repose-t-il dans la terre de ce domaine qu'il aimait tant. Et peut-être, songea-t-elle sans trop savoir pourquoi, peut-être son cèdre massacré va-t-il survivre. Cela lui aurait fait plaisir.

Deux douzaines de moutons morts gisaient dans le pré à la suite du massacre de la veille. Les magasins et les garde-manger étaient en ruine. Les vivres qui n'avaient pas été emportées étaient souillées de mélasse. La récolte entière de pommes de terre et de haricots était perdue. Le fumoir avait été vidé de toutes ses provisions de viande pour l'hiver prochain. Bref, il ne restait rien.

Elle fit le tour du domaine pour inspecter les dégâts. Tout n'était que destruction, ruines et désolation. Il ne restait pas de mules, à l'exception de deux bébés. Les chariots avaient été incendiés. Les têtes de bétail qu'ils n'avaient pas abattues sur place avaient été emmenées pour être vendues aux enchères à La Nouvelle-Orléans.

Le régisseur du domaine sortit de sa maison. Il avait revêtu un costume de voyage et portait deux sacs, un dans chaque main.

— Je venais vous donner mon préavis, dit-il avec une certaine gêne.

— Un préavis, M. Ransome ? Un préavis de soixante secondes ?

— Je sais bien. Je m'excuse. Mais, étant donné les circonstances..., il ne reste plus rien ici. Le sort en est jeté. Je rentre dans le Connecticut.

Elle aurait bien voulu lui parler des rats qui abandonnent

le navire, ou trouver quelque autre reproche, banal, amer, mais véridique. Puis, songeant que cela ne changerait rien, elle ravala son indignation.

— Eh bien bonne chance, M. Ransome.

Il hésita.

— Je ne sais pas ce que vous allez faire. Vous savez qu'il y en a vingt-cinq au moins qui sont partis ce matin ? Partis se cacher dans les marais, ou qui ont suivi l'armée, je ne sais pas trop.

— Eh bien, je devrai me débrouiller avec ceux qui restent, dit-elle froidement.

Mais cette bravoure n'était qu'un vernis, une pellicule particulièrement mince. J'ai vraiment besoin de quelqu'un. Comment pourrais-je remettre un peu d'ordre dans tout ça ? On n'entendait aucun des bruits familiers. Querelles et chansons dans les prés. Grondements et grincements perpétuels des roues de charrettes, bêlements et gloussements joyeux provenant des granges. C'était un silence sans espoir.

Et tant de gens dont elle devait s'occuper ! Ferdinand brusquement si vieux. Emma écrasée par les débris mélancoliques de la maison : elle avait connu des drames cruels et leur avait survécu. Mais la saleté et le désordre la plongeaient toujours dans une profonde dépression. Au milieu de la folie générale, il allait lui falloir élever normalement ses deux enfants. Rosa, au cours de ces dernières heures, s'était littéralement désintégrée. Elle n'avait cessé de répéter en gémissant toute la journée : Ah, si seulement Henry était là, si Henry... nous menions une existence si agréable, ensemble... il adorait l'opéra... Mme Julia Calvé... et nous avons vu *Nick of the Woods*, de George Harby, le soir de sa première. Quelle belle existence... jamais il ne croirait que je suis tombée si bas...

Elle délirait tout à fait.

Fanny descendit l'allée à la rencontre de Miriam.

— Simeon est à la porte de derrière. Il veut vous parler.

Miriam réagit avec lassitude.

— De quoi donc ?

— Des récoltes. Et puis il veut vous dire aussi qu'il a réussi à sauver quatre mules. Il les avait cachées dans le marais.

Ma foi, c'était une véritable bénédiction. Et Simeon allait donc rester. Quant à Fanny, elle lui tendit un sac de velours fermé par un cordonnet. Elle était trop fatiguée pour comprendre de quoi il s'agissait.

— Qu'est-ce que c'est que ça, Fanny ?

— Vos diamants. Vous aviez oublié ?

— Eh bien, tu vois, Fanny, oui. J'avais oublié. Je te remercie.

Un instant, comme tant de fois déjà dans le passé, elles restèrent à se regarder l'une l'autre et, comme tant de fois, Miriam se demanda ce que Fanny pouvait bien penser en réalité. Et la noire dit doucement :

— J'ai de la peine pour M. Eugene. Miss Angelique a l'air de le prendre terriblement mal.

— Je sais, dit Miriam. J'ai de la peine moi aussi. Et elle songea : nous nous sommes rendus si malheureux et pourtant je le ressusciterais à l'instant si j'en avais le pouvoir.

Fanny retrouva aussitôt son air d'efficacité.

— Je vais rembourrer les matelas avec de la mousse. Ces hommes les ont mis en pièces avec leur machette ou je ne sais pas comment on appelle ces horribles instruments.

— Des sabres.

— Ah oui. Je vous envoie Simeon ?

— Oui, dis-lui de me retrouver sur la veranda.

Grands dieux, il mesurait bien deux mètres ! Elle ne se rappelait même pas l'avoir déjà vu. Mais il est vrai qu'ils étaient si nombreux et travaillaient souvent très loin de la maison... Brusquement toutefois, un nom lui revint en mémoire, Eugene avait parlé d'un Jasper.

— Jasper. Est-il toujours ici ? Mon mari en parlait toujours avec admiration ; alors je pensais...

— Oui, maîtresse, il est encore ici, mais il est bien trop vieux pour prendre les choses en main. Alors nous autres, nous sommes encore une vingtaine à peu près, nous avons décidé tous ensemble que c'était moi. Oui, madame, c'est moi. Je suis jeune et fort et je saurai diriger le domaine.

Miriam le dévisagea attentivement et sa décision fut prise.

— Fort bien. Dans ce cas, c'est toi qui vas prendre les choses en main, Simeon. Tu en discuteras avec moi comme M. Ransome en discutait avec mon mari. Tu m'apprendras. Le principal, c'est que nous ayons tous à manger. Que pouvons-nous faire de ce point de vue ?

— Eh ben, maîtresse, on a encore quelques légumes qui viennent. Ils n'ont pas trouvé le potager du fond derrière la grange. Et j'avais mis quelques poulets en sûreté dans le marais, et aussi des poules qui m'appartiennent. Si on ne les mange pas tout de suite, on aura des œufs et des poulets l'été prochain. Et il reste deux vaches, une qu'est sur le point de vêler.

Au coin de la maison, elle aperçut Chanute et Maxim qui arrivaient, leurs boutons de cuivre luisant dans le soleil. Elle les appela.

— Venez par ici. Vous connaissez Simeon.

Etonnés, ils levèrent des sourcils un peu dédaigneux.

— Bien sûr que vous le connaissez ! Ne me dites pas que vous ne l'avez jamais vu sur le domaine. Oh je sais très bien que vous n'avez jamais travaillé dans les champs de votre vie. Mais tout a changé désormais. Fini les livrées. Si vous voulez manger, il faudra travailler, donner un coup de main. Vous deux et Blaise. Tous, nous allons devoir mettre la main à la pâte, vous comprenez ?

— Oh oui, Miss Miriam, dirent-ils à l'unisson.

A sa grande surprise, elle constata que Chanute souriait de toutes ses dents. Alors, au mépris de toute prudence, elle décida de leur poser une question.

— Dites moi, pourquoi ne vous êtes-vous pas tous enfuis, comme ont fait les autres ?

Ces trois hommes si différents échangèrent un regard, soudain unis dans la similitude de leurs intentions. Le grand sourire de Chanute s'élargit encore avec bonne humeur. Et il prit la parole le premier :

— Pasque les sécessionnistes vont revenir, dit-il.

C'était donc aussi simple que cela. Ils avaient bien réfléchi à leur affaire. Ma foi, elle n'y pouvait rien. Il lui faudrait aviser en temps utile. A chaque jour, oui, à chaque jour suffit sa peine.

24

Commença alors une série de visites inattendues.

Le ciel bleu laiteux virait au blanc, le blanc maladif du ventre des poissons morts, et Miriam calculait déjà combien de temps allait s'écouler avant l'orage, quand elle vit un attelage s'engager dans l'allée. Les quatre chevaux étaient superbes. Le cocher avait grande allure, perché sur son siège, et à l'arrière se trouvait une femme seule, vêtue d'une robe jaune si brillante que même à cette distance on reconnaissait le satin.

L'attelage se rapprocha et les roues noires et brillantes s'immobilisèrent nettement devant la veranda. Le cocher sauta à bas de son siège et aida la femme à descendre.

C'était Queen. Il n'y avait plus rien de déférent ni de furtif dans ses manières. Ses yeux, qui avaient cessé d'être fuyants et perpétuellement dérobés derrière le battement des cils, comme autrefois, examinèrent franchement le bonnet campagnard de Miriam, sa robe de coton, fanés par trop de lessives.

— Vous vous souvenez de moi, dit-elle.

Ce n'était pas une question mais une constatation.

— Oui.

— Je suis venue dès que j'ai appris... c'était un brave homme.

La courbe du menton, dressé au-dessus de trois rangs de perles merveilleuses, avait quelque chose d'un peu provocant.

Ce n'était pas la peine de faire tout ce chemin pour venir

me dire ça, songea Miriam, sentant monter sa colère. Croyez-vous que je vais en discuter avec vous ? Mais elle se contenta de hocher du chef, pour montrer qu'elle avait entendu.

— Je vous ai apporté deux ou trois choses. J'ai pensé... je savais que vous en auriez besoin.

Le maïs piétiné, la balustrade brisée de la terrasse d'où Eugene était tombé et les clôtures qu'on avait à peine commencé à réparer — autant de témoins muets de ce besoin.

— Ses... vos enfants en auront besoin, voilà ce que je me suis dit.

Etre la bénéficiaire des largesses de cette femme ! J'aimerais lui dire d'aller faire la charité ailleurs, se dit Miriam. Mais les robes colorées d'Angelique avaient attiré l'œil des cambrioleurs qui avaient entièrement vidé sa chambre de tout ce qu'elle possédait.

— Les boîtes sont dans la voiture. Voulez-vous que je dise à mon valet de les apporter dans la maison ?

Le plancher et la moitié du siège arrière de la voiture étaient couverts de paquets joliment ficelés. Il y avait si longtemps que l'on n'avait pas connu ce sentiment d'anticipation voluptueuse que l'on éprouve devant un paquet bien emballé. Miriam en écarquillait des yeux concupiscents.

— Qu'ils les déposent dans l'entrée, dit-elle. C'est fort aimable à vous.

La femme observait son domestique et Miriam observait la femme. Elle avait des boucles d'oreilles de diamant. Des bracelets d'or lourds et sinueux lui entouraient les poignets et ses doigts étaient couverts de bagues. La reine de Saba ne devait pas briller de plus de feux.

Ce nouvel accroissement de sa richesse, cette nouvelle assurance, ce renversement de leurs positions relatives blessaient vivement Miriam, qui comprenait toutefois parfaitement que c'était son propre ressentiment qui les rendait blessants, sa fierté navrée et son envie.

Quand les derniers paquets eurent été déposés dans l'entrée, Queen fit mine de regagner sa voiture. Un vieux réflexe de pure décence arracha Miriam à son chagrin brumeux. L'air humide était étouffant, et la femme avait consenti un long trajet pour le bien des enfants d'Eugene.

— Entrez donc vous reposer un moment. Je n'ai hélas rien d'autre à vous offrir que du repos dans un endroit frais.

Heureusement, songea-t-elle avec ironie, c'était l'heure de la sieste, et il n'y aurait donc personne — et surtout pas Emma — pour s'effarer du spectacle de la maîtresse de maison recevant une affranchie de couleur au salon.

Les yeux vifs de Queen prenaient connaissance des dégâts, notant les espaces vides là où il y avait manifestement eu un meuble, le miroir brisé, le portrait désastreusement déchiré en diagonale.

— Je ne comprends pas pourquoi ils ont fait tout ça, dit-elle. Ils ne vous ont rien laissé.

— Oui, entre eux et Butler « la Bête », nous avons presque tout perdu, dit Miriam avec colère.

— Pourtant, il a fait un certain bien...

— Butler, du bien ? dit Miriam avec mépris.

— Oh oui, il a fait venir des vivres quand la ville était affamée et il a instauré le contrôle des prix. Et il a affecté des hommes au nettoyage des rues les plus sales. Nous n'avons pas eu de fièvre jaune, l'été dernier, vous savez.

— Ce n'est qu'un bien petit remboursement quand il s'est à ce point enrichi sur le dos de la ville.

Queen sourit.

— Oui, beaucoup se sont enrichis. Son frère a amassé une fortune. Je connais certains de ses proches et je sais que c'est vrai.

Je n'en doute pas, pensa Miriam.

Très loin vers l'ouest, on entendit brièvement rouler le tonnerre. L'orage s'éloignait et Miriam accueillit ce signe avec soulagement car elle aurait difficilement pu laisser repartir cette femme sous l'averse et les éclairs. Le silence s'installa dans la pièce. Il bourdonnait aux oreilles et devenait de plus en plus gênant avec chaque instant qui passait jusqu'à ce que Queen se décide à prendre la parole.

— J'aurais voulu lui dire que j'étais désolée de l'avoir... de l'avoir quitté, quand la ville a été prise.

Dans les profondeurs de ses yeux ronds, sous les paupières lourdes, habités d'une audace et d'une confiance si neuve, passa alors l'ombre d'un remords.

— Il est trop tard... On fait parfois des choses dont on n'est pas fier par la suite... mais les circonstances.

La voix douce, un peu précipitée, qui faisait penser à des mots d'amour et à des éclats de rire, se tut, tandis que les mains s'élevaient, paumes tournées vers le plafond, en un geste qui signifiait : Vous savez bien ce que je veux dire. Vous comprenez certainement ce qui s'est passé.

L'attrait du luxe, de la belle vie, le goût des vainqueurs — voilà ce qui s'était passé. Cependant il y avait une certaine dignité dans cette confession sans détour.

— Je regrette qu'il n'ait pas vécu pour vous entendre lui dire cela, dit Miriam se rappelant le petit sourire passager qui avait tremblé sur les lèvres d'Eugene agonisant.

— Il y a autre chose... c'est à propos de mon fils. Il est sculpteur, le saviez-vous ? Il a gagné un prix à Rome. J'aurais aimé pouvoir le lui dire aussi. Il aurait été fier.

Non. Il ne s'en serait pas soucié plus que cela. Et elle se rappela le lion, sur la commode d'Eugene. Oui, il serait — il avait été — touché d'une compassion compréhensible, mais son cœur et sa fierté allaient au fils qui portait son nom dans la ville. Mon fils à moi, songea-t-elle. C'est la raison pour laquelle il m'a épousée.

Mais c'étaient des choses dont on ne parle pas, et le silence retomba. Il n'y avait après tout aucune raison pour que ces deux femmes eussent autre chose à se dire. Et pourtant, curieusement, elles étaient comme liées en une intimité non voulue, tacite, par leur lien avec le défunt Eugene.

Qu'en serait-il si je l'avais aimé, moi aussi ? se demanda Miriam sans trouver de réponse.

Tous, nous sommes liés en une chaîne dont les chaînons interdépendants finissent par former une espèce de réseau enchevêtré qui n'a ni fin ni commencement, elle à moi et moi à Eugene ; moi à André et André à Marie-Claire ; et Marie-Claire...

Queen se leva pour partir dans un soupir de sa robe de satin sur le plancher. En un geste soudain de pitié et de honte — qui suis-je, que suis-je, pour juger ? —, Miriam tendit la main, que l'autre étreignit brièvement avant d'essuyer à la hâte les trois larmes qui lui étaient montées aux yeux.

Quand l'attelage eut disparu à sa vue, Miriam rentra dans la maison et appela Fanny pour défaire les paquets.

L'étrange visiteur suivant, quelques semaines plus tard, fut un gentleman à la mode, doté d'élégants favoris et d'un léger accent britannique.

— Je me nomme Isachar Zacharie — Dr Isachar Zacharie.

Il apportait une corbeille d'oranges et, leur apprit-il aussitôt, une lettre de David. Ses manières avaient quelque chose de très cérémonieux qui se combinait avec une gentillesse assez amicale.

— C'est donc professionnellement que vous connaissez mon fils ? s'enquit Ferdinand.

— Non, pas du tout. Je ne l'ai rencontré qu'une fois, à New York. Il sert tout naturellement dans les services de santé alors que je ne suis que pédicure. Mais aussi, si je puis me permettre de l'ajouter, un ami du président Lincoln.

Emma pinça les lèvres de dégoût et le corset de Rosa grinça tant elle se redressa pour manifester sa réprobation totale d'une telle information.

— A vrai dire, je suis à La Nouvelle-Orléans envoyé en mission par le président.

Des regards suspicieux apparurent sur le petit cercle de visages. Qu'est-ce que c'était que ce charlatan ?

— Votre fils, quand il m'a demandé de vous porter cette lettre, pensait que je vous trouverais peut-être encore à La Nouvelle-Orléans. Mais je me suis renseigné.

— Butler la Bête nous a contraints au départ, dit froidement Ferdinand.

Le Dr Zacharie sourit.

— Je comprends vos sentiments.

— Dites-nous ce que vous savez de mon frère, je vous en prie, demanda Miriam avec une impatience à peine polie.

— Oh, il a été au cœur de bien des batailles, m'a-t-il dit. Mais il semble avoir fort bien survécu. En vérité, nous n'avons guère eu le temps de parler. Il se trouve que nous étions l'un et l'autre amenés en ville par les mêmes événements. D'abord quand l'hôpital juif a mis ses salles à la disposition du gouvernement pour les soldats blessés. Et ensuite, le lendemain, précisément, à l'occasion de la foire de la Santé. Plus d'un million de dollars réunis pour le secours aux victimes de guerre. Quand il a entendu dire que je partais pour La Nouvelle-Orléans... bah, dit Zacharie avec délicatesse, je vous ai apporté un certain nombre de choses. J'ai dit au rabbin Illowy, dans votre ville, que je venais ici et il m'a suggéré que, peut-être, les ravages... bref, vous trouverez deux ou trois choses dans ma voiture.

Tout en ordonnant à Sisyphe d'emporter une brassée de couvertures et d'édredons, Miriam songea : les cadeaux nous viennent de drôles de gens en ce moment, d'abord Queen, et maintenant cet homme bizarre. Mais Dieu sait que nous en avons besoin.

Quand elle revint au salon, l'homme était en train de dire :

— Oui, ma famille est à Savannah, et c'est très dur pour moi d'en être éloigné. Mais si je puis faire quoi que ce soit pour amener la paix, je suis prêt à tout pour cela.

Emma gardait les mains crispées sur les bras de son fauteuil. Sa chair rose s'affaissait. Elle avait beaucoup maigri et son regard était lourd d'anxiété. Le troisième fils de Pélagie était maintenant parti se battre. Elle n'avait encore aucune perte à déplorer dans son petit troupeau mais chaque jour en accroissait la probabilité.

— Et comment pensez-vous vous y prendre ? demanda-t-elle avec scepticisme.

D'un geste de la main, le Dr Zacharie balaya cette question.

— Avec tout le respect que je vous dois, madame, il s'agit là d'affaires officielles ultrasecrètes dont je ne puis évidemment parler. Oh, je puis vous préciser que je travaille entre autres au réajustement du taux des changes entre la monnaie de l'Union et votre monnaie locale, mais c'est une petite chose et tout le monde le sait déjà de toute façon.

Il baissa la voix.

— De vous à moi, je puis aussi vous confier que je me suis rendu très utile à nombre de juifs — je le suis moi-même, voyez-vous.. Aussi bien des juifs du Nord coincés à La Nouvelle-Orléans, que des juifs du Sud, qui ont quitté la ville pour les territoires de la Confédération. Ces derniers sont dans la détresse parce qu'ils refusent de prêter le serment.

— Mon Dieu, combien de temps tout cela durera-t-il encore ! s'écria Miriam.

— Trop longtemps. Mais plus cela durera, plus la victoire de l'Union sera assurée. Mais enfin, c'est vous qui m'avez demandé, s'excusa Zacharie.

— Oui, poursuivez, je vous en prie.

— Nous savons tous que la Confédération espère obtenir le soutien de la France et de l'Angleterre. Mais les missions envoyées là-bas, et qui étaient censées être ultrasecrètes, ont toutes échoué.

André... mais alors, où est-il ?

— D'abord, l'Angleterre a trouvé de nouveaux fournisseurs de coton en Egypte et en Inde, et en second lieu, les classes laborieuses de ces deux pays sont si montées contre l'institution de l'esclavage que les gouvernements n'oseraient pas pour le moment agir différemment. C'est devenu une question morale, particulièrement en Angleterre.

— Question morale ! s'exclama Rosa.

Ses nerfs malades, qui commençaient tout juste à guérir, conféraient à sa voix quelque chose de grinçant.

— Oui, pour la Confédération, c'est effectivement une question morale : nous devons nous protéger contre un envahisseur étranger ! Vous avez attaqué nos foyers... vous n'avez qu'à regarder ! Mon frère, monsieur, un avocat, un juste comme pourraient en témoigner tous ceux qui le connaissent, eh bien, lui-même dit que ce n'était pas une question de morale dans le Nord : c'est l'argent ! Songez à la fortune qu'ils retirent de notre coton, beaucoup plus que nous-mêmes qui le cultivons ! Leurs banques prospèrent sur l'esclavage devant lequel ils font la fine bouche ! conclut-elle avec passion.

Miriam en fut gênée.

— Le Dr Zacharie nous rend ici une visite toute de bonté. Je propose que nous changions de sujet.

— De toute manière, je dois m'en aller maintenant, dit le Dr Zacharie sans se départir de sa bonne humeur. Il me reste mille visites à faire en ville.

— Que pensez-vous de lui ? demanda Ferdinand après avoir accompagné Zacharie sur le seuil.

Miriam réfléchit.

— Si ce n'est pas un imposteur très habile, c'est un philanthrope aux idées sublimes. Je vous laisse choisir.

Emma dit d'un air inconsolable :

— Il a l'air convaincu de notre défaite.

— N'en croyez rien, rétorqua Ferdinand. Les nôtres vont revenir. D'ici peu, vous verrez de nouveau les hommes en gris galoper dans cette allée. Vous verrez ce que je vous dis.

Une rafale de pluie vint heurter les carreaux, suivie d'un coup de vent qui les fit vibrer dans leur cadre. Les orages d'automne avaient commencé. La pluie et la boue allaient bientôt interrompre les combats, songea Miriam avec gratitude.

Mais Ferdinand venait de dire que les hommes en gris seraient de retour. Et cela signifiait encore des combats, encore des morts.

Mais cela signifiait-il aussi, comme il était possible, qu'André n'allait pas tarder à revenir, lui aussi ? S'il était encore en vie... Et il lui semblait que si on lui avait dit qu'elle ne le verrait pas pendant dix ans, voire plus jamais, c'eût été terrible à supporter. Mais apprendre qu'il était mort — elle ne l'eût pas supporté du tout.

« Chère sœur (écrivait David) et papa aussi, s'il m'a suffisamment pardonné pour lire ma lettre, il y a si longtemps que je n'ai pas reçu de vos nouvelles que je dois supposer que les lettres ne nous parviennent pas. J'espère seulement que celle-ci vous atteindra, grâce aux bons offices du Dr Zacharie. Je me suis beaucoup déplacé à travers le pays, et j'ai vu plus de chemin que je ne l'aurais cru possible en un temps si court.

« Après la bataille de Corinth, j'ai été envoyé au nord dans la région de Memphis pour m'occuper de nouveau des blessés. C'est le genre de travail auquel je ne parviendrai jamais à m'habituer. Prions Dieu que je n'aie plus à le faire très longtemps et que cette guerre finira parce que les souffrances que je vois, contrairement aux maladies, ne sont pas des catastrophes naturelles mais résultent de l'action de l'homme, pour sa plus grande honte.

« Et puis il y a les blessures de l'esprit, qui sont peut-être encore pires. Je songe à cet ordre infâme de Grant, l'ordre numéro onze, chassant tous les juifs du département du Tennessee. J'imagine que vous avez tout lu à ce sujet et appris aussi la bonne nouvelle, Lincoln est encore une fois venu à la rescousse et l'a fait annuler.

« Peut-être ne l'avez-vous pas cru, d'abord, en le lisant. C'est ce qui m'est arrivé à moi. Mais c'était vrai. J'ai vu de mes yeux un vieux couple, des orthodoxes, un petit juif barbu et sa pauvre épouse, conduits de force jusqu'à un train par des soldats qui les malmenaient. La femme sanglotait et... »

Miriam posa la lettre. Son cœur battait plus vite. *Les femmes sanglotaient.* C'était ainsi dans le récit cent fois entendu de la mort de sa mère. Puis elle reprit sa lecture.

« Au cas où vous ne sauriez malgré tout pas de quoi il s'agit, je vous le dis brièvement. Il y a eu tout un trafic scandaleux autour du front, spéculations sur le coton, pots-de-vin offerts et acceptés pour obtenir et délivrer les permis. Parmi les trafiquants, il y a des juifs et d'autres qui ne le sont pas. Mais Grant a puni seulement les juifs — et tous les juifs. Pas ceux qui étaient coupables ! Or qui est le plus coupable et le plus riche de tous ? Un certain Jesse Grant, le propre père du général !

« Je revois encore ce pauvre couple de vieillards, à peine capables d'avancer en chancelant et qu'on accusait d'avoir couru en tous sens pour trafiquer du coton ! Je suis horrifié que de telles violences puissent avoir lieu dans mon propre camp.

« Et maintenant, voici quelque chose qui vous surprendra. Le lendemain même du jour où j'ai été témoin de tout cela, un des majors qui est ici avec moi m'a offert de me mettre en contact avec un homme des environs de Vicksburg et qui possède suffisamment de coton dans ses entrepôts pour faire tourner une filature pendant une semaine. Il suffirait d'aller le chercher discrètement avec une canonnière, disait-il, comme cela se fait tout le temps, ce que je n'ignorais pas. Et d'ajouter : "C'est un véritable aristocrate du Sud, un nommé Labouisse." J'ai dû tressaillir car il m'a demandé si j'avais déjà entendu ce nom. Entendu ce nom ! Tu sais, Miriam, qu'il me hantera le restant de mes jours.

« Le fils, c'est moi qui l'ai tué. Et pendant que les petits-fils se battent pour leur idéal, leur grand-père, cet aristocrate, trafique avec l'ennemi !

« Et savez-vous qu'après que Grant eut expulsé tous les

juifs, le trafic n'a fait que croître ! A qui a-t-il pu le reprocher, alors ? Ah, comme disait Opa, c'est un drôle de monde, que le monde dans lequel nous vivons !

« Penses-tu souvent à Opa ? Cela ne m'arrivait guère autrefois. Mais aujourd'hui je me retrouve bien souvent à me remémorer cette vieille existence avec une telle clarté — j'imagine que c'est parce que je suis loin de tout ce qui m'est familier. J'imagine qu'il est tout à fait naturel, quand on a peur, de se rappeler son foyer. Je pense à ce jour où papa est arrivé en voiture et je ne puis m'empêcher de sourire : j'ai trouvé alors qu'il ressemblait à un prince ! Et comme notre village a dû le surprendre après ses années d'Amérique ! Je me demande si toi ou moi, nous aurons un jour l'occasion de retourner le voir. Je ne sais même pas si j'en ai envie...

« Mes pensées sont un peu embrouillées pendant que j'écris ici dans la demi-obscurité. Il est tard, et dans quelques heures il faudra que je me lève car nous attendons un train médical à l'aube. Comme je regrette ma clientèle civile et l'occasion qu'elle m'offrait si souvent de faire de belles et bonnes choses, comme par exemple de mettre au monde des jumeaux en bonne santé !

« Comment vont-ils, mes beaux petits jumeaux ? Je tiens dans mon esprit une espèce de calendrier pour estimer leurs progrès. Eugene doit avoir beaucoup dépassé Angelique par la taille désormais. Sa voix doit avoir mué... je sais que tu es maintenant à la fois leur mère et leur père. La perte de leur père d'une manière aussi effrayante doit avoir été bien cruelle. Mais je sais aussi que tu t'acquitteras fort bien de ta tâche et que tu sauras veiller sur eux jusqu'à l'âge adulte. Dis-leur bien combien je les aime et demande-leur de ne pas m'oublier. Pour l'heure la guerre continue et moi avec elle. Je m'attends à être affecté dans l'Est, quelque part en Virginie je crois. Souhaitons être un jour tous réunis.

« Ton frère, David. »

25

Toute la semaine, le vent ne cessa de hurler et de siffler, secouant les arbres et soufflant les bougies chaque fois qu'une porte était entrouverte. Un après-midi, alors que la saison était depuis longtemps passée, les roulements et grondements menaçants d'un orage d'été se firent entendre.

— Mais ce n'est pas le tonnerre ! s'écria Ferdinand. C'est le canon, écoutez.

Eugene se précipita à l'extérieur.

— Blaise, va le chercher ! cria Miriam d'une voix suraiguë. Qu'est-ce qui lui prend ?

Blaise partit aussitôt derrière Eugene, suivi du vieux Sisyphe un peu chancelant. Quand ils le ramenèrent, Miriam fut frappée de constater que le « petit maître » de la maison qu'elle les avait envoyés protéger dépassait d'une tête les deux domestiques.

Elle en fut gênée et ses remontrances en furent d'autant plus violentes.

— Tu veux donc te faire tuer, petit imbécile ? Tu trouves que nous n'avons pas eu assez d'ennuis comme ça ?

— Alors pour ça, soupira Sisyphe, une famille qui a eu bien assez d'ennuis. Faut écouter vot'mère. Hein, m'sieu !

— Je vais me glisser jusqu'à la route pour voir ce qui se passe, dit Ferdinand. Ne vous inquiétez pas pour moi, vous savez que je suis prudent. Attendez-moi tous ici.

Rosa et Emma demeurèrent assises les mains crispées sur les bras de leurs fauteuils, comme si ces objets pouvaient les protéger, tandis que les domestiques, figés dans le silence, s'adossaient au mur. Quant à Miriam, elle ressentit de nouveau cette impression qui avait été la première à la frapper dans cette maison, celle de son isolement total au beau milieu des champs solitaires. Ils n'étaient pas livrés sans défense seulement aux maraudeurs venus de l'extérieur, mais encore à ces gens craintivement appuyés aux murs et qui étaient tout à fait libres de changer brusquement de comportement au gré de leur caprice... Tous attendirent.

On vit s'élever au-dessus des arbres, en un brouillard doré, les nuages de poussière maintenant familiers. On entendit s'approcher l'écho d'une cavalcade et la rumeur grondante des roues. Ferdinand, dissimulé parmi les buissons, descendit jusqu'à la route et, revenant quelques minutes plus tard, leur apprit que les armées de l'Union étaient en fuite.

— Que vous avais-je dit ? Ils battent en retraite ! Ils abandonnent tout dans les fossés tellement ils sont pressés. Des cantines, des manteaux et même des fusils et des revolvers. J'en aurais même ramassé et puis je me suis ravisé. Vous savez ce que cela signifie ? Les nôtres ne doivent pas être loin. Oh, je savais bien qu'ils reviendraient !

— Oui, eh bien dans ce cas, nous ferions mieux de cacher les mules que nous avons réussi à conserver malgré les fédéraux. Va prévenir Simeon, dit Miriam à Eugene.

— Quoi ? s'écria Rosa. Dissimuler les bêtes aux nôtres ?

— Evidemment, trancha Miriam.

Ils revinrent, poussant le cri de guerre des rebelles et si couverts de poussière que les passementeries noires de leurs tuniques étaient aussi grises que le reste de l'uniforme. Les pieds nus, ensanglantés, ils se déversèrent dans l'allée.

Un officier chevauchait à la tête du détachement. Au pied de la veranda, il mit pied à terre et ôta son képi devant Ferdinand.

— Quels gentlemen ! souffla Emma dans l'oreille de Miriam. Que Dieu les bénisse, nos gentlemen du Sud !

Ferdinand ne se tenait plus de joie. Il en balbutiait.

— Pouvez-vous nous donner des nouvelles ? Voici des mois que nous n'en avons pas eu. Dieu vous bénisse, dit-il en écho à Emma. Mais je le savais, je savais que vous reviendriez !

— Ma foi, nous les avons mis en déroute. On se bat depuis hier matin. Ça a commencé à une vingtaine de kilomètres à l'est d'ici. Et sans rations ! Les hommes sont morts de faim. Et de soif aussi. Mais le pire, c'est encore les pieds. Nous n'avons plus de bottes, dit l'officier d'un ton morose.

— Dites à vos hommes de contourner la maison et de se servir. Les domestiques leur montreront. Je suis sûr qu'ils n'abîmeront rien. Et, souriant, Ferdinand ajouta : J'ai confiance en eux, Dieu sait. Ce sont des braves.

Personne ne remarqua que Miriam levait les yeux au ciel. Ferdinand était redevenu l'hôte attentif et prodigue qu'il avait été jadis.

— Miriam, apporte donc un brandy pour le lieutenant. Nous n'en avons qu'une bouteille, mais je suis heureux de vous en faire profiter, dit-il en guidant l'officier jusque dans la maison.

Miriam posa la bouteille du Dr Zacharie à côté du fauteuil du lieutenant. Sa longue moustache blonde, qui cachait presque la moitié inférieure de son visage, ne parvenait à masquer ni son extrême jeunesse ni son épuisement.

— C'est bien aimable à vous, monsieur, j'en avais besoin, soupira-t-il. Ça a été dur. Plus de la moitié de nos chevaux ont été tués pendant ce dernier accrochage. Et les désertions...

— Les désertions ! se récria Emma, ses yeux innocents pleins d'étonnement.

— Hélas ! oui, madame. La peine de mort semble avoir perdu toute signification, tellement nous en avons. Alors nous les fouettons, nous les marquons au fer rouge, nous leur rasons la tête, et pourtant...

Le jeune homme sembla se rappeler soudain que tel n'était pas le langage attendu d'un officier.

— Et pourtant, il reste suffisamment de braves petits gars du Sud pour nous permettre d'aller jusqu'au bout. Oui, d'aller jusqu'au bout. Evidemment, si nos dirigeants étaient meilleurs...

— Vous ne visez certainement pas le général Lee ? demanda Ferdinand.

— Oh non, pas Lee. Mais prenez notre secrétaire d'Etat.

Pourquoi Davis accorde-t-il toute sa confiance à un représentant du peuple qui a crucifié le Seigneur ? Cela m'a toujours paru absurde, monsieur. Et nous sommes nombreux dans ce cas.

Miriam se réjouit que Rosa fût remontée à l'étage car elle n'aurait pas su tenir sa langue. Ferdinand était trop éberlué pour répondre et Miriam trop choquée, encore que quand le moment fut passé et qu'il fut trop tard, elle eut aussitôt honte de n'avoir pas parlé.

Le lieutenant reposa son verre.

— Merci, madame, dit-il courtoisement. Ça m'a donné un coup de fouet. J'en avais besoin. Je vais me remettre en route. J'espère que vous dormirez tous plus tranquillement cette nuit, sachant que vous êtes de nouveau du bon côté des lignes.

Il salua, sauta sur sa monture et s'en fut. Tandis que Miriam le regardait disparaître, elle eut le sentiment que ses allures chevaleresques avaient quelque chose d'archaïque. C'était des manières qui avaient survécu à leur temps et ne tarderaient plus à disparaître.

Elle était encore debout là, moins de quelques minutes plus tard, quand un nouveau flot gris vint se déverser dans le jardin. Cette fois-ci, il n'y avait pas d'officier. Ils n'étaient guère différents, à la couleur de l'uniforme près, des brutes qui étaient venues en maraude la fois précédente. Ils avaient la même allure loqueteuse, les mêmes rictus, les mêmes sourires stupides, exaltés par le whiskey qu'on leur avait donné ou qu'ils avaient volé.

Il en arriva tout l'après-midi, envahissant la maison et les granges. Tout ce qui avait été sorti de sa cachette depuis le pillage par les fédéraux fut maintenant saisi par les hommes en gris. Une fois seulement, quand l'un d'entre eux entreprit de casser à la hache une clôture que Simeon et ses hommes venaient tout juste de remplacer, Miriam se précipita pour protester. L'homme continua tranquillement son travail.

— Vous aurez qu'à la faire réparer par vos nègres ! ricana-t-il. Ou vous en passer, moi j'm'en fous. Vous croyez donc qu'on fait la guerre pour vous aut' ?

Oh non, répondit-elle *in petto*, je connais bien les gens de votre espèce. Vous vous battez dans l'espoir de prendre un jour notre place, la place de ce que vous appelez les gens « de qualité ».

Quand le soir vint, ils avaient eu leur content. Une file de mules enchaînées l'une derrière l'autre emportèrent dans les doubles paniers qui pendaient de chaque côté de leur dos le reste de la récolte obtenue par le travail de tous les bras disponibles du domaine, y compris ceux de Miriam elle-même. Impuissante, masquant ses yeux du revers de la main contre l'éclat aveuglant du soleil couchant, elle ne put que les regarder disparaître.

Mon pauvre papa, les voilà bien, tes gentlemen du Sud ! « Servez-vous, je vous fais confiance ! »

Lasse, Miriam s'assit sur les marches du perron. Le soleil s'engloutit à l'horizon, laissant derrière lui une lueur zébrée d'ambre et de rouille, les douces couleurs brumeuses de l'année finissante. La soirée d'automne était douce. Maintenant que les orages d'équinoxe étaient passés, la terre s'apprêtait pour son repos hivernal. Fanny arriva de la grange.

— Viens t'asseoir, lui dit Miriam.

Le reste de la maisonnée, épuisé par les événements de la journée, était allé se coucher, la laissant seule. Elle n'avait pas tant besoin de parler que de sentir le réconfort et le soutien d'une présence, ou peut-être alors de dire les banalités qui lui passeraient par la tête.

— Mes souliers, finit-elle par dire en leur jetant un regard. Ils sont complètement usés. Et c'est ma dernière paire.

— Le frère de Simeon fait des souliers. Le dessus de cuir avec des semelles de bois. Il en a fait pour moi.

— Alors il va falloir qu'il en fasse pour nous tous.

— Je le lui dirai. Je l'ai vu derrière l'écurie. Ils sont en train d'enterrer la mule.

— La mule ! Oh, non !

— Si, ils en ont trouvé une et l'ont abattue.

C'était inepte ! C'était le bouquet et c'était inepte.

— Mais enfin, au nom du ciel, pourquoi ont-ils fait une chose pareille ? Qu'ils volent ces pauvres créatures s'il en ont besoin mais pourquoi l'avoir tuée ?

— Ils étaient soûls.

— Comme dit mon père, « ce sont les nôtres » !

Fanny n'émit aucun commentaire mais dit :

— Il y a une bande de ceux qui s'étaient enfuis quand les fédéraux étaient là qui sont revenus. Ils ont ramené leurs femmes et leurs enfants.

Ce fut au tour de Miriam de n'avoir rien à dire. Toutes les paroles qu'elle aurait prononcées auraient été déplacées devant Fanny et impensables à ses propres yeux car elle était trop pleine de colère et de ressentiment. Maintenant que les « sécessionnistes » étaient de retour, ces gens qui n'avaient où aller revenaient se faire loger et nourrir ici. Ah comme je voudrais qu'ils s'enfuient tous tant qu'ils sont ! Nous n'avons pas assez pour nourrir ceux qui sont restés et maintenant il va falloir partager avec les autres.

— Je vais rentrer nettoyer un peu, dit Fanny. Ces cochons ont craché leur jus de chique un peu partout sur le plancher de la salle à manger. Oh, mais voilà encore quelqu'un !

Encore ! Ce ne serait donc jamais fini ? Penser qu'elle avait trouvé autrefois cet endroit trop isolé ! Qu'elle avait parfois guetté — souhaité — le passage d'une voiture sur la route où l'herbe poussait entre les ornières !

— Qu'est-ce que ça peut être à la fin, s'écria-t-elle avec désespoir.

Fanny se dressa de toute sa hauteur, une main sur les yeux.

— C'est un cavalier suivi d'un chariot.

Miriam était trop fatiguée pour se lever.

— Vois-tu qui c'est ?

Fanny se tendit tout entière pour essayer de mieux voir.

— Miss Miriam ! Miss Miriam... je crois bien que c'est... que c'est M. Perrin !

Un effroyable roulement de tambour résonna dans la tête de Miriam.

— C'est impossible !

Il est en Europe. Il est mort. Jamais il ne reviendra à cause d'Eugene. Il est...

— C'est bien M. Perrin ! Oui, Miss Miriam. C'est lui.

Elle portait sa joie et son désir comme un manteau. Il lui semblait, tandis qu'ils s'étaient tous assis en cercle autour du feu après le repas du soir, qu'il devait être visible pour tous, ce manteau de soie écarlate qui lui avait soudain été jeté en travers des épaules et dont elle ressentait l'éclat comme une chaleur bienveillante. Aussi se contentait-elle de rester assise parfaitement immobile et silencieuse, regardant de tous ses yeux et écoutant de toutes ses oreilles.

Les autres avaient pris possession d'André et le bombardaient de questions. Rosa voulait savoir s'il avait par hasard entendu des nouvelles de son fils Henry dont on n'avait reçu aucune lettre depuis des mois. Hélas non. Emma posait les mêmes questions à propos de ses petits-enfants. Mais la réponse était la même.

— Mon frère, Gabriel de Rivera, est au dixième Louisiane. Si jamais vous entrez en contact avec lui, s'il vous plaît dites-lui que je, que nous...

Elle s'étrangla.

— Vous n'oublierez pas ?

Puis Emma demanda comment allait cette chère Marie-Claire et depuis combien de temps l'avait-il vue ? Elle allait bien, pour autant qu'André pouvait le dire mais il y avait plusieurs mois qu'il n'était pas allé en France.

Que signifiait ? A n'en pas douter, si un profond changement était intervenu dans son existence, il le lui aurait fait savoir. Un courant d'air glacé transperça le manteau écarlate.

— Vous êtes sûrs que je ne vous fatigue pas avec tous mes récits ? avait demandé André quelques minutes auparavant.

— Nous ignorons presque tout de ce qui se passe dans le monde extérieur, avait répliqué Ferdinand. Nous n'avons pas eu de journaux depuis l'arrivée des fédéraux. Tout ce que vous pourrez nous dire nous intéresse, surtout à propos de vous-même.

Pour l'heure, André écarta les mains et reprit :

— Comme vous le savez, la diplomatie a échoué. Un échec complet et pourtant Dieu sait que nous avons tout essayé. J'accompagnais Slidell quand il a offert à Louis-Napoléon un cadeau de cent millions de francs en coton en échange de la reconnaissance de la Confédération. Le Français était tenté, bien sûr, mais il craignait trop une victoire de l'Union. Bref, quand j'ai vu que tous les efforts diplomatiques étaient voués à l'échec, j'ai décidé d'apporter une contribution pratique à la guerre. Je m'emploie donc à forcer le blocus. Oh, je ne suis pas un marin, je me contente d'assembler les marchandises et de les accompagner dans leur aventure.

— Des aventures dangereuses, fit remarquer Ferdinand.

— Bah, elles ne sont pas faites pour les malades du cœur, c'est vrai.

Il y avait toujours cette espèce d'aura autour de lui ! Certains enfants la possèdent, mais pas tous. Et même certains vieillards, d'ailleurs, car ce n'est pas une question d'âge, songeait Miriam. C'est quelque chose d'intérieur dont l'éclat transparaît, quelque chose d'audacieux qui fait le bonheur et les délices de l'auditeur et du spectateur. Tous étaient sous le charme : les deux femmes, Eugene, Angelique, et plus encore Ferdinand qui se rappelait probablement sa propre jeunesse et revivait ses plus beaux moments de bravoure.

— Je voudrais que vous voyiez les docks à Nassau. Le coton s'y entasse plus haut que la tête ! Puis viennent les forceurs de blocus. Ce sont d'affreux bateaux noirs, mais très rapides, construits surtout en Angleterre et en Nouvelle-Ecosse. Ils ont le pont convexe pour pouvoir affronter les mers les plus fortes. A la fenêtre de votre chambre de l'hôtel Royal Victoria, vous découvrez le port et tous les bateaux de ce type qui s'y pressent. On n'arrive guère à trouver le sommeil, la nuit qui précède l'embarquement, je puis vous le dire, mais pourtant le voyage d'aller est beaucoup moins dangereux que le voyage de retour, quand on rapporte des munitions.

— Vous avez dû avoir chaud par moments, dit Eugene plein d'admiration.

Et André, comprenant l'enthousiasme du garçon, sourit avant de poursuivre avec plaisir son récit.

— Oh que oui ! On ouvre l'œil pendant tout le voyage, en route pour Charleston ou Wilmington, qui sont les seuls ports qui nous restent. Nous tentons de naviguer par les nuits sans lune, au moment des plus fortes marées. Et bien sûr sans lumière. C'est la mort — littéralement, la peine de mort — pour quiconque fait la moindre lumière. Et interdiction de parler aussi.

Eugene hocha du chef d'un air entendu.

— Les voix portent loin sur l'eau.

— Exactement. Oh, je vous prie de me croire, on est rudement tendu quand on se glisse au nez et à la barbe des navires du blocus.

— Vous est-il arrivé d'être pris en chasse ? voulut savoir Ferdinand.

— Bien sûr. Je me rappelle une fois où une frégate à vapeur nous a donné la chasse tout l'après-midi. Nous avons prié, vous pouvez me croire. Nous avons réussi à garder une certaine avance jusqu'au soir. Et là, nous avons lâché un écran de fumée. Une fumée épaisse, noire, qui flottait bas sur l'eau. Nous nous en sommes tirés à un poil près.

Ferdinand poussa un long soupir.

— Je vous envie, inutile de le nier. Je suis là à ne rien faire.

Brusquement, il se rappela quelque chose.

— Nous avons eu un visiteur intéressant, un certain Dr Zacharie. Auriez-vous par hasard entendu parler de lui ? A l'entendre, tout le monde devrait le connaître.

— Oh, mais c'est qu'il est très connu ! Dernièrement, il représentait Lincoln à Richmond, aux tentatives de négociations de paix. Il a discuté avec Benjamin et d'autres membres du cabinet. Mais il n'en est rien sorti. Lincoln était content, alors que son gouvernement à Washington ne voulait pas en entendre parler. Les radicaux du Nord ont bien l'intention de détruire le Sud avant de négocier la paix. C'est du moins ce que l'on dit à Washington.

— Comment faites-vous pour être si bien au courant de ce qui se passe à Washington ? demanda Rosa. Je croyais qu'il était presque impossible de franchir les lignes. Sauf pour les espions, bien sûr, ajouta-t-elle d'un air sardonique.

André haussa les épaules.

— Bah, on recueille des informations de toutes sortes, ici et là.

— J'aimerais bien que quelqu'un recueille ce genre d'informations à propos de mon frère, dit Miriam.

C'était la première fois qu'elle s'adressait directement à André de toute la soirée.

— Nous n'avons pas la moindre nouvelle de lui depuis la lettre que nous a portée le Dr Zacharie.

— Si c'était mon frère, je me moquerais bien d'avoir de ses nouvelles, dit Emma parlant, à l'étonnement général, d'une manière qui rappelait sa fille Eulalie.

Cette longue guerre avait évidemment mis les nerfs de tous à rude épreuve mais Miriam sut maîtriser les siens suffisamment pour réagir par une simple question posée d'un ton très froid :

— Et pourquoi cela, tante Emma ?

André préféra ne pas lui laisser le temps de répondre. Il prit la parole d'une voix douce.

— Ah madame, l'aspect le plus triste de cette guerre, c'est la façon dont elle a divisé les familles. Saviez-vous que trois petits-fils de Henry Clay se battent dans nos rangs tandis que trois autres se sont engagés dans les armées de l'Union ? Et que les frères de Mme Lincoln sont tombés au combat dans les armées du Sud ?

Sur ce, Emma garda le silence et ce fut Ferdinand — pauvre homme, toujours coincé au milieu, songea Miriam — qui s'adressa à André.

— J'espère que vous allez rester vous reposer chez nous quelques jours au moins.

— Je vous remercie, mais je dois repartir demain avant midi. Je suis en route pour le Texas. Le coton descend de Vicksburg. C'est la raison de ma présence ici. Ensuite, il va à Brownsville, puis à Matamoros, de l'autre côté du Rio Grande. C'est de là que nous l'expédions outre-mer.

— Dans ce cas, vous avez une longue route devant vous et vous devez avoir besoin de repos. Allons.

Au signal de Ferdinand, tout le monde se leva.

— Il est l'heure de dormir, de toute manière.

— Je ne suis pas fatigué, dit André en jetant un coup d'œil en direction de Miriam. Ou plutôt, j'imagine, je suis trop fatigué pour dormir tout de suite. Je crois que je vais faire quelques pas, dehors, ou m'y asseoir pour savourer la tiédeur de cette belle nuit.

Il était neuf heures. Encore une demi-heure et tous dormiraient certainement. Elle sentit son sang bondir dans ses veines tandis qu'elle gagnait l'étage, suivant son ombre qui tremblait sur le mur comme la bougie lui tremblait dans la main.

Fanny était dans la chambre de Miriam où elle avait défait les paquets apportés par André. Il y avait des piles de tissus et de vêtements sur le lit.

— Il n'y avait pas suffisamment de place ici pour tout ce

que monsieur André a apporté — un plein chariot. J'ai mis les affaires d'hommes dans la chambre à monsieur Ferdinand. Et ça, c'est peut-être pour maître Eugene.

Fanny montrait une redingote marron portant une étiquette anglaise, une cravate de soie et un gilet de velours rouge.

— Cela lui ira à ravir, si jamais les nôtres reprennent La Nouvelle-Orléans et que nous pouvons rentrer chez nous.

— Et quel beau chapeau ! dit Fanny en parlant d'une capeline surchargée de muguet.

— C'est un Watteau. J'ai l'impression de l'avoir vu dans un journal de mode.

Miriam fut sur le point d'ajouter : « Ça fait bien cent ans », mais préféra dire :

— Ça nous changera de nos pauvres chapeaux de palmes tressées, tu ne crois pas ?

Elle gloussa en songeant : je me conduis comme une sotte.

— Crois-tu que je puisse le porter la prochaine fois que j'irai en visite... à l'écurie ?

— Et tous ces tissus ! Regardez ce lainage bleu, il ferait un beau manteau pour vous, Miss Miriam ! Et ce taffetas jaune ! Et attendez d'avoir vu le garde-manger ! Des viandes, des vins, de l'alcool, comme au bon vieux temps. C'est un gentleman généreux, monsieur Perrin.

— Demain matin, nous examinerons tout ça et nous trouverons des vêtements et des tissus pour toi, Fanny.

Une paire de gants de chevreau glissa comme du satin entre les mains de Miriam. Comment diable s'était-il arrangé pour dénicher toutes ces jolies choses ? Leur nouveauté, leur richesse, leur fraîcheur, semblaient tout à coup peu naturelles, comme si elle n'y avait pas eu droit, tant tout cela semblait déplacé, provenant d'un autre monde et d'une autre vie. En même temps, son propre sentiment la rendit perplexe.

Fanny la dévisageait avec un sourire étrange, énigmatique, cette petite torsion des lèvres qu'elle arborait parfois lorsqu'elle cachait ses vraies pensées.

Pourquoi sourit-elle ? Serait-elle au courant pour André et moi ? Miriam fut la proie d'une brusque bouffée de colère.

— Tu peux aller te coucher, Fanny. Je n'ai plus besoin de toi, dit-elle sèchement.

Elle sait, elle sait.

Quand la maison fut silencieuse, Miriam redescendit et sortit. Il devait attendre dans le pavillon d'été, sur le banc, derrière le treillis de bois. Les pieds de Miriam dansaient sur la pelouse. Mais tout légers qu'étaient ses pas, il l'avait entendue. Et tout obscure qu'était la nuit, il l'avait vue. Elle n'avait parcouru que la moitié de la distance quand il vint à sa rencontre, la saisit, la souleva légèrement au-dessus du sol en l'embrassant, en l'embrassant encore, doucement, et encore, et encore.

Elle se dit : Me voici de retour chez moi.

— Il fallait que je te voie. Cela me fait un détour de deux cents kilomètres, mais il le fallait.

— Tu ne savais pas qu'Eugene était mort et tu es venu quand même !

Il rit.

— J'ai pris le risque. Je me suis dit que si j'arrivais les mains pleines, il m'accepterait peut-être. *Et dona ferentes...* Dis-moi, était-il entré dans une rage terrible, à cause de nous ? Il l'était en tout cas ce matin-là quand il m'a chassé.

— Pas terrible, non. Plutôt plus raisonnable que je ne m'y serais attendu.

Et elle se tut, ramenée à cette honteuse séance où elle avait été soumise au mépris d'Eugene, se désolant de cette soudaine intrusion au cœur d'un instant qu'elle eût voulu parfait.

On n'entendait aucun bruit, à l'exception de la chute sourde des noix trop mûres qui tombaient du vieux noyer. Puis elle parla :

— Ce fut une mort terrible, André.

— Tout est terrible. Tous ces ravages. Ici, ce soir, j'ai vu tout ce qui avait été fait à cette maison. Tes souliers déchirés sur tes pauvres pieds... mais je vais revenir. Et je veillerai à ce que vous ayez tout ce dont vous avez besoin, en tout cas tout ce que je pourrai vous procurer.

Elle n'entendit rien que les mots : « Je vais revenir ».

— Quand reviendras-tu ?

Il la mena jusqu'au pavillon d'été. Un quartier de lune sortit de derrière les nuages comme pour lui permettre de mieux le détailler délicatement, ses épais cils blonds, sa peau ambrée, le dessin si net de ses belles lèvres.

— Quand reviendras-tu ?

— C'est difficile à dire. J'ai un associé, un Anglais. Nous avons acheté un bateau à son nom. Le pavillon britannique est neutre. Comme cela, on ne nous arraisonne pas en mer.

Elle ne voulait plus entendre parler d'affaires, de bateaux, elle ne voulait que sa promesse de revenir.

— C'est un petit bateau. Avec un petit tirant d'eau qui nous permet d'opérer là où les gros navires de l'Union ne peuvent pas s'aventurer. Mais je t'ennuie avec mes histoires de bateaux, n'est-ce pas ?

— Oui, je veux que tu me parles de toi.

— Alors allons dans ta chambre.

Elle hésita.

— J'en ai envie, mais...

— Mais quoi ?

Pressés l'un contre l'autre de l'épaule au genou, l'idée de ne pas aller plus loin était insupportable.

— J'en ai envie, répéta-t-elle.

— Ne pouvons-nous le faire ? Qu'est-ce qu'il y a ?

— La chambre de ma fille est à côté de la mienne. Celle de mon père et d'Emma en face dans le couloir.

Les yeux rusés de Fanny, l'innocence d'Angelique, le respect de mon fils, le désarroi de mon père, le mépris de Rosa — elle vit tout cela en un éclair.

André grogna.

— Mais quand, alors ? C'est trop cruel.

— Je ne sais pas.

Elle posa la tête sur son épaule et songea à leur chambre des immeubles Pontalba, cette haute chambre blanche où pénétrait une brise humide, les senteurs de la chaleur et les voix qui résonnaient dans le square en dessous. Elle fut secouée d'un petit sanglot de désir et de déception.

— Ah, ne pleure pas. Si c'est impossible, c'est impossible. Peut-être, commença-t-il lentement, peut-être que Marie-Claire va demander le divorce...

Contre son oreille, elle entendait le lent battement du cœur d'André.

— Ce n'est pas aussi scandaleux en Europe qu'ici, tu vois. Et alors nous, toi et moi...

— Et c'est ce que tu veux, André ? Tu en es sûr ?

— Ma chérie, comment peux-tu le demander ? Tu le sais bien.

— Oh, s'écria-t-elle. Tu ne sais pas, tout ce temps, ça fait si longtemps ! Je pensais que je n'avais plus rien à attendre de la vie. Mes enfants, oui, Dieu sait qu'ils viennent avant tout, bien avant moi, mais on est humaine, aussi, on veut quelque chose pour soi-même, et je pensais qu'il n'y aurait plus jamais rien, que toi et moi, nous ne nous... et maintenant, voilà que tu me donnes des raisons d'espérer tout !

Il lui prit le visage entre les mains pour le tourner vers la lumière qui avait presque disparu derrière les lourds nuages qui roulaient dans le ciel.

— Oh adorable, adorable ! Ces yeux ! Jamais, jamais de tels yeux !

Il lui baisa les paupières.

— Te voir ainsi et ne pouvoir... c'est pire que de ne pas te voir du tout, dit-il.

Ils reprirent le chemin de la maison. Le bayou luisait comme une vitre sombre. Les tiges desséchées de l'année précédente jaillissaient toutes droites des nénuphars. Sous les cèdres, l'épais tapis d'aiguilles déposé au long des siècles. Brusquement, elle eut envie de parler, de se confier.

— Les cèdres. Savais-tu que les nègres ne les coupent jamais parce qu'ils disent que chacun représente une vie humaine ? J'y pense chaque fois que je me promène par ici.

— Tu penses trop.

— Je t'ennuie ?

— Bien sûr que non. Mais pour ton propre bien, tu ne devrais pas être si sérieuse.

— Quand la guerre sera finie, quand les tueries seront finies, je rirai. Je serai très, très heureuse. Je te le promets.

— Mais j'espère bien.

— Pour le moment, je ne peux pas m'empêcher de penser à toutes ces jeunes vies, à ta vie, André.

— Est-ce que je ne te répète pas suffisamment que tout ira bien ? Je sais ce que je fais. Je mène une existence ensorceleuse, ne le sais-tu pas ?

— Je l'espère. Quand je suis avec toi, je crois à tout ce que tu dis. Tu me fais sentir en sécurité, tu as toujours produit cet effet sur moi.

— Mais je voudrais que tu te sentes heureuse. La vie est trop courte. La première fois que je t'ai vue... tu étais si belle, et si triste. C'est ce qui m'a attiré, je crois, ta tristesse. Je voulais la faire disparaître. Je t'ai apporté ce coupon de soie jaune. Fais-toi faire une robe, tout de suite. Je veux penser à toi en jaune. La couleur du soleil et du rire.

Une bouffée de vent soudaine secoua les arbres et rafraîchit l'air. Un brouillard gris s'éleva et colora la nuit comme pour dire que le moment du soleil et des rires n'était pas encore venu.

Mais c'était le soleil qu'il voulait, et donc elle sourit.

— Nous allons nous faire nos adieux maintenant, tu veux bien ? Ce sera plus facile que demain quand il y aura tout le monde.

— Pas nos adieux.

— Alors, au revoir ? Tu préfères cela ?

— Oui, beaucoup. Au revoir, ma Miriam.

26

Entre le Rapidan, au nord, et la vaste étendue dégagée de la Spottsylvanie, au sud, s'étend, sur une trentaine de kilomètres de long et une dizaine de kilomètres de large, une terre sauvage et inculte occupée par des marais silencieux et une sombre forêt, un épais fouillis de lianes, d'épineux et de broussailles que l'on appelle The Wilderness — la Sauvagerie.

Et en ces belles journées bleues, début mai, les chariots bâchés de blanc cahotaient le long de Orange Plank Road pour aller affronter l'armée du Potomak commandée par Grant.

Le corps de Gabriel et le corps fauve de sa jument Polaris, après plus de trois années de guerre vécues ensemble, s'étaient pratiquement fondus pour n'en former plus qu'un. Laissé à lui-même, sans la moindre pression, le cheval gardait sa place dans les rangs, permettant à son cavalier de s'absorber dans ses sombres réflexions.

L'année précédente, ils avaient affronté Grant à Chancellorsville, où Lee avait été victorieux. Cette année, traversant le site de cette victoire, ils avaient pu constater ses séquelles, ruines incendiées et silencieuses, pourrissant peu à peu parmi des champs abandonnés aux herbes folles. Il y avait eu ce paysan au bord de la route : *J'ai jamais possédé un seul esclave. De mes deux mains, j'avais défriché ces champs, bâti cette maison. Les fédéraux m'ont tout pris, les porcs, les poulets, la vache qui me donnait du lait pour mes enfants, tout le résultat d'une vie de travail.* Que pouvaient bien signifier pour cet homme les querelles de droit constitutionnel ?

Et je continue d'avancer, nous continuons d'avancer en chancelant ensemble, traversant des rivières à gué, persévérant malgré une lassitude qui passe la croyance, sans aucun moyen de savoir où et quand cela finira.

Il était habité d'un pressentiment effrayant. C'est le printemps, songeait-il. Les jeunes feuilles sont encore vernies et humides. Le vent du Sud et la chaude caresse du soleil sur l'encolure vivante de mon cheval ; c'est — c'est la certitude de ne jamais revoir tout cela.

Il se redressa. Assez ! C'est lâche et cela ne te fait aucun bien. Cependant, tout autour de lui, les autres, officiers et soldats, gardaient le silence eux aussi. Son lieutenant, qui chevauchait, légèrement en retrait, n'avait pas parlé depuis une heure. De temps à autre, le reniflement d'un cheval suffisait à vous faire sursauter.

De part et d'autre de la route, les bois s'épaississaient, la rétrécissant d'autant, jetant leur triste pénombre sur la progression des troupes. La chaleur était lourde et étouffante. Le col de Polaris écumait et la sueur piquait Gabriel sous sa tunique grise.

Loin en avant, on pouvait voir la colonne bifurquer et quitter la route. Il n'avait pas besoin de prendre la carte dans sa poche, il l'avait apprise par cœur. Il savait où ils allaient et connaissait le lieu où ils étaient censés prendre Grant par surprise. Aussi songeait-il à apaiser son esprit en songeant au passé plutôt qu'à ce que l'avenir lui réservait.

Il y avait si longtemps qu'il avait quitté son foyer ! Il se demanda ce qui subsistait encore de sa ville. Ils avaient pris la maison de Rosa, cela il le savait. Peut-être que quelqu'un serait assez bon pour protéger le précieux trésor que constituaient pour lui ses livres de droit, une collection héritée de Henry et agrandie par lui-même avec le plus grand soin. Qu'elle était agréable, cette petite bibliothèque carrée avec son fauteuil et son repose-pieds si confortable ! Les fenêtres, ouvertes sur la cour, laissaient entrer l'odeur âcre de la pierre humide après la pluie et les sons paresseux de l'eau qui dégouttait des feuilles de bananier. Sous la fenêtre, il restait en permanence une flaque, là où le dallage s'était affaissé. Là, avait élu domicile la plus minuscule grenouille verte, brillante comme une émeraude, un joyau de la couronne.

Si longtemps qu'il n'avait vu son foyer ! Ou Miriam ! Des mois après l'accident, la nouvelle de la mort d'Eugene lui était parvenue, mais Rosa ne lui parlait jamais de Miriam dans ses lettres, souhaitant avec tact lui épargner une douleur, du moins croyait-il le comprendre. Et il se rappelait, avec une manière de demi-humour un peu triste, les efforts déployés par sa sœur, avec tact encore, croyait-elle, pour tenter d'éveiller son intérêt pour la succession jamais interrompue de jeunes femmes « bien sous tous rapports » qu'elle lui présentait. Sa définition de la jeune femme « bien sous tous rapports » était : jeune, dotée d'un bon caractère, raisonnablement jolie et, plus important que tout, de famille irréprochable. Chère Rosa ! La question de son amour éventuel pour les jeunes femmes en question ne lui avait jamais effleuré l'esprit. Oh il y en avait eu quelques-unes — il s'en rappelait une en particulier, très charmante, très consentante, à la chevelure de cuivre brun — avec lesquelles il aurait certainement pu aller plus loin, s'il n'y avait pas eu Miriam. Toujours l'image de Miriam venait s'interposer entre lui et l'autre, quelle qu'elle fût.

La douleur qui l'habitait était presque tangible, comme une brûlure ou une coupure. Et la colère — pas à son encontre à elle, non, jamais à son encontre à elle, mais contre cet homme, ce Perrin — le brûlait comme un feu. Il cherchait à l'étouffer, mais il se ranimait toujours. Maintenant que son veuvage la rendait libre, ils allaient probablement se marier. Certes, Perrin avait déjà une épouse. Mais un homme comme lui trouverait certainement un moyen, songeait Gabriel avec mépris. Cet homme, cet homme — s'il était ici, je lui planterais ma baïonnette dans la peau, songeait-il. Et pourtant je ne me suis jamais servi de ma baïonnette, malgré tout ce carnage. Et je l'ai vu de près. Mais je n'ai jamais eu à m'en servir, Dieu merci. Les balles sont déjà assez affreuses. Mais sentir l'arme qu'on tient à la main transpercer la chair d'un autre homme !

Polaris, suivant la colonne, descendait maintenant dans le fossé qui bordait la route, puis gravissait le talus pour pénétrer dans un lieu où elle pataugeait jusqu'aux genoux dans des trous pleins de feuilles mortes de plusieurs années, se débattait parmi les ronces et les broussailles, bronchait dans un entrelacs de jeunes arbres et de lianes. Ils avaient traversé des lieux semblables dans le passé. Non, jamais tout à fait semblables, songea Gabriel, tandis qu'ils cherchaient leur chemin dans une obscurité pareille à celle qui devait régner au fond de l'océan. Les hauts pins se refermaient au-dessus de leur tête. Une ravine, si profonde et si soudaine qu'un cavalier inexpérimenté aurait piqué du nez par-dessus l'encolure du cheval, traversait le chemin. Ils poursuivirent leur laborieuse progression. Comment une bataille peut-elle avoir lieu ici où l'on ne voit ni amis ni ennemis ? se demanda-t-il.

L'ordre de faire halte passa de bouche en bouche le long de la colonne. Une bonne chose, car il était près de midi, et ils avançaient depuis l'aube. La chaleur était désormais telle que si la progression n'avait pas été aussi précaire, on se serait presque endormi en selle.

Les hommes se pressaient en foule dans la clairière où la halte avait été ordonnée. Là, dans la pénombre menaçante tachetée de soleil, Gabriel éprouva de nouveau cette palpitation irrégulière que l'on appelait le « cœur de soldat », l'attribuant à la fatigue ou à la chaleur ; mais c'était plus encore : c'était la peur.

— Conférence des officiers, plus loin, lui rapporta quelqu'un.

— Un éclaireur signale l'approche des troupes de l'Union.

— ... a dit que Grant était assis sur une souche en grand uniforme avec son sabre.

Rires nerveux. Le corps a peur d'avancer. Mais l'esprit, craignant la lâcheté, a peur que le corps ne tourne réellement les talons et s'enfuie, pour la honte éternelle de l'esprit.

Polaris piaffa, tournant la tête aussi loin qu'elle pouvait en arrière, comme si elle avait voulu communiquer avec Gabriel. Ses fins naseaux lui donnaient le long nez hautain d'un aristocrate mais ses yeux intelligents étaient tendres et doux. Elle me connaît bien, songea Gabriel. Nous sommes ensemble depuis longtemps.

Quelqu'un parla d'une voix forte.

— Bon sang, ce n'est pas un terrain pour des chevaux ! Comment va-t-on se battre ici ? On ne se déplace pas à plus de deux kilomètres à l'heure. Quand on y arrive !

Ils n'en continuèrent pas moins d'avancer. Ils glissaient le long des berges boueuses de ruisseaux cachés, remontaient de l'autre côté et continuaient d'avancer, d'avancer, jusqu'à ce qu'ils entendent enfin le crépitement des premiers coups de feu, plus loin vers l'avant.

— Laissez les chevaux. Pied à terre. C'est impossible.

Le cœur de soldat de nouveau. Gabriel descendit de cheval et caressa le museau de Polaris. La retrouverait-il jamais ?

Une compagnie de tireurs d'élite passa sur sa droite pour aller se déployer dans les ronciers. L'artillerie de campagne, dans un grand fracas de caissons traînés, écrasait les broussailles.

Oh mon Dieu ! Une division entière de bleus, si proche, se matérialisa soudain. Et un orage de plomb éclata. Mon Dieu ! Un véritable rideau de balles comme la pluie sous les gifles du vent.

— En avant, en avant !

Qui a crié ainsi ? Quelle est cette gorge qu'a déchiré le rauque cri de guerre des rebelles tandis que les hommes plongent, si proches maintenant des hommes en bleu et des reflets d'argent des baïonnettes ? Ma voix à moi ?

Il fait feu. Protégé par le tronc d'un vieux chêne, il ne cesse de tirer à l'aveuglette sur un ennemi qui disparaît au cœur d'une masse de fumée âcre et piquante. Le vacarme est terrifiant, un marteau contre les tympans et dans la tête. Les clairons glapissent, invitant au courage, donnant des signaux que personne ne comprend ou ne peut suivre parce que personne ne voit ni ne sait où il est et où se trouve l'ennemi.

— Feu ! Feu ! Rechargez !

Les balles mordent le feuillage, faisant tomber une pluie de débris semblables à des petits morceaux de papier jusqu'au sol. Quelqu'un hurle à moins d'un mètre de lui, c'est un hurlement animal, terriblement haut perché. Il n'a pas le temps de regarder. Tirant toujours, Gabriel s'agenouille, se courbe le plus bas possible, car rien de ce qui se tient debout dans cet enfer ne peut survivre.

Oh Seigneur, c'est le pire enfer qu'il ait jamais vécu après mille jours de guerre infernale.

Un homme se heurte contre un autre, rampant à quatre pattes en direction de l'arrière — la mauvaise direction.

— Où vas-tu ? Où diantre crois-tu aller ?

— Je suis blessé, mon commandant. Je regagne l'arrière, je suis blessé.

— Blessé, où ça ? Montre-moi du sang, sinon retourne au combat, nom de Dieu. Tu m'entends ? Retourne au combat !

— Mais ils nous tirent dessus, ils tirent sur leurs propres troupes !

— Pas moyen de faire autrement. Ils ne voient rien. Couchez-vous ! Couchés !

Et cela continue pendant des heures et des heures, les grondements de tonnerre, les sifflements avant l'explosion, les rugissements, les détonations... la nuit ne tombera donc jamais ?

Elle tombe. La nuit la plus noire que Gabriel ait jamais vue écrase les bois. Les coups de feu sont de moins en moins nombreux et dans le noir, les deux camps, épuisés, se laissent tomber sur le sol, sur place.

Tout est calme. On a emporté les blessés vers l'arrière. Le sol est jonché de morts, ou de vivants qui se taisent. Les morts sont libres, pense Gabriel. Ils n'ont plus à craindre le retour du matin.

On entend l'appel d'une effraie. Il résonne quelques secondes puis s'interrompt. Même les oiseaux se recroquevillent, pense Gabriel. Eux dans leur nid — ceux qui n'ont pas été détruits par les coups de feu — et nous contre le sol.

Il prend une profonde inspiration. Il est trop fatigué pour se livrer à la moindre recherche ; de toute manière, il fait trop noir ; son devoir est de rester là avec ses hommes ou ce qu'il en reste et d'attendre. Il s'endort la tête entre les genoux.

Puis c'est le second jour, le vent se lève. Tandis que les balles pleuvent, le vent emporte de petits foyers d'incendie dans les broussailles, de brindille en brindille, de branche en branche. Les flammes semblables à des créatures vivantes se tordent au-dessus du sol. Elles avancent, reculent, grimpent au tronc des arbres en murmurant. En quelques secondes, un pin est transformé en torche, immense tourbillon de flammes verticales. Loin vers l'arrière, les casemates et les fortifications de rondins, si laborieusement bâties, s'enflamment à leur tour. Les flammèches tourbillonnent dans le vent. La forêt tout entière, pleine de résineux, s'embrase en grondant. L'air brûle les poumons. Et maintenant les flammes avancent comme un ressac, vague déferlante après vague déferlante. Les blessés impuissants hurlent d'horreur tandis que les vagues s'approchent ; ils hurlent et meurent lorsque les rouleaux de feu les engloutissent tandis que d'autres parviennent à se tirer une balle à temps, s'ils en ont encore la force. Des hommes en bleu et des hommes en gris se précipitent de la même façon au secours des leurs et il en est même pour porter secours à l'ennemi.

Gabriel traîne un homme en sûreté, songeant : si Lorenzo était ici, il pourrait m'aider et, pour la première fois, son valet lui manque. Mais il y a des mois que Lorenzo est passé dans l'autre camp, et il doit être à New York ou à Washington maintenant. Alors, malgré tout ce chaos, Gabriel a une réaction incroyable — il sourit : Rosa s'était montrée si convaincue de sa fidélité ! *Pourquoi, pourquoi ne serait-il pas fidèle, il t'adore.*

Au bout de quelques mètres, il étend l'homme près d'un ravin peu profond. Avec de la chance, l'incendie ne le franchira peut-être pas. De toute façon, il est trop épuisé pour faire un pas de plus. Il a une douleur épouvantable dans le pied.

Il cherche un tas de feuilles pour se laisser tomber dessus et trébuche encore, cette fois sur un corps. L'uniforme est bleu. Il examine le visage : jeune, plus jeune que moi. Je suis vieux d'un million d'années.

Les yeux s'ouvrent, fixant Gabriel, des yeux trop voilés pour reconnaître l'ennemi.

— J'ai terriblement froid. Margareth ma sœur, non, pas Margareth, l'autre. Elle dit, tu comprends, si j'avais une couverture, parce que j'ai vomi sur celle-ci.

Gabriel se penche — bien que ce simple mouvement suffise à lui envoyer des coups de poignard dans le pied. Le garçon balbutie, produit un gargouillis étranglé, vomit puis retombe dans le silence.

La moitié de la nuit s'écoule et Gabriel sait que le garçon est mort. D'innombrables étoiles se pressent dans le morceau de ciel qu'il aperçoit entre la cime des arbres et dans leur obscure clarté il peut voir le visage du mort. Il est d'une dignité extraordinaire, songe-t-il. Il le regarde, appuyé sur un coude, regrettant de ne pas avoir de couverture pour lui faire un linceul décent. Alors il s'avise qu'il faudrait dire ou faire quelque chose pour ce visage si digne qui semble attendre un quelconque signe de reconnaissance. Et il récite le Kaddish. C'est une prière à la gloire de Dieu, la prière juive des morts. C'est la seule qu'il connaisse, et elle est certainement appropriée.

La douleur lui perce le pied comme une lame de couteau. Il doit avoir reçu une balle. C'est tout de même étrange qu'il ne se rappelle même pas quand ! Il a la tête cotonneuse. Il reste étendu sans bouger. Dans toutes les directions, il entend appeler et geindre les blessés : De l'eau ! Au secours ! Maman ! Jésus Marie Joseph ! Mais il ne vient personne. Il fait trop noir, c'est trop loin.

L'aube. Une mouche s'est posée sur le visage du mort, Gabriel la chasse. Les yeux sont ouverts et il tend la main pour les fermer. Ce simple geste est tout un combat. Sa douleur ne fait qu'empirer. Il voudrait trouver une poche contenant une adresse et il pense déjà à la lettre qu'il écrira aux parents sur la mort de leur fils, mais soudain sa jambe se dérobe sous lui et il tombe en arrière sur le sol.

Maintenant, il essaie de retirer sa botte mais il n'a pas assez de force. Il se demande s'il va perdre le pied, la jambe. Elle lui paraît mouillée à l'intérieur de sa botte, poisseuse.

Quel calme. La bataille doit s'être portée ailleurs. Il se demande qui gagne ou a gagné, mais il s'en moque. Cela ne le concerne pas. Très haut au-dessus de sa tête, là où il y avait tout à l'heure des étoiles, le ciel a viré au bleu le plus merveilleux, le plus intense. C'est donc le milieu de la matinée.

Elle ne voudra pas d'un infirme, pense-t-il. De toute manière, elle ne veut pas de moi. Elle veut de ce... cet autre. Il possède... quoi ? Une élégance, un panache que je n'ai pas, que je n'ai jamais eus.

Va-et-vient, flux et reflux, voilà ma vie. J'aime sans le vouloir. Je me bats sans le vouloir. Et pourtant je me bats. Et pourtant j'aime.

L'histoire est faite de batailles. Combien de combattants, combien de blessés, combien de morts. Un jour on écrira sur celle-ci. Pourtant, les chiffres et les mots n'ont guère d'importance. Ils écriront, mais cela ne signifiera rien. Si je survis à cette guerre et que l'on me demande à quoi elle a ressemblé, je ne serai pas capable de le dire.

Et voilà qu'il entend maintenant qu'un vaste chuchotement a commencé parmi la vaste étendue criblée d'arbres. Il s'enroule et s'étend, on dirait le murmure de la mer. Au bout d'un moment, il comprend que c'est le gémissement des blessés.

Il demeure allongé parfaitement immobile. Il est vidé, même la douleur de son pied est au bout du rouleau. Il s'éloigne lentement à la dérive.

Quand il ouvre les yeux, il voit que le morceau de bleu au-dessus de sa tête est maintenant gris fer. Ce doit être le soir de nouveau. Quelqu'un lui fait quelque chose au pied : il n'a plus sa botte.

— Il va peut-être perdre le pied, dit une voix.

— Peut-être pas.

— Attention avec cette bougie. Il suffit d'en laisser tomber une pour que tous les bonshommes allongés ici grillent avec le tapis d'aiguilles de pin.

Tous ces hommes sont en bleu. L'uniforme fédéral, se dit-il avec indifférence. Il doit être prisonnier.

On le ramasse. On le transporte jusqu'à une route et on l'installe dans un chariot. Il doit y en avoir des centaines en un convoi qui s'étire tout au long de la route. Il reconnaît les voitures de transport de munitions converties à la hâte en ambulances. Elles n'ont pas de suspension à ressorts. Et quand ils se mettent à cahoter sur la route en tôle ondulée, chaque secousse lui envoie une décharge de douleur rouge sang tout le long de l'épine dorsale. Il veut demander où ils vont mais c'est un gros effort. D'ailleurs, on ne lui répondrait probablement pas. Mais à en juger pas la lumière déclinante, ils se dirigent vers l'est, vers Fredericksbourg, suppose-t-il.

— On a de la chance d'avoir eu une place, dit une voix. Il doit bien y avoir sept mille hommes, rien que dans ce convoi. Les autres vont attendre encore deux jours l'arrivée de nouveaux chariots.

— Combien d'heures jusqu'à Fredricksbourg ?

Un homme meurt et le chariot fait halte, le temps qu'on emporte le cadavre. Sur le bord de la route, il aperçoit une espèce d'énorme masse noire arrondie, renflée, comme une baleine échouée. Une baleine ici ! Il n'en a vu qu'une seule fois auparavant, un été, voilà bien longtemps, à Pass Christian. Il se le rappelle bien, cet été. Toute cette eau bleu et argent, jusqu'à Cat Island. Il pense à des chasses aux crabes, à des parties de pêche, à la fraîcheur de la terrasse le soir, sous les pampres, et à la musique qui montait de la plage.

Il regarde de nouveau la baleine par-dessus la ridelle. Mais ce n'est pas une baleine. Il y a quatre jambes raides tendues vers la route qui touchent presque les roues du chariot. C'est un cheval. D'énormes mouches vertes pullulent sur son dos, bourdonnent à ses oreilles. Et brusquement les jambes tressautent, dans un grand mouvement saccadé l'animal se retourne sur l'autre flanc avec un terrible hennissement tragique dans l'atroce chaleur.

— Oh, pour l'amour du ciel, s'écrie Gabriel, tuez-le. Qu'on l'abatte.

— Qui ça ?

Le sous-officier yankee qui tient son fusil sur ses bras repliés près du chariot l'a entendu et il rit. Il a de grandes dents pourries.

— On n'a pas le droit d'abattre les prisonniers, vous le savez bien.

Gabriel a la langue épaisse. Il montre du doigt.

Le sous-off regarde dans la direction indiquée.

— Quoi, vous voulez dire le canasson ?

Gabriel fait oui de la tête.

— Votre fusil, parvient-il à articuler.

— Tu sais-t'y combien de bonshommes sont morts depuis quelques jours ? Et toi, tu t'en fais pour un cheval ?

Mais le cheval, pense Gabriel, plus clairement maintenant, tandis que le chariot se remet en mouvement, le cheval ne sait même pas pourquoi — le cheval doit se demander pourquoi. Polaris — elle se demande sûrement où je suis. Polaris a besoin que quelqu'un s'occupe d'elle pour qu'elle ne meure pas dans un fossé comme celui-ci.

A Fredericksburg, on le descend pour le placer dans une espèce de bâtiment public, un entrepôt ou une usine. Il y a des trous dans le toit par où passe la pluie et des flaques sur le sol. Il y a à manger, des biscuits et de l'eau, mais jamais assez d'eau. Combien de temps passe-t-il allongé là, il ne le sait pas.

— En définitive, vous ne perdrez pas le pied, dit enfin quelqu'un, un homme fatigué avec des poches sous les yeux.

C'est comme nous, ils n'ont pas assez de médecins. Ne serait-ce pas bizarre que David entre ici tout d'un coup ?

— Non, vous ne le perdrez pas. Je l'ai nettoyé. Tâchez de le tenir propre si vous pouvez.

Des jours encore, puis de nouveau les chariots, en route pour le Nord. Evidemment — le Nord. Et ils s'immobilisent près d'un fleuve. Il y a un débarcadère devant lequel un vapeur attend la longue file de chariots. Comme une caverne flottante, il l'emporte loin des obus, de la fumée, des visages ensanglantés et des attaques à l'aube, loin dans le silence enfoui, une paix qui n'est pas la paix. Oui, il éprouve un soulagement à descendre ainsi le fleuve mais plus encore une terrible culpabilité à être ainsi transporté en territoire ennemi et soulagé du combat, quand tant d'autres doivent continuer à se battre aussi longtemps que...

— Vous vous êtes évanoui, dit quelqu'un, mais ça ira, maintenant.

Il est allongé sur la terre ferme. Quelque chose de doux lui chatouille le nez. Un petit bouquet d'aiguilles de pins. La douce senteur de la forêt lui effleure la lèvre. Ils l'ont placé sous un arbre.

— Où sommes-nous ? demande-t-il.

L'homme recule d'un pas et Gabriel le découvre en entier, torse épais, visage barbu et un insigne de médecin. Un instant, à cause de la pointe d'accent allemand, il a pensé à David. Pourquoi pas ? On a vu des choses plus étranges. Mais ce n'est pas le visage aquilin de David. C'est un gros bonhomme à la barbe grise. Il y a beaucoup d'Allemands dans les armées du Nord. Et des Irlandais aussi. C'est drôle. Mais les sudistes ont bien des Cajuns, et des Irlando-Ecossais en Caroline du Nord. Drôle, tout ça. Il s'assoupit de nouveau.

Il a les pieds au soleil maintenant et sa tête et ses épaules sont encore à l'ombre. Une chance. Les choses pour lesquelles on apprend à être reconnaissant ! Un peu d'ombre. La lumière est tellement éclatante que même l'herbe a l'air blanche. Il y a des rangées et des rangées de civières dans le soleil blanc. Elles vont jusqu'au mât qui porte les couleurs. Au mât pend la bannière étoilée. De temps en temps, un petit coup de vent l'étale puis elle retombe.

Quelqu'un vient examiner son pied qui s'est remis à saigner.

Il se mord la lèvre. Il ne criera pas, ne produira pas un son, ça non, pas ici, bon Dieu.

— Voilà, ça va mieux. Vous pouvez vous lever et essayer de marcher ?

C'est une voix différente, pas celle de l'Allemand. Il se lève et trouve son équilibre.

— Loin ?

— Non, pas loin. Un ou deux pas jusqu'au train.

L'homme essaye d'être gentil.

— Pas loin, un petit effort, jusqu'au train.

— Je me disais... nous sommes à Washington ?

— Oh oui, mais vous ne restez pas ici. Vous pensiez que vous alliez rester ici ?

Son interlocuteur trouve ça amusant. Il est fatigué mais ça l'amuse.

— Vous partez pour Elmira, où vous serez prisonnier, vous et toute cette équipe.

Le train attend, luisant sur son ballast comme un serpent sur un rocher au soleil. La locomotive est la tête du serpent. Elle produit des sifflements d'impatience.

Tout le long du sentier qui mène au train, une double rangée de soldats avec des fusils et des baïonnettes. Bon sang, ils croient donc que nous risquons de nous enfuir ? Même ceux d'entre nous qui n'ont pas une égratignure ne peuvent pas s'enfuir. Où diantre iraient-ils ? En silence, traînant les pieds, les blessés et les indemnes grimpent jusqu'au train.

— Ici, montez. Je vais vous donner un coup de main.

— Elmira, dit quelqu'un. J'avais un cousin là-bas. Un gars de l'Alabama. La famille de ma mère. Il est mort l'autre hiver.

— Gelé, probablement.

— J'ai entendu dire qu'on avait de la neige jusqu'au nombril là-bas.

— Zut, et moi qui ai oublié mon manteau d'hiver.

C'est le rigolo ; Gabriel se le rappelle depuis la première nuit à Fredericksburg. La même voix en tout cas. Il ne doit pas avoir plus de dix-sept ans, avec une voix haut perchée encore, une voix de fille. Et qui blague sans arrêt pour ne pas pleurer.

— On est en mai ! Pourquoi vous parlez de l'hiver ? Vous pensez tout de même pas qu'on y sera encore cet hiver ?

Personne ne répond.

27

Sitôt passé Vicksburg, Plaisance se dressait près du fleuve depuis sa fondation, dans toute sa grandeur. Parthénon de bois peint en blanc sur une colline verte qui descendait en pente douce jusqu'à son débarcadère privé, sur lequel des domestiques portant des torches allaient éclairer le chemin des invités arrivant par le vapeur. Entre la maison et la lisière des bois qui la ceinturaient, des buis taillés par les mains habiles d'un paysagiste français bordaient le long parterre. Dans la serre octogonale, les ananas prospéraient. Des paons faisaient la roue et paradaient sur les pelouses, s'immobilisant pour faire tressaillir l'après-midi de leur cri rauque. Et sur l'étang, un couple de cygnes paressait, glissant majestueusement à travers l'été paradisiaque.

— Tant que nous tiendrons Vicksburg, avait dit André, nous n'aurons rien à craindre.

Mais Vicksburg tomba et les réfugiés arrivèrent. Deux voitures attelées de chevaux fatigués apportaient la famille, Pélagie et ses deux enfants les plus jeunes, Eulalie et M. Lambert Labouisse. Deux chariots transportaient les domestiques ainsi qu'une pitoyable cargaison faite des objets disparates qui avaient pu être sauvés du désastre. Après six jours de route, ils étaient tous aussi épuisés, affamés et désespérés les uns que les autres.

— Ils ont incendié notre maison, ils l'ont rasée !

Telles furent les premières paroles du vieil homme qui faillit tomber quand on l'aida à descendre de voiture.

Pélagie portait une robe de deuil d'alpaga noir, maculée de poussière et de taches de sueur.

— Vous ne saviez pas... nos lettres ne vous sont jamais parvenues... oui, mon petit Alexandre est mort. Ils l'ont tué à Look Out Mountain.

Emma poussa un cri aigu et étreignit sa fille.

— Dieu merci, ma Félicité est mariée à San Francisco, celle-là au moins est à l'abri.

La détresse de Pélagie était plus visible qu'au moment de la mort de Sylvain.

— Et maintenant, je me ronge d'inquiétude pour Lambert et Louis : Où sont-ils ? Je ne le sais pas... ils se battent quelque part... morts, aussi, peut-être. Et ces deux petits qui sont en sûreté à la maison avec moi. Je me disais... ce garçon, le plus proche de mon cœur, qui n'a jamais connu son père... et voilà, maintenant, il n'a même plus de foyer...

Miriam la conduisit jusqu'à une chambre à l'étage et la sachant un peu maniaque, appela aussitôt Fanny pour lui faire apporter de l'eau chaude.

— Et une boisson fraîche aussi, Fanny, s'il te plaît. De l'eau, s'il n'y a rien d'autre. Et maintenant, raconte, raconte-moi. Dis-moi tout, dit-elle d'un ton pressant à Pélagie.

Celle-ci s'étendit de tout son long sur le lit de repos et prit une profonde inspiration.

— Ah, se retrouver sous un toit ! Tu ne peux pas savoir. Bref, après la chute de Vicksburg — nous avions des amis là-bas, tu sais, et ils se sont réfugiés chez nous. L'une d'entre elles a même apporté son piano avec elle, c'était tout ce qu'elle avait pu sauver. Les canonnières des fédéraux ont descendu le fleuve en tirant sur les maisons de la rive, mais nous avons eu de la chance — elles ne sont pas venues jusqu'à Plaisance. Nous avons bien cru que nous allions être épargnés. Mais la semaine dernière, la semaine dernière, ils sont revenus ! Les obus sont tombés sur le toit ! Le feu a pris ! Oh, c'était horrible ! Il soufflait un vent terrible qui faisait monter les flammes jusqu'au ciel. On a dû les voir à des kilomètres, comme un volcan. Comme Vicksburg quand l'arsenal a sauté.

Pélagie enfouit son visage dans ses mains.

— Mais le plus horrible, c'est quand les canonnières sont venues détruire notre demeure, tous nos domestiques ont couru jusqu'au fleuve. Ils brandissaient leurs outils en chantant et faisant des grands signes. Je me dis parfois qu'il vaut mieux que Sylvain n'ait pas vécu pour voir tout ça. Il adorait cette maison, il y était né, c'était son foyer.

Pélagie eut un étrange petit rire triste.

— Le matin même, figure-toi que mon beau-père avait rédigé un nouveau testament. Et il avait discuté avec moi pour savoir qui dans la famille voudrait tel esclave, qui tel autre. Et ensuite il était allé dire à chacun d'entre eux qui allait l'hériter ! Quand je pense que c'est l'après-midi même que tout ça a été fini à jamais.

Elle n'éprouvait certainement pas d'amour pour ce vieux tyran, se dit Miriam. Mais il avait été le symbole d'un monde stable. Et désormais, après cet échec éclatant de son jugement et de sa perception des choses, sur qui Pélagie allait-elle s'appuyer ? Car elle avait besoin de s'appuyer sur un homme.

— Plus de foyer, plus de foyer, se lamentait Pélagie.

— Tu as un foyer, ici. D'une manière ou d'une autre, un jour ou l'autre, je ne sais ni comment ni quand, nous retournerons tous à la normale. Je t'assure.

Et Miriam lui prodigua des banalités réconfortantes, tout ce qu'elle avait à prodiguer.

En même temps, elle s'inquiétait : qu'allons-nous pouvoir faire de tous ces gens ? Nous n'avons presque rien pour nous-mêmes. Pas assez de grain pour les semailles, nul moyen de réparer les machines endommagées. Les esclaves rechignent au travail. Pourquoi feraient-ils autrement ? La défaite du Sud est assurée. En fait, c'est déjà étonnant qu'un si grand nombre d'entre eux soient prêts à travailler encore un peu. Peut-être ceux-là pensent-ils que leurs maîtres finiront par gagner la guerre ?

— Oh, qui l'aurait cru ? gémissait Pélagie.

Moi, aurait pu répondre Miriam. Mais elle n'en fit rien.

Il n'y avait plus de chandelles de suif. Aussi prirent-ils place autour de la table, ce soir-là, dans la fumée étouffante de la lampe à pétrole. Son odeur âcre de térébenthine teintait le crépuscule et s'accrochait aux aliments. Les repas devenaient visiblement plus maigres chaque jour. N'entendant qu'à moitié le flot de paroles — car les mots, les mots à l'infini, elle le comprenait, leur permettaient de soulager leur terreur —, Miriam notait ce qu'il y avait sur les assiettes et se livrait à des calculs.

Plus de farine ; elle coûtait mille dollars le baril, quand on en trouvait. Le thé se vendait cinquante dollars la livre ; Fanny lui avait appris à faire une tisane de feuilles de mûrier. Il n'y avait plus de café mais on pouvait recourir à l'orge ou à l'arachide pour fabriquer un lamentable substitut. Il allait falloir cultiver les légumes avec plus de soin. Pourvu que la pénurie de viande n'affecte pas la croissance de son fils et de sa fille ! Ne disait-on pas que l'on pouvait vivre en parfaite santé en ne consommant que des légumes ? Et bien sûr, il y avait les œufs.

Eugene a presque quinze ans. Quand vont-ils me le prendre pour l'envoyer à l'armée ? Et Pélagie qui s'inquiète parce qu'il n'y aura plus d'hommes pour épouser les filles. Le mariage ! Voilà bien le dernier et le moindre de mes soucis.

A quoi venait-elle de penser ? Ah oui, les légumes.

Le lendemain matin, elle se promit de se lever plus tôt encore que de coutume, de prendre la petite jument et de faire le tour du domaine. Elle avait appris plus facilement qu'on ne s'y serait attendu de la part d'une citadine. Puis l'esprit de Miriam passa des champs et de la cuisine au premier étage de la maison où il n'y avait pas assez de couvertures et plus de draps pour tous ces nouveaux arrivants. La toile de coton valait quinze dollars le mètre — et là encore, quand on en trouvait. Il n'y avait ni épingles ni aiguilles. Bah, Fanny lui avait montré à se servir de certaines épines. Mais on ne pouvait quand même pas coudre sans fil, lequel coûtait cinq dollars la bobine. Et le dollar confédéré avait perdu mille pour cent de sa valeur.

Il lui restait quelques pièces d'or, cousues dans la doublure de la robe qu'elle avait fait tailler dans la soie jaune d'André. C'était la seule robe présentable qui lui restât. Il fallait qu'elle garde les deux — la robe, et les pièces. Dieu seul savait quelle soudaine urgence pourrait la faire recourir à l'une ou aux autres.

Le vieux Lambert Labouisse était en train de faire une déclaration : ses remarques les plus simples revêtaient toujours la forme de déclarations.

— Parfaitement, j'ai jeté tout le service à dîner en or dans le Mississippi plutôt que de le voir tomber entre les mains des fédéraux. Un service complet pour vingt-quatre personnes, et qui a servi dans plus d'une occasion distinguée ! Ma foi, il aura fait une fin honorable !

Espèce de vieil imbécile, songea Miriam. Si seulement je savais comment et où aller le repêcher.

Depuis la mort d'Eugene, Ferdinand avait poursuivi sans conviction leur habitude commune d'étudier la carte des opérations. Il n'en fit pas moins remarquer pour l'heure, d'une voix teintée de découragement :

— Oui, la perte de Vicksburg pourrait bien être le coup fatal. Nous avons perdu notre voie de communication avec le Texas et le Mexique. Les marchandises ne pourront plus entrer et sortir d'ici qu'au compte-gouttes.

Et comment André reviendra-t-il ? Dieu seul le sait. Quelle obscurité, les nuages se referment autour de nous et on ne voit pas à un jour de distance. Et comment cela se passera-t-il pour lui et moi quand il reviendra, s'il revient...

— Trente mille hommes de plus auraient suffi à nous conserver Vicksburg, disait le vieux Labouisse. C'est à peine le nombre de nos déserteurs, que Dieu les maudisse tous tant qu'ils sont, ces canailles.

Eulalie y alla d'un de ses rares commentaires.

— A quoi pouvait-on s'attendre ? Pemberton n'est-il pas un Yankee ? Il n'aurait pas fallu lui faire confiance.

Ses petits yeux étaient cerclés de rose sale. Le farouche guerrier de Virginie, songea Miriam se rappelant sa promesse de garder le silence. Car elle imaginait fort bien la manière dont cette vipère aurait pu distiller la vérité, goutte à goutte, par insinuations infimes et sournoises. Jusqu'à détruire la confiance que ses enfants vouaient à leur mère.

Ils en avaient assez et même trop supporté. De même qu'elle portait dans l'esprit la scène indélébile de la mort de sa mère, scène qui lui avait été seulement décrite, ils garderaient à jamais à l'esprit l'image de leur père agonisant sur le sol, en leur tenant la main. Ils en parlaient rarement désormais, car il n'y avait rien à dire. Mais Eugene avait entre les yeux deux rides verticales apparues depuis peu. Et Angelique, sujette depuis la petite enfance aux rêves et aux cauchemars, criait dans son sommeil au point que Miriam devait souvent aller l'apaiser. Oui, ils en avaient supporté suffisamment. Et si Eulalie devait y ajouter...

Et puis, non, conclut-elle, Eulalie ne dira rien. Elle sait que je la jetterais à la porte. Je n'imagine pas où je pourrais bien l'envoyer mais je l'enverrais quelque part hors de cette maison, et elle le sait.

— L'ennui, était justement en train de dire Eulalie, c'est que tout le monde, c'est que vous tous, vous avez perdu l'espoir. Moi, je n'ai pas perdu l'espoir.

Et elle fit des yeux le tour de la table, attendant que quelqu'un osât la contredire, mais personne ne réagit. Elle continua donc :

— Bon sang ne saurait mentir. Avec celui qui coule en nos veines, nous sommes capables de faire beaucoup mieux que ce que nous avons fait jusqu'ici. Regardez les troupes nordistes ! Rien que des Allemands, des Irlandais, et Dieu sait quoi encore ! Et à leur tête, ce gorille de Lincoln, avec son émancipation !

— J'aimerais que l'émancipation soit appliquée ici.

Cette remarque était venue du bas bout de la table, où était assis Eugene.

Toutes les têtes se tournèrent vers lui, pleines d'étonnement. Il était devenu écarlate, comme si le son de ses propres paroles, résonnant de manière si inattendue dans la pièce, où régnait désormais un silence de mort, avait terrifié jusqu'à lui. Il jeta un regard de détresse à sa mère pour solliciter son aide.

Miriam n'en revenait pas. Quand et comment le garçon s'était-il mis une telle idée en tête ? Elle avait mis tant de soin à éviter ce sujet fatal ! Et pourtant, une petite étincelle vibra dans sa poitrine qui n'était qu'en partie due à l'inquiétude, et en partie à une espèce de fierté joyeuse.

— Je t'en prie, Eugene, tu peux parler, dit-elle doucement. Vas-y.

— Eh bien, je réfléchissais, j'ai beaucoup réfléchi à ce que j'ai vu depuis que nous sommes venus nous installer ici et... et, bégaya-t-il, il me semble que nos affaires se porteraient bien mieux si quelques hommes qualifiés travaillaient pour nous en échange d'un salaire à la place de cette foule de pauvres gens incapables, qu'il nous faut loger, vêtir et nourrir.

Lambert Labouisse paraissait sur le point d'exploser et Ferdinand se hâta d'expliquer.

— Mon petit-fils parle seulement d'un point de vue pratique. Il cherche à faire des économies, étant donné les conditions présentes.

— Peut-être pas, dit Miriam.

Quelque chose en elle s'était dressé avec un vif ressentiment contre l'idée qu'il fallût à tout prix donner des apaisements à M. Lambert Labouisse.

— Continue, Eugene.

La voix de l'adolescent s'affermit.

— Je ne sais pas, est-ce que notre pays tout entier ne se porterait pas mieux si tous ces immenses domaines étaient divisés en exploitations plus petites ? C'est-à-dire, si les propriétaires pouvaient travailler eux-mêmes leurs domaines. Ce serait plus sain. Et plus prospère aussi, je crois. Il y a un tel gâchis dans le système des esclaves. Et puis, ce n'est pas vraiment juste non plus, qu'il y ait tant de terres entre si peu de mains. Quel bien cela peut-il faire à quelqu'un de posséder deux mille arpents de terres en friche ?

M. Labouisse cogna à plusieurs reprises sa cuiller contre la table.

— J'ai passé ma vie et mon père avant moi avait passé la sienne à agrandir notre domaine pour le bénéfice des générations à venir ! Nous n'avons cessé de payer, payer, payer encore et toujours, pour conserver nos terres intactes ! Des discours comme ceux de votre fils sont plus que je ne puis supporter d'en entendre avec équanimité, madame ! Je suis au regret d'avoir à vous le dire !

— Je ne comprends pas, intervint Ferdinand effaré. Je suis moi-même très troublé, je vous assure. Où Eugene a-t-il pu aller pêcher des idées pareilles, Miriam ?

— Je n'en ai pas la moindre idée, papa. Mais c'est certainement son droit d'avoir des idées.

Et elle sourit à Eugene.

— Il est allé les chercher auprès de son oncle, j'imagine, trancha Eulalie.

— Auprès de mon frère ? rétorqua Miriam. Il est vrai qu'il a multiplié les contacts avec lui au cours de ces cinq dernières années, n'est-ce pas, Eulalie ?

Alors, à la surprise générale, sans laisser à Eulalie le temps de jeter encore un peu d'huile sur le feu, Pélagie prit la parole.

— Savez-vous, père, que Louis, quand il était à la maison en permission, la dernière fois, disait à peu près la même chose ?

Elle hésita.

— Il estime que ces grands domaines doivent disparaître, et l'esclavage avec eux.

Le vieillard écarquilla les yeux.

— Mon petit-fils a dit ça ! Mon petit-fils !

— Bah, il faut reconnaître, bredouilla Pélagie, que c'est un système coûteux. L'argent que nos enfants pourraient hériter va à l'entretien de tous ces esclaves, qu'il faut habiller et... et puis avec une telle quantité de terres laissées en friche, comme disait Eugene...

— Eugene ! Sornettes !

Le vieillard écumait, et postillonnait à chaque mot.

— T'en ficherais, moi ! De quoi je me mêle ! Ça n'a pas encore produit dix cents de quoi que ce soit de toute sa vie, ça n'est pas sitôt sorti de ses langes que ça vient déjà renoncer à son droit d'aînesse, et en public, comme un imbécile. Le fouet, oui. Je leur ferais donner le fouet, moi, à tous ces blancs-becs !

Rosa jeta un coup d'œil nerveux à Miriam. Il signifiait : Mais qu'est-ce qui a bien pu arriver à Pélagie ?

A cela, Miriam aurait pu répondre : « Elle vient seulement, même elle, même Pélagie, d'être enfin et brusquement projetée dans la réalité ! »

28

Là où avaient poussé naguère de hautes herbes riches et grasses, la terre rouge de Georgie était nue, dure et chaude comme de la brique sous le soleil bouillant. A l'intérieur de l'enclos, pas un arbre pour donner de l'ombre. Pas un ruisseau pour apporter un peu de fraîcheur. Pas même de tentes sous lesquelles les hommes auraient pu se glisser pour chercher un peu de soulagement. Pour quelques-uns seulement, le maigre abri d'une couverture déchirée tendue sur quatre bâtons fragiles.

Sous l'une de ces couvertures, David Raphael avait élu domicile dans l'espace qui lui était imparti, un peu moins de deux mètres carrés par homme, selon ses estimations. Les hommes grouillaient et se montaient parfois dessus comme des hannetons dans un panier. Il se disait parfois que pour qui aurait découvert le triste spectacle à vol d'oiseau, l'impression aurait probablement été celle d'une énorme et unique masse de chair, sans solution de continuité.

Quand il étendait ses jambes, elles touchaient le dos d'un autre homme. Cela n'avait plus d'importance, car l'homme s'en apercevait à peine ; il n'avait pas bougé de la matinée et mourrait donc bientôt, s'il n'était déjà mort. Dans ce cas, il fallait espérer qu'on viendrait le ramasser bientôt. La charrette allait venir à un moment ou à un autre avant midi. Et si jamais les ramasseurs ne le trouvaient pas à ce voyage, il faudrait attendre le lendemain, ce qu'à Dieu ne plaise.

Quelqu'un remua sur sa gauche, marmonnant une question.

— Parlez plus fort, je ne vous entends pas.

— Eh bien, tournez-vous.

— Je ne peux pas.

C'était un trop gros effort.

— Je disais, je demandais où vous ont-ils attrapé ?

— A la Sauvagerie, pendant la bataille de la Sauvagerie. Je me suis trompé de chemin dans le noir et je me suis retrouvé dans les lignes ennemies.

— Ça fait combien de temps que vous êtes là ?

— Deux mois, j'imagine, si nous sommes bien en juillet.

— Nous sommes en juillet.

Silence. Le type remua de nouveau, maladroitement. D'après sa voix, il était jeune. David soupira. C'était un trop grand effort de parler mais peut-être que le garçon avait besoin de parler à quelqu'un.

— Je m'appelle David Raphael.

— Tim Wood. Artillerie. Et vous ?

— Médecin.

— Ah. Je suis blessé, dans la partie charnue derrière le genou. A quoi reconnaît-on qu'on a la gangrène ? J'ai entendu dire...

Oh mon Dieu, fiston, à quoi la reconnaît-on ? A la puanteur, à la douleur. La douleur qui suffirait à vous faire traverser le plafond s'il y avait un plafond.

— Ne vous en faites pas, vous ne l'avez pas. Vous le sauriez si vous l'aviez.

— Je sais que je ne l'ai pas encore. Mais est-ce que je vais l'attraper ?

— Oh, je ne crois pas. Vous avez la jeunesse de votre côté, vous savez.

Un mensonge ne peut pas faire de mal et fait même parfois provisoirement un peu de bien.

— On vit vieux dans ma famille. Mon grand-père est mort à quatre-vingt-dix-huit ans. C'est plutôt bon, ça.

— Excellent, oui. C'est l'hérédité qui compte.

— Dites, docteur, à combien estimez-vous nos chances ?

— De quoi ? De sortir d'ici ?

— Ouais. Qu'en pensez-vous ?

— Oh, je les crois bonnes. La guerre ne peut plus durer très longtemps.

— Bon Dieu quelle chaleur ! Comment les gens font-ils pour vivre par ici ?

— Ils y arrivent.

Ils vivent dans des cabanes sous les arbres et dorment à l'ombre dans des hamacs. Ou encore dans de hautes pièces donnant sur des terrasses en s'éventant avec des palmes et en buvant des boissons glacées.

— Je suis du New Hampshire. Nos étés sont chauds mais là...

Sa voix s'éteignit puis reprit brusquement.

— Ma jambe me fait un mal de chien.

— Alors ne parlez pas. Ça vous épuise. Elle cicatrisera mieux si vous essayez de dormir.

— Merci, docteur, je vais essayer.

Et voilà que le vent, si l'on peut l'appeler ainsi, un vent brûlant comme celui qui vous frappe au visage quand vous ouvrez un four où la viande est en train de rôtir, tourna brusquement, balayant sur le camp l'air fétide venu d'un coin dans lequel un homme avait vomi ou fait sous lui une fois de plus. C'était une puanteur si nauséabonde, si différente de la forte senteur des champs enfumés recuits par le soleil, que le contenu de l'estomac remontait à la gorge.

Et quel contenu ? Un peu de pain moisi, un peu d'eau grasse.

Nous sommes en train de mourir de faim, songea David. Il remua ses dents du bout de la langue. Il en avait déjà perdu trois. S'il avait eu des citrons, il n'était peut-être pas encore trop tard pour sauver les autres. Ou des limettes. Sa langue passait au-dessus de ses gencives, éprouvant la délicieuse acidité humide des citrons ou des limettes.

Un homme hurla :

— Merde ! Oh ma chérie...

— Ta gueule ! Ta gueule, le dingue !

— Oh ma chérie !

Ils avaient peut-être de la chance, ceux qui perdaient la tête. C'était une bonne façon de se croire ailleurs, d'éviter de se fabriquer d'horribles souvenirs.

Jusque-là, l'esprit de David avait conservé toute sa netteté.

Et peut-être même une acuité anormale. Il s'inquiétait en remarquant un pou qui rampait sur l'épaule de son voisin de droite. Cet autre homme qui se levait avait une tache de sueur sombre sur sa chemise loqueteuse. La tache affectait la forme d'un poisson. Voici les nageoires, voici la queue, qui s'incurve quand l'homme se penche. Etait-il normal de remarquer des choses pareilles ? Etait-ce le signe qu'il commençait à perdre l'esprit ? D'une heure à l'autre, il pouvait se mettre à délirer et à voir des choses qui n'existaient pas.

Ce pauvre type à l'hôpital cette fois-là. Je me rappelle. L'aumônier a essayé de le convertir avant sa mort. Avec les meilleures intentions du monde. Mais ça n'a pas marché. Si je meurs, j'aimerais qu'un aumônier juif puisse dire le Kaddish sur mon corps. Il n'y en a jamais assez. C'est moi qui ai dû le faire pour tant de morts juifs. Je crois que je suis en train de mourir. Je ne tiendrai plus très longtemps comme ça. Si crasseux que je me dégoûte moi-même.

Par-dessus le bourdonnement et le murmure de souffrance, lui parvinrent des voix, qui sans être fortes étaient incisives, claires et proches.

— D'accord mais le Dr Joseph Jones, de nos services de santé, a parlé le mois dernier encore des conditions qui règnent ici.

Sur sa gauche, New Hampshire chuchota :

— Inspection. Pour le bien que ça fera.

Au prix d'un gigantesque effort, David souleva la tête de quelques centimètres. Deux officiers en uniforme gris et un civil étaient debout à quelques mètres. Le civil, blond, portait un costume de belle étoffe sombre. Il y avait encore des gens qui s'habillaient ainsi, et qui étaient propres. Il s'enquit de la quantité de prisonniers.

— Environ trente mille, répliqua le plus vieux des deux officiers.

— Bien. Je vous remercie de votre invitation. Je ne faisais que passer pour affaires... j'étais curieux... n'empêche, c'est tout à fait horrible... je regrette d'être venu.

La voix, apportée par le vent brûlant, trahissait un trouble profond.

— Certes, un camp de prisonniers n'est pas un endroit agréable.

Et l'homme au beau costume répéta :

— Oui, je regrette vraiment d'être venu.

Il y avait quelque chose de familier dans cette voix de sudiste. Quelque chose qui remontait très loin. Une grâce, une aisance... Sylvain ? Non, non, tu l'as tué, imbécile !

— Cette chaleur est mortelle, dit l'homme qui n'était pas Sylvain.

— Mais dans leurs camps à eux, répondit l'officier, nos hommes gèlent dans des chariots sans bâche, sous la neige, vêtus de cotonnades adaptées au climat de La Nouvelle-Orléans.

La Nouvelle-Orléans ! Si ce n'était pas Sylvain, alors quelqu'un d'autre ! Quelqu'un que je n'aimais pas. Et pourquoi ? Ah oui je sais, je sais. Il dansait — quelque part. Il dansait — où était-ce ? Et il y avait Gabriel, et ma sœur. J'ai toujours pensé que Gabriel était amoureux d'elle, ou à moitié amoureux. Il doit être mort maintenant. Et elle doit être morte. Et nous tous, nous sommes morts ou nous le serons bientôt. Mais cet homme, qui était-ce ? Où était-ce ?

Et levant le bras, il se débattit, se leva et commença à se traîner, tirant sur la couverture de telle sorte que les quatre bouts de bois de l'abri s'effondrèrent sur la jambe blessée du garçon du New Hampshire. Au cri que poussa celui-ci, les trois hommes, les officiers et le civil, se tournèrent dans cette direction.

— Regardez-moi, voulut dire David. Je ne suis pas fou, je sais que j'ai la bouche en sang, je suis seulement crasseux, je suis dégoûtant, mais regardez-moi.

Au lieu de quoi, il s'entendit crier :

— Raphael, David Raphael !

Sur l'intelligent visage du civil blond, il vit l'étonnement. L'homme fit un pas en avant, ouvrit la bouche pour parler et fut violemment tiré en arrière.

— C'est interdit, dit l'officier. Je regrette, mais c'est absolument interdit.

Les trois hommes s'éloignèrent à la hâte.

David s'était mis à sangloter, criant sans cesse :

— David, David Raphael, vous savez bien. *Kennst du mich nicht ? Kennst...*

Il savait bien qu'il délirait.

29

Ferdinand avait beaucoup insisté pour accompagner Miriam.

— Le magasin est à dix-huit kilomètres d'ici, avait-il objecté. Et je doute qu'ils aient grand-chose, de toute manière.

Elle avait répondu avec fermeté :

— Nous avons besoin de tout ce qu'ils peuvent avoir puisque nous n'avons rien. Du fil. Avec un peu de chance, du tissu. Nous n'en avons pas le moindre morceau pour faire des bandages. Et de la quinine. Cette pauvre Fanny a attrapé une mauvaise fièvre, je crois.

— Jamais vous ne trouverez de quinine, affirma positivement Emma. Elle vaut son pesant d'or aujourd'hui.

Miriam ne dit pas qu'elle possédait encore les quelques pièces d'or cousues dans sa robe. Elle dit seulement :

— Nous essaierons. Allez papa, si tu viens, allons-y.

Les ornières creusées par le passage des armées qui s'étaient succédé sur la route étaient si profondes que le cheval zigzaguait ; ses sabots collaient à la boue née des pluies d'automne. Dans un fossé, la carcasse d'une mule était livrée aux busards dont les têtes noires déplumées et ridées s'enfonçaient voracement dans la chair morte. Dans de mornes étendues de campagne désertée, il ne restait plus un être vivant, homme ou animal. Les mauvaises herbes avaient envahi les champs. Le maïs piétiné pourrissait. Çà et là seulement, se dressait une maison qui avait eu comme Beau-Jardin la chance d'échapper aux destructions.

Le spectacle de ruine et de désolation faisait taire le père. De même que le moindre bruit semble surnaturel dans une maison vide et plongée dans l'obscurité, il eût paru déplacé dans ce paysage vide et gris. Miriam jeta un coup d'œil au pistolet de Ferdinand, qui était posé entre eux sur le siège. Elle avait objecté mais c'était sans doute lui qui avait eu raison de le prendre.

— Ça ne doit plus être très loin, dit-il enfin.

— Encore un ou deux kilomètres après la colline qui se dresse au carrefour. Dans mon souvenir, il avait un bon stock.

Ses doigts tâtaient machinalement le renflement que faisaient les six pièces cousues dans sa ceinture et qui lui semblaient receler de riches possibilités.

— L'endroit semble désert, dit Ferdinand.

Au pied d'une descente, se dressait une petite bâtisse de planches brutes, entourée d'une cour et d'un ou deux appentis. Le cheval, soulagé dans son effort, passa au petit trot dans la descente et entra dans la cour. Ici encore régnait un lourd silence, comme si le paysage avait été prisonnier sous une cloche. Personne en vue. La porte était grande ouverte.

Ferdinand se contraignit à lancer un salut.

— Il n'y a personne ? Il y a quelqu'un ?

De gros moutons de poussière grise couraient sur le plancher. Toutes les étagères, tous les comptoirs étaient nus et vides. Pas une boîte, pas un bout de ficelle, pas un morceau de papier ne subsistait pour indiquer que ces étagères et ces comptoirs avaient naguère été chargés de marchandises.

— Il est parti, dit Miriam inconsolable. Il a abandonné, ou alors il est parti s'engager dans l'armée.

Soudain, ils entendirent crier et caqueter dans la cour. Aussitôt en alerte, ils se tournèrent pour apercevoir un jeune chien qui poursuivait une poule décharnée, laquelle, bondissant, battant des ailes, parvint juste à temps à trouver un perchoir hors de portée de son persécuteur.

— Il y a forcément quelqu'un, dit Ferdinand.

Au coin de l'appentis apparut alors un petit bonhomme, aussi maigre que la poule, et auquel on ne pouvait donner aucun âge. Otant sa casquette devant Miriam, il parla avec un fort accent écossais.

— Vous aviez besoin d'queque chose, pas vrai ?

— Oh, répondit-elle d'une voix pleine de regret, nous avions besoin de tout. De tout et de n'importe quoi.

— Ils m'ont nettoyé. Non pas que j'aie eu énormément de choses, d'ailleurs, et ce n'étaient pas les troupes de l'Union non plus. Des paysans d'ici, des pauvres blancs, des femmes. Je n'aurais pas cru que des femmes pouvaient être si — sauf vot'respect, madame — aussi sauvages. Elles étaient armées.

Les yeux enfoncés dans les orbites faisaient deux trous noirs dans le visage barbouillé et hirsute. On voyait bien que l'homme n'avait encore parlé à aucun être humain de la catastrophe qu'il avait subie. Il avait besoin de s'exprimer. Par compassion, par courtoisie, devant la force de ce besoin, ils l'écoutèrent jusqu'au bout.

— Elles disaient des choses imbéciles. Que la pénurie c'était ma faute ! Que j'avais caché des marchandises en attendant que les prix montent ! Si ça se trouve, vous le pensez aussi !

— Non, dit Miriam.

Et puis, pour saisir la plus petite chance, si par extraordinaire cette créature frénétique avait effectivement caché quelque chose, elle ajouta :

— Pourtant, nous avons de l'or pour payer.

— Tenez, vous voyez bien ! Vous aussi, vous le croyez ! Mais je n'ai rien ! Rien, je vous dis ! Tout le monde sait que le Sud n'a jamais eu de produits manufacturés, tout venait du Nord. Comment voulez-vous que j'aie du tissu, du fil, des médicaments ! Où irais-je les chercher, dans ce trou perdu au milieu de rien ? Une chance qu'elles ne m'aient pas tué ou incendié la maison.

Ferdinand dit d'une voix apaisante :

— Bien sûr, bien sûr.

— Nous sommes venus de Caroline du Nord. Je suis Ecossais mais ma femme était née là-bas. Elle avait des rhumatismes et n'arrivait plus à supporter les hivers, alors nous sommes venus ici mais voilà qu'elle a attrapé les fièvres et qu'elle est morte. L'an dernier qu'elle est morte. Et me v'là moi, me v'là.

La voix se brisa et les bras s'élevèrent vers le ciel gris et indifférent.

— Ces sales petits blancs ! Entre eux et les bandes de nègres pillards, on n'a que l'embarras du choix..., ils m'ont attaqué aussi, moi qui n'ai jamais possédé un esclave de ma vie ! J'avais tout juste de quoi nous nourrir. Me nourrir.

Aussi délicatement qu'ils purent, ils battirent en retraite, poursuivis par sa voix qui les accompagna jusqu'à mi-chemin sur la colline.

— Nettoyé, que je suis ! Tout, ils ont pris, tout !

Après cet épisode, le silence qui régna pendant le trajet du retour semblait chargé de menaces. Le cheval fatigué avançait lentement. Ferdinand tenait les rênes d'une main, tandis que l'autre reposait près de l'éclat mat du pistolet, sur le siège.

A un moment, il regarda Miriam et tenta piteusement de jouer la bonne humeur.

— Ça fait bien longtemps que je n'ai pas tenu de rênes entre les mains. Cela me rappelle le bon vieux temps ; seulement, en ce temps-là, mon chariot était plein et je n'avais peur de rien.

Miriam ne trouva rien à répondre. Son regard vif, en alerte, fouillait les rideaux d'arbres. Puis la route devant eux et parfois même derrière, quand elle tournait la tête.

Une demeure incendiée apparut au bout d'une longue allée de marronniers. Ses deux cheminées faisaient comme deux géants décharnés dans le lointain, apparition menaçante au milieu de toute cette désolation.

— La maison des Johnson Hicks, dit Ferdinand, constatant l'évidence.

— Nous les avons vus passer devant chez nous un matin. Je me demande où ils sont allés.

— Je n'en ai pas la moindre idée.

Le silence épaississait comme un brouillard. La piste devenant sablonneuse, on entendait à peine les sabots du cheval. Oppressés par ce silence, tendus, ils accompagnaient sans le savoir les mouvements du cheval en se penchant en avant comme pour arriver plus vite.

Des broussailles surgit une femme qui se précipita au milieu de la route. Le cheval hennit de terreur comme s'il avait vu un serpent, mais avant qu'il ait pu prendre le galop, la femme saisit prestement son mors et le contraignit à s'arrêter. Elle abaissa une carabine sur Ferdinand et Miriam. Ferdinand se leva.

— Que diable voulez-vous ? s'écria-t-il.

— Qu'est-ce que tu crois, pépère ? De l'argent.

Ferdinand cherchait le pistolet à tâtons. Il n'avait jamais tiré un coup de feu de sa vie et Miriam encore moins si c'était possible. Ils n'étaient pas de taille. Miriam fit glisser le pistolet hors d'atteinte.

Ferdinand, comme s'il ne prenait pas la menace au sérieux, éclata en imprécations :

— Entre les petits blancs et les bandes de nègres, les citoyens comme il faut ne sont même plus en sécurité sur les routes, moi je...

Miriam l'interrompit en criant :

— Papa ! Non !

Puis elle baissa la voix, s'efforçant d'en maîtriser le tremblement.

— Nous n'avons pas d'argent. Nous en voudrions, nous aussi.

La femme s'approcha. Le fusil était comme le prolongement de son bras maigre et de sa manche en lambeaux. Les trois se soulevaient et tremblaient à l'unisson.

Miriam sentit son cœur cogner sous ses côtes.

— Vous me feriez plaisir en ne pointant pas cette chose contre nous. Si vous nous tuez, vous n'aurez certainement rien.

— Vous êtes allés chez l'Ecossais. Vous devez avoir de l'argent.

— Nous sommes passés devant le magasin. Il était vide. Aussi vide que notre maison.

Sous la coiffe, le visage était jeune, encore que hâve et édenté. Les yeux bleus étaient fous.

— Je vous connais, dit Miriam qui venait de la reconnaître. Vous veniez à la maison chercher à manger avant la guerre, quand mon mari était vivant. Nous ne vous avons jamais rien refusé.

— Encore heureux. Vous aviez plus qu'y n'vous fallait.

— C'est vrai. Mais ça n'est certainement plus le cas maintenant. Entre les deux armées, nous avons absolument tout perdu.

416

— Il était temps qu'ça vous arrive. Ça vous servira de leçon. Vous et vos sales nègres, qu'empêchent nos braves hommes de trouver d'l'ouvrage. Vous et vos enfants « d'lusque » qu'ont jamais connu la faim.

Et Miriam se demanda, devant cette femme qui n'était probablement pas plus vieille qu'elle, et qui se tenait là, désespérée, brandissant son fusil, de quoi les femmes comme elle-même pouvaient bien avoir l'air au temps de leur splendeur, dans leurs voitures avec cocher et laquais à livrée tenant délicatement, non pas un fusil, mais une ombrelle de dentelle.

— Vous avez peut-être raison et cela nous servira de leçon, dit-elle. Mais ce n'est pas en me tuant que vous allez nourrir vos enfants.

Le fusil s'abaissa. Non loin dans les marais, ses enfants chafouins, vêtus de loques, devaient se dissimuler avec leur père, fuyant la sécheresse brûlante du Sud.

Les petits yeux suspicieux et fous fouillaient la carriole vide.

— En vous tuant, p't'êt ben. Mais en brûlant vot'maison, on vous contraindrait p'têt' à sortir ce que vous y cachez.

Il ne faut pas qu'elle trouve ces pièces, songea Miriam. Je dois les conserver à tout prix. Si je les perds, je n'aurai absolument plus rien.

— Ecoutez, dit-elle, vous croyez que j'ai envie que vos petits meurent de faim ? Je suis une femme et une mère. Si vous voulez des pommes de terre et de la farine, venez chez nous, venez en paix et je vous en donnerai.

Une bouffée de courage raffermit sa voix et sa posture.

— Mais je vous avertis que si vous venez pour voler ou pour brûler, je dénoncerai votre mari et tous ses amis aux autorités confédérées. Et si vous envoyez vos hommes pour voler ou brûler, je les ferai abattre. Vous comprenez ?

— Je viendrai ce soir. Et pas d'coups en douce, hein ? Si des fois je rentrais pas tranquillement, mon ma... y en a d'autres qui s'occuperaient d'vous le faire payer.

La femme regagna l'abri des broussailles qui se refermèrent sans garder la moindre trace de son passage. Ferdinand voulut fouetter le cheval pour lui faire prendre le galop.

— Non, papa. Ralentis, marchons au pas, au contraire. Ne montrons surtout pas que nous avons peur. C'est ce que nous pourrions faire de pire.

Quand ils atteignirent l'allée qui menait à leur maison, le courage passager de Miriam l'avait abandonnée et elle tremblait de tous ses membres.

Un demi-cercle de visages impatients les attendait dans la maison.

— Nous ne rapportons rien. Le patron du magasin n'avait rien.

— Oh, je suis bien persuadée que si ! se récria amèrement Eulalie sous le coup de la déception. Vous ne lui avez propablement pas offert assez. Ils tiennent toujours leur marchandise cachée, ces gens-là. Je les connais. C'est toujours pareil.

Miriam était à bout de nerfs, elle hurla presque :

— Qui connaissez-vous ? Qui sont ces gens-là ?

— Faut-il vraiment que nous ayons cette discussion ? répliqua Eulalie, détachant chaque mot comme si elle avait coupé un pain en tranches minces.

Miriam la suivit hors de la pièce, la rattrapa dans l'entrée et lui agrippa le coude.

— Oui, je crois qu'il faut vraiment que nous ayons cette discussion. Ici, tout de suite. Sur-le-champ. Je sais évidemment ce que vous avez voulu dire. Vous parliez des juifs.

— Ma foi, si c'était des juifs que je parlais, je ne serais pas la seule de mon avis.

Miriam était presque hors d'haleine. Elle avait un goût de sang dans la bouche.

— Pour votre gouverne, Eulalie, apprenez que l'homme est Ecossais. Et maintenant écoutez-moi. Nous ne pouvons pas continuer ainsi. Nous sommes toutes les deux ici et nous ne pouvons aller nulle part ailleurs. J'ai un fils et une fille, pour ne rien dire de mon père et de votre mère, qui ne sont bons à rien ni l'un ni l'autre.

Et comme Eulalie, sous le coup de l'étonnement, ouvrait la bouche pour répondre, elle ne lui en laissa pas le temps.

— Quoi ! C'est la vérité, n'est-ce pas ? Je les aime beaucoup mais ils sont incapables de faire quoi que ce soit. Les faits sont les faits, et c'est le moment ou jamais de les voir en face. Alors, voyez-vous, il y a beaucoup à faire ici et ce serait plus facile à faire si nous gardions nos sentiments pour nous. Je ne vous aime pas et vous ne m'aimez pas. Vous méprisez les juifs et vous êtes choquée de ce que vous appelez mon péché.

— Oh, seigneur mon Dieu, intervint Emma en larmes depuis le seuil. Quelle horreur, tout s'écroule ! Je ne sais pas ce que tu peux bien avoir dit, Eulalie, mais c'est affreux. Tout est affreux. J'ai essayé, Dieu m'est témoin que j'ai essayé de supporter un coup après l'autre. Mais il n'y aura donc pas de fin ? Ne pouvons-nous au moins tenter de vivre en paix ? Ah, jamais je n'aurais cru vivre des temps pareils.

Pauvre Emma ! Pour elle, il était trop tard. Elle était trop vieille. Ses meilleures années étaient derrière elle, vécues dans un jardin ensoleillé.

— Ne vous en faites pas, tante Emma, dit Miriam en tapotant ses épaules agitées de sanglots. Ce ne sont que des paroles. Nous sommes toutes à bout de nerfs. Je sais que je le suis, en tout cas, et ce n'est pas étonnant. Nous avons eu une journée horrible. Mais tout va bien. Je vais sortir un moment pour aller voir Simeon dans la grange.

Quand elle revint, Eulalie était dans la salle à manger, occupée à découper le tapis avec une paire de longs ciseaux. Pélagie était horrifiée.

— Un Aubusson ! Le bel Aubusson d'Eugene découpé pour faire des couvertures ! Mais à quoi pensez-vous donc ?

— Eulalie a raison, dit calmement Miriam. Les nuits sont très froides et nous n'avons pas de couvertures.

Elle avait déjà quitté la pièce quand Eulalie parla sans la regarder.

— Fanny, votre bonne. Vous la disiez malade. J'ai là une tisane de racines de ronciers qui pourrait lui faire du bien.

— Comme c'est gentil à vous, Eulalie, je vous remercie.

— Eulalie, cria Emma. Tu n'as pas oublié de donner sa lettre à Miriam ?

— Si, j'avais oublié. Je l'ai ici.

Et Eulalie tira une enveloppe de sa poche.

— Un cavalier l'a apportée pendant que tu n'étais pas là ce matin, dit Emma. J'espère que ce ne sont pas de mauvaises nouvelles.

Deux feuillets craquants froufroutaient entre les mains de Miriam.

— C'est d'André, de monsieur Perrin...

Le choc des premières lignes la réduisit aussitôt au silence.

« Chère Miriam,

« Je ne veux pas vous effrayer mais je dois aller droit au but. Votre frère est dans un camp de prisonniers. D'une manière parfaitement extraordinaire, parmi les milliers et milliers d'hommes qui sont là, je l'ai aperçu. »

— Oh, appelez papa. Papa, où es-tu ? Ecoute ! Il dit que David est terriblement malade... oh mon Dieu, désespérément malade...

Elle reprit sa lecture à haute voix.

« Mais j'espère qu'à l'heure où vous lirez cette lettre il sera en route pour le Nord dans le cadre d'un échange de prisonniers. C'est très difficile à organiser, mais j'ai reçu des promesses... »

— Papa ! Tu te rends compte ! André — Monsieur Perrin — a probablement réussi à faire sortir David pour l'envoyer dans un hôpital militaire, à Washington. Oh Dieu le bénisse ! Dieu bénisse sa bonté !

Ferdinand semblait n'avoir pas entendu. Son visage pâle paraissait presque vert et il déglutissait comme s'il avait un gros morceau d'aliment coincé dans la gorge.

— Il était en Georgie. Cette épouvantable prison de Georgie.

Ses yeux revinrent à la lettre, un passage qu'elle lut en silence.

« Je vais quitter le pays pour affaire personnelle. (Quelle affaire ? Un divorce ?) Je serai assez longtemps absent. Je préfère ne pas te dire de quoi il s'agit sinon que quand je reviendrai te le dire, il y aura un sourire sur ton visage. Ton sourire est si adorable ! Mais, sans que ce soit ta faute, il a été beaucoup trop rare. Ma foi, j'entends m'occuper de cela. Nous danserons de nouveau, tu porteras une robe de bal, tu riras et je t'aimerai... »

Elle ressentait le charme, la promesse de ces jolis mots pleins d'espoir. Mais il lui fallait en savoir plus à propos de David et sautant à la fin elle lut à haute voix :

« Mes amis, les Douglas Hammond, de Richmond, vous aideront et seront informés à propos de votre frère. »

Elle posa la lettre.

— Papa, il va falloir que j'y aille. Il faut que j'aille là-bas.

— C'est impossible ! Tu ne peux pas ! C'est dangereux, il faudra des semaines, un mois.

— Je m'en moque. Je vais à Richmond. Et de là à Washington, si David y est vraiment. Je ne sais pas comment je vais y aller mais j'y vais. Dieu sait dans quel état je vais le trouver !

— Maman, n'y va pas, implora Angelique.

Comme son visage était maigre et pâle !

— Tu as peur qu'il m'arrive quelque chose, dit gentiment Miriam. Mais il ne m'arrivera rien. Je serai très prudente, je te le promets.

Eugene corrigea sa mère.

— Tu ne peux pas promettre. Comment empêcherais-tu une balle de frapper ou...

— Je sais, je sais. Mais dis-moi, Eugene, si, ce qu'à Dieu ne plaise, c'était Angelique qui était seule et malade quelque part, n'irais-tu pas la rejoindre ? Et vice versa ? Alors, vous voyez, tous les deux. C'est la même chose. David et moi...

La voix de Miriam trembla.

Elle regarda ses deux enfants solennels et terrifiés, encore assez jeunes pour avoir besoin d'une mère. Puis elle songea à David, couché là-bas, quelque part, s'il était encore vivant.

— Il s'est occupé de moi, dit-elle, depuis ma naissance. Ce n'était qu'un petit garçon mais il était si vieux pour son âge. Il a vu mourir notre mère, je vous ai raconté comment cela s'est passé, comment les pillards et les tueurs de l'université nous avaient agressés ! Toujours la violence, la violence et la guerre !

C'était maintenant son tour à elle d'implorer.

— Vous voulez bien essayer de comprendre, s'il vous plaît ? Essayer de comprendre pourquoi il faut que j'y aille ?

Ferdinand s'éclaircit de nouveau la gorge. Eugene posa la main sur l'épaule d'Angelique, geste touchant par lequel il signifiait à sa mère qu'elle pouvait compter sur lui.

Un profond silence s'était installé dans la pièce. Ravagée et inconfortable qu'elle était devenue, la maison n'en était pas moins leur foyer. Partout où seraient son fils et sa fille, ce serait un foyer. Elle n'avait pas envie de le quitter, pas envie d'entreprendre un long et dur voyage. Et pourtant, elle savait que rien ni personne ne pourrait l'empêcher de partir.

Ce fut au tour de Rosa de briser le silence.

— Essaieras-tu d'apprendre quelque chose à propos de mon Henry et de Gabriel, si cela t'est possible ?

— Et de mes fils ? ajouta Pélagie.

— Comment allons-nous mener cette maison pendant ton absence, se plaignit Emma.

— Il faudra vous débrouiller. Vous le pouvez. Il le faudra bien.

Lentement, le train roulait vers le nord-est, s'enfonçant dans l'hiver. Cahotant sur des voies mal entretenues et des ponts de fortune, ils progressaient d'une quinzaine de kilomètres à l'heure. De temps à autre, il s'immobilisait au milieu d'un paysage désolé, assailli par une pluie féroce et glacée, et les yeux de Miriam, injectés de sang et blessés par les escarbilles qui pénétraient par les fenêtres brisées, pouvaient observer la vie de la campagne ; chariots lourdement chargés, mules piétinant dans la boue jusqu'au ventre, familles de fermiers assises au sommet de l'entassement de leur pauvre mobilier, la mère berçant un bébé, la plus jeune fille serrant sur son cœur un chat terrifié.

Les femmes, toujours les femmes, songea-t-elle. Combien y aura-t-il de veuves quand cette guerre sera finie ?

Elle poussa un soupir et murmura :

— On irait presque plus vite à pied jusqu'à Richmond.

Puis elle se recroquevilla dans le froid et s'enfonça plus profondément entre les plis de son châle.

Un vieux et une vieille, qui avaient fait connaissance dans le train, s'étaient lancés dans une conversation. Le vieillard lâchait des bribes d'informations.

— Regardez-moi ces vaches à demi mortes de faim ! Je pense qu'elles seront la dernière viande que l'armée aura à se mettre sous la dent. Je me suis laissé dire que les troupes ne recevaient plus qu'une ration de pain par jour.

La femme, qui portait un voile de veuve, gloussa pour la dixième fois d'un petit gloussement effaré.

— Il paraît, poursuivit l'homme, que le cabinet de Richmond envisage de fondre certaines de ses locomotives pour faire des canons.

La vieille cessa de glousser, apparemment trop découragée par cette sinistre énumération pour continuer à réagir. Penchée en travers du couloir, elle attira l'attention de Miriam au moment même où le train, dans un sursaut épouvantable, se remettait en mouvement.

— Vous allez jusqu'à Richmond ?

Et comme Miriam faisait signe que oui, elle poursuivit :

— On me dit que la ville est totalement surpeuplée. Impossible d'y trouver un toit. La chambre la plus miteuse coûte plus cher qu'une nuit dans un palace.

— J'ai des amis qui me recevront — des amis d'amis, devrais-je dire.

— Tant mieux pour vous, vous avez de la chance, alors. C'est terrible, ma cousine m'a écrit que les gens échangeaient leurs objets de valeur, leurs alliances, n'importe quoi, dans la rue, contre du riz ou des pois chiches.

Et comme le vieillard qu'elle avait cessé d'écouter, elle se mit à son tour à égrener sa propre litanie.

— Ma cousine dit que les œufs valent cinq dollars la douzaine quand on en trouve. Et le beurre cinq dollars la livre. Pour nous autres à la ferme, ça n'a pas été aussi dur. Je me suis arrangée pour garder quelques poules, alors au moins nous avons eu des œufs. Mais des médicaments, ça, non. Ma cousine dit que la quinine vaut cent cinquante dollars l'once. Son bébé est mort parce qu'elle ne pouvait pas s'en procurer. C'est atroce, moi, voilà ce que je dis. Atroce.

Miriam hocha encore du chef puis tournant la tête vers la vitre, les yeux mi-clos, fit semblant d'avoir envie de dormir. Le paysage, lavé de pluie et piqué d'arbres décharnés qui tordaient vers le ciel gris fer leurs membres noirs et nus, n'était pas aussi sinistre que les conversations à l'intérieur du wagon.

— Vous devez être gelée, ma pauvre chérie, dit Mme Hammond. Vous savez que c'est l'hiver le plus froid de notre histoire.

Une joyeuse flambée crépitait dans la chambre d'amis. Assise près de l'âtre dans un grand fauteuil, Miriam tendait ses mains bleuies vers la chaleur.

Malgré la gracieuse hospitalité que lui manifestaient ces inconnus, elle était toute raide, tant elle était gênée. Sa robe de voyage, déjà usée au départ, était maintenant tachée et froissée au-delà de toute décence. Jadis, elle ne l'eût pas considérée assez bonne pour la donner à une domestique. Elle se rappelait les piles de vêtements encore excellents que l'on récupérait pour les donner aux domestiques dans la maison de son père et, par la suite, dans la sienne. Son esprit se reporta au temps lointain de ces maisons, quand un feu brûlait dans chaque chambre, que l'argenterie était faite toutes les semaines et que les rideaux étaient damasquinés d'or.

Puis elle se reporta plus loin encore en arrière, dans le piètre foyer de son enfance.

Mais elle se contraignit à revenir dans le présent et à faire face à son hôtesse qui attendait une réponse.

— Quelle maison délicieuse que la vôtre, madame Hammond ! Et comme vous êtes gentille de consentir à m'y recevoir.

— Mais voyons, c'est un plaisir de vous avoir avec nous ! M. Perrin nous a beaucoup parlé de vous. Il nous a dit que vous étiez charmante et je vois qu'il n'a nullement exagéré.

— J'ai bien peur de n'être pas charmante aujourd'hui. Je me sens affreuse, carrément imprésentable.

— Mais pas du tout, voyons, vous arrivez de loin, dans des conditions épouvantables, voilà tout. Je suis sûre que vous voudrez prendre un bain chaud avant le dîner.

— Ce serait merveilleux.

Miriam hésita.

— Vous vous habillez pour le dîner ?

Quelle sotte question ! Dans une telle maison, c'était une évidence.

— D'autant plus que ce soir, nous fêtons l'anniversaire de mon mari. Avec un petit groupe de vieux amis.

Mme Hammond soupira.

— Un bien petit groupe, hélas ! Car tant de nos hommes sont au loin. Mais je vous en prie, ma chère, ne soyez pas timide, je comprends fort bien que vous n'ayez pu apporter de robes du soir. Accepteriez-vous que je vous en prête une ?

— Si je veux être présentable ce soir, il me faut accepter, je vous remercie.

— Mais bien sûr ! Nous sommes à peu près de la même taille. Je vais vous envoyer ma bonne Lettie avec de l'eau chaude et une robe. Montrez-moi vos pieds. Oui, et des escarpins. Si jamais ils sont un peu trop grands pour vous, je suis sûre que personne ne le remarquera.

Miriam laissa aller sa tête contre le dossier du fauteuil.

Laissée à elle-même, elle eût volontiers dormi aussitôt. La pièce était chaude et calme. Les lumières se reflétaient sur le pare-feu de cuivre et sur le cadre d'argent d'un portrait photographique. Elles faisaient reluire le parquet ciré et la grosse commode d'acajou. Les rideaux des fenêtres et du lit à baldaquin étaient taillés dans une belle étoffe rouge et blanc frappée d'un gai motif d'arbres, de daims bondissants et de castels fortifiés encadrés dans des médaillons de pampres entrelacés.

Ces images apaisantes l'occupaient encore quand la porte s'ouvrit, livrant passage à la femme de chambre qui apporta tour à tour l'eau chaude, un savon à la lavande, des serviettes chaudes et un peignoir.

— Mme Hammond m'a dit de vous coiffer, dit-elle quand Miriam se fut baignée. Une minute, je vous apporte votre robe.

Celle-ci, manifestement neuve ou presque, portait une étiquette française. Miriam caressa le velours vert bouteille et le corsage de dentelle blanche.

— Je ne savais pas qu'il y avait encore des gens qui portaient des robes de Paris, Lettie.

Lettie était occupée à brosser vigoureusement les cheveux de Miriam.

— Ben — toutes les dames d'ici portent des robes de Paris, dit-elle comme si c'était une évidence pour tout le monde.

— Je ne m'y attendais pas. On m'avait dit que la situation était épouvantable à Richmond.

— Attendez donc d'aller vous promener dans les rues. Vous verrez alors si c'est pas épouvantable. Les gens meurent de faim. Y brûlent leurs meubles pour se chauffer. Les plus pauvres, c'est les épouses de soldats, elles touchent la solde, mais les sous valent pus rien aujourd'hui. Rien du tout.

Voilà que les esclaves noires exprimaient leur sympathie pour les malheurs des petits blancs, maintenant. Décidément, c'était le monde à l'envers, tout était sens dessus dessous.

La salle à manger brillait de mille feux. Beaucoup de convives masculins étaient en uniforme. Les autres étaient en tenue de soirée et les femmes étaient magnifiques. Pleine de gratitude pour la robe de velours, Miriam songeait que jamais, même à l'opéra, elle n'avait encore vu tant de rivières et de parures de diamants. Mais peut-être avait-elle oublié. Cela faisait si longtemps...

Elle n'avait pas l'habitude de se trouver au milieu de tant d'inconnus. Non sans un certain humour, elle se compara à quelque paysanne lors de sa première visite à la grand-ville, bouche bée devant les grands immeubles, la circulation et les trottoirs encombrés par la foule. Pourtant, tout le monde se montrait amical, cherchant à lui manifester la courtoisie typique du Sud, s'enquérant de sa famille et des événements de Louisiane. Il y avait un mélange de jeunes et de vieux visages autour de la table, des visages ronds d'Irlandais, deux ou trois visages juifs, et beaucoup appartenaient aux meilleures familles de la ville. Ce qu'ils avaient tous en commun, c'était l'air éclatant de la bonne santé et de la richesse. Et Miriam ne cessait pas de s'en étonner. Dans cette haute salle éclairée *a giorno* par des centaines de bougies, avec le champagne qui rafraîchissait dans les seaux, les huîtres qui grillaient dans l'âtre, les cristaux, les nappes et les serviettes damassées, on aurait cru que la guerre n'existait pas.

Canard sauvage, dinde, entremets, desserts, sorbets et glaces, le tout servi et resservi sur des plats d'argent par des laquais en livrée.

— Mon Dieu ! fit remarquer une dame, le prix de la dinde ! Mais c'est affolant ! Trente dollars ! Ah, on aura tout vu !

— La dinde ! reprit quelqu'un, parlons-en — mais le champagne, alors ? J'ai dû le payer cent cinquante dollars la bouteille la semaine dernière ! Et Dieu seul sait ce qu'il coûtera la semaine prochaine !

— A ce propos, annonça l'hôte à la cantonade, je tiens à vous faire savoir que le champagne que nous buvons ce soir nous est offert à tous par notre ami. Par André Perrin, bien sûr. Ami généreux s'il en fut ! Et votre ami à vous aussi, madame, ajouta-t-il en s'inclinant devant Miriam.

Elle espéra que la rougeur qui lui monta aussitôt aux joues serait attribuée au feu dans l'âtre et à la boisson.

— C'est un excellent ami de ma famille, c'est vrai.

Et comme cette déclaration semblait n'éveiller nulle curiosité, elle s'enhardit.

— Il nous a écrit d'Europe. Je me demande quand il rentrera.

M. Hammond haussa les épaules.

— Nous l'ignorons toujours. Il ne le dit jamais et nous ne le lui demandons pas

Elle eut l'impression qu'elle venait de subir une remontrance. Peut-être absolument sans raison, mais c'était une impression très nette. Déconfite, elle se résigna au rôle d'auditrice silencieuse. Elle tenta d'isoler un quelconque fil commun dans la conversation qui battait son plein d'un bout à l'autre de la table. Ce qu'elle distingua fut un mélange de cynisme et de panache.

— Que pourrait bien faire un planteur ruiné par la guerre, je vous le demande ? Il ne sait faire qu'une chose : être planteur. Il n'a qu'à travailler, disent certains. Quel travail, si je puis me permettre ? En réalité, il n'a jamais travaillé de sa vie !

C'est vrai, ils ont oublié ce que c'était que le travail, songea Miriam. Et pourtant, leurs ancêtres travaillaient dur ! Elle se rappelait les récits de tante Emma concernant ses arrière-grands-parents, humbles fermiers sur la côte. Ils habitaient une cabane et possédaient quelques maigres arpents. Tel avait été le début, mais on en était séparé par plusieurs générations.

— On dit que la chambre de Virginie va sommer Davis et tout le cabinet de démissionner, à l'exception de Trenholm. C'est un scandale, vous savez. Les généraux télégraphient pour réclamer des renforts et de l'artillerie mais ils n'obtiennent rien de ce gouvernement.

— Ils n'obtiennent rien parce qu'il n'y a rien.

— Sornettes ! Je n'en crois rien. C'est ce que racontent les journaux, qui devraient renoncer à attaquer le gouvernement de la Confédération une fois pour toutes. Enfin, tout de même, ils apportent plus d'aide à l'ennemi que les journaux du Nord !

— Ils ne sont pas les seuls à apporter de l'aide à l'ennemi.

Cette sortie fut accueillie par des sourcils levés en signe de réprobation et, tout au bout de la table, par un petit rire entendu mais vite étouffé. Miriam se dit que l'un des membres de cette assemblée avait peut-être été pris la main dans le sac. On parlait de femmes de la plus haute société de Richmond qui travaillaient pour l'Union, peut-être l'une d'entre elles était-elle présente ce soir-là.

Soudain, elle ressentit terriblement sa fatigue et souhaita voir venir l'heure du coucher.

Sur sa gauche, un homme était en train de dire à un quelconque interlocuteur :

— Je me suis laissé dire qu'il faisait cinquante mille dollars par mois en forçant le blocus. Dans les débuts, en tout cas.

— Bah, il ne le fera plus très longtemps. C'est fini, tout ça. Fini les vins de France. Et tout ce qui vient d'Europe. Alors profitez-en, buvons !

— Je ne m'en fais guère. Nous nous procurerons ce dont nous aurons besoin à Baltimore, voilà tout.

Qui donc « faisait » cinquante mille dollars par mois ? Elle n'avait pas saisi le nom. Et c'était donc cela qui avait franchi le blocus ? Du champagne et des robes de velours — quand la quinine valait cent cinquante dollars la pincée ?

Ce fut au tour du voisin de droite de Miriam de s'adresser à son vis-à-vis.

— Bientôt, l'argent ne vaudra strictement rien du tout.

Et quelqu'un répondit :

— Autant le dépenser tout de suite !

On passa dans le salon de musique. Là, aux quatre murs, étaient accrochés les habituels miroirs au cadre doré, de sorte que l'on se voyait sous tous les angles. Miriam avait pâli. Sa roseur du début de la soirée avait disparu, laissant de grands cernes sombres sous ses yeux. Elle était perdue parmi ces gens joyeux et animés qui se regroupaient autour du piano et chantaient. On chanta *Annie Laurie, Listen to the Mockingbird* et *Juanita. My Maryland* fut salué par un tonnerre d'applaudissements, tout le monde s'étant levé. Miriam se leva comme les autres mais elle se sentait ailleurs. Elle dérivait dans les limbes, parmi les souvenirs en lambeaux, son père et son frère se mélangeant avec Eugene, Gabriel et André.

— Vous êtes bien songeuse, lui dit soudain son hôte, penché sur son fauteuil.

— Oui, je suis navrée. Je fais une bien pauvre convive. Je réfléchissais.

Elle hésitait, dans cette pièce, au milieu de ces gens, à parler de David qui servait dans les armées de l'Union. Mais n'était-ce pas la raison de sa présence à Richmond ? Cet homme le savait bien.

— Je pensais à mon frère.

— Mais c'est bien naturel. Je voulais vous en parler demain

428

matin mais puisque vous m'y faites penser, je puis vous le dire maintenant. Tout est arrangé. Vous pourrez aller le voir à l'hôpital militaire, à Washington. Votre laissez-passer devrait être prêt d'ici un jour ou deux.

Dans l'état de fragilité où elle était, cette sollicitude la toucha presque aux larmes.

— Comment, demanda-t-elle naïvement, comment avez-vous pu faire ce miracle pour moi ?

L'homme parut amusé.

— Chère madame, dit-il gentiment, rien n'est impossible à condition de connaître les gens bien placés. Et André Perrin connaît les gens bien placés. C'est lui qu'il vous faudra remercier, pas moi.

Ce qui frappa le plus Miriam, quand elle alla se promener par les rues le lendemain matin, fut la quantité de blessés qu'on y croisait. C'était une ville de blessés de guerre. On les voyait boitiller appuyés sur des béquilles. Ils avaient des bandages et des pansements ensanglantés sur les mains, les bras, les jambes, la tête, le visage. Des chariots les emportaient par les rues et venaient s'immobiliser dans la file d'attente devant St. Charles Hotel, jusqu'à ce qu'on ait trouvé un nouvel emplacement, à même le sol, pour loger le nouvel arrivage.

D'autres chariots emportaient les cercueils.

Une femme l'arrêta, mendiant une pièce pour acheter du lait.

— Je connais un endroit où ils m'en vendront, dit-elle. Ça fait une semaine qu'il n'y en avait plus et, de toute manière, j'avais pas les sous.

Miriam lui donna une pièce. Elle poursuivit son chemin. Le désespoir était suspendu dans l'air comme une brume, il en avait le contact poisseux. Deux gamins se battaient par terre pour un sac de pois secs qui se déversa sur le trottoir pendant qu'ils étaient aux prises. Un chat dont tous les os saillaient sous sa fourrure terne et galeuse se raidit et mourut sous ses yeux. Elle allait toujours.

Dans la vitrine d'un joaillier, elle vit une exposition de rubis : broches, bracelets et colliers sur des coussinets de velours noir. Attirée par leur éclat profond, elle demeura quelques instants devant la boutique, quand elle entendit glapir dans son dos :

— Houuu ! Quel éblouissement ! Mon chéri, tu as déjà vu des rubis comme ça, hein, aussi beaux ?

La fille s'accrochait au bras de l'officier. Une jolie fille, un bel homme qui avait facilement deux fois son âge. Ils avaient l'air sûrs d'eux. C'étaient sûrement des amants. Ils entrèrent dans la boutique.

Plus loin, Miriam vit une galerie qui exposait des paysages, un antiquaire qui vendait une cargaison de meubles et de bibelots français et une vitrine pleine de dentelles d'importation. Devant une librairie, elle s'arrêta. Il y avait si longtemps qu'elle n'avait pas acheté un livre ! Ç'avait été son luxe ou, plus précisément, son nécessaire. Et voilà qu'elle avait sous les yeux l'*Edinburgh Magazine* de Blackwood et, mais oui ! *Les misérables*, et en français, disponibles pour la première fois en Amérique ! Ses doigts cherchèrent les pièces d'or cousues dans sa robe. Elle en avait déjà moins, depuis le début du voyage. Mais tout de même assez pour un livre, se dit-elle. Et elle entra.

Les libraires sont généralement de vieux messieurs charmants, érudits et... portant lunettes. Celui-ci ne faisait pas exception. En le regardant emballer *Les misérables*, elle eut le sentiment de renouer avec un plaisir familier et le désir la prit d'engager la conversation.

— Dites-moi... je vois toutes ces boutiques merveilleuses, pleines de choses magnifiques et coûteuses. Et puis tous ces blessés et tous ces mendiants. On se demande...

Le vieil homme eut un rire amer.

— C'est le « pourquoi » que vous me demandez ? Pourquoi ? A mon tour de vous poser une question : fut-ce jamais différent au cours d'une quelconque guerre passée ?

— Je ne sais pas. Je n'ai pas assez de connaissances historiques pour répondre.

— Alors je vais répondre pour vous. Non, cela n'a jamais été différent.

— Pourquoi le permet-on ? Je viens de voir un homme acheter des rubis. Et une cargaison d'antiquités françaises vient juste d'arriver. C'est donc cela que les navires apportent ? Pas de vivres ? Pas de médicaments ?

— Oh, le Congrès a évidemment interdit l'importation des produits de luxe, mais ils entrent quand même. Il se trouve toujours des gens pour les faire entrer en fraude et plus de gens encore pour les acheter.

Lentement, Miriam reprit le chemin de la maison des Hammond en portant son livre. Soudain, elle en eut honte. La petite somme que le livre avait coûté aurait été mieux employée si elle l'avait donnée au premier gamin affamé qu'elle eût rencontré dans la rue. Et elle fut tenté d'aller le rendre mais se rappela que le gentil libraire n'avait pas l'air très riche non plus.

— Il y avait une merveilleuse pièce de théâtre, ce soir, *The Rivals*, dit Mme Hammond en accueillant Miriam qui rentrait. Ensuite, un souper chez les Lloyd. Ils ont une maison délicieuse ! Vous êtes évidemment invitée.

— Je vous remercie, dit Miriam, mais, cette fois, je vous prierai d'accepter mes regrets

— J'espère que ce n'est pas parce que vous vous faites encore du souci pour la robe ! Si c'est cela, je vous en prie, cela ne présente aucune difficulté, dit-elle avec générosité. Je puis mettre à votre disposition une robe de satin, une de taffetas, une autre de brocart, vous n'avez qu'à choisir.

— Non, non, vous êtes bien bonne. Mais c'est tout simplement que je suis très fatiguée. Epuisée, en fait.

— Je comprends. C'est ce voyage qui vous aura menée au bout de vos forces.

Mais ce n'était pas le voyage. Ce n'était pas le corps vigoureux et encore jeune qui avait été mis à rude épreuve, c'était plutôt l'esprit tourmenté.

Le lendemain vit arriver le laissez-passer. Elle le tourna et le retourna entre ses doigts, ce mince chiffon de papier miraculeux qui allait lui permettre de revoir David.

« La porteuse, Miriam Mendes, est autorisée par la présente à franchir nos lignes pour se rendre au Nord, puis à les franchir en sens inverse à son retour. »

C'était comme on disait : « Il suffit de connaître des gens bien placés. Et André les connaît. »

30

La perte de ses dents avait altéré les traits de David, lui conférant, sous certains angles, le visage hâve et creux d'un vieillard. Il était si maigre que ses joues avaient presque disparu et Miriam se dit, sans trop oser le dévisager de peur de lui révéler la pitié qu'il lui inspirait et le choc qu'il lui causait, que lorsqu'il était arrivé à l'hôpital, elles devaient êtres grises. Car un début de couleur lui revenait maintenant, ses yeux étaient clairs et ses forces, elle le vit bien, étaient en train de lui revenir lentement.

C'était une douce journée de dégel. Tous les bancs disposés sur la pelouse aérée de l'hôpital étaient occupés. Au-dessus du pâle gazon détrempé, la bannière étoilée pendait lamentable au bout de son mât. Des gouttes tombaient régulièrement des arbres comme un métronome et le soleil un peu faible était agréable, tombant comme bénédiction sur cette réunion.

— Tu te dis que j'ai l'air d'un squelette. J'aurais déjà bien meilleure allure avec des dents. J'aurais voulu que tu me voies il y a trois mois ! Non, je suis heureux que tu n'aies pas pu me voir.

Elle lui pressa la main.

— Et moi je suis heureuse que tu sois vivant.

— Oui — et penser que je dois la vie à André Perrin ! Un homme que je connaissais à peine ! Quand je l'ai vu, ce jour-là, tu sais, je suis sûr que j'avais la fièvre. Je ne savais plus trop ce qui était réel et ce que je rêvais. En même temps, j'avais bien l'impression que c'était réel. C'est difficile à décrire.

Et il fronça les sourcils sous l'effort de mémoire qu'il faisait.

— Oui, quand j'ai vu cet homme, j'ai su, j'ai aussitôt su que je l'avais déjà rencontré ! Il devait m'avoir fait une rude impression, cette première fois, tu ne penses pas ?

Et, perplexe, il secouait la tête.

— On voit passer tant de visages, l'espace d'une vie, pourquoi aurais-je dû me rappeler celui-là ?

Elle aurait pu répondre — mais ne le fit pas : parce que son visage est extraordinaire ; on se le rappelle comme l'éclat et le feu d'un diamant extraordinaire, aperçu au cou d'une inconnue. Parce qu'il est vif, ardent et ne se fatigue jamais...

Puis, toujours aussi perplexe, David insista :

— Pourquoi cet homme a-t-il consenti un tel effort en ma faveur ? Rien que pour moi ? C'est ce que je ne comprends pas...

Elle rougit. Elle s'irrita à l'idée qu'elle ne serait jamais capable de s'empêcher de rougir ainsi. Le regard aigu et curieux de David la troubla plus encore.

Enfin, elle se décida à murmurer :

— Tu n'es pas au courant pour André et moi.

— Oh, dit-il. Oh...

Et il détourna les yeux de Miriam pour regarder les autres bancs, les autres couples ; les autres ménages. Ils révélaient leurs joies et leurs peines — souvent aussi secrètes...

Puis il reporta son regard sur sa sœur, mais sur ses mains, cette fois, qu'elle serrait nerveusement sur ses genoux.

— C'était donc ça ! Evidemment, tu n'étais pas bien mariée... Pourtant, j'ai toujours eu le sentiment qu'il y avait aussi autre chose. Je t'ai même questionnée à ce propos plusieurs fois — tu te rappelles ? Mais tu as toujours refusé de me parler de cela.

— Tu m'en veux ?

— T'en vouloir ? Je n'ai aucun droit de décréter qui tu dois aimer ou haïr. Je ne le connais même pas, cet homme. Pour moi, c'est seulement l'homme qui m'a sauvé la vie. Que peut-on dire de quelqu'un à qui on doit la vie ? J'aimerais bien le voir en face, voilà tout.

Puis il leva les yeux en souriant, de ce sourire qu'elle connaissait si bien, à la fois doux, sagace et amusé.

— Dis-moi, à quoi ressemble-t-il ?

Pourquoi est-il si difficile de trouver des mots pour exprimer ce qui n'a pourtant cessé d'occuper votre esprit dans ses moindres recoins ? Elle ne put que balbutier :

— Il est... comme il est... il m'aime. Je suis... j'étais... heureuse avec lui.

Et à l'idée que David imaginait peut-être ce qu'elle avait voulu dire par « heureuse » — le lit dans la grande chambre blanche d'il y avait si longtemps —, elle rougit une fois encore et sentit ses joues la brûler.

— Parle-moi de lui, dit encore David.

Sa gentille insistance facilita un peu la tâche de Miriam.

— J'aimerais en parler comme il le mérite... Bon, avant tout, il est très généreux ! Il aime être généreux, comme tu peux le constater par ce qu'il a fait pour toi. Il a aussi quelque chose de doux, de tendre, de gentil, jusque dans sa façon de parler... On se sent joyeux en sa compagnie, heureux de vivre ! S'éveiller un matin en songeant que ce jour-là on doit le voir...

Elle joignit les mains en un geste passionné.

— C'était si différent, si nouveau pour moi, David, tu ne peux pas savoir ! Etre aimée, être appréciée ! Tu comprends ?

— Mais oui, ma chérie, mais oui.

— Je me sens tellement mieux, dit Miriam sans détour, maintenant que tu es au courant. Cela me tracassait sans cesse, d'avoir un secret que je ne partageais pas avec toi.

David semblait songeur, des rides profondes lui barraient le front. Mais il parla doucement, demandant seulement :

— Que va-t-il se passer ? Que vas-tu faire ? Il va bien falloir que tu fasses quelque chose, dans un sens ou dans l'autre.

— Nous espérions, nous avons pensé..., André croit que Marie-Claire va peut-être demander le divorce.

— C'est une bizarre coïncidence : figure-toi que quelqu'un a cité son nom devant moi assez récemment. Un médecin dont j'ai fait la rencontre l'avait entendue en récital à Paris. Il a dit qu'elle était en train de se faire un nom, qu'elle était merveilleuse.

— Comment aviez-vous abordé ce sujet ?

— Oh, tu sais, il avait appris que j'avais habité La Nouvelle-Orléans et comme les gens font toujours, il a commencé à me demander si par hasard je ne connaissais pas un tel ou une telle dans la ville, et puis il a parlé de cette chanteuse remarquable.

— Je la revois encore très bien, alors que je ne l'ai jamais si bien connue que cela, quand on y pense. Mais je la revois plus distinctement que les filles que je voyais tous les jours à l'école. Elle semblait si morne — et pourtant il y avait cette grande ambition qui l'habitait.

— L'intérieur et l'extérieur sont deux choses bien distinctes, dit David d'un ton sombre. Il ne faudrait pas l'oublier... Quant à moi, dit-il en changeant de sujet assez brusquement, le visage que je vois, c'est celui de Pélagie. Je ne puis m'arracher de l'esprit l'expression qui a dû être la sienne quand elle a appris qu'André était mort et qu'on lui a révélé dans quelles circonstances.

Il s'interrompit.

— Comment va Pélagie ?

— Elle vit avec nous, comme je te l'ai dit. Nous nous serrons les coudes. Comme des femmes que nous sommes. Les femmes les plus timides finissent par faire face quand il n'y a aucun autre espoir. Ça a été horrible. Ils ont tout perdu, leur magnifique demeure, un véritable musée, qui s'est envolée en fumée. Il n'empêche, on devrait avoir honte de parler de maisons et de quoi que ce soit devant quelqu'un qui a souffert ce que tu as souffert.

— Vous avez eu plus que votre part, vous aussi. La mort d'Eugene, il ne méritait pas une mort pareille.

— C'est vrai, dit doucement Miriam.

Ils se turent un instant. Puis David s'enquit de son père.

— Papa va bien. Je crois bien qu'il ne croit pas encore tout à fait à ce qu'il est advenu de sa terre promise.

Elle tourna les yeux vers la pelouse où une petite troupe de pigeons picoraient des miettes de pain au pied d'un blessé en chaise roulante. Elle se rappela soudain qu'à Richmond, on lui avait dit qu'il ne restait plus un seul pigeon dans les parcs : ils avaient tous été mangés.

— Et je ne t'ai pas encore demandé de nouvelles des gens les plus importants du monde, mes jumeaux ! Tu sais, je pense à eux tout le temps. Je crois qu'aussi longtemps que je vivrai, et quel que soit le travail que j'accomplirai, leur mise au monde restera mon triomphe.

— Oh, Angelique sera très belle ! J'imagine parfois qu'elle doit ressembler à notre mère car elle ne ressemble ni à Eugene ni à moi. Et mon fils — oh, j'ai si peur qu'on me le prenne, si cette guerre dure encore longtemps.

— Elle ne durera plus. Elle est presque finie.

Et David ajouta d'un ton farouche :

— Je crois que si j'avais su à quoi la guerre ressemble vraiment, je ne me serais mêlé de rien.

Miriam sourit.

— Tu n'aurais pas pu t'en empêcher.

— Dis-moi, vous avez eu des nouvelles de Gabriel ?

— Pas depuis plus d'un an. Nous ne savons même pas s'il est vivant. Rosa m'a demandé de chercher à me renseigner à Richmond. Toutes, elles voudraient que je cherche leurs hommes, Henry, le fils de Rosa, et les fils de Pélagie. Mais autant chercher deux ou trois aiguilles dans une meule de foin.

— Non, ce n'est pas tout à fait pareil. Il y a des échanges de prisonniers depuis peu. En rentrant à Richmond, renseigne-toi au ministère de la Guerre. Sais-tu dans quelle unité il était ?

Il n'avait pas à préciser qu'il pensait à Gabriel, pour Miriam, c'était une évidence.

— Le dixième Louisiane.

L'air chaud sentait la poussière le jour du départ du dixième Louisiane. Le vacarme lui cognait aux tympans, fanfare, hurlements d'enfants, cris d'ivrognes, sanglots... Quand il avait levé le bras pour dire adieu au groupe de ceux qui l'avaient accompagné, son regard était fixé sur elle. Miriam le revoyait encore distinctement.

— Il haïssait l'idée même du combat, dit-elle. Et rien ne l'obligeait à partir. Il aurait eu un poste dans l'administration. Et pourtant il est parti. Je ne comprends pas.

— Mais si, tu comprends ! Ce n'est pas difficile. Il a toujours eu des convictions et a toujours agi en conformité avec elles. C'est pour cela aussi que je l'aime. J'espère seulement que, s'il est prisonnier, il est mieux tombé que moi, qu'ils ont au moins quelques médicaments et de la morphine pour les mourants !

La vision de ce qu'il avait traversé dut revenir à David car son visage s'assombrit et se tordit en une grimace de douleur.

Le mot de « médicaments » avait amené quelque chose à l'esprit de Miriam.

— L'autre soir, pendant le dîner, des gens ont parlé de femmes, des visiteuses comme moi, qui rapportent des médicaments sous leur robe. C'est dangereux, parce qu'on est fouillé, mais il y en a tout de même qui réussissent. Alors je me suis dit que je pourrais...

— Quoi ! interrompit David, toi ! Tu ferais de la contrebande pour la Confédération ? Ma sœur, une rebelle ?

— Sais-tu, répliqua-t-elle avec indignation, qu'un bon tiers des hommes qui servent dans les armées confédérées n'ont jamais possédé d'esclave de leur vie ? Enfin quoi, même Gabriel — franchement, je ne comprends pas comment tu peux dire une chose pareille !

— Allons, allons, je te taquinais. Je sais bien que tout est terriblement confus. Le fils du rabbin Raphall — tu te rappelles ? — eh bien, son fils s'est engagé dans l'armée de l'Union ! Il y a laissé un bras, d'ailleurs, à Gettysburg. Dis-moi, tu envisages sérieusement — il baissa la voix — d'emporter des médicaments ?

— Oui.

David sifflota.

— C'est très, très dangereux, Miriam.

Elle était décidée. Elle éprouvait le besoin, peut-être téméraire, de prendre des risques.

— La plupart des dames cousent les paquets dans leur tournure, dit-elle, songeuse.

— Où ça ?

— Leur tournure, le petit coussin de soie qui s'ajuste sous la ceinture derrière la robe. Pour soulever un peu les jupons.

— Moi, je n'aurai guère de mal à sortir des médicaments de la pharmacie, mais pour toi, c'est dangereux, répéta-t-il.

— Je sais. On dit qu'ils vous enfoncent une longue aiguille pour voir si rien n'est dissimulé dans la tournure. Alors j'ai pensé m'acheter peut-être un chapeau tout couvert de fleurs et m'en servir comme cachette. Oh, s'écria-t-elle, si seulement tu voyais comment ça se passe à Richmond ! Cette famine, cette misère ! Je n'arrête pas de revoir cette femme qui mendiait quelques sous pour acheter du lait. Et les blessés étendus à même le sol sale et froid de l'hôtel. Les mots n'ont plus de sens, alors — « ennemi », « droit constitutionnel », « contrebande » — ça ne veut rien dire. A mes yeux, en tout cas.

— « Elle tend la main à ceux qui sont dans le besoin », cita David, avant de sourire et de l'embrasser.

Des émeutes avaient éclaté à Richmond. Affamées, rendues furieuses par l'étalage de richesses et de luxe qui avait tant troublé Miriam, des femmes s'étaient armées de haches et avaient entrepris de briser les vitrines avec un tel entrain que seul la menace gouvernementale de faire donner la troupe avait réussi à les disperser.

D'autres foules de femmes, rongées d'un désespoir d'un autre genre, étaient allées chercher qui un époux, qui un fils, parmi les prisonniers du dernier échange.

— Ils en ont ramené un contingent pendant votre absence, dit M. Hammond à Miriam. Ils étaient venus d'Elmira en train puis en bateau depuis Baltimore. Un véritable scandale. Ils m'ont dit que même les médecins de l'Union se disaient choqués de les voir dans un tel état. Pour tout arranger, ils ont eu le mal de mer.

— Ils sont des milliers et des milliers, j'en ai bien conscience, dit Miriam, mais enfin, on ne sait jamais, rien que pour tenter la chance, je compte aller me renseigner au ministère de la Guerre. Mon frère pense qu'il pourrait exister divers moyens de rechercher si certains des hommes qui me préoccupent ont été rapatriés.

— Inutile d'y aller. J'y vais moi-même tous les jours et je sais à qui m'adresser. Il suffit que vous me donniez les noms.

Et, le soir même, M. Hammond rapporta effectivement des nouvelles.

— J'en ai trouvé un. Gabriel Carvalho. Il n'est pas à l'hôpital. Selon toute apparence, il n'est pas malade. Ils l'ont cantonné dans une pension de famille. Voici l'adresse.

Il était maigre mais en bonne santé. On lui avait déjà donné un nouvel uniforme, son élégance contrastait tristement avec la chambre miteuse et négligée. Là, dans une demeure naguère prospère dont toute noblesse était désormais absente, ils s'assirent l'un en face de l'autre devant une fenêtre aux vitres sales qui donnait sur une ruelle sordide et une cour à l'abandon où pourrissaient des herbes folles.

— Vous souriez, dit Gabriel.

Pour une raison qu'elle ignorait, l'image du salon Belter de Rosa, avec ses essaims napoléoniens mouchetant d'or le satin bleu des fauteuils, s'était imposée à l'esprit de Miriam. C'était l'ironie du contraste entre ce souvenir et la réalité présente qui lui avait mis sur les lèvres un sourire passager.

— C'est que je me rappelais le salon de Rosa où nous avions accoutumé de faire nos comptes. Et aujourd'hui, nous voici !

— Sa dernière lettre — il y a plus d'un an — ne tarissait pas de commentaires sur vos bontés à son égard.

— Elle voudra que je lui parle de vous quand je rentrerai, vous ne m'avez encore presque rien dit.

Il eut un petit haussement d'épaules comme pour minimiser ses souffrances.

— Il n'y a pas grand-chose à dire. Ma blessure a guéri et j'ai survécu à Elmira. Un si grand nombre ont péri — un prisonnier sur trois, environ — que je pourrais presque me sentir coupable. Le scorbut frappait un homme sur quatre. Les rats, le froid, la variole, la crasse — à quoi bon raconter tout cela à Rosa ?

— Elle va m'interroger.

Alors, d'une voix monocorde et neutre qui masquait une émotion insoutenable, Gabriel poursuivit.

— Nous faisions deux repas par jour. Des biscuits véreux et du café pour le petit déjeuner. Une tasse de soupe de haricots et encore des biscuits pour le dîner. Vous savez, quand on fera les derniers bilans, je suis convaincu qu'on découvrira que plus d'hommes sont morts de maladie que tombés au combat pendant cette guerre. Je le crois vraiment.

— Cela ressemble à ce que David a subi en Georgie, sinon que là-bas, c'était la chaleur. Peut-être était-ce encore pire, je ne sais pas.

— Aucun des deux camps n'a le monopole de la cruauté. Dieu merci, il en est parti avant qu'il ne fût trop tard. Et avec toutes leurs convictions intactes, je n'en doute pas, ajouta Gabriel avec une réelle tendresse.

Quelque chose qu'elle ne comprit pas elle-même la poussa à lui dire alors :

— Vous savez, c'est André Perrin qui a obtenu la libération de David. Un vrai tour de force parce que, à ce moment-là, les échanges de prisonniers n'avaient pas encore commencé.

Un instant, elle crut qu'il n'avait pas entendu. Elle suivit son regard. Le convoi funèbre d'un militaire passait dans la ruelle. La monture sans cavalier, les étriers retournés, avançait lentement au son grave d'un tambour voilé. Gabriel regarda jusqu'à ce que tout ait disparu. Puis il se tourna vers Miriam.

— Un homme influent. David a eu bien de la chance.

C'était certainement un reproche. Elle avait commis une sottise impardonnable en mentionnant André. Une erreur cruelle. Elle avait gâché la visite. Et elle songea, j'aimerais pouvoir lui parler à cœur ouvert. Et pourtant, elle n'était même pas sûre de ce qu'elle aurait dit si cette inhibition avait été levée. On connaissait bien cet homme, mais il subsistait toujours une distance, un espace vide autour de lui que personne ne pouvait franchir. Ou si c'était elle seulement qu'il maintenait à distance ? Que découvrirait-elle s'il se décidait un jour à lui ouvrir la porte, pour ainsi dire, et à la laisser entrer ?

Puis elle répondit brusquement à sa propre question : Il lui avait évidemment ouvert la porte depuis si longtemps. C'était elle qui l'avait refermée. Alors qu'espérait-elle ? Et maintenant, elle lui avait étourdiment rappelé l'existence d'André, l'existence de l'autre — mais là encore une réponse lui vint : mieux vaut être sincère, honnête. Gabriel est le premier à le réclamer de toi.

Il dit très cérémonieusement :

— Vous êtes ravissante en dépit de tout.

Elle considéra ses mains abîmées, mal soignées et le bout inélégant de ses souliers artisanaux qui passait sous la robe.

— C'est la robe de Mme Hammond qui améliore un peu mon allure.

— Hammond ? C'est chez ces gens que vous êtes descendue ?

— Oui, oui. Oh, ils sont remarquablement hospitaliers. On dirait que le temps ne s'est pas écoulé comme ailleurs dans cette maison.

Elle bavardait avec nervosité.

— Tout y est comme autrefois, ils ont tous les mets qu'on peut souhaiter et ils sont d'une gaieté inimaginable.

— Je l'imagine fort bien, dit Gabriel.

— Mais pourtant, si ces gens-là ont tant de viande fraîche et... et bien d'autres choses, comment se fait-il qu'on n'en trouve pas plus dans le commerce ?

— C'est tout simple. Il est plus profitable de vendre des alcools et des objets de luxe importés.

Le champagne était un cadeau d'André Perrin.

Mais non, il devait y avoir une autre explication. Une peur inexplicable coula dans les veines de Miriam et elle secoua la tête pour s'en débarrasser.

Gabriel se leva. Il avait vieilli. Il y avait deux rides de son nez à sa bouche qu'elle ne se rappelait pas lui avoir jamais vues. Elles disparaîtraient peut-être quand il mangerait de nouveau normalement. Mais il restait toujours aussi impressionnant, détaché et correct que dans son souvenir.

— Vous serez de retour chez vous à temps pour Passover, j'imagine, dit Gabriel.

Il faisait la conversation, comme s'il s'était avisé de la froideur de l'atmosphère et tentait d'arranger vaguement les choses.

— Oui, avec l'aide de Rosa, j'essaierai d'organiser une fête digne de ce nom.

— J'y ai pensé, l'année dernière à Elmira. Quand on a faim, on a tendance à se rappeler les jours de fête, la manière dont la table était dressée, et jusqu'à l'odeur des aliments. Il y a deux ans, nous étions dans l'ouest de la Virginie, nous nous battions dans la montagne. Nous nous sommes procuré des œufs et quelques poulets chez un cultivateur et nous les avons fait cuire en plein air, sur un feu. Le général Lee avait fait expédier du pain azyme et des livres de prières dans un train de munitions. Nous avons fait à cheval les cinquante kilomètres qui nous séparaient de la gare pour aller les chercher. Un grand homme, Lee, un homme bon. Et tragique, divisé jusque dans son âme. Je comprends pourquoi.

Le bref après-midi tirait à sa fin. Un crépuscule brumeux se glissait dans la chambre, estompant les taches du tapis. Et dans le jour finissant, la voix de Gabriel baissa d'un ton. Il s'était de nouveau retiré en lui-même et semblait ne plus parler que pour lui-même, sans se soucier qu'elle l'entendît ou qu'elle voulût l'entendre.

— Oui, je le comprends. Il y a tant de charme ici dans notre terre du Sud. Les pinèdes, les fleuves paresseux, l'arrivée du printemps... Les vieilles demeures et les bonnes manières. C'est notre pays depuis deux siècles. Comment pourrait-on lui tourner le dos ? Et pourtant, l'autonomie des Etats de l'Union appartient au passé, cela aussi, je le vois bien. Nous entrons dans un âge nouveau. Un seul peuple.

— Vous croyez cela aujourd'hui ?

— Aujourd'hui, oui.

— Et que comptez-vous faire, alors ?

— Faire ? répéta Gabriel sans comprendre.

— Eh bien oui, vous, maintenant ? La semaine prochaine.

— La semaine prochaine ? Mais, mais — je vais rejoindre mon régiment, bien sûr, répondit-il comme si la question le surprenait.

Miriam fut plus étonnée encore.

— Après ce que vous venez de me dire ?

— Mais bien sûr. Quand on a commencé quelque chose, il faut le terminer, vous ne croyez pas ?

— Je n'en sais rien, Gabriel.

Un poids lui était tombé sur le cœur.

— Mais moi, je sais. Il y a des situations dans lesquelles on peut se raviser, mais celle-ci n'en est pas une.

Elle comprit alors. Et vit que c'était une simple question d'honneur. On n'abandonne pas le navire qui coule. L'honneur. Elle poussa un petit soupir involontaire.

— Pensez-vous qu'il s'agisse d'une attitude théâtrale, pour l'amour du beau geste ? Je serais désolé que vous alliez penser cela de moi.

— Jamais je ne pourrais penser cela de vous. Vous êtes le dernier dont quiconque s'aviserait de penser une chose pareille.

— Vous m'en voyez heureux. Vous savez, je me suis engagé avec Lee dès le début, j'ai donné ma parole. Alors je resterai jusqu'au bout pour voir ce qui arrive.

— Vous savez ce qui arrivera.

Elle pensa : S'ils vous tuent, quel gâchis ! Penser qu'une

442

balle, en une fraction de seconde, pourrait détruire tant de savoir et toute cette énergie tranquille.

Mais elle se contraignit à sourire, songeant à le quitter maintenant sur quelque note plaisante, pour terminer la visite avec courtoisie et correction.

Pour la seconde fois, il lui demanda pourquoi elle souriait.

— Oh, dit-elle, songeant à la première chose qui lui passait par la tête, je pensais à Gretel.

— Laquelle des deux ?

— Les deux, j'imagine. D'une certaine façon, vous me les avez offertes toutes les deux. C'est une vieille dame, maintenant. Elle dort presque tout le temps. J'espère qu'elle sera encore vivante quand je rentrerai.

Tous deux s'étaient levés. Ils se firent face en hésitant, pris dans un de ces moments de gêne qui précèdent un départ que personne ne veut faire passer pour précipité.

— Gabriel. Dites-moi quelque chose. Dites-moi que vous n'êtes pas trop fâché contre moi. Je vous trouve si lointain ! Je ne veux pas vous quitter ainsi.

Il devint parfaitement immobile, pas seulement calme et silencieux, mais absent, figé, hors du temps, retiré au plus profond de lui-même. Et songeant qu'en fait elle ne l'avait peut-être pas fâché, elle attendit.

Il tendit la main pour toucher celle de Miriam, une étreinte brève, légère puis se hâta de la retirer.

— Vous avez raison. Vous lisez en moi à livre ouvert. Je m'étais enfermé, muré. Mais c'est fini maintenant.

Et une expression de compassion d'une grande beauté passa sur ses traits.

— Voudriez-vous s'il vous plaît dire à ma sœur qu'une lettre lui arrivera bientôt ? Maintenant que je ne suis plus prisonnier, le courrier devrait être un peu plus régulier.

— Savez-vous que nous n'avons plus de papier à lettres. Nous retournons les vieilles enveloppes et nous servons des pages blanches des livres. Mais Rosa trouvera un support, vous pouvez m'en croire.

— Et vous ? Vous ne m'avez pas écrit une seule fois depuis que la guerre a éclaté.

C'était vrai. Et pourquoi ? Parce qu'elle se rappelait qu'il l'aimait et parce qu'elle n'aurait su que dire.

— Pourquoi ne jamais m'avoir écrit, insista Gabriel. A cause d'André ? C'est ça ?

— Je ne sais pas, chuchota-t-elle, les yeux fixés sur le plancher.

— Vous l'aimez encore ?

— Oui.

Le seul nom d'André causait tout un surgissement de sentiments douloureux et confus.

Quelques jours plus tôt seulement, lors de sa visite à David, elle avait une vision claire et précise, nette, du visage éveillé d'André ; elle entendait même sa voix résonner à son oreille. Et là, soudain, tout cela avait disparu ; elle ne parvenait plus à susciter la moindre image, le moindre souvenir. Tout était vague et effrayant. Pourquoi ?

— Je vous importune. Je n'en ai pas le droit. Si vous l'aimez, c'est ainsi. Pardonnez-moi. Je voulais seulement en être sûr, au cas où il aurait existé une chance pour moi...

Avant ma mort — c'était ce qu'il voulait dire.

Sans y penser, elle laissa aller sa tête contre l'épaule de Gabriel. C'était un tel réconfort, l'épaule de cet homme. Les bras de Gabriel l'enserrèrent et elle sentit sa joue contre sa tête.

En proie à sa timidité, cette timidité étrange qui la saisissait toujours en sa présence, elle l'entendit dire, deux fois, trois peut-être :

— Faites bien attention à vous ; soyez heureuse ; je vous aime tant...

Elle s'écarta.

— Oui, partez, dit-il à la hâte, rentrez chez vous.

— Chez moi ?

— Oui. Quittez Richmond au plus vite. On n'y sera plus en sûreté très longtemps. J'aimerais vous savoir en chemin pour rentrer.

Ce n'avait pas été une union mais un contact. Non, plus qu'un contact, comme ces choses qui arrivent en rêve et qu'on ne se rappelle qu'à demi le matin. Pourtant, tout le long du chemin de retour chez les Hammond puis, ensuite, pendant le long voyage de retour, cette étreinte fut avec elle, souvenir insistant, allant et venant comme une marée, sans cesse mêlée d'une lamentation interminable.

31

L'espoir avait été chassé du sol de la Louisiane. Le gouverneur Aiken siégeait toujours au Capitole de Shreveport, mais les forces de l'Union occupaient la presque totalité de l'Etat, et Beau-Jardin était sur une petite île confédérée qui rétrécissait au milieu d'une mer montante.

Les routes étaient envahies par les déserteurs fuyant le combat. A la surprise de Miriam, trois d'entre eux étaient assis dans la cuisine au moment où elle arriva. Elle eut un autre motif de surprise en découvrant que les marmitons qui s'affairaient au-dessus des marmites suspendues dans l'âtre n'étaient autres que Fanny et les dames de la maison... Eulalie, Rosa, Pélagie et Angelique. D'après ce que Miriam croyait savoir, aucune d'entre elles n'était jamais allée plus loin qu'un coup d'œil rapide au seuil de la cuisine.

— La cuisinière s'est enfuie, dit Fanny, répondant à la question de Miriam avant qu'elle ait pu la formuler.

— Entre, maman, dit Angelique. Grand-père a quelque chose à te raconter.

Ce fut ainsi qu'elle apprit la mort d'Emma.

— Une pneumonie...

Ferdinand paraissait perdu et semblait avoir rapetissé.

— Il a fait un froid épouvantable, ici. Nous ne pouvions pas traverser les lignes pour ramener son corps à La Nouvelle-Orléans, mais les domestiques, Sisyphe, Blaise et deux autres, des jeunes, l'ont emmenée. Ils l'ont placée dans le caveau de famille. Elle t'a laissé son beau saphir, Miriam. Et elle m'a dicté un testament. Il y en a une copie sur son bureau.

Dans la chambre d'Emma, Miriam laissa passer de longues minutes avant de se résoudre à lire le document posé sur le petit bureau. Chaque objet de la pièce parlait de sa défunte occupante : un amoncellement d'oreillers bordés de dentelles, sur le lit ; des portraits au pastel, dans des cadres dorés, de chacun de ses bébés ; son peignoir à volant de dentelle, accroché derrière une porte. D'un geste à demi inconscient, Miriam effaça un pli du tissu avec autant de douceur que si elle avait caressé le bras doux et poudré d'Emma. Avec la lucidité que seules les années peuvent conférer, elle éprouva pour la première fois toute la chaleur de l'accueil qu'Emma lui avait réservé lorsque, enfant, elle était arrivée dans la demeure. Un sourire erra sur ses lèvres tandis qu'elle se souvenait des injonctions maternelles que la disparue lui adressait, au sujet des vêtements, des bonnes manières et des arbres généalogiques. C'était une mère pour moi, songea Miriam, très différente, je n'en doute pas, de celle qui m'a mise au monde, mais à sa manière, c'était tout autant une mère, et je l'aimais. A considérer ce fouillis ordonné, la pièce paraissait tout à coup bien vide.

Quand elle eut rassemblé son courage, elle commença enfin à lire le testament. Rédigé en lettres gothiques, à l'allemande, par Ferdinand, le document disposait en peu de phrases des quelques biens demeurés en la possession d'Emma Raphael, née Duclos.

« Je sais que Sisyphe, Maxim et Chanute ne m'appartiennent plus, puisque M. Eugene Mendes les a achetés aux créanciers pour les garder dans ma famille. N'ayant pas autorité pour disposer d'eux, je prie néanmoins, et c'est une prière que je fais de tout mon cœur, je prie ma fille Miriam Mendes de les garder jusqu'à la fin de leurs jours et de ne pas les céder à des étrangers. Ils nous ont fidèlement servis et je les considère comme des membres de la famille. Je possède un sac de pièces d'or que j'ai épargnées et demande en outre que son contenu soit réparti entre les trois susmentionnés, la plus grande part devant échoir à Sisyphe, le plus âgé, qui nous a servis le plus longtemps. »

Ce testament plein de délicatesse et d'humanité, que la défaite rendrait bientôt nul et non avenu, glaça le cœur de Miriam. Oh, il valait peut-être mieux qu'elle fût morte ! La vie qui l'attendait aurait été trop dure pour elle ; elle était déjà devenue trop dure ; elle n'avait pas su la comprendre. Doucement, Miriam remit le papier dans le tiroir.

Au-dehors, le printemps comme toujours jaillissait de la terre. La lointaine ligne des forêts était couronnée d'une verdure moussue, et à mi-distance, le tulipier qui projetait son ombre sur le tumulus indien où reposait Eugene se couvrait de calices soyeux et roses. Le printemps ne se souciait nullement des douleurs ou des peines des hommes non plus que des sombres injustices de leurs guerres.

Fanny ouvrit la porte, apportant une pile de linge propre.

— Alors Fanny, tu t'es très bien débrouillée sans moi, à ce que je vois, dit Miriam, pour se contraindre à revenir aux questions pratiques.

— Oh oui, tout le monde s'est démené, Miss Miriam. Mme Pélagie, toujours égale à elle-même, a fabriqué des vêtements d'enfants pour les nouveaux arrivants dans la maison, elle a administré ses médecines, elle s'est occupée à chaque minute. Tout le monde adore Mme Pélagie. Et Mlle Angelique, elle a grandi, elle apprend, elle aussi. Mlle Eulalie l'instruit.

— Mlle Eulalie l'instruit ?

— Oh, oui, elles font des infusions de salsepareille pour le printemps, pour purifier le sang. Et elles font des teintures, du bleu avec de l'indigo et du rouge avec du jus de garance.

— J'ignorais que Mlle Eulalie sût... je me demande comment...

Fanny répondit à la question à demi formulée.

— Mlle Eulalie dit qu'elle a appris à la maison. Simplement en observant les domestiques, à ce qu'elle dit.

Oui, c'était bien dans le personnage : elle avait observé la vie à l'écart, en enfant solitaire, non pas dans les salons où l'on ne demande aux petites filles que d'être jolies dans leurs robes à volant, mais en secret, depuis des recoins où on ne la remarquait pas, pauvre fillette négligée.

— Ma foi, dit Miriam, cherchant à conserver à leur échange son caractère enjoué et léger, je suis heureuse que ma fille apprenne quelque chose.

Mais elle n'ajouta pas : Parce que nous nous sommes contentées trop longtemps de notre rôle de plantes d'ornement !

— Il va falloir que je remercie Eulalie, conclut-elle.

— Elle travaille dur. Elle tricote des chaussettes et des choses pour les soldats. Toute la nuit jusqu'à ce que les yeux lui fassent mal.

— On dirait que vous vous êtes toutes fort bien entendues.

Fanny fit une petite grimace.

— Ben... presque tout le temps. Vous la connaissez, Miss Miriam, vous savez comment elle est. Mais ça va beaucoup mieux qu'avant.

— Je suis heureuse de te l'entendre dire.

— J'crois qu'elle se sent importante, dit sagement Fanny.

C'était probablement vrai. Pour la première fois de sa vie, Eulalie se sentait utile.

Décidément, je ne suis pas du tout aussi clairvoyante que je voulais bien le croire, se dit Miriam quand Fanny eut quitté la pièce. Eulalie me surprend beaucoup ! Et les esclaves ? S'ils s'étaient révoltés quand les hommes étaient tous au front, la Confédération se serait effondrée, cela ne fait aucun doute. Pélagie, en toute bonne foi naïve, estimait qu'ils ne l'avaient pas fait parce que c'étaient des êtres inférieurs, pas assez intelligents... Ils sont fidèles comme des bêtes de somme, disait-elle. D'autres, et Miriam était de ceux-là, avaient voulu voir dans leur fidélité un masque et croyaient à l'inéluctabilité de leur révolte. Et pourtant, cette révolte n'était pas venue.

Non, décidément, je sais mal lire à l'intérieur des autres. C'est un grave défaut, j'en ai peur.

Richmond tomba.

Une lettre d'André, postée à Richmond juste avant la chute, arriva enfin.

Elle tremblait entre les mains de Miriam dont le cœur s'était mis à battre sourdement. Comme si elle avait eu peur de quelque chose.

« Je reviendrai bientôt en Louisiane. J'ai des nouvelles à t'apprendre. Oh, Miriam, comme je suis impatient ! »

L'écriture elle-même était grande et pleine de confiance. Une écriture demandant à être relue. Ce qu'elle fit, cinq ou six fois — et toujours ces coups sourds résonnaient à ses oreilles.

Elle poursuivit

« Jefferson Davis prétend que la perte de Richmond n'est pas une calamité sans retour. L'armée est très mobile et peut continuer à frapper. On dit que Lee va faire retraite sur Danville pour y opérer sa jonction avec les troupes de Johnston puis longer la voie du chemin de fer pour traverser l'Appomatox, mais je ne crois pas qu'il y parvienne. »

Ce pessimisme, si peu caractéristique d'André, sonna comme un glas à ses oreilles, comme s'il avait prononcé ces mots à haute voix. Le chagrin qui l'étreignit alors la surprit elle-même : la défaite de la Confédération n'était-elle pas ce qu'elle avait souhaité et prévu ? Elle était inévitable. Et pourtant, il y avait cette immense pitié, ce vaste regret en elle.

Je ne crois pas qu'il y parvienne.

Il n'y était pas parvenu : la lettre était arrivée à Miriam après la reddition de Lee. Elle la tint rêveusement entre les mains avant de la déposer pour reprendre le journal.

« Messieurs, avait dit Lee, nous avons combattu ensemble tout au long de cette guerre. J'ai toujours fait de mon mieux pour vous. Aujourd'hui, j'ai le cœur trop gros pour en dire plus. »

L'article continuait en expliquant que Lee avait demandé le droit pour ses hommes de conserver leur monture pour les labours de printemps et que Grant le lui avait accordé. Elle lut qu'au moment de déposer leurs armes, les hommes en gris avaient sangloté et, surprise de nouveau, elle sanglota aussi. Elle songeait à tous ces hommes morts dans la fleur de leur jeunesse, les bleus comme les gris, et qui pourrissaient désormais sous la terre. Et elle songeait à Gabriel qui avait voulu suivre Lee jusqu'au bout.

Elle posa le journal. N'était-ce pas à André qu'elle aurait dû penser ? Il serait bientôt là... Mais qu'était devenue sa joie ? Bah, c'étaient toutes ces décisions à prendre qui la lui masquaient. Oui, elle avait trop de choses à l'esprit, se dit-elle en tambourinant du bout des ongles sur la table. Oui, tout simplement : elle avait trop de choses à faire !

La veille, Ferdinand lui avait demandé où elle pensait aller, maintenant que la guerre était finie. Il avait fait semblant de réfléchir à haute voix mais, en fait, il recherchait les conseils de sa fille. Depuis la mort d'Emma, il était devenu docile, remettant toutes les décisions entre les mains de sa fille, sans se l'avouer tout à fait. Fallait-il rentrer à La Nouvelle-Orléans ? On allait certainement leur restituer la maison. Et elle savait que c'était ce dont il avait envie.

Mais comment pouvaient-ils abandonner le domaine ? Jadis, elle n'avait vu dans Beau-Jardin qu'un refuge, une espèce de prison où ils seraient en sûreté tant que durerait la guerre. Elle se rappelait ses propres craintes, ses frissons, devant la perspective des journées interminables qui allaient se succéder, vides... mais les dernières années avaient changé tout cela. La famille avait vécu — survécu — sur le domaine. Et le domaine, réagissant au labeur de la famille, avait produit de quoi la nourrir. Elle avait désormais le sentiment de lui devoir quelque chose en retour.

Dans les enclos, de l'autre côté de la pelouse, un petit troupeau de moutons paissait en paix — deux brebis sauvées du naufrage et leurs deux premiers agneaux depuis la catastrophe.

Dans la cour, où ils tenaient une assemblée depuis des heures, les noirs attendaient maintenant Miriam. Pour eux, la paix s'annonçait plus compliquée qu'ils ne semblaient le croire en ce jour de gloire — le jour de leur émancipation. Elle tenta d'imaginer ce qu'ils pouvaient bien ressentir. Cet espoir entretenu en vain pendant des générations et brusquement... cela devait passer l'entendement, être incroyable. Elle les imaginait étourdis par l'énormité même de leur joie, comme lors de la réalisation d'un grand rêve. Dans la maison comme en dehors, depuis l'heure du petit déjeuner, tandis qu'elle se préparait moralement pour cette entrevue, elle avait observé le comportement des uns et des autres, tandis qu'ils s'affrontaient et discutaient à perte de vue, confrontés pour la première fois de leur existence à des choix véritables et incertains de la marche à suivre. Elle avait vu bien des visages : regards honteux et furtifs, lèvres amères ou rictus triomphants. « Cette terre est à moi, je lui ai donné tout mon travail et maintenant elle est à moi. » Tandis que d'autres exposaient déjà leurs projets d'aller dans le Nord : « Pour faire fortune. Y a des montagnes d'or là-bas ! »

Simeon était prêt à partir mais sa femme Chloé, rapporta Fanny, lui avait dit qu'il devrait d'abord trouver un emploi et une maison. Jusque-là, elle resterait là où elle était assurée d'avoir un toit sur la tête. Ils s'étaient violemment querellés, puis Simeon s'était résigné et était parti, sac au dos sur la route, se mettre en quête de ce qu'elle exigeait.

Il en allait ainsi depuis le lever du jour.

Miriam avait la bouche sèche d'appréhension. Mais il lui fallait affronter ces gens et en finir. Elle sortit sur la veranda et les regarda, cherchant encore une fois à se mettre à leur place pour imaginer leurs sentiments. S'en découvrant incapable, elle décida tout simplement de leur tenir le langage de la vérité.

— Aujourd'hui, comme vous le savez, il n'y a plus de maîtres. Aujourd'hui, vous êtes libres d'aller où bon vous semble. Peut-être certains d'entre vous savent-ils déjà où ils veulent aller et, s'il en est ainsi, je leur dis au revoir en leur souhaitant bonne chance. Mais il en est peut-être d'autres qui n'ont nulle part où aller, et s'ils désirent demeurer ici, s'ils estiment y être chez eux, qu'ils restent. Je vais vous dire ce que je vais faire. A ceux qui resteront, je paierai désormais des gages. Mais évidemment, ils devront travailler à produire une récolte vendable. Sinon, je n'aurai pas d'argent pour payer les gages. Est-ce que je me fais bien comprendre ?

Certains hochèrent du chef, d'autres semblaient perplexes. Un jeune homme s'avança.

— Combien, m'dame, combien que vous paierez ?

— Dix dollars par mois, annonça-t-elle.

Et, comme un murmure fait de grognements s'élevait des derniers rangs, elle s'empressa d'ajouter :

— N'oubliez pas que vous êtes logés, nourris, habillés et soignés en cas de maladie. Tous vos besoins seront pourvus, comme ils l'ont toujours été. L'argent viendra en plus, si vous travaillez bien. Sinon, précisa-t-elle, s'enhardissant à mesure, il me faudra engager d'autres travailleurs et vous, vous partirez. C'est ainsi que fonctionneront les choses à partir d'aujourd'hui. C'est tout ce que j'ai à vous dire, sinon encore que... eh bien, j'aimerais que vous vous rappeliez que, mon mari et moi-même, nous vous avons toujours bien traités. D'autres propriétaires se sont conduits bien différemment, mais pas nous. Voilà, j'aimerais que vous vous le rappeliez. Et maintenant, je vais aller attendre sur la terrasse couverte que vous ayez pris votre décision et puis, un par un, vous viendrez me dire si vous avez décidé de partir ou de rester.

Il se fit un mouvement général sur la pelouse, les noirs se séparèrent en petits groupes pour discuter et le murmure s'accentua. Maxim et Chanute semblaient s'affronter en une vive querelle au pied du gigantesque cèdre d'Eugene.

Puis Maxim vint trouver Miriam et, ôtant sa casquette comme il le faisait toujours, déclara :

— Maîtresse, Chanute et moi on s'est disputés. Pour moi, Chanute il est devenu fou. Tous ces grands discours sur l'or et puis tout alors que chacun peut voir que le pays tout entier crève la faim. D'où qu'il vient, son or ? Enfin bref, qu'il s'en aille si il veut, moi, je reste. Je reste et je vous tiens la maison. Alors, peut-être qu'au bout d'un moment, vous augmenterez mes gages.

Elle les revit alors tous les deux, aussi ressemblants que des jumeaux dans leur tunique à manchettes de dentelle, étonnants dans leur noirceur, tels qu'elle les avait découverts dans le petit village d'Allemagne. On aurait dit des gens venus d'un autre monde, ce qu'ils étaient, en somme...

— Mais, vous ne vous séparez jamais, Chanute et toi.

Miriam crut qu'il allait pleurer.

— Je sais. Mais c'est la folie partout. Moi, je veux pas devenir fou.

Quand Sisyphe parut, il était en larmes.

— Je reste, Miss Miriam. Vous ne le saviez pas ? Je suis né dans la famille de Miss Emma, je l'ai accompagnée quand elle a épousé M. Ferdinand et c'est moi qui ai mené Miss Emma à sa dernière demeure. Où vous voudriez-t-y que j'aille ? C'est chez moi, ici.

Un par un, ils défilaient, soit pour annoncer avec un soulagement timide qu'ils comptaient rester, soit pour déclarer avec un rien de défi qu'ils partaient. Il y en eut même pour partir courroucés et sans un mot.

Quand ce fut enfin terminé, Miriam se dit qu'elle avait vécu la plus pénible journée de son existence.

— Crois-tu que ce système des gages va fonctionner ? demanda Ferdinand.

— Jamais, affirma Eulalie.

— J'ai entendu dire qu'à La Nouvelle-Orléans, le système

de la main-d'œuvre libre avait déjà permis de produire une fois et demi plus de sucre que la main-d'œuvre servile.

— Nous verrons bien, se contenta de répondre Miriam.

Le plus dur était encore à venir. Le lendemain matin, quand Fanny apporta une bassine d'eau chaude dans la chambre de Miriam, elle ne se contenta pas de la poser et de s'éclipser comme à l'habitude. Elle s'immobilisa au contraire, une main sur le chambranle. Ses yeux sombres ne cessaient de parcourir la pièce, comme si elle cherchait quelque chose.

— Qu'y a-t-il, Fanny ? Tu as quelque chose à me dire ?

— Oui. Mais je n'y arrive pas.

— Dis-le. Je ne me mettrai pas en colère, même si c'est terrible. C'est une mauvaise nouvelle ?

La bouche de Fanny tremblait et prit cette affreuse forme carrée qui est celle du chagrin.

— Je ne sais pas si on peut dire qu'elle est bonne ou mauvaise.

Miriam comprit aussitôt. Elle demeura pétrifiée : que d'autres choisissent de partir, elle s'y était attendue, mais l'idée que Fanny la quitterait ne l'avait pas effleurée. C'était comme si Angelique lui avait dit tout de go : « Maman, je ne veux plus être ta fille. »

Elle redressa fièrement la tête pour montrer qu'elle en prenait son parti :

— Tu t'en vas, c'est bien ça, n'est-ce pas ?

Fanny fit oui de la tête. Ses yeux implorants n'étaient pas faits pour atténuer la douleur qui mettait une boule dans la gorge de Miriam. Elle avait envie de dire : Nous avons passé notre enfance ensemble, cela signifie donc si peu pour toi ? Je te croyais contente ici, heureuse...

Et, brusquement, Fanny se mit à déverser un flot de paroles.

— Miss Miriam, y faut que je parte ! C'est pas que je veuille, mais il le faut ! Il y a une part de moi qui dit une chose et une part qui dit son contraire. Blaise dit qu'on n'a jamais rien fait de notre vie, qu'on connaît rien à rien et que c'est maintenant ou jamais. Vous voyez bien qu'il a raison, pas vrai ?

C'est possible, songea Miriam, mais je n'ai pas envie de voir.

— J'ai mal, juste là, dit encore Fanny en posant une main sur son cœur. Très mal.

Miriam sourit avec tristesse.

— Et en même temps la tête te tourne, c'est ça ? A l'idée de tout ce que tu vas pouvoir faire de ta vie. Je sais. C'est toi qui me l'as dit un jour, un jour très difficile.

Les yeux de Fanny imploraient encore. Comme les yeux d'un enfant qui demande en silence la compréhension, ils brillaient, écarquillés. Soudain, la boule que Miriam avait dans la gorge disparut. Elle aurait pu dire : jamais plus tu ne connaîtras le confort dont tu jouissais ici, dans cette maison, mais elle s'abstint. Elle préféra ouvrir tout grands les bras.

— Tu as raison, Fanny. Tu dois évidemment t'en aller. Il faut que tu partes. Et que Dieu te bénisse, où que tu ailles !

— Après tout ce que Lincoln nous a fait, dit Pélagie, je n'aurais jamais cru que je serais désolée de sa mort. Mais maintenant qu'il a été assassiné, on commence à se dire qu'il était vraiment bon. Et tous les journaux du Sud ont eux aussi qualifié le crime de « barbare ».

Elle tenait haut le journal pour l'exposer à la lumière de la lampe à pétrole.

— Ils disent que c'était un homme généreux et que Johnson ne sera pas à sa hauteur.

Ferdinand poussa un soupir.

— Relis la lettre de David. Ce qu'il dit de Lincoln.

« Comme vous le savez, commença Miriam, l'assassinat a eu lieu le cinquième jour de Passover. Tout le monde a pris le deuil. Ici, à New York, le temple était drapé de noir. Outre ce que nous lui devons en tant que citoyens, quelle dette, nous autres juifs, nous avons contractée à son égard ! Quinze loges du B'nai Brith participaient au cortège des cérémonies funéraires. Je portais moi-même une bannière. Elle était lourde pour moi car je n'ai pas encore retrouvé la moitié de mes forces, mais j'en recouvre un peu chaque jour et je lui suis tellement reconnaissant d'être vivant et de savoir que vous allez bien et que la guerre et la boucherie sont terminées, que j'aurais bien refait une deuxième fois le trajet si cela avait été nécessaire. J'ai donc éprouvé de la gratitude, au milieu du plus profond chagrin. »

— C'était à New York, dit Eulalie, il y a beaucoup de gens dans le pays qui ne pleurent pas sa mort, je t'assure. Et quant à la fin de la guerre, le Sud n'a été vaincu que par le nombre, et rien d'autre. L'esprit était ici, il y est encore, et, ce qui est plus important, il y sera toujours.

Ferdinand s'empressa de rétablir la paix dans le salon.

— Courage ! nous avons à présent un nouveau combat à mener, le combat contre la pauvreté.

Il eut un sourire lugubre.

— J'ai le sentiment d'avoir déjà vu cela quelque part. Ma foi, c'était la même situation en Europe, quand j'étais beaucoup plus jeune qu'aucune de vous, et que Napoléon avait laissé le continent dévasté.

Il jeta un coup d'œil à Miriam et ajouta, avec un peu de l'entrain et de la confiance d'antan :

— Nous y arriverons. J'y suis parvenu une fois. Nous y arriverons encore.

Son attitude confiante avait quelque chose de pathétique. En réalité, avant même que les événements eussent pris cette tournure, Ferdinand était aussi impuissant que le pilote d'une barque emportée à la crête des flots. Mais il lui fallait faire semblant d'être capable d'empêcher le naufrage. Et, ce faisant, Ferdinand était du plus émouvant courage.

Aux premières lueurs de l'aube, des lambeaux de brume pendaient encore comme des toiles d'araignée aux branches des arbres. Les ratons laveurs détalaient parmi les broussailles du marais. Les oiseaux s'éveillaient à peine — le soleil rouge venait d'apparaître quand Miriam sortit. Chaque matin, elle s'éveillait semblait-il plus tôt que la veille, car elle avait bien du mal à dormir. Où sa vie l'entraînait-elle ? Pour faire taire une telle angoisse, il fallait se lever tôt et occuper les heures à d'autres problèmes.

Lesquels ne faisaient pas défaut ! Les tournesols, ces grands maladroits à la lourde tête emmanchée d'un cou maigre et interminable avaient envahi tout le potager faute de soins. Du coup, la récolte de légumes s'annonçait maigre. Le travail était scandaleusement négligé. Jamais les écuries n'étaient convenablement nettoyées. Les vaches meuglaient dans l'étable longtemps après l'heure de la traite qu'on avait oubliée. Des pans entiers de la clôture n'avaient jamais été réparés. La vaste demeure aurait eu grand besoin d'un coup de peinture. Miriam soupira. Elle n'en tirerait pas dix mille dollars, et encore, à condition de trouver un acheteur.

Une porte claqua. Eugene et Angelique sortirent de la maison.

— Faites donc quelque chose pour moi, leur dit-elle. Espérons que cela aura valeur d'exemple. Que l'un d'entre vous donne à manger aux poules, l'autre emportera les œufs à la cuisine.

Elle les suivit des yeux pendant qu'ils gagnaient le poulailler en trébuchant dans leurs chaussures à semelle de bois, et les vit disparaître à l'intérieur du bâtiment. Quand ils réapparurent, Eugene portait le panier de grains. Elle se réjouit de ce qu'il eût pris le travail le plus dur pour lui-même sans qu'on le lui eût demandé. Maintenant qu'ils avaient tout à fait passé l'âge des querelles puériles, il y avait quelque chose de protecteur dans son attitude envers Angelique, quelque chose qui rappelait à Miriam le comportement de David envers elle-même.

Oh, soyons juste ! Ils ressemblent aussi beaucoup à leur père ! La moue renfrognée de David n'apparaît jamais sur le visage d'Eugene. Cette mine ne lui était très probablement pas naturelle, mais l'eût-elle été, son père l'aurait corrigée. Bien disciplinés, conformément à leur position et à leur classe sociale, les deux enfants sont obéissants et dociles. Eugene est aimable et Angelique, dans sa vanité naissante, est charmante. Elle veut des robes correctes et j'aimerais qu'elle en ait. Mais alors, on se demande où elle pourrait les porter, à voir le train où vont les choses.

Aux pieds des enfants, les poules formaient un cercle, caquetant sous la pluie poussiéreuse de grains. Un demi-sourire ironique erra sur les lèvres de Miriam. Qu'aurait pensé leur père d'un tel tableau champêtre ? Qu'aurait-il dit en voyant son fils et sa fille, les héritiers de la lignée des Mendes, dans un poulailler ? Qu'importe, songea-t-elle. Le travail ne leur fera pas de mal. Ils ont de la chance d'en avoir, d'avoir quelque chose à faire dans une période pareille, et même d'être simplement vivants.

Et posant son regard sur les champs jaunâtres et desséchés où la chaleur du matin avait déjà commencé de trembler, elle vit dans l'éblouissante lumière blanche les interminables alignements de corps ensanglantés gisant sur le sol à Richmond, elle revit la femme dont les mains suppliantes réclamaient du lait...

— Et maintenant, maman ? demanda Angelique.

— Allez demander à Maxim s'il a besoin de quelque chose. Il est accablé de travail et ne demande jamais d'aide.

— Sisyphe aussi, dit Eugene. Je l'ai vu hier à l'étable qui aidait à soulever une charrette pendant qu'on fixait une roue. Il est trop vieux. Je l'ai fait arrêter et j'ai pris sa place.

— Explique-moi, dit Miriam à brûle-pourpoint, qu'est-ce qui t'a fait changer, Eugene ? Quand as-tu changé de camp dans cette guerre ? Ce n'est pas encore clair pour moi.

— Je ne crois pas que j'ai vraiment fait cela, répondit-il. Je n'ai pas trahi.

— Ce n'est pas ce que je voulais dire. Je parlais de tes idées.

— Sur le système ? Je ne sais pas exactement. Cela m'est venu tout naturellement, quand j'ai dû travailler pour que la maison continue de tourner et que j'ai mieux vu comment était la vie, comme elle est dure. Ce sont des idées qui viennent d'elles-mêmes.

Une bonté naturelle, se dit-elle joyeusement. C'était tout simplement une gentillesse naturelle. Mais elle se demanda s'il aurait pu changer ainsi si son père avait continué de faire peser sur lui la vieille et dure contrainte. Cette mort épouvantable avait-elle permis au fils de devenir ce qu'il était ?

— Voilà Maxim, dit-elle sans rien livrer de ses pensées. Maxim, ces deux aides désirent savoir si tu as besoin d'eux.

— Non, maîtresse, je m'en tire très bien. Est-ce qu'ils ne devraient pas être sur leurs livres ce matin ?

— Cela ne leur ferait pas de mal. Et si vous alliez potasser la grammaire allemande, tous les deux ? Je vous interrogerai ensuite sur votre leçon.

Quel dommage qu'elle n'ait pas elle-même reçu davantage d'éducation. Elle aurait pu les aider durant ces années gâchées ! C'était encore en allemand qu'elle pouvait le plus leur apprendre. C'était mieux que rien.

Tandis qu'ils s'éloignaient, Maxim remarqua :

— Il me semble que c'est la semaine dernière qu'ils sont nés dans cette maison.

La semaine dernière, et depuis un siècle ! Qu'ils étaient mignons dans leurs berceaux... David était venu séjourner à la maison... Le bateau sur le fleuve avait fait retentir sa sirène, les hôtes avaient débarqué, les bras chargés de présents... les fruits et les fleurs, la musique et les vins... Gabriel était venu...

— Ils vous font vraiment honneur, disait Maxim. De bons jeunes gens. Des enfants de qualité. D'une réelle qualité.

— Ils vous font honneur à vous aussi, et à Blaise, et à Fanny, et à Sisyphe. N'oubliez pas cela. Vous tous avez aidé à les élever.

Un des hommes employés aux champs, entendant la voix de Miriam, surgit au coin de l'étable.

— 'Jour maîtresse. Vous sortez bien tôt.

— Je sors toujours tôt. Il y a du travail à revendre.

— Je me disais que peut-être on devrait donner un coup de fusil au vieux Poivre qu'est là. C'était un de nos mulets les plus rétifs, mais maintenant il n'a plus guère de force.

La queue du vieux mulet balançait sans conviction tandis que, passant la tête au-dessus de la barrière, il mâchait de ses longues dents jaunes une poignée d'herbe. Ses yeux méfiants et mélancoliques considéraient Miriam.

Tout le pathétique de la vie était concentré dans le regard de ce mulet.

— Laissez-le en paix. Il n'y aura plus de coups de fusil, dit-elle.

Et, arrachant une autre poignée d'herbe, elle la fourra dans le doux mufle aux naseaux dilatés.

— Et maintenant, écoutez-moi, ordonna-t-elle. Je veux que dès ce matin on mette une litière d'aiguilles de pin dans l'étable. Les vaches finiront par tomber malades à force de se vautrer dans l'humidité.

— Bien, maîtresse. Tout de suite, maîtresse.

Personne ne lui avait jamais appris à prendre soin du bétail, mais la plupart de ces choses n'étaient après tout qu'une affaire de bon sens.

Elle rentra pour frotter ce qui restait d'argenterie. Il y avait une semaine à peine qu'elle était allée, accompagnée de Rosa, récupérer l'argenterie qu'elles avaient très soigneusement dissimulée, et qu'elle avait découvert qu'il en manquait la moitié. Le service qu'Eugene avait offert à Miriam quand elle s'était mariée était intact à sa place, mais celui d'Emma, enterré avec une égale discrétion — du moins l'avaient-ils pensé — avait disparu. Quelqu'un avait dû les observer cette nuit-là. Quelle tristesse que ce fût celui d'Emma ! Elle aurait moins regretté la perte du sien que de celui de papa ; les choses prenaient trop d'importance à ses yeux.

Dans la salle à manger, le service à café était posé sur la table. Miriam s'assit pour manier le chiffon. Cela procurait une certaine satisfaction de nettoyer, d'ordonner les choses de ses propres mains, quoique Sisyphe fût toujours horrifié en voyant la maîtresse de maison adonnée à un tel travail.

Ferdinand vint la contempler et garda le silence pendant plusieurs minutes. Puis brusquement, sa voix couvrit le tic-tac régulier de l'horloge.

— Tu commences à ressembler à ta mère.

— Je n'aurais jamais imaginé que ce soit possible.

Il l'avait fait sursauter. Elle n'aurait su dire quand il lui avait parlé pour la dernière fois de sa mère.

— Je l'ai vue cette nuit. Cela ne m'était pas arrivé depuis des années, dit Ferdinand. Elle portait un châle écossais le premier jour où je l'ai rencontrée.

Mais c'est ainsi que je l'ai toujours vue ! s'écria mentalement Miriam. Pourquoi l'ai-je toujours vue avec ce châle écossais ? Je suis sûre qu'il ne me l'avait jamais raconté. Est-ce que quelqu'un d'autre m'en a parlé ? Elle ne se rappelait pas.

— Elle était adorable. Un visage ovale, paisible et grave.

Il se balançait sur sa chaise et le craquement du bois faisait avec sa voix égale un rythme rêveur.

— C'est curieux, le tour que peut prendre une vie. N'était une pierre lancée par un rustre fou de haine, nous serions peut-être tous demeurés dans un village allemand. Angelique et Eugene ne seraient pas nés. Oui, tu me fais penser à elle, mais David a ses yeux. Exactement ses yeux. J'aimerais revoir David. J'ai été très en colère contre lui, mais c'est un homme de qualité, je le sais. J'aimerais le voir.

— Maintenant que la guerre est finie, il va sûrement venir te voir, papa. Je sais qu'il viendra.

Elle leva les yeux vers son père. Il se laissait pousser la barbe car la mode en était revenue. Cependant la barbe ne lui donnait nullement l'allure d'un homme à la mode mais bien plutôt celle d'un patriarche juif, de cet Opa qu'elle pouvait encore revoir mentalement se balancer interminablement tandis que le siège grinçait. La chevelure qui formait autrefois autour de sa tête une ample couronne châtain était devenue grise. Oh, songea-t-elle, est-ce seulement aujourd'hui ou bien la semaine dernière que j'ai vu qu'il était vieux ? C'est ainsi que l'âge vient ; un jour, brusquement, une personne est vieille.

Ferdinand fixait un point à travers la vitre.

— Voilà Eulalie qui vient. Elle est allée chercher un seau d'eau pour le poulailler. Je n'arrive pas à comprendre comment elle a pu changer ainsi.

— Peut-être se sent-elle importante pour la première fois de sa vie.

— Comment cela ? En élevant des poules ? Quand on est issu d'une famille comme la sienne ?

— En faisant cela et tout le reste. Je ne m'étais jamais rendu compte de tout ce qu'elle connaissait. C'est vrai qu'elle est revêche, mais nous nous en serions tirés beaucoup moins bien sans elle. Aucun d'entre nous ne savait faire des conserves ou semer. Ni d'ailleurs faire quoi que ce soit correctement tant qu'elle ne nous avait pas montré.

Quelque chose poussait Miriam à parler, non pas tant pour défendre Eulalie que par sens de la justice et aussi par indignation devant l'existence qu'avait menée Eulalie.

— Toute sa vie a été un désastre parce qu'elle n'était pas bonne au seul emploi pour lequel vous autres hommes nous jugez bonnes : celui d'un objet décoratif. Je ne sais comment cela se fait, mais un homme peut être gras, chauve ou avoir des dents de lapin, cela importe peu. Mais qu'une femme soit seulement un peu disgracieuse, et elle est mise au rebut. Que Dieu la prenne en pitié, si jamais elle n'est pas mariée ! Elle n'aura plus qu'à ravaler sa honte. Je ne veux pas que ma fille vive cela ! conclut-elle abruptement.

— Ne t'inquiète pas pour Angelique, dit Ferdinand avec un petit rire. C'est déjà une beauté.

Miriam ouvrit la bouche pour répliquer : *Ce n'est pas du tout ce que je voulais dire*, mais elle se tut. A quoi bon ? Il ne comprendrait jamais.

460

Gabriel, lui, comprendrait. Un bref instant, elle songea que Gabriel avait toujours compris, mais le cours de ses pensées fut détourné par une nouvelle remarque de son père.

— J'aimerais te voir remariée, Miriam.

Et je le veux aussi... Je n'ai jamais été mariée, ne le sais-tu pas ? Mariée, c'est-à-dire connaissant la paix, l'unité si chaude et si loyale. Quelle joie bouleversante ce serait d'appartenir à quelqu'un, de n'avoir aucun secret pour lui, de ne rien retenir de son corps ou de son cœur ! Connaître quelqu'un dans son entièreté... J'essaie de voir André, d'entendre sa voix, et je ne peux plus. Je ne peux plus.

— Il y a quelqu'un qui approche, dit tout à coup Ferdinand.

Il se releva pour mieux voir.

— Un cavalier qui remonte l'allée.

Elle n'avait pas besoin de demander. Elle savait... elle savait sans le demander ni regarder que c'était André.

— Mais c'est une vraie fête ! s'écria Ferdinand. Grâce à Dieu, la guerre est enfin finie. Et quoique nos cœurs se serrent à la pensée des fils disparus...

Il posa des yeux humides d'émotion sur Rosa et Pélagie.

— Nous remercions le Seigneur de ce que tant aient survécu, qui reviendront. Et maintenant, au sauveur de mon fils, poursuivit Ferdinand en levant son verre à l'intention d'André, j'adresse un remerciement particulier, un toast de ce bon vin qu'il nous a apporté. Ah, excellent, rien ne surpasse le bon vin français, rien ! conclut-il.

Il s'assit, vaincu par l'émotion et par la chaleur du vin. Mais il n'avait pas encore fini.

— Voici Sisyphe, le bon Sisyphe ! Nous n'avons pas fait un dîner pareil depuis je ne sais combien de temps, n'est-ce pas, Sisyphe ? Il ne faut pas que vous croyiez que nous avons vécu dans ce luxe, André. Non, bien loin de là, assura-t-il tandis que Sisyphe posait la dinde rôtie sur l'un des plats d'argent rescapés.

Sur la desserte étaient disposées des gelées de fruits découvertes dans une cave oubliée, et des îles flottantes fabriquées sous la surveillance d'Eulalie, pour lesquelles, songea Miriam avec une certaine inquiétude, on avait dû utiliser les derniers œufs.

— Oui, dit André, la chute de Richmond était un spectacle digne d'être vu. Davis se trouvait dans une église, quand on est venu lui dire qu'il fallait évacuer la ville. Les gens étaient totalement bouleversés ; ils n'avaient aucune idée de la situation parce que depuis plusieurs semaines le ministère de la Guerre avait empêché les journaux de faire état de la vérité. Au lieu de quoi, les gazettes publiaient quantité d'absurdités optimistes. Le chaos s'est donc installé dans les rues. Les cloches des églises appelaient encore aux cultes du dimanche que les fonctionnaires du gouvernement entassaient déjà les archives dans des charrettes pour les emmener à la gare. On se précipitait pour prendre le train, mais c'était impossible sans laissez-passer du ministre de la Guerre. Et la plupart des gens n'avaient pas leurs entrées auprès du ministre, n'est-ce pas ?

André racontait bien. Sa voix sonore, au débit rapide, était empreinte de la touche d'emphase dramatique qui convenait. Les yeux avides, interrogateurs, de Miriam ne l'avaient pas quitté. Ils ne s'étaient attiré aucun regard en retour, car d'autres yeux dans la salle étaient posés sur lui.

Ses beaux traits étaient inchangés. La guerre avait laissé sa marque sur tous les autres, écrasant les uns de chagrin, torturant les nerfs fragiles des autres, tirant les voix vers l'aigu et aigrissant les caractères ; elle avait mis sous les yeux de Miriam les sombres traces de la fatigue. Mais André rayonnait. Il aurait pu tout aussi bien se trouver à un bal.

— Le conseil municipal a ordonné que tous les alcools soient jetés. On pouvait voir le whiskey couler dans les caniveaux. Quel gâchis ! s'exclama André avec une grimace comique.

— Mais beaucoup de gens ont préféré le boire, et des ivrognes erraient en titubant dans les rues au milieu des débris de bouteilles, inconscients de ce qui arrivait. Puis l'armée a donné l'ordre d'incendier les minoteries. C'était stupide ! Le feu s'est propagé, ma foi, il s'est propagé comme... la flamme ! Qu'espéraient-ils ? Mais que peut-on espérer de la part de politiciens et de soldats, sinon de la stupidité ?

Un souvenir surgit à l'improviste dans l'esprit de Miriam : un jour, dans la demeure de son père, un vieil homme, un habitué des voyages à travers le monde, qui revenait des Indes, avait fasciné son auditoire avec ses descriptions des bûchers funéraires, de la lumière de la lune répandue sur le Gange puant, et de la lumière du matin révélant les corps des pauvres, morts dans la rue durant la nuit. Il lui semblait, toute enfant qu'elle fût, que l'homme avait raconté ces horreurs avec un tremblement d'excitation ; il était resté spectateur d'images exotiques, sans aucun sentiment de sympathie pour les humains.

Ses yeux clignotèrent et le souvenir s'évanouit.

— Naturellement, l'incendie a gagné les arsenaux, et les munitions ont explosé. Un vrai pandémonium, vous pouvez m'en croire ! Les gens ont jeté leurs meubles des maisons en flammes, ils ont fait des feux de joie avec l'argent de la Confédération, ils se sont entassés dans des charrettes et se sont enfuis.

J'ai enfourché mon cheval et je suis sorti de la ville en suivant la voie ferrée. La dernière vision que j'ai eue de Richmond, c'était des cendres et de la fumée.

Le récit était terminé. André alluma un cigare. Plongés dans un silence lugubre, tous le regardèrent déchirer la bande, mordre l'extrémité, approcher la flamme d'une allumette et enfin se renverser en arrière pour savourer la première bouffée odorante.

Lambert Labouisse rompit le silence.

— Ma foi, j'ai toujours dit que Jeff Davis n'était pas, au fond du cœur, avec nous. Il inclinait en faveur de l'Union, depuis toujours. Et voilà le résultat. Pardieu ! Voilà le résultat.

Son regard accusateur parcourut la pièce, se posant tour à tour sur les meubles et les visages, sur le plafond et sur les murs, comme si quelque chose ou quelqu'un pouvait avoir une autre explication du désastre.

— Inutile de récriminer, observa André d'une voix enjouée. Il faut voir les choses ainsi : tout est bien qui finit bien.

— Qui finit bien ? répéta sombrement Miriam. Sans même faire le compte des morts et des blessés, il suffit de se mettre au bout de l'allée pour regarder passer les hommes qui sont maintenant revenus depuis des semaines, avec leur feuille de démobilisation pour tout viatique, sans un sou, sans espoir de travail. Ils ont été anéantis. Leur pauvreté est à peine croyable. Voilà comment les choses ont bien fini !

— Oh, je comprends.

Le ton d'André était empreint de sympathie.

— Mais il n'en va pas ainsi partout, vous le savez. Certains, même dans le Sud, se sont constitué des fortunes dont ils n'auraient jamais rêvé auparavant. Eh bien, là-bas, à Memphis, et à Vicksburg... eh bien, je vous assure qu'il y a autant de balles de coton qui remontent vers le Nord sur les canonnières de l'Union que de balles qui descendent la rivière vers les ports du Sud et l'étranger.

C'était certainement vrai. Miriam prit bien garde de ne pas se tourner vers Lambert Labouisse et se contenta de l'observer du coin de l'œil, vêtu de son costume d'été blanc un peu usé mais toujours correct, en train de fumer l'un des énormes havanes d'André.

— Je regrette, dit André, cette conversation est allée trop loin. Une conférence sur les horreurs de la guerre n'est pas la bonne façon de terminer une délicieuse soirée.

Son sourire radieux leur demandait à tous pardon.

Les mots « terminer la soirée » eurent l'effet d'un signal attendu. De fait, il se faisait tard, comme le rappelait à chacun le cliquetis et les coups de gong de l'horloge.

— Je pensais qu'ils n'auraient jamais assez de bon sens pour nous laisser seuls, dit André quand les autres furent montés. Viens, viens !

Elle vint dans ces bras tendus vers elle avec une obéissance machinale. Il l'étreignit, lui donna un baiser et l'étreignit encore. Les yeux de Miriam n'étaient nullement fermés par l'extase, mais bien ouverts et vigilants, ils fixaient par-dessus les épaules de l'homme l'âtre où dans la cendre grise une dizaine de minuscules yeux rouges clignotaient.

Il lui chuchota à l'oreille :

— Assieds-toi. J'ai des choses à te montrer. D'abord ceci. Lis.

Dans une coupure de journal parisien, elle lut :

« On annonce, de sources dignes de foi, que Mme Marie-Claire Perrin, qui a remporté d'immenses succès l'hiver dernier dans toutes les salles de concert de l'Europe, obtiendra bientôt un jugement définitif de divorce à l'encontre de son mari, qui résiderait quelque part aux Etats-Unis. »

— Voilà, que dis-tu de cela ! Elle a divorcé ! N'oublie pas que cet article a déjà trois mois. Je devrais recevoir incessamment les papiers. Mais attends, ce n'est pas tout. Il y a encore cela.

Et tirant de sa poche une petite boîte recouverte de velours, André la posa sur la table devant Miriam.

— Ouvre-la.

Ses mains tremblaient au point qu'elle eut du mal à défaire le nœud. Débordant d'enthousiasme, André tendit le bras et arracha le couvercle.

— Comment le trouves-tu ?

C'était le traditionnel rubis de fiançailles, mais non point un rubis ordinaire. C'était une splendeur parmi les splendeurs. Ses multiples facettes capturaient toute la lumière de la pièce et jetaient des reflets roses dans la pénombre. Elle le scruta comme s'il était vivant. Et son esprit revint — toute la soirée il n'avait cessé de faire de tels sauts dans le passé — au moment où Eugene lui avait offert son anneau. Elle se souvenait même de la robe qu'elle avait portée ce soir-là, de la façon dont la jupe s'était étalée ; c'était de la batiste couleur crème, lacée avec des rubans lavande. Oui, et elle se souvenait aussi qu'à l'idée de posséder l'anneau, elle n'avait éprouvé nulle joie, ni pour son symbolisme ni pour sa beauté intrinsèque. Cet objet lui avait fait peur.

Et il en était de même à présent, pour cet anneau.

— Il est très beau, dit-elle.

— Tu ne l'aimes pas ? demanda André.

— Comment ne pas l'admirer ? Mais il est trop magnifique pour moi. Il n'est pas fait pour moi, balbutia-t-elle... ou pour l'époque.

Et elle esquissa un geste à demi conscient pour montrer sa robe, qui avait été « retournée », de sorte que la doublure se trouvait maintenant à l'extérieur.

— Ah, tu es fatiguée de tout cela, tu n'as rien eu, voilà ce qui ne va pas ! Tu as besoin de nouvelles robes, de nouveaux plaisirs. Tu es rouillée !

Il l'attira à lui pour lui donner un nouveau baiser mais elle se tenait avec gaucherie et la bouche de l'homme effleura à peine la sienne. Il sentait le vin. Il était brutal. L'alcool lui était monté à la tête. Et l'anneau gisait toujours sur la table.

— Voilà, mets-le. Essaie-le.

Elle ne voulait pas. Une terrible confusion, une faiblesse s'emparaient d'elle, et sans savoir ce qui allait arriver, elle sentit que ses yeux se mouillaient. Et elle s'en affola. A quoi cela ressemblait-il ? Fondre en larmes au moment où leurs rêves se réalisaient, en cet instant qui représentait l'aboutissement, pour eux, de tant d'années ? Ses doigts appuyèrent sur ses yeux, pressant les paupières, pour contenir les larmes.

— Je dois être fatiguée. Il s'est passé tant de choses, aujourd'hui.

Ses lèvres formaient les mots au fur et à mesure qu'ils glissaient dans son esprit, phrases sans ordre ni but.

— Je crains... Je ne comprends pas...

André était étonné :

— Qu'est-ce que tu ne comprends pas ? Que peux-tu craindre ?

— Je ne sais pas.

Dans l'âtre, les petits yeux rouges s'évanouissaient l'un après l'autre. La pluie avait commencé à tomber. On entendait toujours les premières gouttes, lourdes et lentes, tomber sur le toit de la veranda. L'averse accélérait à présent. C'était une pluie grise et tiède comme des larmes.

— Cet endroit sent la défaite, dit abruptement André, avec une pointe d'ironie.

Il eut un geste du bras pour désigner ce qu'elle savait qu'il avait vu en arrivant à cheval cet après-midi-là : les planches usées par les intempéries pourrissant par défaut de peinture et les tiges sèches et brisées des plants de coton dans les champs. Son ironie semblait sur le point de se muer en colère.

— Ecoute-moi. Je suis venu te chercher, t'arracher à toutes ces ruines. Cela ne vaut pas la peine de reconstruire, de toute façon. Que dirais-tu d'un petit château au bord de la Loire ? Ou d'un mas en Provence ? Au printemps, c'est le paradis. Nous emmènerons ta famille, ton père aussi bien sûr.

Emmener papa ? Demander à papa de quitter l'Amérique et de retourner en Europe ? Il ne connaît pas papa, songea-t-elle.

— A moins que tu ne préfères un manoir élizabéthain dans le sud de l'Angleterre ? A toi de choisir.

Comme Miriam ne répondait pas, il ajouta avec un certain panache :

— J'ai un tableau de Sir Edwin Landseer représentant des épagneuls du roi Charles, que j'ai acquis expressément pour toi. Ils feraient un effet splendide sur le manteau de la cheminée d'une demeure anglaise, ou partout ailleurs. Ces bêtes ressemblent tout à fait à Gretel.

En entendant son nom, Gretel releva sa vieille tête du tapis où elle était étendue, remua faiblement la queue avant de se recoucher.

Gabriel apportait le frêle animal, la douce, minuscule et gigotante bestiole n'était guère plus grande que la paume de sa main.

— Tu es donc riche à ce point ? demanda doucement Miriam. On parlait, chez tes amis de Richmond, on a parlé d'un homme qui gagnait cinquante mille dollars par mois en important des marchandises. Etait-ce toi ?

— Je ne sais pas. Je n'étais pas le seul. Les gens aiment compter l'argent des autres. Et je n'ai certainement pas fait ce chiffre tous les mois. C'est exagéré, bien que ce ne soit pas trop loin de la vérité.

Comme elle se taisait, il demanda avec brusquerie :

— Qu'y a-t-il ? Qu'est-ce qui ne va pas ?

— Je pensais seulement...

Mais il la coupa :

— Penser encore ! Il me faudra beaucoup de temps, à ce que je vois, pour t'apprendre à renoncer à toutes ces pensées solennelles.

— Je pensais, insista-t-elle, à toutes ces souffrances... et à ces cinquante mille dollars par mois.

— C'est cela, la guerre, Miriam, que croyais-tu donc ? Des souffrances et des morts ! Je t'en prie, ne les prends pas trop au tragique. La guerre est une affaire sacrément stupide mais les hommes ont toujours fait la guerre, elles éclatent et puis elles finissent. Celle-ci est finie, alors oublie-là, oublie toute cette affaire stupide.

— Stupide ? C'est ainsi que tu la qualifies ?

— Oui, et ceux qui la prennent au sérieux sont stupides. Les gens intelligents se soucient d'eux-mêmes. Je me suis rarement exposé à un vrai danger ! Oh, j'ai participé à deux ou trois expéditions pour percer le blocus. Mais c'était seulement pour l'excitation puérile que l'on y trouvait ! Mais quand cela devenait trop dangereux, j'abandonnais. Les drapeaux, les mots d'ordre, à quoi bon ? Et la gloire qui n'a rien de glorieux ! Rentrer avec une jambe blessée et une vareuse sale ornée de quelques étoiles... pour quoi faire ? Un drapeau ou un autre, quelle différence ? Est-ce que cela vaut une jambe ou un bras ? Seuls des gens stupides, des gamins, conclut André avec un rire moqueur, des gamins de trente ou quarante ans se mêlent à ces sortes de bêtises.

Elle le suppliait mentalement : ne parle pas, non, tais-toi. Chaque mot résonne comme un clou dans le cercueil.

Il ne vit pas son désespoir. Il se servit un verre de cognac, fit tourner le liquide dans le verre ventru et le huma sensuellement. Miriam observa l'élégant rituel avec la sensation de sombrer.

— Ecoute ! Tu veux savoir la vérité ? Je me suis toujours fiché comme d'une guigne de savoir qui gagnait. J'étais couvert des deux côtés. Si le Sud avait gagné — je savais qu'il ne gagnerait pas, mais si par miracle, il avait gagné — j'aurais conservé ma terre, mais avec cette différence que j'aurais eu les moyens de l'entretenir. Avec l'autre solution, qui s'est imposée, j'ai gagné de quoi vivre six vies comme la mienne. Je laisse à mes cousins la terre d'ici et ils seront bien heureux d'en tirer ce qu'ils peuvent, ce qui ne fera pas grand-chose.

Tout au bilan de ses entreprises, il avait oublié que quelques minutes plus tôt, il se préoccupait de ce qui n'allait pas chez elle, et Miriam sentit son propre corps se raidir. Elle se tenait très droite, les mains croisées sur son giron, les ongles enfoncés dans les paumes.

— Est-ce qu'il n'y avait pas de bonnes affaires à faire plus simplement ? demanda-t-elle, en restant en Europe où tu te trouvais quand la guerre a éclaté ? Qu'est-ce qui t'a poussé à revenir te plonger dans la tourmente ?

A l'instant même où elle posait la question, elle se dit que quelques mois plus tôt elle croyait savoir avec certitude pourquoi il était revenu : par amour pour elle.

— Oh, fit-il, après tout, je te l'ai déjà raconté, pourquoi poses-tu encore la question ? C'était parce qu'il y avait une fortune à faire ! Laisse-moi te montrer quelque chose, c'est dans mon sac de voyage.

D'un petit sac qu'il avait posé dans un coin de la pièce, il tira un paquet de photographies.

— Voilà, regarde. Celle-là date de l'époque où j'ai brisé le blocus, en 62. C'est au Louvre, un café de La Havane. Tout le monde se rencontrait là, nordistes et sudistes, pour faire des affaires. Là, c'est moi, avec deux officiers de la marine fédérale. Ils se mettaient en rapport avec des vaisseaux de négociants nordistes, tu vois, pour apporter des produits manufacturés ; les briseurs de blocus apportaient le coton et les intermédiaires achetaient et vendaient. Cela paraît compliqué, mais au fond c'était du commerce, et très avantageux pour tout le monde. Une cargaison de coton pouvait rapporter pour une valeur d'un million de dollars en marchandises. Voilà comment les choses se passaient.

Miriam examina la photographie. Oui, c'était bien lui, clignant un peu les yeux sous ce qui avait dû être un éblouissant soleil tropical. Et le sourire était toujours le même sourire charmant et plein d'entrain. Il s'est amusé pendant que mon frère... comme il a souffert ! Elle revit le visage creusé, édenté de David. Et Gabriel, qui était mort ou vivant, on ne savait...

— C'était un jeu pour toi, n'est-ce pas ? dit-elle doucement. Un drame théâtral, une pièce que tu jouais. Tu te moquais, dis-tu, de savoir quel camp avait tort ou raison, ou même comment tout cela finirait. Tu riais bien de nous, n'est-ce pas ? Aussi longtemps que tu pouvais avoir des objets comme ceux-là...

Miriam montrait du geste la bouteille de cognac et la pile de cadeaux toujours posés sur le buffet.

— Tu aimais ce que j'apportais. Le jour où j'ai apporté la soie jaune, et les chaussures et le chapeau, tu les aimais, n'est-ce pas ?

— Oui. A ma grande honte.

Il rit. Pour la première fois, elle se rendit compte qu'il riait trop, trop souvent. Il y avait à présent dans son rire une incrédulité affectée.

— Sottise ! Tu es une sotte et pieuse petite fille, et un amour, aussi. Viens donc.

Il tendit le bras vers elle.

Elle se mit hors de portée.

— André, je ne suis ni sotte ni petite. Et je ne suis pas une fillette. Je suis une femme.

— Alors conduis-toi en femme, et n'essaie pas d'être un homme. Miriam, redeviens toi-même. Redeviens ce que tu étais.

Etait-ce là André ? Qu'est-ce qu'il lui arrivait, à elle ? Les mots de l'homme glissaient sur elle sans la convaincre. Elle tremblait.

— André, nous n'avons jamais parlé de la guerre. L'événement le plus important de notre époque, le plus important dans nos vies, nous n'en avons jamais parlé, est-ce que tu t'en rends compte ? Je viens à peine de m'apercevoir que nous n'avons jamais beaucoup parlé de quoi que ce soit.

— Nous avons parlé de la seule chose qui compte : toi et moi.

Sa voix s'était faite enjôleuse. De nouveau, elle sentit que sa propre bouche prenait ce pli de désapprobation, cette moue qu'elle s'était efforcée, en s'observant dans un miroir, de maîtriser. Et voilà qu'elle était revenue sur son visage. Elle le sut à la manière dont il réagit.

— La plupart des discussions ne sont que du bavardage, dit-il. Ce dont les gens, au fond, voudraient vraiment parler, si seulement, ils le reconnaissaient, c'est de leur survie. Des moyens de réussir dans le monde et d'y demeurer.

De nouveau, elle ne pouvait croire qu'il parlât sérieusement, qu'il dît sérieusement toutes ces horreurs.

— Ce n'est pas vrai, protesta-t-elle. Comment peux-tu parler ainsi ? Toi qui as été si bon pour mon frère ? Ce n'était pas pour « réussir dans le monde ». C'était de la bonté pure.

— C'était pour te faire plaisir ! Ton frère, je le connais à peine. Et comment crois-tu que j'ai été en mesure de l'aider ? C'était uniquement grâce à ces relations et à ces affaires qui semblent te choquer. De toute façon, pourquoi t'en scandaliser ? Tu as toujours incliné pour le Nord. Crois-tu que je l'ignorais ?

— C'est vrai. J'avais des sympathies pour le Nord. Mais je devais vivre ici avec ma famille et j'étais loyale envers ces gens et le lieu où je vis. Au moins, j'ai été loyale !

— Ta loyauté a quelque chose d'assez ironique ! Dans cette

470

demeure, précisément, un membre de ces soi-disant meilleures familles jouait sur les deux tableaux. Je suppose que tu ne t'en es pas aperçue, néanmoins.

— Oh, je m'en suis aperçue ! C'était le vieux Labouisse. J'ai été très tôt au courant.

— Et cela ne te dérangeait pas ?

— Bien sûr, j'ai été scandalisée, mais je n'y pouvais rien. De toute façon, j'ai appris au moins que les gens ne sont pas toujours ce qu'ils paraissent.

— Un enfant sait cela, voyons, Miriam.

— Pas forcément. Les filles élevées comme elles le sont ici n'ont guère de chances d'apprendre à connaître le monde et moins encore à savoir ce qui se cache sous les sourires et les bonnes manières.

Elle prit une profonde inspiration.

— Que savais-je de toi, André ? Je commence à penser que je ne te connais pas du tout.

— Que diable peux-tu bien vouloir dire par là ?

— Oh, il n'y va pas de ta faute. Non, non. Parce que tu ne me connais pas non plus. Jamais nous ne nous sommes ouverts l'un à l'autre.

André leva les sourcils.

— Ah non ? J'aurais dit, moi, que nous l'avons fait — et beaucoup.

Elle rougit. Encore une fois, cette humiliation de se sentir empourprée et brûlante.

— Il n'y a pas que...

— Pas que le corps — c'est ça que tu cherches à dire ? Mais dis-le, voyons, dis-le. Miriam, je ne comprends absolument pas ce qui se passe ce soir. Tu n'es plus la même...

— Oui, c'est vrai, mais toi non plus. Ou bien c'est que je vois des choses que jamais auparavant je n'avais vues. Tu viens ici, au milieu de toutes ces ruines, dans ce pays ravagé, et tu parles comme tu l'as fait ! C'est cruel ! Pélagie a perdu sa maison dans l'incendie. Elle a perdu un fils. Rosa a perdu un fils elle aussi, et toute sa fortune, parce que Gabriel avait tout placé en bons de la Confédération qui ont perdu toute valeur.

— Cela prouve seulement l'imbécillité de Gabriel, dit André avec dédain. S'il avait eu deux sous de jugeote, il aurait placé son argent dans une banque de New York.

Si vous l'aimez, c'est ainsi, je voulais seulement m'en assurer, si jamais... Et elle avait senti sa joue lui effleurer les cheveux. Une fanfare jouait une marche sinistre dans la ruelle... J'ai suivi Lee dès le début. J'ai donné ma parole.

Elle faillit hurler.

— Ne dis pas ça ! Ne traite pas Gabriel d'imbécile ! Il croyait à quelque chose ! Assez pour donner sa vie.

— Non, mais regarde-toi ! Tu as les joues en feu ! Ma parole, on dirait que tu es amoureuse de cet homme.

— Si tu croyais à quelque chose, cria-t-elle, ignorant ses paroles. Que vaut la vie si l'on ne croit à rien ?

— Mais je crois à des tas de choses ! Je crois au plaisir ! Je crois à l'amour. Cela va ensemble. Nous avons si peu de temps sur la terre. Je veux en retirer le plus possible. C'est aussi simple que ça. Tu trouves que ça n'a pas de sens ?

Et le sourire caressant qu'elle connaissait si bien sollicitait une réponse. Elle demeura songeuse.

— Enfin quoi, Miriam, je n'ai jamais fait de mal à personne. Jamais de la vie, pas que je sache, en tout cas.

Pas qu'il sache ! Le mal qu'il était en train de faire, il ne l'aurait pas compris, elle le voyait bien. Son beau visage blond arborait une expression perplexe — il ne comprenait rien de ce qu'elle avait dit tout au long de la soirée.

Oui, c'était un homme de plaisir, un homme pour le plaisir, bienvenu dans les temps troublés — que ce fût un mariage raté ou une guerre. Mais il n'avait rien d'autre à donner. Quant à elle, il ne lui restait plus rien à donner à un tel homme. Le besoin était passé. Voilà tout. Le besoin était passé.

Elle aurait pu verser des larmes — sur lui, sur elle-même, sur eux deux.

— Miriam... ne me regarde pas avec ces yeux ronds. On jurerait que je suis, je ne sais pas, moi, une espèce de bandit.

— Pardon, s'empressa-t-elle de dire, je ne le fais pas intentionnellement. Tu n'es évidemment pas un bandit. C'est seulement que — seulement que...

Il y eut un long silence au cours duquel leurs yeux se soudèrent.

Puis André dit, très lentement :

— C'est seulement qu'il y a un autre homme, j'en ai bien l'impression. C'est bien ça, n'est-ce pas ?

Par une manière de coup de foudre inversé, tout change. On voit ce que l'on n'avait jamais vu. Le désir s'est enfui. L'homme qu'on a devant soi est un inconnu et l'a toujours été mais on ne s'en était jamais rendu compte jusque-là.

Voyant qu'elle ne répondait pas, il lui saisit les mains et se fit pressant :

— C'est bien ça ? N'est-ce pas ? N'est-ce pas ?

Elle désirait tant éviter de le blesser ! Mais elle voulait l'amener à voir qu'ils n'étaient pas faits, n'avaient jamais été faits l'un pour l'autre. Elle dit donc :

— Non, André, il n'y a personne d'autre. C'est seulement que nous ne sommes pas... pas bien assortis. Voilà tout.

Il lui lâcha les mains.

— Pas bien assortis ! Mais je n'en crois pas mes oreilles !

— Je sais. J'ai du mal à le croire moi-même.

Et, de nouveau, le silence s'installa entre eux, tandis que la maison endormie était criblée de millions de flèches par la pluie.

— Tu as toujours été une puritaine, finit par dire André. Une puritaine de la Bible, comme ton frère. C'est drôle, parce que tu n'en as pas l'air. En tout cas, tu n'en avais pas l'air ! C'est peut-être cette contradiction qui explique ton pouvoir de fascination. Qui sait ?

Il durcit la voix.

— Mais il faut qu'il y ait plus que tu ne veux bien me le dire ! Un autre homme, probablement. C'est Carvalho. C'est pour cela que tu l'as défendu avec une telle passion, quand je l'ai traité d'imbécile.

— Tu te trompes, André. Tu te trompes tout à fait.

Elle se sentait vidée. Elle souffrait sous le regard qui ne cessait de l'examiner, de l'ourlet souillé de sa vieille robe jusqu'à sa tête que courbait la fatigue. Un rayon de lumière jouait sur la bague splendide posée sur la table devant elle. Elle lui semblait dérisoire, symbole d'abandon à même le bois nu. Alors qu'elle était arrivée si fièrement dans son écrin de velours.

André frappa impatiemment sa paume ouverte de son poing. Un geste qu'elle connaissait bien et qui signifiait qu'il voulait une solution, une réponse rapide.

— Existe-t-il quoi que ce soit que je puisse faire ? Tu me connais, Miriam. Je ne suis pas homme à supporter ce flou, ces considérations vagues et ce visage sinistre que tu arbores. Dis-moi s'il existe quoi que ce soit que tu désires me voir faire.

— Non, il n'existe rien, répondit-elle misérablement.

—. Ma foi, dans ce cas, j'imagine que je n'ai aucune raison de m'attarder ici, n'est-ce pas ? Autant que je rebrousse chemin. Et vite.

Il empocha la bague. Miriam le tira par la manche.

— Il ne faut pas me haïr, André.

— Je ne te hais pas. Cela me serait impossible. J'en suis à tout jamais incapable. Mais je regrette pour toi, Miriam, voilà tout, je ne t'en veux même pas, comme je serais en droit de le faire pour ce voyage inutile, tout ce temps perdu.

— Mais je ne savais pas encore. Je n'ai vraiment compris qu'aujourd'hui. Il faut me croire.

— Je te crois. On dirait bien que je ne te connaissais pas, moi non plus, hein ?

Il eut un sourire un peu acide.

— J'espère seulement que tu n'es pas en train de commettre une épouvantable erreur que tu regretteras quand il sera trop tard.

— J'en accepte le risque. Soit ! Je n'y peux rien.

La pluie cessa brusquement. Un vent humide souffla du cœur de la nuit solitaire par les fenêtres. André jeta un coup d'œil vers les ténèbres.

— Je vais prendre le bateau de nuit pour La Nouvelle-Orléans.

Elle aurait aimé mettre un peu d'ordre dans cette séparation, la terminer, après un diminuendo, comme en musique, par un accord tranquille.

— Non, dit-elle, ne t'en va pas comme ça.

— Comment veux-tu que je m'en aille ? Je trouve que je le prends plutôt bien — la première fois de ma vie que je me fais éconduire !

— Justement, il ne faut pas y penser en ces termes. Je ne t'éconduis pas. C'est un refus mutuel, nous aurions fini par nous refuser mutuellement, en tout cas. Nous en serions venus là, André, nous sommes trop différents.

Il déglutit. Elle vit sa gorge se contracter, sa pomme d'Adam monter puis redescendre presque douloureusement. C'était sa peine et sa fierté qu'il ravalait. Pourtant, après quelques instants, il eut la force de retrouver sa gaieté et son entrain d'antan.

— Ça ne rime à rien de geindre, pas vrai ? Nous avons de beaux souvenirs ensemble, tu ne crois pas ? Pour peu qu'on se donne la peine d'y songer. Et moi, j'y songe, Miriam. C'était délicieux, charmant, tant que cela a duré.

Il lui effleura le front du bout des lèvres.

— Alors, en route pour de nouvelles aventures..., c'est ça ?

Il consulta sa montre.

— Il faut que je me sauve. Si je veux attraper le bateau.

Elle l'entendit refermer la porte, entendit son pas ferme sur le gravier. Il se hâtait, pressé de mettre de la distance entre cette soirée et lui. Et pourquoi pas ?

Ainsi le rideau retombe. La pièce est finie. Parfois, le public, trop ému par ce qu'il vient de voir, demeure immobile et silencieux l'espace d'une ou deux secondes, avant de rassembler ses esprits. Ainsi Miriam demeura-t-elle parfaitement immobile. Ses yeux s'emplirent de larmes qui ne roulèrent pas mais brouillèrent sa vision.

Puis elle entendit quelqu'un bouger. Eulalie venait d'entrer pour serrer la bouteille d'alcool en lieu sûr. Elle arborait une expression d'intense curiosité mais se garda de rien dire.

— Oui, Eulalie, il est parti. C'est fini. Et j'avais tort, si cela peut vous faire plaisir. A moins que vous ne vous en moquiez complètement. Ça ne fait rien, je vais vous le dire quand même. J'avais mal jugé. J'avais tort, mais pas pour les raisons ni de la manière que vous pensez sans doute.

Puis elle se rappela quelque chose.

— Je ne vous ai jamais remerciée pour votre discrétion. Et je le fais maintenant : merci.

— Vous m'avez reçue sous votre toit, recueillie, dit roidement Eulalie. Et je respecte la mémoire de votre époux. Je l'admirais. C'était un vrai gentleman du Sud.

— Oui, je le savais.

Miriam tendit la main.

— Faisons la paix, Eulalie. Nous ne nous aimerons jamais, nous n'éprouverons jamais de sympathie réelle l'une pour l'autre, mais nous pouvons faire la paix, vous ne croyez pas ?

Elles se serrèrent la main. Eulalie repartit, tenant la bouteille, mais s'immobilisa à mi-chemin de la porte :

— Il va retourner auprès de son épouse, j'imagine ·
— J'imagine.

Il était bien inutile d'expliquer.

Miriam resta longtemps plongée dans la contemplation du feu. Comme l'eau, le feu peut fixer toutes les pensées, concentrer toute l'attention. On peut voir une vie entière dans les flammes. Au fond de l'âtre, une grosse braise s'était soudain rallumée, ranimant l'espace d'un moment le feu mourant. Miriam était fascinée. Les années se reflétaient dans ce chatoiement doré. Comme cette dernière et étonnante journée. Oui, se dit-elle, André aurait pu être une statue grecque. Un éphèbe, voilà ce qu'il était, une lueur capable d'enchanter la vie d'une femme, mais qui ne durait pas. Il n'avait pas assez d'étoffe pour brûler longtemps. Quelques minutes et le feu qu'elle avait sous les yeux s'éteindrait lui aussi, comme s'était éteinte sa passion : faute d'aliment.

Gabriel avait dit : *Comment a-t-il pu... une femme naïve comme vous l'êtes... une jeune femme romanesque et innocente... risquer ainsi votre perte... s'il entrait ici, je pourrais le tuer...*

Elle se passa la main sur les yeux, comme pour en effacer le souvenir de la colère de Gabriel. Elle se demanda pourquoi elle pleurait et répondit dans les propres termes d'André : parce que cela avait été charmant, délicieux, tant que cela avait duré.

Oui. Mais cela avait été si léger, infime, et elle avait mis trop de temps à s'en apercevoir.

Je ne pleure pas pour André, il trouvera toujours quelqu'un, chaque fois que la fantaisie lui en prendra. Où qu'il aille, Londres, Paris, elles seront attirées par lui. Pas de larmes pour André.

Elle eut bientôt épuisé ses larmes. Les cendres étaient grises, la maison silencieuse. Elle monta, doucement soulagée d'avoir pleuré, effet que produisent toujours les larmes.

32

Jour après jour, les démobilisés affluaient, en uniforme ou en civil, à pied ou à cheval, boitant ou se traînant, ils arrivaient par la route poussiéreuse, du nord ou de l'ouest, suivant les méandres du fleuve ou descendant des hauteurs de l'est.

— Cela me rappelle le retour des troupes de Napoléon dans ma jeunesse, fit remarquer Ferdinand. Les souliers crevés ou pas de souliers du tout, certains heureux d'être de retour, d'autres anxieux à l'idée de ce qu'ils allaient retrouver. C'est du pareil au même.

Gabriel allait certainement prendre le train. Il arriverait de La Nouvelle-Orléans — s'il venait...

Les fils de Pélagie rentrèrent et se soumirent docilement à l'explosion de larmes et d'amour maternel qui les accueillit, car ils auraient eu honte, dans leur virilité chèrement acquise, avec leur barbe naissante, de manifester ouvertement leur joie.

— Quelle chance j'ai ! s'écria leur mère, après les larmes et les éclats de rire. Ma pauvre maman a perdu huit de ses onze enfants et moi seulement deux sur sept ! Et voilà que mes garçons sont de retour — nous n'avons pas de toit, il est vrai, mais ils sont vivants !

Henry, le fils de Rosa, rentra lui aussi, incroyablement peu marqué par la guerre, bien qu'il ait combattu en Georgie et probablement connu ce qu'il y avait de pire. Il paraissait bien plus jeune que ses trente ans, hâlé et vigoureux, et attira manifestement l'attention d'Angelique qui se montra au dîner enveloppée du dernier châle de soie de Pélagie et d'un collier de petits rubis emprunté dans la boîte à bijoux de Miriam.

C'était pratiquement la première fois que la jeune fille rencontrait un jeune homme « bien sous tout rapport ». Quand j'avais son âge, ils avaient déjà entrepris de manigancer mon mariage et de me manœuvrer — et je me croyais prête, comme je ne doute pas qu'elle doit se croire prête. Comme moi, elle rêve du corps de son futur époux et du lit nuptial. Il faudra que je lui dise de ne pas dévorer Henry des yeux comme ça, sinon Rosa va le remarquer. Non, je ne lui dirai rien du tout. Je lui ficherai la paix. C'est son monde à elle. Qu'elle en fasse ce qu'elle veut.

A dix reprises, Rosa demanda à Henry s'il avait entendu ou vu quoi que ce fût se rapportant à Gabriel. Elle ne se satisfaisait pas de ses réponses négatives et ne cessait de revenir à la charge : il devait bien exister quelqu'un qui savait, il devait bien exister un moyen d'apprendre ce qui s'était passé dans la confusion qui avait suivi l'ultime bataille.

Miriam, qui ne posait aucune question, se mit alors à avoir une série de rêves étranges. Ils commençaient par une marée de désirs nostalgiques comme elle n'en avait jamais éprouvé, même pour André. Il y avait là une tendresse proche de la tristesse tant elle était profonde, quelque chose de furtif, de si difficile à saisir que la peur de le perdre était aussi marquée que le sentiment lui-même. A mi-chemin du sommeil et de la veille, et consciente, pourtant, de rêver, elle serrait la tête d'un homme contre son cœur, elle en sentait le poids sur sa poitrine. Oh, protège-le, évite-lui toute blessure désormais.

Et puis enfin, un beau jour, la nouvelle arriva, apportée par un des innombrables démobilisés aux pieds meurtris qui défilaient sur la route. C'était un paysan du coin. Il était entré en contact avec le colonel Carvalho et portait un message. Gabriel était parti se faire soigner dans le Nord. L'homme s'exprimait par monosyllabes et, dans son laconisme, ne fournit aucune réponse aux questions bien naturelles qu'on lui posa concernant la nature de la blessure, les raisons pour lesquelles Gabriel n'avait pas écrit, et la date éventuelle de son retour.

Mais du moins Gabriel était-il en vie. On ne pouvait qu'attendre.

L'été approchait de son zénith, augmentant l'impatience. Avait-on bien tout tenté ? La guerre appartenait au passé ; il semblait temps de revenir à la vie réelle, qui, pour la famille de Ferdinand, contrairement à la branche Labouisse, était la vie citadine.

Eugene avait déjà perdu trop d'années d'enseignement. Angelique avait été trop longtemps confinée dans le profond silence de la campagne ; sa réaction à la présence de Henry de Rivera manifestait qu'elle était prête pour la phase suivante. Et maintenant que la crise était passée, avec son besoin de toujours faire contre mauvaise fortune bon cœur, il semblait que Ferdinand lui-même commençât à perdre son éternelle bonne humeur.

Réfléchissant à haute voix plus qu'elle ne sollicitait l'opinion de Ferdinand, Miriam déclara un beau jour :

— Sanderson m'écrit qu'il est de retour en ville et a pris la liberté, comme il dit, de passer au bureau et au magasin. Ils sont abandonnés mais intacts, me rapporte-t-il. Je dois dire, malgré toutes les horreurs dont Butler s'est rendu coupable, qu'ils n'ont pas détruit la ville, ce qu'ils auraient fort bien pu faire. Sanderson m'apprend qu'il y avait au courrier une commande d'un vieux client d'Angleterre avec un chèque représentant une avance. Il pense que nous pourrions recommencer, très progressivement, et en faisant bien attention, cela va de soi.

Ses doigts pliaient et repliaient la lettre, jouant à froisser le papier crissant, tandis qu'elle se rappelait le plaisir qu'elle avait eu à apprendre la comptabilité, à faire valoir son jugement contre celui des autres, bref, à bâtir un petit royaume, si l'on pouvait dire, pour sa famille.

— Le commerce va redevenir prospère, dit-elle. Un jour ou l'autre, en tout cas, Dieu sait quand, mais c'est inévitable.

— J'aimerais pouvoir te conseiller, soupira Ferdinand avec une humilité mêlée de regret. Mais j'ai bien trop peur pour le faire, ajouta-t-il abruptement avec un petit rire gêné.

— Repose-toi, va, papa. Tu as fait plus que ta part, lui rappela-t-elle, sachant combien il serait soulagé de « se reposer ».

Pélagie, accompagnée de ses fils, partit voir ce qu'il restait de Plaisance. Le vieux Lambert, sur sa requête, n'était pas du voyage. Il eût été trop dur pour lui de revoir les restes ravagés de la grandeur qui avait été toute sa vie.

— Ce ne sera plus jamais comme avant, cela, nous le savons, rapportèrent-ils sans emphase, à leur retour. Mais rebâtir une maison habitable, un petit abri pour la période au cours de laquelle nous relèverons les ruines, engager quelques ouvriers, peut-être, pour remettre quelques arpents en culture — cela seul demandera déjà une couple d'années.

Ce n'était pas une perspective bien encourageante. Ce fut ce qui donna à Miriam son idée.

— Pourquoi donc ne demeurez-vous pas tous ici pendant le temps qu'il vous faudra pour faire redémarrer Plaisance ? Vous pourriez diriger le domaine pendant que nous retournerions en ville. Faire une récolte ici, garder le produit pour vous et vous en servir pour la restauration de Plaisance.

Pélagie, qui avait la larme facile, fondit en sanglots de reconnaissance :

— Tu as été si bonne pour nous ! Tu nous as recueillis, logés, nourris et maintenant... e ne sais vraiment pas comment tu y es arrivée.

— Ma fille se tirerait de n'importe quelle situation. Elle a un cerveau d'homme, dit fièrement Ferdinand.

Un cerveau d'homme, songea Miriam avec une pointe d'amertume dans son amusement. Puis elle se tourna vers Pélagie et Eulalie qui attendaient.

— Vous vous en tirerez aussi. Vous avez l'étoffe nécessaire. Vous vous rappelez comme votre mère aimait à parler de son arrière-grand-mère ? Je crois bien l'avoir entendue la première fois que je me suis assise à sa table. Quelques misérables arpents, disait-elle, une cabane de rondins et les porcs qui couraient les bois pour manger les glands. Oui, je me rappelle. Comme elle était fière de cette rude existence. Bah, la vôtre ne sera même pas si rude... C'est donc décidé.

Seule, Miriam alla regarder une dernière fois cette terre contre laquelle elle avait formé jadis un si puissant ressentiment. Les vaches avaient quitté l'étable et paissaient librement. Déjà les fils de Pélagie avaient commencé à mettre de l'ordre dans tout cela, réglé les heures de traite et décidé du calendrier des labours et des semailles. C'était pour eux un mode de vie parfaitement naturel, qu'ils n'avaient pas eu à apprendre brusquement, sur le tas et sur le tard. La terre et ses créatures avaient besoin de soins, se dit Miriam, et elle était heureuse de les confier à des gens qui les aimaient d'amour.

Sur la veranda, Sisyphe passait en revue le maigre bagage de la famille et elle se rappela le joyeux et riche tohu-bohu de leurs anciens départs de Beau-Jardin, les chariots où s'entassaient les malles, les cochers aux chapeaux emplumés et les chevaux piaffant dans leur harnais à parements de cuivre. Changements. Changements.

Descendant la colline, sortant de la lumière, entrant dans l'ombre des cyprès et des chênes verts, elle se dirigea vers le bayou. C'était une journée sans vent, si calme que la cime des plus hauts arbres ne frémissait pas du moindre souffle et que la tête plumeteuse des roseaux du bayou ne se balançait pas du tout. L'eau épaisse comme une vitre noire était parsemée çà et là d'éclats de bronze ou d'argent quand perçait la lumière du soleil. Et pourtant, dans ces calmes profondeurs, étaient tapis l'alligator ensommeillé et le redoutable serpent-coton.

C'était bien la vie. Le danger se cache dans la beauté et la beauté dans le danger. Puis, riant d'elle-même : nous voilà bien philosophe, ce matin, Miriam ! Elle regagna la maison. C'était l'heure du départ.

Quelqu'un lui effleura l'épaule. C'était Angelique, serrant un bouquet un peu échevelé de zinnias cueillis dans le jardin à l'abandon.

— Il faut que nous allions fleurir la tombe de papa avant de partir, dit-elle d'un ton solennel.

Miriam leva les yeux machinalement vers la terrasse du premier étage, puis les abaissa sur l'endroit du gazon où Eugene était tombé.

— Bien sûr, dit-elle doucement.

Le fils et la fille déposèrent les fleurs sur la tombe du père. Ils prirent garde à marcher silencieusement et parlaient d'une voix étouffée comme si l'homme qui gisait derrière la haie d'aubépines avait pu savoir qu'ils étaient là. Il reposait désormais dans l'endroit qu'il avait chéri, son Beau-Jardin.

Miriam se tenait un peu à l'écart et contemplait son fils et sa fille. Ils étaient entrés en attente, sans le savoir, dans cette brève période de possibilités innombrables et incertaines, au seuil de la vie adulte. Il était encore difficile de prévoir ce qu'ils deviendraient, mais cela ne tarderait plus. Le moment était venu. Le garçon, privé d'école au cours de ces dernières années, était devenu agité et maladroit, presque aussi timide et rustaud qu'un paysan de l'arrière-pays. Brutal et direct, aussi, comme un rustre, songeait Miriam, ou plutôt, aurait-on pu dire, brutal et honnête comme l'était David. Il soutenait votre regard avec une honnêteté sur laquelle il n'y avait pas à se tromper et qui rappelait tout à fait celle de David.

Le propre regard de Miriam se posa ensuite sur la tête penchée d'Angelique. Quelques fils de cuivre se mêlaient au flot brun de sa chevelure ; d'un mouvement rapide, elle s'agenouilla pour déposer les fleurs puis se redressa de toute sa hauteur. Ces étranges yeux couleur de thé, qui, dans le visage de son père, semblaient receler tant de mystère et de puissance menaçante avaient, dans le visage de la jeune fille, quelque chose d'exotique et de séduisant. De son père, elle possédait la fierté mais pas l'arrogance et, sans envie, sa mère reconnaissait en elle une beauté plus grande qu'elle n'en avait elle-même jamais possédé. Le garçon était en train de dire le Kaddish d'une voix cassée par l'émotion, tandis qu'Angelique contemplait le tumulus sur lequel deux bourdons s'entre-poursuivaient. Comme ils aimaient leur père ! songea Miriam. Ils ignorent que nous nous fûmes infidèles. Ils ignorent comment ils ont été conçus, ils ne sauront jamais que je grinçais des dents pour m'empêcher d'éclater en sanglots de rage. Il les a engendrés et il a su être un père pour eux. C'est tout ce qui compte. Mais comme elle l'avait détesté et comme elle avait souffert en même temps ! Alors, tout de go, elle dit à ses enfants :

— Quand vous aurez vingt et un ans, vous déciderez si vous voulez garder ce domaine. Moi, je n'en veux pas.

Sa ville bien-aimée, son cher foyer ! La maison était en bien meilleur état qu'ils n'avaient osé l'espérer, malgré les rideaux passés, les parquets ravagés, le jardin à l'abandon et la fontaine pleine de détritus.

Il y avait une lettre dans la boîte. De Gabriel, songea aussitôt Miriam avec une bouffée d'espoir. Mais non, elle était de Fanny.

Elle écrivait de Washington, où elle avait trouvé une place dans une bonne maison où elle s'occupait des enfants et vaquait « un peu à tout ». Rien de bien différent de ce qu'elle faisait ici, songea Miriam en poursuivant sa lecture. « Ce sont de braves gens, cette ville est merveilleuse et je suis heureuse. Mais vous me manquez tout de même. Je ne vous oublierai jamais et vous aimerai toujours. Fanny. » La signature s'ornait d'un joli parafe en travers de la page.

J'étais moi-même une enfant quand je lui ai appris à écrire. Elle a appris de moi, mais j'ai beaucoup appris d'elle.

— A la vie, dit Miriam à haute voix.

C'était une manière de bénédiction, presque une prière, si l'on voulait, une antique bénédiction hébraïque.

— A toi, Fanny, dit-elle doucement avant de replier la lettre.

L'été entrait insensiblement dans l'automne. Les feuillages rougissaient le matin tandis que la brise vive mettait de minces filaments de nuages dans le ciel d'un dur bleu de porcelaine. Bientôt, on vendrait des canards sauvages dans les rues et les jours raccourcis s'assombriraient de pluie. Le long du mur du cimetière les derniers hortensias pendaient, secs et bruns, rôtis par la dernière chaleur de l'été. Miriam et Ferdinand se tenaient devant le tombeau ornemental qu'aux jours de sa prospérité il avait acquis au nom d'Emma. Cinq longues minutes, Ferdinand contempla l'inscription :

CI-GÎT EMMA RAPHAEL NÉE DUCLOS

ELLE FUT UNE BONNE MÈRE,
UNE AMIE ATTENTIVE,
PLEURÉE DE TOUS CEUX QUI L'ONT CONNUE

PASSANTS, PRIEZ POUR ELLE

Miriam laissa errer ses yeux parmi les tombes jusqu'à celle de Sylvain Labouisse, à quelques mètres de distance. Les vieilles inimitiés ! La nuit terrible qui avait vu la fuite de David. Pélagie lourdement voilée de noir et David, le plus doux des hommes, dans l'imagination duquel le visage ravagé par le chagrin de sa demi-sœur habiterait à jamais. Toutes les vieilles inimitiés.

Un homme et une femme que tout, dans leur allure, désignait comme des touristes, s'approchèrent. La femme avait l'accent nasillard des Yankees.

— C'est joli, hein ? Je n'ai jamais vu un cimetière pareil. Et tout en français — la ville entière —, ça n'a pas l'air américain du tout.

Ils passèrent.

— Oh que si, se récria Ferdinand. C'était la plus américaine des villes. C'était le paradis américain. Oh, comme je me rappelle... Je suis arrivé par le fleuve, avec ma pauvre malle... Ici, il n'y avait aucune discrimination d'aucune sorte. Il suffisait de travailler dur pour devenir quelqu'un. Ah, et l'existence que nous menions — la belle vie !

Il baisa l'extrémité de ses doigts.

— Oui, bien sûr, répondit patiemment Miriam.

La main de Ferdinand caressa le bas-relief où l'on voyait un chérubin joufflu, ailes repliées, qui soufflait dans sa trompette.

Puis il soupira.

— C'était une brave femme. Une bonne épouse.

— Elle était bonne, elle était gentille et je l'adorais, dit Miriam, puis, après une hésitation : C'est ici que tu reposeras, papa ?

— Non. Je ne te l'ai jamais dit ? J'ai acheté une concession au cimetière de Shanarai Chasset voilà bien longtemps déjà.

Et devant la surprise qui se peignit sur les traits de sa fille, il ajouta avec un bizarre mélange de timidité et d'orgueil :

— Demain, j'irai dire le Kaddish pour Eugene. Et pour tous les autres. Ils sont si nombreux...

Tandis qu'ils regagnaient la voiture, il poursuivit :

— Tu sais, il y a autre chose, en Amérique, que je crois bien n'avoir jamais remarqué avant.

— Ah oui ? Et quoi donc ?

— On n'est pas obligé de s'y fondre, d'oublier son identité. On peut se mêler au tout en restant soi-même. De toute manière, tu sais, on n'échappe pas à soi-même, on peut bien essayer... Cette guerre et toute cette fausse...

Elle l'interrompit.

— Et toi, tu n'as plus envie d'essayer de t'échapper à toi-même ?

— Non, non...

Et il tourna vers sa fille un regard brillant, douloureux, presque juvénile dans sa ferveur.

— On peut toujours dire que je me fais vieux et que je cherche à me mettre en paix avec moi-même. Je songe de plus en plus souvent à ta mère et à tout ce qui avait tant d'importance pour elle. Mais d'ailleurs, tu sais cela depuis quelque temps déjà... Et puis je pense, bizarrement, à Judah Touro, un homme que je connaissais à peine. A la manière dont il a fini par faire retour sur ses origines. Quelque chose lui était arrivé. Quoi ? Peut-être que cela nous arrive à tous, à la fin. Qui pourrait dire pourquoi ? Nous avons cela peut-être, dans les os... ?

Jadis, Miriam s'en souvenait vaguement, Gabriel avait dit quelque chose à propos des gens qui désiraient oublier les frayeurs et les vieilles humiliations subies en Europe et qui, du coup, perdaient de vue toutes leurs valeurs. Oui, Gabriel avait dit quelque chose de semblable.

Et elle pensa : Il met bien longtemps à rentrer.

— J'aimerais voir ton frère, Miriam, dit alors Ferdinand, comme il le répétait fréquemment ces temps derniers. Je me demande si je le reverrai jamais.

— Je pense que oui, papa, mais je ne saurais te dire quand.

— J'aimerais lui dire que je comprends plus qu'autrefois. Eh oui, il m'aura fallu cette guerre épouvantable pour comprendre mon propre fils. Il était dans le vrai bien sûr, encore qu'il n'ait pas suivi le chemin, Dieu sait ! le plus prudent. En tout cas, il ne s'est jamais déjugé, comme tu me l'as souvent rappelé.

Comme Gabriel, songea-t-elle. Et les souvenirs de Gabriel l'assaillirent alors, en masse, en vrac, ses réflexions, son chapeau dans lequel il mettait les documents, la fuite depuis la maison de David par les rues étranges de l'aube, la chambrette au-dessus de l'affreuse ruelle à Richmond, et ses bras autour d'elle.

Maxim lança les chevaux, une couple de vieilles rosses fatiguées, rachetées à bas prix aux troupes d'occupation. La voiture bringuebalait. Le rembourrage des sièges sortait par endroits de la tapisserie crevée.

— Ah, ils lui en ont fait voir de belles, se lamenta Ferdinand. Je me rappelle le jour où je l'ai achetée et celui où Eugene l'a sauvée pour moi de ma déconfiture. Si gentil à lui ! Mais c'était du bel et bon matériel ! J'ai toujours aimé les choses brillantes, des roues rouges, du bon cuir. Les choses chères.

Il eut un petit rire bref et contrit.

Le bruit des sabots résonnait trop fort dans les rues trop calmes.

— Oh, la ville mettra du temps à renaître, dit encore Ferdinand.

— Mais elle renaîtra, papa. Et, entre-temps, les choses auraient pu aller plus mal, pour nous. Au moins, nous avons une maison, c'est plus que bien des gens ne peuvent le dire aujourd'hui.

— C'est vrai. Une maison. Et tes enfants. Des enfants merveilleux. Tu sais, j'imagine souvent le mariage d'Angelique dans le jardin. Peut-être épousera-t-elle Henry, qu'en penses-tu ? Le vieux fonds séfarade serait ainsi poursuivi, la belle lignée.

Bizarre commentaire de la part d'un juif allemand ! Mais c'était papa, ça, malgré tous les revers qu'il avait connus, toutes les mésaventures, il était encore en quête de la grandeur, ou du moins de ce qu'il considérait tel. Elle réprima un sourire.

— Grands dieux, je ne sais pas, dit-elle et, brusquement, elle se renfrogna, songeant : Encore le mariage, et Angelique qui n'a pas seize ans ! Oh non ! Pas si vite, pas une erreur de plus, à l'ancienne mode, pas si je puis l'empêcher !

— Et je pense à toi aussi, Miriam. Tu es une très jeune femme, trop jeune pour vivre seule. Tu dois être fatiguée de me l'entendre dire. Tu sais, j'ai bien cru un instant qu'il y avait quelque chose entre toi et ce... Perrin — si jamais sa femme divorçait —, j'ai entendu des rumeurs à ce propos. En définitive, je me trompais et j'en suis plutôt heureux.

— Je croyais que tu l'aimais bien. Tu avais l'air d'apprécier sa compagnie, en tout cas.

— Oh, tout à fait, tout à fait. Il a des manières, un charme, une bonne humeur qui sont irrésistibles. Mais, je ne sais pas, il y a quelque chose en lui qui ne me semble pas te convenir...

Bizarre qu'il ne l'ait pas senti aussi quand il m'a fait épouser par Eugene, songea-t-elle. Elle ne répondit pas et son père, lui ayant coulé un regard de côté et sentant qu'il avait touché un point sensible, resta coi lui aussi.

Plus tard ce même jour, Sisyphe, revêtu de sa vieille tenue de maître d'hôtel, qu'il tenait beaucoup à porter malgré l'outrage des ans, était occupé à servir le thé quand on entendit un cheval arriver au petit trot et s'arrêter devant la maison. Le cavalier mit pied à terre, noua les rênes autour d'un poteau et s'engagea dans l'allée. Sisyphe faillit lâcher le petit pot à lait.

— Mais... ça doit être Monsieur Gabriel ! s'écria-t-il, c'est sûr !

Tout le monde se précipita, une chaise fut renversée dans la cavalcade, et Miriam fut la première à crier son nom, la première sur le trottoir, la première à lui ouvrir les bras.

— Gabriel...

Sa manche gauche se balançait, vide, il n'avait plus de bras... Horrifiée, elle bégaya :

— Mais votre... vous n'avez plus de bras...

— Je l'ai laissé à Five Forks, la dernière bataille, avant la chute de Richmond.

— Votre bras !

Elle hurlait presque, incapable de maîtriser sa voix.

— Non, non, du calme, dit-il doucement. Je suis vivant et heureux de l'être.

Ils rentrèrent dans la maison, Angelique et Eugene, Miriam, Ferdinand et Gabriel, suivis de Sisyphe, aussi ému que les autres.

— Venez, entrez, asseyez-vous, qu'on vous regarde un peu, invitait Ferdinand.

— Votre bras..., répéta Miriam dans un souffle.

Ferdinand joua la cordialité et la complicité masculines

pour éviter ce sujet pénible et épargner la délicatesse des femmes.

— Où étiez-vous passé ? Nous vous attendons depuis des mois.

— J'étais dans le Nord. Pour mon bras... et d'autres raisons aussi...

Miriam retrouva son calme à force de volonté, se contraignant à quitter des yeux l'affreuse vacuité de la manche et à regarder le beau visage si grave. Attentif et courtois, il écoutait le babil de Ferdinand. Il était toujours aussi taciturne, aussi retenu. Aussi discret.

... Elle songea qu'elle n'avait jamais vu visage plus beau ni plus viril. Elle songea qu'elle ne l'avait encore jamais vraiment vu, ce qui s'appelle vu.

— Un peu de vin, un alcool ? Nous avons une ou deux bouteilles, ils ne nous ont pas laissé grand-chose.

Ferdinand retrouvait instantanément ses qualités d'hôte.

— Non, non, le thé ira parfaitement, merci...

— Quand je pense à la vieille hospitalité...! commença Ferdinand, se ravisant pour poser une question : Vous êtes ici pour de bon, j'imagine ?

— Oui, j'ai prêté serment et j'ai été gracié.

Un instant, personne ne trouva plus rien à dire. Eugene et Angelique béaient manifestement de respect pour ce héros de la guerre. Bien qu'il eût changé d'avis sur cette guerre, Eugene n'en avait pas moins le culte des héros. Son admiration le rendait radieux.

Puis sa curiosité l'emporta :

— Que dit au juste le texte de la grâce ?

Gabriel sourit.

— Oh, c'est très long. Beaucoup de grands mots.

— C'est la proclamation d'amnistie du président Johnson ?

— Non, cette amnistie ne s'étend pas aux officiers supérieurs ni aux propriétaires de domaines ou de biens dont la valeur dépasse vingt mille dollars.

Gabriel sourit encore.

— J'aimerais certes posséder pour plus de vingt mille dollars de biens ! Je me réjouirais même à partir de cinq dollars ! Mais j'étais bel et bien officier supérieur et j'ai donc été contraint de solliciter la clémence à titre individuel.

Il se fit un silence pendant que tous réfléchissaient à ces nouvelles.

Ferdinand demanda :

— Il n'est pas comme Lincoln, n'est-ce pas, ce Johnson ?

— Non. Je crains que cela n'aille pas aussi bien pour nous que si Lincoln avait vécu.

Eugene dit, presque timidement :

— Lincoln était un juste.

— C'est vrai. C'était le meilleur ami que nous avions dans le Nord.

— Jamais je n'aurais cru vous entendre un jour dire une chose pareille ! s'écria Ferdinand.

— Il y a tant de choses que je n'aurais jamais crues moi-même m'entendre un jour prononcer !

Tous ces mots traversaient la tête de Miriam en tourbillonnant. Elle ne les entendait qu'à demi. C'est pourtant si simple, songeait-elle. Comment ai-je pu ne pas m'en aviser plus tôt ?

Il emplissait la pièce de sa présence. Tout le reste passait à l'arrière-plan avec les mots que tous prononçaient. Les meubles et jusqu'aux murs perdaient toute importance — il ne restait plus que la vibrante lumière de l'après-midi et, en plein centre, Gabriel. Et il vint à Miriam les pensées les plus sottes et vaines dans son bonheur : heureusement que j'ai changé de robe. Il faut que je sois impeccable, qu'il voie combien je suis heureuse.

— La guerre nous a tous changés. Savez-vous qu'il en aurait moins coûté de racheter tous les esclaves à leur propriétaire pour les émanciper ? Oui, cela aurait coûté beaucoup moins cher. Nos différends ne valaient pas une guerre. Ce sont les politiciens qui nous y ont conduits.

— Mais pourquoi ne l'a-t-on pas fait, alors ? demanda Eugene junior.

— Fait quoi ?

— Eh bien, racheté tous les esclaves.

— Bah, c'eût été trop simple ! Non, sérieusement, il y avait plusieurs raisons. L'argent en est une. L'argent en est toujours une.

— L'honneur et la gloire, murmura Miriam, ne signifient-ils donc plus rien ?

Cela prouve seulement son imbécillité, avait dit André...

— Ma foi, répondit Gabriel, il n'y a pas de gloire, cela est parfaitement vrai. Mais l'honneur, si fait — et c'est probablement tout ce qui nous reste.

Il redressa les épaules.

— Nous avons commencé dans l'honneur et nous sommes sortis de la guerre dans l'honneur, comme dit David.

— David ? Vous avez parlé à David ? s'écria Ferdinand.

— Oui, je l'ai rencontré à New York.

— Dites-nous, dites-nous, l'objurgua Ferdinand.

— J'ai trouvé qu'il avait l'air d'aller assez bien. La santé lui est revenue. La seule chose qu'il ne retrouvera pas, ce sont ses dents. A propos, j'ai entendu dire que le tristement célèbre Wirz, le démon qui dirigeait l'ignoble camp d'Andersonville, passera en conseil de guerre pour répondre de ses crimes.

— Et quoi encore ? Il compte rentrer chez lui un jour, vous l'a-t-il dit ?

Gabriel répondit avec gentillesse :

— Je suis persuadé qu'il viendra vous rendre visite, mais David est chez lui dans le Nord. Vous devez le savoir ?

— Alors il va rouvrir un cabinet à New York ? Non ? Où ?

— Je ne crois pas qu'il en soit lui-même très sûr. C'est toujours notre David, égal à lui-même, vous savez.

Gabriel sourit...

— ... déjà prêt à repartir en guerre !

— En guerre !

— Oui, contre l'esclavage salarial, qui ne vaut guère mieux, m'a-t-il dit, que l'esclavage des nègres. Les hommes se vendent à la journée et rien de plus. Il est donc décidé à se battre là contre, désormais.

— Se battre, mais comment ?

Ferdinand n'en revenait pas.

— Bah, ce n'est pas se battre exactement. Il veut lutter pour l'augmentation des salaires qui sont, il faut le reconnaître, scandaleusement bas par endroits. Et puis les conditions d'hygiène dans les logements des pauvres, le manque de sécurité dans les usines, le travail des enfants, toute une liste d'abus et de malversations auxquels il compte s'attaquer...

— Bon Dieu, marmonna Ferdinand.

— Pauvre papa, dit Miriam avec une pointe de malice.

490

La consternation de son père avait un caractère vaguement comique.

— Il serait vraiment temps de t'habituer aux façons de notre David, tu ne crois pas ?

— C'est notre prophète courroucé, approuva Gabriel. Le monde a besoin d'hommes tels que lui, qui ont des kilomètres d'avance sur nous tous. Remercions le ciel que l'Amérique n'ait jamais manqué d'hommes de cette trempe.

Ferdinand soupira.

— Ni les juifs. Car ces hommes-là sont à la source même de notre foi.

Miriam regarda son père avec surprise.

— Eh bien oui, je me fais vieux, Miriam, mais je n'ai pas encore tout oublié.

Gabriel dit à voix basse :

— C'est une foi très démocratique. Très américaine.

— C'est ce que le rabbin Gutheim nous disait encore la semaine dernière, lui apprit Eugene.

— Et il avait bien raison, déclara Gabriel. Armés de cette foi, nous saurons reconstruire une vie meilleure encore que celle que nous avons connue.

Angelique, qui n'avait cessé de dévisager Gabriel, le menton entre les mains, déclara tout à trac :

— Vous savez, Gabriel, je m'en rends compte tout à coup : vous ressemblez beaucoup à Lincoln.

L'éclat de rire général détendit l'atmosphère un peu solennelle qui s'était installée. Gabriel fit une révérence comique.

— Je connais bien des gens qui ne prendraient pas ça pour un compliment, Miss Angelique. Mais moi, si, et je vous en remercie.

Ferdinand se leva.

— J'ai à faire. Voulez-vous bien m'excuser ? Venez, Eugene, Angelique, vous avez des choses à faire aussi.

Miriam savait qu'il n'en était rien mais que son père devait avoir une idée derrière la tête et désirait les laisser seuls.

Elle dit la première chose qui lui passait par la tête :

— Votre bras..., cela vous fait mal ? J'ai entendu dire que la douleur persistait après...

— Un petit peu seulement. David m'a dit que cela passerait. Les Etats-Unis ont offert des membres artificiels à leurs invalides de guerre, mais notre camp n'en a pas les moyens... Bah, je me le procurerai moi-même en remerciant le ciel que ce ne soit pas une jambe.

Il se pencha pour caresser la chienne qui s'était allongée à ses pieds. Cela se prolongea trop. Elle savait qu'il cherchait un prétexte pour éviter de parler, pour masquer l'émotion qui se manifestait par le tressaillement d'un petit muscle dans sa joue.

Au bout d'un moment, se décidant à chasser les fantômes du passé qui avaient envahi la pièce, elle se contraignit à parler :

— Vous n'avez jamais écrit. Vous auriez pu demander à quelqu'un...

— Je peux écrire, répondit-il, éludant la vraie question. J'ai encore mon bras droit.

— Avez-vous... changé ? demanda-t-elle.

Elle le regretta aussitôt, aurait voulu pouvoir retirer cette question inepte. Car ce qu'elle avait voulu dire ne lui apparut clairement qu'alors : « Avez-vous changé de sentiment à mon égard ? »

Il choisit de comprendre la question tout autrement.

— Bien sûr que j'ai changé. Personne n'aurait pu traverser ces dernières années sans changer. J'ai vu des hommes donner leur dernière dose de morphine à un ennemi blessé et j'en ai vu d'autres, pardonnez ma brutale franchise, couper dans leur rage la langue d'un blessé. Et vous me demandez si j'ai changé ?

Elle faisait sans cesse tourner le saphir d'Emma autour de son doigt qui avait encore maigri depuis qu'elle avait hérité la bague déjà trop grande pour elle à l'origine.

— Pardon. C'était une question stupide.

— Oui... mais je vous ai fait la mauvaise réponse, dit-il à la hâte. Je suis trop irritable par moments. Je vais faire un effort. J'essaye...

Sa voix mourut dans sa gorge.

— Qu'allez-vous faire maintenant ? demanda-t-elle à voix basse.

Il ne répondit pas tout de suite. Il avait à peine entendu la question. Elle était assise si près de lui qu'il pouvait voir chaque grain de sa peau ambrée. Elle était là, sa Rebecca biblique, telle qu'il se la rappelait. Les beaux yeux brillants, le nez hautain et un peu dominateur que contredisait cette bouche aussi douce qu'une bouche d'enfant...

Elle ouvre la bouche sur la sagesse et sa langue est imprégnée de la loi de bonté.

A Richmond, elle s'était nichée entre ses bras et avait posé la tête sur son épaule. Oh, quelle douce étreinte fraternelle — rien de ce qu'il désirait vraiment, ni alors, ni dans le présent. Sous les vêtements, sous les jupons, sous les cerceaux de la crinoline... mais non ! Pas pour lui, mais pour cet autre qui ne la méritait pas, ne lui arrivait pas à la cheville.

Il se reprit. Elle lui avait demandé ce qu'il comptait faire. Une terrible amertume l'envahit. Quel choix lui restait-il ? Il tenta de faire jouer ses doigts disparus et une terrible douleur, fulgurante, traversa son bras absent.

Elle attendait toujours sa réponse.

— Ma foi, je vais plaider de nouveau... Tenter de recoller les morceaux. Et vous ?

Il ne la regardait pas mais fixait au contraire le plancher sur lequel la lumière diffractée faisait comme une pluie de confettis, le soleil tremblant à travers les feuillages qui se balançaient devant la fenêtre.

— David m'a dit qu'il serait... qu'il serait bientôt libre.

— Vous voulez parlez d'André ?

— André, se contraignit à articuler Gabriel.

— Il est déjà libre.

Elle crut que sa gorge allait éclater.

— Il est reparti. En Europe, je crois.

Il se tut quelques instants. Puis il dit d'une voix presque inaudible :

— Je suis désolé, Miriam.

— Désolé ? Pourquoi ?

— Que vous soyez malheureuse.

— Mais je ne suis pas malheureuse, Gabriel ! C'est moi qui lui ai signifié son congé !

Il la dévisagea avec incrédulité.

— Oui, oui ! Moi ! Parce que je savais, vous voyez, oh, il m'a fallu du temps, c'est vrai, mais j'ai compris que c'était une erreur, une illusion. Ce sont des choses qui peuvent arriver, n'est-ce pas ?

— Et donc, c'est fini ? demanda Gabriel.

— Oui, fini ! Et j'ai tant de choses à vous dire, tant de choses que j'ai besoin de dire !

Il lui semblait maintenant qu'elle devait implorer le pardon de cet homme pour s'être montrée si sottement aveugle, pour ne pas l'avoir vu d'emblée tel qu'il était. Pour n'avoir rien compris.

— Pardonnez-moi, dit-elle et elle fondit en sanglots.

Elle alla chercher un tabouret et s'assit près de lui. Elle lui prit la main, pressant sa paume contre sa joue à elle, murmurant, chuchotant, laissant le mot lui monter aux lèvres, sans honte ni hésitation :

— Je t'aime... Oh, je ne me connaissais pas moi-même. Par moments, cela me paraît impossible, et pourtant... Mais je t'aime.

Il lui caressa les cheveux. Dans le soudain silence, elle entendit distinctement la respiration de Gabriel, mais il ne répondait pas. Elle releva la tête.

— Je veux vous épouser, Gabriel. Je veux mener une longue vie, merveilleuse et calme auprès de vous, de toi. Je veux vivre avec toi chacune des journées qui nous restent à vivre. Nous sommes jeunes encore. Nous pouvons...

Il détourna son visage et l'enfouit dans ses mains. Elle crut l'entendre dire :

— Maintenant ! Il faut que ce soit maintenant ! Oh, mon Dieu !

Puis d'une voix plus forte, il dit :

— Oh, ma toute chérie, je ne peux pas. Comment pourrais-je, maintenant que je suis devenu ce que je suis ?

Elle se leva d'un bond.

— Quelle importance ! Tu crois que cela compte pour moi ? Tu crois que quelque chose compte pour moi en dehors de...

Elle fut incapable de continuer.

— Je sais bien que non. Mais moi, cela compte pour moi. Un amant manchot, ruiné, qui repart tout en bas de l'échelle avec rien ! Ce n'est pas ainsi que j'ai rêvé de te proposer de devenir ma compagne.

— Vous avez tort. Tu es têtu mais tu as tort ! Dis-moi : y a-t-il quelque autre raison ? Est-ce à cause de lui, à cause d'André ? Tu ne me fais plus confiance, tu ne crois plus en moi et tu ne veux pas me le dire ?

— Je crois en toi ! Je te confierais ma vie.

— Eh bien justement ! Confie-la-moi !

Gabriel se leva. Elle vint tout contre lui, et tout son corps, ses yeux, ses bras ouverts, lui demandèrent en même temps que ses lèvres :

— M'aimez-vous ?

— Plus que tout au monde. Plus que le monde.

— Alors prends-moi. Tu ne peux pas t'en aller et me laisser.

— Tu vois bien, je ne peux même pas te prendre dans mes bras ! Je ne puis rien pour vous, pour toi. Je ne pourrais même pas t'offrir de bague.

— Qu'ai-je besoin d'une bague !

— Ne me torturez pas, Miriam. S'il vous plaît.

Il caressa sa joue brûlante.

— Je veux... je voulais...

Sa voix tremblait.

— Mais aujourd'hui... ce, cette... laisse-moi m'en aller.

Et très, très doucement, il se dégagea.

Elle était incapable de parler. Tout cela était irréel. Sur le point de défaillir, elle se raccrocha au dossier du fauteuil tandis que Gabriel s'enfuyait. Quand la porte d'entrée claqua, elle gagna la fenêtre. Les yeux secs, elle le vit courir le long de l'allée et sauter sur sa monture. Elle entendit résonner les sabots du cheval et le regarda jusqu'à ce qu'il eût disparu au coin de la rue. Elle laissa retomber le rideau.

D'une autre fenêtre, déjà, j'ai assisté au départ d'un autre homme. Mais cette fois-ci c'est différent. C'est mon cœur qui part.

— Eh bien quoi ? lança Ferdinand de sa voix joviale. Qu'est-ce que j'entends ? Gabriel est déjà parti ? Quelque chose qui ne va pas ?

Elle répondit tout de go :

— Je lui ai demandé de m'épouser.

— Tu... quoi ? Tu dis que c'est TOI qui lui as DEMANDÉ de t'épouser ?

— C'est la vérité.

Le visage de Ferdinand se plissa de mille rides étonnées.

Puis il renversa la tête en arrière et éclata d'un rire absolument joyeux.

— Tu dois bien être la première femme au monde qui ait eu le culot de faire une chose pareille ! Toi et ton frère ! Des numéros ! Jamais vous ne cesserez de me surprendre, tous les deux. Vous feriez vraiment n'importe quoi ! Et David va être ravi ! Enchanté ! Tu imagines ? Et, dis-moi, c'est pour quand ? Très vite, j'espère !

— Il a refusé, papa.

Ferdinand écarquilla les yeux.

— Refusé ! Juste ciel ! Mais, mais... Rosa m'avait dit, sous le sceau du secret absolu, bien sûr, elle m'avait dit...

Rosa et ses secrets !

— ... qu'il m'aimait ?

— Depuis toujours, depuis le jour où...

— Mais plus depuis qu'il a perdu un bras, papa.

Ferdinand était désolé.

— Je ne comprends pas. Si ça n'a pas d'importance pour toi, ça ne devrait pas compter...

— Et la fierté, papa ? L'orgueil d'un homme. Et tu sais qu'il en a. Il me faudra beaucoup parler pour le convaincre d'y renoncer.

Ferdinand posa la main sur l'épaule de sa fille. Il était presque grimaçant tant il était malheureux.

— Je suis désolé, ma petite chérie. Tu en as déjà beaucoup trop supporté.

— Pour bien des choses, je n'ai qu'à m'en prendre à moi-même, papa. Mais pas pour tout, c'est vrai...

— Que vas-tu faire ?

— Faire ? Je vais le convaincre. Mais, pour l'instant, si tu ne m'en veux pas trop, j'aimerais mieux être seule quelques instants.

Il s'effaça pour la laisser passer et elle descendit au jardin, dans ce petit coin de jardin où tant d'événements de sa vie avaient déjà eu lieu.

Elle y retrouva, debout, l'Aphrodite, grise parmi l'odeur fade des résédas. A ses pieds, la colombe avait été brisée, mais Ferdinand avait nettoyé la fontaine et l'eau coulait comme elle l'avait toujours fait, cascadant sur deux étages, gonflée comme les plis d'une robe. Elle s'assit et demeura immobile, jusqu'à ce que les battements de son cœur se calment. Sa respiration redevint lente et régulière. L'eau gazouillait Des voix et des bruits lui parvenaient depuis l'autre côté du mur, car la vie de la rue avait repris, la vie de la vieille ville obstinée au bord de son fleuve brun et éternel.

C'était là que ses enfants avaient fait leurs premiers pas. Là qu'elle s'était assise, tremblante, lors de sa première visite dans cette maison où sa vie de femme avait débuté. Elle se rappela alors la maison de son père, elle avait cru voir un palais, accrochée à la main de David, gauche dans sa belle robe toute neuve. Et cette langue étrangère qu'elle avait apprise sur le bateau, et le petit Gabriel, trempé, debout sur le pont, son petit chien entre les bras.

Le chemin avait été long, si long... avec des hauts, des bas, puis encore des hauts et des bas.

— Mais je puis agir, dit-elle à haute voix. J'ai appris à faire plus de choses que jamais je ne m'en serais cru capable. Et je peux le faire changer d'avis. Oui, Gabriel, je le puis.

Un papillon s'était posé sur son poignet. Ses ailes tendues comme des voiles au vent étaient d'un mauve opalescent. La ravissante substance de ces ailes vivantes portait un motif digne d'un tapis de soie oriental. Oui, dans la vie, tout est motif, dessein. Un dessein que nous ne savons pas toujours distinguer lorsque nous en faisons nous-mêmes partie.

Et elle fut capable de sourire. Fanny ne lui avait-elle pas répété que c'était bon signe, quand un papillon se posait ainsi sur vous ?

La petite créature frémit, ouvrit les ailes et s'envola de son bras tendu. Elle virevolta vers les buissons, glissa dans la brise, et se fondit dans l'éblouissement d'or et d'argent de l'après-midi.

Imprimé aux Etats-Unis, 1985